TUDO POR AMOR

JUDITH MCNAUGHT

TUDO POR AMOR

Tradução
Mariana de Moura Coelho

4ª edição

BERTRAND BRASIL
Rio de Janeiro | 2017

Título original: *Perfect*

Texto revisado segundo o novo
Acordo Ortográfico da Língua Portuguesa

2017
Impresso no Brasil
Printed in Brazil

CIP-BRASIL. CATALOGAÇÃO NA PUBLICAÇÃO
SINDICATO NACIONAL DOS EDITORES DE LIVROS, RJ

McNaught, Judith, 1944-
M146t Tudo por amor / Judith McNaught; tradução de Mariana de
4ª ed. Moura Coelho. – 4ª ed. – Rio de Janeiro: Bertrand Brasil, 2017.
23 cm.

Tradução de: Perfect
ISBN 978-85-286-2068-9

1. Ficção americana. I. Coelho, Mariana de Moura. II. Título.

CDD: 813
16-34315 CDU: 821.111(73)-3

EDITORA BERTRAND BRASIL LTDA.
Rua Argentina, 171 – 2º andar – São Cristóvão
20921-380 – Rio de Janeiro – RJ
Tel.: (21) 2585-2000 – Fax: (21) 2585-2084

Atendimento e venda direta ao leitor:
mdireto@record.com.br ou (21) 2585-2002

Este livro é dedicado com amor e compreensão aos milhões de mulheres norte-americanas que não podem ler nem este nem qualquer outro livro; mulheres que — por circunstâncias adversas em suas infâncias — foram privadas do prazer e da dignidade de saber ler. Dedico também às pessoas especiais e caridosas que confiaram seu tempo e esforços ao programa "Literacy. Pass It On." [Alfabetização. Passe adiante].

Agradecimentos

É o meu nome que aparece na capa deste romance, mas por trás de cada cena há várias pessoas que dedicaram irrestritamente seu tempo, talento, apoio e amizade. Cada uma dessas pessoas, de uma forma ou de outra, enriqueceram o romance que você está prestes a ler, e também a minha própria vida. Meus mais profundos agradecimentos a...

Don Bellisario, bem como a equipe e o elenco do seriado *Quantum Leap.*

Gerald Schnitzer, por compartilhar sua experiência de trinta anos no mundo do cinema e por atuar como "conselheiro técnico" em relação a tudo o que diz respeito à indústria cinematográfica neste romance.

Susan Spangler, secretária, pesquisadora e amiga, por trazer novos significados às palavras *competência*, *dedicação* e *cooperação.*

Nancy Williams, gerente nacional do programa "Literacy. Pass It On." [Alfabetização. Passe adiante], por seu compromisso incansável com a alfabetização de mulheres e pelo otimismo confiante que me serviu de apoio constante durante a escrita deste romance.

Pat e Terry Barcelo, que me ofereceram não só o isolamento de sua fazenda para que eu pudesse trabalhar em silêncio, mas também a riqueza de seu amor e amizade.

Lloyd Stansberry, por seu auxílio constante a respeito dos detalhes legais que perpassaram o enredo deste romance.

William C. McCord, por uma década de benevolência que enriqueceu — e enriquecerá para sempre — a vida inteira de um jovem.

Debby Brown, por ser um exemplo de bondade.

Pauline Marr, cuja generosidade e altruísmo são uma dádiva para a sua profissão... e para os seus amigos.

Amnon Benjamini, que ofereceu preciosas contribuições e conselhos inestimáveis.

Por último, mas nunca menos importante, Linda Marrow — editora, conselheira e amiga.

Prólogo

1976

Encostada na porta que dava acesso à varanda, Margaret Stanhope observava o mordomo servindo bebidas para seus netos que tinham acabado de voltar da escola particular para as férias de verão. Seus traços aristocráticos eram travestidos de uma gélida máscara. Do lado de fora da varanda, no exuberante vale adiante, via com clareza a cidade de Ridgemont, na Pensilvânia, com suas ruas largas e sinuosas, seus parques bem-cuidados, a exótica região comercial e, mais à direita, as colinas onduladas do Ridgemont Country Club. Precisamente no centro de Ridgemont, situava-se uma série de prédios de tijolos vermelhos que faziam parte das Indústrias Stanhope, responsável, direta ou indiretamente, pela prosperidade econômica de boa parte das famílias locais. Como na maioria das cidades pequenas, Ridgemont tinha uma hierarquia social bem-estabelecida, e a família Stanhope estava tão firmemente incrustada no apogeu daquela estrutura social quanto a mansão Stanhope ao pé da colina mais alta da cidade.

Hoje, no entanto, o pensamento de Margaret Stanhope não estava na vista da varanda da mansão ou na elevada posição social que ela ocupava desde que nasceu — e aprimorara pelo casamento —, mas na notícia avassaladora que estava prestes a dar para seus três detestáveis netos. O garoto mais novo, Alex, de 16 anos, viu que ela o observava e, relutante, pegou um copo de chá gelado, em vez de champanhe, da bandeja de prata trazida pelo mordomo. Ele e a irmã eram bem parecidos, Margaret pensou com desdém ao analisar a dupla. Ambos eram mimados, sem personalidade, promíscuos e irresponsáveis; bebiam demais, gastavam demais e se divertiam demais; eram fedelhos excessivamente protegidos que nada sabiam sobre autodisciplina. Mas tudo aquilo estava prestes a mudar.

O olhar de Margaret seguia o mordomo quando ele ofereceu a bandeja a Elizabeth, que usava um vestido amarelo bem fresco e justo, com um generoso decote. Quando a jovem de 17 anos viu que sua avó a observava, devolveu--lhe um olhar altivo e desafiador, em um típico gesto de provocação infantil, e serviu-se de *duas* taças de champanhe. Margaret Stanhope apenas a olhou, sem dizer nada. A garota era praticamente a cópia da mãe — uma beberrona superficial, lasciva e frívola que falecera oito anos antes, quando o carro esportivo que o filho de Margaret dirigia perdeu o controle num trecho congelado da estrada, matando tanto ele quanto a esposa e deixando órfãos seus quatro filhos. O relatório da polícia indicava que os dois estavam embriagados e que o carro corria a 160 km/h.

Seis meses atrás, ignorando o estado da própria saúde e o mau tempo, o marido de Margaret morreu em um acidente de avião em direção a Cozumel, aonde ia supostamente pescar. A modelo de 25 anos que também estava no avião provavelmente o acompanhava para pôr a isca no anzol dele, pensou ela com uma austeridade pouco característica e um frígido desinteresse. Os acidentes fatais eram ilustrações eloquentes da luxúria e da falta de cautela que caracterizavam a vida de todos os homens da família Stanhope há gerações. Todos esses homens arrogantes, descuidados e bonitos viveram cada dia de suas vidas como se fossem indestrutíveis e não devessem satisfação a ninguém.

Como resultado disso, Margaret passara a vida agarrando-se à sua dignidade devastada e ao seu autocontrole, ao passo que seu marido desperdiçava fortunas com seus vícios e ensinava os netos a viverem exatamente como ele. No ano passado, enquanto ela dormia no andar de cima, ele trouxe, para dentro de sua própria casa, prostitutas que serviram a ele e aos garotos. Todos eles, exceto Justin. Seu amado Justin...

Gentil, inteligente e trabalhador, Justin era o único dos três netos que se parecia com os homens da família de Margaret, e ela o amava com cada pedacinho de seu ser. E agora Justin estava morto, enquanto seu irmão Zachary estava vivo e saudável, afrontando-a com tanta vitalidade. Girando a cabeça para outra direção, ela pôde observá-lo transpassar os degraus de pedra que levavam à varanda, atendendo ao seu chamado. A explosão de ódio que assolou Margaret ao ver aquele rapaz de 18 anos, alto e de cabelos escuros, era quase insuportável. Os dedos apertaram o copo em sua mão, e ela lutou contra a vontade feroz de jogá-lo naquele rosto bronzeado, de arranhá-lo inteiro.

Zachary Benedict Stanhope III tinha recebido o nome do marido de Margaret e era idêntico a seu homônimo quando tinham a mesma idade, mas não era por isso que ela o odiava. Ela tinha um motivo bem melhor, e Zachary sabia *exatamente* qual era. Mas, dentro de alguns minutos, ele pagaria pelo que fizera — não o suficiente, claro. Ela não conseguira a vingança ideal e odiava esse sentimento de impotência tanto quanto desprezava o rapaz.

Esperou o mordomo servi-lo com uma taça de champanhe, depois deu a volta para entrar na varanda.

— Vocês provavelmente estão se perguntando por que eu os chamei para esta reuniãozinha familiar hoje — disse ela.

Zachary a observou em um silêncio descompromissado de pé ao lado da balaustrada, mas Margaret notou que Alex e Elizabeth, sentados à mesa debaixo do guarda-sol, trocavam um olhar de impaciente tédio. Sem dúvida, ambos ansiavam por escapar da varanda para encontrar seus amigos, adolescentes que eram iguaizinhos a eles — jovens imorais de temperamento fraco em busca de adrenalina que faziam tudo o que bem queriam, pois sabiam que o dinheiro de suas famílias os livraria de qualquer consequência inconveniente.

— Estou vendo que vocês estão impacientes — falou ela para os dois à mesa —, por isso vou direto ao ponto. Tenho certeza de que não passou pela cabeça de nenhum de vocês algo tão mundano quanto a sua situação financeira. Mas o fato é que o seu avô estava ocupado demais com suas "atividades sociais" e muito convencido da própria imortalidade para abrir um fundo fiduciário para vocês depois que seus pais morreram. Por causa disso, tenho agora o controle integral das propriedades dele. Caso vocês estejam se perguntando o que isso significa, vou explicar logo — disse, sorrindo satisfeita antes de prosseguir. — Se vocês continuarem na escola, melhorarem suas notas e se comportarem de um modo que eu considere aceitável, continuarei pagando a mensalidade e permitirei que continuem com seus carros esportivos. E ponto final.

A reação imediata de Elizabeth foi mais de confusão do que de alarme.

— E quanto à minha mesada e aos gastos que eu tiver quando entrar na faculdade no ano que vem?

— Você não vai ter nenhum gasto. Vai morar aqui e frequentar o curso técnico! Só vou permitir que vá para a faculdade em outra cidade se você se mostrar confiável nos próximos dois anos.

— Curso técnico? — repetiu Elizabeth furiosamente. — Você não pode estar falando sério!

— Pague para ver, Elizabeth! Desafie-me e veja como posso deixar você sem um centavo. Se eu ficar sabendo de mais uma das suas festas regadas a bebida, drogas e promiscuidade, você não verá mais um centavo! — Virando-se para Alexander, ela acrescentou: — Se você ficou com alguma dúvida, tudo isso serve para você também. Ah, e você não vai voltar para Exeter no próximo outono. Vai terminar o Ensino Médio aqui mesmo.

— Você não pode fazer isso com a gente! — explodiu Alexander. — O vovô nunca teria permitido!

— Você não tem o direito de dizer como devemos viver nossa vida! — choramingou Elizabeth.

— Se não gostou da minha oferta — disse-lhe Margaret —, sugiro que arranje um emprego como garçonete ou arrume um cafetão, porque essas são as únicas carreiras que lhe serviriam hoje.

Ela observou o rosto pálido dos netos e depois assentiu com satisfação. Alexander acrescentou em tom de mau humor:

— E quanto a Zack? Ele tira boas notas em Yale. Você vai fazê-lo morar aqui também, não é?

Chegou o momento que ela estava esperando.

— Não, não vou.

Voltando-se para Zachary, para poder observar seu rosto, ela retrucou:

— Saia! Saia desta casa e nunca mais volte. Nunca mais quero ver seu rosto ou ouvir falar de você.

Se não fosse pelo barulho súbito de dentes se cerrando, ela teria pensado que suas palavras não fizeram efeito. Zack não pediu nenhuma explicação, porque não precisava. De fato, ele esperava por isso desde o momento em que Margaret começara a dar o ultimato para a sua irmã. Sem palavras, ele se endireitou junto à balaustrada e estendeu a mão para pegar as chaves do carro que havia jogado sobre a mesa. Mas, assim que seus dedos as tocaram, a voz de Margaret brandiu, paralisando-o.

— Deixe-as aí! Você não vai levar nada além de sua roupa do corpo.

Zack afastou a mão e olhou para seus irmãos, quase esperando que dissessem algo, mas eles estavam imersos demais na própria tristeza para falar, ou receosos demais de compartilhar o destino dele caso se indispusessem com a avó.

Margaret detestou os dois netos mais novos por sua covardia e deslealdade, ao mesmo tempo em que se esforçou para ter certeza de que nenhum deles mostraria qualquer vestígio de coragem mais tarde.

— Se qualquer um de vocês dois tentar entrar em contato com ele ou permitir que ele o faça — advertiu ela, enquanto Zachary se virava e ia em direção aos degraus que levavam à porta da varanda —, até mesmo se forem a uma festa na casa de alguém com ele, vão levar o mesmo fim, está claro?

Para o neto que partia, ela deu um conselho diferente:

— Zachary, se você estiver pensando em apelar para a misericórdia de algum de seus amigos, nem se dê ao trabalho. As Indústrias Stanhope são a principal fonte de emprego em Ridgemont, e eu sou dona de cada pedacinho delas. Ninguém aqui vai querer ajudá-lo, correndo o risco de me desagradar e perder o emprego.

O aviso de Margaret o fez se virar para ela do degrau mais baixo e encará-la com um desprezo tão frio que ela tardiamente percebeu que ele nunca havia cogitado pedir ajuda aos amigos. Mas o que mais chamou sua atenção na expressão do neto foi a emoção que captou dos olhos de Zachary antes que se virasse para ir embora. Era angústia o que ela viu? Ou fúria? Seria medo? Ela sinceramente esperava que fosse tudo isso junto.

Freando pesadamente, a caminhonete parou na frente de um homem solitário que andava pelo acostamento, com um casaco esportivo sobre o ombro e a cabeça inclinada como se estivesse se protegendo de um vento forte.

— Ei! — gritou Charlie Murdock. — Quer carona?

Um par de confusos olhos cor de âmbar se ergueu até os olhos de Charlie. Por um momento, o rapaz pareceu completamente desorientado, como se estivesse, até então, sonambulando pela estrada, depois sacudiu a cabeça, concordando. Quando ele entrou no carro, Charlie notou que usava uma calça bege cara, sapatos lustrosos e meias combinando, e o corte de cabelo era estiloso. Presumiu então que se tratava de um calouro da faculdade que, por alguma razão, precisava de carona. Seguro de sua intuição e de suas habilidades de observação, Charlie puxou conversa:

— Você estuda em que universidade?

O garoto engoliu em seco, como se tivesse um nó na garganta, e virou a cabeça para a janela. Mas, ao abrir a boca, sua voz saiu fria e decisiva:

— Não estou na faculdade.

— Seu carro está quebrado em algum lugar da estrada?

— Não.

— Sua família mora por aqui?

— Não tenho família.

Apesar do tom áspero do passageiro, Charlie, que tinha três filhos criados vivendo em Nova York, teve a clara sensação de que o garoto estava usando todo o seu autocontrole para conter as emoções. O motorista esperou alguns minutos antes de perguntar:

— Qual o seu nome?

— Zack... — respondeu o garoto e, depois de uma hesitante pausa, acrescentou: — Benedict.

— Para onde você vai?

— Para onde você estiver indo.

— Vou atravessar todo o país até chegar à Costa Oeste. Los Angeles.

— Ótimo — disse ele, num tom que desencorajou qualquer resposta. — Tanto faz.

Apenas algumas horas depois o garoto falou pela primeira por vontade própria.

— Você precisa de ajuda para tirar esse equipamento do carro quando chegar a Los Angeles?

Charlie olhou de lado para ele, rapidamente revendo suas primeiras conclusões sobre Zack Benedict. O garoto se vestia como um riquinho e falava como um riquinho, mas estava claro que esse riquinho em especial não tinha nem dinheiro, nem pompa, nem sorte. Ele também estava perfeitamente disposto a engolir seu orgulho e cumprir uma tarefa braçal, comum. Charlie achou que isso demonstrava uma boa dose de coragem, considerando todo o resto.

— Acho que você poderia carregar as caixas mais pesadas — disse ele, analisando rapidamente o corpo esquio e musculoso de Benedict. — Você malha ou algo do tipo?

— Eu lutava boxe na... Eu lutava boxe — encerrou ele, abruptamente.

Na faculdade, completou Charlie mentalmente. Talvez porque Benedict, de algum modo, lembrava-o de seus filhos quando tinham aquela idade e tentavam enfrentar as coisas de frente, ou talvez porque sentia que os problemas de Zack Benedict eram bem desesperadores, Charlie pensou em lhe oferecer um trabalho. Assim que decidiu, estendeu a mão.

— Meu nome é Murdock, Charlie Murdock. Não posso pagar muito bem, mas pelo menos você vai ter a chance de conhecer um estúdio de cinema de verdade quando estivermos em Los Angeles. Esta caminhonete está cheia de equipamentos que pertencem ao Estúdio Empire. Eles me contrataram para levar algumas coisas, e é para lá que estamos indo.

A austera indiferença de Benedict àquela informação de algum modo confirmou a certeza de Charlie de que o passageiro não apenas estava falido, mas também não tinha a menor ideia de como resolver o problema num futuro próximo.

— Se fizer um bom trabalho, talvez eu possa falar de você para o pessoal que cuida das contratações no estúdio. Isto é, se você não se incomodar em dar umas varridas ou carregar peso?

O passageiro virou a cabeça para a janela, encarando a escuridão novamente. Só quando Charlie mudou de opinião e pensou que Benedict de fato se achava bom demais para fazer trabalho braçal, foi que o rapaz soltou a voz, rouca de alívio e de envergonhada gratidão:

— Obrigado. Eu ficaria agradecido.

1

1978

— Eu sou a sra. Borowski, do Centro Tutelar LaSalle — anunciou a mulher de meia-idade com uma sacola de supermercado nos ombros, pisando o tapete persa em direção à recepcionista. Gesticulando para a pequena menina de 11 anos que a seguia, ela acrescentou friamente: — E esta é Julie Smith. Ela está aqui para ver a dra. Theresa Wilmer. Vou voltar para buscá-la depois que eu terminar minhas compras.

A recepcionista sorriu para a menina.

— A dra. Wilmer vai falar com você daqui a pouquinho, Julie. Enquanto isso, você pode se sentar ali e desenhar nesse papel o quanto quiser. Não me lembrei de lhe dar isso da última vez que esteve aqui.

Constrangida por sua calça jeans esfarrapada e sua jaqueta suja, Julie olhou, inquieta, para a elegante sala de espera onde frágeis objetos de porcelana repousavam sobre a mesa de centro antiga, e valiosas esculturas de bronzes estavam dispostas em prateleiras de mármore. Afastando-se da mesa e das frágeis bugigangas, dirigiu-se a uma cadeira ao lado de um enorme aquário, onde exóticos peixes-dourados de barbatanas flutuantes nadavam despreocupadamente por entre a delicada folhagem. Atrás dela, a sra. Borowski espiou pela porta e aconselhou a recepcionista:

— Julie rouba tudo o que não estiver grudado no chão. Ela é ágil e sorrateira, então é melhor você ficar de olho.

Afogando-se em raiva e humilhação, Julie afundou na cadeira, depois esticou as pernas na frente do corpo, numa tentativa deliberada de parecer completamente entediada e impassível aos terríveis comentários da sra. Borowski, mas a intenção foi arruinada pelo brilhante e embaraçoso vermelho que cobriu suas bochechas e pelo fato de que suas pernas não conseguiam alcançar o chão.

Depois de um tempo ela saiu daquela posição desconfortável e olhou com pavor para a folha de papel que a recepcionista havia lhe dado. Mesmo sabendo que não conseguiria decifrar as palavras, decidiu tentar. Apertando a língua entre os dentes, ela se concentrou firmemente no que estava impresso no papel. A primeira palavra começava com um *N*, como na palavra *NÃO* nas placas de NÃO ESTACIONE que se espalhavam pelas ruas — ela sabia o que diziam por que um de seus amigos lhe contou. A próxima letra era um *o*, como em *orelha*, mas a palavra não era essa. A mão da menina apertou o lápis enquanto ela lutava contra os familiares sentimentos de frustração e o furioso desespero que a dominavam sempre que precisava ler algo. Ela aprendeu a palavra *orelha* no primeiro ano da escola, mas ninguém havia escrito essa palavra em lugar nenhum! Encarando, zangada, as incompreensíveis palavras no papel, ela se perguntou com indignação por que os professores ensinavam as crianças a lerem palavras bobas como *orelha* se ninguém as escrevia em lugar nenhum, a não ser nos livros estúpidos de alfabetização.

Mas os livros não eram estúpidos, Julie lembrou a si mesma, nem os professores. Outras crianças da idade dela provavelmente leriam esse papel num instante! Era ela que não conseguia ler uma palavra sequer, *ela* é que era estúpida.

Por outro lado, pensou, ela sabia um monte de coisas que as outras crianças nem sonhavam, pois se preocupava em *observar* as coisas. E uma das coisas que ela observara é que, quando as pessoas lhe entregam algo para preencher, elas quase sempre esperam que você escreva seu nome ali...

Com um cuidado meticuloso, ela escreveu J-u-l-i-e-S-m-i-t-h no alto da folha de papel, e então parou, incapaz de preencher qualquer outra lacuna. Julie sentiu raiva de novo e, em vez de se sentir mal por causa desse pedaço de papel idiota, ela decidiu pensar em algo legal, como a sensação do vento batendo em seu rosto na primavera. Imaginava a si mesma deitada debaixo de uma árvore frondosa, observando os esquilos que saltavam de um galho para outro, quando a doce voz da recepcionista a interrompeu, em um sobressalto.

— Há algo errado com seu lápis, Julie?

Julie afundou o lápis contra a perna e quebrou a ponta do grafite.

— Está sem ponta.

— Aqui tem outro...

— Minha mão está dolorida hoje — mentiu ela, debruçando-se em direção aos pés. — Não estou com muita vontade de escrever. E eu preciso ir ao banheiro. Onde fica?

— Bem ao lado dos elevadores. A dra. Wilmer vai atendê-la muito em breve. Não demore muito.

— Pode deixar — respondeu Julie, obediente. Depois de fechar a porta do consultório atrás de si, ela se virou para olhar o nome escrito nela, estudando cuidadosamente as primeiras letras para que pudesse reconhecer essa porta quando voltasse. "*P*", ela sussurrou em voz alta, para não esquecer, "*S. I.*" Satisfeita, atravessou o longo e acarpetado corredor, virou à esquerda e depois à direita perto do bebedouro, mas, quando finalmente chegou aos elevadores, encontrou duas portas com nomes escritos. Julie tinha quase certeza de que eram os banheiros, pois, entre as informações que cuidadosamente havia memorizado estava o fato de que a porta dos banheiros dos prédios grandes sempre tinha uma maçaneta diferente da que havia na dos consultórios ou escritórios. O problema era que nenhuma dessas portas dizia HOMENS ou MULHERES — duas palavras que ela reconheceria —, nem tinham a imagem de um bonequinho que informava às pessoas como ela qual era o banheiro correto. Com muita cautela, Julie colocou a mão na maçaneta de uma das portas, abriu-a com um estalido e espiou o lado de dentro. Retornou com pressa ao ver dois mictórios esquisitos na parede, pois significavam mais uma coisa que ela duvidava que as outras meninas soubessem: os homens usavam mictórios esquisitos. E ficavam um pouco alterados se você abrisse a porta e pegasse um deles no ato. Julie abriu a outra porta e entrou correndo no banheiro correto.

Consciente do tempo que demorou, saiu do banheiro e, com pressa, retraçou seus passos até chegar perto do local no corredor onde o consultório da dra. Wilmer deveria estar, então começou a estudar os nomes escritos nas portas. O nome que havia na porta da dra. Wilmer começava com P-S-I. Ela decifrou um P-E-T na porta ao lado, pensou ter memorizado as letras erradas e rapidamente abriu a porta. Uma estranha mulher de cabelos grisalhos olhou-a por cima da máquina de escrever.

— Pois não?

— Desculpe, consultório errado — murmurou Julie, ruborizando. — Você sabe onde fica o consultório da dra. Wilmer?

— Dra. Wilmer?

— É, sabe quem é? Wilmer. O nome na porta começa com P-S-I.

— P-S-I... Ah, você quer dizer Psicólogos Associados! É a sala 2516, mais adiante no corredor.

Normalmente, Julie teria fingido entender e continuado a entrar nos consultórios até encontrar o correto, mas ela estava tão preocupada com o risco de chegar atrasada que decidiu não fingir.

— Pode soletrar para mim?

— Perdão?

— Os números — explicou ela, desesperadamente. — Soletre-os assim: três, seis, nove, quatro, dois.

A mulher a encarou como se a menina fosse uma idiota, o que Julie de fato era, mas ela odiava quando outras pessoas notavam isso. Depois de suspirar, irritada, a mulher disse:

— O consultório da dra. Wilmer é na porta dois, cinco, um, seis.

— Dois, cinco, um, seis — repetiu Julie.

— É a quarta porta à esquerda — acrescentou a mulher.

— Ora! — exclamou Julie, frustrada. — Por que você não disse isso antes?

Ao ver Julie entrando, a recepcionista da dra. Wilmer disse:

— Você se perdeu, Julie?

— Eu? Claro que não! — mentiu Julie, sacudindo a cabeça enfaticamente enquanto se dirigia à cadeira. Sem saber que estava sendo observada através do que parecia ser um espelho normal, ela voltou sua atenção para o aquário ao seu lado. A primeira coisa que notou foi que um dos belos peixes havia morrido e que dois deles estavam nadando ao redor do morto, como se estivessem cogitando comê-lo. Automaticamente, ela bateu o dedo no vidro para assustá-los, mas logo depois eles voltaram.

— Tem um peixe morto aqui — disse ela à recepcionista, tentando parecer pelo menos um pouco preocupada. — Eu poderia tirá-lo do aquário para você.

— O pessoal da limpeza vai fazer isso à noite, mas obrigada por se oferecer.

Julie engoliu um protesto enfurecido ao que ela pensou ser uma crueldade desnecessária com o peixe morto. Não era certo deixar algo tão belo e indefeso jogado daquele jeito. A menina pegou uma revista na mesa de centro e fingiu lê-la, mas, com o canto do olho, continuou a vigiar os dois peixes predadores. Cada vez que eles voltavam para checar o colega falecido, Julie dava uma olhada na recepcionista para se assegurar de que ela não estava observando, então esticava o braço o mais casualmente possível e batia no vidro para espantar os outros peixes.

A poucos metros, em seu consultório do outro lado do vidro, a dra. Theresa Wilmer podia observar todo aquele pequeno cenário, seus olhos iluminados por um sorriso astuto, enquanto assistia à corajosa tentativa de Julie de, ao mesmo tempo, proteger o peixe morto e manter uma fachada de indiferença por causa da recepcionista. Olhando para o homem ao seu lado, outro psiquiatra que havia começado recentemente a se dedicar ao projeto especial da colega, a dra. Wilmer disse ironicamente:

— Aí está "Julie, a terrível", o pesadelo adolescente que alguns conselheiros tutelares julgaram não só ter "dificuldades de aprendizagem", mas também ser intratável, má influência para os colegas e uma "encrenqueira com grandes chances de virar uma delinquente juvenil". Sabia — continuou ela, sua voz adquirindo um tom de deslumbrada admiração — que ela chegou a organizar uma greve de fome no LaSalle? Ela convenceu 45 crianças, a maioria mais velha que ela, a se juntar à luta por uma comida melhor?

Dr. John Frazier olhou para a garotinha através do espelho espião.

— Suponho que ela tenha feito isso porque tem um desejo oculto de desafiar a autoridade?

— Não — respondeu a dra. Wilmer secamente —, ela fez isso porque tem um desejo oculto de comer melhor. A comida servida no LaSalle é nutritiva, mas sem gosto. Eu experimentei.

Frazier deu uma olhadela para a colega.

— E quanto às coisas que ela roubou? Não dá para ignorar esse problema tão facilmente.

Apoiando o ombro contra a parede, Terry fez um gesto com a cabeça para a criança que estava na sala de espera e, com um sorriso, falou:

— Já ouviu falar de Robin Hood?

— Claro. Por quê?

— Porque você está olhando para uma versão moderna e adolescente de Robin Hood. Julie poderia arrancar seu dente de ouro sem você nem mesmo notar. Ela é rápida a esse ponto.

— Mas não acho que *isso* seja uma justificativa para que ela vá morar com seus insuspeitos primos do Texas, que é o que você quer fazer.

A dra. Wilmer sacudiu os ombros.

— Julie rouba comida, roupa ou brinquedos, mas ela não guarda nada para si. Ela distribui o que roubou entre as outras crianças do LaSalle.

— Tem certeza disso?

— Absoluta. Já chequei.

Um sorriso relutante se esforçou para aparecer nos lábios de John Frazier enquanto ele estudava a garotinha.

— Ela se parece mais com Peter Pan do que com Robin Hood. Julie não é nada do que eu esperava depois de ter lido a ficha dela.

— Ela também me surpreendeu — admitiu a dra. Wilmer. De acordo com a ficha de Julie, o diretor do Centro Tutelar LaSalle, onde ela morava, definiu-a como um "problema disciplinar com predileção pela ociosidade, perturbação, roubo e por vagabundear ao lado de desagradáveis companheiros do sexo masculino". Depois de ler todos os comentários desfavoráveis que enchiam a folha, a dra. Wilmer esperava com toda a certeza que Julie Smith seria uma garota agressiva e calejada cuja interação com rapazes sem dúvida indicaria desenvolvimento físico prematuro ou mesmo atividade sexual. Por isso, ela ficou quase boquiaberta quando Julie apareceu no consultório dois meses antes, parecendo um duendezinho descuidado de jeans e casaco esfarrapado, o cabelo escuro bem curto e desfiado. Em vez de ser o projeto de *femme fatale* que a dra. Wilmer esperava, Julie Smith tinha um travesso e sedutor rosto dominado por um enorme par de cílios grossos que circundavam olhos de um azul tão escuro como o de um amor-perfeito. Contrastando com aquele rostinho malicioso e aqueles olhos inocentes e sedutores, havia algo desafiador e moleque no jeito como ela ficou na frente da mesa da dra. Wilmer durante sua primeira consulta, o pequeno queixo se impondo para frente e as mãos enfiadas no bolso de trás da calça.

Theresa foi cativada naquela primeira consulta, mas seu fascínio por Julie começou antes mesmo daquele dia — praticamente no momento em que pegou a ficha da menina um dia em casa e começou a ler as respostas dela a uma bateria de testes que fazia parte de um processo avaliativo desenvolvido recentemente pela própria Theresa. Assim que terminou, a psicóloga compreendia como funcionava a mente dócil daquela criança tão bem quanto sabia a profundidade de sua dor e os detalhes de sua condição atual: abandonada pelos pais biológicos e rejeitada por pais adotivos duas vezes, Julie teve que se contentar com a marginalidade dos cortiços de Chicago numa sucessão de abarrotados lares adotivos temporários. Por causa disso, ao longo de sua vida, sua única fonte de calor humano e apoio eram seus amigos — crianças tão desgrenhadas quanto ela, a quem se referia filosoficamente como "meus pares". Crianças que a ensinaram como roubar itens de lojas e, mais tarde, como matar aula. O raciocínio rápido e os dedos ágeis de Julie a tornaram tão boa nas duas tarefas que, independentemente da frequência com que era mandada para um lar adotivo, quase imediatamente adquiria certa popularidade e respeito entre seus colegas, a ponto de, alguns meses antes, um grupo de meninos ter concordado em lhe mostrar as várias técnicas que usavam para arrombar carros e fazer ligação direta — essa demonstração teve um fim repentino quando o grupo todo, incluindo Julie, que estava só observando, foi flagrado por um policial atento.

Aquele dia ficou marcado como a primeira vez que Julie foi presa, e, embora ela não soubesse, também marcou sua primeira "ruptura", pois foi o que a levou até a dra. Wilmer. Depois de ser — de certa forma, injustamente — presa por tentativa de roubo a carro, Julie foi inscrita no novo projeto experimental da dra. Wilmer, o que incluía uma intensa bateria de testes psicológicos e de inteligência, além de entrevistas e avaliações conduzidas por um grupo de psiquiatras e psicólogos voluntários. O objetivo do projeto era afastar de uma vida de delinquência menores sob a custódia do Estado.

No caso de Julie, a dra. Wilmer estava firmemente comprometida a alcançar esse propósito, e todo mundo que a conhecia sabia que, quando ela colocava algo na cabeça, fazia acontecer. Aos 35 anos, Terry Wilmer tinha um senso de tolerância refinado, um sorriso bondoso e uma firme determinação. Além de uma lista impressionante de diplomas médicos e uma árvore genealógica que mais parecia um inventário da elite norte-americana, ela contava com uma grande dose de três outros atributos especiais: intuição, compaixão e total dedicação. Com o fervor incansável de uma verdadeira missionária voltada para a salvação de almas rebeldes, Theresa Wilmer abandonou seu bem-sucedido consultório particular para ajudar adolescentes desamparados, vítimas de um sistema tutelar governamental sobrecarregado e carente de verbas. Para alcançar seus objetivos, estava disposta a explorar todas as ferramentas à sua disposição, incluindo recrutar o apoio de colegas como John Frazier. No caso de Julie, ela até recorreu à ajuda de alguns primos distantes, que estavam longe de serem ricos, mas tinham espaço vago em casa — e, Terry esperava, em seus corações moles também — para uma garotinha muito especial.

— Queria que você desse uma olhada nela — disse Terry. Ela se estendeu para puxar as cortinas e cobrir o vidro assim que Julie de repente se levantou, olhando desesperadamente para o aquário e mergulhando as duas mãos na água.

— O que diabos... — começou John Frazier, depois observou, abismado e em silêncio, a garota caminhar em direção à preocupada recepcionista com o peixe morto aconchegado em suas mãos ensopadas.

Julie sabia que não devia molhar o tapete, mas não conseguia ficar parada enquanto algo tão belo quanto aquele peixe de barbatanas longas e flutuantes era mutilado pelos outros. Sem conseguir definir se a recepcionista não a havia visto ou se simplesmente a ignorava, Julie se aproximou dela.

— Com licença — exclamou ela, com uma voz alta demais, estendendo as mãos.

A recepcionista, completamente absorta no trabalho que estava digitando, parou, irritada, e virou-se para a frente, sem prever o grito de choque que se seguiria à visão de um peixe brilhante e ensopado bem na frente de seu nariz.

Julie deu um cuidadoso passo para trás, mas continuou:

— Está morto — disse ela audaciosamente, lutando para manter a voz livre da sentimental compaixão que sentia. — Os outros peixes vão comê-lo, e eu não quero ver isso. É nojento. Se você me der um pedaço de papel, vou embrulhá-lo para você jogar no lixo.

Recuperando-se do choque, a recepcionista escondeu cuidadosamente um sorriso, abriu a gaveta da mesa, pegou alguns lenços de papel e os entregou à menina.

— Você quer levá-lo para enterrar em casa?

Julie teria gostado de fazer exatamente isso, mas ela pensou ter ouvido um tom divertido na voz da mulher, então apenas embrulhou com pressa o peixe no lenço de papel e o entregou a ela.

— Não sou tão burra, sabia? É só um peixe, não um coelho ou algo especial.

Do outro lado do vidro, Frazier soltou um risinho e balançou a cabeça.

— Ela está morrendo de vontade de dar àquele peixe um enterro de verdade, mas o orgulho não a deixa admitir. — Mais sério, ele acrescentou: — E a dificuldade de aprendizado dela? Pelo que me lembro, ela ainda está no segundo ano.

A dra. Wilmer bufou ao ouvir aquilo e pegou da mesa uma pasta de papel pardo que continha os resultados dos testes que Julie havia feito recentemente. Estendendo a pasta aberta para ele, Terry disse, com um sorriso:

— Dê uma olhada na nota que ela tirou nos testes orais, em que não há necessidade de ler nada.

John Frazier concordou e soltou uma sonora risada.

— A menina tem um Q.I. mais alto que o meu.

— Julie é especial em vários aspectos, John. Vi sinais disso quando li a ficha dela, mas quando a conheci pessoalmente, tive *certeza* de que era verdade. Ela é mal-humorada, corajosa, sensível e muito inteligente. Por baixo de toda a pose desafiadora dela, há um tipo raro de bondade, uma esperança inextinguível e um otimismo quixotesco ao qual ela se agarra apesar dos golpes da dura realidade. Como ela mesma não pode ter uma vida melhor, inconscientemente passou a se dedicar a proteger as crianças de qualquer centro tutelar onde for morar. Ela rouba para dar a elas, mente por elas, promove greves de fome, e elas a seguem onde quer que vá, como se ela fosse o Flautista de Hamelin. Aos 11 anos, Julie é uma líder nata, mas, se não forem redirecionados logo, alguns de seus métodos vão condená-la a cumprir pena no reformatório e, mais tarde, na prisão. E esse nem é o maior dos problemas dela agora.

— Como assim?

— Apesar de todos os seus atributos maravilhosos, a autoestima daquela garotinha é tão baixa que quase não existe. Como já foi rejeitada para adoção algumas vezes, ela está convencida de que é totalmente burra e incapaz de aprender. E a pior parte é que ela está quase desistindo. Julie é uma sonhadora, mas seus sonhos estão por um fio. — Com um vigor despropositado, Terry completou: — Eu *não* vou permitir que todo o potencial de Julie, sua esperança, seu otimismo, escorram pelo ralo.

As sobrancelhas do dr. Frazier se ergueram com o tom determinado na voz de Terry.

— Desculpe-me por levantar a questão, Terry, mas não era você que vivia dizendo que não podemos nos envolver demais com um paciente?

Com um sorriso pesaroso, a dra. Wilmer se inclinou sobre a escrivaninha, mas não pôde negar:

— Era mais fácil seguir essa regra quando meus pacientes eram filhos de famílias ricas que pensavam ser "desprivilegiados" se não ganhassem um carro esportivo de U$ 50 mil ao passar no vestibular. Espere até você ter mais experiências com crianças como Julie: crianças que dependem do "sistema" que nós preparamos para propiciar uma boa vida a elas, mas que, de alguma forma, acabam caindo nas garras do mesmo sistema. Você vai perder o sono, mesmo que isso nunca tenha acontecido antes.

— Acho que você está certa — disse ele, suspirando e entregando-lhe a pasta de volta. — Só por curiosidade, por que ela não foi adotada?

Theresa sacudiu os ombros.

— Basicamente por uma combinação de azar e momentos inoportunos. De acordo com os arquivos dela no Departamento de Serviços Infantis e Familiares, Julie foi abandonada recém-nascida num beco. Os registros médicos indicam que ela nasceu prematura, dez semanas antes do tempo ideal, e, por causa disso e das péssimas condições em que estava quando foi levada ao hospital, ela teve uma série de complicações de saúde até completar 7 anos de idade. Durante esse período, muito debilitada, ela precisou ser hospitalizada várias vezes.

"O pessoal do Departamento de Serviços Familiares encontrou pais adotivos quando ela tinha 2 anos, mas, no meio do processo de adoção, o casal decidiu se divorciar, por isso a mandaram de volta aos cuidados do Estado. Algumas semanas depois, ela foi morar com outro casal que foi avaliado o mais cuidadosamente possível, mas Julie teve pneumonia, e o novo casal (que havia perdido um filho da idade de Julie) desabou emocionalmente e desistiu da adoção. Depois disso, ela foi colocada sob os cuidados provisórios de uma família adotiva temporária, porém, após algumas semanas, o assistente social que cuidava do caso de Julie sofreu um acidente e nunca voltou para o trabalho. A partir de então, seguiu-se uma proverbial 'comédia de erros'. A ficha de Julie se perdeu..."

— O quê? — exclamou ele sem acreditar.

— Não seja duro demais com o pessoal dos Serviços Familiares. Na maior parte das vezes, eles são extremamente dedicados e cuidadosos, mas são humanos, como todos nós. Considerando o quanto estão sobrecarregados e sem verbas, é impressionante ver que dão conta de fazer o que fazem. De qualquer forma, resumindo, o lar temporário era uma casa cheia de filhos para cuidar, e os pais presumiram que os Serviços Familiares não encontrariam outra família para Julie, por causa de sua saúde. Até o departamento perceber que a ficha dela havia se perdido na confusão do sistema, ela já tinha completado 5 anos e passado da época de maior apelo para adoção. Ela também tinha um histórico de problemas de saúde e, quando foi retirada daquela família para ir morar com outra, ficou de cama em decorrência de uma série de ataques de asma. Julie acabou perdendo boa parte do primeiro e do segundo ano na escola, mas era uma "garotinha tão boa" que os professores não a reprovavam de um ano para o outro. Os novos pais adotivos dela já cuidavam de três crianças com deficiências físicas e ficavam tão ocupados com elas que não tinham tempo de perceber que Julie não estava indo bem na escola, até porque ela tirava boas notas. Mas, no quarto ano, a própria Julie percebeu que não estava conseguindo aprender nada e começou a fingir estar doente para poder ficar em casa. Quando os pais adotivos descobriram a mentira, insistiram para que voltasse a ir à escola, então Julie fez o mais óbvio para evitar isso: sempre que podia, matava aula para perambular com os colegas na rua. Como eu já disse, ela é geniosa, desafiadora e astuta; eles a ensinaram como roubar mercadorias de lojas e evitar que descobrissem que ela matava aula.

"Você sabe quase todo o resto: em certo momento Julie acabou sendo pega matando aula e roubando e foi mandada para o Centro Tutelar LaSalle, que é para onde são mandadas as crianças que não estão indo bem no sistema tutelar. Alguns meses depois, ela foi flagrada — injustamente, na minha opinião — com um grupo de garotos mais velhos que estavam demonstrando suas proezas na ligação direta de carros."

Com um risinho abafado, Terry completou:

— Julie era só uma observadora fascinada, mas ela conhece a técnica. Até se ofereceu para demonstrar para mim. Dá para imaginar que aquela menininha com aqueles olhos enormes e inocentes consegue mesmo ligar um carro sem a chave? Mas Julie não tentaria roubá-lo, de qualquer maneira. Como eu disse, ela só pega coisas que as crianças do LaSalle podem usar.

Com um sorriso irônico cheio de significados, Frazier inclinou a cabeça em direção ao vidro.

— Presumo que eles podem "usar" um lápis vermelho, uma caneta e um punhado de balinhas.

— O quê?

— Enquanto você conversava comigo, sua preciosa paciente pegou tudo isso da sala de espera.

— Meu Deus! — disse a dra. Wilmer, mas sem demonstrar muita preocupação ao olhar pelo vidro.

— Ela é rápida o suficiente para fazer truques com as mãos — acrescentou Frazier, com uma relutante admiração. — Eu a chamaria para entrar antes que ela descubra um jeito de levar aquele aquário para fora daqui. Aposto que as crianças do LaSalle adorariam uns peixes exóticos e tropicais.

Conferindo o relógio, dra. Wilmer afirmou:

— Os Mathison ficaram de me ligar agora do Texas para me dizer quando exatamente eles poderão acolhê-la. Quero poder contar a novidade a Julie quando ela entrar.

Enquanto a psicóloga falava, o interfone na mesa tocou, e a voz da recepcionista ecoou:

— A sra. Mathison está no telefone, dra. Wilmer.

— É a ligação que estou esperando — contou dra. Wilmer, empolgada.

John Frazier olhou para seu próprio relógio.

— Minha primeira consulta com Cara Anderson vai começar daqui a pouco. — Ele foi até a porta que dava para seu consultório, parou com a mão na maçaneta e disse, com um risinho: — Acabei de perceber que a distribuição do trabalho no seu programa é bastante injusta. Quero dizer — falou, em tom de brincadeira —, você trabalha com uma garota que rouba balinhas e lápis para dar aos pobres, enquanto eu fico com Cara Anderson, que tentou matar o pai adotivo. Você atende Robin Hood e eu, Lizzie Borden.

— Você adora um desafio — replicou Theresa Wilmer, rindo, mas, assim que pegou o telefone, completou: — Vou pedir ao pessoal dos Serviços Familiares para transferir a sra. Borowski do LaSalle para uma área onde possa trabalhar apenas com bebês e crianças pequenas. Já trabalhei com ela antes, e ela é excelente com crianças menores porque são afetuosas e não quebram regras. A sra. Borowski não deveria lidar com adolescentes. Ela não distingue uma leve rebeldia dessa fase de uma delinquência juvenil.

— Você não está querendo se vingar da sra. Borowski porque ela contou à recepcionista que Julie roubaria tudo o que conseguisse, está?

— Não — disse a dra. Wilmer ao tirar o telefone do gancho. — Mas esse é um bom exemplo do que eu queria dizer.

Assim que terminou o telefonema, a dra. Wilmer se levantou e foi até a porta da sala, ansiosa pela surpresa que estava prestes a dar a Julie Smith.

2

— JULIE — CHAMOU ELA JUNTO À PORTA. — ENTRE, por favor.

Enquanto Julie entrava e fechava a porta atrás de si, Terry acrescentou, animada:

— Seu tempo no nosso programa experimental está acabando. Todos os resultados já saíram.

Em vez de se sentar em uma cadeira, a jovem paciente se posicionou na frente da mesa de Terry, os pés pequenos um pouco afastados, as mãos enfiadas no bolso de trás do jeans. Com um leve desdém, ela sacudiu os ombros, confiante, mas não perguntou sobre o resultado dos testes, porque, Terry bem sabia, ela tinha medo de ouvir as respostas.

— Os testes são estúpidos — disse ela. — O programa todo é estúpido. Não é possível dizer qualquer coisa sobre mim só a partir de alguns testes e conversas no seu consultório.

— Aprendi muita coisa sobre você, Julie, nos poucos meses que nos conhecemos. Você gostaria que eu provasse contando o que descobri?

— Não.

— Por favor, deixe-me dizer o que eu acho.

Ela suspirou, deu um sorriso travesso e falou:

— Você vai acabar me dizendo, eu querendo ou não.

— Você está certa — concordou a dra. Wilmer, segurando-se para não sorrir diante desse astuto comentário. Os métodos que estava prestes a usar em Julie eram completamente diferentes daqueles que normalmente usava, mas a garota era naturalmente intuitiva e despachada demais para se deixar ser enganada por frases açucaradas e meias verdades.

— Sente-se, por favor — disse.

Assim que Julie se afundou na cadeira em frente à mesa, a dra. Wilmer começou, em tom firme, mas sereno:

— Descobri que, apesar de todos os seus feitos incríveis e suas demonstrações de valentia para seus colegas, a verdade é que você morre de medo o tempo todo, o dia inteiro, Julie. Você não sabe quem você é, o que é, nem o que vai ser. Não sabe ler ou escrever, por isso está convencida de que é burra. Você mata aula porque não consegue acompanhar o ritmo das outras crianças e fica muito magoada quando elas riem de você na escola. Você se sente aprisionada e sem esperanças, mas odeia se sentir assim. Você sabe que teve que passar por vários lares adotivos quando era pequena e que sua mãe a abandonou. Muito tempo atrás, você decidiu que seus pais biológicos não a quiseram e seus pais adotivos decidiram não adotá-la porque todos eles perceberam que você não seria uma boa menina e porque não era inteligente nem bonita o suficiente. Por isso, você corta o cabelo como o de um menino, recusa-se a usar roupas de menina, rouba coisas, mas mesmo assim não se sente mais feliz. Nada do que você faz parece importar, e talvez esse seja o problema: independentemente do que fizer, a menos que você esteja arranjando alguma confusão, ninguém parece estar interessado, e você odeia a si mesma porque queria que as pessoas se importassem com você.

A dra. Wilmer fez uma pausa para deixar Julie digerir todas aquelas informações, depois cutucou mais fundo:

— Você quer que alguém se importe com você, Julie. Se você pudesse fazer um pedido, essa seria sua resposta.

Julie sentiu os olhos arderem, mas conteve as lágrimas humilhantes que teimavam em querer cair ao ouvir as implacáveis verdades que a dra. Wilmer despejava sobre ela.

Suas piscadelas rápidas e seus olhos úmidos não escaparam da percepção da psicóloga, que entendeu as lágrimas de Julie como o que elas significavam: uma confirmação de que havia atingindo uma ferida aberta. Amaciando a voz, Terry continuou:

— Você odeia alimentar a esperança e os sonhos, mas não consegue deixar de tê-los, por isso inventa histórias maravilhosas para contar às crianças do LaSalle, histórias sobre crianças feias e solitárias que um dia encontram uma família, amor e felicidade.

— Você entendeu tudo errado! — protestou Julie ardentemente, enrubescendo até os cabelos. — Parece que você está dizendo que eu sou tipo uma... coitadinha covarde. Não preciso de ninguém que me ame, nem as crianças do LaSalle. Não preciso e não quero isso! Sou feliz...

— Não é verdade. Vamos contar uma à outra a mais pura verdade hoje, e eu ainda não terminei. — Mantendo os olhos da menina fixos nos dela, continuou: — A verdade, Julie, é que durante o tempo em que passou nesse programa experimental, descobrimos que você é uma garotinha *muito inteligente*, corajosa e maravilhosa. — Ela sorriu diante da expressão de dúvida e assombro de Julie, depois prosseguiu: — Você só não aprendeu a ler e a escrever ainda porque perdeu muitas aulas durante o tempo em que estava doente e depois não conseguiu acompanhar o ritmo dos colegas. Isso não tem nada a ver com a sua habilidade de aprender, que você chama de "esperteza", e nós chamamos de "inteligência". Tudo o que precisa fazer para alcançar o nível de estudos das crianças da sua idade é receber uma mãozinha de alguém por um tempo. Agora, além de ser esperta — continuou, mudando um pouco de assunto —, você também tem uma necessidade perfeitamente normal e natural de ser amada por quem você é. Você é muito sensível, por isso se magoa com facilidade. É também por causa disso que você não gosta que as outras crianças se magoem e tenta a todo custo deixá-las felizes, contando histórias e roubando coisas para dar a elas. Sei que você odeia ser tão sensível, mas, acredite em mim, é uma de suas qualidades mais preciosas. Agora, tudo o que temos que fazer é colocá-la num ambiente que possa ajudá-la a se tornar o tipo de mulher que você poderá ser um dia...

Julie empalideceu, pensando que a palavra *ambiente* remetia a uma instituição ou algo como uma prisão.

— Conheço ótimos pais adotivos para você: James e Mary Mathison. A sra. Mathison era professora e está ansiosa para ajudá-la a recuperar o ritmo dos estudos. O reverendo Mathison é um pastor...

Julie saltou da cadeira como se o encosto tivesse pegando fogo.

— Um pastor? — exclamou ela, balançando a cabeça, relembrando em voz alta os sermões sobre pecados e fogo do inferno que ela havia ouvido vezes demais na igreja. — Não, obrigada. Prefiro ir para o xadrez.

— Você nunca foi para o xadrez, por isso não sabe do que está falando — afirmou a dra. Wilmer, depois continuou falando sobre o novo lar adotivo como se Julie não tivesse voz na questão, o que, claro, Julie percebeu ser verdade. — James e Mary Mathison se mudaram para uma cidadezinha no Texas alguns anos atrás. Eles têm dois filhos, que são cinco e três anos mais velhos que você. E, diferentemente dos outros lares adotivos onde você já morou, não vai ter mais nenhuma outra criança adotiva lá. Você vai fazer parte de uma família *de verdade*, Julie. Você vai ter até um quarto só para você. E essa vai ser sua primeira vez numa casa como essa, sei disso. Já falei com James e Mary sobre você, e estão muito ansiosos em tê-la com eles.

— Por quanto tempo? — perguntou Julie, tentando não se animar com algo que seria provavelmente apenas temporário e que não daria certo mesmo.

— Para sempre, pressupondo que você goste de lá e esteja disposta a seguir uma rigorosa regra que eles usam para si mesmos e para os filhos: honestidade. Isso significa nunca mais roubar, mentir e matar aula. Tudo o que você tem a fazer é ser honesta com eles. Eles acreditam que é isso que você fará e estão muito, muito ansiosos para que você faça parte da família. A sra. Mathison me ligou agorinha e já está indo comprar alguns jogos e coisas para ajudá-la a aprender a ler o mais rápido possível. Ela está esperando você chegar para comprarem juntas os móveis do seu quarto, para que fique do jeito que você gosta.

Contendo-se para não ostentar sua alegria, Julie disse:

— Eles não sabem que já fui pega pela polícia, não é? Quero dizer, por matar aula.

— Matar aula — disse a dra. Wilmer severamente, declarando a terrível verdade — *e* por tentativa de roubo a carro. Sim, eles sabem de tudo.

— E mesmo assim querem que eu more com eles? — retrucou Julie em um cortante tom de gozação. — Eles precisam mesmo do dinheiro que os Serviços Familiares pagam aos pais adotivos.

— Dinheiro não tem nada a ver com a decisão deles! — replicou a dra. Wilmer, a severidade de sua voz contrabalanceada por um leve sorriso. — Eles são uma família muito especial. Não são ricos financeiramente, mas sentem que são ricos de outras formas, têm outros tipos de bênçãos. E querem compartilhar essas bênçãos com uma garota que mereça.

— E eles acham que *eu* mereço? — zombou Julie. — Ninguém nunca me quis antes de eu ter ficha na polícia. Por que agora alguém iria querer?

Ignorando essa pergunta retórica, a dra. Wilmer se levantou e deu a volta para ficar em frente à mesa, mais perto de Julie.

— Julie — disse, gentilmente, esperando a menina levantar a cabeça com relutância. — Acho que você é a criança que mais merece isso entre as que eu tive o privilégio de conhecer. — Ao elogio inédito e acalorado seguiu-se um dos poucos gestos de afeição que a menina já recebeu. A dra. Wilmer colocou a mão sobre a bochecha de Julie, dizendo: — Não sei como você continuou tão doce e especial assim, mas, acredite em mim, você merece toda a ajuda que eu puder lhe dar e todo o amor que acho que vai receber da família Mathison.

Julie sacudiu os ombros, tentando se preparar contra a possível decepção, mas, parada ali, ela não conseguia extinguir a chama de esperança que se acendeu em seu coração.

— Não conte com isso, dra. Wilmer.

A mulher esboçou um leve sorriso.

— Estou contando com *você*. Você é uma garota extremamente inteligente e intuitiva e vai saber reconhecer uma coisa boa quando a encontrar.

— Você deve ser muito boa no seu trabalho — disse Julie, com um suspiro que era um misto de esperança e medo do futuro. — Você quase me faz acreditar em tudo isso.

— Eu sou *muito* boa no meu trabalho — concordou a dra. Wilmer. — E foi muito *inteligente* e *intuitivo* da sua parte perceber isso. — Sorrindo, ela tocou o queixo de Julie e disse, com solene gentileza: — Você vai me escrever de vez quando e me contar como vão as coisas?

— Claro — respondeu Julie, sacudindo os ombros mais uma vez.

— Os Mathison não se importam com o que você fez no passado. Eles confiam que será honesta com eles de agora em diante. Está disposta a esquecer o passado também e dar a eles uma chance de ajudá-la a se tornar a pessoa maravilhosa que você pode ser?

Todos os elogios inéditos fizeram Julie segurar uma risadinha constrangida.

— Sim, com certeza — respondeu, revirando os olhos.

Recusando-se a deixar Julie ignorar a importância de seu novo futuro, Theresa continuou sombriamente:

— Pense, Julie: Mary Mathison sempre quis ter uma filha, e você é a única garota que ela já convidou para morar lá. A partir deste momento, você vai começar do zero, com a ficha limpa e uma família nova. Você está novinha em folha, como se fosse um bebê. Entendeu?

Julie abriu a boca para dizer que sim, mas parecia que ela tinha algo engasgado na garganta, então simplesmente concordou com a cabeça.

Theresa Wilmer olhou para os enormes olhos azuis que a encaravam naquele rosto travesso e encantador e sentiu um aperto em sua própria garganta enquanto passava os dedos pelos despenteados cachos escuros de Julie.

— Talvez algum dia você decida deixar o cabelo crescer — murmurou ela, sorrindo. — Vai ficar lindo e volumoso.

Julie por fim endireitou a voz, e sua testa se enrugou de preocupação.

— A senhora, sra. Mathison, quero dizer... você não acha que ela vai querer enrolar meu cabelo e colocar lacinhos ou alguma coisa boba do tipo, não é?

— Só se você quiser.

Theresa não perdeu o estado de espírito sentimental ao ver Julie partir. Notando que a menina havia deixado a porta do consultório entreaberta e sabendo que a recepcionista estava em horário de almoço, Theresa se endireitou e foi fechá-la. Estava prestes a alcançar a maçaneta quando viu Julie passar ao lado da mesa de centro e depois perto da mesa vazia da recepcionista.

Depois que ela saiu, na mesa de centro estava um punhado das balinhas que haviam sido roubadas. Na mesa da recepcionista, havia um lápis vermelho e uma caneta.

Um sentimento de alegria, orgulho e realização embargou a voz de Theresa quando ela murmurou à garota que partia:

— Você não quer que nada suje sua linda ficha limpa, não é? Essa é minha garota!

3

O ÔNIBUS ESCOLAR FEZ UMA PARADA EM FRENTE À ACONchegante casa em estilo vitoriano que Julie se permitiu considerar como seu lar nos já três meses que vivia com os Mathison.

— Está entregue, Julie — falou, amável, o motorista do ônibus. Mas, assim que Julie saltou do ônibus, nenhum de seus novos amigos disse-lhe adeus, como costumavam fazer. O silêncio frio e desconfiado deles compôs o intenso horror que embrulhou o estômago da menina enquanto ela se arrastava em direção à calçada coberta de neve. O dinheiro que havia sido arrecadado na turma de Julie para os almoços da semana na escola foi roubado da mesa da professora. Todas as crianças da sala foram questionadas a respeito do roubo, mas Julie foi quem ficou na sala durante o recreio naquele dia para terminar o trabalho de geografia. Era ela a principal suspeita, não só porque havia tido a oportunidade perfeita de roubar o dinheiro, mas também porque era a novata, a estrangeira, a menina da cidade grande; e como nada assim havia acontecido nessa turma antes, ela já era a culpada aos olhos de todos. Naquela tarde, enquanto esperava para falar com o diretor, Julie ouviu o sr. Duncan dizer à secretária que iria telefonar para o reverendo e a sra. Mathison para contar sobre o dinheiro roubado. Obviamente, o sr. Duncan já havia feito isso, pois o carro do reverendo Mathison estava parado na porta da garagem, e ele raramente voltava para casa tão cedo.

Quando chegou ao portão de madeira branca que circundava o quintal, Julie parou e ficou olhando para a casa. Os joelhos tremiam tanto que batiam um no outro só de pensar em ser expulsa daquele lugar. Os Mathison lhe deram um quarto só para ela, com uma cama com dossel e uma colcha florida, mas ela não sentiria tanta falta disso quanto dos abraços. E das risadas. E das vozes bonitas. Ah, todos eles tinham uma voz tão doce, bondosa e risonha. Só de pensar em nunca mais ouvir James Mathison dizer "boa noite, Julie. Não se esqueça de fazer suas preces, querida" fez Julie querer se jogar na neve e chorar como um bebê. E como ela poderia continuar a viver sem nunca mais ouvir Carl e Ted, os quais ela já considerava como irmãos, chamando-a para brincar ou ir ao cinema com eles? Nunca mais iria à igreja com sua nova família, se sentaria na fileira da frente e ouviria o reverendo Mathison falar gentilmente sobre "o Senhor" enquanto a congregação inteira escutava, em um silêncio respeitoso, tudo o que ele dizia. No começo, ela não gostava dessa parte. As cerimônias pareciam durar dias, não horas, e os bancos eram duros como pedra, mas aos poucos ela começou a realmente ouvir o que o reverendo Mathison dizia. Depois de algumas semanas, ela quase começou a *acreditar* que existia mesmo um Deus bom e amoroso a olhar por todos, até mesmo por crianças desprezíveis como Julie Smith. Parada na neve, ela sussurrou "por favor" ao Deus do reverendo Mathison, mas sabia que não adiantaria.

Julie percebeu com amargura que deveria saber que tudo isso era bom demais para ser verdade, e as lágrimas que ela lutava para não derramar embaçaram seus olhos. Por um momento, permitiu-se torcer para que só levasse uma surra, em vez de ser mandada de volta a Chicago, mas sabia que não seria assim. Em primeiro lugar, seus pais adotivos não acreditavam em surras, mas acreditavam que mentir e roubar eram ofensas graves e totalmente inaceitáveis para "o Senhor" e para eles. Julie havia prometido não fazer nem uma coisa nem a outra, e eles confiaram plenamente nela.

A alça de sua nova mochila de náilon se rasgou em cima de seu ombro, e a mochila deslizou até o chão, mas Julie estava triste demais para se importar. Arrastando-a pela ponta da alça, ela caminhou até a casa com um pavor entorpecido e subiu os degraus do alpendre.

Ao fechar a porta dos fundos, Julie notou que havia uma bandeja com cookies com gotas de chocolate, seus preferidos, esfriando no balcão da cozinha. Normalmente, o delicioso aroma dos biscoitos recém-saídos do forno enchia de água a boca de Julie; mas hoje ela se sentiu nauseada, pois Mary Mathison nunca mais os cozinharia especialmente para ela. A cozinha estava estranhamente deserta, e uma olhadela pela sala de estar confirmou que também estava vazia, mas Julie podia ouvir as vozes de seus irmãos adotivos vindas do quarto deles ao final do corredor. Com as mãos tremendo, ela enroscou a alça da mochila em um gancho atrás da porta da cozinha, depois tirou a felpuda jaqueta de inverno, pendurando-a ali também, e entrou no corredor, caminhando em direção ao quarto dos meninos.

Carl, seu irmão adotivo de 16 anos, a viu parada ao lado da porta e enlaçou os braços em volta dos ombros dela.

— Oi, Julie-Bob — provocou ele. — O que você acha do nosso novo cartaz?

Normalmente, o apelido que Carl lhe dera a fazia sorrir; desta vez, ela teve vontade de gritar, pois nunca mais o ouviria de novo. Ted, dois anos mais novo que Carl, deu um largo sorriso para ela e apontou para o cartaz de seu mais novo ídolo do cinema, Zack Benedict.

— O que você acha, Julie? Ele não é o máximo? Um dia vou ter uma moto igual à do Zack Benedict.

Com seus olhos lacrimejantes, Julie encarou a fotografia em tamanho real de um homem sisudo de ombros largos ao lado de uma motocicleta, com os braços cruzados sobre o peito robusto, bronzeado e peludo.

— Ele é o melhor — concordou, apática. — Cadê a mãe e o pai de vocês? — acrescentou.

Apesar de seus pais adotivos terem pedido para que os chamasse de mãe e pai e ela ter avidamente aceitado, Julie sabia que esse privilégio estava prestes a ser revogado.

— Preciso falar com eles.

Sua voz estava quase embargada por causa das lágrimas contidas, mas Julie estava determinada a encarar o inevitável confronto o mais rápido possível, porque ela honestamente não poderia suportar o medo por mais tempo.

— Eles estão no quarto tendo uma conversa particular — disse Ted, seu olhar grudado no cartaz. — Carl e eu vamos ver o novo filme do Zack Benedict amanhã à noite. A gente queria levar você, mas a classificação é 14 anos por causa da violência, por isso mamãe não deixou. — Ele parou de encarar seu ídolo e olhou para o desolado rosto de Julie. — Ei, menina, não fique tão triste. A gente leva você para ver o primeiro filme que...

Do outro lado do corredor, a porta se abriu, e os pais adotivos de Julie saíram do quarto, com uma expressão severa.

— Pensei ter ouvido sua voz, Julie — disse Mary Mathison. — Quer lanchar antes de começarmos sua lição de casa?

O reverendo Mathison olhou para o rosto tenso de Julie e falou:

— Acho que Julie está chateada demais para se concentrar na lição de casa. — Virando-se para ela, ele continuou: — Quer conversar sobre o que a está entristecendo agora ou depois do jantar?

— Agora — sussurrou ela.

Carl e Ted trocaram olhares intrigados e preocupados e decidiram sair do cômodo, mas Julie sacudiu a cabeça, querendo que eles ficassem. Melhor resolver essa história toda na frente de todo mundo, de uma vez só, ela pensou. Quando seus pais adotivos se sentaram na cama de Carl, com a voz trêmula, ela começou a contar:

— Roubaram um envelope cheio de dinheiro na escola hoje.

— Nós sabemos — disse o reverendo Mathison, impassível. — O diretor já nos telefonou. O sr. Duncan parece crer, assim como a sua professora, que você é a culpada.

Julie já havia decidido, no caminho da escola para casa, que não importa o quanto as coisas que lhe diriam pudessem ser dolorosas ou injustas, ela não imploraria, suplicaria ou se humilharia de maneira alguma. Infelizmente, ela não havia previsto a incrível agonia que sentia neste momento, em que estava perdendo sua nova família. A menina afundou as mãos no bolso de trás dos jeans, numa postura inconscientemente desafiadora, mas, para seu desespero, seus ombros começaram a tremer violentamente, e ela precisou enxugar com a manga da jaqueta as lágrimas de ódio que escorriam pelo rosto.

— Você roubou o dinheiro, Julie?

— Não! — A palavra explodiu num grito angustiado.

— Então, pronto!

O reverendo Mathison e a esposa se levantaram como se tivessem decidido que ela era não só uma ladra, mas também uma mentirosa, e Julie começou a implorar e suplicar, embora tivesse decidido antes que não faria isso.

— Eu j-juro que não peguei aquele dinheiro do almoço — exclamou ela ardentemente, enroscando a bainha da jaqueta com os dedos. — Pro-prometi a vocês que nunca ia roubar ou mentir de novo e não fiz nada disso. *Não* fui eu! Por favor! Por favor, acreditem em mim!

— Nós acreditamos, Julie.

— Eu mudei, de verdade, e... — Ela parou e os encarou, sem acreditar. — Vocês... o quê? — sussurrou.

— Julie — disse seu pai adotivo, colocando as mãos no queixo dela —, quando você veio morar conosco, lhe perguntamos se você nos daria a palavra de que nunca mais mentiria ou roubaria. Quando você *nos* deu sua palavra, nós demos a *você* nossa confiança, lembra?

Julie assentiu, lembrando-se perfeitamente daquele momento, na sala de estar, três meses antes. Então flagrou um sorriso no rosto de Mary Mathison e se lançou nos braços dela. Eles a abraçaram, envolvendo a menina no aroma de cravo e na promessa silenciosa de uma vida inteira permeada de beijos de boa-noite e risadas em conjunto.

As lágrimas de Julie jorravam aos montes.

— Shh... pronto! Assim você vai passar mal — consolou James Mathison, sorrindo, passando a mão na cabeça de Julie e olhando para os olhos cintilantes da esposa. — Deixe sua mãe preparar o jantar e confie que nosso Senhor vai cuidar do caso do dinheiro roubado.

À menção de "nosso Senhor", Julie de repente se enrijeceu, depois se apressou para sair do quarto, virando a cabeça para dizer que voltaria para arrumar a mesa do jantar.

Em meio ao atordoado silêncio que se seguiu à abrupta e peculiar saída da menina, o reverendo Mathison disse, preocupado:

— Ela não deveria ir a lugar algum agora. Ela ainda está chateada e logo vai escurecer. Carl — acrescentou —, siga-a e veja o que afinal ela vai aprontar.

— Eu vou também — falou Ted, já pegando uma jaqueta no armário.

A dois quarteirões da casa, Julie agarrou a gélida maçaneta de bronze e deu um jeito de abrir as pesadas portas da igreja onde seu pai adotivo atuava como pastor. Uma pálida luz de inverno entrava pelas altas janelas, e ela parou em frente ao altar. Desajeitada e sem ter certeza de como agir nessas circunstâncias, ergueu os olhos brilhantes para a cruz de madeira. Pouco depois, disse, com uma vozinha tímida:

— Obrigada mil vezes por fazer os Mathison acreditarem em mim. Quero dizer, sei que foi Você que me ajudou, pois é um milagre. Você não vai se arrepender — prometeu ela. — Eu vou ser tão perfeita que vou deixar todos orgulhosos. — Ela se virou, depois voltou. — Ah, e se Você tiver tempo, pode fazer o sr. Duncan descobrir quem roubou o dinheiro? Senão, vou acabando pagando o pato de qualquer jeito, e isso não é justo.

Naquela noite, depois do jantar, Julie arrumou cada canto de seu quarto, embora já o mantivesse sempre um brinco. Ao tomar banho, lavou duas vezes a parte de trás das orelhas. Ela estava tão determinada em ser perfeita que, quando Ted e Carl a convidaram para fazer palavras cruzadas — que eles jogavam no nível dela para ajudá-la a praticar a técnica de leitura — antes de dormir, ela nem mesmo *cogitou* dar uma espiada por baixo dos bloquinhos, para que pudesse escolher as letras que sabia usar melhor.

Na segunda-feira da manhã seguinte, Billy Nesbitt, um aluno do sétimo ano, foi pego com uma caixa de cerveja que estava sendo generosamente compartilhada com alguns amigos debaixo da arquibancada do campo de futebol da escola no intervalo do almoço. Enfiado na caixa vazia havia um envelope pardo onde estavam escritas as palavras "dinheiro do almoço — turma da srta. Abbott" com a letra da professora de Julie.

Julie recebeu da professora um pedido formal de desculpas diante de todos os colegas e outro, mais relutante e particular, do severo sr. Duncan.

Naquela tarde, Julie saltou do ônibus escolar em frente à igreja e passou quinze minutos lá dentro, depois correu até chegar em casa para contar as notícias. Entrou apressada, o rosto avermelhado por causa do tempo frio, louca para compartilhar a prova cabal que a inocentaria completamente do caso do roubo. E correu para a cozinha, onde Mary Mathison preparava o jantar.

— Posso provar que não peguei o dinheiro do almoço! — disse ela, ofegante e com o olhar cheio de expectativa, para a mãe e os irmãos.

Mary Mathison olhou para ela e sorriu, intrigada, depois continuou a descascar cenouras; Carl mal ergueu o olhar da maquete que estava desenhando para o projeto Futuros Arquitetos da escola; e Ted deu a ela um largo sorriso e continuou a ler a revista de cinema em cuja capa estava Zack Benedict.

— Nós sabemos que você não pegou o dinheiro, querida — respondeu finalmente a sra. Mathison. — Você disse que não.

— Isso mesmo. Você disse que não era a culpada — lembrou-a Ted, virando uma página da revista.

— Sim, mas... mas eu posso fazê-los acreditar de verdade. Quero dizer, agora posso *provar*! — exclamou ela, olhando para cada um dos rostos suaves a sua frente.

A sra. Mathison colocou as cenouras de lado e começou a ajudar Julie a tirar a jaqueta. Com um sorriso gentil, ela disse:

— Você já provou isso: você nos deu sua palavra, lembra?

— Sim, mas minha palavra não é o mesmo que a prova de verdade. Não é o suficiente.

A sra. Mathison olhou diretamente para os olhos de Julie.

— É, sim, Julie — falou ela com uma firmeza gentil. — É o suficiente. Sem dúvida. — Desabotoando o primeiro botão da jaqueta felpuda de Julie, acrescentou: — Se você for sempre tão honesta com todo mundo quanto é conosco, sua palavra logo será uma prova suficiente para o mundo inteiro.

— Billy Nesbitt pegou o dinheiro para comprar cerveja para os amigos — revelou Julie, em um obstinado protesto em resposta a esse anticlímax. Em seguida, como se não conseguisse parar, acrescentou: — Como é que você *sabe* que eu sempre vou dizer a verdade e não vou mais roubar nada?

— Sabemos disso porque conhecemos *você* — disse a mãe adotiva enfaticamente. — Nós a conhecemos, confiamos em você e a amamos.

— Isso mesmo, pirralha — acrescentou Ted, com um largo sorriso.

— É isso aí — ecoou Carl, desviando o olhar de seu projeto e concordando com a cabeça.

Para seu pavor, Julie sentiu lágrimas arderem seus olhos e rapidamente virou-se para o lado. Aquele dia marcou uma reviravolta em sua vida. Os Mathison haviam oferecido sua casa, confiança e amor para *ela*, não para qualquer outra criança sortuda. Essa família maravilhosa e acolhedora seria dela para sempre, não só por enquanto. Eles sabiam tudo sobre ela e *mesmo assim* a amavam.

Julie encontrou conforto nessa nova descoberta. Ela desabrochou no calor desse sentimento como um delicado botão abrindo as pétalas para a luz do sol. Concentrou-se na lição de casa com ainda mais determinação e se surpreendeu pela facilidade com que era capaz de aprender. Quando chegou o verão, ela perguntou se poderia fazer um curso de férias para compensar mais um pouco as aulas perdidas.

No inverno seguinte, Julie foi chamada à sala de estar, onde abriu seus primeiros e bem-embrulhados presentes de aniversário, enquanto sua sorridente família a contemplava. Quando o último pacote foi aberto e o último pedaço de papel de presente foi recolhido, James, Mary, Ted e Carl deram a ela o presente mais extraordinário de todos.

O presente veio envolto num envelope pardo, grande e sem graça. Dentro, havia uma folha de papel, onde no topo havia uns dizeres em preto com uma letra elaborada: PEDIDO DE ADOÇÃO.

Julie olhou para eles com olhos transbordados de lágrimas, o papel apertado contra o peito.

— Eu? — suspirou ela.

Ted e Carl não entenderam bem por que ela chorava e começaram a falar ao mesmo tempo, suas vozes cheias de ansiedade.

— Nós, todos nós, só queríamos oficializar, Julie, só isso, para que seu sobrenome seja Mathison, como o nosso — disse Carl.

E Ted acrescentou:

— Quero dizer, tipo, se você não tiver certeza se é ou não uma boa ideia, não precisa concordar conosco... — Ele parou assim que Julie se jogou em seus braços, quase o derrubando.

— Tenho certeza! — exclamou ela, animada. — Tenho certeza, tenho certeza, tenho certeza!

Nada poderia diminuir sua satisfação. Naquela noite, quando seus irmãos a convidaram para ir ao cinema com um grupo de amigos para ver o herói de todos, Zack Benedict, Julie concordou na mesma hora, embora não conseguisse entender o que os dois viam no ator. Dominada pela alegria, ela se sentou na terceira fileira do Cinema Bijou, com um irmão de cada lado, os ombros deles encostando-se aos dela, distraidamente assistindo a um filme estrelado por um camarada alto e de cabelos escuros que não fazia nada além de acelerar uma motocicleta, envolver-se em brigas e parecer entediado e um pouco... frio.

— O que você acha desse filme? Zack Benedict não é legal? — perguntou-lhe Ted, assim que eles saíram do cinema com um monte de adolescentes que provavelmente estavam dizendo a mesma coisa.

A dedicação de Julie no tocante a total honestidade ganhou por pouco do desejo de concordar com tudo o que dissessem seus incríveis irmãos.

— Ele... bem... ele parece um pouco *velho* — disse ela, vendo se concordariam as três garotas que haviam ido ao cinema com eles.

Ted parecia estupefato.

— Velho! Ele só tem 21 anos, mas é muito experiente! Quero dizer, li numa revista de cinema que ele se vira por conta própria desde os 6 anos de idade, vivendo no Oeste, trabalhando em fazendas para tirar seu ganha-pão. Você sabe... domando cavalos. Depois ele participou de rodeios. Durante um tempo, fez parte de uma gangue de motociclistas... viajando pelo país. Zack Benedict — concluiu Ted, com um comentário cheio de admiração: — é um homem com H maiúsculo.

— É, mas ele parece... frio — argumentou Julie. — Frio e um pouco mau também.

As garotas gargalharam ao ouvir o que parecia uma crítica séria de Julie.

— Julie — disse Laurie Paulson, soltando um risinho. — Zachary Benedict é mesmo lindo e completamente sexy. Todo mundo acha isso.

Julie, que sabia que Carl tinha uma queda por Laurie, lealmente logo retrucou:

— Bom, não concordo. Não gosto dos olhos dele. São castanhos e parecem maus.

— Os olhos dele não são castanhos, são *dourados*. Ele tem olhos incrivelmente sensuais, pergunte a qualquer um!

— Julie não é uma boa juíza para esse tipo de coisa — interviu Carl, afastando-se de sua pretendente secreta para voltar para casa ao lado de Ted. — Ela é muito nova.

— Não sou nova demais para saber — argumentou Julie presunçosamente enquanto suas pequenas mãos agarravam a curvatura dos cotovelos dos irmãos — que Zack Benedict não chega nem perto de ser tão bonito quanto vocês dois!

Ted ainda estava absorto na vida maravilhosa desse astro do cinema.

— Imagine se virar por conta própria desde pequeno, trabalhando numa fazenda, domando cavalos, laçando bois...

4

1988

— TIREM ESSES MALDITOS BEZERROS DAQUI. ESSE FEDOR sufoca até um cadáver.

Sentado numa cadeira de lona onde a palavra DIRETOR estava escrita em branco acima de seu nome, Zachary Benedict gritou a ordem e olhou furiosamente para o gado que perambulava por um curral provisório, perto de uma grande e moderna casa de fazenda, depois continuou a fazer anotações em seu roteiro. Localizada a 65 km de Dallas, a luxuosa propriedade, perpassada por estradas cercadas por árvores, dotada de um suntuoso estábulo e de campos pontilhados de máquinas para extrair petróleo, havia sido alugada por um milionário texano para que servisse de cenário para um filme chamado *Destino*, que, de acordo com uma revista especializada em cinema, provavelmente renderia mais um Oscar de Melhor Ator para Zack, bem como um de Melhor Diretor — isso se ele conseguisse terminar o filme que todos diziam carregar mau agouro.

Até a noite anterior, Zack pensava que não tinha como as coisas piorarem: apesar do orçamento inicial de U$ 45 milhões calculado para quatro meses de gravação, *Destino* estava agora um mês atrasado em relação ao programa e se encontrava prestes a estourar o orçamento em U$ 7 milhões, graças a uma quantidade extraordinária de problemas bizarros de produção, além de acidentes que atormentavam a equipe praticamente desde o primeiro dia de gravação.

Agora, depois de meses de atrasos e desastres, restavam apenas duas cenas para filmar, mas a satisfação exultante de Zack parecia ter sido completamente ofuscada pela furiosa ira que mal podia conter enquanto tentava, sem sucesso, se concentrar nas mudanças que queria fazer na próxima cena.

À sua direita, perto da estrada principal, uma câmera estava sendo ajustada para capturar o que prometia ser um escaldante pôr do sol, com a cidade de Dallas à vista na linha do horizonte. Pelas portas abertas do estábulo, Zack podia ver os blocos de feno sendo posicionados e os assistentes de iluminação subindo nas vigas, ao passo que o cinegrafista lhes dizia que direção tomar. Depois do estábulo, bem longe da vista da câmera, dois dublês dirigiam carros que carregavam a insígnia da polícia rodoviária do estado do Texas e que seriam usados numa cena de perseguição a ser gravada no dia seguinte. Em volta do gramado, depois de uma fileira de carvalhos, trailers reservados para as principais estrelas do elenco estavam dispostos em um semicírculo, com as cortinas fechadas e o ar-condicionado funcionando a todo vapor para compensar o implacável calor de julho. Ao lado deles, os trailers do bufê corriam para oferecer bebidas geladas aos membros da produção e aos calorentos atores.

O elenco e a equipe de produção eram formados por profissionais experientes, acostumados a esperar horas e horas até que pudessem ser úteis em uns poucos minutos de filmagem. Em geral, a atmosfera era alegre e, no dia de finalizar uma cena importante, o clima era leve. Normalmente, as mesmas pessoas que se aglomeravam em grupos inquietos perto dos trailers do bufê rodeavam Zack, fazendo piadas sobre as provações que enfrentaram juntos ou conversando entusiasticamente sobre a festa que aconteceria no dia seguinte para comemorar o fim das filmagens. No entanto, depois do que havia acontecido na noite anterior, evitavam conversar com ele, e ninguém estava em clima de festa.

Naquele dia, os 38 membros da equipe e do elenco tentavam se manter propositadamente afastados de Zack e todos, sem exceção, estavam muito apreensivos pelo que poderia acontecer nas próximas horas. Por causa disso, ordens que eram normalmente dadas em tons razoáveis estavam sendo jogadas de modo tenso e impaciente por qualquer pessoa que estivesse em posição de dá-las; instruções que eram geralmente executadas com espontaneidade passaram a ser feitas com a desajeitada imprecisão de quem está ansioso para terminar algo logo.

Zack quase podia sentir as emoções emanando de todos a seu redor: a empatia vinda daqueles que gostavam dele, o satisfeito desdém dos que não gostavam dele ou eram amigos de sua esposa, a ávida curiosidade daqueles que eram indiferentes a ambos.

Tardiamente percebendo que ninguém havia escutado seus comandos para remover o gado do local, ele deu uma olhada ao redor em busca do assistente de direção e o encontrou parado no gramado, as mãos nos quadris e a cabeça inclinada para trás, observando um dos helicópteros decolar em viagem rotineira para o laboratório em Dallas, onde o material filmado a cada dia era levado para revelação. Em volta do helicóptero, um tufão de sujeira e poeira rodopiou e se espalhou, emanando uma corrente de vento quente e pedregosa, cheirando a estrume fresco, bem na direção de Zack.

— Tommy! — gritou ele, irritado.

Tommy Newton virou-se e foi em direção a Zack, espanando a poeira da sua bermuda cáqui. Baixinho e com cabelo castanho bem curto, olhos amendoados e óculos de aro redondo, o assistente de direção de 35 anos tinha uma aparência estudada que desmentia um senso de humor irrepreensível e uma energia inesgotável. Mas naquele dia até Tommy não estava no clima de receber ordens, nem mesmo as mais leves. Retirando de debaixo de seu braço uma prancheta para o caso de precisar anotar algo, ele disse:

— Você me chamou?

Sem se dignar a olhá-lo, Zack ordenou, seco:

— Arranje alguém para colocar esses bezerros na direção do vento.

— Claro, Zack.

Tommy pegou o rádio transmissor que estava preso ao cinto, apertou o botão de comunicação e chamou Doug Furlough, o supervisor de apoio técnico, que monitorava a montagem de uma cerca de curral em volta do estábulo para a cena final do dia seguinte.

— Doug — chamou Tommy pelo rádio transmissor.

— Fale, Tommy!

— Diga ao pessoal que está trabalhando no curral para levar os bezerros para a pastagem mais ao sul.

— Pensei que Zack fosse usá-los na próxima cena.

— Ele mudou de ideia.

— Tudo bem, vou providenciar isso. Podemos começar a montar o cenário na casa, ou ele quer deixar isso para lá?

Tommy hesitou, olhou para Zack e repetiu a pergunta para ele.

— Deixe para lá — respondeu o diretor de maneira seca. — Não mexa nela até que eu dê uma olhada nos jornais de amanhã. Se tiver alguma coisa de errado, não quero gastar mais de dez minutos montando um cenário para a próxima cena.

Depois de transmitir a resposta para Doug Furlough, Tommy ia se virar, mas hesitou:

— Zack — disse ele sombriamente —, você provavelmente não está no clima de ouvir isso agora, mas as coisas vão ficar bem... agitadas... hoje à noite, e eu talvez não tenha outra chance de dizer isso.

Forçando-se a parecer interessado, Zack olhou para Tommy, que continuou, hesitante:

— Você merece mais algumas estatuetas por este filme. A sua atuação em algumas cenas, e a que você conseguiu arrancar de Rachel e Tony deu calafrios na equipe inteira, sem exagero.

A mera menção ao nome da esposa, particularmente junto ao de Tony Austin, levou a irritação de Zack ao ponto de ebulição, e ele se levantou abruptamente, com o roteiro nas mãos.

— Agradeço o elogio — mentiu ele. — Só daqui a uma hora vai escurecer o suficiente para gravar a próxima cena. Quando todo mundo estiver pronto no estábulo, libere a equipe para o intervalo do jantar, e eu vou ver como estão as coisas. Enquanto isso, vou pegar algo para beber e arranjar um lugar onde eu possa me concentrar. — Apontando a cabeça em direção à fileira de carvalhos ao final do gramado, ele acrescentou: — Vou ficar ali se precisar de mim.

Ele estava indo até a área do bufê quando a porta do trailer de Rachel se abriu, e ela saiu na mesma hora que Zack estava passando. O olhar dos dois se encontrou, diálogos dando espaço a um silêncio tenso, as cabeças se evitando, e o suspense crepitando no ar como um raio de calor. Mas Zack apenas se desviou de sua esposa e continuou andando até chegar ao trailer do bufê para falar com o assistente de Tommy Newton e trocar gracejos com os dublês. Para fazer isso tudo, era preciso que Zack desse um show digno de Oscar, o que requeria uma boa dose de esforço, pois ele não conseguia olhar para Rachel sem se lembrar da noite anterior, quando ele inesperadamente voltou para o quarto deles no Hotel Crescent e a encontrou com Tony Austin...

Mais cedo naquele dia, ele havia dito a ela que pretendia ter uma reunião até mais tarde com os cinegrafistas e assistentes de direção para discutir algumas ideias novas e depois planejava dormir em seu trailer. Mas quando a equipe se reuniu lá para a reunião, Zack se deu conta de que havia esquecido suas anotações no hotel em Dallas e, em vez de mandar alguém lá para buscar, decidiu poupar tempo convidando a todos para ir ao hotel com ele. Com um humor surpreendentemente leve por causa da proximidade do fim das gravações, os seis homens entraram no quarto escuro, até que Zack ligou o interruptor.

— Zack! — exclamou Rachel, desenroscando-se do homem nu deitado no sofá para pegar seu penhoar, os olhos em choque, desnorteados. Tony Austin, que dividia a cena com ela e Zack em *Destino*, sentou-se rapidamente.

— Zack, fique calmo... — implorou Austin, levantando-se num pulo e correndo para trás do sofá à medida que Zack se aproximava. — No rosto, não! — gritou ele, ao ver o outro se lançando em direção à parte de trás do sofá. — Tenho mais duas cenas para gravar e... — Foram necessários cinco membros da equipe para conter Zack.

— Zack, não perca a cabeça! — exclamou o eletricista-chefe, tentando impedi-lo.

— Ele não vai conseguir terminar a filmagem se estiver com o rosto machucado — lembrou Doug Furlough, ofegante, segurando os braços de Zack.

Zack se livrou rapidamente dos dois homens, menores que ele. Fria e calculadamente, esmurrou então Tony até quebrar duas de suas costelas, antes que os outros conseguissem segurá-lo de novo. Ofegando mais de raiva que de cansaço, assistiu aos outros carregarem Austin, nu e cambaleante, para fora do quarto. Uma meia dúzia de hóspedes estava no corredor, espreitando por entre as portas abertas, atraídos, sem dúvida, pelos gritos de Rachel pedindo para que Zack parasse. A passos largos, Zack se aproximou da entrada e bateu a porta na cara dos curiosos.

Virando-se, furioso, para Rachel, que havia se enrolado em um penhoar de cetim cor de pêssego, ele se aproximou dela, tentando controlar o ímpeto de agredi-la fisicamente também.

— Saia da minha frente! — ordenou, quando ela recuou. — Saia, ou não vou me responsabilizar pelo que eu fizer com você.

— Não se atreva a me ameaçar, seu filho da mãe arrogante! — retrucou ela, desdenhando-o com tanta satisfação que o fez recuar. — Se você encostar um dedo em mim, meus advogados não vão concordar em pegar apenas a metade de tudo o que você tem depois que eu entrar com o pedido de divórcio. Vou levar *tudo*! Está entendendo, Zack? Quero o divórcio. Meus advogados vão entrar com a papelada amanhã em Los Angeles. Tony e eu vamos nos casar!

A constatação de que a esposa e o amante mantinham relações sexuais às escondidas enquanto calmamente arquitetavam viver com o dinheiro que Zack havia trabalhado tanto para ganhar o fez perder o controle. Ele agarrou os braços dela e a empurrou em direção à porta.

— Vou matá-la antes de deixar você pegar a metade de qualquer coisa! Agora suma daqui.

Ela caiu de joelhos, depois se levantou. Com a mão na maçaneta e uma máscara de ódio triunfante no rosto, ela jogou sua bomba de despedida:

— Se você está pensando em deixar a mim e Tony fora do *set* amanhã, nem perca tempo tentando. Você é apenas o diretor. O estúdio gastou uma fortuna com esse filme. Eles vão forçá-lo a terminar o trabalho e vão processá-lo se fizer qualquer coisa para atrasar ou sabotar as gravações. Pense... — completou, com um sorriso malicioso enquanto abria a porta, num solavanco. — De um jeito ou de outro, você perde. Se não terminar o filme, vai ser o seu fim. Se terminar, vou ficar com a metade do dinheiro que você ganhar! — E bateu a porta atrás dela.

Ela estava certa quanto ao fim das gravações de *Destino*. Apesar de estar enfurecido, Zack sabia disso. Só havia mais duas cenas para gravar, e Rachel e Tony estavam em uma delas. Zack não tinha escolha, a não ser tolerar a esposa adúltera e seu amante enquanto dirigia a cena. Ele foi até o frigobar e se serviu de uma generosa dose de uísque, virou o copo, depois o encheu de novo. Com o copo na mão, aproximou-se da janela e ficou observando o perfil iluminado de Dallas até sentir a raiva e a dor diminuírem. Decidiu que telefonaria para seus advogados pela manhã e os instruiria a começar as negociações do divórcio nos termos dele, não nos dela. Embora tivesse acumulado uma fortuna já razoável como ator, ele conseguiu multiplicá-la fazendo perspicazes investimentos, que estavam agora protegidos por uma série de fundos que deveriam resguardar de Rachel a maior parte de seus ativos. A mão de Zack relaxou da tensão com que carregava o copo. Ele estava mais calmo; passaria por aquilo tudo e continuaria com sua vida. Sabia que poderia sobreviver — e sobreviveria. Sabia disso, pois há muito tempo, quando tinha 18 anos, descobriu que tinha a capacidade de abandonar qualquer pessoa que o tivesse traído e nunca mais olhar para trás.

Afastando-se da janela, Zack entrou no quarto, tirou do armário as malas de Rachel e enfiou todas as coisas da esposa dentro delas, depois pegou o telefone ao lado da cama.

— Preciso de um carregador na suíte presidencial — ordenou à telefonista.

Quando o carregador chegou, minutos depois, Zack entregou-lhe as malas abarrotadas de roupas.

— Leve essas malas para o quarto do sr. Austin.

Naquele momento, se Rachel tivesse voltado e implorado para que a perdoasse, se ela tivesse sido capaz de *provar* para ele que tinha perdido a cabeça e não sabia o que estava fazendo ou dizendo, já teria sido tarde demais, mesmo se ele acreditasse nela.

Porque ela já estava morta para ele.

Tão morta quanto a avó que um dia Zack amou, assim como seus irmãos. Foi preciso muito esforço e concentração para arrancá-los de sua mente e de seu coração, mas foi o que ele fez.

5

DEIXANDO DE LADO AS LEMBRANÇAS DA NOITE ANTERIOR, Zack se sentou debaixo de uma árvore, onde podia ver o que estava acontecendo sem ser observado. Apoiou os pulsos sobre os joelhos dobrados e espiou Rachel caminhando até o trailer de Tony Austin. As notícias daquela manhã estavam povoadas dos terríveis detalhes da cena que se passou no quarto de hotel e da briga que se seguiu, detalhes que foram, sem dúvida, fornecidos pelos hóspedes que presenciaram tudo. Naquele momento, a imprensa havia se acercado do lugar onde as gravações estavam sendo feitas, e os seguranças de Zack estavam atarefadíssimos, tentando manter os jornalistas do lado de fora do portão na estrada principal com promessas de que o ator e diretor faria um pronunciamento mais tarde, mas Zack não pretendia dizer uma única palavra sobre o assunto. Sua fria indiferença era a mesma tanto em relação à imprensa em seu encalço quanto às notícias que chegaram naquela manhã de que os advogados de Rachel tinham entrado com o pedido de divórcio em Los Angeles. A única coisa que ameaçava tirá-lo do sério era saber que ainda precisava dirigir mais uma cena em que Rachel e Tony atuariam, antes que pudesse terminar os trabalhos naquela noite — uma cena excitante e violentamente sensual. E ele não sabia se teria estômago para aquilo, particularmente porque toda a equipe estaria lá, observando.

Mas, assim que Zack se livrasse daquele obstáculo, excluir Rachel de sua vida seria muito mais fácil do que havia pensado na noite anterior, porque, admitiu para si mesmo, seja lá o que ele sentia por ela quando se casaram três anos antes, esvaneceu pouco depois. Desde então, o casamento não era nada além de uma conveniência social e sexual para os dois. Sem Rachel, sua vida não ficaria mais vazia, não perderia o sentido, nem seria menos superficial do que tinha sido nos últimos dez anos.

Refletindo sobre isso, Zack observou, ao lado de seu quadril, um pequeno inseto se esforçar para subir no topo de uma folha de grama, e se perguntou por que sua própria vida parecia tantas vezes tão sem sentido, sem um propósito importante ou uma satisfação profunda. Nem sempre ele havia se sentido assim, lembrava-se bem disso...

Quando chegou a Los Angeles de carona com Charlie Murdock, sobreviver por si só era um desafio, e o trabalho que arranjou com a ajuda de Charlie no carregamento das docas do Estúdio Empire parecia uma enorme vitória. Um mês depois, um diretor que, no galpão dos fundos, gravava um filme de baixo orçamento — sobre uma gangue de matadores da cidade grande que aterrorizava uma escola de ensino médio do subúrbio elitizado — decidiu que precisava de mais alguns figurantes para uma cena em que haveria uma pequena multidão, e então Zack foi recrutado. Seu papel se resumia a ficar encostado a um muro de tijolo, com cara de durão e indiferença. O dinheiro a mais que ele ganhou naquele dia pareceu uma bênção, assim como o anúncio que lhe fez o diretor alguns dias após tê-lo convidado para a cena:

— Zack, meu garoto, você tem uma coisa que nós chamamos de presença. A câmera adora você. Na telinha, você tem o ar de um James Dean moderno e rabugento, apesar de ser mais alto e mais bonito. Você roubou a cena, embora seu papel exigisse apenas que ficasse parado ali. Se você souber atuar, posso colocá-lo num filme de faroeste que vamos começar a gravar. Ah... e você precisa tirar seus documentos no sindicato.

Não foi a perspectiva de ser ator de cinema que realmente animou Zack, mas o salário que ganharia. Então, providenciou a papelada no sindicato e aprendeu técnicas de atuação.

Na verdade, atuar não havia sido tão difícil de aprender. Por um lado, ele passara anos "atuando" quando morava com a avó, fingindo não se importar com coisas que lhe tocavam; por outro, dedicava-se totalmente a um objetivo: provar para a avó, e para todo mundo de Ridgemont, que poderia, sim, sobreviver sozinho e ser tremendamente bem-sucedido. Para alcançar esse objetivo, estava preparado para fazer praticamente qualquer coisa, independente do quanto tivesse que se esforçar.

Ridgemont era uma cidade pequena, e Zack não tinha dúvida de que os detalhes de sua vergonhosa partida tinham chegado aos ouvidos de todos horas depois de ter saído a pé da casa da avó. Quando seus dois primeiros filmes foram lançados, ele leu todas as cartas dos fãs, na esperança de que alguém de seu passado o tivesse reconhecido. Mas se alguém o reconheceu não se deu ao trabalho de lhe escrever.

Por algum tempo depois disso, ele fantasiou com a possibilidade de voltar a Ridgemont levando dinheiro suficiente para comprar as Indústrias Stanhope e gerenciá-las, mas, quando completou 25 anos e já havia juntado o bastante para adquirir a empresa, ele também amadureceu o suficiente para perceber que comprar o diabo daquela cidade inteira não mudaria nada. Nessa época, já havia ganhado um Oscar, se formado na Universidade do Sul da Califórnia, sido considerado um prodígio e chamado de "Lenda do Cinema". Já podia escolher a dedo os papéis que queria interpretar e guardava uma boa fortuna no banco. Seu futuro, ainda mais espetacular, estava praticamente garantido.

Provara para todo mundo que Zachary Benedict poderia sobreviver e alcançar o degrau mais alto do sucesso. Ele não tinha mais nada por que lutar ou para provar, e a ausência dessas duas coisas o deixou com um sentimento estranhamente menor e vazio.

Privado de seus objetivos iniciais, Zack procurou satisfação em outro lugar. Construiu mansões, comprou iates e dirigiu carros de corrida; acompanhava lindas mulheres a animados eventos sociais e depois as levava para a cama. Gostava da companhia de seus corpos, mas nunca as levava a sério, e elas raramente esperavam isso dele. Zack havia se tornado um troféu sexual: as mulheres o procuravam apenas pelo prestígio que significava dormir com ele. No caso das atrizes, atraídas pela influência e pelos contatos que ele tinha. Como todos os superastros e símbolos sexuais que o precederam, Zack se tornou uma vítima do próprio sucesso: não podia ir para a rua ou jantar em um restaurante sem ser abordado por fãs ardentes; algumas mulheres lhe empurravam as chaves de seus quartos nos hotéis e subornavam os recepcionistas para deixarem-nas entrar no quarto dele. As esposas dos produtores o convidavam para passar o final de semana na casa delas e o surpreendiam na cama no meio da madrugada.

Embora Zack frequentemente se aproveitasse do banquete de oportunidades sexuais e sociais que se desvelava diante de si, havia outra parte dele — sua consciência ou algum traço oculto da tradicional moralidade norte-americana — que se revoltava contra a promiscuidade e a superficialidade, os drogados, bajuladores e narcisistas, tudo aquilo que fazia Hollywood parecer um esgoto humano, um esgoto higienizado e desodorizado para proteger a sensibilidade do público.

Zack acordou num dia e de repente não conseguia aguentar mais nada daquilo. Estava cansado do sexo sem compromisso, de saco cheio das festas barulhentas, atrizes neuróticas e ambiciosas aspirantes ao estrelato. Passou a ter muito nojo da vida que levava até então.

Por isso, começou a procurar uma forma diferente de preencher o vazio de seus dias, um novo desafio e uma nova razão de existir. Ser ator não era mais tão desafiador, então passou a cogitar o trabalho de direção. Se falhasse como diretor, seria um fiasco notório, mas até o fato de arriscar sua reputação tinha um efeito estimulante. A ideia de dirigir um filme que já pairava nos cantos de sua mente há bastante tempo se tornou uma nova meta, que Zack perseguiu com toda a obstinada determinação de que havia lançado mão para atingir os objetivos anteriores. O presidente do Estúdio Empire, Irwin Levine, tentou dissuadi-lo da ideia, insistiu e argumentou, mas acabou se rendendo, como Zack sabia que aconteceria.

O filme que Levine lhe deu para dirigir era um suspense de baixo orçamento chamado *Pesadelo*, que tinha apenas dois personagens principais: uma criança de 9 anos e uma mulher. Para o papel da criança, o estúdio insistiu que fosse Emily McDaniels, uma superestrela mirim que tinha covinhas parecidas com as de Shirley Temple e beirava os 13 anos, mas parecia mais nova, e seu contrato com o estúdio ainda estava em vigência. A carreira de Emily já estava indo ladeira abaixo, bem como a da loira deslumbrante chamada Rachel Evans, escolhida para o outro papel. Em seus filmes anteriores, a atriz tinha feito apenas papéis secundários, sem mostrar uma habilidade espetacular de atuação em nenhum deles.

O estúdio obrigou Zack a aceitar as duas atrizes para o filme pelo motivo evidentemente claro de que eles queriam ensiná-lo uma lição: a interpretação era o forte dele, não a direção. A expectativa dos executivos era que o filme mal pagasse seu investimento, e isso colocaria um fim no desejo da mais famosa estrela do estúdio de desperdiçar todo seu potencial atrás das câmeras.

Embora Zack soubesse disso, não desistiu de seu intuito. Antes de começar a produção, passou semanas em casa assistindo aos filmes anteriores de Rachel e Emily no projetor, e percebeu que havia momentos — breves momentos — em que Rachel Evans de fato demonstrava genuíno talento. Também havia momentos em que a "fofura" de Emily, que havia acabado com a chegada da adolescência, tinha sido substituída por uma charmosa doçura que, de tão verdadeira, cativava a câmera.

Zack persuadiu as atrizes a trazerem tudo o que ele havia visto e muito mais para as oito semanas de gravação. Sua própria determinação em ter sucesso infectou as duas. Seu senso de tempo e a iluminação correta ajudaram, mas, acima de tudo, imprescindível mesmo foi a habilidade intuitiva de saber como extrair o melhor tanto de Rachel quanto de Emily.

Rachel ficava furiosa com a cobrança de Zack e as inúmeras tomadas que exigia para cada cena, mas, quando ele lhe mostrou os resultados da primeira semana de trabalho, ela o encarou com admiração em seus enormes olhos verdes e disse, docemente:

— Obrigada, Zack. Pela primeira vez na minha vida, realmente sinto que sei mesmo atuar.

— Eu também sinto que realmente posso dirigir — provocou ele, embora não conseguisse esconder certo alívio. Rachel ficou perplexa.

— Então você duvidava disso? Pensei que estava totalmente seguro de tudo o que estávamos fazendo.

— Na verdade, não tive uma única noite de sono tranquila desde que começamos as gravações — confessou Zack. Era a primeira vez em anos que ele ousava admitir para alguém que tinha qualquer desconfiança a respeito de seu trabalho, mas aquele dia era especial. Ele tinha acabado de receber a prova de que era um bom diretor. Além disso, esse talento recém-descoberto iluminaria dramaticamente o futuro de uma cativante menina chamada Emily McDaniels assim que os críticos assistissem à fenomenal atuação dela em *Pesadelo*. Zack gostava tanto de Emily que trabalhar com ela o deixou com vontade de ter um filho. Vendo a proximidade e as gargalhadas que ela dividia com o pai, que ficava no set para cuidar dela, Zack de repente percebeu que queria formar uma família. Era *isso* o que estava faltando em sua vida: uma esposa e filhos para compartilhar seu sucesso, para dividir sorrisos e desafios.

Ele e Rachel comemoraram as boas-novas com um jantar. O clima de franqueza compartilhada que havia se instaurado entre os dois mais cedo, quando admitiram um para o outro suas dúvidas a respeito de suas próprias habilidades, levou a uma descontraída intimidade que, da parte de Zack, não tinha precedentes, além de ser bastante terapêutica. Sentados na sala de estar da casa dele em Pacific Palisades, de frente para a enorme parede de vidro com vista para o mar, conversaram por horas, mas não sobre "a indústria", o que foi uma boa mudança para Zack, que estava desesperado para sair com uma atriz que pudesse falar de outra coisa. Os dois acabaram na cama, onde tiveram uma noite de amor bastante prazerosa e criativa. O ardor de Rachel pareceu genuíno e não uma compensação por arrancar dela uma boa atuação para o filme, e isso o agradou também. De fato, ele ficou perfeitamente satisfeito com tudo o que aconteceu enquanto estavam na cama: a excitação, a sensualidade de Rachel, sua inteligência e perspicácia.

Deitada ao lado dele, ela se apoiou sobre os cotovelos e disse:

— Zack, o que você quer da vida? Quero dizer, o que você realmente quer?

Ele ficou em silêncio por um momento. Depois, talvez porque as horas de sexo haviam esgotado suas forças, ou talvez porque estava cansado de fingir que a vida que construiu para si mesmo era exatamente o que queria, ele respondeu, com uma pequena pitada de ironia:

— *Os pioneiros*.

— O quê? Quer dizer, você quer atuar na sequência de *Os pioneiros*?

— Não, quero dizer que quero *viver* a história do seriado e viver no campo. Mas a casa não precisa ser numa savana, como na série. Tenho pensado em uma fazenda em alguma montanha por aí.

Ela caiu na gargalhada.

— Uma fazenda?! Você odeia cavalos e não suporta gado, todo mundo sabe disso. Tommy Newton me contou — disse ela, referindo-se ao inexperiente assistente de direção que trabalhou em *Pesadelo*. — Ele trabalhou como técnico de som no primeiro filme de faroeste que você fez quando era mais novo, aquele em que Michelle Pfeiffer fazia sua namorada. — Sorrindo, ela passou o dedo sobre os lábios dele. — Pois então, o que você tem contra os cavalos e bois?

Ele mordiscou o dedo dela, provocando-a, e disse:

— Os bois não estão nem aí para o que o diretor manda e saem debandando pelo caminho errado. Foi isso o que aconteceu naquele primeiro filme: os bezerros se viraram e correram na nossa direção.

— Michelle disse que você salvou a vida dela naquele dia. Você a pegou no colo e a levou até um lugar seguro.

Zack inclinou o queixo para baixo e abriu um largo sorriso.

— Eu *tive* que fazer isso — respondeu, brincando. — Eu estava correndo como um louco em direção às pedras, e os bezerros estavam bem atrás de mim. Michelle estava no meu caminho. Eu a peguei no colo para tirá-la da minha frente.

— Não seja tão modesto. Ela disse que estava correndo o mais rápido que podia e gritando por ajuda.

— Eu também — provocou ele. Mais sério, acrescentou: — Nós dois éramos jovens naquela época. Parece que foi há uns cem anos.

Ela se recostou na cama e se espreguiçou ao lado de Zack, o dedo percorrendo um sedutor caminho entre os ombros e o umbigo dele.

— De onde você vem, de verdade? E, por favor, não me venha com aquela baboseira toda que comentam no estúdio, de que você se criou sozinho, participando de rodeios e saindo com gangues de motociclistas.

A sinceridade de Zack não se estendeu para discutir seu passado. Ele nunca havia feito isso antes e jamais o faria. Quando tinha 18 anos e o departamento de marketing do estúdio queria saber sobre essa história, ele friamente disse para inventarem uma, e foi o que fizeram. Seu verdadeiro passado estava morto; discuti-lo estava fora de cogitação. O tom evasivo de Zack deixou isso bastante claro:

— Não sou de nenhum lugar em especial.

— Mas você não é um garoto errante que cresceu sem saber que garfo usar, disso eu tenho certeza — insistiu ela. — Tommy Newton me disse que, embora você tivesse só 18 anos, já tinha muita classe, muita "elegância social", foi o que ele falou. Isso é tudo o que sabe sobre você, e olha que vocês dois trabalharam em vários filmes juntos. Nenhuma das mulheres que já trabalhou com você sabe de alguma coisa. Glenn Close e Goldie Hawn, Lauren Hutton e Meryl Streep: todas dizem que você é um ótimo colega de elenco, mas que nada compartilha da sua vida particular. Eu sei, porque perguntei a elas.

Zack não se esforçou em esconder sua insatisfação.

— Se acha que está me deixando lisonjeado com toda essa curiosidade, está enganada.

— Não consigo evitar — falou ela, rindo e dando um beijinho no queixo dele. — Você é o amante ideal de todas as mulheres, sr. Benedict, e também o homem mais misterioso de Hollywood. Todos sabem que nenhuma das mulheres que estiveram nesta cama antes de mim fez você falar sobre nada pessoal. Mas como sou eu que estou nesta cama e como você conversou comigo durante toda a noite sobre coisas que *são* pessoais, pensei que estivesse flagrando você em um momento de fraqueza, ou que... talvez... você gostasse de mim mais que das outras. De qualquer jeito, tenho que tentar descobrir algo sobre você que nenhuma outra mulher sabe. É meu orgulho feminino que está em jogo aqui, entende?

A desenvolta franqueza dela fez o mau humor de Zack virar uma sensação de provocante divertimento.

— Se quiser que eu continue gostando de você mais que das outras — disse ele, meio sério —, pare de querer me bisbilhotar e vamos conversar sobre algo mais agradável.

— Agradável... — Ela deitou a cabeça sobre o peito de Zack e sorriu, provocante, fitando os seus olhos, enquanto os dedos acariciavam o pelo do peito dele. Com base na linguagem corporal dela, Zack esperava que Rachel dissesse algo sugestivo, mas o assunto que ela puxou o fez soltar um risinho abafado de surpresa. — Vamos ver... sei que odeia cavalos, mas por que você gosta de motocicletas e carros?

— Porque... — provocou ele, enlaçando os dedos nos dela — *eles* não saem andando em bandos com os amigos quando você os deixa estacionados, nem tentam derrubá-lo quando está distraído. *Eles* vão aonde você os direciona.

— Zack — sussurrou ela, aproximando sua boca da dele —, motocicletas não são as únicas coisas que vão para onde você apontar. Eu também vou.

Zack sabia exatamente o que ela queria dizer. Ele apontou. Ela se abaixou e obedeceu ao comando.

Na manhã seguinte, Rachel preparou o café da manhã para ele.

— Gostaria de fazer mais um filme, um dos grandes, para provar ao mundo que sou uma boa atriz — disse ela, colocando alguns bolinhos para assar no forno.

Saciado e relaxado, Zack a observou ir de um lado para o outro na cozinha de calça plissada e camisa amarrada na altura da barriga. Sem as roupas sensuais e a maquiagem exagerada, ela era bem mais atraente e infinitamente mais encantadora. Como ele já sabia, também era inteligente, sensual e bem-humorada.

— E depois? — perguntou ele.

— Depois eu quero largar a carreira. Tenho 30 anos. Como você, quero uma vida de verdade, que seja plena de sentido e me dê mais para me preocupar do que apenas a minha boa forma ou se estão surgindo rugas no meu rosto. Existem mais coisas na vida do que esse mundo superficial de glamour e fantasia onde nós vivemos e que incentivamos para o resto das pessoas.

Uma afirmação inédita como essa vinda de uma atriz fez de Rachel um inesperado sopro de ar fresco. Além disso, como ela estava planejando parar de trabalhar, parecia que ele finalmente havia encontrado uma mulher que estava interessada nele, não no que poderia proporcionar à carreira dela. Ele estava pensando nisso quando Rachel se inclinou sobre a mesa da cozinha e, docemente, falou:

— Onde é que meus sonhos encontram os seus?

Ela estava propondo algo para ele, Zack percebeu, sem fazer joguinhos e com uma coragem serena. Ele a estudou em silêncio por um momento e depois não tentou esconder a importância enfática da pergunta que estava prestes a fazer:

— Você tem filhos nos seus sonhos, Rachel?

Doce e sem hesitar, ela disse:

— Seus filhos?

— Meus filhos.

— Podemos começar agora?

Zack caiu na gargalhada ao ouvir a inesperada resposta, então ela saltou em seu colo e a risada esvaneceu, dando lugar a uma terna excitação e uma esperança vibrante; emoções que ele achava terem morrido quando tinha 18 anos. Duas mãos deslizaram por baixo da saia dela, e a ternura se fundiu à paixão.

Eles se casaram no gracioso gazebo do quintal da mansão de Zack na charmosa cidadezinha de Carmel, quatro meses depois, aos olhares de centenas de convidados, incluindo alguns deputados e senadores. Também estavam presentes, embora não houvessem sido convidados, vários helicópteros que sobrevoavam a propriedade, as hélices criando ciclones no gramado e levantando o vestido das mulheres e bagunçando penteados, enquanto os repórteres apontavam suas câmeras para a festa lá embaixo. Foi o padrinho de Zack, seu vizinho em Carmel e o executivo Matthew Farrell, que veio com uma solução para a invasão da imprensa. Olhando furiosamente para os helicópteros que pairavam freneticamente sobre eles, disse:

— É melhor revogarem as leis que garantem a liberdade de imprensa.

Zack riu. Era o dia do seu casamento, e ele estava num raro clima de convivência amena e otimismo sereno, já prevendo noites aconchegantes carregando crianças no colo e o tipo de vida familiar que nunca conheceu. Rachel desejava um casamento grande, e ele quis oferecer isso a ela, embora preferisse viajar para Tahoe com um pequeno grupo de amigos.

— Posso até mandar alguém pegar uns rifles em casa — brincou ele.

— Boa ideia. A gente usa o gazebo como se fosse um bunker e atira nos malditos helicópteros.

Zack e Matthew riram, depois pairou entre eles um amigável silêncio. Os dois haviam se conhecido três anos antes, quando um grupo de fãs de Zack pulou o muro que cercava a casa de Matthew e acionou o sistema de segurança das duas casas antes de fugir. Naquela noite, Zack e Matt descobriram que tinham muitas coisas em comum, incluindo o gosto por uísques sofisticados, a tendência a ser implacavelmente francos, intolerância a pessoas pretenciosas e, mais tarde, um modo de pensar semelhante no que se refere a investimentos financeiros. Por causa disso, eles não eram apenas amigos, mas também parceiros em várias empreitadas de negócios.

Depois de lançado, *Pesadelo* não recebeu indicações ao Oscar, mas rendeu bons lucros, recebeu boas críticas e reavivou por completo as decadentes carreiras de Emily e Rachel. A gratidão de Emily e de seus pais não tinha limites. Mas

Rachel de repente percebeu que não estava tão pronta assim para desistir da vida de atriz nem para ter o bebê que Zack tanto queria. A carreira que ela dizia não querer era, de fato, uma obsessão que a consumia. Para ela, era inadmissível não ir a uma festa "importante" ou ignorar uma oportunidade de se promover, por menor que fosse, e ela deixava os empregados da casa de Zack, a secretária e o assessor de imprensa dele em alvoroço, tentando atender às demandas sociais dela e encobrir seus mais mirabolantes planos de autopublicidade. Rachel ansiava tanto obter fama e reconhecimento que desprezava qualquer atriz que fosse mais conhecida que ela e era tão pateticamente insegura de seu próprio talento que tinha medo de fazer qualquer filme que não fosse dirigido por Zack.

O otimismo que Zack experimentou no dia do casamento desabou sob o peso da realidade: ele foi persuadido a se casar por uma atriz esperta e ambiciosa que acreditava que ele seria capaz, por si só, de abrir as portas da fama e da fortuna para ela. Zack sabia disso, e culpava a si mesmo mais do que a Rachel. A ambição a levou a se casar com ele, e Zack podia até entender os motivos dela, mesmo que não admirasse seus métodos, pois ele mesmo já havia se sentido compelido a ter que provar algo a si mesmo. Por outro lado, foi levado a se casar por algum ímpeto um tanto ingênuo e estranho que de fato o fez acreditar, mesmo que brevemente, naquela aconchegante imagem de uma esposa devotada e um monte de criancinhas felizes e de bochechas rosadas implorando por mais histórias de ninar. Como já deveria saber, relembrando sua própria juventude e experiência, tais famílias são um mito perpetrado por poetas e produtores de cinema. Frente a essa percepção, a vida de Zack parecia se esticar diante dele como um monumental planalto.

Em Hollywood, para aqueles que vivem aborrecimentos semelhantes, a solução é geralmente uma carreira de cocaína, uma boa variedade de drogas, legalizadas ou não, ou uma garrafa de bebida duas vezes ao dia. Mas Zack herdou de sua avó o desprezo pela fraqueza e tinha aversão por essas muletas emocionais. Ele resolveu esse problema da única forma que conhecia: a cada manhã se afundava mais no trabalho, que não tinha fim até chegar a hora de voltar para a cama à noite. Em vez de se divorciar de Rachel, percebeu que, embora não houvesse amor em seu casamento, era uma união melhor que a de seus avós e não muito pior que a de vários casais que já havia conhecido por aí. Então fez uma oferta: ela poderia pedir o divórcio ou reprimir suas ambições e sossegar; e ele, em troca, concederia o desejo dela e a chamaria para seu próximo filme. Grata, Rachel sabiamente aceitou a segunda oferta, e Zack incrementou sua agitada agenda para cumprir sua parte do acordo. Depois do sucesso na direção de *Pesadelo*, o estúdio se animou com a ideia de deixá-lo atuar e dirigir qualquer filme que quisesse. Zack gostou de um roteiro de um filme de suspense chamado *O vencedor leva tudo*, cujos papéis principais estariam reservados para ele mesmo e para Rachel, e o estúdio entrou com o dinheiro. Lançando mão de uma combinação de paciência, bajulação, críticas ácidas e uma ocasional frieza, Zack manipulou Rachel e o resto do elenco a fazer tudo como ele queria, depois ajustou a iluminação e a fotografia correta para alcançar o efeito desejado.

O resultado foi espetacular. Rachel recebeu uma indicação ao Oscar por seu papel *e* Zack ganhou uma estatueta de Melhor Ator e outra de Melhor Diretor. O prêmio pela direção meramente confirmou o que os magnatas de Hollywood já sabiam: Zack era um gênio da direção. Ele sabia instintivamente como criar uma cena arrepiante de suspense, podia transformar o que o roteiro chamava de observação levemente engraçada numa sonora gargalhada e sabia esquentar as telonas com uma cena romântica. E conseguia fazer isso tudo se encaixar no orçamento do filme.

As duas estatuetas trouxeram satisfação a Zack, mas não uma alegria mais profunda. Sequer notou isso. Ele não esperava ou procurava mais a felicidade e deliberadamente se mantinha ocupado o suficiente para não dar falta disso. Em sua busca por mais desafios, dirigiu e atuou em outros dois filmes nos dois anos seguintes — um suspense erótico coestrelado por Glenn Close e um filme de ação e aventura em que contracenava com Kim Basinger.

Zack superou todos os desafios e estava em busca de novos quando foi até Carmel para colocar em ação um empreendimento conjunto que Matt Farrell estava organizando. Mais tarde, naquela noite, foi procurar algo para ler e pegou um romance que havia sido deixado lá por algum hóspede da casa. Antes mesmo de terminar o livro, ao amanhecer, Zack soube que *Destino* seria seu próximo filme.

No dia seguinte, encontrou com o presidente do Estúdio Empire e lhe entregou o livro.

— Aqui está o próximo filme, Irwin.

Irwin Levine leu os endossos escritos na capa, apoiou as costas no encosto da grande cadeira de camurça e suspirou:

— Parece um drama pesado, Zack. Gostaria de ver você fazendo algo mais alegre para variar. — De repente, ele virou a cadeira para o outro lado, pegou um roteiro que estava na mesa de vidro atrás de sua escrivaninha também de vidro e o entregou para Zack com um sorriso ansioso. — Uma pessoa me passou este roteiro por baixo dos panos. Já tem outro estúdio interessado em comprá-lo, mas se você me disser que vai filmá-lo podemos negociar a compra. É um romance. Bom material. Divertido. Ninguém faz um filme como esse há décadas, e eu acho que o público quer ver algo assim. Você é o cara perfeito para fazer o protagonista e pode interpretar o papel com uma mão nas costas, de tão fácil. Esse filme seria barato e rápido, mas meu palpite é que será um estouro nas bilheterias.

O roteiro, que Zack concordou em ler naquela noite, acabou se mostrando ser um romance fofinho e previsível sobre como o amor verdadeiro transforma a vida de um magnata que acaba vivendo feliz para sempre com sua nova e linda esposa. Zack odiou; em partes porque o papel principal não exigiria nada dele, mas principalmente porque a história o lembrava das tolas fantasias românticas sobre casamento que ele valorizava quando jovem e que havia tentado realizar depois de adulto. Na manhã seguinte, jogou o roteiro de *Uma linda mulher* na mesa de Levine e disse com desdém:

— Não sou nem um ator nem um diretor bom o suficiente para fazer essa bobagem parecer verossímil.

— Você se tornou tão cínico — disse Levine, balançando a cabeça e parecendo ofendido. — Conheço-o desde que era um rapaz e o considero um filho. Estou desapontado em ver que isso aconteceu com você. Muito desapontado.

Zack respondeu àquela baboseira sentimental levantando as sobrancelhas e dizendo absolutamente nada; Levine o amava tanto quanto a própria conta bancária e estava desapontado porque Zack não concordou em fazer *Uma linda mulher*. Mas o executivo não tentou insistir. Da última vez que fez isso, Zack saiu do escritório e fez um filme com o Estúdio Paramount e outro com o Universal.

— Você nunca foi um adolescente deslumbrado — disse Levine, em vez de insistir. — Você era corajoso e realista, mas também não era um completo cético. Desde que se casou com Rachel, você vem mudando. — Ele viu o olhar de irritação no rosto de Zack e disse, com pressa: — Tudo bem, chega de sentimentalismos. Vamos falar de negócios. Quando quer começar a filmar *Destino* e quem você está pensando em escalar para os papéis principais?

— Eu quero interpretar o marido e quero Diana Copeland para fazer a esposa, se ela estiver disponível. Rachel seria excelente no papel da amante. Emily McDaniels seria a filha.

As sobrancelhas de Levine se levantaram.

— Rachel vai ter um daqueles ataques quando souber que não vai fazer o papel feminino principal.

— Eu lido com Rachel — disse Zack. Rachel e Levine detestavam um ao outro, embora nenhum dos dois nunca tenha dado motivos para tanto. Zack suspeitava que anos atrás eles tivera um caso que não acabou bem.

— Se você ainda não tiver certeza de quem escolher para o papel do andarilho — continuou Levine depois de uma pausa hesitante —, queria lhe pedir um favor. Você consideraria Tony Austin para esse papel?

— De jeito nenhum — disse Zack, direto. Os vícios de Austin em álcool e drogas eram tão lendários quantos seus outros defeitos, por isso não se podia contar com ele. A última overdose que teve no início das gravações de um filme que estava fazendo para o Estúdio Empire lhe rendeu seis meses de internação em um centro de reabilitação, e outro ator precisou substitui-lo.

— Tony quer trabalhar e provar a si mesmo que é capaz — continuou Levine pacientemente. — Os médicos dele me asseguraram de que ele largou os maus hábitos e é um novo homem. Estou quase acreditando neles desta vez.

Zack sacudiu os ombros.

— O que há de diferente agora?

— Quando ele chegou ao hospital, foi declarado morto. Os médicos o ressuscitaram, mas essa experiência finalmente o assustou o suficiente para que amadurecesse e desejasse voltar a trabalhar a sério. Gostaria de dar essa chance a ele, um recomeço. — A voz de Levine ganhou um tom piedoso. — É o mais decente a se fazer, Zack. Estamos todos juntos neste planeta. Temos que cuidar e tomar conta uns dos outros. Temos que ajudar Tony a voltar a trabalhar porque ele está sem dinheiro e porque...

— E porque ele lhe deve uma bolada por aquele filme que precisou abandonar — especulou Zack, direto.

— Bem, sim, ele nos deve uma soma considerável por aquele filme — admitiu Levine relutantemente. — Ele veio até nós todo confiante e perguntou se poderia trabalhar para pagar essa dívida e conseguir se sustentar. Como você parece não se dobrar por um apelo emocional, pense nas razões práticas para usá-lo: apesar de sua péssima reputação, o público adora Austin. Ele é o bad boy bonitão que saiu do bom caminho, o homem que toda mulher adoraria confortar.

Zack hesitou. Se Austin fosse mesmo um novo homem, seria perfeito para o papel. Aos 33 anos, seus cabelos loiros e sua beleza juvenil foram deteriorados pelo desregramento, o que, de alguma forma, tornava-o ainda mais atraente para as mulheres de 12 a 90 anos. O nome de Austin no letreiro era uma garantia de um esplendoroso sucesso de bilheteria. O mesmo acontecia com o nome de Zack. Os dois juntos corriam o risco de quebrar alguns recordes. Zack pretendia ganhar uma soma considerável dos lucros como parte de seu acordo para dirigir *Destino*, e isso pesou em sua decisão. Também contou o fato de que, mesmo bêbado, Austin era um ator melhor do que muitos, e era mesmo perfeito para o papel. Por outro lado, usar Austin nesse filme seria um favor para o estúdio, e Zack pretendia exigir algumas concessões em troca. Por isso, ele escondeu seu entusiasmo pela ideia e disse apenas:

— Vou deixar Austin fazer um teste para o papel, mas não estou muito a fim de servir de babá para um drogado, ex-drogado ou o que for. Dan Moyes vai ligar para você amanhã de amanhã — completou, referindo-se ao seu agente enquanto se levantava para sair —, e vocês dois podem discutir os detalhes contratuais.

— O filme vai custar uma fortuna, com todas as locações exigidas — lembrou-o Irwin, já receoso do preço que Zack estava prestes a pedir para atuar no filme e dirigi-lo, sem contar os favores que exigiria por aceitar Austin. Cuidadosamente escondendo sua animação pelo projeto, ele se levantou e cumprimentou Zack. — Só estou aceitando esse acordo porque você quer muito fazer esse filme. Pessoalmente, vou rezar de joelhos para que os custos pelo menos se paguem.

Zack escondeu um sorriso astucioso. O pontapé inicial para as negociações contratuais havia acabado de começar com aquele aperto de mãos.

Diana Copeland recusou o papel da esposa de Zack, porque já havia assumido outro compromisso. Por isso, ele deu o papel a Rachel, sua segunda opção. Algumas semanas depois, os planos de Diana mudaram, mas então Zack tinha uma obrigação moral e legal de manter Rachel no papel principal. Para a surpresa de Zack, Diana pediu um papel menor, o da amante. Emily McDaniels aceitou ansiosamente o papel da filha adolescente, e a Tony Austin foi dado o papel do andarilho. Os papéis menores foram distribuídos sem dificuldades, e a equipe favorita e escolhida a dedo por Zack se reuniu mais uma vez para gravar mais um de seus filmes.

Um mês depois do início das gravações de *Destino*, corria o boato de que, embora as filmagens estivessem amaldiçoadas com acidentes e atrasos, os rolos de filme — que eram mandados ao laboratório de revelação ao final de cada dia de trabalho — estavam fantásticos. A fábrica de fofocas de Hollywood começou a soltar notícias prematuras de possíveis indicações ao Oscar.

6

Um barulho na grama trouxe Zack de volta de seus devaneios, e ele olhou por cima do ombro para ver Tommy Newton vindo na sua direção em pleno crepúsculo.

— A equipe está jantando, e já está tudo pronto no estábulo.

Zack se levantou.

— Ótimo. Vou dar uma olhada. — Ele já havia feito isso antes naquele dia, mas não queria deixar nada para o acaso; além disso, era uma desculpa para evitar interagir com o resto da equipe mais que o necessário. — Não vamos ensaiar hoje à noite — acrescentou. — Vamos tentar gravar logo de início.

Tommy assentiu.

— Vou avisar a todos.

Dentro do estábulo, Zack estudou o cenário montado para a próxima grande cena. Nos últimos meses, a história tinha ganhado vida na frente das câmeras, uma vida mais vibrante e emocionante do que ele havia sonhado — a história de uma mulher presa entre o amor pela filha, o marido preocupado milionário e o envolvimento apaixonado com um charmoso andarilho, cujo desejo se tornara uma obsessão perigosa. Zack desempenhava o papel do marido aparentemente omisso, um homem cujo império financeiro estava ruindo e que preferia entrar em acordo com traficantes de drogas a ver sua esposa e filha privadas de seu estilo de vida suntuoso. Emily McDaniels era a filha adolescente que não ligava para os luxos proporcionados por seus pais e só queria mais atenção e interesse por parte deles. O enredo era forte, mas o que realmente marcava a história eram a profundidade e a riqueza do retrato das personagens, a visão da natureza humana e de suas necessidades, fraquezas e pontos fortes. Não havia "vilões" em *Destino*: cada personagem era retratado de um modo que Zack sabia que alcançaria um efeito emocional poderoso no público.

A maior parte das cenas havia sido gravada fora da sequência, como de praxe, mas, por questões de logística, as duas últimas cenas a ser filmadas eram na verdade as duas últimas cenas do próprio filme. Na cena que estavam prestes a gravar, Rachel é forçada a encontrar o amante no estábulo, onde vários de seus encontros haviam ocorrido, uma "última vez"; caso contrário, ele contaria ao marido e à filha dela sobre o envolvimento dos dois. Rachel escondeu então uma arma no estábulo, com a intenção de usá-la para assustá-lo. Quando ele tentasse forçá-la a fazer sexo, ela o ameaçaria com a arma e, na luta que se seguiria, os dois acabariam feridos. A cena deveria ser violentamente sexual, e era o trabalho de Zack como diretor garantir que fosse *bem* sensual e *bem* agressiva.

Olhando em volta, ele caminhou devagar pelo corredor que dividia o estábulo mal-iluminado em duas partes no sentido do comprimento. Tudo estava exatamente como Zack queria: os cavalos estavam em seus estábulos junto à parede à sua esquerda, os focinhos despontavam por sobre a porta vaivém enquanto ele passava pelos animais. Rédeas e chicotes pendiam de cabides de madeira na parede oposta; havia selas em cavaletes de madeira e a parafernália para escovar cavalos e limpar as montarias estava devidamente arrumada sobre uma mesa encostada à parede oposta à sala de equipamentos.

O verdadeiro foco da cena, no entanto, estava na mesa ao final do corredor, ao lado de alguns montes de feno, onde os dois protagonistas teriam seu embate final. Os montes de feno estavam posicionados, e a arma que seria usada na cena estava sobre a mesa, escondida entre garrafas de linimento e escovas. Nas traves junto ao teto, uma segunda câmera já estava apontada para as portas duplas para capturar Emily quando chegasse ao estábulo em seu cavalo depois de ouvir um disparo, e todas as luzes estavam posicionadas para obter o melhor efeito quando fossem ligadas.

Com o joelho, Zack afastou a mesa um pouquinho para a esquerda, depois ajeitou algumas garrafas que estavam sobre ela e mexeu na coronha da arma para que um vislumbre dela estivesse no campo de visão da câmera, mas o fez mais por estar inquieto do que por necessidade. Sam Hudgins, o diretor de fotografia, e Linda Tompkins, a cenógrafa, já haviam feito um trabalho impecável ao traduzir as ideias de Zack em um cenário real e perfeitamente arrumado nos mínimos detalhes, criando exatamente o efeito que o diretor pretendia. Subitamente ansioso para começar e fazer aquilo de uma vez por todas, Zack se virou e foi até a porta, seus passos surdos ecoando sobre o piso brilhoso.

Enormes holofotes iluminavam o pátio lateral onde os membros da equipe se serviam do bufê e comiam sentados às mesas de piquenique ou na grama. Tommy viu quando Zack chegou e fez um sinal com a cabeça para ele, que respondeu ordenando para a equipe:

— Atenção, pessoal! Daqui a dez minutos vamos começar.

Houve certa agitação quando os membros da equipe se levantaram para ir até o estábulo ou para pegar mais um refrigerante nas mesas bufê. Na tentativa de cortar gastos desnecessários do inchado orçamento, Zack contava apenas com os membros mais essenciais da equipe, e o restante havia sido mandado de volta à Costa Oeste, incluindo o segundo e o terceiro assistentes de direção e vários assistentes de produção. Mesmo sem a ajuda extra, Tommy Newton conseguia dar conta de tudo com pouca perda de eficiência.

Zack o observou ordenar aos únicos assistentes de produção restantes que fossem até o trailer de Austin, e, pouco depois, viu tanto Austin quanto Rachel saírem do veículo, seguidos por seus cabelereiros e maquiadores. Austin parecia inquieto e um pouco indisposto; Zack torcia para que ele estivesse morrendo de dor nas costelas. Rachel, por sua vez, passou pela equipe e por Zack com a cabeça orgulhosamente erguida — uma rainha que não dava satisfação a ninguém. Emily McDaniels caminhava para frente e para trás enquanto treinava suas falas com o pai. Com suas covinhas de Shirley Temple, ela já tinha 16 anos, mas parecia ter pouco mais de 11. Levantou os olhos assim que Rachel passou por ela, e seu rosto congelou numa expressão de desaprovação, mas logo virou o rosto novamente para o pai e continuou a treinar suas falas. Como, no início, Emily gostava muito de Rachel, Zack atribuiu a mudança repentina no comportamento da garota à lealdade dela por ele, e ficou comovido por essa atitude. O diretor estava indo pegar um sanduíche de rosbife na mesa do bufê quando a voz suave e compreensiva de Diana Copeland o interrompeu:

— Zack?

Ele se virou. Suas sobrancelhas quase se juntaram em uma expressão de surpresa:

— O que você está fazendo aqui agora, à noite? Pensei que tivesse ido para Los Angeles hoje de manhã.

De short branco, uma blusa vermelha de alcinha e trança nos cabelos, ela estava bonita e apreensiva:

— Eu pretendia ir, mas quando me disseram o que aconteceu ontem à noite no hotel, decidi ficar à disposição por aqui hoje.

— Por quê? — perguntou Zack desajeitadamente.

— Por duas razões — disse Diana, tentando desesperadamente fazê-lo captar a sinceridade no que falava. — A primeira é lhe dar apoio moral caso você precise.

— Não preciso — retrucou Zack, educadamente. — E a outra razão?

Diana olhou para ele — com seus orgulhosos traços cinzelados e seus marcantes olhos cor de âmbar se acalmando sob os grossos e pretos cílios — e percebeu que suas palavras deram a impressão de que ela sentia pena dele. Desanimando por causa do olhar resoluto e do prolongado silêncio que ele lhe devolvia, ela finalmente soltou:

— Olha, não sei como dizer isso... mas e-eu acho que Rachel é estúpida. E se eu puder fazer qualquer coisa para ajudar, estou aqui. E, Zack — acrescentou ela, com muita sinceridade —, e-eu topo trabalhar com você qualquer hora, em qualquer lugar e em qualquer papel. Queria que você soubesse disso também.

Ela notou que a expressão impenetrável de Zack se tornou divertidamente sombria e tardiamente percebeu que dera a impressão de que, por trás de suas declarações de empatia, estava a ambição.

— Obrigado, Diana — respondeu ele com uma polidez tão solene, que ela se sentiu ainda mais tola. — Peça para o seu agente me telefonar daqui a alguns meses, quando eu estiver formando o elenco do meu próximo filme.

Ela o observou se afastar a passos largos e seguros, a camisa polo azul-escura ressaltava os ombros largos, a calça cáqui colada nos quadris estreitos... um corpo vigoroso e ágil, de tendões fortes e músculos definidos, mas com a graça de leão... os olhos de um leão... o orgulho reservado de um leão. A única coisa que estragava essa analogia era o cabelo bonito e volumoso dele, Diana pensou melancolicamente. Era quase preto de tão escuro. Enrubescida de vergonha e frustração, ela se deixou apoiar na árvore atrás de si e olhou para Tommy, que permanecera ao lado de Zack durante a maior parte do discurso dela.

— Falei bobagem, não foi, Tommy?

— Eu diria que essa foi a sua pior performance.

— Ele acha que o que eu realmente queria era um papel nos filmes dele.

— Bem, e você não quer?

Diana lançou um olhar seco para Tommy, mas ele observava Tony Austin e Rachel. Depois de um tempo, ela disse:

— Como pode aquela vaca preferir Tony Austin a Zack? Como pode?

— Talvez ela goste de se sentir necessária — respondeu Tommy. — Zack não precisa muito de ninguém. Tony precisa de todo mundo.

— Ele *usa* todo mundo — corrigiu Diana com desdém. — Aquele Adônis loiro na verdade é um vampiro. Ele devora as pessoas, tira tudo delas, depois as joga fora, quando não têm mais utilidade para ele.

— Você é quem deve saber — disse ele, mas passou o braço em volta dos ombros dela, num abraço reconfortante e apertado.

— Ele costumava me pedir para encontrar o traficante dele. Fui presa por posse de drogas numa dessas vezes e, quando telefonei para ele da prisão para que pagasse minha fiança, ele ficou furioso porque eu havia sido pega e desligou na minha cara. Estava tão assustada que liguei para o estúdio e eles é que pagaram minha fiança e acobertaram o caso. Depois vieram me cobrar por todos os gastos legais.

— Obviamente ele tinha qualidades que compensavam, ou você não teria se apaixonado por ele.

— Eu tinha 20 anos e era uma menina sonhadora quando me apaixonei — retrucou ela. — Qual é a sua desculpa?

— Crise da meia-idade? — disse ele, em uma tentativa falha de fazer graça.

— É mesmo uma pena o fato dos médicos terem-no ressuscitado depois da última overdose.

As luzes do estábulo estavam ligadas, e ele apontou na direção delas.

— Vamos lá! Está na hora do show!

Diana enroscou o braço em volta da cintura dele, e eles caminharam até o estábulo.

— Você conhece o ditado — anunciou ela. — Aqui se faz, aqui se paga.

— É, mas normalmente demora um tempão até pagar.

Apressado em seu trailer, Zack lavou o rosto e o peito com água fria, vestiu uma camisa limpa e saiu. Só parou quando viu o pai de Emily andando para frente e para trás diante do trailer dela.

— Emily já desceu para o estábulo?

— Ainda não, Zack. O calor está fazendo minha filha passar mal há dias — reclamou George McDaniels. — Ela também não deveria passar tanto tempo debaixo do sol. Será que ela não poderia ficar no trailer, onde tem ar-condicionado, até você ter certeza de que ela será necessária na gravação? Quero dizer, acho que você deve querer filmar várias tomadas de Rachel e Austin antes da deixa de Emily.

Em outras circunstâncias, sugerir que o diretor deveria esperar por uma pessoa da equipe só porque ela prefere repousar no conforto do trailer renderia a McDaniels uma contundente resposta. Mas Zack adorava Emily, assim como o resto do mundo, por isso amaciou a voz e disse:

— Está fora de questão, e você sabe disso, George. Emily é uma guerreira. Ela dá conta de aguentar o calor enquanto espera sua deixa.

— Mas... Vou buscar Emily — corrigiu ele quando a expressão de Zack se fechou.

Normalmente, Zack não sentia nada além de desprezo pelos pais folgados dos atores mirins, mas o pai de Emily era diferente. A esposa dele havia abandonado a ambos quando a menina ainda era um bebê. Uma casual coincidência chamou a atenção de um produtor para Emily ao ver as covinhas no rosto daquela criança que brincava no parque com o pai. Quando o mesmo produtor ofereceu a ela um papel num filme, o pai largou o trabalho para acompanhá-la no set e arranjou um emprego noturno. Por si só, isso não teria feito Zack gostar dele, mas todos sabiam também que cada centavo que Emily ganhava ia parar numa poupança que o pai abriu para ela. Os interesses da filha eram tudo o que importava para George, e seus cuidados haviam dado bons frutos: Emily era uma boa menina, surpreendentemente boa para uma estrela mirim de Hollywood. Ela não se envolvia com bebidas ou drogas, não passava a noite fora de casa, era bem-educada e honesta, e tudo isso se devia — Zack sabia — à generosa devoção de seu pai em criá-la dessa forma.

Emily seguiu apressadamente em direção ao estábulo. Quando se aproximou, Zack se virou e ordenou:

— Lindinha, suba no cavalo e vamos acabar logo com isso.

Ela passou por ele correndo, vestida com a calça e a jaqueta de equitação que compunham seu figurino.

— Estou pronta quando você estiver, Zack — respondeu ela. Seus olhos transbordavam uma angústia velada pelo que estava prestes a passar. Depois a garota desapareceu na esquina do estábulo, onde dois membros do apoio técnico a aguardavam com o cavalo que iria montar.

Zack sabia que tinha poucas chances de filmar a cena perfeita na primeira tentativa ensaiando antes ou não, mas, considerando tudo o que tinha acontecido na noite anterior, ele queria acabar logo com o menor número possível de tentativas. Além disso, a atmosfera carregada entre ele, sua esposa e o amante dela só tendia a piorar com a quantidade de vezes que precisaria dirigir aquela cena sexualmente explosiva.

Uma sombra saiu dos arbustos próximos à porta, e a voz cuidadosamente modulada e conciliatória de Austin paralisou Zack:

— Olhe, Zack, essa cena já vai ser bem difícil de filmar sem que um ressentimento pelo que aconteceu entre nós dois e Rachel nos atrapalhe — disse ele, aproximando-se da luz. — Você e eu somos macacos velhos, adultos civilizados. Vamos nos comportar como tais. — E estendeu a mão para cumprimentá-lo.

Zack olhou com desprezo para a mão estendida diante de si, depois o encarou.

— Vá se foder.

7

DENSA E QUENTE, A TENSÃO PAIRAVA COMO NÉVOA SOBRE O estábulo enquanto Zack passava pelos espectadores e atravessava a coxia em direção ao set pouco iluminado. Sam Hudgins já estava posicionado junto à câmera e Zack parou ao lado dele junto a um par de monitores conectado às lentes das câmeras, permitindo a Zack ver exatamente o que ambas as câmeras estavam gravando. Ele assentiu com a cabeça para Tommy, e as coisas tomaram um curso familiar:

— Luzes! — gritou o assistente de direção.

Ouviu-se o som metálico dos interruptores sendo ligados, e as luzes gigantes foram acesas, encharcando o set com uma iluminação branca e quente. Enfiando as mãos no bolso, Zack estudou as imagens que surgiram em ambos os monitores. Ninguém disse nada, nem tossiu, nem se mexeu, e toda aquela quietude incomum quase nem foi notada por ele. Durante anos, ele havia compensado seja lá o que faltava em sua vida mergulhando completamente no trabalho e se fechando para todo o resto, o que conseguiu repetir hoje quase sem perceber. Naquele momento, a cena que estavam prestes a gravar era tudo o que importava; era sua filha, sua amante, seu futuro, e ele examinava cada detalhe nos dois monitores, prevendo como ficaria numa tela de cinema.

Nas traves, perto do teto, um assistente de iluminação e um eletricista aguardavam ordens para mexer numa luz ou mudar o ângulo de um refletor, se necessário. O eletricista-chefe estava perto da câmera de Sam, também aguardando ordens, e outros dois eletricistas observavam, ao lado de uma grua, o cinegrafista assistente, posicionado a seis metros de altura para filmar a cena daquele ângulo. Contrarregras estavam a postos para ajeitar qualquer coisa que Zack quisesse; o técnico de som carregava um fone de ouvido enrolado no pescoço, pronto para colocá-lo no ouvido, e a continuísta levava o roteiro em uma mão e um cronômetro na outra. Ao lado dela, um assistente de produção escrevia na claquete que seria usada para marcar a cena quando Zack desse sinal verde para as câmeras. Tony e Rachel estavam do lado de fora do set, aguardando.

Satisfeito, o diretor balançou a cabeça e olhou para Sam.

— O que você acha?

Como já havia feito várias vezes ao longo do dia, o diretor de fotografia aproximou os olhos da lente da câmera e deu uma última olhada. Ainda com os olhos junto à lente, ele disse, hesitante:

— A mesa está me preocupando um pouco, Zack. Vamos aproximá-la dos montes de feno.

A seu comando, dois técnicos entraram em ação e correram até a mesa, agarraram-na pelos pés e a arrastaram alguns centímetros de cada vez, sem desgrudar os olhos de Sam, que continuava a olhar pela câmera, orientando-os com a mão levantada.

— Isso, aí está ótimo.

Ansioso para continuar, Zack levantou a cabeça e se dirigiu ao cinegrafista posicionado lá em cima da trave.

— Les? Tudo certo aí de cima?

— Tudo certo, Zack.

Zack deu mais uma olhada no set e, com a cabeça, deu um sinal positivo para Tommy, que fez o rotineiro pedido de silêncio e atenção, ainda que o set estivesse quieto como uma tumba.

— Silêncio, por favor! Todos em seus lugares. Isso *não* é um ensaio. Já vamos começar gravando.

Tony e Rachel tomaram suas devidas posições, e, enquanto uma maquiadora dava os últimos retoques na sobrancelha suada de Tony e uma figurinista ajeitava o corpete do vestido de Rachel, Zack começou a repassar sua habitual recapitulação da cena que estavam prestes a gravar.

— Vamos lá! — disse ele, com uma voz altiva e decisiva, como a de um executivo. — Vocês conhecem a história e sabem como termina. Talvez consigamos acertar de primeira. Caso contrário, vamos tratar essa tentativa como um ensaio geral. — Seu olhar desviou-se para Rachel, mas ele se referiu à personagem dela, como normalmente fazia: — Johanna, você vai entrar no estábulo, sabendo que Ricky está à espreita em algum lugar por aqui. Você sabe o que ele quer de você. Você está com medo dele e de si mesma. Quando ele tentar seduzi-la, você cede, mas só por alguns momentos *ardentes* — terminou Zack, decidindo que não precisava ser específico em relação a que tipo de ardor esperava ver entre ela e seu amante na vida real. — Entendeu? — perguntou. — Bem ardentes.

— Certo — respondeu ela, e apenas um leve meneio de seus olhos verdes deixou escapar um vestígio de preocupação em relação ao que iria fazer na frente de muitas pessoas.

O diretor virou-se para Tony, que tomou sua posição numa cocheira vazia.

— Você está há uma hora esperando por Johanna aqui — lembrou-lhe Zack, com uma voz cortante. — Você receia que ela não virá, e odeia a si mesmo por querê-la. Está obcecado por ela e cogita ir até a casa para contar à filha dela, ao caseiro e a quem quiser ouvir que ela dormiu com você. Você se sente humilhado porque ela o tem evitado e porque precisa encontrá-la no estábulo enquanto o marido dela está dormindo em casa. Quando ela entrar e passar pela porta daquela cocheira sem ver você, toda a raiva e a angústia que vêm crescendo dentro de você há meses vai explodir. Você a agarra, mas, no segundo em que encosta nela, é tomado pelo desejo de possuí-la novamente e está determinado a fazê-la querer o mesmo. Você a beija à força e sente a reação inicial dela. Quando ela muda de ideia e começa a resistir, você já foi longe demais para acreditar que ela quer que você pare. Você só acredita quando ela pega aquela arma e a aponta em sua direção. E então você fica furioso. Fora de controle. Você tenta pegar a arma e, quando ela atira, você está enfurecido demais para perceber que foi acidental. Toda aquela paixão e obsessão que sentia por ela se torna uma ira momentânea quando vocês começam a brigar pela arma, que dispara uma segunda vez, então Rachel tomba no chão, e você deixa a arma cair. Você fica tomado de arrependimento e medo ao perceber que ela está gravemente ferida. Você escuta Emily, hesita por um momento, depois foge. — Incapaz de esconder seu ódio, Zack acrescentou com uma voz ácida: — Acha que dá conta de fazer essa cena?

— Sim — disse Austin, com firmeza. — Dou conta do recado.

— Então faça o seu trabalho, e vamos terminar essa encenação repugnante — soltou Zack, antes que pudesse pensar duas vezes. Virando-se para Rachel, acrescentou: — Você nunca pretendia usar aquela arma contra ele e, quando ocorre o disparo, quero vê-la apavorada, tão apavorada a ponto de não conseguir reagir rapidamente o suficiente quando a arma for apontada para você.

Sem esperar que ela confirmasse que havia entendido as instruções, ele virou-se para Emily e amaciou a voz um pouco:

— Emily, você escuta os tiros e entra aqui com o cavalo. Sua mãe está ferida, mas consciente, e você percebe que ela não está ferida a ponto de morrer. Você entra em pânico. O amante dela está fugindo, então você pega o telefone no escritório do cavalariço e chama a ambulância, depois liga para seu pai. Tudo bem entendido?

— E quanto a Tony... quero dizer, Rick? Eu não deveria tentar correr atrás dele por alguns metros ou pegar a arma como se eu estivesse pensando em ir atrás dele?

Normalmente, eles teriam revisto a cena toda num ensaio, e Zack percebeu que foi tolo achar que poderiam usar o ensaio como se fosse a primeira tomada, principalmente considerando que, desde a noite anterior, ele estava cogitando a ideia de que provavelmente Rachel não deveria disparar o primeiro tiro, ainda que o roteiro indicasse isso. Depois de uma breve hesitação, ele balançou a cabeça para Emily:

— Vamos fazer exatamente como diz o roteiro nesta primeira tentativa. Depois, se precisar, nós improvisamos. — Ele olhou para os membros do elenco e da equipe e disse, com um tom mais altivo: — Perguntas?

Ele lhes deu um rápido segundo para responder antes de fazer um sinal com a cabeça para Tommy e dizer:

— Vamos começar.

— Desliguem o ar-condicionado — ordenou Tommy, e os aparelhos foram desligados. O técnico de som colocou os fones de ouvido, os dois cinegrafistas se inclinaram para suas câmeras, e Zack se posicionou entre a câmera e os monitores, de onde poderia ver a cena se desenrolar tanto na sua frente quanto pelos dois monitores.

— Luz vermelha, por favor — pediu ele, ordenando que o sinal instalado do lado de fora do estábulo fosse ligado, avisando sobre a gravação. — Câmeras rodando. — Ele esperou pela confirmação verbal de que as câmeras e os equipamentos de som estavam funcionando na velocidade ideal.

— Rodando — gritou o cinegrafista no guindaste alguns segundos depois.

— Rodando — ecoou Sam Hudgins.

— Claquete — ordenou Zack.

O assistente de produção rapidamente apareceu em frente à câmera de Sam empunhando a claquete branca e preta que dizia o número da cena que iam filmar e o número de *takes* já gravados.

— Esta é a cena 126 — anunciou ele, repetindo o que estava escrito na claquete —, *take* 1. — Fechou a claquete para que os editores pudessem mais tarde sincronizar o som da cena, depois saiu da frente da câmera num salto.

— Ação — gritou Zack.

Na sua deixa, Rachel entrou no estábulo pela porta lateral, nervosa, olhando em volta. Seu rosto era um perfeito reflexo de horror, excitação e apreensão.

— Rick — chamou, com a voz falhando, exatamente como o roteiro pedia. E, quando a mão de seu amante surgiu do ponto em que ele se escondia, o grito abafado que saiu da boca dela foi perfeito.

Ao lado da câmera, os braços cruzados na frente do peito, Zack assistiu a tudo com olhos compenetrados, impessoais. Mas, quando Austin começou a beijar e acariciar Rachel e puxá-la para que se deitasse no feno, tudo começou a dar errado. Austin estava estranho e claramente envergonhado.

— CORTA! — gritou Zack, enfurecido ao perceber que teria de ver Austin beijando e acariciando Rachel várias e várias vezes. Saindo de trás das câmeras e indo para debaixo dos holofotes, ele encarou o ator com um olhar de gélido desdém. — Você não a beijou como um coroinha acanhado no meu quarto de hotel ontem. Quero ver você reproduzir aquela cena, e não essa atuação amadora.

O rosto de Austin, que já havia sido comparado ao de Robert Redford, por seu carisma jovial, se enrubesceu.

— Meu Deus, Zack, por que você não pode agir como adulto?

Ignorando-o, o diretor virou-se para Rachel, que o encaravam, e, com uma crueldade até então inédita, disse:

— E você... você deveria estar excitada, não pensando em ir à manicure, quando ele agarrar você.

Os dois próximos *takes* foram muito bons, e toda a equipe sabia disso, mas em ambas as vezes Zack interrompeu os atores antes que Rachel tivesse ao menos pegado a arma e ele pediu para que repetissem a cena. Fez isso em parte porque de repente desenvolveu uma perversa satisfação em forçá-los a repetir publicamente as mesmas carícias que haviam feito de Zack um idiota aos olhos de todo o mundo, mas principalmente porque sentia que ainda havia algo de errado naquela cena.

— CORTA! — gritou ele, interrompendo o quarto *take* e indo para a frente.

Austin levantou-se do feno furioso disposto a brigar, os braços em volta de Rachel, que finalmente estava sensível o suficiente para se sentir envergonhada e furiosa também.

— Olha aqui, seu sádico filho da puta, não há nada de errado com os dois últimos *takes*. Foram perfeitos — discursou Austin, mas Zack o ignorou e decidiu fazer a cena como havia pensado no dia anterior.

— Cale-se e escute — soltou ele. — Vamos tentar de outro jeito. Apesar do que o roteirista imaginou ao descrever essa cena, o fato é que quando Johanna atira no amante, mesmo que por acidente, ela perde toda a nossa empatia. O homem estava obcecado por ela, tanto sexual quanto emocionalmente, e ela o usava para satisfazer suas próprias necessidades, mas nunca teve *qualquer* intenção de largar o marido para ficar com ele. Ela precisa levar um tiro antes dele, senão ele vai se tornar a única vítima deste filme. Mas a questão é que *todos* são vítimas.

Zack ouviu um murmúrio de surpresa e aprovação das pessoas atrás das câmeras, perto da porta do estábulo, mas não precisou reforçar sua opinião. Agora ele sabia que estava certo. Sabia disso pelos mesmos instintos que o permitiram receber uma indicação para Oscar por um filme que parecia mediano e comum antes que ele o dirigisse. Virando-se para Rachel e Tony, que pareciam relutantemente impressionados com a mudança, ele disse, seco:

— Mais uma vez, e acho que vamos conseguir. Tudo o que vocês têm que fazer é mudar o final da briga pela arma, de modo que Johanna leve um tiro primeiro.

— E depois? — exigiu Tony. — O que faço depois de perceber que atirei nela?

Zack parou por um momento, pensando, depois disse, decidido:

— Deixe que ela pegue a arma. Você não tinha a intenção de feri-la, mas ela não sabe disso. Você dá um passo para trás, mas ela pega a arma e a aponta na sua direção, chorando, por sua causa e de si mesma. Você começa a recuar, Rachel — disse a ela, virando-se, completamente absorto. — Quero vê-la soluçando, depois você fecha os olhos e aperta o gatilho.

Zack voltou para trás das câmeras.

— Claquete.

O assistente de direção apareceu na frente à câmera com a claquete.

— Cena 126, *take* 5!

— Ação!

Esse seria o último *take*, um *take* perfeito — Zack sentiu isso ao ver Austin agarrar Rachel e forçá-la a deitar sobre o feno, as mãos e a boca a devorá-la. Não havia diálogo naquele momento, mas uma trilha de fundo seria acrescentada mais tarde, por isso, quando Rachel foi atrás da arma e Austin se interpôs no caminho, Zack começou a incentivá-la, incitando-a para que lutasse mais:

— Lute! — gritou ele e, com uma pitada de ironia, soltou: — Finja que ele sou eu!

A sugestão deu certo. Ela se contorcia e dava socos nos ombros de Tony com genuína fúria, até conseguir pegar a arma.

Mais tarde, o som de um tiro de verdade seria acrescentado, no lugar do suave *pop* emitido pelo cartucho vazio de Rachel, e Zack observou Tony pegar a arma dela, esperando pelo momento perfeito da briga, antes de gritar "Tiro!", para que Tony apertasse o gatilho, atirasse em lugar nenhum, e Rachel caísse e acionasse o pacote de sangue falso preso à sua roupa, perto dos ombros. Chegou o momento.

— Tiro! — gritou ele, e o corpo de Rachel sacudiu violentamente quando o disparo explodiu como fogos de artifício no cavernoso celeiro, ecoando no teto de metal.

Todos ficaram paralisados, momentaneamente imobilizados pelo som surpreendentemente alto, quando deveriam ter ouvido apenas o *pop* de um cartucho vazio. Rachel lentamente escapou dos braços de Tony e caiu no chão, mas não havia nenhum sangue de mentira escorrendo através do ferimento falso em seu ombro.

— O que diabos... — começou Zack, já se arremessando para a frente. Tony estava inclinado sobre ela, mas Zack o empurrou.

— Rachel? — disse ele, virando o corpo dela.

Havia um pequeno orifício em seu peito, mas apenas um filete de sangue saía de lá. O primeiro pensamento coerente de Zack, ao gritar para que chamassem uma ambulância e os paramédicos enquanto tentava freneticamente sentir o pulso inexistente dela, era de que aquela ferida não poderia ser fatal: Rachel estava sangrando muito pouco, o ferimento estava mais próximo da clavícula do que do coração; além disso, a assistência médica estava apenas a alguns metros de distância, a postos no set, como a lei exigia. O pandemônio estava tomando conta de todos; as mulheres berravam, apavoradas, os homens gritavam, e os membros da equipe se agitavam para socorrer Rachel, formando uma multidão sufocante.

— Fiquem longe! — berrou Zack e, por não conseguir sentir o pulso dela, começou a fazer massagem cardíaca.

Uma hora se passou, e Zack não saiu da porta do estábulo, a alguns metros de distância de todos os outros, esperando notícias do grupo de médicos e policiais que estavam lá dentro com a esposa. Havia viaturas e ambulâncias estacionadas em todo o gramado e na estrada; suas estranhas luzes de emergência vermelhas e azuis piscando freneticamente na noite quieta e úmida.

Rachel estava morta. Ele sentia isso, sabia disso. Ele já havia visto a morte antes; lembrou-se de como ela era. Ainda assim, não podia acreditar.

Os policiais já haviam interrogado Tony e o cinegrafista. Agora estavam começando a interrogar todos os que estiveram no estábulo quando tudo aconteceu. Mas não perguntavam a Zack o que ele havia visto. Ele pensou, o mais racionalmente que pôde, que era muito estranho não quererem conversar com ele.

Acima do diretor, uma luz brilhante começou a varrer o local, e ele ouviu o estridente rangido das pás de um helicóptero. Viu a brilhante cruz vermelha pintada na lateral do veículo e foi acometido por uma sensação de alívio; aparentemente, eles iriam transportar Rachel até o hospital mais próximo, o que sem dúvida significava que os médicos conseguiram estabilizar os sinais vitais dela. Assim que o reconfortante pensamento tomou conta, ele percebeu outra coisa que fez seu sangue congelar: os policiais que haviam isolado a área assim que chegaram estavam agora deixando um sedã preto entrar. Sob a luz do helicóptero que pousava, ele pôde ver o emblema que estava na lateral da porta do motorista: dizia Médico Legista.

Todo mundo também viu. Emily começou a soluçar nos braços do pai, e Zack ouviu os xingamentos selvagens de Tony, seguidos de algumas palavras reconfortantes murmuradas por Tommy. Diana olhava para o carro do legista com o rosto pálido, imóvel. E as outras pessoas apenas... olhavam umas para as outras.

Mas ninguém olhava para ele ou tentava se aproximar dele. Em seu estado entorpecido, aquilo tudo parecia um pouco estranho, embora ele preferisse as coisas assim.

8

TODOS DA EQUIPE E DO ELENCO FICARAM ISOLADOS NO HOTEL no dia seguinte para serem interrogados pela polícia. Zack ficou o tempo todo em inquieto torpor, ao passo que a polícia se recusava a lhe dar quaisquer informações, e a imprensa vomitava um fluxo constante de notícias para o país inteiro. De acordo com o programa da NBC a que ele assistiu, a arma que matou Rachel havia sido carregada com balas de ponta oca, projetadas para abrir e se dispersar com o impacto, destruindo completamente uma ampla área do corpo, em vez de somente atravessá-lo, por isso a atriz morreu na hora. O jornal noturno da CBS convidou um especialista em balística para, em frente, diante de um quadro com a imagem do corpo de Rachel e uma caneta apontadora em mãos, explicar para todo o país qual foi o exato estrago feito pela bala e precisamente onde o ferimento se localizava. Zack apressou-se em desligar a televisão com o controle remoto, correu para o banheiro e vomitou. Rachel estava morta e, apesar de o casamento deles nunca ter sido recheado de grande paixão e de ela querer se divorciar dele para ficar com Tony, Zack ainda não havia conseguido encarar a morte dela, nem a maneira macabra e perversa como tinha acontecido. O jornal noturno da ABC lançou uma bomba sobre Zack ao anunciar que, de acordo com o relatório da autópsia, que acabara de sair, Rachel Evans Benedict estava grávida de seis semanas.

Zack afundou-se no sofá e fechou os olhos, engolindo amarga bile, sentindo como se estivesse no meio de um furacão que não parava de rodopiá-lo. Rachel estava grávida. Mas não dele. Ele não dormia com ela havia meses.

Sem fazer a barba e incapaz de se alimentar, perambulava pelo quarto do hotel, às vezes se perguntando se mais alguém fora detido e, em caso afirmativo, por que nenhum deles havia ido até seu quarto para conversar, consolá-lo ou só para passar o tempo. O telefone do hotel estava em alvoroço, tamanha a quantidade de pessoas de Hollywood que tentavam falar com ele — a maioria delas, ele sabia, mais interessada em saber dos detalhes sórdidos do que expressar qualquer tipo de genuíno pesar pela morte de Rachel. Por isso, ele se recusava a atender telefonemas de qualquer pessoa, com exceção de Matt Farrell, e passava o tempo se perguntando quem diabos odiava Rachel o suficiente para querê-la morta. Com o avançar das horas, ele começou a suspeitar de cada pessoa que havia estado no set por uma ou outra razão absurda, depois descartava a suspeita e inventava outra, já que os motivos para duvidar de determinadas pessoas pareciam tão impossíveis e inconsistentes.

No fundo tinha consciência de que a polícia possuía motivos para crer que ele tinha boas razões para matá-la; ainda assim, esse pensamento era tão ridículo que permaneceu convencido de que os investigadores se dariam conta disso.

Dois dias depois da morte dela, Zack abriu a porta de seu quarto e olhou para os dois detetives altos e ameaçadores que o haviam interrogado no dia anterior.

— Sr. Benedict — começou um deles, mas a paciência e o temperamento de Zack haviam sido testados além do suportável.

— Por que diabos vocês estão perdendo tempo comigo? — explodiu. — Exijo saber que avanços vocês fizeram na busca pelo assassino de minha esposa.

Zack estava tão enfurecido que foi pego desprevenido quando um deles, que havia entrado no quarto e se posicionado atrás dele, de repente o empurrou contra a parede, agarrou seus pulsos e juntou suas mãos atrás das costas. Zack sentiu a fria mordida das algemas na mesma hora que o outro falou:

— Zachary Benedict, você está preso pelo assassinato de Rachel Evans. Você tem o direito de permanecer calado e de ter um advogado. Se você não puder pagar por um...

9

— SENHORAS E SENHORES DO JÚRI, VOCÊS OUVIRAM OS chocantes depoimentos e testemunharam as provas incontroversas... — dizia com firmeza Alton Peterson, o promotor. Seu penetrante olhar examinava cada um dos doze membros do júri do Condado de Dallas, que estavam prestes a decidir os rumos de um julgamento que havia gerado um frenesi na opinião pública com o escândalo do caso de adultério e assassinato entre superestrelas de Hollywood.

Do lado de fora do salão do júri, os corredores do tribunal estavam abarrotados de repórteres de todo o mundo à espera das últimas e excitantes novidades do julgamento de Zachary Benedict. Primeiro, a imprensa se posicionara a favor dele; agora, divulgava cada detalhe da perda de prestígio de Zack com um deleite ainda maior, servindo bocados saborosos de conjecturas e alegações para um público fascinado, que digeria cada pedacinho de seus jantares e dos jornais noturnos.

— Vocês ouviram as *provas* — lembrou Peterson ao júri ainda mais enfaticamente, continuando sua declaração final. — Sabemos que, na noite anterior ao assassinato de Rachel Evans, Zachary Benedict a flagrou nua nos braços de Anthony Austin. Sabemos que Benedict estava enfurecido, que atacou Austin e precisou ser contido. Ouvimos os depoimentos de alguns hóspedes do hotel que presenciaram os altos gritos da discussão que se seguiu à briga. Do relato dessas testemunhas, sabemos que Rachel Evans disse a Benedict que planejava se divorciar dele, casar-se com Anthony Austin e que pretendia ficar com a metade dos bens de Zachary Benedict após o divórcio. As mesmas testemunhas disseram que Benedict ameaçou a esposa, e eu cito... — Peterson parou para conferir suas anotações, mas seu intuito com isso era apenas causar um efeito no júri, pois ninguém naquele tribunal poderia se esquecer daquela ameaça. Levantando a voz para enfatizar, ele leu: — "Vou matá-la antes de deixar você pegar a metade de qualquer coisa!"

Apoiando-se no corrimão que separava o banco dos jurados do restante do plenário, ele examinou cada rosto extasiado.

— E ele acabou por matar Rachel, senhoras e senhores. Ele a matou a sangue-frio, assim como o bebê inocente que ela carregava na barriga. Vocês sabem que foi ele, e eu sei que foi ele. Mas a *forma* como ele fez isso torna esse crime ainda mais revoltante, mais hediondo, pois mostra que tipo de monstro calculista é Zachary Benedict. — Virando-se, ele começou a caminhar, recontando como o crime ocorreu para construir suas conclusões. — Zachary Benedict não cometeu o assassinato movido por um acesso não premeditado de raiva e paixão como um assassino qualquer. De jeito nenhum; não ele. Ele esperou 24 horas para poder terminar seu filme primeiro e só *depois* escolheu um método de vingança tão bizarro, tão frio, que me faz querer vomitar. Ele carregou a arma com munição de ponta oca e, no último minuto, enquanto estavam filmando a última cena daquele filme, mudou o roteiro para que sua esposa, e não Anthony Austin, levasse um tiro durante o embate final.

Alton parou e se apoiou no corrimão de novo.

— Nada disso são conjecturas da minha parte. Vocês ouviram o depoimento que comprova cada palavra do que digo: na tarde do assassinato, enquanto o restante da equipe descansava, Zachary Benedict entrou sozinho no estábulo, mexendo ostensivamente em alguns dos objetos no set. Algumas pessoas o viram entrar lá, ele mesmo admitiu isso, mas ninguém da equipe soube dizer se havia algo de diferente quando todos voltaram ao set. O que ele foi fazer lá? Vocês sabem o que ele estava tramando! Ele foi substituir as balas de festim, e um membro da equipe confirmou que foi Benedict quem colocou as balas na arma, por balas de ponta oca, extremamente letais. Relembro aos senhores que as impressões digitais do sr. Benedict estavam na arma. Impressões dele e de mais ninguém, sem sombra de dúvidas por mero descuido, depois de limpar a arma. E, depois que todos os preparativos haviam sido feitos, ele levou a cabo seu plano grotesco e cometeu o ato como um assassino qualquer? Não. Em vez de fazer isso... — Alton encarou o réu, e disse, sem precisar fingir o tom de ódio e repulsa: — ...Zachary Benedict ficou ao lado do cinegrafista naquele estábulo, assistindo às carícias de sua esposa e do amante dela *várias e várias vezes*! Ele os interrompia toda vez que a esposa estava prestes a pegar a arma. Depois, quando já havia se "divertido" o suficiente, já havia levado a cabo sua vingança doentia, quando não poderia mais adiar o momento que o roteiro pedia, o momento em que sua esposa deveria pegar a arma e atirar em Tony Austin, Zachary Benedict simplesmente *mudou o roteiro*!

Virando-se, Peterson apontou o dedo para Zack, com a voz cada vez mais alta, permeada de ódio.

— Zachary Benedict é um homem tão corrompido pela riqueza e pela fama que chegou a acreditar que estaria acima das leis que se aplicam a mim e a vocês. Ele acreditou que vocês o deixariam sair ileso! Olhem para ele, senhoras e senhores do júri...

Compelidos pela efervescente voz de barítono de Peterson, todos os rostos do lotado plenário se voltaram para Zack, que estava sentado no banco dos réus. A seu lado, o advogado de defesa sussurrou, quase sem mover os lábios:

— Droga, Zack, olhe para o júri!

Zack levantou a cabeça e obedeceu automaticamente, mas duvidou que qualquer coisa que fizesse faria alguma diferença na opinião dos jurados. Se Rachel tivesse armado para incriminá-lo pelo assassinato, jamais conseguiria ter realizado um trabalho tão bom quanto o dele em fazer com que as "provas" o incriminassem.

— Olhem para ele — ordenou Alton Peterson, com fervor e fúria renovados — e vejam o que ele é: um homem que cometeu um assassinato em primeiro grau! Esse é o veredito, o único veredito possível para que a justiça seja feita!

Na manhã seguinte, o júri se retirou para discutir o veredito, e Zack, que estava em liberdade depois de pagar uma fiança de 1 milhão de dólares, voltou para seu quarto no Hotel Crescent — embora cogitasse tentar fugir para a América do Sul e matar Tony Austin. Tony parecia o suspeito mais lógico do crime para ele, mas nenhum dos advogados de Zack nem os detetives que eles contrataram conseguiram qualquer prova capaz de incriminá-lo, a não ser o fato de que ele ainda alimentava um caro vício em drogas — um vício que ele nunca teria dado conta de largar caso Rachel tivesse vivido para casar com ele depois de se divorciar de Zack. Além disso, se Zack não tivesse decidido no último minuto mudar o roteiro, Tony, e não Rachel, teria levado o tiro. Zack tentou lembrar se havia comentado com Tony que não gostava do final como estava no roteiro e que estava pensando em mudá-lo. Às vezes, ele pensava alto e jogava as ideias para os outros sem se lembrar de tê-lo feito. Ele havia escrito uma nota dizendo que queria mudar o final em sua cópia do roteiro e depois a jogou em um lugar qualquer, mas todas as testemunhas negaram saber algo a respeito.

Como um tigre enjaulado, ele perambulava em seu quarto de hotel, amaldiçoando o destino de Rachel e o dele próprio. Repetidas vezes, releu as alegações finais de seu advogado, tentando acreditar que Arthur Handler seria capaz de persuadir os jurados a não condenar seu cliente. O único argumento real e plausível para a defesa era que Zack teria sido um completo idiota em cometer um crime tão espalhafatoso e bizarro quando sabia que todas as provas apontariam diretamente para ele. Quando veio à tona, durante o julgamento, que Zack era dono de uma grande coleção de armas e estava familiarizado com os variados tipos de armas e munições, Handler tentou destacar que, como isso era verdade, Zack também seria capaz de trocar a munição sem deixar uma desajeitada impressão digital na arma.

A ideia de tentar fugir para a América do Sul e desaparecer pairou sobre a mente de Zack, mas era uma ideia boba, e ele sabia disso. Em primeiro lugar, se ele fugisse, o júri certamente o consideraria culpado mesmo se estivesse pensando em absolvê-lo. Segundo, o rosto dele era tão famoso — ainda mais agora, com toda a cobertura da imprensa sobre o julgamento — que ele seria reconhecido em questão de minutos seja lá aonde fosse. A única coisa boa com a qual ele podia contar era que Tony Austin nunca mais conseguiria fazer um filme novamente, agora que todos os seus vícios e perversões tinham vindo à tona no julgamento e ganhado as manchetes dos jornais.

Na manhã seguinte, quando alguém bateu à porta, frustração e expectativa haviam criado nós em todos os músculos do seu corpo. Ele escancarou a porta fazendo uma carranca para o único amigo em que confiava cegamente. Não queria que Matt Farrell assistisse ao julgamento, em parte porque Zack seria humilhado e em parte porque não queria que a mácula que agora carregava manchasse a reputação do famoso executivo. Uma vez que Matt havia estado na Europa até o dia anterior, negociando a compra de uma empresa, havia sido fácil para Zack parecer otimista quando o amigo o telefonou. Agora, bastou a Zack uma rápida olhada na expressão sombria do amigo para saber que ele já havia ficado sabendo da verdade cruel e viajado até Dallas justamente por isso.

— Mas que alegria em me ver! — disse Matt secamente ao entrar no quarto.

— Falei que não tinha por que vir aqui — retrucou Zack, fechando a porta. — O júri está deliberando neste exato momento. Vai dar tudo certo.

— Nesse caso — respondeu Matt, sem desanimar com a recepção pouco entusiasmada do amigo —, podemos matar umas horinhas jogando pôquer. O'Hara está estacionando e providenciando nossos quartos — acrescentou, referindo-se a seu motorista/guarda-costas. Ele tirou o paletó, olhou para o rosto cansado de Zack e pegou o telefone. — Você está péssimo — disse, depois pediu um farto café da manhã pelo serviço de quarto.

— Este com certeza é meu dia de sorte — disse Joe O'Hara seis horas mais tarde, ao juntar o punhado de notas que havia ganhado na mesa. Um homenzarrão com o rosto calejado e o físico de um boxeador, ele guardou para si suas preocupações a respeito do futuro de Zack para exibir um exagerado otimismo que não enganava a ninguém, mas que de alguma forma tornava mais suportável a atmosfera tensa do quarto.

— Lembre-me de diminuir seu salário — disse Matt ironicamente, olhando para a pilha de dinheiro que se acumulava ao lado dos cotovelos de seu motorista. — Eu não deveria lhe pagar o bastante para que você possa se sentar nessa mesa e fazer apostas tão altas.

— Você diz isso toda vez que eu ganho de você e de Zack na jogatina — respondeu O'Hara, animado. — É como nos velhos tempos em Carmel, quando vivíamos jogando. Com a diferença de que era sempre à noite.

E a vida de Zack não estava por um fio.

O pensamento inaudito propagou-se no pesado silêncio e só foi interrompido pelo toque estridente do telefone.

Zack o atendeu, ouviu, depois se levantou.

— O júri chegou a um veredito. Tenho que ir.

— Vou com você — disse Matt.

— Vou trazer o carro — acrescentou O'Hara, já tirando as chaves do bolso da jaqueta.

— Não precisa — falou Zack, tentando não entrar em pânico. — Meus advogados estão vindo me buscar. — Depois que O'Hara se despediu com um aperto de mão e saiu, Zack olhou para Matt e foi até a escrivaninha. — Gostaria de te pedir um favor. — Ele tirou um documento da gaveta e o entregou ao amigo. — Preparei isso no caso de algo dar errado. É uma procuração lhe outorgando plenos poderes para tomar decisões em meu nome sobre tudo o que se refere às finanças ou aos meus ativos.

Matt Farrell olhou para baixo e empalideceu ao ver a prova de que Zack obviamente pensava que havia uma boa chance de ser condenado.

— É só uma formalidade, um plano de contingência. Tenho certeza de que você nunca vai usá-la — mentiu Zack.

— Eu também — disse Matt, com tão pouca verdade quanto o amigo.

Os dois homens olharam um para o outro, quase idênticos em altura, porte físico, cor da pele e em suas expressões de orgulho e falsa convicção. Quando Zack pegou o paletó, Matt limpou a garganta e disse, um tanto relutante:

— Se... se um dia eu precisar usar isto, o que você quer que eu faça?

Olhando-se no espelho, Zack deu um nó na gravata e disse, balançando os ombros, numa tentativa tola de fazer piada.

— Só tente não me levar à falência.

Uma hora depois, no tribunal, ao lado dos advogados, Zack observou o meirinho entregar o veredito do júri para o juiz. Como se as palavras estivessem sendo proferidas no final de um longo túnel, ele ouviu o juiz dizer:

— ... culpado pelo crime de homicídio doloso qualificado.

Então, depois de uma breve deliberação para o cálculo da pena, Zack ouviu outro veredito, mais angustiante que o anterior:

— A pena para o condenado será de 45 anos de reclusão no presídio de Amarillo, do Departamento de Justiça Criminal do Texas... Não há possibilidade de fiança em fase recursal, pois a pena excede 15 anos... O prisioneiro será mantido sob custódia...

Zack recusou-se a demonstrar sua agonia; recusou-se a fazer qualquer coisa que pudesse revelar a verdade: que ele estava gritando por dentro.

Ele permaneceu rigidamente ereto, mesmo depois que alguém agarrou seus pulsos, puxou-os para trás de suas costas e os algemou.

10

1993

— Cuidado, srta. Mathison! — O aviso estridente do garoto na cadeira de rodas chegou tarde demais; Julie estava conduzindo a bola de basquete até o garrafão, rindo enquanto se preparava para fazer o arremesso, mas acabou prendendo o tornozelo no apoio de pé de uma cadeira de rodas e desequilibrou-se para trás, caindo de maneira embaraçosa sobre os quadris.

— Srta. Mathison! Srta. Mathison!

O ginásio reverberou com os gritos preocupados de crianças com deficiência da aula de educação física que Julie supervisionava depois das aulas do horário regular, quando seus deveres de professora já haviam sido cumpridos. Cadeiras de rodas se reuniram em torno dela, junto de outras crianças com muletas e próteses nas pernas.

— Você está bem, srta. Mathison? — ecoaram elas. — Machucou, srta. Mathison?

— Claro que me machuquei — provocou Julie enquanto se apoiava sobre os cotovelos e tirava o cabelo do rosto. — Meu orgulho está muito, muito machucado.

Willie Jenkins, o atleta machão de 9 anos que atuava como observador e treinador auxiliar, enfiou as mãos no bolso, olhou para ela com uma expressão intrigada e disse, com uma voz profunda, de sapo-boi:

— Como é que é seu orgulho que se machuca quando você cai de bu...

— Depende do seu ponto de vista, Willie — disse Julie rapidamente, rindo. Ela estava se levantando quando um par de sapatos de cadarço, meias marrom e uma calça de poliéster entraram em seu campo de visão.

— Srta. Mathison — gritou o diretor, desaprovando as marcas de tênis que cobriam o brilhoso piso de seu ginásio. — Isso não parece nem um pouco com uma partida de basquete. Que diabo de jogo é esse?

Embora hoje Julie desse aulas para a terceira série da Escola de Ensino Fundamental Keaton, seu relacionamento com o diretor, o sr. Duncan, não havia melhorado muito desde que ele a acusou de ter roubado o dinheiro do almoço da turma quinze anos antes. Ainda que a integridade dela não estivesse mais em questão para ele, as constantes vezes que ela quebrava as regras da escola para favorecer os alunos eram uma permanente pedra no sapato dele. Não era apenas isso; Julie também não parava de importuná-lo com ideias inovadoras e, quando ele as vetava, buscava apoio moral no resto da cidade e, se necessário, até apoio financeiro de qualquer pessoa. Como resultado de uma de suas ideias, a Escola Keaton agora tinha um programa educacional e esportivo criado pela própria Julie para crianças com deficiências, o qual ela modificava constantemente, de uma forma que o sr. Duncan encarava como desconsideração típica e frívola dos procedimentos preestabelecidos por ele. A srta. Mathison nem bem havia iniciado seu programa para os deficientes no ano anterior e já estava engajada em outro projeto, ainda mais impressionante —, e não havia nada que pudesse pará-la: agora, promovia uma campanha privada para erradicar o analfabetismo entre as mulheres de Keaton e dos arredores. Tudo o que precisou para colocá-la nessa cruzada foi a descoberta de que a esposa do zelador não sabia ler. Julie Mathison convidou-a para sua casa e começou a lhe dar aulas, mas a turma logo cresceu, pois a mulher conhecia outra mulher que não sabia ler, que conhecia outra, que conhecia outra. Dentro de pouco tempo havia sete mulheres na turma para aprender a ler, então a srta. Mathison pediu ao sr. Duncan para ceder uma sala de aula duas noites por semana onde pudesse ensinar as novas alunas.

Quando o sr. Duncan protestou, lançando mão de argumentos sensatos sobre os custos adicionais de manter uma sala de aula funcionando à noite, ela mencionou docemente que conversaria com o diretor da escola de Ensino Médio, então. Em vez de se deixar parecer um ogro sem coração quando o diretor da escola de Ensino Médio cedesse aos olhos azuis e ao largo sorriso dela, o sr. Duncan deixou-a usar sua sala de aula. Pouco depois de concordar com isso, a irritante mártir inventou que precisava de material didático especial para ajudar a acelerar o processo de aprendizagem dos adultos "dela". E, como acabou descobrindo para o próprio desespero, quando Julie cisma com algum objetivo, ela não para até descobrir uma forma de alcançá-lo. Claro que ela estava certa: alguns importantes princípios estavam em jogo. Julie Mathison era dotada de uma teimosa resiliência combinada com um otimismo ilimitado e vivaz que para ele era tão memorável quanto irritante.

Até então, ela estava irritantemente obcecada com seu programa para crianças deficientes, mas esse projeto de alfabetização era uma jornada pessoal, e nada do que ele dissesse ou fizesse a deteria. Ela estava determinada a conseguir o material especial de que precisava, e ele tinha certeza de que a folga de dois dias que ela pedira para ir a Amarillo tinha algo a ver com a arrecadação de dinheiro para comprar tal material. Sem dúvida ela havia convencido o avô rico de um de seus alunos deficientes — um homem que por acaso vivia em Amarillo — a doar verbas para comprar o equipamento de que precisavam para o programa de deficientes. Agora o sr. Duncan suspeitava que ela queria tentar persuadir o pobre incauto a doar verbas para apoiar o projeto de alfabetização para suas alunas.

Essa inclinação para "angariar fundos" era o que ele achava mais desagradável e embaraçoso. Era completamente indigno ela "pedir esmola" para cidadãos abastados ou seus parentes. Nos quatro anos de magistério na Escola Keaton, Julie Mathison havia se tornado uma lendária pedra no sapato do diretor, uma bolha em seu calcanhar. Por isso, ele conseguiu se manter completamente imune à carismática figura que ela encarnou ao se levantar e conduzir os alunos até o vestiário, orientando-os sobre o jogo da próxima semana. Com o rosto lavado, como estava agora, e o cabelo castanho na altura do ombro preso num rabo de cavalo, havia uma vibrante integridade e uma vitalidade juvenil nela que levaram o sr. Duncan a pensar que era doce, bela e descomplicada ao contratá-la anos antes. Com 1,70 metro de altura, ela tinha ossos leves e pernas esguias, um nariz elegante, bochechas formosas e lábios doces. Embaixo de duas sobrancelhas escuras que pareciam graciosas asas, seus grandes olhos eram de um luminoso azul-índigo, margeados por cílios curvados; olhos que pareciam tão inocentes quanto gentis. No entanto, como ele aprenderia para sua desventura, o único traço que lhe dava uma ideia real da mulher por baixo daquele rosto delicado era o queixo teimoso dela, que tinha uma fenda bem pequena e pouco feminina.

Martelando mentalmente o pé no chão, ele esperou a professora encrenqueira terminar de conversar com o "time", ajeitar o casaco de moletom e pentear o cabelo com os dedos antes de se dignar a explicar a razão de sua incomum visita ao ginásio após o horário das aulas regulares.

— Seu irmão Ted ligou. Eu era o único que estava lá para atender — acrescentou ele, irritado. — Ele me pediu para dizer que sua mãe quer que você volte para casa para o jantar às oito e que Carl vai emprestar o carro para você viajar. Ele... hum... mencionou que você está indo a Amarillo. Você não me contou isso quando me pediu uma folga para tratar de questões pessoais.

— Sim, Amarillo — disse Julie, com um sorriso de nítida inocência que ela esperava ser o suficiente para tirá-lo da sua cola. Mas acabou tendo o efeito contrário.

— Você tem amigos lá? — perguntou ele, as sobrancelhas se juntando acima do nariz.

Julie estava indo a Amarillo para se encontrar com um parente rico de um de seus alunos deficientes na esperança de persuadi-lo a doar dinheiro para o programa de alfabetização... e ela teve um péssimo pressentimento de que o sr. Duncan já havia adivinhado isso.

— Só vou faltar dois dias — desconversou ela. — Já falei com uma professora substituta para dar aula no meu lugar.

— Amarillo fica a centenas de quilômetros daqui. Deve ter coisas importantes para você fazer lá.

Em vez de responder a esse interrogatório velado sobre o objetivo de sua viagem, Julie levantou a manga do casaco, conferiu o relógio e disse, com uma voz apressada:

— Meu Deus! Já são quatro e meia. É melhor eu correr se quiser ir para casa, tomar um banho e voltar para cá a tempo para minha aula das seis.

Quando Julie saiu do prédio da escola, Willie Jenkins a esperava do lado do carro dela, o pequeno rosto encrespado numa carranca profunda.

— Ouvi o sr. Duncan e você conversarem sobre sua ida a Amarillo — anunciou ele, com uma voz incrivelmente grave, que o fez parecer um homem adulto com laringite. — E eu estava pensando, srta. Mathison... Quero dizer, eu vou poder ou não cantar no Festival de Inverno?

Julie escondeu um sorriso. Como seus irmãos mais velhos, Willie Jenkins sabia jogar qualquer esporte — e era bom nisso: era sempre o primeiro a ser escolhido para participar dos times, o menino mais popular das primeiras séries; por isso ficava arrasado por ser a *última* escolha quando se tratava de qualquer coisa relacionada à música. Ele nunca ganhava um papel de cantor porque, quando abria a boca para cantar, emitia sons que causavam na plateia inteira incontroláveis ataques de riso.

— Não sou eu que decido, Willie — disse Julie, jogando sua bolsa no banco do passageiro de seu carro compacto. — Não sou a responsável pelo Festival de Inverno este ano.

Ele lhe deu o sorriso travesso e pensativo de um rapaz que sabe quando uma garota está sendo gentil com ele. Ela adorava sua coragem, seu brio, sua índole e principalmente sua postura bondosa com relação a um garoto deficiente de sua turma chamado Johnny Everett.

— Bem — resmungou ele —, se você é, quero dizer, *fosse* a responsável, me deixaria cantar?

— Willie — disse Julie enquanto girava a chave na ignição —, no dia em que eu puder decidir os papéis, você vai cantar.

— Promete?

Julie concordou com a cabeça.

— Vá à igreja qualquer dia, que você vai ver. Vou deixá-lo cantar no coral infantil.

— Meus pais não são muito chegados nessa coisa de rezar.

— Bem, então você tem um grande dilema — disse Julie, enquanto começava a dar a ré lentamente para sair da vaga no estacionamento dos professores, falando com ele pela janela aberta.

— O que é um de-lema?

Ela esticou a mão e acariciou o cabelo dele.

— Procure no dicionário.

O caminho até sua casa passava pelo centro comercial de Keaton: quatro quarteirões de lojas e prédios comerciais que formavam um quadrado em torno do antigo fórum do condado. Quando veio morar em Keaton na infância, a pequena cidade texana sem avenidas ou arranha-céus — nem favelas — havia lhe parecido muito curiosa e estranha, mas a menina rapidamente passou a amar as ruas quietas e a atmosfera amigável. A cidade não havia mudado muito nos últimos quinze anos. Era como sempre havia sido: pitoresca e exótica, com seus belos pavilhões brancos no centro do parque municipal e suas ruas com calçamento de tijolo cercadas de lojas e casas sempre imaculadas. Embora a população de Keaton tivesse crescido de três para cinco mil habitantes, a cidade havia acolhido novos cidadãos em seu próprio estilo de vida, em vez de alterá-lo para se adequar ao estilo dos novatos. A maior parte dos cidadãos ainda frequentava a igreja aos domingos, os homens ainda se reuniam no Elk's Club na primeira sexta-feira do mês, e a chegada das férias ainda era comemorada tradicionalmente: na praça gramada da cidade, com a Banda Municipal de Keaton tocando no coreto, cujos membros se vestiam de vermelho, branco e azul para essas ocasiões. Os primeiros residentes locais costumavam ir a cavalo e de charrete para essas festividades. Atualmente eles iam de caminhonete ou carros populares, mas as risadas e as músicas ainda ecoavam na brisa de verão, como sempre fizeram. As crianças ainda brincavam de pique-pega por entre os carvalhos antigos ou passeavam pelos arredores, com uma das mãos agarrada na dos pais e a outra segurando um sorvete de casquinha, enquanto os avós ficavam sentados no banco do parque relembrando os velhos tempos. Era uma cidade onde as pessoas se agarravam às velhas amizades, velhas tradições, velhas memórias. Também era uma cidade onde todo mundo sabia tudo sobre todos.

Julie fazia parte daquilo agora; adorava aquela sensação de segurança e pertencimento que a cidade lhe dava. E, desde os 11 anos, ela passou a evitar meticulosamente qualquer tipo de coisa que pudesse atiçar a censura das fofocas. Na adolescência, só namorava aqueles poucos rapazes que tanto seus pais quanto a cidade inteira aprovassem e só participava de atividades sancionadas pela escola e eventos sociais bem-comportados da igreja. Ela nunca descumpriu um prazo, uma lei de trânsito ou uma regra rígida; não saiu de casa na faculdade e, quando finalmente alugou uma casinha na região norte da cidade no ano anterior, a mantinha sempre limpa, adotando como norma nunca deixar entrar à noite rapazes que não fossem de família. Muitas garotas que cresceram na década de 1980 se irritariam com tantas regras, autoimpostas ou não, mas Julie era diferente. Ela havia encontrado um verdadeiro lar, uma família amorosa que a respeitava e confiava nela, e estava determinada a ser sempre digna disso. Seus esforços eram tão obstinados que, já adulta, Julie Mathison tinha se tornado uma cidadã-modelo. Além de lecionar na Escola de Ensino Fundamental de Keaton e dedicar seu tempo ao trabalho voluntário nos programas para crianças deficientes e de alfabetização, ela lecionava na

Escola Dominical, cantava no coral, assava biscoitos para os bazares da igreja e fazia colchas de crochê para arrecadar dinheiro para a construção de uma nova estação do Corpo de Bombeiros.

Com absoluta determinação, ela eliminou qualquer vestígio da criança maltrapilha, desajuizada e impulsiva que havia sido um dia. Ainda assim, cada sacrifício feito lhe trazia tantas recompensas que ela sempre se sentia a pessoa mais abençoada do mundo. Julie adorava trabalhar com crianças e achava emocionante lecionar para adultos. Ela construíra a vida perfeita para si. Exceto pelo fato de que, às vezes, sozinha à noite, não conseguia espantar a sensação de que algo não estava muito certo em tudo isso. Algo era falso, faltava ou estava fora de lugar. Ela sentia como se tivesse criado um papel para si mesma e não estava muito certa do que deveria fazer depois.

No ano anterior, quando o novo pastor assistente, Greg Howley, chegou para ajudar o pai de Julie, ela se deu conta de algo que deveria ter pensado muito tempo antes: ela agora precisava de um marido e de uma família para amar e chamar de sua. Greg pensava a mesma coisa. Eles conversaram sobre se casar, mas Julie queria esperar até ter certeza, e agora Greg estava na Flórida com sua congregação, esperando pela decisão dela. Os fofoqueiros da cidade, que aprovavam sem ressalvas o novo e charmoso pastor assistente como marido de Julie, ficaram desapontados quando Greg partiu um mês atrás, logo após o Natal, sem colocar um anel de noivado no dedo dela. Julie também aprovava o rapaz, objetivamente. A não ser às vezes, quando aquelas dúvidas vagas e inexplicáveis começavam a rondar...

11

Apoiando o quadril sobre a mesa, Julie sorriu para as sete mulheres com idades entre 20 e 60 anos que estavam aprendendo a ler. O coração da professora já havia sido conquistado pela determinação, coragem e intensidade delas, e ela estava apenas começando a conhecê-las. Julie tinha vinte minutos antes de ter que ir para a casa de seus pais para o jantar, mas odiava interromper a aula. Relutante, ela conferiu o relógio e disse:

— Então, pessoal, é isso por hoje. Vocês têm alguma pergunta sobre a tarefa da semana que vem ou gostariam de comentar algo?

Sete rostos compenetrados olharam para ela. Rosalie Silmet, mãe solteira de 25 anos, levantou a mão e disse timidamente:

— Nós, todas nós, queríamos dizer o quanto é importante isso que você está fazendo. Fui escolhida para dizer isso por ser a aluna que sabe ler melhor até agora. Queremos que saiba da diferença que você faz só por acreditar em nós. Algumas de nós... — Ela hesitou, depois olhou para Pauline Perkins, que havia se juntado à turma recentemente a pedido de Rosalie. — Não acreditam que vamos conseguir aprender a ler, mas estamos dispostas a tentar.

Virando-se para a séria mulher de cabelos pretos e cerca de 40 anos, Julie disse gentilmente:

— Pauline, por que você acha que não vai conseguir aprender a ler?

A mulher levantou-se como se fosse se dirigir a uma pessoa muito importante e confessou, com dolorosa dignidade:

— Meu marido diz que, se eu não fosse burra, teria aprendido a ler quando era criança. Meus filhos dizem o mesmo. Para eles estou perdendo meu tempo. Eu só vim aqui porque Rosalie disse que estava aprendendo rápido e também nunca imaginou que pudesse ler. Quero tentar por mais algumas semanas.

As outras mulheres da sala concordaram relutantemente, e Julie fechou os olhos por um momento antes de admitir para elas a verdade que escondera durante tanto tempo e desde sempre.

— Eu *sei* que todas vocês podem aprender a ler. Eu sei, por experiência própria, que a capacidade de ler não tem nada a ver com burrice. E posso provar.

— Como? — perguntou Pauline, sem meias palavras.

Julie deu um longo suspiro, depois continuou um tanto sem jeito:

— Sei disso porque, quando vim para Keaton, estava na quarta série e não sabia ler tão bem quanto Rosalie já consegue depois de poucas semanas nesta turma. Sei como é pensar que você é burra demais para aprender. Sei como é andar às cegas por um corredor, sem conseguir ler o letreiro na porta dos banheiros. Conheço as maneiras que vocês criaram para esconder isso das pessoas para que elas não zombem de vocês. Porque também sei de outra coisa... sei quanta coragem é necessária para trazer cada uma de vocês aqui duas vezes por semana.

As mulheres ficaram boquiabertas por alguns instantes. Depois Pauline disse:

— Sério? Você não sabia ler?

— É verdade — confirmou Julie calmamente, indo de encontro ao olhar dela. — É por isso que dou esta aula. Por isso que estou tão determinada a ir atrás dos materiais mais atualizados que estão disponíveis para adultos que querem aprender a ler — disse ela, falando mais alto. — Vou encontrar um jeito de conseguir tudo do melhor para vocês, por isso vou a Amarillo amanhã de manhã. Tudo o que peço por enquanto é que acreditem em mim. E em vocês mesmas.

— Eu boto muita fé em você — brincou Peggy Listrom, levantando-se e recolhendo seu caderno e suas canetas. — Mas ainda não sei quanto a mim.

— Não acredito que você disse isso — provocou Julie. — Não foi você que no início da aula estava se gabando de saber a pronúncia de alguns dos nomes das ruas que aparecem nas placas pela cidade?

Quando Peggy abriu um sorriso e pegou no colo a criança que cochilava na cadeira em frente a ela, Julie voltou a ficar séria e decidiu que seria preciso um pequeno incentivo para mantê-las motivadas nesse início de curso.

— Antes de saírem, talvez devessem lembrar a si mesmas por que *queriam* aprender a ler. Rosalie, qual sua razão para estar aqui?

— Fácil. Quero ir para uma cidade grande, onde há muitos empregos e boa qualidade de vida, mas não consigo arranjar trabalho, pois não sei preencher um formulário de inscrição. Mesmo se eu der um jeito de fazer isso, não vou conseguir um emprego decente se não aprender a ler.

Duas outras mulheres balançaram a cabeça, concordando, e Julie olhou para Pauline:

— Pauline, por que você quer aprender a ler?

Ela abriu um largo e envergonhado sorriso.

— Eu meio que gostaria de mostrar para o meu marido que ele está errado. Queria poder olhar para ele só uma vez e provar que não sou burra. E depois... — Ela hesitou conscientemente.

— E depois? — inquiriu Julie gentilmente.

— E depois — continuou ela, com um alegre suspiro — gostaria de poder sentar com meus filhos e ajudá-los com a lição de casa.

Julie olhou para Debby Sue Cassidy, uma morena de cabelos lisos e 30 anos, olhos castanhos luminosos e muito quieta, que tinha sido tirada da escola inúmeras vezes pelos pais que viviam se mudando de cidade antes de ela mesma finalmente largar a escola na quinta série. Debby, em particular, chamou a atenção de Julie por ser mais inteligente que o normal e, pelo pouco que havia dito em sala, parecia ser muito criativa e bem-articulada. Ela trabalhava como empregada doméstica, mas tinha a mesma dedicação ao estudo que uma bibliotecária. Hesitante, admitiu:

— Se pudesse fazer qualquer coisa depois de aprender a ler, eu faria só uma coisinha.

— O quê? — perguntou Julie, retribuindo o sorriso.

— Não é para rir, mas eu gostaria de escrever um livro.

— Não estou rindo — disse Julie gentilmente.

— Acho que vou poder escrever um livro um dia. Quero dizer, tenho boas ideias para criar histórias e sei contá-las em voz alta; só não sei colocá-las no papel. E-eu gosto de ouvir audiolivros, sabe? Daqueles para cegos, e embora eu não seja cega, às vezes, sinto como se fosse. Sinto como se estivesse num túnel escuro sem saída, mas agora talvez haja uma luz. Se eu realmente pudesse aprender a ler...

Esses relatos incentivaram uma enxurrada de outros relatos, e Julie começou a ter uma ideia melhor da vida que havia sido relegada a essas mulheres. Todas elas tinham a autoestima muito baixa; claramente sofriam muito na mão dos homens com quem moravam ou eram casadas, mas achavam que não mereciam coisa melhor. Quando Julie fechou a porta da sala, já estava dez minutos atrasada para o jantar e mais decidida do que nunca a arranjar o mais rápido possível o dinheiro necessário para comprar os materiais didáticos que ajudariam suas alunas.

12

A VIATURA DE TED ESTAVA ESTACIONADA EM FRENTE À CASA dos pais quando Julie chegou, e Carl caminhava pela calçada, conversando com o irmão. A Blazer azul de Carl, que ele insistia que a irmã deveria usar para ir a Amarillo, em vez do carro menos confiável dela, estava estacionada em frente, e Julie parou ao lado. Ambos os homens viraram-se para esperá-la, e mesmo depois de todos esses anos ela ainda sentia uma pontada de orgulho e admiração de ver quanto seus irmãos haviam crescido e se tornado homens belos e altos e o quanto eles continuavam a tratá-la com carinho e afeto.

— Oi, mana — disse Ted, envolvendo-a num abraço.

— Oi — disse ela, correspondendo ao gesto. — Como anda o mundo das leis?

Ted era vice-xerife de Keaton, mas havia acabado de se formar em Direito e estava esperando sair o resultado de seu exame da Ordem.

— Indo de vento em popa — brincou ele. — Hoje à tarde multei a sra. Herkowitz por atravessar a rua sem obedecer à sinalização. Fez o meu dia.

Apesar da tentativa de fazer piada, havia em sua voz um vestígio de cinismo que já estava ali havia três anos, desde o fracasso de seu breve casamento com a filha do homem mais rico de Keaton. A experiência o machucou muito, depois o endureceu, e a família inteira sabia disso e odiava que tivesse sido assim.

Carl, por sua vez, estava casado havia seis meses e era todo sorriso e otimismo quando deu um abraço de urso na irmã.

— Sara não pôde vir para o jantar hoje, pois ainda não se recuperou do resfriado — explicou ele.

A luz do alpendre estava acesa, e Mary Mathison apareceu na porta com um avental em volta da cintura. A não ser por algumas mechas grisalhas em seu cabelo escuro e pelo fato de que havia diminuído um pouco o ritmo desde que sofrera um ataque cardíaco, ela continuava bonita, carinhosa e cheia de energia como sempre.

— Crianças — chamou. — Depressa! O jantar está esfriando.

O reverendo Mathison estava de pé ao lado dela, ainda com a postura esguia e ereta, mas agora usava óculos o tempo todo, o cabelo já quase todo grisalho.

— Vamos logo! — disse ele, abraçando Julie e dando tapinhas nos ombros dos dois filhos enquanto eles tiravam a jaqueta.

A única coisa que havia mudado na família Mathison ao longo dos anos era que Mary Mathison preferia usar a sala de jantar e tratar essas refeições como se fossem uma ocasião especial, agora que todos os seus três filhos estavam criados e moravam em suas próprias casas. Mas os jantares propriamente ditos não haviam mudado; continuavam sendo uma ocasião para rir e ficar juntos, um momento em que os problemas eram às vezes discutidos e soluções eram oferecidas. A conversa caminhou pela mesa de jantar junto com a travessa de rosbife, a tigela de purê de batatas e de legumes frescos.

— Como anda a construção da casa de Addelson? — perguntou o pai de Julie a Carl, assim que terminaram as preces de agradecimento.

— Não muito bem. Na verdade, estou quase ficando louco. O encanador instalou a torneira de água fria no cano de água quente, o eletricista conectou a luz da varanda no interruptor acima da despensa, então quando você aperta o interruptor da despensa a luz acende lá na varanda.

Normalmente, Julie era extremamente compreensiva em relação aos problemas e tribulações da empresa de construção civil do irmão, mas naquele momento a reclamação de Carl pareceu mais engraçada que preocupante.

— E onde ficou o interruptor que liga a luz da despensa? — provocou ela.

— Herman colocou no exaustor do fogão. Ele está num daqueles dias de novo. Honestamente, acho que ele está tão feliz de estar empregado que faz umas burradas de propósito, só para que o trabalho dure mais.

— Nesse caso, é melhor se certificar de que ele não ligou a fiação da secadora em outro lugar. Quero dizer, seria embaraçoso se o prefeito Addelson se mudasse, ligasse a secadora e explodisse o forno de micro-ondas.

— Isso não é apenas motivo de piada, Julie. O advogado do prefeito Addelson insistiu em acrescentar uma cláusula sobre atraso no contrato de construção. Se eu não terminar essa casa até abril, ela vai me custar 150 dólares por dia, a não ser que um milagre divino evite isso.

Julie tentou manter sua expressão firme, mas seus olhos riam frente à imagem do prefeito Addelson acionando o interruptor da varanda e vendo a despensa se iluminar. Além de ser o prefeito, Edward Addelson era dono de um banco, uma concessionária de carros e uma loja de material de construção, bem como de boa parte das terras localizadas a oeste de Keaton. Todo mundo na cidade conhecia Herman Henkleman; ele era eletricista por profissão, solteiro por escolha e excêntrico por herança genética. Como o pai, Herman vivia sozinho numa pequena cabana às margens da cidade, trabalhava quando queria, cantava quando bebia e discursava sobre história com o vocabulário e o conhecimento que faziam jus a um professor universitário quando estava sóbrio.

— Acho que você não deve se preocupar com a possibilidade de o prefeito Addelson recorrer a uma cláusula para puni-lo — disse Julie, divertindo-se. — Herman definitivamente se qualifica como um ato de Deus. Ele é como os furacões e os terremotos: imprevisível e incontrolável. Todo mundo sabe disso.

Carl segurou um riso abafado na garganta.

— Você está certa — disse ele. — Se o prefeito Addelson me processar, o juiz local vai ficar do meu lado.

O momento de silêncio que se seguiu estava permeado de uma compreensão compartilhada, então Carl suspirou e disse:

— Não sei o que deu nele. Quando não está num daqueles dias, Herman é o melhor eletricista que já conheci. Queria dar a ele uma chance de se reerguer e ganhar algum dinheiro, imaginando que ele ficaria bem.

— O prefeito Addelson não vai processar você se demorar alguns dias a mais para entregar a casa — afirmou o reverendo Mathison, os lábios curvados num sorriso apreciativo enquanto se servia de rosbife. — Ele é um homem justo. Sabe que você é o melhor construtor da região e que está fazendo um bom uso do dinheiro dele.

— É verdade — concordou Carl. — Mas vamos falar de algo mais alegre. Julie, você tem estado um pouco aérea ultimamente. Agora desembuche: vai se casar com Greg ou não?

— Ah! — exclamou ela. — Bom, eu... nós...

Animada, a família inteira observou Julie ajeitar os talheres ao lado do prato, depois cuidadosamente girar a tigela de purê de batata de modo que o desenho ficasse exatamente no centro. Ted caiu na gargalhada, e ela se pegou enrubescendo. Desde a infância, toda vez que ficava insegura ou preocupada, ela sentia uma necessidade de endireitar os objetos e colocá-los na mais perfeita ordem, independentemente se esse "objeto" fosse seu guarda-roupa, os armários da cozinha ou os apetrechos de jantar. Ela disfarçou um sorriso ao dizer:

— Acho que sim. Um dia.

Ela ainda estava pensando nisso quando os três saíram de casa e Herman Henkleman apareceu caminhando na calçada com o chapéu na mão, parecendo envergonhado e arrependido. Aos 70 anos, ele era alto e magro, mas, quando endireitava os ombros, como fazia agora, havia uma dignidade nele que invariavelmente falava ao coração de Julie.

— Boa noite, pessoal — disse ele ao grupo reunido no alpendre, depois se virou para Carl e continuou: — Sei que não estou fazendo um bom trabalho na casa de Addelson, mas queria muito que você me deixasse consertar as burradas que fiz. É só o que peço. Não quero receber pela hora extra nem nada, mas sei que o desapontei e gostaria de compensá-lo, dando o meu melhor.

— Herman, sinto muito, mas eu não posso...

O velho levantou a mão de dedos longos, surpreendentemente aristocrática.

— Carl, ninguém no mundo sabe mais do que eu tudo que fiz de errado naquela casa. Eu não estava me sentindo bem a semana toda, mas não quis comentar nada com você, porque eu estava com medo de você me achar velho e doente e me mandar embora. Eu não estava com nenhuma doença grave; era só um resfriado. Neste exato momento, seu novo eletricista deve estar achando que sabe tudo o que fiz de errado, mas se alguma coisa vier à tona depois que o revestimento for colocado, você vai precisar sair derrubando paredes uma semana depois que Addelson se mudar. Você sabe que não pode trocar de eletricista no meio de um serviço sem ter problemas depois.

Carl hesitou, e Julie e Ted delicadamente deram-lhe a chance de resolver a questão a sós. Depois de se despedir, eles foram até a Blazer de Carl.

— Uma frente fria está se aproximando — disse Ted, tremendo um pouco por baixo da fina jaqueta. — Se começar a nevar por lá, você vai se sentir mais segura de estar dirigindo um carro com tração nas quatro rodas. Queria muito que Carl não precisasse de um telefone na caminhonete. Eu me sentiria melhor se ele pudesse deixá-lo na Blazer.

— Vou ficar bem — prometeu Julie, animada, dando um beijo na bochecha dele. Enquanto ia embora, ela ficou observando-o pelo espelho retrovisor. O irmão ficou na calçada com as mãos no bolso, um loiro alto, esguio e atraente que carregava uma expressão fria e desamparada no rosto. Era a mesma expressão que ela notava com frequência na época em que ele se divorciou de Katherine Cahill. Katherine havia sido sua melhor amiga e ainda o era, embora tivesse se mudado para Dallas. Nem Katherine nem Ted falava mal do outro para Julie, e ela não entendia por que duas pessoas de que gostava tanto não conseguiam se amar. Afastando esse triste pensamento, Julie voltou suas preocupações para a viagem a Amarillo que faria no dia seguinte. Ela torcia para que não nevasse.

— Ei, Zack! — O sussurro era quase inaudível. — O que você vai fazer se começar a nevar depois de amanhã, como diz a previsão do tempo? — Dominic Sandini abaixou-se para olhar para o homem esticado na cama de baixo, encarando o teto. — Zack, está me ouvindo? — disse ele, num sussurro mais alto.

Afastando sua mente dos intermináveis pensamentos a respeito de sua iminente fuga e dos riscos envolvidos, Zack virou a cabeça lentamente e olhou o homem magro, moreno, de 30 anos de idade com quem compartilhava uma cela na Prisão Estadual de Amarillo e que sabia de seus planos secretos de fuga, pois também estava envolvido. O tio de Dominic era uma parte importante desses mesmos planos — um agente de apostas aposentado que, segundo informações da biblioteca da prisão, supostamente tinha conexões com a máfia de Las Vegas. Zack pagou uma fortuna a Enrico Sandini para preparar seu caminho quando saísse da prisão. Fez isso confiando na garantia de Dominic de que o tio era "um homem honesto", mas não havia como saber com certeza por mais algumas horas se o dinheiro que ele havia pedido para Matt Farrell transferir para a conta de Sandini num banco suíço estava servindo mesmo para alguma coisa.

— Vou dar um jeito — disse Zack timidamente.

— Bem, quando você "der um jeito", não se esqueça de que me deve dez paus. Nós fizemos aquela aposta no jogo dos Bears ano passado e você perdeu, lembra?

— Vou pagá-lo assim que eu sair daqui. — Em caso de alguém estar ouvindo, Zack acrescentou: — Um dia.

Com um largo sorriso conspiratório, Sandini chegou para trás, passou o dedão por baixo da aba do envelope que havia recebido mais cedo naquele dia, sentou-se com as pernas cruzadas e caiu no silêncio para ler a carta.

Dez malditos dólares... Zack pensou sombriamente, lembrando-se de quando costumava dar gorjetas de dez dólares para mensageiros e recepcionistas tão casualmente quanto se fosse dinheiro de mentira. Nesse inferno, onde ele havia passado os últimos cinco anos, os homens matavam uns aos outros por dez dólares. Esse dinheiro podia comprar tudo o que estava disponível ali: um punhado de baseados, entorpecentes ou estimulantes, além de revistas que atendiam a qualquer perversão. Nesse lugar, havia apenas alguns dos pequenos "luxos" que o dinheiro pode comprar. Normalmente ele evitava pensar muito na vida anterior à prisão, pois tornaria ainda mais insuportável a cela de 3,5 por 4,5 metros com uma torneira, um vaso sanitário e um beliche, mas agora ele estava convencido de que queria fugir ou morrer tentando e não queria se deixar esquecer disso. Essa lembrança reforçaria a decisão de tomar uma atitude, independente dos custos ou dos riscos. Ele queria se lembrar da ira que sentiu naquele primeiro dia quando a porta da cela se trancou e no dia seguinte, quando um grupo de bandidos o cercou no pátio da prisão, provocando: "*Vamos lá, estrelaaaaa do cinemaaaa, mostre para a gente como você ganhou todas aquelas brigas nos filmes.*" Havia sido uma raiva pura, cega e irracional que o levara a partir para cima do mais forte do grupo; raiva e um desejo latente de acabar com sua vida ali mesmo, o mais rápido possível, mas não antes de infligir dor ao seu algoz. E ele causou muita dor naquele dia. Estava em boa forma, e todos os golpes que havia aprendido nas lutas ensaiadas para seus papéis de "cara durão" não foram em vão. Quando a briga foi apartada,

Zack contabilizava três costelas quebradas e um rim machucado, mas dois de seus oponentes ficaram bem pior.

Sua vitória lhe rendeu uma semana na solitária, mas ninguém mexeu com ele depois disso. Começaram a dizer que ele era um maníaco, e até o pior dos valentões lhe deu espaço. Afinal, ele era um assassino condenado, não um ladrãozinho qualquer. Isso também lhe rendeu uma boa dose de respeito. Ele havia levado três anos para acordar e perceber que o caminho mais fácil seria se tornar um bom preso, o que significava se comportar e jogar o jogo como um bom soldadinho. E foi exatamente isso o que fez. Passou até a gostar de alguns dos presidiários, mas nunca, durante todo esse tempo, conheceu a paz. A paz só viria com a aceitação de seu destino e nunca durante sua longa reclusão, nem mesmo por um momento, tinha sido capaz de fazer o que os presos são aconselhados a fazer: ele não conseguia aceitar o confinamento e simplesmente perder tempo ali. Ele aprendeu a jogar o jogo e fingir que estava "adaptado", mas a verdade era exatamente o oposto. A verdade era que, toda manhã, quando seus olhos se abriam, a batalha interna começa mais uma vez e continuava a rugir até que ele fosse dormir. Ele tinha que sair dali antes que enlouquecesse. Seu plano era sólido. Toda quarta-feira, o Diretor Hadley, que administrava a prisão como se atuasse no filme Inferno 17, tinha uma reunião comunitária em Amarillo; Zack era seu motorista e Sandini, seu auxiliar. Hoje era quarta-feira, e tudo de que Zack precisava para colocar em prática seu plano de fuga estava à espera dele em Amarillo, mas no último minuto Hadley, que seria o palestrante da semana, disse ao preso que a reunião havia sido adiada para sexta-feira. Zack sentiu os dentes rangerem. Se não fosse por esse atraso, ele já estaria livre. Ou morto. Agora, tinha que esperar até depois de amanhã para realizar a empreitada e não sabia como iria aguentar a ansiedade.

Fechando os olhos, ele repassou em pensamento todo o plano. Era cheio de armadilhas, mas Dominic Sandini era confiável e tinha ajudado no que podia dentro da prisão. Tudo o que teria de ser resolvido do lado de fora foi feito por Enrico Sandini — dinheiro, transporte e uma identidade nova. Depois disso, o resto cabia a Zack. A essa altura dos eventos, o que mais o preocupava eram as coisas que ele não poderia prever com precisão, como o clima e a localização de possíveis bloqueios policiais nas estradas. Mesmo com um planejamento cuidadoso, ainda havia milhares de pequenas coisas que poderiam acontecer e causar um efeito dominó que resultasse no colapso de todo o esquema. O risco era enorme, mas não importava. De jeito nenhum. Ele só tinha duas escolhas:

ficar naquele inferno ou talvez levar um tiro quando tentassem capturá-lo. Por ele, ser morto era infinitamente preferível a apodrecer ali.

Mesmo se conseguisse fugir, ele sabia que nunca deixariam de persegui-lo. Pelo resto da vida — sua provavelmente muito curta vida — não seria capaz de relaxar ou parar de olhar para os lados, independentemente de onde no mundo estivesse. Mas valia a pena. Qualquer coisa valia a pena.

— Puta merda! — O animado grito de Sandini trouxe Zack de volta de suas preocupações com os planos de fuga. — A Gina vai se casar! — disse, sacudindo a carta que acabara de ler, e, quando Zack apenas virou a cabeça e lhe deu um olhar vazio, ele falou ainda mais alto: — Zack, ouviu o que eu disse? Ela vai se casar com Guido Dorelli.

— É uma boa escolha — disse Zack, seco —, já que foi ele que a engravidou.

— É, mas, como eu lhe disse, Mamãe não ia deixá-la se casar com ele.

— Porque ele é agiota — presumiu Zack depois de parar um momento para relembrar o que sabia de Guido.

— Claro que não! Quero dizer, o cara precisa de um ganha-pão. Mamãe sabe disso. Guido só empresta dinheiro para as pessoas que precisam, só isso.

— E, se elas não puderem pagá-lo de volta, ele quebra a perna delas.

Zack viu o rosto de Sandini se fechar e se arrependeu de seu comentário sarcástico. Embora Sandini houvesse roubado 26 carros e sido preso dezesseis vezes antes dos 28 anos, havia algo adoravelmente infantil naquele italianinho magrelo. Como Zack, ele também tinha o status de preso com bom comportamento, mas sua pena acabava em quatro semanas. Sandini era muito pretensioso, estava sempre pronto para uma briga e era profundamente leal ao companheiro de cela, pois adorava os filmes dele. Ele tinha uma família enorme e animada que vinha vê-lo regularmente nos dias de visita. Quando descobriram que Zack dividia cela com ele, ficaram apreensivos, mas depois perceberam que ninguém nunca vinha visitá-lo e então esqueceram-se de quem ele era e o adotaram como se fosse da família. Zack queria que o deixassem em paz e deixou isso claro para eles ao ser evasivo e ignorar repetidamente as investidas deles nas vezes que não conseguia fugir. Mas foi inútil. Quanto mais ele tentava afastá-los, com mais persistência eles os cercavam de amor e diversão. Antes que pudesse se dar conta, a gorducha Mamãe Sandini e os irmãos e primos de Dominic o enchiam de beijos e abraços. Bebês de cabelos escuros com pirulitos na boca e mãos grudentas e sorrisos de derreter corações eram jogados no colo dele enquanto as mães de pele morena conversavam sobre os casos da enorme família de Dominic, e Zack tentava, sem sucesso, acompanhar os nomes e ao mesmo tempo ficar de olho nos pirulitos que sempre acabavam grudando no cabelo dele. Sentado em um banco no pátio lotado da prisão, ele tinha testemunhado um gorducho bebê Sandini dar os primeiros passos e lhe esticar os braços — não para um dos Sandini, mas para ele.

Eles o acolhiam em seu carinho e, quando partiam, presenteavam-no com biscoitos e um cheiroso salame envolto num papel marrom manchado de graxa. Isso acontecia duas vezes por mês, sem falta, assim como com Dominic. Embora lhe dessem indigestão, Zack sempre comia um pouco do salame e todos os biscoitos, e, quando as primas começaram a lhe mandar cartas e pedir autógrafos, Zack respondia com afinco. A Mamãe Sandini mandava cartões de aniversário e o aconselhava a ganhar uns quilinhos. E nas raras ocasiões em que Zack chegava a sentir vontade de sorrir, Sandini era sempre o motivo. De um jeito bizarro, ele era mais próximo do companheiro de cela e sua família do que jamais fora da sua própria.

Tentando ignorar seu infeliz comentário a respeito do futuro cunhado de Sandini, Zack disse, com admirável solenidade:

— Agora que pensei melhor, os bancos não são tão diferentes assim. Eles deixam viúvas e órfãos ao relento quando não conseguem pagar.

— Exatamente — disse o colega, concordando enfaticamente, de bom humor mais uma vez.

Percebendo que era um alívio colocar de lado as agoniantes preocupações a respeito das incontroláveis eventualidades de seu plano de fuga, Zack se concentrou nas novidades de Sandini e falou:

— Se sua mãe não tinha objeções à profissão ou à ficha criminal de Guido, por que ela não deixou Gina se casar com ele?

— Falei para você, Zack — disse Sandini em tom sério. — Guido já foi casado na igreja e agora está divorciado, o que significa que está excomungado.

Com uma expressão mais séria, Zack falou:

— Verdade. Tinha me esquecido disso.

Sandini voltou os olhos para a carta.

— Gina está mandando um beijo. Mamãe também. Disse que você devia escrever para ela e se alimentar melhor.

Zack olhou para o relógio de pulso de plástico — o único tipo que lhe era permitido usar — e levantou-se.

— Anda, Sandini. Hora da contagem de presos de novo.

13

As vizinhas de Julie, as velhas gêmeas Eldridge, estavam sentadas numa cadeira de balanço no alpendre da casa delas, onde podiam observar o que a maioria dos vizinhos fazia num raio de quatro quarteirões na Elm Street. Naquele momento, as duas solteironas espiavam Julie colocar uma pequena mala no banco de trás da Blazer.

— Bom dia, Julie — cumprimentou Flossie Eldridge, e Julie se assustou ao perceber que as duas senhoras de cabeça branca já estavam de pé e fora de casa às seis horas da manhã.

— Bom dia, srta. Flossie — respondeu ela, suave, virando-se educadamente na direção delas e atravessando o gramado orvalhado para cumprimentá-las direito. — Bom dia, srta. Ada.

Embora tivessem mais de 70 anos, as duas senhoras ainda eram incrivelmente parecidas, uma semelhança reforçada pelo hábito, que sempre tiveram, de vestir-se com roupas idênticas. As similaridades, entretanto, acabavam aí, pois Flossie Eldridge era rechonchuda, doce, submissa e animada, enquanto a irmã era magra, amarga, autoritária e intrometida. As más línguas diziam que, quando a srta. Flossie era jovem, nutria uma paixão por Herman Henkleman, mas a srta. Ada colocou fim nos planos conjugais do casal ao convencer a submissa irmã de que Herman, alguns anos mais novo que Flossie, estava interessado apenas na parte da modesta herança que pertencia a ela e que torraria tudo em bebida e faria da esposa a grande piada da cidade.

— Está uma manhã linda — acrescentou a srta. Flossie, aconchegando-se em seu xale para se proteger do ar frio de janeiro. — Esses dias amenos que aparecem de vez em quando certamente fazem o inverno parecer mais curto e breve, não é mesmo, Julie?

Antes que Julie pudesse responder, Ada Eldridge foi direto ao seu principal interesse:

— Você está indo viajar de novo, Julie? Voltou há apenas algumas semanas.

— Só vou ficar longe uns dois dias.

— Outra viagem de negócios ou só a passeio desta vez? — insistiu Ada.

— Negócios ou algo assim.

Ada levantou as sobrancelhas, silenciosamente pedindo mais informações, e Julie preferiu se render a ser grosseira.

— Estou indo a Amarillo para conversar com uma pessoa sobre a doação de verbas para um programa da escola.

Ada balançou a cabeça, digerindo a informação.

— Ouvi dizer que seu irmão está penando para terminar a casa do prefeito Addelson. Ele não deveria ter contratado Herman Henkelman. Esse homem é um imprestável.

Segurando-se para não reparar em como a srta. Flossie reagiu a essa depreciação de seu suposto antigo amor, Julie disse a Ada:

— Carl é o melhor construtor da região, por isso o arquiteto do prefeito Addelson o escolheu. Tudo naquela casa tem que ser feito sob medida. Para isso, é preciso tempo e paciência.

Ada abriu a boca para continuar sua crítica, mas Julie se antecipou, olhando para o relógio e se apressando para dizer:

— É melhor eu cair na estrada. O caminho é longo até Amarillo. Até mais, srta. Flossie, srta. Ada.

— Tenha cuidado — aconselhou a srta. Flossie. — Ouvi dizer que está chegando uma frente fria amanhã ou depois, vinda da região ao norte de Amarillo. Neva muito naquela região. Você não vai querer pegar uma nevasca.

Julie sorriu carinhosamente para a gêmea rechonchuda.

— Não se preocupe. Estou com a Blazer do Carl. Além disso, a previsão do tempo disse que há apenas 20% de chances de nevar por lá.

As duas senhoras viram a Blazer dar a partida e afastar-se da calçada, depois a srta. Flossie suspirou, saudosa:

— Julie leva uma vida tão aventureira. Ela foi a Paris, na França, com todos aqueles professores no verão passado, e ao Grand Canyon no outro ano. Isso é o que eu chamo de viajar o tempo todo.

— Assim como os vagabundos — disse Ada num tom ácido. — Se quer saber a minha opinião ela deveria era ficar em casa e se casar com aquele pastor assistente enquanto ainda pode.

Em vez de se arriscar a enfrentar a chatice sem sentido de confrontar verbalmente sua teimosa irmã gêmea, Flossie fez o que sempre fazia e simplesmente mudou de assunto:

— O reverendo e a sra. Mathison devem estar muito orgulhosos dos filhos.

— Não estariam se soubessem que Ted passa metade da madrugada com aquela garota com quem tem saído agora. Irma Bauder disse que, duas noites atrás, só o escutou saindo depois das quatro da manhã.

A expressão de Flossie tornou-se sonhadora.

— Ah, Ada, mas eles têm tanto a conversar. Aposto que já estão apaixonados.

— Eles estão no *cio*, isso sim! — retrucou Ada. — E você nunca deixou de ser uma boba romântica, igualzinha à sua mãe. Papai sempre disse.

— Ela era sua mãe também, Ada — afirmou Flossie cuidadosamente.

— Mas puxei ao Papai. Sou completamente diferente dela.

— Você não tem como saber disso, pois ela morreu quando éramos bebês.

— Sei porque Papai sempre disse. Ele falava que você era boba, como ela, e eu era forte, como ele. É por isso que me deu a escritura das propriedades dele, se é que você se lembra. Já que não se pode confiar em você para cuidar de si mesma, eu tive que tomar conta de nós duas.

Flossie mordeu o lábio, depois cuidadosamente mudou de assunto mais uma vez.

— A casa do prefeito Addelson vai ficar um espetáculo. Ouvi dizer que vai ter até elevador.

Ada colocou o pé em cima da mureta do alpendre e deu um irritado impulso na cadeira, fazendo-a balançar e ranger.

— Com Herman Henkleman naquele lugar, o prefeito vai ter sorte se o elevador não estiver conectado ao guarda-roupa! — retrucou ela, com um desprezo contundente. — Aquele homem é um belo inútil, igualzinho ao pai e ao pai do pai. Falei para você.

Flossie olhou para suas mãos rechonchudas, que repousavam sobre o colo. E não disse nada.

14

ZACK ESTAVA EM FRENTE A UM PEQUENO ESPELHO ACIMA DA pia do vestiário, encarando cegamente o próprio reflexo, tentando dizer a si mesmo que Hadley não iria mudar os planos hoje, quando Sandini entrou apressado estampando uma expressão de surpresa e excitação e lhe lançou um olhar cuidadoso sobre os ombros para o corredor atrás dele. Satisfeito por ninguém estar os espreitando, Sandini se aproximou de Zack e murmurou, exultante:

— Hadley mandou dizer que quer ir para Amarillo às três horas! Chegou a hora!

Tensão e impaciência devoravam Zack há tanto tempo que ele mal podia acreditar que a recompensa finalmente havia chegado: dois longos anos fingindo seguir o sistema, tornando-se um presidiário-modelo para que tivesse as liberdades dos que têm bom comportamento, inclusive poder trabalhar; todos os meses de planejamento e maquinações finalmente dariam frutos. Em poucas horas, se o atraso não causasse danos irreparáveis em seus planos, ele estaria na estrada dirigindo um carro alugado e com uma identidade falsa em mãos, um itinerário calculado e passagens de avião para despistar as autoridades.

Em frente à pia ao seu lado, Sandini disse:

— Meu Deus, queria tanto poder ir com você. Eu com certeza iria ao casamento da Gina.

Zack se inclinou e jogou água no rosto, mas a excitação suprimida na voz de Sandini o assustou.

— Nem pense nisso! Você vai estar fora daqui em um mês — acrescentou, pegando a toalha.

— É — disse ele. — Você está certo. Aqui, tome isso. — E estendeu a mão.

— O que é isso? — perguntou Zack, secando o rosto. Largou a toalha e olhou para o pedaço de papel na mão de Sandini.

— É o endereço e o telefone de Mamãe. Se as coisas não correrem da forma como deveriam, procure Mamãe, e ela vai levá-lo até meu tio. Ele tem contatos em tudo quanto é lugar — vangloriou-se. — Sei que já duvidou se ele iria mesmo ajudar você ou não, mas em poucas horas verá que tudo está esperando por você em Amarillo, do jeitinho que você quer. Ele é uma ótima pessoa — acrescentou Sandini orgulhosamente.

Zack desdobrou sem cuidado as mangas de sua surrada camisa branca de presidiário, tentando não pensar em nada a não ser no momento presente, mas suas mãos estavam trêmulas quando tentou abotoar a manga da camisa. Ele disse a si mesmo para se acalmar e se concentrar na conversa.

— Há algo que gostaria de perguntar há bastante tempo, Dom — disse Zack cuidadosamente. — Se ele é uma pessoa tão "bacana" assim e tem tantos contatos, por que diabos ele não mexeu os pauzinhos para impedir que você tivesse que cumprir tanto tempo aqui?

— Ah. Isso. Cometi um erro bobo, e tio Enrico achou que eu precisava aprender uma lição.

Sandini pareceu tão pesaroso que Zack levantou os olhos para encará-lo.

— Por quê?

— Porque um dos carros que eu roubei da última vez era dele.

— Então você tem sorte de ainda estar vivo.

— Foi isso o que *ele* disse.

A tensão abafou a risada de Zack.

— Ele vai estar no casamento de Gina. Vou odiar perder isso. — Mudando de assunto, disse: — É bom que Hadley goste que as pessoas reconheçam você quando dirige com ele por aí. Se você precisasse cortar o cabelo tão curto como o resto dos presidiários, você seria bem menos reconhecido lá fora. Esse comprimento a mais de cabelo que você tem...

Os dois pararam de bater papo quando outro presidiário com bom comportamento entrou no vestiário.

— Vamos logo, Sandini — falou ele, apontando para a porta. — Você também, Benedict. O diretor quer o carro em cinco minutos.

15

— BOM DIA, BENEDICT — DISSE HADLEY QUANDO ZACK bateu na porta da casa do diretor, perto dos portões do complexo prisional.

— Você está mal-humorado e desagradável como sempre, pelo que vejo. Antes de irmos — acrescentou —, leve Hitler para passear pelo pátio.

Enquanto falava, estendeu a Zack uma guia presa a um enorme Doberman.

— Não sou a porcaria do seu mordomo — retrucou Zack, e um lento e satisfeito sorriso se desenhou no rosto tranquilo de Hadley.

— Está de saco cheio de se aproveitar da minha boa vontade e da liberdade de um preso com bom comportamento, é? Está a fim de passar um tempinho na minha sala de reuniões, Benedict?

Praguejando mentalmente a si mesmo por deixar transparecer seu ódio num dia em que havia tanto a perder, Zack sacudiu os ombros e pegou a guia.

— Na verdade, não.

Embora Hadley só tivesse 1,70 metro, ele tinha um ego gigante e maneiras polidas que disfarçavam uma boa dose de crueldade sádica e psicopática — conhecida por todos, menos, aparentemente, pelo Conselho Estadual de

Execução Penal, que não sabia ou não se importava com a elevada taxa de mortalidade atribuída às "brigas entre presos" e "tentativas de fuga" naquela prisão. A "sala de reuniões" era o apelido dado ao local à prova de som anexo à sala de Hadley. Os presos que o desagradavam eram transferidos para lá se debatendo e suando de medo; quando saíam, eram levados para a solitária, para a enfermaria ou direto para o necrotério. Ele desfrutava de uma sádica satisfação em fazer os homens se contorcerem e se humilharem; de fato, não foi o bom comportamento que elevou o status de Zack, mas o ego de Hadley. Aquele reles diretor ficou animadíssimo por ter Zack Benedict a seu dispor, esperando por ele. Já o preso via uma encantadora ironia no fato de que seria o ego de Hadley que lhe daria os meios de fugir.

Ele já estava dobrando a esquina quando Hadley o chamou:

— Benedict, não se esqueça de limpar o cocô de Hitler.

Zack retornou até a casa, puxando o cão contrariado e pegou a pazinha que Hadley deixava ao lado da porta. Abotoou a jaqueta e olhou para o céu; estava frio, e o céu estava cheio de nuvens. Ia nevar.

16

Sentado no banco de trás do carro, Wayne Hadley enfiou na maleta suas anotações para a reunião, depois afrouxou a gravata, esticou as pernas e suspirou, satisfeito, enquanto olhava para os dois presos sentados no banco da frente. Sandini era um ladrãozinho insignificante, um italianinho magrelo, um nada; só tinha sido aceito naquele trabalho porque um de seus parentes malandros colocara alguém do sistema contra a parede, que por sua vez mandou dizer que Dominic Sandini deveria ser um preso com bom comportamento. Sandini não trazia nenhum divertimento, nenhuma distração, nenhum prestígio para Hadley; não havia nenhum prazer em atormentá-lo. Ah, mas Benedict era outra história. Benedict, a estrela de cinema, o símbolo sexual, o milionário que já teve aviões e limusines. Benedict fora um figurão de alta classe e agora servia a Wayne Hadley. Havia justiça no mundo, Hadley pensava. Justiça de verdade. Mais importante, embora Benedict tentasse esconder, havia momentos em que Hadley podia perfurar a grossa carapaça de Zack e fazê-lo se contorcer e implorar por algo que nunca conseguiria ter, mas isso não era fácil. Mesmo quando fazia o preso assistir aos últimos lançamentos do cinema no videocassete e à cerimônia de entrega do Oscar pela televisão, o diretor nunca sabia dizer se conseguia atingi-lo ou não. Com esse agradável objetivo em mente, Hadley procurou o melhor assunto e, aleatoriamente, decidia falar de sexo. Quando o carro parou no semáforo perto do destino final, ele disse, num tom de agradável especulação:

— Aposto que as mulheres imploravam para ir para a cama com você quando era rico e famoso! Você pensa nessas lindas mulheres, em como era gostoso tocá-las? Você nem devia gostar tanto de sexo. Afinal, se você fosse bom de cama, aquela loira linda e vadia com quem você era casado não teria corrido para os lençóis daquele cara, Austin, não é mesmo?

Pelo espelho do retrovisor, ele observava com satisfação os dentes de Zack se rangerem e erroneamente presumiu que era o papo sobre sexo que incomodava o preso, não a menção a Austin.

— Se um dia você conseguir a condicional, e eu não contaria com minha recomendação se fosse você, terá que se contentar com as prostitutas. As mulheres são todas prostitutas, mas mesmo as prostitutas têm escrúpulos e não gostam de levar para cama ex-presidiários, sabia disso?

Apesar do desejo de manter uma fachada de suave polidez toda vez que estivesse perto daqueles imbecis que eram seus presos, Hadley sempre achava difícil se segurar e foi acometido por uma vontade incontrolável de explodir.

— Responda a minhas perguntas, seu filho da puta, senão você vai passar um mês na solitária. — Percebendo que havia perdido o controle, disse com a voz quase doce: — Aposto que você tinha seu próprio motorista nos velhos tempos! E agora olhe para você: virou o meu motorista. Existe *mesmo* um Deus lá em cima.

O prédio com a fachada de vidro apareceu no horizonte, e Hadley se endireitou, ajeitando a gravata.

— Você já parou para pensar no que aconteceu com todo o seu dinheiro? Quero dizer, o que sobrou depois de pagar seus advogados.

Em resposta, Benedict afundou o pé no freio e fez o carro cantar pneus até parar em frente ao prédio. Sem fôlego para praguejar, Hadley pegou os papéis que tinham caído no chão do carro e esperou em vão Zack sair do veículo.

— Seu filho da puta insolente! Não sei o que deu em você hoje, mas quando voltarmos vai sobrar para você. Agora saia do diabo do carro e abra a porta para mim!

Zack saiu, indiferente ao vento cortante que soprava através de sua fina jaqueta, porém preocupado com a neve que cairia em breve. Mais cinco minutos, e ele estaria fugindo. Com um brilho zombeteiro nos olhos, escancarou a porta de trás e gesticulou os braços com animação.

— Você consegue sair sozinho, ou eu preciso carregá-lo?

— É a última vez que você me provoca — avisou Hadley, saindo com a maleta na mão. — Você vai aprender umas lições quando voltarmos.

Controlando a raiva, Hadley deu uma olhada em Sandini, que tinha o olhar vago e tentava parecer dócil e surdo.

— Você tem sua lista de tarefas, Sandini. Faça-as e volte para cá. Você — ordenou a Zack —, vá até aquele mercado do outro lado da rua e compre um queijo importado e umas frutas frescas para mim, depois fique no carro. Daqui a uma hora e meia estou de volta. Estejam com o carro pronto e ligado!

Sem esperar por uma resposta, Hadley pulou para a calçada. Atrás dele, os dois homens ficaram observando-o, esperando até ele entrar no prédio.

— Que imbecil — disse Sandini, recuperando o fôlego, depois se voltou para Zack. — Chegou a hora. Boa sorte. — Ele olhou para as nuvens pesadas e carregadas de neve. — Está com cara de que vai cair uma nevasca.

Ignorando o problema do clima, Zack disse, com pressa:

— Você sabe o que fazer. Não mude o plano e, pelo amor de Deus, não mude a história que combinamos. Se agir do jeitinho que eu falei, você vai sair dessa história como herói, em vez de cúmplice.

Algo no sorriso preguiçoso e na postura preocupada e inquieta de Sandini arrepiou os cabelos de Zack. Clara e sucintamente, ele repetiu o plano que até agora eles só puderam discutir entre sussurros.

— Dom, faça como combinamos. Deixe a lista de compras de Hadley no chão do carro. Faça suas coisas por uma hora, depois diga ao atendente da loja que você largou a lista no carro e não tem certeza se comprou tudo certinho. O carro vai estar trancado.

Enquanto falava, Zack pegou a lista da mão de Sandini, jogou-a no chão do lado do passageiro, depois fechou e trancou a porta. Com uma calma interior que não sentia, pegou no braço de Sandini e o levou com firmeza até a esquina.

Caminhonetes aceleravam enquanto eles esperavam o semáforo ficar verde, depois cruzaram a rua sem pressa — dois homens que pareciam texanos normais discutindo casualmente sobre a economia do país ou o próximo jogo de futebol — exceto pelo fato de que usavam calças e jaquetas brancas com as iniciais TDC pintadas de preto nas costas. Enquanto se aproximavam do meio-fio, Zack continuou, prendendo o fôlego:

— Quando você voltar ao carro e perceber que a porta está trancada, vá até o mercado do outro lado da rua, dê uma olhada ao redor, depois pergunte aos atendentes se eles viram alguém parecido comigo. Quando disserem que não, vá até a farmácia e a livraria e pergunte se alguém me viu. Quando responderem que não, vá direto para aquele prédio e comece a abrir portas, perguntando onde é a reunião do diretor. Diga a todos que você precisa denunciar uma suposta fuga. Os atendentes das lojas aonde você foi antes vão confirmar toda a sua história, e, como você vai avisar para o diretor que eu sumi meia hora antes que ele voltasse e percebesse minha ausência, ele se convencerá de que você é tão inocente quanto um bebezinho. Ele até pode deixar você sair da cadeia mais cedo, para ir ao casamento da Gina.

Sandini sorriu e levantou os polegares para Zack, em vez de um aperto de mãos mais solene.

— Pare de se preocupar comigo e siga em frente.

Zack concordou, virou-se, depois se voltou.

— Sandini? — perguntou solenemente.

— Sim, Zack?

— Vou sentir saudades.

— É, eu sei.

— Mande um beijo para Mamãe. Diga a suas irmãs que elas sempre serão minhas atrizes principais favoritas — acrescentou Zack, depois se virou e foi embora com pressa.

O mercado ficava na esquina e tinha uma entrada de onde se podia ver o edifício em que Hadley estava e outra que dava para uma rua lateral. Forçando-se a não se desviar do plano, Zack passou pela entrada principal. Para o caso de Hadley estar vigiando do prédio, como fazia de vez em quando. Zack deu um passo para dentro do mercado, sem que ninguém percebesse, e contou até trinta.

Cinco minutos depois ele já estava a quarteirões de distância, a jaqueta do uniforme da prisão enfiada por baixo do braço, caminhando rapidamente em direção ao seu primeiro destino: o banheiro masculino de um posto de gasolina na Court Street. Com o coração acelerado pela ansiedade e medo, cruzou o sinal vermelho ao atravessar a rua esgueirando-se entre um táxi e um caminhão de reboque que freava para virar à direita, depois avistou o que estava procurando: um insuspeito veículo preto estacionado num canto, com placa de Illinois. O carro ainda estava lá, embora Zack tivesse chegado com dois dias de atraso.

Com a cabeça curvada e a mão no bolso, ele diminuiu o ritmo de suas passadas, como se estivesse caminhando normalmente. A neve estava começando a cair quando ele passou pelo Corvette vermelho parado ao lado das bombas de combustível, indo em direção ao banheiro masculino na lateral do posto. Ele agarrou a maçaneta e girou-a. Estava trancada! Contendo a vontade de bater na porta com o ombro para tentar arrombá-la, ele segurou a maçaneta e a sacudiu com mais força. Uma irritada voz masculina gritou lá de dentro.

— Segure as calças, campeão. Já estou saindo.

Alguns minutos depois, o ocupante do banheiro finalmente saiu, escancarou a porta, olhou ao redor do posto e foi até o Corvette parado ao lado das bombas. Atrás dele, Zack saiu de trás de uma caçamba de lixo, entrou no banheiro e trancou a porta com cuidado, todas as atenções voltadas para a lixeira lotada. Se alguém a tivesse esvaziado nos dois últimos dias, ele estaria sem sorte.

Agarrou a lixeira e virou-a. Caíram alguns pedaços de papel higiênico e latinhas de cerveja. Sacudiu-a mais uma vez e um dilúvio de lixo veio abaixo, depois — lá do fundo — duas mochilas tombaram no imundo chão de linóleo, num reconfortante baque. Ele abriu a primeira mochila com uma das mãos e continuou a desabotoar a camisa do uniforme com a outra. Nessa mochila havia uma calça jeans do tamanho dele, um casaco preto discreto, uma jaqueta de brim básica, botas do número dele e um par de óculos escuros. A outra mochila continha um mapa do Colorado com uma rota marcada em vermelho, um guia para chegar a seu último destino — uma casa escondida nas montanhas do Colorado —, dois grossos envelopes marrom, uma pistola automática calibre .45, um caixa de munição, um canivete e as chaves que ele sabia que entrariam na porta e na ignição daquele carro preto do outro lado da rua. O canivete o surpreendeu. Evidentemente, Sandini pensava que um presidiário bem-vestido não deveria fugir sem um desses.

Contando mentalmente os segundos, Zack tirou a roupa, vestiu as novas, depois jogou as velhas nas mochilas e colocou na lixeira os restos que ficaram no chão. Desaparecer, sem deixar vestígios ou pistas sobre o que fizera, era vital para sua segurança futura. Ele abriu os grossos envelopes e examinou o conteúdo: o primeiro guardava 25 mil dólares em notas de 20 e um passaporte com o nome de Alan Aldrich; o segundo continha uma lista de passagens de avião para diversas cidades, algumas no nome de Alan Aldrich, outras em nomes diferentes, que ele poderia usar quando e se as autoridades descobrissem seu nome falso. Mostrar o rosto em um aeroporto era um risco que Zack precisava evitar até que a poeira baixasse. Nesse momento, ele depositava quase todas as esperanças num plano que havia concebido e dirigido o melhor que podia de dentro de uma cela, usando a cara expertise de alguns dos contatos de Sandini, que supostamente haviam contratado alguém muito parecido para se passar por Zack — um homem que estava esperando por sua ligação num hotel em Detroit. Assim que falasse com o fugitivo, esse homem iria alugar um carro no nome de Benedict Jones e atravessar a fronteira para o Canadá ainda naquela noite.

Se a polícia acreditasse no golpe, a perseguição massiva a que dariam início estaria centrada no Canadá, não aqui, deixando Zack livre para fugir para o México e, de lá, para a América do Sul, quando as buscas por ele arrefecessem.

No íntimo, Zack tinha sérias dúvidas se a distração duraria o suficiente ou até se ele alcançaria seu primeiro destino antes de ser morto. Mas nada disso importava agora. Naquele momento, tudo o que importava era que ele estava temporariamente livre e praticamente com o pé na estrada em direção à fronteira com Oklahoma, 150 quilômetros ao norte. Se chegasse tão longe sem ser capturado, poderia alcançar a estreita região do Oklahoma Panhadle, a apenas 56 quilômetros da fronteira com o Colorado. No Colorado, em algum lugar no alto nas montanhas, estava seu primeiro destino — uma casa escondida nas profundezas da floresta que, garantiram-lhe há muito tempo, ele poderia usar como "esconderijo" sempre que quisesse.

Até lá, tudo com que ele precisava se preocupar era atravessar a fronteira entre os dois estados, chegar àquela casa em segurança e sem ser visto por ninguém, e, quando estivesse lá, controlar a ansiedade enquanto esperava esvanecer o furor inicial a respeito de sua fuga, para que pudesse embarcar na segunda parte do plano.

Ele pegou a pistola, carregou o pente, checou a trava de segurança e guardou a arma no bolso da jaqueta, junto com um punhado de notas de 20 dólares, depois pegou a outra mochila e as chaves do carro e abriu a porta. Ele iria conseguir, já estava a caminho.

Passou pela loja de conveniência, indo em direção ao carro, e de repente ficou imóvel, momentaneamente incapaz de acreditar no que seus olhos viam.

O caminhão de reboque que ele havia visto quando atravessou a rua em direção ao posto há apenas alguns minutos estava rebocando algo. Pendurado pelo guincho estava um carro preto com placa de Illinois.

Por alguns segundos, Zack ficou parado, imobilizado, observando o carro sacolejar pelo trânsito. Atrás dele, ouviu um dos frentistas comentar com o outro:

— Falei para você que aquele carro estava abandonado. Ficou três dias ali, parado.

As vozes trouxeram Zack de volta de sua temporária paralisia. Ele poderia voltar ao banheiro, vestir o uniforme de novo, esquecer tudo e tentar arquitetar um novo plano, ou poderia improvisar. A opção era mesmo a falta de opção. Ele não voltaria para a prisão; preferiria morrer. Quando se lembrou disso, fez a única coisa em que conseguiu pensar: correu em direção à esquina, procurando pelo único outro meio seguro de fugir da cidade. Um ônibus estava descendo a rua. Depois de apanhar um jornal velho da caçamba de lixo, ele chamou o ônibus e entrou. Segurando o jornal em frente ao rosto como se estivesse lendo, atravessou o corredor, passando por um grupo de estudantes universitários que tagarelavam sobre a próxima partida de futebol, e foi até os fundos. Durante vinte lentos e agoniantes minutos, o ônibus se arrastou pelo trânsito, vomitando fumaça e passageiros a cada esquina, depois sacolejou para a direita entrando numa rua que levava à rodovia interestadual. Até a rodovia surgir à vista, muitos passageiros já tinham descido, restando uma meia dúzia de estudantes arruaceiros que acabou se levantando para ir embora quando surgiu na beira da estrada o que devia ser uma badalada lanchonete/botequim.

Zack não tinha escolha; desceu com o grupo de estudantes pela porta de trás e começou a caminhar em direção a uma interseção, 2 quilômetros à frente, onde ele sabia que a rodovia interestadual encontraria uma estrada de acesso. Pegar carona era sua única opção, e essa opção só seria boa por mais meia hora. Assim que Hadley percebesse que ele havia fugido, todos os policiais num raio de 80 quilômetros estariam procurando por ele, com os olhos alertas para caroneiros.

A neve agarrava-se ao seu cabelo e deslizava em torno do seu pé enquanto ele inclinava a cabeça para o vento. Alguns caminhões rugiram por ele, os motoristas ignoraram seu polegar levantado, e ele lutou contra uma premonição agoniante da desgraça iminente. O trânsito estava pesado na rodovia, mas todos estavam evidentemente com pressa de chegar a seus destinos antes que começasse a tempestade e, por isso, não paravam por nada. Mais adiante, na interseção, havia um posto de gasolina antigo onde havia uma lanchonete e dois carros parados no grande estacionamento — uma Blazer azul e uma perua. Carregando as mochilas, ele foi em direção à entrada do posto e, quando passou pela lanchonete, olhou cuidadosamente pelo para-brisa para analisar os clientes. Havia uma mulher sozinha numa cabine e uma mãe com duas crianças pequenas em outra. Ele se segurou para não começar a praguejar, pois ambos os carros pertenciam a mulheres, pouco afeitas a dar carona a desconhecidos. Sem diminuir o ritmo, Zack continuou andando até os fundos do edifício, onde os carros estavam estacionados, imaginando se a chave estaria na ignição. Mesmo que estivesse, ele sabia que era loucura roubar um daqueles caros, pois teria que passar bem em frente às janelas da lanchonete para sair do estacionamento. Se fizesse isso, a dona do carro certamente acionaria a polícia pelo telefone, fornecendo uma descrição dele e do veículo, antes mesmo que ele conseguisse fugir. Além disso, dali era possível ver que direção o carro tomaria na estrada. Talvez ele pudesse pagar para que uma daquelas mulheres lhe dessem uma carona.

Se o dinheiro não fosse o suficiente, poderia usar a arma para persuadi-la. Meu Deus! Devia haver um jeito melhor de sair dali.

A sua frente, os caminhões ribombavam rodovia abaixo, causando pequenas nevascas com as rodas. Ele deu uma olhada no relógio. Quase uma hora havia se passado desde que Hadley entrou em reunião. Zack desistiu de tentar pegar carona naquela rodovia. Ali ele ficaria visível pelo viaduto num raio de 2 quilômetros. Se Sandini tivesse seguido as instruções, Hadley mandaria um sinal de alerta para os policiais locais em cerca de cinco minutos. Como se dando ouvidos a seus pensamentos, uma viatura da polícia surgiu de repente na passagem, diminuiu a velocidade, depois entrou no estacionamento da lanchonete, a 50 metros de onde Zack se escondia, e veio em direção a ele.

Instintivamente, o fugitivo agachou-se, fingindo examinar um dos pneus da Blazer, depois veio um lampejo de inspiração — tarde demais, mas talvez não. Sacando o canivete da mochila, enfiou-o na lateral do pneu, virando-o para o lado, para que não houvesse explosão de ar. Do canto do olho, ele observou a viatura deslizar até parar atrás dele. Em vez de perguntar o que Zack estava fazendo andando à toa perto da lanchonete com aquelas mochilas, o xerife local abaixou a janela do veículo e chegou à óbvia conclusão.

— Parece que furou o pneu, hein?

— Pois é — concordou Zack, dando um tapinha na lateral do pneu, tomando cuidado para não deixar o rosto ser visto. — Minha esposa bem que me avisou que este pneu estava vazando... — O restante de suas palavras foi engolido pelo estridente grasnado do rádio da polícia, e, sem dizer mais nada, a viatura deu meia-volta, acelerou bruscamente e rugiu para fora do estacionamento, com a sirene ligada. Após um instante, Zack ouviu sirenes vindo de todas as direções, depois viu as viaturas correndo através do viaduto, com as luzes de emergência girando.

Zack sabia que as autoridades agora já sabiam que um fugitivo estava à solta. A caçada havia começado.

Dentro da lanchonete, Julie terminou o café e pegou a bolsa com o dinheiro para pagar a conta. A visita ao sr. Vernon havia exigido dela mais do que esperava, incluindo um convite, que ela não pôde recusar, para passar mais tempo com ele e a esposa. Diante dela estava uma viagem de cinco horas de carro, ainda mais demorada por causa da neve. Mas agora ela tinha um gordo cheque na bolsa e estava animada o bastante com isso para fazer os quilômetros voarem. Ela olhou o relógio, pegou a garrafa térmica que trouxe para encher de café, sorriu para as crianças que comiam com a mãe na cabine ao lado e caminhou em direção ao caixa para pagar a conta.

Ao sair da lanchonete, flagrou, surpresa, uma viatura de repente fazer uma frenética curva à sua frente, ligar a sirene, depois voar para fora do estacionamento em direção à rodovia, sua extremidade traseira derrapando pela fina manta de neve. Distraída, não notou o homem de cabelos negros agachado em frente à roda traseira de seu carro no lado do motorista até quase tropeçar nele. O sujeito se levantou abruptamente, encarando-a no alto de seu 1,90 metro de altura, e ela deu um assustado e cuidadoso passo para trás, a voz trêmula de desconfiança.

— O que diabos você está fazendo aí? — exigiu saber, olhando, zangada, para a própria imagem refletida nas lentes dos óculos escuros dele.

Zack até conseguiu ensaiar algo parecido com um sorriso, pois sua mente havia finalmente começado a funcionar, e agora ele sabia exatamente como fazer para que ela lhe oferecesse uma carona. Imaginação e capacidade de improvisação eram duas de suas maiores qualidades como diretor. Apontando com a cabeça para o pneu traseiro do carro, que estava claramente vazio, ele disse:

— Estou pensando em trocar o pneu se você tiver um macaco.

Julie suspirou, envergonhada.

— Desculpe se fui grosseira, mas você me assustou. Vi aquela viatura sair voando daqui...

— Era Joe Loomis, um policial local — improvisou Zack com suavidade, deliberadamente tentando dar a impressão de que o policial era amigo seu. — Joe recebeu outra chamada e teve que ir embora, senão teria me dado uma mãozinha com o pneu.

O medo de Julie se dissipou completamente, e ela sorriu para ele.

— É muita gentileza sua — agradeceu, abrindo a porta da caçamba da Blazer para procurar o macaco. — Este carro é do meu irmão. O macaco está em algum lugar por aqui, só não sei bem onde.

— Ali — exclamou Zack, localizando rapidamente o macaco e pegando-o. — Só vai levar uns minutinhos — acrescentou. Ele estava com pressa, mas não lutava mais contra o pânico. A mulher já tinha se convencido de que ele era amigo do xerife local e naturalmente imaginou que ele fosse confiável, por isso, depois que ele trocasse o pneu, ela o *devia* uma carona. Assim que caíssem na estrada, a polícia não olharia duas vezes para eles, pois a busca era por um homem viajando sozinho. Por enquanto, se alguém o notasse, ele pareceria apenas um marido qualquer trocando o pneu enquanto a esposa o supervisiona.

— Para onde você está indo? — perguntou-lhe ele, com o macaco em mãos.

— Em direção a Dallas, a leste, por um bom pedaço de chão, depois para o sul — disse Julie, admirando a facilidade com que ele manejava um veículo tão pesado. Tinha uma voz incomum de tão agradável, profunda e suave, e um queixo forte e quadrado. Seu cabelo era castanho-escuro e muito volumoso, mas mal cortado, e ela imaginava, com certa inocência, como seria o rosto dele por trás da barreira daqueles óculos escuros de lentes espelhadas. Muito bonito, ela decidiu, mas não era a boa aparência que mantinha os olhos dela fixos em seu perfil; era outra coisa, algo dissimulado que ela não conseguia distinguir. Julie afastou esse pensamento e, com as mãos agarradas à garrafa térmica, puxou algum assunto cortês:

— Você trabalha por aqui?

— Não mais. Amanhã eu deveria começar num novo emprego, mas preciso chegar lá às sete horas da manhã, senão vão passar minha vaga para outra pessoa.

Ele terminou de levantar o carro com o macaco e começou a afrouxar os parafusos da roda, depois sua cabeça apontou para as mochilas de náilon que Julie ainda não havia visto porque tinham ido parar debaixo do carro por algum motivo.

— Um amigo meu tinha ficado de vir me buscar aqui há duas horas para me dar uma carona — acrescentou —, mas acho que algo deve ter acontecido e ele não pôde vir.

— Você está esperando aqui fora há duas horas? — exclamou Julie. — Deve estar morrendo de frio.

Ele manteve o rosto virado, aparentemente concentrado em sua tarefa, e Julie reprimiu o peculiar ímpeto de se abaixar e dar uma boa olhada nele.

— Você aceita uma xícara de café?

— Adoraria.

Em vez de servi-lo com o que havia na garrafa térmica, ela fez menção de voltar à lanchonete.

— Vou buscar lá dentro para você. De que tipo de café você gosta?

— Preto — disse Zack, segurando-se para manter a frustração sob controle. Ela estava indo para sudeste partindo de Amarillo, enquanto o destino de Zack ficava a quase 650 quilômetros a noroeste. Ele deu uma rápida conferida no relógio e decidiu trabalhar ainda mais rápido. Quase uma hora e meia já havia passado desde que ele fugira do carro do diretor do presídio, e o risco de ser capturado aumentava a cada segundo que ele permanecia nas adjacências de Amarillo. Independentemente da direção na qual a mulher estivesse indo, ele tinha que ir com ela. Distanciar-se de Amarillo era tudo o que importava agora. Ele poderia viajar com ela por umas horas depois dar meia-volta e pegar uma rota diferente.

A garçonete precisou preparar outra jarra de café, e, até Julie voltar para o carro com o fumegante copinho de plástico em mãos, seu salvador já estava quase terminando de trocar o pneu. A camada de neve que caía já alcançava 5 centímetros de altura no chão, e o frio cortante estava ganhando força, fazendo o casaco de Julie se abrir e seus olhos lacrimejarem. Ela viu quando ele esfregou as mãos sem luva uma na outra e pensou no novo emprego que o estava aguardando no dia seguinte — se é que ele conseguiria chegar a tempo. Sabia que os empregos no Texas, especialmente para os operários, eram escassos e, notando a falta de veículo próprio, imaginou que ele devia estar precisando muito de dinheiro. Julie percebeu que a calça dele era nova, atentando-se pela primeira vez ao denunciador vinco vertical assim que ele se levantou. Pensou que ele provavelmente havia comprado essa roupa para causar uma boa impressão em seu futuro chefe. Imaginar que ele teria feito isso despertou a empatia dela.

Julie nunca havia oferecido uma carona para um viajante; era arriscado demais, mas ela decidiu agir diferente desta vez, não só porque ele havia trocado o pneu do carro ou porque parecia legal, mas também por causa de uma simples calça — uma calça nova. Calça nova, limpa e passada, obviamente adquirida por um homem desempregado que depositava todas as suas fichas em um futuro melhor, que não iria se concretizar a não ser que alguém o desse uma carona por ao menos uma parte do caminho até seu destino, para que então pudesse começar no novo emprego.

— Parece que você já terminou, não é? — disse Julie, aproximando-se dele.

Ela estendeu-lhe a xícara de café, a qual ele envolveu nas mãos vermelhas de frio. Havia uma indiferença nele que a fez pensar duas vezes antes de lhe oferecer dinheiro, mas, para o caso de ele preferir isso a uma carona, ela decidiu oferecer mesmo assim.

— Gostaria de pagá-lo por ter trocado o pneu — começou Julie e, quando ele negou com a cabeça, resoluto, ela acrescentou: — Nesse caso, posso lhe dar uma carona? Vou pegar a rodovia interestadual a leste.

— Vou aceitar a carona — disse Zack, concordando com a oferta com um breve sorriso enquanto puxava rapidamente de debaixo do carro as mochilas de náilon. — Também estou indo para o leste.

Assim que entraram no carro, ele disse que seu nome era Alan Aldrich. Julie se apresentou como Julie Mathison, mas, para ter certeza de que ele havia entendido que ela lhe estava oferecendo uma carona e nada mais, cuidadosamente se referiu a ele como sr. Aldrich da próxima vez que disse algo. Ele pegou a deixa dela e daí por diante passou a chamá-la de srta. Mathison.

Julie relaxou depois disso. A formalidade de dizer srta. Mathison era bastante tranquilizadora, assim como a aceitação imediata dessa situação por parte dele. Mas quando viu que ele permanecia distante e em silêncio, ela desejou não ter insistido em ser tão formal. Sabia que não era boa em esconder suas intenções, então ele provavelmente já havia percebido que ela tinha a intenção de colocá-lo em seu devido lugar — um insulto desnecessário, considerando que ele demonstrara nada além de uma cavalheiresca gentileza ao trocar o pneu do carro.

17

A VIAGEM HAVIA DURADO EXATOS DEZ MINUTOS QUANDO Zack sentiu a tensão que sufocava seu peito começar a se dissolver e deu um longo e profundo suspiro — era a primeira vez que respirava tranquilamente em horas. Não, em meses. Anos. Inutilidade e impotência o haviam consumido por tanto tempo que ele até se sentia tonto sem tais sensações. Um barulhento carro vermelho passou por eles e, a fim de sair da rodovia interestadual, entrou na faixa em que estavam, mas acabou perdendo tração e rodopiou na pista, quase batendo na Blazer — o que só não aconteceu porque a jovem ao lado dele manejou o veículo com surpreendente habilidade. Infelizmente ela também dirigia rápido demais, com a agressividade audaciosa e o destemido descaso pelo perigo que era próprio e único do Texas, até onde ele sabia.

Zack estava pensando em algum jeito de sugerir que ela poderia deixá-lo dirigir, quando Julie disse com uma voz leve e descontraída:

— Pode relaxar agora. Diminuí a velocidade. Não queria assustá-lo.

— Não estava com medo — disse ele, um pouco seco, mesmo sem querer.

Ela virou a cabeça para olhá-lo e esboçou um sorriso lento e perspicaz.

— Você está se segurando no painel com as duas mãos. É o suficiente para entregá-lo.

Duas coisas acometeram Zack de uma só vez: que ele havia ficado na prisão por tanto tempo que as brincadeirinhas jocosas trocadas entre adultos de sexos opostos haviam se tornado completamente estranhas para ele, e que Julie Mathison tinha um sorriso de tirar o fôlego. O sorriso dela se refletia no brilho de seus olhos e iluminava toda a sua face, transformando o que era um simples rosto bonito em algo cativante. Uma vez que pensar em Julie era infinitamente preferível a se preocupar com as coisas que ainda não poderia controlar, Zack decidiu se concentrar nela. O rosto de Julie estava sem maquiagem, com exceção de um batom suave, e havia certo frescor nela, uma simplicidade na maneira com que arrumava o cabelo castanho, volumoso e brilhoso, o que o fez pensar que ela devia ter não muito mais de 20 anos. Por outro lado, ela parecia segura e autoconfiante demais para uma mulher dessa idade.

— Quantos anos você tem? — perguntou Zack bruscamente, depois estremeceu por sua falta de tato. Obviamente, se não fosse capturado e levado de volta para a prisão, ele precisaria reaprender algumas coisas que achava que sabia desde o berço, como polidez rudimentar e etiqueta ao falar com mulheres.

Em vez de se irritar com a pergunta, ela lhe dirigiu mais um daqueles sorrisos hipnotizantes e disse, com uma voz permeada de descontração:

— Vinte e seis.

— Meu Deus! — Zack se ouviu dizer, depois fechou os olhos, aborrecido por não acreditar na própria falta de jeito. — Quero dizer — explicou —, você não parece ter essa idade.

Ela pareceu perceber o constrangimento dele, pois sorriu levemente e disse:

— Provavelmente porque só tenho 26 anos há algumas semanas.

Com medo de confiar em si mesmo para dizer algo espontâneo, ele observou os limpadores de para-brisa esculpirem uma meia-lua na neve sobre o vidro enquanto procurava, nas palavras que diria a seguir, algum traço do homem grosseiro que havia arruinado suas falas anteriores. Sentindo que esta pergunta era mais segura, ele disse:

— Você trabalha com o quê?

— Sou professora de Ensino Fundamental.

— Não parece.

Inexplicavelmente, um riso reacendeu nos olhos de Julie, e ele notou um sorriso reprimido. Sentindo-se completamente desorientado e confuso pelas reações imprevisíveis dela, Zack disse de modo um pouco brusco:

— Eu disse alguma coisa engraçada?

Julie sacudiu a cabeça e falou:

— De jeito nenhum. É o que as pessoas mais velhas geralmente dizem.

Zack não tinha certeza se ela se referia a ele como alguém "mais velho" porque ele de fato lhe parecia velho ou porque aquilo era uma retaliação brincalhona aos comentários infelizes que havia feito sobre a aparência e a idade dela. Zack estava confabulando sobre isso quando ela perguntou o que ele fazia da vida. Sua resposta foi a primeira profissão que parecia se encaixar no que havia lhe contado sobre si.

— Trabalho com construção civil.

— Sério? Meu irmão também atua na construção civil; é empreiteiro. Com o que especificamente você trabalha?

Zack mal sabia que lado do martelo usar para fincar um prego e desejou, infelizmente, ter escolhido uma profissão menos comum; ou melhor, que tivesse ficado em silêncio.

— Paredes — respondeu vagamente. — Faço paredes.

Ela tirou os olhos da estrada, assustando-o, e o encarou atentamente, o que o assustou ainda mais.

— Paredes? — repetiu ela, parecendo intrigada. Depois explicou: — Quero dizer, você tem alguma especialidade?

— Sim. Paredes — disse Zack, seco, irritado consigo mesmo por ter começado esse assunto. — Essa é minha especialidade. Levanto paredes.

Julie percebeu que devia ter entendido errado da primeira vez.

— Parede de gesso! — exclamou ela lugubremente. — Claro. Você faz paredes de gesso?

— Isso.

— Nesse caso, fico surpresa que você tenha dificuldade em achar trabalho. Sempre existe grande demanda por este tipo de serviço.

— É que eu *não* sou muito *bom* nisso — afirmou Zack, sem graça, deixando claro que não queria continuar o assunto.

Julie engoliu um riso de surpresa ao ouvir a resposta e o tom que ele usou e se concentrou na estrada. Ele era um homem bastante incomum. Ela não conseguia decidir se gostava dele e apreciava sua companhia... ou não. Também não conseguia se livrar da estranha sensação de que ele a lembrava de alguém. Ela queria ver o rosto dele por trás daqueles óculos escuros para poder descobrir quem era. A cidade desapareceu no espelho retrovisor, e o céu foi tomado pela feição pesada do sinistro cinza de um adiantado crepúsculo. O silêncio permeou o carro, e logo a neve começou a bater no para-brisa, lentamente ganhando vantagem sobre os limpadores que varriam o vidro.

A viagem havia durado meia hora quando Zack olhou pelo espelho retrovisor do seu lado do carro — e seu sangue congelou. A menos de um quilômetro atrás deles, aproximando-se com rapidez, estava uma viatura da polícia, acompanhada pelo rodopio furioso das luzes vermelhas e azuis.

Um segundo mais tarde, ele ouviu a sirene começar a zunir.

A mulher ao lado dele também ouviu. Julie olhou pelo retrovisor e tirou o pé do acelerador, freando a Blazer e levando-a para o acostamento. Zack enfiou a mão no bolso da jaqueta e tocou a coronha da pistola automática, embora não tivesse a menor ideia naquele momento do que fazer caso a polícia tentasse abordá-los. Agora a viatura estava tão próxima que ele pôde ver que não havia apenas um, mas dois policiais no banco da frente. Eles chegaram perto da Blazer...

E seguiram em frente.

— Deve ter tido um acidente por aí — disse ela quando eles alcançaram o cume de uma colina e tiveram que parar atrás do que parecia um congestionamento de 8 quilômetros na nevada rodovia interestadual. Logo depois, duas ambulâncias passaram por eles.

A descarga de adrenalina que tomou conta de Zack finalmente diminuiu, deixando-o trêmulo e vacilante. Ele sentiu como se tivesse de repente excedido sua capacidade de sentir emoções violentas como reação a qualquer coisa que fosse, o que provavelmente se devia ao fato de que havia passado os últimos dois dias tentando executar um plano detalhado de fuga que deveria ter sido um sucesso garantido por ser absolutamente simples. Isso teria acontecido se Hadley não tivesse adiado a ida até Amarillo. Todo o resto tinha dado errado por causa disso. Agora ele não tinha mais certeza nem se seu contato ainda estava no hotel em Detroit, esperando por sua ligação para alugar um carro e ir até Windsor. E enquanto não estivesse ainda mais longe de Amarillo, Zack não se atrevia a parar para procurar um telefone. Além disso, embora Colorado estivesse a apenas 200 quilômetros da cidade, com um pedacinho da região do Oklahoma Panhandle no meio, ele precisava seguir a direção noroeste para chegar lá. Mas estava indo para sudeste agora. Achando que seu mapa do estado de Colorado deveria conter também um pedaço do Oklahoma e do Texas, decidiu ocupar seu tempo de maneira produtiva, procurando uma nova forma de chegar até lá partindo de onde estava. Virando-se no banco do passageiro, ele disse:

— Acho que dou dar uma olhada no mapa.

Julie naturalmente presumiu que ele estava conferindo o caminho para seja lá qual fosse a cidade do Texas aonde teria que ir para trabalhar.

— Para onde você vai? — perguntou ela.

— Ellerton — respondeu ele, mostrando-lhe um rápido sorriso enquanto esticava o braço para alcançar a mochila no banco de trás. — Fiz a entrevista para esse emprego em Amarillo, mas nunca fui para o local do trabalho — acrescentou, para que ela não fizesse perguntas sobre a cidade.

— Acho que nunca ouvi falar de Ellerton.

Alguns minutos depois, quando ele cuidadosamente dobrou o mapa com a parte em que havia feito anotações virada para cima, Julie disse:

— Encontrou Ellerton?

— Não. — Para dissuadi-la de fazer qualquer outra pergunta sobre uma cidade que não existia, ele mostrou rapidamente a parte escrita para ela enquanto se estendia para guardar o mapa de volta na mochila. — Escrevi orientações detalhadas aqui, então vou achar o caminho.

Ela concordou, mas seu olhar estava na saída, mais à frente.

— Acho que vou sair da interestadual e pegar uma via secundária para não passar pelo acidente.

— Boa ideia.

A saída acabou se mostrando ser uma estrada rural que corria mais ou menos paralela à rodovia interestadual, depois entrava mais à direita.

— Talvez não tenha sido uma ideia tão boa assim — disse ela alguns minutos mais tarde, quando o asfalto preto começou a se afastar cada vez mais da rodovia principal.

Zack não respondeu de imediato. Na interseção que apareceu mais adiante havia um posto de gasolina deserto, e no canto do terreno vazio estava uma cabine telefônica.

— Gostaria de fazer uma ligação, se você não se importar em parar. Só vai levar uns minutinhos.

— Não, tudo bem.

Julie encostou a Blazer debaixo de um poste perto da cabine e observou Zack ir caminhar sob os raios de luz. A noite caiu ainda mais cedo que o normal, e a tempestade parecia estar toda em cima deles, jorrando neve com uma força surpreendente mesmo para a turbulenta região do Panhandle texano. Decidindo trocar o volumoso casaco por um suéter de cardigã que seria mais confortável para dirigir, ela ligou o rádio, na expectativa de ouvir a previsão do tempo, então saiu do carro, foi até a caçamba e abriu a porta.

Com a caçamba aberta, ela ouviu um anunciante de Amarillo exaltar as vantagens de comprar um carro novo na loja de Wilson Ford: *Bob Wilson cobre qualquer oferta, em qualquer lugar, a qualquer momento...*

Com os ouvidos atentos, à espera de alguma referência ao tempo, Julie tirou o casaco, pegou o suéter de lã marrom-claro da mala e deu uma olhada no mapa que despontava da mochila de seu carona.

Como não tinha trazido um mapa e não estava muito certa de que aquela rodovia cruzava a interestadual ou se estavam se afastando muito da rota do passageiro a ponto de Zack preferir pegar carona com outra pessoa, ela decidiu verificar o mapa dele. Julie olhou para ele na cabine telefônica com a intenção de pedir permissão para pegar o mapa, mas o homem estava de costas para ela e parecia estar falando ao telefone. Decidindo que ele não se importaria, ela dobrou a parte com as anotações e abriu o mapa que ele vinha estudando. Abrindo-o sobre a porta da caçamba, segurou com firmeza as pontas do mapa evitando que o vento o arrastasse para longe. Levou um tempo até ela perceber que não se tratava de um mapa do Texas, mas do Colorado. Intrigada, deu uma olhada nas orientações datilografadas num papel grudado ao mapa: "Exatamente 42 quilômetros depois que passar pela cidade de Stanton, você vai chegar a uma encruzilhada sem placas. Depois dela, procure uma estreita estrada de terra que se ramifica pela direita e desaparece entre as árvores cerca de 14 metros depois da rodovia. A casa fica no final dessa estrada, 8 quilômetros floresta adentro, e não é visível da rodovia nem de qualquer lado da montanha."

Os lábios de Julie se separaram, em choque. Ele não estava indo para uma cidadezinha desconhecida do Texas atrás de trabalho, mas para uma casa no Colorado?

Pelo rádio, o anunciante terminou o comercial e disse: *Em breve traremos informações sobre a tempestade que está se aproximando, mas, primeiro, as últimas notícias do departamento de polícia...*

Julie pouco prestava atenção ao rádio, pois estava encarando o homem alto que usava o telefone, e sentiu mais uma vez aquela estranha, escorregadia e inquieta... familiaridade sombria. Ele continuava de costas para ela, mas tinha tirado os óculos escuros, que estavam em sua mão agora. Como se sentisse que ela o estava olhando, ele virou a cabeça em sua direção. Os olhos dele se detiveram no mapa aberto nas mãos dela no mesmo momento em que Julie teve a primeira visão clara e bem-iluminada do rosto dele sem aqueles óculos dissimuladores.

Aproximadamente às quatro horas da tarde, disse a voz no rádio, *funcionários do presídio descobriram que o assassino condenado Zachary Benedict fugiu quando estava em Amarillo...*

Momentaneamente paralisada, Julie encarou aquele rosto rude e severo.

E o reconheceu.

— Não! — gritou Julie quando ele largou o telefone e começou a correr em sua direção. Ela virou-se para o lado do motorista, escancarou a porta e se atirou no banco do passageiro, ativando a tranca da porta do passageiro meio segundo depois que ele abriu a porta e agarrou o pulso de Julie. Com uma força nascida do mais puro horror, ela conseguiu soltar o braço e se atirou de lado pela porta aberta do motorista. Caiu sentada, arrastou-se para levantar e começou a correr. Os pés deslizavam pela neve escorregadia, enquanto gritava por socorro, mesmo sabendo que não havia ninguém por perto para ajudá-la. Ele a alcançou antes que Julie tivesse se afastado 5 metros, virou-a e a empurrou até encurralá-la na porta da Blazer.

— Não se mexa e cale a boca!

— Leve o carro! — gritou Julie. — Leve o carro e me deixe aqui.

Ignorando-a, ele olhou por trás do ombro para o mapa do Colorado, que o vento arrastou por cerca de 4 metros até uma caçamba de lixo enferrujada depois que ela o deixou cair. Como se em câmera lenta, Julie o observou sacar um objeto preto e brilhante do bolso da jaqueta e apontá-lo para ela, ao mesmo tempo em que dava alguns passos para trás a fim de pegar o mapa. Uma arma. Meu Deus do céu, ele tinha uma arma!

O corpo inteiro de Julie começou a tremer incontrolavelmente ao ouvir com certo descrédito histérico a voz do radialista confirmar aquele fato ao fim do boletim de notícias: *Acredita-se que Benedict esteja armado e seja perigoso. Se for visto, seu paradeiro ser informado imediatamente à polícia de Amarillo. Recomenda-se que ninguém se aproxime dele. Outro preso que também fugiu, Dominic Sandini, já foi apreendido e está sob custódia da polícia...*

Os joelhos de Julie ameaçaram falhar enquanto ela o observava se aproximando com a arma em uma das mãos e o mapa esvoaçando com o vento na outra. Luzes de faróis surgiram na colina a uns 400 metros, por isso ele preferiu colocar a arma no bolso, para que ficasse fora de vista, mas a manteve agarrada à mão.

— Entre no carro — ordenou.

Julie deu uma rápida olhada por cima do ombro esquerdo para uma caminhonete que se aproximava, calculando freneticamente as impossíveis chances de desviar-se de uma bala ou mesmo de ser capaz de chamar a atenção do motorista da caminhonete antes que Zachary Benedict atirasse nela.

— Nem tente — avisou, de forma assustadora.

Com o coração saltando contra as costelas, ela viu a caminhonete virar à esquerda na encruzilhada, mas não desobedeceu à ordem dele. Não aqui, ainda não. Seus instintos a avisaram que esse desértico trecho da estrada era isolado demais para ela conseguir fazer qualquer coisa diferente de ser morta.

— Mexa-se!

Ele a pegou pelo braço e a empurrou em direção à porta aberta do motorista. Escondida pelo anoitecer profundo de uma nevosa noite de inverno, Julie

Mathison caminhou, hesitante, lado a lado com um assassino que empunhava uma arma. Ela teve a arrepiante sensação de estar vivendo uma cena de um dos filmes dele — uma cena em que a refém é morta.

18

As mãos de Julie tremiam com tanta violência que ela teve que tatear até encontrar as chaves na ignição, e, quando tentou dar a partida no carro, quase afogou o motor, pois até suas pernas estremeciam de medo. Ele a observava sem esboçar emoções no banco do passageiro.

— Dirija — ordenou, assim que o motor foi ligado.

Julie deu um jeito de dar meia-volta e levar o carro até o final do estacionamento, mas parou quando chegou à estrada, a mente tão paralisada de terror que ela não conseguiu encontrar as palavras para fazer a pergunta mais óbvia.

— Falei para dirigir!

— Para qual *direção*? — exclamou ela, odiando o tom tímido e suplicante de sua voz e mais ainda aquele animal ao seu lado por fazê-la viver essa sensação de terror incontrolável.

— Volte por onde viemos.

— V-Voltar?

— Foi o que eu disse.

O congestionamento que se formou durante a hora do rush na rodovia interestadual presa pela neve se movia a passos de formiga. Dentro do carro, a tensão e o silêncio eram sufocantes. Tentando desesperadamente acalmar os nervos alvoroçados enquanto procurava alguma chance de escapar, Julie ergueu a mão trêmula para mudar a estação de rádio, esperando que ele a ordenasse para não fazer isso. Como ele não disse nada, ela virou o botão e escutou a voz exuberante de um radialista anunciar a próxima canção de música country. Pouco depois o carro foi tomado pela animada melodia de "All My Ex's Live in Texas".

Enquanto George Strait cantava, Julie analisou os ocupantes dos outros carros, que voltavam para casa após um longo dia. O homem na Explorer ao lado dela estava ouvindo a mesma estação de rádio, batucando os dedos no volante no mesmo ritmo da música. Ele olhou em sua direção, viu que ela o estava observando e abanou a cabeça num gesto amistoso, depois voltou os olhos para a frente. Julie sabia que ele não tinha visto nada anormal. Tudo parecia perfeitamente comum para ele, e se o outro motorista estivesse em seu lugar na Blazer, tudo continuaria parecendo perfeitamente cotidiano. George Strait cantava pelo rádio, como era normal; a via expressa estava abarrotada de motoristas ansiosos por voltar para casa, como era normal; a neve estava linda, como era normal. Tudo estava normal.

Exceto por uma coisa.

Um assassino fugitivo estava sentado no banco ao lado de Julie, apontando uma arma para ela. Era a aconchegante normalidade das aparências justaposta à demente realidade da situação que de repente tirou Julie da letargia e colocou-a em ação. O trânsito começou a andar, e o desespero dela deu lugar à inspiração. Eles já haviam passado por vários carros parados em valas no acostamento dos dois lados da pista. Se ela pudesse forçar uma derrapagem em direção à vala da direita e conseguisse jogar o volante para a esquerda assim que entrassem no acostamento, a porta do motorista ainda estaria livre enquanto a dele poderia ficar obstruída. Isso funcionaria no carro de Julie, mas não tinha certeza de como a tração de quatro rodas da Blazer iria responder.

Ao seu lado, Zack viu seu olhar se voltar repetidamente para a lateral da rodovia. Ele sentiu o pânico crescente emanando dela e soube que esse medo a faria embarcar numa tentativa desesperada a qualquer momento.

— Fique tranquila — ordenou.

A capacidade de Julie de sentir medo de repente chegou ao limite, e as emoções dela passaram do terror à fúria num ímpeto enlouquecido.

— Tranquila? — explodiu ela com a voz trêmula, sacudindo a cabeça e olhando para ele. — Como diabos você espera que eu fique tranquila se você está sentado aí com uma arma apontada para mim? Hein?!

Ela tinha razão, pensou Zack, e antes que tentasse outra coisa que poderia de fato levar à sua captura, ele decidiu que ajudá-la a relaxar era interesse de ambos.

— Tente se acalmar, só isso — instruiu ele.

Julie mantinha o olhar fixo à frente. O congestionamento estava diminuindo aos poucos, os carros ganhando velocidade, e ela começou a calcular a viabilidade de jogar a Blazer nos carros em volta dela na tentativa de causar um acidente de grandes proporções. Uma ação desse tipo exigiria o envolvimento da polícia. O que seria muito bom.

Mas ela e os outros motoristas inocentes envolvidos na colisão poderiam acabar sendo alvo da arma de Zachary Benedict.

O que seria muito ruim.

Ela estava confabulando consigo mesma se a arma dele estaria totalmente carregada e se ele seria capaz de massacrar pessoas inocentes, quando Zack disse com a voz calma e condescendente que os adultos usam para falar com crianças histéricas.

— Nada vai acontecer com você, Julie. Se fizer o que eu disser, você vai ficar bem. Eu preciso de uma carona até a fronteira estadual, e você tem um carro; ponto final. A não ser que esse carro seja tão importante a ponto de você querer arriscar sua vida para me tirar daqui, tudo o que tem que fazer é dirigir sem atrair a atenção de ninguém. Se um policial nos reconhecer, vai haver um tiroteio, e você vai estar bem no meio. Então seja uma boa garota e relaxe.

— Se você quiser que eu relaxe — retrucou ela, incitada pelo tom paternalista dele mais do que suas tensas emoções podiam suportar —, *me* dê a arma e então eu lhe mostro o que é estar relaxada!

Julie viu as sobrancelhas dele se juntarem, mas, notando que ele não fez menção a nada retaliativo, quase acreditou que Zachary realmente não tinha a intenção de machucá-la — contanto que ela não prejudicasse sua fuga. Essa possibilidade tinha o efeito perverso de subjugar os medos dela e simultaneamente desencadear uma raiva frustrada pelo tormento que ele já lhe havia infligido até então.

— Além disso — continuou ela, irada —, não fale comigo como se eu fosse uma criança e não me chame de Julie! Eu era a *srta. Mathison* quando achei que você fosse um homem decente, legal, que precisava de um emprego e tinha comprado essa p-porcaria de calça para impressionar seu ch-chefe. Se não fosse pelo d-diabo dessa calça, eu não estaria nessa enrascada...

Para seu terror, Julie sentiu uma coceira repentina de lágrimas saindo dos olhos, então deu a ele o que esperava ser um olhar de desdém, depois encarou fixamente a estrada através do para-brisa.

Zack levantou as sobrancelhas e a contemplou num silêncio impassível, mas por dentro estava atônito e relutantemente impressionado com a inesperada demonstração de coragem dela. Virando a cabeça, olhou para o congestionamento que se dissolvia mais à frente e para a neve pesada que ainda caía e parecia uma maldição há algumas horas, mas que tinha de fato desviado a atenção da polícia, que precisava lidar com os motoristas encalhados antes de poder começar a procurar por ele. Por fim, ele pensou no golpe de sorte que o colocou não no pequeno carro alugado que havia sido guinchado diante de seus olhos, mas num pesado veículo com tração nas quatro rodas que poderia navegar facilmente pela neve sem atolar na pouco usada estrada que ele pretendia pegar para subir as montanhas do Colorado. Todos os atrasos e complicações que o enfureceram nos últimos dois dias acabaram se tornando uma vantagem, percebeu. Ele conseguiria chegar ao Colorado — graças a Julie Mathison. *Srta.* Mathison, corrigiu-se, rindo por dentro, enquanto relaxava no banco do passageiro. Seu lampejo de descontração desapareceu tão rapidamente quanto começara, pois havia algo, naquela notícia de rádio que ouvira mais cedo, que tardiamente passava a preocupá-lo: haviam se referido a Dominic Sandini como "outro preso que também fugiu" e "já foi apreendido e está sob custódia da polícia". Se Sandini tivesse seguido o planejado, o diretor Hadley deveria estar se gabando para a imprensa da lealdade de um de seus presos, não se referindo a Sandini como um fugitivo capturado.

Zack disse a si mesmo que a informação passada pela rádio havia sido mal apurada, o que poderia explicar o erro sobre Sandini, e se forçou a se concentrar na irada jovem professora ao seu lado. Embora precisasse desesperadamente dela e de seu carro agora, ela também significava uma séria complicação para os planos dele. Julie provavelmente sabia que ele estava indo para o Colorado; além disso, poderia ter visto o suficiente do mapa e das orientações escritas nele para ser capaz de explicar à polícia sobre os arredores do esconderijo de Zack. Se ele a deixasse na fronteira entre Texas e Oklahoma ou um pouco mais ao norte na fronteira entre Oklahoma e Colorado, ela poderia dizer às autoridades onde ele estava indo e exatamente que tipo de carro estava dirigindo. A essa altura, o rosto de Zack já deveria estar na tela de todos os televisores do mundo, por isso ele não poderia alimentar a expectativa de conseguir alugar ou comprar outro carro sem ser reconhecido. Além disso, queria que a polícia acreditasse que ele havia conseguido pegar um voo até Detroit e atravessado a fronteira para o Canadá.

Julie Mathison parecia tanto um presente divino quanto uma pedra desastrosa no sapato de seus planos. Em vez de amaldiçoar o destino por colocá-lo sob a responsabilidade dela e pela ameaça mortal que ela representava à sua liberdade, Zack decidiu dar ao destino a oportunidade de resolver esse problema e tentar ajudar ambos a se acalmarem. Esticando-se para pegar a garrafa térmica de café, lembrou-se das últimas coisas que ela havia dito e pensou no que parecia um bom início de conversa.

— O que há de errado com a minha calça?

Ela olhou para ele, estupefata e confusa.

— O quê?

— Você disse algo sobre "a porcaria da minha calça" ser a única razão por ter me oferecido carona — explicou ele, enchendo de café a tampa da garrafa térmica. — O que há de errado com a minha calça?

Julie reprimiu um acesso histérico de riso enraivecido. Ela estava angustiada, pensando na própria vida, enquanto ele se preocupava em fazer um comentário sobre moda!

— O que — repetiu ele com determinação — você quis dizer?

Ela estava prestes a dar uma enfurecida réplica quando duas coisas lhe ocorreram ao mesmo tempo: que seria loucura ficar deliberadamente contra um homem armado; e que, se ela pudesse fazê-lo baixar a guarda puxando conversa-fiada, suas chances de fugir ou sair dessa situação com vida aumentariam bastante. Tentando conferir um tom educado e neutro a sua voz, ela deu um longo suspiro e disse, sem tirar os olhos da estrada:

— Notei que sua calça era nova.

— E o que isso tem a ver com a sua decisão de me oferecer uma carona?

Um sentimento de amargura pela própria ingenuidade encheu sua voz:

— Como você não tinha carro e deu a entender que não tinha emprego, presumi que devia estar passando por problemas financeiros. Então você disse que esperava conseguir um emprego novo, e notei o vinco de sua calça... — A voz dela se abrandou quando percebeu com um enojado sobressalto que, em vez de ser o homem pobre que ela havia julgado anteriormente, ele era na verdade uma multimilionária estrela do cinema.

— Continue — incentivou Zack, com a voz tingida de perplexidade.

— Cheguei à conclusão mais óbvia, meu Deus! Imaginei que você tivesse comprado a calça nova para causar uma boa impressão no seu chefe, que isso deveria ter sido algo muito importante quando foi comprar a calça na loja, que você devia estar com o coração cheio de esperança quando fez a compra, e n-não consegui suportar a ideia de que sua esperança seria devastada caso eu não oferecesse uma carona. Então, embora eu nunca tenha dado carona a um viajante na vida, não poderia deixar que você perdesse sua chance.

Zack não estava apenas abismado, mas realmente tocado. Esse tipo de bondade, uma bondade que também requeria algum risco ou sacrifício pessoal, havia estado ausente de sua vida durante todo o tempo em que permaneceu na prisão. E até mesmo antes disso, pensou. Deixando esse inquieto pensamento de lado, ele disse:

— Você imaginou tudo isso por causa de um vinco numa calça? Você tem uma imaginação fértil, hein? — acrescentou, balançando a cabeça ironicamente.

— Sou péssima em julgar o caráter das pessoas também — disse Julie com amargura. Do canto do olho, percebeu o braço esquerdo dele indo na sua direção, e ela deu um pulo, abafando um grito antes de perceber que ele só estava oferecendo um pouco do café da garrafa térmica. Num tom tranquilo que quase pareceu carregar um pedido de desculpas por ter aumentado o medo dela, ele falou:

— Achei que isso pudesse ajudar.

— Não corro o menor risco de adormecer ao volante, graças a você.

— Beba assim mesmo — ordenou Zack, determinado a abrandar o medo dela mesmo enquanto sua presença fosse a causa. — Vai... — hesitou ele, sentindo as palavras lhe escaparem, e acrescentou: — Vai fazer as coisas parecerem mais normais.

Julie virou a cabeça para encará-lo, com uma expressão que deixava eloquentemente claro que achava a "preocupação" dele por ela não apenas revoltante, mas insana. Ela estava prestes a dizer isso, mas se lembrou da arma que estava no bolso dele, então pegou o copinho de café com a mão trêmula e desviou o olhar dele, encarando a estrada à frente.

Ao seu lado, Zack observava o denunciador tremor do copo de café no caminho das mãos delas para os lábios e sentiu uma necessidade ridícula de se desculpar por aterrorizá-la tanto. Julie tinha um lindo perfil, pensou, estudando seu rosto sob as luzes do painel, com um nariz pequeno, um queixo obstinado e ossos da bochecha sobressalentes. Também tinha olhos magníficos, avaliou, pensando na maneira como haviam disparado faíscas para ele alguns minutos antes. Olhos espetaculares. Sentiu uma aguda pontada de culpa e vergonha por usar e amedrontar essa inocente garota que só tinha tentado bancar a boa samaritana — e como tinha todas as intenções de continuar a usá-la, sentiu-se o animal que todo mundo acreditava que fosse. Para silenciar sua consciência, resolveu facilitar as coisas para ela o máximo que pudesse, o que o levou a continuar conversando.

Zack notou que ela não usava aliança, o que significava que não era casada. Tentou se lembrar do que as pessoas — as pessoas civilizadas "do lado de fora" — falavam para puxar conversa-fiada, depois disse finalmente:

— Você gosta de dar aula?

Ela se virou novamente. Seus inacreditáveis olhos estavam arregalados de tanta hostilidade reprimida.

— Você acha mesmo — afirmou ela com descrédito — que vamos ficar *jogando conversa fora*?

— Sim! — disse ele, com uma raiva irracional pela relutância dela em deixá-lo consertar as coisas. — Acho. Comece a falar!

— Amo dar aula! — disparou ela, trêmula, odiando o quanto era fácil para ele intimidá-la. — Até onde você quer que eu o leve? — perguntou assim que passaram por uma placa que dizia que a fronteira com Oklahoma estava a 32 quilômetros.

— Oklahoma — falou Zack, sem revelar toda a verdade.

19

— Estamos em Oklahoma — sinalizou Julie assim que passaram pela placa que anunciava a chegada.

— Estou vendo — respondeu Zack com um olhar de contida descontração.

— E então? Onde você quer saltar?

— Continue dirigindo.

— Continue dirigindo? — gritou ela, em nervosa fúria. — Olhe só, seu miserável. Não vou levar você até o Colorado! — Zack recebeu a resposta para sua pergunta: ela sabia onde ele estava indo. — Não vou! — avisou, trêmula, sem saber que estava selando seu destino. — Não posso.

Suspirando internamente à visão da batalha em que Julie estava prestes a se engajar, ele disse:

— Sim, srta. Mathison, você pode. E é o que vai fazer.

A calma imperturbável dele foi a gota d'água.

— Vá para o inferno! — exclamou Julie, jogando o volante para a direita antes que ele pudesse impedi-la, levando o veículo a derrapar para o acostamento, depois pisou no freio, parando o carro bruscamente. — Fique com o carro! — pediu. — E me deixe aqui. Não vou contar para ninguém que eu o vi ou para onde você está indo. Juro que não conto para ninguém.

Zack manteve a calma e procurou tranquilizá-la, tentando dizer algo leve.

— Nos filmes as pessoas sempre fazem esse tipo de promessa — observou ele, puxando assunto, olhando por cima do ombro para os carros que passavam correndo. — Sempre achei que isso soava estúpido.

— Isso não é um filme!

— Mas concorda comigo que essa é *mesmo* uma promessa absurda — argumentou ele, sorrindo de leve. — Você sabe disso. Admita, Julie.

Chocada por ele estar aparentemente tentando *provocá-la* como se fossem amigos, Julie encarou-o em furioso silêncio, sabendo que ele estava certo sobre o fato de a promessa ser ridícula, embora ela não admitisse.

— Você não pode esperar que eu acredite — continuou ele, com a voz um pouco mais branda — que você me deixaria sair ileso depois de sequestrá-la e roubar seu carro e que ficaria tão grata por eu ter feito isso que não quebraria uma promessa que fez sob extrema coação? Isso não parece meio louco?

— Você espera que eu debata psicologia enquanto minha vida inteira está em jogo? — explodiu ela.

— Entendo que esteja com medo, mas sua vida só vai ficar em jogo se você quiser. Você não ficará em perigo a menos que crie uma situação perigosa.

Talvez fosse a exaustão, o timbre baixo da voz dele ou a serenidade de seu olhar, mas quando Julie olhou para os traços sérios no rosto dele, viu-se quase acreditando.

— Não quero que você se machuque — continuou Zack. — E isso não vai acontecer contanto que você não faça nada que atraia a atenção das autoridades para mim.

— Nesse caso — interrompeu Julie com amargura, saindo do transe —, você vai explodir meus miolos com sua arma. Isso é muito reconfortante, sr. Benedict. Obrigada.

Zack se esforçou para se manter calmo e explicou:

— Se a polícia conseguir me cercar, vão ter que me matar, porque não vou me render. Dada a mentalidade de justiceiro da maioria dos policiais, existe uma boa chance de você se machucar ou ser morta no fogo cruzado. Não quero que isso aconteça. Entende isso?

Furiosa consigo mesma por se deixar convencer por palavras gentis e vazias de um assassino implacável, Julie desviou o olhar dele para encarar a janela da frente.

— Acha mesmo que pode me convencer de que você é sir Galahad e não um monstro depravado?

— Claro que não — disse ele, irritado.

Quando ela se negou a olhar para ele novamente, Zack suspirou impacientemente e disse, seco:

— Pare de ficar emburrada e comece a dirigir. Preciso achar um telefone público em algum lugar.

Assim que a voz dele esfriou, Julie percebeu o quanto estava sendo tola por ignorar a abertura "amigável" dele e tentar se opor. O que provavelmente deveria estar fazendo, ela decidiu tardiamente enquanto recolocava o carro na rodovia, era enganá-lo, fazendo-o acreditar que ela estava resignada a obedecer aos seus termos. Enquanto os flocos de neve dançavam sob a luz dos faróis do carro, a mente de Julie começou a se acalmar, e ela, a pensar em possíveis formas de sair daquela cilada, pois agora parecia terrivelmente provável que ele a forçaria a atravessar não só Oklahoma, mas também o Colorado. Encontrar um jeito de frustrar os planos dele e fugir se tornou não só uma necessidade, mas também um verdadeiro desafio. Para fazer isso, ela sabia que tinha que ser objetiva e impedir que qualquer vestígio de medo e raiva contaminasse seus pensamentos. Ela era capaz de fazer isso, lembrou a si mesma como forma de incentivo. Afinal, Julie não era nenhuma florzinha inocente e mimada. Passou os primeiros 11 anos de sua vida nas ruas de Chicago e se virou muito bem! Mordiscando o lábio inferior, decidiu tentar pensar em sua provação como se fosse meramente a história de um dos livros de mistério que adorava ler. Ela sempre achou que algumas heroínas daqueles romances agiam com sublime estupidez, que era o que ela estava fazendo ao enfrentar seu captor. Uma heroína esperta faria o oposto: seria dissimulada e encontraria formas de fazer Benedict baixar totalmente a guarda. Se isso acontecesse, suas chances de fugir — e fazer com que ele voltasse à prisão, que era seu lugar — aumentariam drasticamente. Para atingir esse objetivo, Julie poderia fingir que encarava esse pesadelo como uma aventura, talvez pudesse até simular estar do lado do captor, o que exigiria uma atuação de estrela do cinema, mas estava disposta a tentar.

Apesar de uma séria desconfiança a respeito de sua capacidade de se sair bem, Julie de repente sentiu uma calma e uma determinação acometer sua mente, afastando o medo e deixando seus pensamentos mais claros. Ela esperou um pouco antes de falar, para que sua rendição não parecesse tão repentina e suspeita, então respirou profundamente buscando serenidade e tentou injetar um tom arrependido em sua voz.

— Sr. Benedict — disse, de fato sendo capaz de esboçar um leve sorriso de lado para ele —, agradeço por ter dito que não tem intenção de me machucar. Não quis parecer sarcástica. Estava com medo, só isso.

— E agora não está mais com medo? — retrucou Zack, a voz permeada de ceticismo.

— Bem, sim — apressou-se a dizer para reassegurá-lo. — Mas um pouquinho menos. Foi o que eu quis dizer.

— Posso perguntar o que levou a essa transformação repentina? Em que você pensava quando estava calada?

— Num livro — disse ela, pois pareceu seguro. — Um romance de mistério.

— Algum livro que você já leu? Ou que pretende escrever?

A boca dela se abriu, mas não saiu nenhuma palavra, então ela percebeu que, sem saber, ele estava lhe dando de bandeja o jeito perfeito de derrotá-lo.

— Sempre quis escrever um romance de mistério — improvisou ela loucamente — e me ocorreu que essa situação poderia ser, bem, uma fonte de pesquisa em primeira mão.

— Entendo.

Julie olhou para ele mais uma vez e se assustou com a doçura de seu sorriso. Esse monstro poderia enfeitiçar uma cobra, admitiu, reconhecendo aquele sorriso da época em que costumava aparecer nas telas do cinema, deixando o público feminino em alvoroço.

— Você é mesmo uma jovem corajosa, Julie.

Ela engoliu a enfurecida exigência de ser chamada de srta. Mathison.

— Na verdade, sou a maior covarde do mundo, sr...

— Meu nome é Zack — interrompeu ele, em seu tom impassível, deixando transparecer um resquício de desconfiança.

— Zack — concordou, rapidamente. — Você está certo. Devemos nos referir um ao outro pelo nome, já que aparentemente vamos ficar juntos por...?

— Por enquanto — completou ele, e Julie fez um esforço hercúleo para disfarçar sua raiva frustrada pela resposta oblíqua dele.

— Por enquanto — concordou ela, tomando o cuidado de manter a voz neutra. — Bom, provavelmente é tempo suficiente para você me ajudar com as preliminares da pesquisa. — Hesitou, pensando no que perguntar. — Você, bem, se importaria em me contar um pouco como é a vida na prisão? Isso me ajudaria com a minha história.

— Mesmo?

Ela morria de medo das nuances sutis e cambiáveis da voz dele. Até então, nunca havia conhecido alguém que conseguisse dizer tanta coisa a partir de mudanças imperceptíveis na voz, nem tinha ouvido uma voz como aquela em sua vida. Tinha um rico timbre de barítono que poderia oscilar instantaneamente e sem aviso da polidez para a descontração e para a frieza e ameaça. Em resposta à pergunta, Julie concordou com a cabeça vigorosamente, tentando contrapor o tom cético dele ao injetar energia e convicção em sua voz:

— Com certeza. — Num lampejo de inspiração, percebeu que se ele achasse que ela estava ao seu lado, ficaria mais propenso a baixar a guarda. — Ouvi dizer que muita gente inocente vai parar na prisão. Você era inocente?

— Todo condenado diz que é inocente.

— Sim, mas e você? — insistiu ela, querendo que ele dissesse que sim para que fingisse acreditar.

— O júri disse que eu era culpado.

— Os jurados às vezes erram.

— Doze cidadãos honestos e honrados — respondeu ele, com uma voz subitamente fria de ódio — tomaram a decisão.

— Tenho certeza de que tentaram ser objetivos.

— Bobagem! — disse ele com tanta fúria que as mãos de Julie apertaram o volante, num novo ataque de medo e pavor. — Eles me condenaram porque eu era rico e famoso! — retrucou. — Observei os rostos deles durante o julgamento, e quanto mais o advogado proferia delírios sobre a minha vida privilegiada e os padrões amorais de Hollywood, mais o júri queria tirar o meu couro! Cada um daqueles malditos hipócritas tementes a Deus sabia que havia uma possibilidade razoável de eu não ter cometido aquele assassinato e foi por isso que não recomendaram pena de morte. Todos eles assistiram a episódios demais de *Perry Mason* e pensaram que, se eu não fosse o culpado, conseguiria provar que era.

Julie sentiu o suor molhando suas mãos em resposta à fúria na voz dele. Agora, ainda mais que antes, percebeu o quanto era imperativo fazê-lo acreditar que ela sentia empatia por ele.

— Mas você não era culpado, certo? Você só não podia provar quem realmente matou sua esposa, é isso? — insistiu, com a voz trêmula.

— Que diferença isso faz? — retrucou ele.

— Faz d-diferença para mim.

Por um momento ele a estudou em congelante silêncio, depois sua voz deu um daqueles giros abruptos, mas forçadamente suaves.

— Se isso fizer mesmo alguma diferença para você, então... não, não a matei.

Ele estava mentindo, claro. Devia estar mentindo.

— Acredito em você. — Tentando reforçar, ela acrescentou: — E se você for inocente, tem todo o direito de tentar fugir da prisão.

A resposta dele foi um desconfortável e longo silêncio durante o qual Julie sentiu o penetrante olhar dele examinando cada linha de seu rosto. Então Zack disse abruptamente:

— Aquela placa diz que tem um telefone mais adiante. Encoste o carro quando o vir.

— Certo.

O telefone surgiu junto ao acostamento, e Julie parou o carro. Pelo espelho retrovisor ela procurava por algum caminhoneiro ou outro motorista para quem pudesse sinalizar, mas a estrada coberta de neve quase não tinha tráfego. A voz dele a fez girar a cabeça assim que ele retirou a chave da ignição.

— Espero — falou Zack, com uma voz irônica — que você não pense que duvido do que disse sobre acreditar mesmo que sou inocente e que eu devesse fugir. Só estou pegando as chaves do carro porque sou um homem muito cauteloso.

Julie se admirou por conseguir balançar a cabeça, concordando, e disse com convicção:

— Não o culpo por isso.

Com um breve sorriso, ele saiu do carro, mas manteve a mão no bolso junto à arma, como um deliberado lembrete para ela, e deixou a porta do passageiro aberta, indubitavelmente para que pudesse ver o que a motorista estava fazendo enquanto dava o telefonema. Impossibilitada de tentar fugir dele e de uma possível bala, Julie não teve esperanças de escapar agora, mas poderia começar a se preparar para o futuro. Assim que ele pisou a neve, ela disse, com toda a brandura que conseguiu:

— Você se importaria se eu pegasse uma caneta e um bloquinho na minha bolsa para fazer algumas anotações enquanto você telefona? Sabe, impressões e coisas que eu poderia usar no meu livro? — Antes que ele pudesse dizer não, o que estava prestes a fazer, ela pegou cautelosamente a bolsa no banco de trás enquanto elencava razões pelas quais ele não deveria negar o pedido.

— Escrever sempre me acalma — disse — e você pode revistar minha bolsa se quiser. Vai ver que não tenho nenhuma chave reserva nem qualquer tipo de arma. — Para provar, abriu a bolsa e lhe entregou. Zack olhou para ela com uma impaciência e uma preocupação que a fizeram sentir que ele não acreditava muito no papo dela sobre escrever um romance, mas que aceitaria aquela situação simplesmente para mantê-la obediente.

— Vá em frente — falou, devolvendo-lhe a bolsa.

Quando ele se virou, Julie pegou um pequeno bloquinho e uma caneta. De olho em Zack, observou-o tirar o telefone do gancho e colocar algumas moedas, então ela rapidamente escreveu a mesma coisa nas três primeiras páginas do bloquinho: *CHAMEM A POLÍCIA. FUI SEQUESTRADA.* Com o canto do olho, ela o flagrou a observá-la, por isso esperou até que ele se virasse para falar ao telefone, depois arrancou as folhas de papel, dobrou-as e enfiou-as no bolso de fora da bolsa, onde poderia alcançá-las com facilidade. Abriu o bloquinho mais uma vez e o encarou, enquanto sua mente vagueava freneticamente em busca de maneiras de entregar os bilhetes a pessoas que poderiam ajudá-la. Ao lampejo de uma ideia plausível, Julie deu uma rápida conferida nele para se certificar de que não estava olhando, depois rapidamente pegou um dos bilhetes na bolsa e o dobrou junto de uma nota de dez dólares que estava na carteira.

Julie tinha um plano e o estava executando. Saber que retomava algum controle sobre seu futuro afastou boa parte do medo e do pânico que ainda persistiam. O restante da recém-conquistada calma se devia a algo que ia além de ter um plano em mente. Essa sensação veio de uma convicção instintiva, mas inabalável, de que uma coisa que Zachary Benedict havia dito era verdade: ele não tinha intenção de machucá-la. Por isso, não iria atirar nela a sangue-frio. De fato, se tentasse fugir agora, ela tinha certeza de que ele a perseguiria, mas não atiraria a não ser que ela tentasse chamar a atenção de algum carro que estivesse passando. Como não havia nenhum carro por ali, Julie não viu motivo para abrir a porta e tentar fazer isso agora — não enquanto ele pudesse correr mais rápido, e tudo o que ela ganharia seria tê-lo permanentemente em guarda. Seria muito melhor aparentar que está cooperando e acalmá-lo o máximo possível. Zachary Benedict poderia ser um ex-presidiário, mas ela não era a covarde ingênua e facilmente intimidável que fingia ser até agora. Houve uma época em que dependia de sua perspicácia para sobreviver, ela lembrou a si mesma num incentivo. Enquanto ele era um mimado ídolo adolescente, Julie morava, roubava e sobrevivia nas ruas! Caso se concentrasse nisso agora, seria capaz de manter o prumo, tinha certeza absoluta. Bem, *quase* absoluta. Contanto que mantivesse a cabeça no lugar, suas chances de vencer essa batalha mental eram boas. Pegando o bloquinho, começou a anotar comentários adocicados sobre o captor, caso ele pedisse para dar uma olhada no que ela havia escrito. Assim que terminou, releu a absurda observação:

> Zachary Benedict está fugindo da condenação injusta imposta por um júri tendencioso. Ele parece ser um homem inteligente, bondoso e emotivo — uma vítima das circunstâncias. Eu acredito nele.

Aquilo era — ela decidiu, guardando uma careta para si — o pior texto de ficção que já foi escrito. Julie ficou tão enojada que sentiu apenas uma momentânea pontada de pânico quando percebeu que ele havia terminado o telefonema e estava voltando para o carro. Fechando rapidamente o bloquinho e enfiando-o na bolsa, ela perguntou com educação:

— Conseguiu falar com a pessoa que estava tentando contatar?

Os olhos dele se fixaram no sorriso dela, e ela teve a inquieta sensação de que estava exagerando em sua atuação "amigável".

— Não. Ele ainda está por lá, só não no quarto. Vou tentar de novo daqui a uma meia hora.

Julie digeria aquele petisco de informação inútil quando ele pegou a bolsa dela e tirou o bloquinho.

— Só por precaução — disse ele, num tom irônico, abrindo o bloquinho. — Você entende, certo?

— Entendo — declarou Julie, presa entre uma hilaridade nervosa e certo desapontamento, enquanto observava o queixo dele cair ao ler o que ela havia escrito. — E então? — disse, arregalando os olhos com dissimulada inocência. — O que acha?

Ele fechou o bloquinho e colocou-o de volta na bolsa.

— Acho que você é impressionável demais para ser solta no mundo se acredita realmente nisso.

— Sou muito impressionável — garantiu Julie, rapidamente ligando a ignição e saindo do acostamento. Se ele achava que ela era estúpida e ingênua, ótimo, maravilhoso.

20

Pela próxima meia hora, eles viajaram em silêncio, com exceção de um ocasional comentário aleatório sobre o mau tempo e a piora nas condições da rodovia, mas Julie se manteve atenta para flagrar algum outdoor de beira de estrada que a permitiria colocar seu plano em prática. Qualquer outdoor que anunciasse uma lanchonete no próximo posto de gasolina já serviria. Quando finalmente vislumbrou algo do tipo, as batidas de seu coração dobraram de ritmo.

— Sei que você provavelmente não quer fazer uma parada para ir a um restaurante, mas estou morrendo de fome — disse ela de modo gentil, mas cuidadoso. — Aquele outdoor disse que tem um McDonald's mais adiante. Poderíamos pedir comida pelo drive-thru.

Ele conferiu o relógio e começou a balançar a cabeça, então ela logo acrescentou:

— Preciso fazer uma refeição a cada três horas porque tenho... — Hesitou por um segundo, procurando freneticamente pelo termo médico que explicasse um problema que ela não tinha. — Hipoglicemia! Desculpe, mas se eu não comer algo, vou passar mal e desmaiar e...

— Tudo bem, vamos lá.

Julie quase gritou, exultante e nervosa ao mesmo tempo, quando saiu da rodovia principal e os arcos dourados do McDonald's apareceram no horizonte. A lanchonete ficava entre dois lotes vazios e ao seu lado havia um parquinho para crianças.

— Paramos na hora certa — acrescentou ela. — Estou me sentindo tão tonta que não conseguiria dirigir por muito mais tempo.

Ignorando o olhar enviesado dele, Julie pegou o retorno e entrou no estacionamento do McDonald's. Apesar da tempestade, vários carros estavam parados ali, ainda que não tantos quanto ela gostaria que houvesse. Julie pôde ver algumas famílias sentadas nas mesas dentro da lanchonete. Seguindo as instruções da placa, ela passou para a parte de trás do estabelecimento, onde estava a janela do drive-thru, e parou.

— O que você vai querer? — perguntou ela.

Antes de ser preso, Zack não teria parado numa lanchonete como essa ainda que tivesse que passar o dia todo sem comer. Agora se flagrou com água na boca só em pensar num simples hambúrguer e batatas fritas. A liberdade tinha esse efeito, ele concluiu depois de explicar a Julie o que queria comer. A liberdade fez o ar parecer mais fresco e a comida mais apetitosa. Fez também dele um homem mais tenso e desconfiado, pois havia algo em seu sorriso cativante e excessivamente brilhante que o deixava extremamente preocupado. Ela parecia tão pura e ingênua com aqueles grandes olhos azuis e sorriso suave, mas já havia oscilado rápido demais entre a prisioneira amedrontada, a refém enfurecida e sua atitude atual de aliada amigável.

Julie repetiu o pedido pelo microfone: dois cheeseburgers, duas batatas fritas e duas Cocas.

— São U$5,09 — disse uma voz pelo microfone. — Por gentileza, dirija-se à próxima cabine.

Quando acelerou o carro para ir até a segunda janela, Julie notou que Zack tinha enfiado a mão no bolso em busca de dinheiro, ao que ela sacudiu a cabeça inflexivelmente, já pegando a bolsa.

— Pode deixar — disse, dando um jeito de olhar dentro dos olhos dele. — É por minha conta. Eu insisto.

Após hesitar por um momento, ele tirou a mão do bolso, mas suas sobrancelhas castanho-escuras se uniram numa expressão de perplexidade.

— Você tem muito espírito esportivo.

— Sou assim. Sei levar na esportiva. Todo mundo sempre me falou isso — balbuciou sem pensar, retirando da carteira a nota de dez dólares dobrada junto com o bilhete que dizia que ela estava sendo sequestrada. Incapaz de continuar encarando o olhar intimidante de Zack, Julie rapidamente desviou os olhos e focou toda a atenção na adolescente que apareceu na janela do drive-thru, olhando para ela com tédio e impaciência. O crachá da garota dizia que seu nome era Tiffany.

— São U$ 5,09 — falou Tiffany.

Julie estendeu a nota de dez dólares e, com olhos suplicantes, encarou fixamente a garota. Sua vida dependia dessa adolescente entediada com um rabo de cavalo prendendo o cabelo crespo. Como em câmera lenta, Julie a observou abrir a nota dobrada... O pequeno bilhete flutuou até cair no chão... Tiffany se abaixou, estourando uma bola do chiclete que mascava... Ela olhou para Julie.

— Isso é seu? — perguntou, mostrando o pedaço de papel, espreitando o carro sem ler o que estava escrito.

— Não sei — disse Julie, tentando forçar a garota a ler o bilhete. — O que diz... — começou, então sufocou um grito quando a mão de Zachary Benedict agarrou seu braço e pressionou o cano da arma contra a cintura dela.

— Pode deixar, Tiffany — disse ele suavemente, inclinando-se na frente de Julie e estendendo a mão. — Esse bilhete é meu. Faz parte de uma brincadeira.

A atendente olhou para o bilhete, mas era impossível saber se ela chegou a lê-lo um segundo antes de esticar a mão em direção ao carro.

— Aqui está, senhor — disse ela, inclinando-se sobre Julie e entregando o papel para ele.

Julie apertou os dentes quando Zachary Benedict deu à atendente um sorriso falso e agradecido que fez Tiffany enrubescer de prazer enquanto contava o troco para a nota de dez dólares.

— Aqui está seu pedido — apontou ela.

Julie automaticamente se esgueirou para pegar as sacolas brancas com os sanduíches e os refrigerantes. Seu rosto amedrontado silenciosamente implorava que a garota ligasse para a polícia, para o gerente, para qualquer pessoa! Entregou as sacolas para Zack sem se atrever a ir de encontro ao seu olhar. As mãos tremiam com tanta violência que ela quase derramou as cocas. Enquanto se afastava da janela do drive-thru, esperou algum tipo de reação da parte dele, mas como seu plano havia falhado miseravelmente, Julie não estava preparada para a erupção de crua raiva que ouviria:

— Sua vaca estúpida, você está *tentando* morrer? Pare no estacionamento, ali onde ela pode nos ver, pois está nos observando.

Julie obedeceu automaticamente. Seu peito subia e descia com a respiração curta, superficial.

— Coma — ordenou, esfregando o hambúrguer no rosto dela. — E sorria a cada mordida, ou juro por Deus...

Mais uma vez, Julie obedeceu. Mastigou sem sentir o gosto, pois cada célula do corpo estava concentrada em acalmar seus ânimos alterados para que a cabeça voltasse a funcionar. A tensão no carro cresceu até se tornar uma coisa viva e retesada que se somava à angústia dela. Julie abriu a boca simplesmente para quebrar o silêncio:

— P-Posso pegar m-minha Coca? — disse ela, esgueirando-se para pegar a sacola branca com os refrigerantes que estava no chão, perto dos pés de Zack. A mão dele agarrou o pulso dela de maneira tão impetuosa que quase quebrou os frágeis ossos.

— Você está me machucando! — exclamou Julie, assaltada por mais uma onda de pânico.

As mãos dele se apertaram, causando ainda mais dor, antes de largar o pulso de Julie. Ela recostou no assento, levando a cabeça para trás e fechando os olhos, esfregando e massageando o pulso dolorido. Até alguns minutos atrás, Zack não havia tentado lhe causar dor, e ela havia se deixado levar pela ideia de que ele não era um assassino perverso, mas um homem que havia se vingado da esposa infiel num ato de ciúme insano. Por que, ela se perguntou desesperadamente, havia se permitido pensar que ele não seria capaz de matar também uma mulher que havia sequestrado ou uma adolescente que poderia dar o alarme e desencadear a captura dele? A resposta é que ela fora enganada e iludida por suas lembranças — lembranças de todas aquelas histórias sobre Zack que saíam nas revistas, lembranças de inúmeras horas passadas no cinema com os irmãos e, mais tarde, com os namorados, admirando-o e até fantasiando sobre ele. Aos 11 anos, Julie não sabia por que os irmãos e todos os amigos deles achavam Zack Benedict tão especial, mas em poucos anos entendeu perfeitamente o motivo. Grosseiramente bonito, inacessível, sensual, cínico, espirituoso e valentão. E como Julie estava na Europa fazendo um curso de verão na época do famoso julgamento dele, não sabia nenhum dos detalhes sórdidos, nada concreto que pudesse contrabalancear todas aquelas adoráveis imagens que lhe pareceram tão reais no cinema. A verdade infame era que, quando Zack disse que era inocente, ela acreditou que havia uma chance de ele estar dizendo a verdade, pois então faria sentido ele tentar escapar para provar sua inocência. Por alguma razão incompressível, uma pequena parte dela ainda se agarrava àquela possibilidade, provavelmente porque a ajudava a conter o medo, mas não aliviava o ímpeto de se livrar do controle dele. Ainda que Zack fosse inocente do crime pelo qual havia sido condenado, não significava que ele não pudesse cometer um assassinato a fim de evitar ser preso novamente; e isso *se* ele fosse inocente — um enorme e altamente improvável *se*.

O corpo inteiro dela tremeu de susto quando ouviu o barulho da sacola estalando no chão.

— Aqui — ordenou ele, empurrando-lhe a Coca.

Recusando-se a olhar para ele, Julie esticou a mão e pegou o copo, enquanto o olhar se mantinha à frente, para o para-brisa. Ela percebia agora que sua única esperança de escapar sem fazer com que ninguém se machucasse ou morresse seria facilitar as coisas para que ele preferisse fugir com o carro e deixá-la para trás, em vez de ficar ali e tentar encontrar um jeito violento de escapar de seu destino. Isso significava que ela deveria estar do lado de fora do carro e fora da vista de todos. Julie havia arruinado sua primeira tentativa de fuga; agora ele sabia que o desespero a faria tentar de novo. E ele estaria esperando. De olho. Quando ela tentasse mais uma vez, teria que fazer tudo certo. Sabia instintivamente que não iria sobreviver para fazer uma terceira tentativa. Pelo menos não havia mais necessidade de continuar qualquer nauseante atuação, fingindo estar do lado dele.

— Vamos nessa — disse ele.

Sem palavras, Julie ligou a ignição e saiu do estacionamento.

Quase meia hora depois, ele pediu que ela parasse ao lado de um telefone à beira da estrada e fez mais uma ligação. Zack não havia dito uma só palavra, a não ser para ordená-la a parar, e Julie suspeitava que ele soubesse que o silêncio fazia mais efeito no estado de espírito dela do que qualquer outra coisa que fizesse para intimidá-la. Desta vez, ao sair para telefonar, ele não tirou os olhos dela por um segundo sequer. Quando voltou para o carro, Julie olhou para a expressão impassível no rosto dele e não pôde mais suportar o silêncio. Encarando-o com arrogância, apontou com a cabeça para o telefone e falou:

— Más notícias, presumo?

Zack segurou-se para não rir da rebeldia resoluta e incansável. O belo rosto de Julie escondia uma obstinada coragem e ácida perspicácia que continuavam a baixar a guarda dele. Em vez de responder que as notícias eram ótimas, ele sacudiu os ombros. O silêncio a devorava, ele notou.

— Dirija — ordenou Zack, recostando-se e esticando as pernas, indolentemente observando-a agarrar o volante com os dedos graciosos.

Em algumas poucas horas, um homem muito parecido com Zack sairia de Detroit e atravessaria o túnel Windsor em direção ao Canadá. Na fronteira, faria um exaltado escarcéu a fim de chamar a atenção dos funcionários da alfândega para que se lembrassem dele. Quando Zack estiver foragido há dois dias, esses funcionários devem se lembrar dele e notificar as autoridades norte-americanas de que o fugitivo provavelmente cruzou a fronteira com o Canadá. Dentro de uma semana, a busca por Zack Benedict deverá se concentrar nesse país, deixando Zack bem mais livre para colocar em prática o restante do plano. Por enquanto, pela próxima semana, ele não tinha absolutamente nada para fazer, a não ser relaxar e aproveitar a liberdade. Essa agradável sensação o teria colocado em débito com o universo, não fosse pela problemática refém. Julie era o único obstáculo ao relaxamento dele. Um obstáculo enorme, uma vez que ela aparentemente não era tão fácil de ser persuadida quanto ele anteriormente supôs. Naquele momento, ela estava dirigindo de modo desnecessariamente lento e atirando olhares raivosos para ele.

— Qual é o problema? — provocou ele.

— O problema é que eu preciso ir ao banheiro.

— Mais tarde!

— Mas... — Então ele olhou para ela e Julie percebeu que era inútil discutir.

Uma hora depois, eles atravessaram a fronteira estadual com o Colorado, e Zack abriu a boca pela primeira vez.

— Tem uma parada de caminhões mais adiante. Saia da rodovia principal e, se estiver tudo certo, vamos parar lá.

A parada de caminhões acabou parecendo cheia demais para Zack, e foi necessária mais meia hora para encontrar um posto de gasolina bem-localizado que estivesse relativamente vazio e com um atendente posicionado junto às bombas de combustível, para que Zack pudesse pagar sem precisar entrar na loja de conveniência, além de banheiros do lado de fora.

— Vamos — disse ele. — Vá devagar — alertou quando ela saiu do carro em direção ao banheiro.

Ele agarrou o cotovelo de Julie como se estivesse a ajudando a caminhar sobre a neve. Os pés de Zack trituravam os flocos irregulares num ritmo perfeitamente sincronizado ao dela, enquanto a acompanhava passo a passo. Quando chegaram ao banheiro, em vez de soltar o braço dela, ele se esticou e abriu a porta. Então Julie explodiu:

— Você pretende entrar aqui e ficar me assistindo? — indagou, furiosa e incrédula.

Ignorando-a, Zack analisou o local forrado de minúsculos azulejos, procurando por janelas, ela supôs, e só depois de não ter encontrado nenhuma, soltou o braço dela.

— Seja rápida. E, Julie, não faça nada estúpido.

— Tipo o quê? — perguntou ela. — Me enforcar com papel higiênico? Vá embora. Que diabos!

Puxando o braço para se libertar, Julie entrou no banheiro e, enquanto fechava a porta, lhe ocorreu a óbvia solução: trancar a porta e ficar lá dentro. Comemorando secretamente a boa ideia, girou a tranca com a ponta dos dedos e bateu a porta ao mesmo tempo, jogando o ombro contra ela. A porta bateu no batente com um satisfatório barulho metálico, mas a tranca não pareceu se fechar, e ela teve a nauseante sensação de que Zack estava segurando a maçaneta do outro lado para que isso não acontecesse.

Do outro lado da porta, o giro que Zack deu na maçaneta foi sentido também do lado de dentro, ao mesmo tempo em que o tom da voz dele, de descontraída resignação, mostrou que ela estava certa.

— Você tem um minuto e meio até eu abrir esta porta, Julie.

Ótimo. Sem dúvida ele era um pervertido também, Julie pensou enquanto terminava, apressada, o que havia ido fazer ali. Ela estava lavando as mãos na água gelada da torneira quando ele abriu a porta e disse:

— Acabou o tempo.

Em vez de entrar na Blazer, ele permaneceu pouco atrás com a mão enfiada no bolso com a arma.

— Coloque combustível no carro — instruiu, apoiando-se na lataria do carro e observando Julie obedecê-lo. — Vá pagar — ordenou quando ela terminou, mantendo o rosto longe da visão do homem que estava na cabine de atendimento.

A noção exagerada de poupar dinheiro que Julie alimentava dissipou momentaneamente sua frustração e medo, e ela ia começar a reclamar quando viu a nota de 20 dólares que Zack lhe estendia. O ressentimento foi multiplicado uma dúzia de vezes pela percepção de que ele estava disfarçando um meio sorriso.

— Acho que você está começando a gostar dessa situação — retrucou ela, com amargura, arrancando o dinheiro da mão dele.

Zack observou os ombros rígidos de Julie enquanto ela se afastava e lembrou a si mesmo que seria bem mais inteligente e benéfico se conseguisse neutralizar um pouco da hostilidade dela, como tentara fazer antes. Se pudesse melhorar o humor dela, seria melhor ainda. Então disse, rindo:

— Você está absolutamente certa. Acho que estou começando a gostar disso.

— Filho da mãe — respondeu ela.

O amanhecer pintava de rosa o horizonte do céu cinza quando Julie notou que talvez ele tivesse adormecido. Zack a fez pegar estradas secundárias, evitando as rodovias interestaduais, o que tornou a viagem pela grossa camada de neve tão traiçoeira que por longos trechos ela só conseguiu dirigir a 50 quilômetros por hora. Além disso, ficaram presos no trânsito por horas três vezes em decorrência de acidentes da rodovia, e mesmo assim ele insistiu que ela continuasse ao volante. Durante toda a noite, a rádio transmitiu vários boletins de notícia sobre a fuga de Zack, mas quanto mais longe avançavam no Colorado, menos escarcéu as notícias faziam, sem dúvida porque ninguém esperava que ele estivesse seguindo para o norte, longe dos grandes aeroportos, estações de trem e rodoviárias. A placa pela qual haviam passado na estrada um quilômetro antes dizia que havia uma área de piquenique e descanso a 8 quilômetros adiante, e Julie rezava para que esta, como a outra pela qual haviam passado mais cedo, tivesse alguns caminhões estacionados cujos motoristas dormiam nas cabines. A ideia mais factível que foi capaz de pensar durante a interminável e exaustiva viagem era a única que atendia ao critério duplo de forçá-lo a levar o carro e deixá-la para trás. Parecia a menos arriscada diante das circunstâncias: pararia na área de descanso e, quando estivesse junto aos caminhões estacionados, ela pisaria o freio e saltaria do carro, gritando por socorro com a voz alta o suficiente para acordar os motoristas. Então, se sua fantasia toda se tornasse realidade, vários corpulentos caminhoneiros — preferencialmente homens armados e empunhando socos-ingleses — despertariam num solavanco e saltariam correndo dos caminhões para socorrê-la. Eles levariam Zachary Benedict ao chão, com Julie fazendo sua parte, então o desarmariam e chamariam a polícia.

Esse era o melhor cenário possível, Julie sabia, mas mesmo se apenas uma fração daquilo acontecesse de fato — se ao menos um caminhoneiro acordasse e saísse para investigar o motivo dos gritos —, ela ainda tinha relativa certeza de que estaria livre de Zachary Benedict. Porque a partir do momento em que ela abrisse a boca e atraísse atenção, a única opção racional que ele teria seria fugir com a Blazer. Ele não teria nada a ganhar se ficasse ali para atirar nela e depois ir de caminhão em caminhão atirando nos motoristas — não quando o primeiro disparo já alertasse as outras pessoas ao redor. Qualquer tentativa da parte dele de reencenar o final do filme *Sem lei e sem alma* seria simplesmente estúpida, e isso era algo que Benedict não era.

Julie tinha tanta certeza que apostaria a vida nisso.

Esgueirou-se para examiná-lo de novo e se assegurar de que estava dormindo; os braços estavam cruzados sobre o peito, as longas pernas esticavam-se na frente do corpo, a cabeça repousava contra a janela lateral. A respiração era estável e relaxada.

Ele estava dormindo.

Exultante, Julie tirou o pé do acelerador bem devagar, gentilmente, imperceptivelmente, observando o velocímetro passar de 75 para 67 quilômetros por hora, depois lentamente para 65. A fim de entrar na área de descanso sem uma repentina mudança na velocidade, capaz de alertar o passageiro, ela precisava dirigir a não mais que 50 quilômetros por hora quando chegasse à saída da rodovia principal. Julie manteve-se a 60 quilômetros por hora durante um minuto, depois tirou o pé do acelerador novamente, sua perna tremia na tentativa de tornar cada diminuição imperceptível. O carro atingiu a velocidade de 56 quilômetros por hora, e Julie esticou a mão para aumentar um pouco o rádio para compensar o que parecia uma atmosfera mais tranquila no carro.

A área de descanso ainda estava a 400 metros, separada da vista da rodovia por uma linha de pinheiros, quando Julie reduziu a velocidade para 48 quilômetros por hora e girou o volante um centímetro de cada vez para começar a sair da rodovia. Rezando para que encontrasse caminhões ali, ela prendeu o fôlego enquanto passava pelos pinheiros, depois expeliu o ar numa silenciosa torrente de gratidão e alívio. Mais à frente, três caminhões estavam estacionados a partir da casinha que abrigava os banheiros, e, embora não houvesse ninguém aparentemente acordado àquela primeira hora da manhã, ela pensou ter ouvido um motor a diesel ligado. Com o coração mais acelerado que um carro de corrida, Julie ignorou a tentação de entrar em ação agora. Para maximizar suas chances, precisava estar bem ao lado dos caminhões e alcançar a porta de um deles antes que Benedict a pegasse.

A pouco mais de 10 metros do primeiro caminhão, Julie tinha certeza absoluta de ter ouvido um motor ligado, e seu dedão do pé se inclinou furtivamente em direção ao pedal do freio, todos os seus outros sentidos focados na cabine do caminhão. Então ela quase ganiu quando Zachary Benedict de repente se endireitou.

— Onde diabos... — começou ele, mas Julie não lhe deu uma chance de terminar de falar.

Enfiando o pé no freio, ela agarrou a maçaneta e escancarou a porta, jogando-se do carro em movimento para cair de lado no barranco nevado. Ofuscada por um misto de dor e medo, Julie viu a roda de trás da Blazer passar a centímetros de sua mão antes de o carro parar bruscamente.

— SOCORRO! — gritou ela, apoiando-se nos joelhos, os pés deslizando como se lutassem contra a tração no lodo e na neve. — ME AJUDEM!

Ela estava de pé, correndo em direção à cabine do caminhão mais próximo quando Zachary Benedict saltou da Blazer, cortando caminho por trás do veículo e correndo em direção a ela, bloqueando sua passagem. Julie mudou de direção para evitá-lo.

— POR FAVOR, ALGUÉM! — berrou, atravessando a neve na tentativa de chegar ao banheiro e trancar a porta. À esquerda, ela viu a porta de um caminhão se abrir e o motorista descer, estranhando a comoção; bem atrás de si, escutou os pés de Benedict socando a neve.

— ME AJUDE! — exclamou para o caminhoneiro, então olhou por cima do ombro em tempo de ver Zachary Benedict pegar um punhado de neve.

Uma bola de neve a atingiu com força no ombro, e ela gritou enquanto corria:

— PAREM ESSE HOMEM! Ele...

A gargalhada de Zachary Benedict a menos de 1 metro atrás dela foi alta o suficiente para abafar suas palavras.

— PARE COM ESSA CENA, Julie — berrou ele ao mesmo tempo em que se lançava sobre ela num salto. — VOCÊ VAI ACORDAR TODO MUNDO!

Tentando juntar ar nos pulmões o suficiente para gritar, Julie se retorceu, debaixo do corpo dele, esparramada na neve, sem fôlego, seus assustados olhos azuis a apenas centímetros dos olhos furiosos e dos dentes cerrados dele, que formavam um falso sorriso para tentar enganar o caminhoneiro. Arquejando, Julie jogou a cabeça para o lado a fim de gritar, no mesmo instante que ele socou um punhado de neve molhada no rosto dela. Engasgando e sem ver nada, ela ouviu o sussurro selvagem que ele emitiu ao agarrar seus pulsos e jogá-los para cima da cabeça dela.

— Vou matá-lo se ele chegar mais perto — vociferou ele, apertando com força o pulso dela. — Diabos, é isso o que você quer? Alguém tem que morrer por você?

Julie choramingou, sem conseguir dizer nada, e balançou a cabeça, os olhos apertados, sem suportar a visão de seu captor, incapaz de sobreviver sabendo que tinha dado alguns poucos passos em liberdade, e tudo em vão — para terminar de costas na neve com o corpo dele esmagando o seu, o quadril dolorido por ter se jogado da Blazer. Ela o ouviu tomar fôlego rapidamente, a furiosa urgência.

— Ele está vindo para cá. Me dê um beijo e seja convincente, senão ele morre!

Antes que ela pudesse reagir, a boca dele grudou na dela. Os olhos de Julie se arregalaram e se fixaram no caminhoneiro que estava vindo com cuidado na direção deles, tentando examinar a expressão em seus rostos.

— Merda, me abrace!

A boca dele aprisionava a dela, a arma no bolso pressionando seu estômago, mas suas mãos estavam livres agora. Ela poderia lutar, e, muito provavelmente, o jovem caminhoneiro que se escondia debaixo de um boné preto que dizia PETE veria que havia algo muito errado e viria para resgatá-la.

E iria morrer.

Benedict havia ordenado que ela o abraçasse e "parecesse convincente". Como uma marionete, Julie levantou os pulsos pesados da neve e os deixou cair, moles, nos ombros dele, mas ela não conseguiu fazer nada além disso.

Zack sentiu os rígidos lábios dela sob os seus; sentiu o corpo dela duro como pedra sob seu peso e presumiu que ela estava pretendendo juntar forças para a próxima vez que tentaria, com a ajuda de três caminhoneiros, colocar um fim em sua breve liberdade e em sua vida. Do canto do olho, viu o caminhoneiro caminhar mais devagar, mas continuava vindo na direção deles com uma expressão cada vez mais preocupada e desconfiada. Tudo isso e muito mais passou pela mente dele durante os três segundos em que ficaram deitados ali, fingindo — sem convencer ninguém — que estavam se beijando.

Numa última tentativa de impedir que o inevitável acontecesse, Zack levou a boca até a orelha dela e suspirou apenas duas palavras, que não se havia permitido usar em anos:

— *Por favor!*

Apertando os braços em torno do corpo rígido da mulher, ele falou mais uma vez, com um gemido de urgência que não conseguiu reprimir:

— *Por favor*, Julie...

Sentindo como se o mundo tivesse subitamente virado de cabeça para baixo, Julie escutou a triste súplica de seu captor como se tivesse sido arrancada do peito de Zack um instante antes de os lábios dele fecharem os dela. E ele disse, num suspiro atormentado:

— Não matei ninguém, eu juro.

O apelo e o desespero que ela sentiu na voz dele emanavam eloquentemente um sopro de vida naquele beijo, que surtiu o efeito que as ameaças e a raiva de Zack não conseguiram: fez Julie hesitar e titubear; a fez acreditar que o que ouvia na voz dele era verdade.

Atordoada pelas mensagens confusas rodopiando em sua cabeça, ela sacrificou seu futuro próximo pela segurança do caminhoneiro. Motivada pela necessidade de poupar a vida daquele homem e por algo menos racional e completamente inexplicável, Julie pestanejou para reprimir lágrimas de impotência, deslizou as mãos pelos ombros de Zachary Benedict e cedeu ao beijo. No mesmo instante, ele sentiu que ela se rendia; um arrepio percorreu seu corpo e seus lábios amoleceram. Sem perceber os passos que amassavam a neve até pararem, Julie deixou que ele abrisse seus lábios, e, por vontade própria, seus dedos se curvaram no pescoço dele, deslizando até o cabelo macio e volumoso da nuca. Julie sentiu o rápido fôlego que ele tomou quando ela retribuiu o beijo, e de repente tudo começou a mudar. Ele a beijava com sinceridade agora, suas mãos passearam pelos ombros e depois se afundaram nos cabelos dela, trazendo o rosto da mulher para mais perto da boca ávida e voraz.

Em algum lugar bem longe, acima dela, a aturdida fala pausada de um homem texano exclamou:

— Senhora, você precisa de ajuda ou não?

Julie o escutou e até tentou balançar a cabeça, mas a boca ardentemente pressionada sobre a dela havia roubado sua capacidade de falar. No fundo ela sabia que aquilo era só uma performance para convencer o motorista; sabia, tão claramente quanto sabia que não tinha escolha, que precisava atuar também. Mas se isso era verdade, por que não conseguiu ao menos balançar a cabeça ou abrir os olhos?

— Acho que não — disse o texano com um risinho lascivo. — E você, senhor? Precisa de ajuda nisso que está fazendo? Podemos nos revezar na tarefa...

A cabeça de Zack se levantou apenas o suficiente para interromper o contato com a boca dela, suas palavras roucas e suaves:

— Encontre uma mulher para você — disse ele, brincando com o caminhoneiro. — Esta aqui é *minha*.

A última palavra foi sussurrada antes que sua boca tocasse os lábios de Julie; seus braços enlaçando-a; sua língua passando, tentadora, pelos lábios dela, incitando-os a se abrir; seu quadril rijo e exigente contra o dela. Com um silencioso gemido de rendição, Julie se entregou ao que se tornou o mais quente, sensual e insistente beijo que já existiu.

A uns 50 metros dali, a porta de um caminhão se abriu e uma voz masculina perguntou:

— Ei, Pete, o que está acontecendo ali na neve?

— Que diabos, cara, o que você acha? Um casal de adultos está brincando de ser criança, fazendo guerra de bola de neve e dando uns amassos.

— Para mim eles vão é *fazer* uma criança se não pararem.

Talvez tenha sido a nova voz masculina ou a repentina percepção de que seu sequestrador estava ficando fisicamente excitado que trouxe Julie de volta à realidade, ou talvez tenha sido a porta de um caminhão que se bateu e foi seguida pelo barulho de um enorme motor que começou a retirar o veículo da área de descanso. Qualquer que tenha sido a causa, ela pressionou os ombros dele com as mãos, mas foi preciso um esforço sobrenatural de sua parte para se mover, e a força foi insignificante. Em pânico pela inexplicável letargia, Julie tomou um impulso maior.

— Pare! — exclamou ela suavemente. — Pare! Ele já foi.

Aturdido pelo som de lágrimas na voz dela, Zack levantou a cabeça, encarando aquela pele de orvalho e aquela boca suave com uma fome quase incontrolável. A primorosa doçura de sua rendição, a forma como ela se sentiu nos braços dele e a gentileza de seu toque quase tornaram a ideia de fazer amor ali, na neve ao amanhecer, parecer plausível. Devagar, ele olhou em volta, percebendo onde estavam e relutantemente se levantou de cima dela. Não tinha entendido bem por que ela decidiu não alertar o caminhoneiro, mas independentemente das razões dela, ele a devia muito mais do que uma tentativa de estupro na neve como recompensa. Em silêncio, Zack estendeu-lhe a mão, suprimindo um sorriso quando a mesma mulher que havia se derretido em seus braços um minuto antes reuniu as defesas, ignorando severamente seu gesto, tomou impulso para se levantar e se afastou dele.

— Estou ensopada — reclamou ela, evitando o olhar dele e torcendo o cabelo — e coberta de neve.

Automaticamente, Zack se aproximou para ajudar a tirar a neve do corpo dela, mas Julie se afastou num pulo, evitando seu toque enquanto dava tapinhas no braço e na parte de trás da calça.

— Não ache que pode me tocar só por causa do que acabou de acontecer! — alertou-o, mas Zack estava distraído pelo fascínio provocado por aquele beijo: os enormes olhos de cílios escuros dela brilhavam, a pele de porcelana pintada de rosa nas bochechas. Quando se afobava e ficava um pouco excitada, como agora, Julie Mathison era absolutamente de tirar o fôlego. Ela também era corajosa e muito bondosa, pois, embora ele não tivesse sido capaz de persuadi-la com ameaças ou crueldades, de alguma forma ela respondeu ao desespero de sua súplica.

— Só permiti que me beijasse porque percebi que você estava certo: não havia necessidade de deixar que alguém fosse morto só porque eu estava com medo. Agora vamos continuar e terminar logo com isso tudo.

Zack suspirou.

— Presumo pelo seu tom amargo que somos inimigos de novo, srta. Mathison?

— Claro que sim — retrucou ela. — Vou levar você aonde quer que esteja indo e não vou tentar mais gracinhas, mas vamos combinar uma coisa: assim que você chegar lá, vou estar livre para ir embora, certo?

— Certo — mentiu Zack.

— Então vamos nessa.

Espanando a neve das mangas da jaqueta, Zack seguiu-a, observando o cabelo de Julie se sacudir com o vento e o balanço gracioso de seu esbelto quadril enquanto ela marchava em direção ao carro. Julgando pelas palavras dela e pela rígida postura de seus ombros, não havia dúvida de que sua refém estava determinada a evitar qualquer confronto romântico entre eles.

Nisso, como em tudo o mais, Zack estava agora firmemente comprometido em alcançar um objetivo diametralmente oposto ao dela: havia sentindo o sabor dos lábios de Julie e sua resposta aos beijos dele. Seus sentidos famintos queriam se deliciar do banquete completo.

Uma parte dele o alertava de que qualquer envolvimento sexual com a refém seria loucura. Poderia complicar tudo, e ele não precisava de mais complicações.

A outra parte ouvia ao clamor de seu corpo excitado e argumentava — de modo constrangedor e conveniente — que seria uma boa ideia. Afinal, reféns contentes se tornam quase cúmplices. E são uma companhia prazerosa.

Zack decidiu tentar seduzi-la, mas não porque ela tinha qualidades cativantes que o intrigavam e despertavam seu interesse, ou porque estivesse muito atraído por ela, ou porque sentisse algum tipo de afeto desabrochar.

Em vez disso, pensou consigo mesmo que iria seduzir Julie Mathison porque era algo prático. E, claro, extremamente prazeroso.

Com uma gentileza que tinha estado ausente antes do beijo e que Julie achava completamente ridícula — e até alarmante nas novas e atuais circunstâncias —, ele a escoltou até o banco do motorista, mas não precisou abrir a porta para ela; já estava aberta desde a frustrada tentativa de fuga. Ele fechou a porta e deu a volta para entrar no carro, mas quando deslizou para se sentar no banco do passageiro, notou que ela se retraía e arquejava ao tentar achar uma posição confortável.

— O que foi?

— Machuquei meu quadril quando me joguei do carro e quando você me atacou — retrucou Julie amargamente, com raiva de si mesma por ter de fato gostado daquele beijo. — Isso enche você de preocupação e remorso?

Ele disse, tranquilo:

— Sim.

Ela afastou os olhos do sorriso sombrio dele, incapaz e firmemente decidida a não acreditar em uma mentira tão descarada. Ele era um assassino convicto, e ela não deveria, não se atreveria, a se esquecer disso mais uma vez.

— Estou com fome — anunciou ela, pois foi a primeira coisa em que conseguiu pensar. Percebeu que não foi a coisa certa a dizer no momento em que o olhar dele se fixou em seus lábios.

— Eu também.

Ela arrebitou o nariz e deu partida no carro.

A resposta dele foi uma ligeira risada.

21

— Onde diabos ela está? — Carl Mathison andava de um lado para o outro no cubículo onde o irmão trabalhava na delegacia de Keaton, depois parou e olhou furiosamente para o escudo de prata pregado à camisa cinza do uniforme de Ted. — Você é um policial e ela está desaparecida, portanto faça alguma coisa, caramba!

— Ela só vai ser oficialmente declarada uma pessoa desaparecida quando não tivermos sinal dela por pelo menos 24 horas — respondeu Ted, mas seus olhos azuis estavam perturbados quando acrescentou: — Não posso fazer nada dentro dos meios oficiais até lá, você sabe.

— E *você* sabe — contra-argumentou Carl, furioso — que não é do feitio de Julie mudar os planos de repente; sabe o quanto ela é metódica. E se por algum motivo precisasse mudar os planos, telefonaria. Além disso, nossa irmã sabe que eu precisava do carro hoje cedo.

— Tem razão. — Ted foi até a janela. Com a mão apoiada na coronha da pistola 9 milímetros semiautomática que levava num coldre amarrado à cintura, encarou, absorto, os carros estacionados na praça enquanto seus donos perambulavam pelas lojas das redondezas ou procuravam promoções no que havia se tornado um paraíso para amantes de antiguidades. Quando abriu a boca de novo, sua voz saiu hesitante, como se temesse proferir seus pensamentos em voz alta. — Zachary Benedict fugiu de Amarillo ontem. Ele tinha os benefícios de um preso com bom comportamento e escapou depois de levar o diretor de carro até Amarillo.

— Vi essa notícia na televisão. E daí?

— Benedict, ou pelo menos um homem que se encaixava na descrição física dele, foi visto pela última vez num restaurante perto da rodovia interestadual.

Bem devagar e cuidadosamente, Carl colocou na mesa o peso de papel com que brincava nas mãos e encarou o irmão mais novo.

— Aonde você quer chegar?

— Benedict foi visto pela última vez perto de um veículo que parecia com sua Blazer. A mulher que estava no caixa do restaurante acha que o viu entrar na Blazer com uma mulher que havia parado lá para lanchar. — Ted virou-se da janela e, relutantemente, levantou o olhar para o rosto do irmão. — Falei com a caixa, extraoficialmente, claro, há cinco minutos. A descrição que ela me deu da mulher que foi embora com Benedict se encaixa perfeitamente com Julie.

— Ah, meu Deus!

Havia uma funcionária à mesa, uma mulher de meia-idade com um metálico cabelo grisalho e um rosto de buldogue enfurecido, que estivera ouvindo a conversa dos irmãos Mathison sobre Julie enquanto preenchia um mandado de prisão e ao mesmo tempo esperava a chegada de um delegado substituto numa viatura branca e preta. Agora, ela levantou os olhos, e seu olhar se cravou numa BMW conversível vermelha brilhante que estacionou ao lado da viatura de Ted do outro lado da rua. Quando uma loira bonita de uns 25 anos saiu do carro, os olhos de Rita espiaram entre as frestas da persiana, e ela deu um giro da cadeira para ficar de frente para os dois homens.

— Desgraça nunca vem só — alertou Rita a Ted. Quando os dois homens se viraram, ela apontou com a cabeça para a janela e explicou: — Vejam quem voltou: a srta. Riquinha em pessoa.

Apesar de seus esforços para não sentir nem esboçar qualquer reação à vista de sua ex-esposa, o rosto de Ted Mathison ficou rígido.

— A Europa deve ser entediante esta época do ano — disse ele, enquanto seu olhar correu insolentemente pelas curvas perfeitas e pernas graciosas da loira. Ela saiu de vista ao entrar numa loja de reparos e costuras do outro lado da rua, ao passo que Rita acrescentou:

— Ouvi dizer que Flossie e Ada Eldridge vão fazer o vestido de noiva dela. A seda, a renda e todas as quinquilharias estão vindo de avião de Paris mas a srta. Toda-Poderosa quis que o vestido fosse feito pelas irmãs Eldridge, pois ninguém costura tão bem quanto elas. — Tardiamente percebendo que Ted Mathison talvez não quisesse ouvir os detalhes dos planos extravagantes de casamento de sua ex-esposa com outro homem, a leal mulher voltou-se para a papelada sobre a mesa e disse: — Desculpe. Bobagem minha.

— Não se desculpe. Não me importo nem um pouco com ela — afirmou Ted, e era verdade. Saber que Katherine Cahill planejava se casar, desta vez com um ricaço quarentão de Dallas chamado Spencer Hayward, não era do interesse de Ted, nem lhe surpreendia. Havia lido sobre isso no jornal, incluindo a resplandecente descrição dos jatinhos e da mansão de 22 aposentos de Hayward e sua suposta amizade com o presidente, mas nada disso evocou sentimentos de ciúme ou inveja em Ted. — Vamos falar com mamãe e papai — disse, encolhendo os ombros na jaqueta e abrindo a porta para Carl. — Eles sabem que Julie não voltou para casa ontem à noite e estão morrendo de preocupação. Talvez tenham se lembrado de algum detalhe dos planos dela.

Os irmãos acabavam de atravessar a rua quando a porta da loja das gêmeas Eldridge se abriu e Katherine apareceu. Ela parou de repente quando estava a alguns passos de seu ex-marido, mas Ted simplesmente balançou a cabeça para ela com o tipo de delicadeza distante que se confere a um total estranho, depois abriu a porta da viatura. Katherine, no entanto, aparentemente tinha outras — mais socialmente corretas — ideias sobre como casais divorciados devem agir quando se encontram em público pela primeira vez desde a separação. Recusando-se a ser ignorada, deu um passo à frente e sua voz carregada de urbanidade alcançou Ted, forçando-o a parar.

— Ted? — chamou. Parando para sorrir brevemente com uma polidez impecável para Carl, que havia parado com um pé dentro do carro, ela se virou para o ex-marido e acrescentou: — Você realmente ia embora sem me cumprimentar?

— Eu pretendia fazer exatamente isso — respondeu ele, o rosto impassível, embora notasse um tom mais suave e mais melancólico na voz dela.

Katherine se aproximou, vestida com um casaco de lã vermelho cor de cereja colado à cintura, os longos cabelos loiros derramando-se sobre os ombros, a mão estendida.

— Você parece... bem — acrescentou de maneira não muito convincente quando Ted ignorou a mão estendida. Como ele se recusou a responder, ela mandou um olhar de apelo para Carl. — Você também parece bem, Carl. Ouvi dizer que se casou com Sara Wakefield, certo?

Na loja, atrás dela, o olho de Ada Eldridge apareceu por entre as frestas da persiana e, no salão de beleza ao lado, duas das maiores fofoqueiras da cidade estavam em frente à janela com bobes no cabelo, espiando descaradamente. A paciência de Ted vociferou:

— Já terminou de colocar em prática o que você aprendeu nas aulas de Introdução às Interações Sociais? — perguntou, sarcástico. — Você está fazendo a maior cena.

Katherine olhou para a janela do salão de beleza, mas continuou, apesar da onda de humilhação que coloriu suas bochechas em resposta à atitude desdenhosa dele.

— Julie me escreveu dizendo que você terminou a faculdade de Direito.

Ele virou-se de costas para ela e abriu a porta do carro.

O queixo de Katherine se levantou.

— Vou me casar... com Spencer Hayward. A srta. Flossie e a srta. Ada estão fazendo meu vestido.

— Tenho certeza de que elas ficam felizes com qualquer trabalho, mesmo vindo de você — disse Ted, entrando no carro. Ela colocou a mão na porta para impedi-lo de fechar.

— Você mudou — disse ela.

— Você, não.

— Mudei, sim.

— Katherine — falou, terminando o assunto de forma taxativa —, não quero saber se você mudou ou não.

Ted bateu a porta, ignorando-a, deu a partida e foi embora, observando pelo retrovisor os ombros dela se endireitarem com a arrogante dignidade que as pessoas privilegiadas parecem ter desde o berço. Depois a mulher se virou e encarou, furiosa, os rostos que espreitavam pela janela do salão de beleza. Se não a desprezasse tanto, Ted teria admirado a coragem dela frente a uma humilhação tão pública, mas não sentiu nem admiração nem ciúme em pensar que ela iria se casar de novo. Tudo o que sentiu foi um vago tipo de pena pelo homem que estava prestes a se unir a uma mulher que não era nada além de um ornamento — bonita, superficial e melindrosa. Como Ted já havia aprendido, para sua agoniante decepção, Katherine Cahill Mathison também era mimada, imatura, egoísta e vaidosa.

O pai de Katherine era dono de poços de petróleos e de uma fazenda de gado, mas preferia viver em Keaton, onde nasceu e desfrutava de uma posição de inquestionável proeminência. Embora tivesse crescido na cidade, Katherine estudou em sofisticados internatos desde os 12 anos. Ted e ela nunca haviam realmente se encontrado até ela fazer 19, quando veio passar férias em casa de volta de uma elegante faculdade na Costa Leste. Seus pais, que estavam passando dois meses na Europa, insistiram que Katherine ficasse em Keaton como punição, ela contou a Ted mais tarde, pois matava tanta aula na faculdade que quase foi jubilada. Num acesso de raiva tipicamente infantil, do tipo com que Ted mais tarde se acostumaria, Katherine se vingou dos pais ao convidar vinte amigos da faculdade para passar um mês curtindo algumas festas na mansão da família. Foi durante uma dessas ocasiões que se ouviram disparos e a polícia foi chamada.

Ted chegou com outro policial local para ver o que estava acontecendo, e Katherine em pessoa foi atender à porta, os olhos esbugalhados de medo, o corpo seminu num biquíni que revelava praticamente cada centímetro bronzeado de sua bela e curvilínea silhueta.

— Fui eu que chamei vocês — disse ela, gesticulando em direção à parte de trás da casa, onde portas de vidro abriam a passagem para uma piscina e o terraço com vista para a cidade de Keaton. — Meus amigos estão aqui, mas a festa está saindo um pouco do controle, e eles não querem largar as armas de meu pai. Receio que alguém vá se machucar!

Tentando manter os olhos lascivos longe do formoso traseiro da moça, Ted a seguiu pela mansão cheia de tapetes persas e magníficas antiguidades francesas. Do lado de fora, ele e seu parceiro encontraram vinte jovens, vários deles nus, todos bêbados ou drogados, brincando na piscina ou praticando tiro ao alvo no terraço. Acabar com a festa foi fácil: no momento em que alguém na piscina gritou "Meu Deus, a polícia está aqui!", a multidão parou abruptamente. As pessoas saíram da piscina e os atiradores baixaram as armas — com uma alarmante exceção: um rapaz de 23 anos, chapado de maconha, que decidiu refazer uma cena de *Rambo*, como se Ted fosse seu rival. Quando apontou a arma para o policial, Katherine gritou e o parceiro de Ted sacou a arma, mas Ted sinalizou para guardá-la.

— Não vamos criar nenhum problema aqui — disse ele ao rapaz. Improvisando rapidamente, acrescentou: — Meu parceiro e eu viemos nos juntar à festa. Katherine nos convidou. — Olhou para ela e sorriu, insinuante. — Diga a ele que nos convidou, Kathy.

O apelido que Ted inventou no calor do momento bem pôde ter salvado uma vida, pois ou assustou o garoto a ponto de fazê-lo baixar a arma ou o convenceu de que Ted era de fato amigo da família. Katherine, que nunca na vida havia tido um apelido, colaborou com a situação ao correr até Ted e agarrá-lo, os braços envolvendo suas costas.

— Claro que chamei, Brandon! — confirmou ela ao rapaz com apenas um leve tremor traiçoeiro na voz, os olhos fixos na arma carregada que ele ainda empunhava.

Com a intenção de apenas continuar a encenação, Ted envolveu Katherine com o braço, a mão encurvada sobre a cintura incrivelmente fina, enquanto se inclinava para dizer-lhe algo. Seja por acidente ou de modo intencional, Katherine não entendeu bem a deixa, subiu na ponta dos pés e deu-lhe um beijo na boca. Os lábios de Ted se abriram de surpresa, mas os músculos se enrijeceram automaticamente, e de repente ela estava em seus braços, beijando-o profundamente. De forma tão automática quanto a garota, ele respondeu ao seu inesperado ardor; os braços a apertaram e o corpo se enrijeceu de desejo. A língua passeava entre os afoitos lábios dela, e ele retribuiu o beijo, enquanto um monte de jovens riquinhos, festeiros, bêbados e drogados os observava e o rapaz chamado Brandon apontava uma arma para ele.

— Tudo bem, tudo bem, ele é um dos "mocinhos" — gritou Brandon. — Então vamos atirar mais!

Ted largou Katherine e caminhou devagar, relaxadamente, em direção ao rapaz, um sorriso falso no rosto.

— Qual é o seu nome mesmo? — perguntou Brandon quando Ted se aproximou.

— Policial Mathison — retrucou Ted enquanto tirava a arma da mão do rapaz e o virava de costas, empurrando seu rosto contra a cerca e envolvendo seus pulsos em uma algema. — E o seu?

— Brandon Barrister III. — Foi a insolente resposta. — Meu pai é o senador Barrister. — Sua voz se transformou em um choramingo desagradável e chantageador. — Quero fazer um acordo, Mathison. Você tira essas algemas de mim e dá o fora daqui, e eu não conto para o meu pai como nos tratou hoje. Vamos esquecer que esse mal-entendido ocorreu.

— Não, *eu* quero fazer um acordo — contrapôs Ted, girando o rapaz e o empurrando em direção à casa. — Você me diz onde está seu bagulho, e vou deixá-lo passar uma tranquila e agradável noite na cadeia sem fichá-lo por causa da dúzia de acusações em que posso pensar agora; todas elas envergonhariam profundamente seu pai, o senador.

— Brandon — gritou uma garota quando o rapaz tropeçou —, ele está sendo muito razoável com essa situação. Faça o que ele diz.

Um pouco aliviado pela reação daqueles jovens, Ted disse:

— Isso vale para todos vocês. Entrem na casa, peguem toda a maconha e qualquer outra coisa que tiverem aí e tragam para a sala de estar. — Virou-se para Katherine, que o estava observando com um estranho e absorto sorrisinho. — Isso vale para você também, srta. Cahill.

O sorriso de Katherine desapareceu, mas sua voz pareceu quase tímida.

— Prefiro que me chame de Kathy.

Ela estava tão deliciosa, parada ali, o cabelo refletindo a luz da lua, usando um biquíni sensual e com um sorriso de Madonna no rosto, que Ted precisou lembrar a si mesmo que ela era jovem demais para ele, além de muito rica e mimada. Lembrar-se desses detalhes ficou ainda pior nos dias que se seguiram, pois Katherine Cahill possuía a determinação de seus ancestrais pioneiros, que haviam atravessado metade do continente a pé para tomar posse dos campos de petróleo texanos. Aonde quer que Ted fosse e independentemente do quão frio a tratasse, ela continuava aparecendo. Katherine o seguia quando ele saía da delegacia para voltar para casa à noite, perguntando sobre o trabalho na polícia; convidou-o para jantar; foi à delegacia para pedir seu conselho sobre que tipo de carro comprar; quando ele saiu para almoçar, ela se sentou à mesa ao lado e fingiu que era um encontro casual. Depois de três semanas de farsas infrutíferas, ela fez uma última e desesperada tentativa: ligou para a polícia para registrar um falso roubo às dez horas da noite, sabendo que Ted estaria de plantão.

Quando ele apareceu para averiguar a casa, Katherine estava junto à porta, usando um robe de seda preto, com um prato do que ela chamava de canapés numa das mãos e um drinque para ele na outra. A percepção de que a denúncia de roubo não fora nada além de um truque infantil para trazê-lo até ela irritou Ted. Uma vez que não conseguia se deixar aproveitar do que ela oferecia, não importando o quanto quisesse ou o quanto a companhia dela fosse agradável, ele se permitiu perder a calma.

— O que diabos você quer de mim, Katherine?

— Quero que entre, sente-se e aproveite o adorável jantar que preparei para você. — Ela deu um passo para o lado e apontou com o braço para a sala de jantar iluminada por luz de velas e ornamentada com brilhantes cristais e uma reluzente prataria.

Para seu terror, Ted chegou a considerar ficar. Queria se deixar deslizar numa das cadeiras àquela mesa, para ver o rosto dela iluminado pela luz de velas enquanto saboreava o vinho que gelava no balde de prata; ele queria comer devagar, saboreando cada mordida, sabendo que ela seria a sobremesa. Queria tanto prová-la que mal conseguia ficar ali, parado, sem correr para abraçá-la. Em vez disso, falou do jeito mais áspero que pôde, insultando-a com a única coisa que sabia instintivamente em que ela estaria vulnerável: a idade.

— Pare de agir como uma pirralha infantil e mimada! — disse Ted, ignorando o impulso que sentiu quando ela recuou como se ele a tivesse esbofeteado. — Não sei o que diabos você quer de mim ou o que acha que vai conseguir com isso tudo, mas você está perdendo o seu tempo e me fazendo perder o meu.

Ela ficou visivelmente abalada, mas seus olhos continuaram erguidos, e ele se viu admirando a coragem dela em face de tão cruel recusa.

— Eu me apaixonei por você naquela noite em que veio acabar com nossa festa — contou ela.

— Isso é bobagem! As pessoas não se apaixonam em cinco minutos!

Katherine esboçou um sorriso hesitante ante a vulgaridade dele e continuou:

— Quando me beijou, naquela primeira noite, você também sentiu alguma coisa... uma coisa forte e especial e...

— O que eu senti foi um desejo banal, comum e indiscriminado — retrucou Ted —, por isso desista dessas fantasias infantis sobre amor e pare de me atormentar. Preciso ser mais claro?

— Não — disse, desistindo da luta com um leve balançar de cabeça —, você foi perfeitamente claro.

Ted acenou com a cabeça e começou a se virar, mas ela o interrompeu.

— Se realmente quer que eu me esqueça de você, de nós, então isso é um adeus.

— Sim, é um adeus — disse ele, seco.

— Então me dê um beijo de despedida, e eu vou acreditar em você. Essa é minha condição.

— Ah, pelo amor de Deus! — explodiu ele, mas consentiu à "condição". Ou melhor, ao próprio desejo. Puxando-a para seus braços, ele a beijou com deliberada impetuosidade, apertando os macios lábios dela, depois a afastou enquanto algo profundo dentro dele gritava em protesto pelo que havia feito... e pelo que havia se privado de fazer.

Ela pressionou a ponta dos dedos contra os lábios doloridos, os olhos cheios de acusação e amargura.

— Mentiroso! — exclamou ela. E então fechou a porta.

Pelas duas semanas seguintes, Ted se viu procurando por ela a todo lugar que ia, estivesse de folga, patrulhando ou preenchendo papéis na delegacia, e ao perceber que não via sinal dela ou de seu Corvette branco, ele se sentiu... decepcionado. Vazio. Decidiu que ela deveria ter ido embora de Keaton e sumido para qualquer lugar aonde as garotas ricas vão quando estão entediadas no verão. Só foi na semana seguinte, quando um assaltante foi visto a 3 quilômetros da casa dela, que ele percebeu o quanto realmente estava obcecado por Katherine. Dizendo a si mesmo que o exercício de suas funções o levaram a subir com o carro por uma íngreme colina que nenhum assaltante em sã consciência subiria a pé, Ted foi até a casa dela — para se assegurar de que estava segura. Havia uma luz na janela na parte de trás da residência, e ele saiu do carro... devagar, com relutância, como se as pernas entendessem o que sua mente negava — que sua presença ali poderia trazer resultados duradouros e provavelmente desastrosos.

Ted levantou a mão para tocar a campainha, depois desistiu. Isso era absurdo, ele decidiu, indo embora, então saltou para trás quando a porta da frente se abriu e ela apareceu. Mesmo usando uma simples blusinha cor-de-rosa e short branco, Katherine Cahill era tão linda que entorpecia sua mente.

Mas ela estava diferente naquela noite — sua expressão estava mais sóbria, a voz suavemente franca, em vez de sedutora.

— O que você quer, policial Mathison?

Confrontado pela calma e direta maturidade da garota, Ted se sentiu um completo idiota.

— Houve um assalto — disfarçou — não muito longe daqui. Vim até aqui para checar...

Para seu descrédito, Katherine começou a fechar a porta na frente dele, e Ted se ouviu dizendo o nome dela. A palavra foi arrancada de sua garganta antes que conseguisse impedir:

— Katherine! Não...

A porta se abriu, e ela esboçou um pequeno sorriso, a cabeça pendendo para o lado enquanto esperava.

— O que você quer? — repetiu ela, os olhos procurando os dele.

— Meu Deus! Eu não sei...

— Sabe, sim. Além disso — disse ela, com um tom divertido e provocante na voz —, não acredito que o filho do grande reverendo Mathison deva sair por aí, mentindo sobre seus sentimentos ou usando palavras grosseiras ou o nome de Deus em vão.

— Então é isso? — retrucou Ted, completamente fora de controle, um homem que se afogava, agarrando-se a ninharias para se salvar de um destino que estava prestes a abraçar. — Você acha que seria uma aventura sexual dormir com o filho de um pastor? Para descobrir como fazemos amor?

— Alguém estava falando de sexo, policial?

— Agora entendo — disse ele com desdém, aproveitando o uso que ela deu a seu cargo. — Você tem uma queda por policiais, não é? Você me confundiu com Bruce Willis e pensa que fazer sexo com...

— Aí, de novo, você falando de sexo. Só consegue pensar nisso, é?

Perplexo e furioso consigo mesmo, ele enfiou as mãos no bolso e a olhou fixamente.

— Se não é fazer sexo comigo o que está ocupando sua cabeça, então o que diabos é?

Ela deu uns passos para a frente, chegando ao alpendre e parecendo mais corajosa e experiente que ele, mas foram as mãos de Ted que pegaram os braços da garota a fim de trazê-la para mais perto de seu corpo faminto. Suavemente ela disse:

— Casamento é o que o ocupa minha cabeça. E não pragueje.

— Casamento! — exclamou Ted.

— Você parece chocado, meu bem.

— Você é louca!

— Por você — concordou ela. Subindo na ponta dos pés, ela deslizou as mãos pelo peito dele e subiu para a nuca, e o corpo de Ted entrou em ebulição como se o corpo dela fosse uma tocha que o incendiasse.

— Você tem uma chance de me compensar por ter me magoado da última vez que me beijou. Não gostei.

Desarmado, Ted inclinou a cabeça, seus lábios tocando os lábios suaves dela, e sua língua esgueirou-se por entre eles. Ela gemeu, o que o fez perder o controle. Ele desfrutou da sua boca, as mãos passeando pelo corpo dela, trazendo seus quadris para mais perto, enquanto brincava de suavizar o beijo só para depois aprofundá-lo novamente. Ela tinha o gosto do paraíso; seus seios preenchiam as mãos dele e seu corpo se encaixou como se tivessem sido esculpidos exclusivamente um para o outro. Vários minutos depois, ele finalmente conseguiu levantar a cabeça e falar, mas sua voz estava repleta de desejo, e ele não conseguia tirar as mãos da cintura dela.

— Nós dois somos loucos.

— Um pelo outro — concordou ela. — Acho que setembro é um ótimo mês para casar, não é?

— Não.

Ela tombou a cabeça para trás e olhou para ele, e Ted se ouviu dizer:

— Prefiro agosto.

— Podemos nos casar em agosto, no meu aniversário de 20 anos, mas é muito quente nessa época do ano.

— Não tão quente quanto eu.

Ela tentou aparentar censura ao comentário lascivo e terminou rindo, ao reprovar provocantemente:

— Estou chocada em ouvir o filho de um pastor dizendo uma coisa dessas.

— Sou um homem comum, Katherine — avisou ele, mas não queria que ela acreditasse nisso. Não mesmo. Queria que acreditasse que ele era todas as coisas extraordinárias que ela o fez se sentir: poderoso, cortês, forte, inteligente. Ainda assim, sentiu que ela deveria ter mais tempo para descobrir exatamente quem e o que ele era. — Setembro está ótimo por mim.

— Mas não acho que esteja por mim — disse ela enquanto estudava o rosto dele com um provocativo sorriso. — Quero dizer, seu pai é pastor, e isso provavelmente significa que você vai insistir em esperar até *depois* do casamento.

Ted conseguiu parecer inocente e confuso.

— Para fazer o quê?

— Amor.

— Não sou *eu* o pastor, mas meu pai.

— Então faça amor comigo.

— Não tão rápido! — De repente, Ted se encontrou no estranho dever de assumir uma posição sobre o tipo de casamento que esperava, ainda que, uma hora antes, não esperava, de jeito nenhum, se casar. — Não vou aceitar um centavo do seu pai. Se nós nos casarmos, você será a esposa de um policial até eu terminar a faculdade de Direito.

— Tudo bem.

— Seus pais não vão gostar nem um pouco da ideia de você se casar comigo.

— Papai vai se acostumar.

Ela estava certa, Ted descobriria. Quando se tratava de manipular as pessoas, Katherine era um gênio. Todo mundo, incluindo seus pais, se dobravam automaticamente aos seus caprichos premeditados. Todos, exceto Ted. Depois de seis meses de casamento, ele não conseguia se adaptar à vida numa casa que nunca estava limpa e à comida enlatada servida em todas as refeições. Mais que tudo, ele não conseguia se adaptar ao mau humor e às exigências dela.

Katherine nunca quis ser esposa de Ted de verdade e certamente nunca quis ser mãe. Ela ficou furiosa ao descobrir que estava grávida dois anos depois do casamento e aliviada quando conseguiu perder o bebê. Suas reações à gravidez foram a gota d'água para Ted; o último fator que o motivou em sua decisão de dar o divórcio com o qual Katherine o ameaçava toda vez que ele se recusava a ceder a qualquer coisa que ela quisesse.

A voz de Carl o trouxe de volta de seus devaneios, e Ted levantou os olhos para encarar o irmão enquanto falava:

— Não há motivo para mencionar o nome de Benedict para mamãe e papai. Se Julie estiver em perigo, vamos evitar contar a eles o máximo possível.

— Concordo.

22

— ESTAMOS PERDIDOS, TENHO CERTEZA! ONDE DIABOS estamos indo? O que poderia existir aqui além de um acampamento deserto de madeireiros? — A voz de Julie tremeu de nervosismo e tensão enquanto esgueirava através da neve que se chocava contra o para-brisa. Eles tinham saído da rodovia principal e pegado uma estrada íngreme que subia a montanha numa interminável série de curvas fechadas, curvas que já poderiam assustá-la no verão; agora, com neve escorregadia e pouca visibilidade para complicar as coisas, a subida era de arrepiar os cabelos. E justo quando ela pensou que a viagem não tinha mais como piorar, eles pegaram uma estrada tão estreita que os galhos dos grossos e escuros pinheiros que margeavam ambos os lados da estrada batiam nas laterais do carro.

— Sei que está cansada — disse o passageiro. — Se eu achasse que haveria alguma chance de você não tentar saltar do carro, dirigia um pouco e a deixaria descansar.

Desde o beijo, quase doze horas antes, Zack a tratava com uma afável educação, o que era bem mais preocupante para Julie do que quando ele estava com raiva, pois ela não conseguia se livrar da sensação de que os planos dele, e o que ele pretendia fazer com ela, haviam mudado. Por causa disso, Julie tinha respondido a todas as tentativas dele de puxar conversa com farpas afiadas, que a faziam parecer e se sentir uma megera. E ela também o culpava por isso.

Ignorando o que ele disse, Julie sacudiu os ombros friamente.

— De acordo com o mapa e as orientações, estamos indo no caminho certo, mas não havia nenhuma indicação sobre uma estrada que sobe tão íngreme. Isso aqui é um carro, não um avião nem um removedor de gelo!

Ele lhe estendeu o refrigerante que haviam comprado na loja de conveniência de um posto de gasolina, onde também abasteceram e Zack a escoltou até o banheiro novamente. Como na outra vez, ele a impediu de trancar a porta, depois inspecionou o local para ver se ela havia deixado algum bilhete. Quando lhe entregou o refrigerante sem responder à reclamação sobre as péssimas condições da estrada, Julie ficou em silêncio. Sob qualquer outra circunstância, ela teria sido cativada pela paisagem de tirar o fôlego das majestosas montanhas cobertas de neve e dos elevados pinheiros, mas era impossível apreciar a vista quando toda a concentração e os esforços se concentravam na tarefa de manter o carro indo na direção correta. Por fim, eles se aproximavam do destino final, Julie presumiu, pois haviam saído da última estrada decente há vinte minutos. Agora estavam subindo uma montanha através de uma verdadeira nevasca numa estrada que parecia apenas alguns centímetros mais larga que o carro.

— Espero que a pessoa que lhe deu os mapas e as direções soubesse bem para onde estava indo — disse ela.

— Sério? — provocou ele. — Achei que você torceria para que nos perdêssemos.

Julie ignorou a alegre descontração da voz dele.

— Adoraria se *você* estivesse perdido, mas eu não tenho o menor desejo de me perder com você! A questão é: estamos dirigindo com esse tempo horrível em estradas horrorosas há mais de 24 horas e eu estou exausta... — Ela parou, alarmada, ao ver uma estreita ponte de madeira à frente. Até dois dias antes, o tempo estivera estranhamente ameno no Colorado, e a neve derretida estava fazendo pequenos riachos incharem, esguichando pequenos rios que fluíam para além de seus limites. — Aquela ponte não parece segura. O nível da água está muito alto...

— Não temos muita escolha.

Ela sentiu a preocupação na voz dele, e o medo a fez afundar o pé no pedal do freio.

— Não vou passar pelo diabo daquela ponte.

Zack tinha vindo de muito longe para voltar; além disso, fazer o retorno na estreita alameda com fundos sulcos na neve era impossível, assim como descer de ré a montanha passando pelas curvas muito fechadas. A estrada havia sido arada mais cedo — provavelmente naquela manhã —, como se Matt Farrell tivesse ficado sabendo da fuga de Zack e presumido o porquê de o amigo haver lhe pedido que telefonasse para uma pessoa semanas antes a fim de passar as direções detalhadas que permitissem chegar à casa da montanha. Evidentemente Matt também mandou alguém arar a estrada para garantir que Zack conseguisse passar se tentasse. Ainda assim, a ponte não parecia segura. O riacho havia derrubado três grossos troncos de madeira e corria rápido o suficiente para exercer pressão intolerável na estrutura.

— Saia — disse, após alguns instantes.

— Sair? Vou morrer congelada em uma hora! É isso o que você queria fazer desde sempre: me fazer trazê-lo até aqui para depois me deixar para morrer na neve?

Nenhuma das afiadas observações que ela havia feito ao longo do dia alteraram o humor de Zack, mas aquelas palavras agitadas tiveram sucesso — seu queixo enrijeceu, e uma gélida raiva aumentou sua voz:

— Saia — retrucou. — Vou passar pela ponte com o carro. Se não cair, você pode atravessar a pé e entrar no carro do outro lado.

Julie não precisava de mais incentivo. Agarrando-se ao suéter que a envolvia, abriu a porta e saiu, mas o alívio por estar a salvo tornou-se outra coisa, algo muito absurdo sob aquelas circunstâncias: enquanto o observava se ajeitar à frente do volante, ela se sentiu culpada por sair do carro, envergonhada por sua covardia e preocupada com a segurança dele. E isso foi antes de ele esticar a mão para o banco de trás e pegar o casaco dela e dois cobertores de Carl para entregá-la pela porta aberta e dizer:

— Se a ponte não aguentar, enrole-se nesses cobertores e encontre uma passagem por onde possa cruzar o riacho a pé. No topo da montanha, há uma casa com telefone e muita comida. Você pode ligar para alguém, pedindo socorro, e esperar ajuda, protegida da tempestade.

Ele havia dito "se a ponte não aguentar" sem esboçar uma única partícula de emoção na voz ou no rosto, e Julie estremeceu ao perceber que Zachary Benedict poderia arriscar a própria vida sem aparentemente a menor preocupação. Se a ponte não aguentasse, Zack e o pesado veículo cairiam no riacho gelado. Ela segurou a porta para que ele não a fechasse.

— Se a ponte não aguentar, vou jogar uma corda, um galho ou algo do tipo, para que você suba até a margem.

Zack fechou a porta assim que ela terminou de falar, e, tremendo, Julie se encolheu no suéter e nos cobertores. Os pneus do carro patinaram na neve antes de pegarem tração, então o automóvel começou a se mover para a frente. Ela prendeu o fôlego, sussurrando orações desconexas enquanto caminhava pela neve em direção à ponte. Lá, olhou para baixo, para a água que corria, tentando calcular a profundidade. Enquanto pedaços de madeira passavam por debaixo da ponte, contorcendo-se e balançando, ela pegou um tronco morto de 2,5 metros de comprimento e o enfiou na vertical dentro do riacho. Como o tronco não chegou ao fundo, o medo dela virou pânico.

— Espere! — gritou ela, tentando se fazer ouvir acima do vento uivante. — Podemos deixar o carro aqui e nós dois vamos andando!

Se ele a ouviu, optou por ignorá-la. O motor girava mais forte enquanto os pneus deslizavam pela neve, então o carro balançou e saltou para a frente, ganhando velocidade suficiente para triturar a neve através da ponte. De repente Julie ouviu as vigas da ponte começarem a ranger e gritou:

— Pare! A ponte não vai aguentar! Saia! Saia do carro...

Mas foi tarde demais. A Blazer já avançava, estável, pelas vigas que rangiam, limpando a neve com o para-choque, os pneus rodando, agarrando-se e rodando novamente, quando a tração nas quatro rodas entrava em ação.

Com os cobertores enrolados ao peito e a neve rodopiando ao seu redor, Julie ficou parada, num estado de impotente letargia, forçada a assistir àquilo que não conseguiu evitar.

Foi apenas quando o carro e seu insano motorista alcançaram a outra margem em segurança que ela sentiu uma raiva perversa de Zack por tê-la feito passar por mais um momento de pânico. Desgraciosa e deselegante, Julie marchou pela ponte, abriu a porta do passageiro e entrou.

— Conseguimos — disse ele.

Julie lhe laçou um olhar fulminante.

— Conseguimos o quê?

A resposta veio minutos depois, quando fizeram uma última curva fechada no topo da montanha. Lá, numa isolada clareira no meio da densa floresta de pinheiros, estava uma casa magnífica, feita de pedra e cedro da região e circundada por um deque de madeira e enormes janelas de vidro.

— Isso — apontou ele.

— Quem diabos construiu essa casa aqui em cima, um ermitão?

— Alguém que obviamente estava atrás de privacidade e solidão.

— É de um parente seu? — perguntou ela, subitamente desconfiada.

— Não.

— O proprietário sabe que você vai se esconder nessa casa enquanto a polícia está à sua procura?

— Você pergunta demais — disse ele, estacionando perto da casa e saindo do carro. — Mas a resposta é não. — Contornou o veículo até o lado do passageiro e abriu a porta. — Vamos.

— Vamos? — explodiu Julie, pressionando as costas no banco. — Você disse que eu poderia ir embora quando chegássemos aqui.

— Eu menti.

— Seu... seu imbecil, eu acreditei em você! — exclamou ela, mas estava mentindo também. Durante todo o dia, tentou desesperadamente ignorar o que o senso comum lhe dizia: Zack a manteria com ele para evitar que ela contasse o paradeiro do fugitivo para as autoridades; se ele a deixasse ir agora, não haveria absolutamente nada que pudesse impedi-la de fazer isso.

— Julie — disse ele, com exaurida paciência —, não dificulte as coisas mais do que o necessário. Você não terá como sair por algum tempo, e essa casa não é nada mal para passar uns dias.

Ele se inclinou, retirou a chave da ignição e caminhou em direção à casa. Por um milésimo de segundo, ela se sentiu mal e enraivecida demais para se mexer, então piscou para conter as lágrimas impotentes que coçavam nos olhos e saiu do carro. Tremendo incontrolavelmente com as rajadas do vento congelante, seguiu no encalço de Zack, tomando o cuidado de colocar os pés nas crateras, da altura do joelho, que ele fez na neve que circundava a casa. Abraçando a si mesma para se esquentar, Julie o viu tentando abrir a porta. Estava trancada. Zack sacudiu a maçaneta com força. Estava bem-trancada. Ele largou a maçaneta e ficou parado ali, com as mãos no quadril, olhando em volta, momentaneamente absorto em seus pensamentos.

— E-E a-a-gora? — perguntou ela. — C-Como você p-pretende e-entrar?

Ele lançou um olhar irônico.

— Como você acha? — Sem esperar uma resposta, ele se virou e subiu no deque que ligava a parte da frente à parte de trás da casa. Julie seguiu seus passos como um cachorrinho, congelando de frio e sentindo muita raiva. — Você vai quebrar a janela, não é? — especulou, com asco, depois olhou para a vidraça que subia até o alto do telhado, a pelo menos 7,5 metros de altura, e acrescentou: — Se quebrar uma dessas janelas, o vidro vai cair lá do alto bem em cima de você.

— Não fique tão esperançosa — disse ele, voltando seu olhar para um monte de neve que parecia ter se acumulado em cima de alguma coisa. Começou a cavar o monte e desenterrou um grande vaso de flores, que envolveu nos braços e carregou até a porta dos fundos.

— O que está aprontando agora?

— Adivinhe.

— Como é que vou saber? — retrucou Julie. — É você o criminoso, não eu.

— Verdade, mas fui condenado por assassinato, não por arrombar uma casa.

Sem acreditar, ela o observou escavar a terra congelada do vaso de cerâmica, depois lançar o vaso contra a parede da casa para quebrá-lo, despejando a terra sobre a neve em frente à porta. Sem dizer nada, ele se agachou e começou a socar a terra com a mão nua enquanto Julie presenciava a cena com espanto incrédulo.

— Isso é um acesso de raiva?

— Não, srta. Mathison — disse, com exagerada paciência, enquanto pegava um pouco de terra e a vasculhava com o dedo. — Estou procurando uma chave.

— Ninguém com dinheiro suficiente para comprar uma casa como esta e mandar abrir uma estrada, que suba a montanha toda para chegar aqui em cima, vai ser ingênuo a ponto de esconder a chave num vaso! Você está perdendo tempo.

— Você sempre foi nervosinha desse jeito? — disse ele, balançando irritadamente a cabeça morena.

— Nervosinha! — exclamou Julie, com a voz sufocada de frustração. — Você rouba meu carro e me leva como refém, ameaça minha vida, mente para mim, e agora você tem a... audácia de criticar meus modos?

O discurso foi interrompido quando ela notou que Zack tinha em mãos um objeto prateado e sujo de terra — uma chave —, que inseriu na fechadura. Com um floreio exagerado, ele abriu a porta, fazendo uma reverência para que ela entrasse.

— Já concordamos que já quebrei todas as regras de etiqueta no que se refere a você. Agora, sugiro que entre e dê uma volta pela casa enquanto eu busco as coisas no carro. Por que não tenta relaxar? — acrescentou. — Descanse um pouco. Aproveite a vista. Pense nisto como se fossem férias.

Julie olhou para ele, boquiaberta. Então fechou a boca e disse, enraivecida:

— Não estou de férias! Sou uma refém, e não espere que eu me esqueça disso!

Em resposta, ele lançou um olhar sofrido, como se ela estivesse dificultando demais as coisas, então Julie desviou-se e entrou na casa. Do lado de dentro, aquele retiro das montanhas era ao mesmo tempo rústico e assustadoramente luxuoso, construído em volta de uma gigantesca sala central no formato de hexágono, com três portas que davam para as suítes. O teto de madeira era sustentado por enormes vigas de cedro rústico, e uma escada em espiral levava a um mezanino repleto de elegantes estantes. Quatro das seis paredes eram inteiramente feitas de vidro, oferecendo uma vista das montanhas que Julie sabia que seria de tirar o fôlego à luz do dia. A quinta parede era feita de pedra da região, com uma lareira entalhada na parte central. Em frente à lareira, estava um sofá em L, com estofado de couro bege e macio. Do lado oposto ao sofá, em frente às janelas, estavam duas poltronas acolchoadas e divãs, com estofado listrado de cinza e verde, em harmonia com as almofadas felpudas e a lareira. Um grosso carpete da mesma estampa que as almofadas encontrava-se encrustado nas bordas reluzentes do piso de madeira em frente à lareira. Dois outros pares de cadeiras estavam convidativamente posicionados perto de duas janelas, e uma escrivaninha se encaixava no ângulo exato entre as paredes de vidro. Em qualquer outra ocasião, Julie teria ficado admirada e intrigada com o lugar mais bonito onde já colocara os pés, mas estava aborrecida e faminta demais para se atentar a isso.

Virando-se, foi perambular pela área da cozinha, que tinha uma decoração modernista como de uma galeria, esticando-se ao longo da parede de trás da casa e separada da sala de estar por seis bancos de couro. O estômago de Julie roncou enquanto analisava a bancada de carvalho e a geladeira embutida com porta de madeira, mas seu apetite estava perdendo a briga contra a exaustão. Sentindo-se uma ladra furtiva, ela abriu a porta de um gabinete que guardava pratos e copos, depois outra que continha — por sorte — uma boa variedade de alimentos enlatados. Decidindo fazer um sanduíche e depois ir para a cama, ela ia pegar uma lata de atum quando Zack abriu a porta dos fundos e a viu.

— Posso me atrever — disse ele, sacolejando a perna para tirar neve que ficou grudada nas botas — a imaginar seus dotes culinários?

— Se eu sei cozinhar?

— Sim.

— Não para você. — Julie colocou a lata de atum em cima da bancada e fechou a porta no mesmo momento em que seu estômago roncou bem alto, como um protesto.

— Meu Deus, como você é teimosa.

Esfregando as mãos uma na outra para espantar o frio, ele encontrou o aquecedor e o ligou, depois foi até a geladeira e abriu a porta gelada. Julie espreitou o que havia lá dentro, por trás dele, e viu dúzias de bifes grossos e pedaços de carne de porco, carne assada, alguns pacotes envoltos em papel para congelar e inúmeros potes de legumes, alguns crus e outros já preparados. Era um estoque que faria justiça a qualquer mercado de comida gourmet. Julie ficou com água na boca ao ver aquilo. Zack pegou um bife de quase 4 centímetros de espessura, mas ela estava exausta demais. O alívio por estar numa casa quentinha, em vez de no carro, e por ter chegado ao destino final depois de uma interminável e conturbada viagem de repente fez Julie relaxar e perceber que preferia mesmo um bom banho quente e um cochilo a um prato de comida.

— Preciso dormir — disse ela, quase incapaz de juntar forças para parecer fria e autoritária. — Por favor. Onde?

Algo no rosto pálido e nos olhos pesados dela fez Zack responder sem argumentar:

— O quarto é por aqui — apontou, já indo em direção a uma das portas da sala de estar. Quando ele ligou a luz, Julie se viu numa enorme suíte com lareira, banheiro de mármore preto e paredes espelhadas. Os dois avistaram ao mesmo tempo um telefone num criado-mudo ao lado da cama king-size.

— Tem um banheiro — contou ele desnecessariamente enquanto ia até o criado-mudo e colocava o telefone debaixo do braço, depois de desligar o fio.

— Mas não tem telefone — acrescentou ela com amarga resignação, indo à sala de estar para buscar sua mala.

Atrás dela, ele checou as portas que davam para o banheiro e para o quarto, depois agarrou o braço dela quando Julie se inclinou para pegar a mala.

— Olhe — disse ele —, é melhor estabelecermos algumas regras. A situação é esta: não existem outras casas nesta montanha. Estou com as chaves do carro, por isso o único jeito de você sair daqui é a pé, mas morreria congelada antes de chegar perto da rodovia. As portas do quarto e do banheiro têm aquelas trancas inúteis que qualquer um pode abrir com um grampo, então eu não recomendo que você tente se trancar aí, pois seria uma perda de tempo, sem contar o enclausuramento desnecessário. Está me entendendo?

Julie tentou sem sucesso desvencilhar o braço das mãos de Zack.

— Não sou idiota.

— Que bom. Então já deve ter percebido que você pode ficar solta em casa.

— Solta em casa? Como um beagle treinado?

— Não exatamente — disse Zack. Em sua boca um sorrisinho se desenhou enquanto admirava o cabelo volumoso e ondulado e a silhueta delgada e inquieta dela. — Como um setter irlandês nervosinho — corrigiu.

Julie abriu a boca para dar a réplica que ele merecia, mas não conseguiu encontrar as palavras certas antes de bocejar mais uma vez.

23

O AROMA DE DAR ÁGUA NA BOCA DOS BIFES CHIANDO NA grelha trouxe Julie de volta do sono profundo. Quase sem perceber que a enorme cama onde dormiu era grande demais para ser a sua própria, ela rolou de costas, completamente desorientada. Piscando no breu de um quarto desconhecido, virou o rosto para a outra direção, procurando a pálida fonte de luz que entrava através do que parecia uma estreita abertura entre as cortinas. Era a luz da lua. Por alguns felizes instantes, ela imaginou que estava num luxuoso e espaçoso quarto de hotel em algum lugar de férias.

Julie olhou para o relógio digital no criado-mudo. Seja lá onde estivesse, a hora local era oito e vinte da noite. E estava um pouco frio — o tipo de friozinho que a fez, sonolenta, cortar Califórnia e Flórida da lista de possíveis paradeiros. Até que se deu conta de que quartos de hotéis nunca evocavam o aroma de comida. Julie estava numa casa em algum lugar, não num hotel, e passos podiam ser ouvidos de outro cômodo.

Passos pesados, de homem...

Então Julie se lembrou de tudo, como se levasse um soco no estômago. Sentou-se rapidamente na cama, afastando os cobertores e se levantando, com a adrenalina correndo rápido em suas veias. Deu um pulo até a janela, enquanto sua mente procurava uma forma de escapar, mas então veio o pensamento lógico. Um arrepio subiu por suas pernas, e ela olhou para baixo, sem acreditar no que estava vestindo: uma camiseta masculina que havia achado numa cômoda depois do banho. O aviso de seu sequestrador ecoou em sua cabeça: *"Estou com as chaves do carro, e não existem outras casas nesta montanha... Você vai morrer congelada se tentar fugir a pé... A tranca das portas pode ser aberta com facilidade... Você pode ficar solta em casa."*

— Relaxe — disse a si mesma, mas já estava descansada e completamente alerta. Sua mente dava voltas e voltas atrás de possíveis formas de fugir, nenhuma remotamente factível. Além de tudo isso, ela estava faminta. Comida primeiro, decidiu, depois tentaria pensar num jeito de escapar.

Pegou na mala a calça jeans que usou quando foi a Amarillo. Ela havia lavado sua calcinha depois do banho, mas ainda estava ensopada. Depois de vestir a calça, Julie entrou no grande closet e, na esperança de encontrar algo para vestir, viu apenas suéteres masculinos empilhados nas gavetas. Pegou um deles — de lã, bege e felpudo — e colocou em frente ao corpo. O suéter descia até os joelhos. Sacudindo os ombros, ela decidiu que não se importava com sua aparência, e o volumoso suéter esconderia o fato de que não usava sutiã. Vestiu-se. Ela havia lavado e secado o cabelo antes de dormir, então só lhe restava penteá-lo. Inclinou-se automaticamente, escovando as madeixas que alcançavam os ombros, como sempre fazia, e encontrou um estranho conforto em seguir esse pequeno e familiar ritual. Terminada a tarefa, endireitou-se e escovou o cabelo mais algumas vezes e jogou para trás a mecha que caía sobre a testa, formando um ondulado natural. Ficar bonita para um presidiário fugitivo não era apenas completamente desnecessário, mas também um grande erro, considerando o beijo que ela havia retribuído ao amanhecer na neve.

Aquele beijo...

Parecia que haviam se passado semanas, não simples horas, desde que ele a beijara, e, agora que estava descansada e alerta, Julie teve a certeza racional de que o único interesse dele por ela era meramente garantir a própria segurança. Não sexual.

Definitivamente não era sexual.

Pelo amor de Deus. Não era sexual.

Julie olhou no espelho do banheiro e se sentiu segura. Sempre esteve atarefada e preocupada demais para se importar com a aparência. Quando parava para analisar esse fato, sempre achava que seu rosto era um pouco estranho, com feições muito proeminentes — como os olhos, as bochechas e aquela fenda absurda no queixo que havia se aprofundado e tornado bem visível quando ela completara 13 anos. Agora, no entanto, ela se sentia entusiasmada com sua própria aparência. Usando um jeans e um suéter largo, com o cabelo daquele jeito e a cara lavada, não exalava sensualidade para homem algum, em especial alguém que já havia ido para a cama com centenas de mulheres deslumbrantes, elegantes e famosas. O interesse dele por ela definitivamente não seria sexual, Julie decidiu com absoluta certeza.

Respirando longa e profundamente, ela foi até a porta e girou a maçaneta, relutante, mas pronta para encarar seu captor — e talvez uma refeição apetitosa. A porta do quarto não estava trancada. Ela se lembrava perfeitamente de ter trancado a porta quando foi para a cama.

Em silêncio, Julie abriu-a e adentrou a sala de estar. Por um segundo, a convidativa beleza da cena a fez se sentir completamente desorientada. O fogo crepitava na lareira, as luzes lá no alto estavam baixas, e velas iluminavam a mesa de centro, refletindo-se nas taças de cristais cheias de vinho que ele havia colocado ao lado de um jogo americano de linho. O vinho e as velas talvez tenham levado Julie a pensar que estava adentrando um cenário de sedução, ou talvez tenham sido as luzes baixas ou a música suave que tocava no aparelho de som. Tentando conferir um tom vivaz como de um executivo em sua voz, ela foi em direção a Zachary Benedict, que estava de pé na cozinha, de costas para ela, tirando algo da grelha.

— Vamos receber visitas?

Ele se virou e olhou para ela, com um inexplicável e preguiçoso sorriso varrendo o rosto enquanto a analisava da cabeça aos pés. Julie teve a atordoante e impossível impressão de que ele de fato gostou do que viu, uma impressão que foi reforçada pela maneira como ergueu a taça de vinho para ela, como se estivesse fazendo um brinde, e disse:

— Por algum motivo, você ficou adorável nesse suéter gigante.

Tardiamente se dando conta de que, após cinco anos na cadeia, qualquer mulher provavelmente o atrairia, Julie deu um cuidadoso passo para trás.

— A última coisa que quero é ficar bonita para você. Na verdade, eu preferiria usar minhas roupas, mesmo sujas — disse ela, virando-se.

— Julie! — gritou ele. Toda a boa vontade havia desaparecido de sua voz.

Ela cambaleou, admirada e surpresa com a rapidez com que o humor dele oscilava. Deu mais um passo cauteloso para trás, enquanto ele vinha na sua direção com uma taça de vinho em cada mão.

— Beba alguma coisa — ordenou, empurrando uma taça de haste longa para ela. — Beba, que diabos! — Ele se esforçou claramente para suavizar o tom de sua voz. — Vai ajudar você a relaxar.

— Por que eu deveria relaxar? — retrucou ela, obstinada.

Apesar da teimosa inclinação de seu queixo e de seu tom rebelde, havia um pequeno e trêmulo vestígio de medo em sua voz, e, ao ouvi-la, o aborrecimento de Zack em relação a ela evaporou. Julie mostrou tanta coragem, um espírito tão infatigável nas últimas 24 horas; ela o hostilizara tão incansavelmente que ele quase chegou a acreditar que, na maior parte do tempo, ela não estava tão assustada assim. Mas agora, olhando para as feições arrebitadas de Julie, ele viu que a provação pela qual a fez passar havia deixado marcas de um azul fatigado embaixo de seus magníficos olhos, e sua pele macia estava definitivamente pálida. Ela era incrível, ele pensou — corajosa, bondosa e valente como poucos. Talvez, se não tivesse gostado dela — genuinamente —, não teria importado se ela o estivesse encarando como a um animal perigoso. Reprimindo sabiamente a vontade de tocar seu rosto e tentar tranquilizá-la, o que sem dúvida a faria entrar em pânico, ou de pedir desculpas por sequestrá-la, o que ela com certeza acharia hipócrita, ele fez algo que havia prometido a si mesmo nunca mais se dar o trabalho de fazer: tentou convencê-la de sua inocência.

— Um segundo atrás, pedi que você relaxasse e...

Ele começou, mas ela logo o interrompeu:

— Você não me pediu para relaxar, e sim ordenou.

A afetada reprimenda se refletiu num sorriso relutante nos lábios dele.

— Agora estou pedindo.

Arrebatada pelo que pareceu gentileza na voz dele, Julie bebericou um pouco de vinho, matando tempo, acalmando os nervos confusos, ao passo que Zack estava a meio metro de distância, alto e imponente, com seus ombros largos bloqueando a visão de qualquer coisa que não fosse ele. Ela se deu conta de que Zack havia tomado um banho, se barbeado e trocado de roupa enquanto ela dormia... E esse Zachary Benedict, de calça escura e suéter preto, estava bem mais bonito do que em qualquer papel que interpretara no cinema. Ele levantou a mão e a apoiou contra a parede ao lado do ombro dela, e, quando abriu a boca novamente, sua voz profunda tinha a mesma qualidade estranha de desconfortante gentileza.

— Vindo para cá, você me perguntou se eu era inocente do crime pelo qual fui condenado, e primeiro dei uma resposta superficial e depois outra mais rancorosa. Agora vou contar a verdade, simples e espontaneamente...

Julie desviou seus olhos dos dele e encarou o vermelho vivo do vinho em sua taça, subitamente receosa de que, nesse estado de fatiga e exaustão, acabaria acreditando na mentira que sentia que ele estava prestes a contar.

— Olhe para mim, Julie.

Com uma mistura de medo e impotente expectativa, ela ergueu os olhos e encontrou os dele, firmes e dourados.

— Eu não matei ou mandei matar minha esposa nem qualquer outra pessoa. Fui mandado para a prisão por um crime que não cometi. Eu gostaria que você ao menos acreditasse que há uma *possibilidade* de eu estar dizendo a verdade.

Sem se comprometer, Julie olhou nos olhos dele, mas reviu em pensamento o que havia ocorrido na frágil ponte mais cedo: em vez de insistir para que ela atravessasse a ponte no volante, ele a fez sair do carro, depois lhe deu cobertores para se aquecer caso a ponte desabasse, caso ele se afogasse quando o carro afundasse no riacho profundo e gelado. Ela se lembrou do chocante desespero na voz dele quando a beijou na neve, implorando para que ela participasse do plano, a fim de que não sobrasse para o caminhoneiro. Zack guardava uma arma no bolso, mas não fez menção de usá-la. E então ela se lembrou do beijo — aquele beijo urgente e firme, que se suavizou de repente e depois se tornou macio e insistente e sensual. Desde o amanhecer daquela manhã, Julie havia tentado esquecer aquele momento, mas agora a lembrança voltou com tudo — vibrante, viva e perigosamente excitante. Essas recordações se combinaram de maneira sedutora com o rico timbre da voz profunda dele:

— Esta é a minha primeira noite normal em cinco anos. Se a polícia estiver no meu encalço, pode ser que seja a última. Eu gostaria de apreciá-la, se você cooperar.

Julie de repente se sentiu inclinada a isso. Por um motivo: apesar do cochilo, estava mentalmente exausta e pouco a fim de discutir com ele; também estava morrendo de fome e de saco cheio de sentir medo. Mas a lembrança do beijo não tinha nada a ver com a mudança de ânimo. Nadinha, ela disse a si mesma. Também não tinha nada a ver com a convicção repentina e impossível de que ele estava *mesmo* dizendo a verdade!

— Sou inocente daquele crime — repetiu ele, mais enérgico, com os olhos fixos nos dela.

Essas palavras a sacudiram; ainda assim, ela resistiu, tentando não deixar suas tolas emoções se sobreporem ao intelecto.

— Se não consegue acreditar nisso — disse ele, com um áspero suspiro —, você poderia pelo menos fingir que acredita e cooperar comigo esta noite?

Controlando a vontade de sacudir a cabeça, Julie disse com cuidado:

— Que tipo de "cooperação" você tem em mente?

— Conversar — respondeu. — Uma conversa leve com uma mulher inteligente é um prazer esquecido para mim. Assim como uma comida decente, uma lareira, a luz da lua entrando pelas janelas, boa música, portas no lugar de barras e a visão de uma bela mulher. — Um definitivo sinal de sedução suavizou sua voz. — Vou fazer o jantar se você concordar em me dar uma trégua.

Julie hesitou, impressionada por Zack se referir a ela como uma bela mulher, mas então decidiu que com isso ele não queria dizer nada; era apenas um elogio vazio. Uma noite sem tensão e medo estava sendo oferecida, e seus ânimos desgastados gritavam por alívio.

— Vai cozinhar tudo? — negociou ela.

Ele assentiu com a cabeça, com um preguiçoso sorrisinho se esticando pelo rosto ao perceber que ela estava prestes a concordar. A inesperada elegância daquele sorriso branco causou estragos nos batimentos cardíacos dela.

— Tudo bem — concordou, sorrindo um pouco, apesar do desejo de permanecer ao menos parcialmente inacessível —, mas só se você lavar a louça também.

Ele riu.

— Você é boa de negociação! Eu aceito. Sente-se enquanto eu termino o jantar.

Julie obedeceu e se sentou em um dos bancos junto à bancada que separava a cozinha da sala de estar.

— Conte mais sobre você — disse ele, tirando do forno uma travessa de batata assada.

Ela tomou mais um gole de vinho para ganhar coragem.

— O que você quer saber?

— Coisas genéricas, para começar — disse Zack casualmente. — Você falou que não é casada. É divorciada?

Ela balançou a cabeça.

— Nunca fui casada.

— Noiva?

— Greg e eu estamos conversando sobre isso.

— O que há para discutir?

Julie engasgou com o vinho. Reprimindo uma risada envergonhada, ela falou:

— Não acho que essa pergunta se encaixe na categoria de coisas genéricas.

— Provavelmente não — concordou ele, rindo. — Então, por que o noivado está empacado?

Para seu desgosto, Julie sentiu as bochechas enrubescerem frente ao olhar entretido dele, mas respondeu com calma admirável.

— Queremos ter certeza de que somos completamente compatíveis, de que nossos objetivos e filosofia de vida combinam.

— Para mim você está protelando a decisão. Você mora com esse Greg?

— De jeito nenhum — negou Julie em tom de censura, e ele levantou as sobrancelhas como se a achasse estranhamente divertida.

— Mora com alguém?

— Moro sozinha.

— Nenhum marido ou colega de quarto — pensou em voz alta, enquanto servia mais vinho na taça de Julie. — Então, não tem ninguém procurando você agora, perguntando onde estaria?

— Estou certa de que tem um monte de gente atrás de mim.

— Quem, por exemplo?

— Meus pais, para começo de conversa. A essa altura, eles estão, sem dúvida, frenéticos ao telefone, perguntando para todo mundo se alguém me viu. A primeira pessoa para quem vão ligar é meu irmão, Ted. Carl vai me procurar também. Foi o carro dele que nos trouxe aqui, e agora meus irmãos já devem ter organizado uma operação de busca, acredite.

— Ted é o que trabalha com construção civil?

— Não — afirmou Julie com divertida satisfação. — Ele é policial.

A reação de Zack foi satisfatoriamente cáustica.

— Ele é policial! — Como se quisesse esquecer essa informação desagradável, tomou um bom gole de vinho e disse, com pesada ironia. — E eu presumo que seu pai seja um juiz?

— Não. Ele é pastor.

— Meu Deus!

— Na mosca. Esse é o chefe dele: Deus.

— De todas as mulheres do Texas — disse ele, balançando a cabeça de forma austera —, eu acabei sequestrando a irmã de um policial e a filha de um pastor. A imprensa vai ter um dia cheio quando descobrirem quem você é.

A breve sensação de poder que Julie sentiu ao vê-lo preocupado foi ainda mais inebriante do que aquela trazida pelo vinho que estava bebendo. Assentindo com a cabeça, alegre, ela prometeu:

— Policiais dedicados de todos os lugares vão sair à sua procura munidos de cães e armas, e pessoas tementes a Deus vão rezar para que a polícia o encontre o quanto antes.

Virando um pouco de lado, ele serviu o resto do vinho que havia na garrafa em sua taça e logo bebeu.

— Ótimo.

O clima de boa convivência tinha sido um alívio tão grande para Julie que ela logo procurou dizer algo que pudesse recuperar essa atmosfera.

— O que tem para o jantar?

A pergunta o retirou de seus devaneios, e ele virou-se para o fogão.

— Algo simples — disse ele. — Não sou um cozinheiro de mão cheia.

Como Zack estava em sua frente, bloqueando a visão dos preparativos, ela não tinha muito o que fazer, por isso observou ociosamente como o suéter dele se esticava pelos largos ombros. Ele era surpreendente musculoso, como se costumasse se exercitar nos aparelhos de ginástica da prisão. Prisão. Julie havia lido em algum lugar que muitas pessoas mandadas para a prisão são na verdade inocentes, e ela se viu de repente inclinada a alimentar a esperança de que Zachary Benedict poderia de fato ser uma dessas pessoas. Sem se virar, ele falou:

— Sente-se no sofá. Levo a comida.

Julie concordou com a cabeça e levantou-se do banco, notando os efeitos daquela segunda taça de vinho, que a faziam se sentir um pouco relaxada demais. Com Zack logo atrás dela, trazendo os pratos, ela foi até o sofá e se sentou em frente a um jogo americano que ele havia ajeitado em cima da mesa de centro, junto à lareira. Ele depositou dois pratos, um dos quais continha um suculento bife e batata assada.

Na frente dela, ele colocou um prato onde havia despejado uma lata de atum. E só. Nenhum legume, guarnição, nada.

Depois de ficar com a boca cheia d'água por tanto tempo na expectativa de ver um grosso e suculento bife, a reação de Julie àquele monte redondo de atum sem graça e pouco apetitoso foi rápida e direta. Seu olhar irado zapeou para o rosto dele, com a boca aberta de raiva e desânimo.

— Não era isso o que você queria? — perguntou ele inocentemente. — Ou você preferiria um bom bife, como aquele que eu deixei na cozinha?

Havia algo naquela brincadeira de garoto, algo em seu sorriso cativante e em seus olhos alegres, que causou uma inesperada, incontrolável e, naquelas circunstâncias, bizarra reação de Julie: ela começou a rir. Depois começou a gargalhar. Seus ombros se sacudiam quando ele voltou para o sofá com um prato de bife e o colocou na frente dela.

— Gosta mais deste?

— Bem — disse ela, tentando parecer severa, embora o riso ainda brilhasse em seus olhos —, posso perdoar você por me sequestrar e me amedrontar, mas é uma ofensa me dar um pratinho de atum enquanto você come esse bife. — Julie teria ficado satisfeita em comer em silêncio, mas, enquanto cortava o primeiro pedaço de bife, ele notou um hematoma no pulso dela e perguntou como havia se machucado. — Jogando futebol — explicou ela.

— Jogando o quê?

— Eu estava jogando futebol americano na semana passada e fui atingida.

— Por um atacante grandalhão?

— Não, por um garotinho numa grande cadeira de rodas.

— O quê?

Era óbvio que ele estava tentando puxar assunto, e Julie conseguiu contar uma versão abreviada do jogo enquanto comia.

— Foi culpa minha — terminou ela, sorrindo com a lembrança. — Adoro basquete, mas não entendo nada de futebol. É um jogo que não faz sentido.

— Por que diz isso?

Ela balançou o garfo com desdém.

— Pense nos jogadores, para começar. Eles correm atrás daquela bola oval e, quando ela cai, elas se amontoam uns sobre os outros. — A gargalhada de Zack coincidiu com o fim da fala dela. — Definitivamente não é o meu jogo, mas não importa, pois meus alunos adoram. Um deles provavelmente vai acabar participando das Paraolimpíadas.

Zack percebeu a suavidade que contaminava a voz e o brilho que iluminava os olhos quando ela falava de "meus alunos" e continuou a sorrir para ela, admirado com sua capacidade de sentir compaixão e com sua completa doçura. Sem querer que ela parasse de falar, ele puxou outro assunto e perguntou:

— O que você foi fazer em Amarillo no dia em que nos conhecemos?

— Fui lá para me encontrar com o avô de um dos meus alunos deficientes. Ele é bem rico, e eu esperava convencê-lo a doar dinheiro para um programa de alfabetização de adultos que estou desenvolvendo na escola.

— E conseguiu?

— Sim. O cheque dele está na minha bolsa.

— Por que você quis ser professora? — perguntou ele, estranhamente incapaz de deixá-la parar de falar. Havia escolhido o assunto certo, Zack percebeu quando ela lhe deu um sorriso de tirar o fôlego e se entusiasmou para falar com urgência gratificante.

— Adoro crianças, e lecionar é uma antiga e respeitável profissão.

— Respeitável? — repetiu ele, assustado com a sutil singularidade da ideia. — Não achava que ser "respeitável" importasse muito para as pessoas hoje em dia. Por que é tão importante para você?

Julie desviou-se do comentário excessivamente perceptivo ao levantar os ombros.

— Sou filha de pastor, e Keaton é uma cidade pequena.

— Entendo — disse ele, mas não estava entendendo bem. — Existem outras profissões que são igualmente respeitáveis.

— Sim, mas em outras profissões eu não trabalharia com pessoas como Johnny Everett e Debby Sue Cassidy.

Seu rosto brilhou com a mera menção ao nome de Johnny, e Zack se interessou instantaneamente pelo homem que parecia mexer mais com ela do que o quase noivo.

— Quem é Johnny Everett?

— Um dos meus alunos. Um dos meus prediletos, na verdade. Ele é paraplégico. Quando comecei a lecionar em Keaton, ele não falava e era tão indisciplinado que o sr. Duncan queria mandá-lo para uma escola de educação especial para crianças com distúrbios mentais. A mãe dele jurava que ele sabia falar, mas ninguém nunca tinha ouvido a voz dele. E como ela nunca o deixava ir brincar na rua com outras crianças, ninguém sabia dizer se ela não estaria tentando fazer o filho parecer... mais normal. Em sala, Johnny só fazia coisas que desviavam a atenção dos outros, como jogar livros no chão ou bloquear a porta durante o recreio. Coisas pequenas. Mas eram muito frequentes, por isso o sr. Duncan decidiu mandá-lo para uma escola de educação especial.

— Quem é o sr. Duncan?

Ela franziu a sobrancelha com tanto desgosto que Zack riu.

— É o diretor.

— Imagino que você não goste muito dele.

— Ele não é má pessoa, mas é muito rígido. Ele parece que vive há duzentos anos, quando um aluno que conversava em sala de aula levava surra de palmatória.

— E Johnny morria de medo dele, certo?

Ela riu alegremente e balançou a cabeça.

— Na verdade, era o contrário. Quase sem querer, descobri que Johnny odiava ser tratado com luvas de pelica. Ele *queria* ser disciplinado.

— Como você descobriu isso?

— Um dia, depois da aula, eu estava na sala do sr. Duncan sendo repreendida, como sempre.

— Você arranja problema com o diretor?

– O tempo todo — declarou ela, com um sorriso irrompendo no rosto como a luz do sol ao amanhecer. — Mas então, naquele dia em especial, Johnny estava esperando a mãe vir buscá-lo e acabou ouvindo o que estava acontecendo. Quando eu saí da sala do diretor, lá estava ele, rindo de mim na cadeira de rodas como se eu fosse algum tipo de heroína. Então ele disse: 'Você ficou de castigo, srta. Mathison?' Fiquei tão assustada ao vê-lo assim que quase derrubei no chão os livros que estava carregando. Mas quando contei que não ia ficar de castigo, ele pareceu desapontado comigo. Disse que achava que as meninas nunca ficavam de castigo, só os meninos. Meninos normais. Foi então que eu descobri.

Como Zack parecia perplexo, Julie se apressou em explicar:

— Veja bem, a mãe era tão superprotetora que ele sonhava em ir para a escola como uma criança normal, mas o fato é que nem os outros alunos, nem os professores, o tratavam como se ele fosse normal.

— O que você fez?

Ela apoiou as costas no sofá, sentada sobre as pernas, e disse:

— Fiz a única coisa boa e decente que poderia fazer: esperei e observei durante todo o dia seguinte, e, no momento em que ele jogou um lápis na menina sentada na frente dele, eu o repreendi como se aquele fosse um crime hediondo. Eu disse que ele merecia ficar de detenção por semanas e que dali em diante seria punido como um aluno qualquer. Então eu o mandei para a detenção não por um único dia, mas por dois!

Descansando a cabeça no encosto do sofá, ela mostrou um suave sorriso e falou:

— Então perambulei pela escola para observá-lo e me assegurar de que eu estava certa sobre o que ele estava tramando. Ele parecia alegre na sala de detenção com todos aqueles arruaceiros, mas não pude ter certeza. Naquela noite, a mãe dele me telefonou e me repreendeu pelo que eu havia feito. Ela disse que eu o fiz adoecer e que eu era má e sem coração. Tentei explicar, mas ela desligou na minha cara. Ela estava furiosa. Ele não foi à aula no dia seguinte.

Quando Julie se calou, Zack a incitou gentilmente:

— O que você fez?

— Depois da aula, fui até a casa dele para vê-lo e falar com a mãe. Mas tive o pressentimento de que deveria fazer outra coisa: levei outro aluno comigo, Willie Jenkins. Willie é um daqueles machões, o valentão da sala, herói do terceiro ano. Ele é bom em tudo, de futebol e beisebol a xingamentos. Em tudo, menos — enfatizou, com um risinho — no coral. Quando Willie fala, sua voz parece a de um sapo-boi, e, quando canta, ele faz um barulho alto, parecido com um coaxo, que faz todo mundo cair na gargalhada. Então, levei Willie comigo e, quando chegamos à casa de Johnny, ele estava no quintal, sentado na cadeira de rodas. Willie tinha levado sua bola de futebol, acho que ele não desgruda dela nem para dormir, e ficou do lado de fora. Enquanto eu entrava na casa, Willie tentava jogar a bola para Johnny, que nem se esforçava para pegar. Ele só ficou sentado ali, olhando para a mãe. Passei uma hora conversando com a sra. Everett. Disse a ela que eu achava honestamente que estávamos arruinando as chances de Johnny ser feliz ao tratá-lo como se ele fosse frágil demais para fazer qualquer coisa que não fosse ficar sentado numa cadeira de rodas. Terminei de falar e ainda não a havia convencido, quando de repente ouvimos gritos e um barulho vindos do lado de fora e corremos para o quintal. Lá estava Willie — disse Julie, os olhos brilhando com a lembrança —, deitado de costas em cima de uma pilha de lixeiras derrubadas, agarrando a bola com um sorriso de orelha a orelha no rosto. Parecia que Johnny não conseguia *pegar* a bola direito, mas, de acordo com Willie, o braço direito de Johnny era tão bom quanto o de John Elway! Johnny estava radiante, e Willie lhe disse que o queria no time, mas que precisavam treinar para que Johnny conseguisse pegar a bola tão bem quanto lançava.

Quando ela silenciou, Zack perguntou suavemente:

— E eles treinaram?

Julie assentiu com a cabeça, e suas feições expressivas brilhavam de satisfação.

— Eles treinavam futebol, junto com o restante do time de Willie, todos os dias. Depois iam para a casa de Johnny, onde *ele* ajudava *Willie* com a tarefa de casa. Embora não participasse muito nas aulas, Johnny provou que consegue absorver todo o conteúdo. Ele é extremamente inteligente e, agora que está mais motivado, nunca desiste de tentar. Nunca vi tanta coragem, tanta determinação.

Um pouco envergonhada por demonstrar tamanho entusiasmo, Julie se calou mais uma vez, concentrando-se na refeição.

24

Quando terminou de comer, Zack se recostou no sofá e cruzou as pernas, observando as chamas crepitarem e dançarem na lareira, enquanto deixava sua companheira de jantar terminar a refeição sem mais interrupções. Tentou se concentrar na próxima etapa de sua jornada, porém, relaxado, sentia-se mais inclinado a pensar na incrível — e perversa — artimanha do destino ao colocar Julie Mathison a seu lado. Durante todas as longas semanas de planejamento de cada detalhe de sua fuga, durante as intermináveis noites em que ficou em sua cela, sonhando com sua primeira noite nessa casa, nunca imaginou que não estaria sozinho. Por uma infinidade de motivos, seria muito melhor se estivesse mesmo sozinho, mas, agora que ela estava ali, ele não poderia simplesmente trancá-la no quarto, trazer-lhe comida e fingir que ela não estava lá. Entretanto, depois da última hora em sua companhia, ele se sentia tentado a fazer exatamente isso, pois ela o estava forçando a pensar e refletir sobre todas as coisas que faltavam e as que nunca fariam parte de sua vida. No final da semana, Zack estaria em fuga mais uma vez, e aonde iria não haveria luxuosas cabanas na montanha com lareiras aconchegantes; não haveria mais histórias emocionantes sobre meninos deficientes com professoras cheias de presunção, olhos de anjo e um sorriso capaz de derreter pedras. Ele não conseguia nem mesmo se lembrar de ver o rosto de uma mulher se iluminar inteiro como o dela quando falava daqueles alunos! Ele já havia visto mulheres se entusiasmarem com a possibilidade de ganhar um papel ou uma joia dele; já vira as melhores atrizes do mundo — no set de gravação ou fora dele, na cama e fora dela — fazerem atuações perfeitamente convincentes de apaixonada ternura e amor, mas, até aquela noite, ele nunca, *nunca* havia presenciado esses sentimentos de verdade.

Quando tinha 18 anos, sentado na cabine de uma caminhonete, a caminho de Los Angeles e quase lutando contra as lágrimas que se recusava a derramar, ele prometeu a si mesmo nunca mais olhar para trás e imaginar como sua vida poderia ter sido "se as coisas tivessem sido diferentes". Mas agora, aos 35 anos, irremediavelmente endurecido por tudo o que tinha visto, ouvido ou vivido, Zack olhou para Julie Mathison e sucumbiu à tentação da imaginação. Enquanto levava a taça de conhaque até os lábios, observou a chuva de faíscas que se desprendiam da lenha e imaginou o que teria acontecido se tivesse conhecido alguém como Julie quando era jovem. Será que ela teria sido capaz de salvá-lo de si próprio, de ensiná-lo a perdoar, de amolecer seu coração, de preencher os vazios em sua vida? Será que ela teria sido capaz de lhe dar objetivos maiores e mais gratificantes do que a aquisição de dinheiro, poder e reconhecimento que moldou sua vida? Com alguém como Julie em sua cama, será que ele teria sentido algo melhor, mais profundo e mais duradouro do que o efêmero prazer de um orgasmo?

Tardiamente ele percebeu a evidente improbabilidade de seus devaneios e se surpreendeu com a própria tolice. Onde diabos teria conhecido alguém como Julie Mathison? Até os 18 anos, ele esteve cercado por empregados e parentes, cuja presença era um lembrete diário de sua superioridade social. Naquela época, a filha de um pastor de uma cidade pequena, como Julie, nunca teria feito parte de seu círculo social.

Não, não a teria conhecido naquela época e certamente não teria encontrado alguém como ela em Hollywood. Mas e se tivesse, por algum acaso do destino, conhecido Julie lá? Zack franziu as sobrancelhas, pensando, compenetrado. Se ela de alguma forma sobrevivesse ilesa naquele universo de depravação social, de autoindulgência sem limites e de ambição voraz que era Hollywood, será que ele a teria *notado*, ou será que ela teria sido completamente eclipsada aos olhos dele por mulheres mais elegantes, mundanas e fascinantes? Se ela tivesse ido a seu escritório em Beverly Drive e pedido para fazer um teste, será que ele teria notado aquele belo rosto, aqueles olhos incríveis, aquela figura graciosa? Ou será que ele não conseguiria perceber tudo isso, uma vez que sua beleza não era estonteante e sua silhueta não era tão perfeita? Se ela tivesse passado uma hora em seu escritório conversando com ele como fizera esta noite, será que ele teria realmente reconhecido sua sagacidade, inteligência e genuína candura? Ou será que a teria dispensado por ela não ter falado sobre "a indústria" nem dado indicações de querer ir para a cama com ele, o que teriam sido seus dois interesses principais?

Zack girou a taça entre as mãos enquanto analisava suas respostas àquelas perguntas retóricas, tentando ser totalmente honesto consigo mesmo. Depois de alguns instantes, decidiu que teria, *sim*, notado os traços delicados, a pele resplandecente e os olhos marcantes de Julie Mathison. Afinal, ele era um perito em beleza, seja convencional ou exótica, por isso não teria deixado de notar a dela. E, sim, *teria* reconhecido sua candura tão direta e *teria* sido tocado por sua compaixão e gentileza, por sua doçura, como havia sido esta noite. Mas *não* teria lhe dado a chance de fazer um teste.

Nem teria recomendado que ela procurasse um bom fotógrafo que — Zack tinha absoluta certeza agora — pudesse captar aquele frescor juvenil tão americano e transformá-lo numa rentável capa de revista, embora ela já tivesse passado da idade de começar uma carreira de modelo.

Em vez disso, Zack acreditava honestamente que a teria conduzido até a porta do escritório e dito a ela para ir para casa e se casar com o quase noivo, ter filhos e viver uma vida plena. Mesmo em seus momentos mais calejados e insensíveis, Zack jamais ia querer ver uma mulher tão boa e pura como Julie Mathison ser usada e corrompida, nem por Hollywood nem por ele mesmo.

Mas e se ela tivesse insistido em permanecer em Hollywood apesar de seus conselhos, será que Zack a teria levado para a cama, se e quando ela demonstrasse vontade?

Não.

Será que ele ia querer ter feito isso?

Não!

Será que teria querido mantê-la por perto, talvez levá-la para almoçar, sair com ela à noite ou convidá-la para festas?

Por Deus, não!

Por que não?

Zack sabia bem por que não, mas mesmo assim olhou para ela, como se para confirmar o que sentia: ela estava sentada de pernas cruzadas no sofá, com o cabelo lustroso brilhando à luz da lareira, observando para o quadro de uma bela paisagem pendurado em cima da lareira. Seu perfil era tão sereno e inocente quanto o de uma garota do coral na Missa do Galo. Era por isso que ele nunca teria desejado estar perto dela antes de ir para a prisão e por isso que não queria ficar perto dela agora.

Embora fosse apenas nove anos mais velho, era séculos mais velho que Julie no quesito experiência, e a maior parte dessa experiência não havia sido do tipo que ela admiraria ou mesmo aprovaria — e isso valia também para o que ele viveu antes da prisão. Em comparação com o idealismo juvenil de Julie, Zack se sentia velho e calejado.

O fato de ele a achar incrivelmente sensual e atraente, agora, mesmo escondida sob aquele grosso e largo suéter, e o fato de ter tido uma ereção neste exato momento, apenas o fizeram se sentir um velho sujo e repulsivo.

Por outro lado, ela também o havia feito rir esta noite, e ele gostou disso — decidiu enquanto tomava um bom gole do conhaque. Inclinando-se para frente, apoiou os braços nos joelhos, sorrindo para a taça vazia que girava nas mãos. Imaginava se assistiria a mais uma partida de futebol sem se lembrar de Julie reclamando, entre risos, dos jogadores se amontoando.

De repente lhe ocorreu que ela não havia feito uma única pergunta sobre sua vida na indústria do cinema. Ele não conseguia se lembrar de ter conhecido uma única pessoa que não houvesse declarado efusivamente — e sem qualquer sinceridade — que Zack era seu ator predileto e depois o enchido de perguntas pessoais sobre ele e outras estrelas do cinema. Mesmo os presidiários mais valentões e sanguinolentos ficaram impressionados com seu passado e ansiosos para contar de quais de seus filmes gostavam mais. Todas essas perguntas e bajulações geralmente o irritavam. Mas, neste momento, ficou um pouco chateado por Julie Mathison agir como se nunca tivesse ouvido falar dele. Talvez não houvesse um cinema naquela cidadezinha onde morava. Talvez ela nunca tenha visto um único filme em toda sua vida naquela redoma onde morava.

Talvez... Meu Deus... Talvez ela só tenha visto filmes antigos e de classificação livre. Todos os seus filmes eram destinados a maiores de 16 ou 18 anos, por conterem palavrões, violência ou sexo, ou todos os três. Para sua profunda irritação, de repente se sentiu envergonhado disso, o que era outra boa razão pela qual nunca teria escolhido a companhia de uma mulher como ela.

Ele estava tão absorto em seus pensamentos que se assustou quando ela falou, com um sorriso hesitante:

— Você está com cara de quem não está gostando muito desta noite.

— Eu estava pensando em assistir ao noticiário — disse ele, esquivando-se.

Com inquieta consciência do silêncio carrancudo dele, Julie se alegrou com a oportunidade de se ocupar com algo que não fosse se perguntar se ele é culpado ou inocente do assassinato... E se ele iria tentar beijá-la até o fim da noite.

— Boa ideia — concordou ela, levantando-se e pegando o prato em cima da mesa. — Por que você não liga a televisão enquanto eu lavo a louça?

— E deixar que você me acuse de quebrar nosso acordo? De jeito nenhum. *Eu* lavo a louça.

Julie o observou juntar os pratos e talheres e levá-los para a cozinha.

Durante a última hora, quando não estava respondendo às perguntas dele, dúvidas a respeito da culpa de Zack continuaram a atormentá-la. Ela se lembrou da maneira furiosa como ele havia falado dos jurados que o condenaram.

Lembrou-se do terrível desespero em sua voz quando ele suplicou que ela o beijasse na neve: "*Por favor! Não matei ninguém, eu juro!*"

Naquele momento, ele plantou uma traiçoeira semente de dúvida na cabeça dela a respeito do que de fato acontecera; agora, dezessete horas depois, essa semente estava fincando raízes profundas dentro dela, alimentada pela possibilidade de um homem inocente ter passado cinco longos anos numa penitenciária. Outras coisas que estavam igualmente fora de seu controle combinavam-se para fazer Julie se sentir atraída por ele, como a lembrança daquele beijo voraz, o tremor que percorreu o corpo dele quando ela finalmente correspondeu e o quanto ele foi respeitoso. De fato, Zack havia sido respeitoso e até cortês durante a maior parte do tempo em que estiveram juntos.

Pela milésima vez na última hora, Julie decidiu que um assassino de verdade não se daria o trabalho de beijar uma mulher com suavidade, nem de tratá-la com a bondade e o bom humor que Zack demonstrou, no geral.

Sua mente argumentou que ela estava sendo tola em se convencer de que os jurados estavam errados; mas, nesta noite, toda vez que olhava para ele, seus instintos lhe diziam que era inocente. E se fosse mesmo, então ela não conseguia conceber todas as coisas pelas quais ele deve ter passado.

Zack voltou para a sala de estar, ligou o televisor e sentou-se numa cadeira, esticando as pernas e cruzando os tornozelos.

— Vamos assistir ao que você quiser depois do noticiário — disse ele, com a atenção já focada no televisor de tela imensa.

— Tudo bem — disse Julie, analisando-o secretamente, sentada do outro lado da mesa de centro. Havia um orgulho indomado esculpido no lindo rosto dele, determinação na ponta do queixo, arrogância em suas mandíbulas, inteligência e força tenaz gravadas em cada pedaço do rosto. Anos atrás, ela havia lido dezenas de artigos sobre ele, escritos tanto por verborrágicos repórteres quanto por renomados críticos de cinema. Muitas vezes, tentavam defini-lo em comparação com outras estrelas da indústria que o precederam. Julie se lembrava particularmente de ter visto pela televisão um crítico que tentou retratá-lo como um conglomerado humano ao dizer que Zachary Benedict tinha o magnetismo selvagem de Sean Connery jovem, o talento de Paul Newman, o carisma de Kevin Costner, a pose de machão de um jovem Clint Eastwood, a suave sofisticação de Warren Beatty, a versatilidade de Michael Douglas e o rude apelo sexual de Harrison Ford.

Agora, depois de ter passado quase dois dias bem próxima daquele homem, Julie achou que nenhum dos artigos que havia lido conseguia descrevê-lo e que nenhuma câmera de cinema chegou a lhe fazer justiça, e entedia vagamente o motivo: na vida real, havia uma força interior e um carisma poderoso que não tinham nada a ver com sua altura, seus ombros largos ou aquele famoso sorriso zombador. Havia outra coisa... Uma sensação que Julie tinha toda vez que o olhava de que, tirando os anos encarcerados, Zachary Benedict já havia feito e visto tudo, e todas essas experiências estavam permanentemente ocultas por trás de uma parede inquebrável de educada urbanidade, charme indolente e penetrantes olhos dourados. Além do alcance de qualquer mulher.

Julie compreendeu que ali residia seu real apelo: o desafio. Apesar de tudo o que ele tinha feito para ela nos últimos dois dias, Zachary Benedict a fez — assim como fizera com provavelmente qualquer mulher que o conhecia ou havia visto seus filmes — querer ultrapassar essa barreira. Descobrir o que havia embaixo dela, enfraquecê-la, encontrar o garoto que devia ter sido, fazer o homem em que havia se tornado morrer de rir e suavizá-lo com terno amor.

Julie repreendeu-se mentalmente. Nada daquilo importava! Tudo o que importava era se ele era culpado de homicídio ou inocente. Ela deu mais uma olhadela no perfil dele e sentiu o coração revirar.

Ele era inocente. Era o que ela sentia. Pensar em toda aquela beleza máscula e inteligência encarceradas por cinco longos anos lhe rendeu um aperto na garganta. A visão de uma cela na cadeia passou por sua cabeça... O som da porta se trancando, de gritos de carcereiros, de homens trabalhando em lavanderias e andando pelos pátios do presídio, cerceados de toda a liberdade e privacidade. De toda a dignidade.

A voz do âncora chamou sua atenção para a televisão: "*Logo mais notícias locais, incluindo informações sobre a nevasca que se aproxima esta noite, após o boletim de Tom Brokaw, com as últimas notícias*". Julie se levantou, subitamente nervosa demais para ficar ali, sentada, sem fazer nada.

— Vou pegar um copo de água — disse ela, já indo para a cozinha, mas a voz de Tom Brokaw a interrompeu.

"Boa noite, senhoras e senhores. Há dois dias, Zachary Benedict, considerado uma das maiores estrelas de Hollywood e um grande diretor, escapou da penitenciária estadual de Amarillo, onde cumpria pena de 45 anos pelo maquiavélico assassinato de sua esposa, a atriz Rachel Evans, em 1988."

Julie se virou a tempo de ver uma fotografia de Zack vestindo o uniforme da prisão com números gravados no peito ocupando a tela inteira. Ela voltou para a sala de estar como se hipnotizada pela repugnância do que estava vendo e ouvindo.

"Acredita-se que Benedict esteja viajando com esta mulher..."

Julie ficou sem fôlego ao ver sua própria imagem, numa foto tirada um ano antes com sua turma do terceiro ano, estampada na tela.

"A polícia do Texas informou que a mulher, Julie Mathison, 26 anos, foi vista pela última vez em Amarillo há dois dias, onde um homem que se encaixa na descrição de Benedict foi observado entrando numa Blazer azul com ela. A princípio, a polícia acreditava que a srta. Mathison foi levada contra a vontade..."

— A princípio? — explodiu Julie, olhando para Zack, que estava se levantando devagar. — O que querem dizer com *a princípio*?

A resposta veio, imediata e apavorante, com as palavras de Brokaw:

"A suposição de que Julie era refém foi descartada no final desta tarde, quando o caminhoneiro Pete Golash informou que avistou um casal que correspondia às descrições de Benedict e Mathison numa área de descanso em Colorado por volta do amanhecer do dia de hoje..."

O rosto alegre de Pete Golash preencheu a tela em seguida não em uma fotografia, mas em uma gravação. O que ele disse fez Julie se sentir furiosa e envergonhada.

"Os dois estavam brincando de guerra de bola de neve como se fossem crianças. Então a mulher... Julie Mathison... Tenho certeza absoluta de que era ela... Tropeçou e caiu, e Benedict se jogou em cima dela. Quando fui ver, eles estavam abraçados, se beijando. Se ele a sequestrou mesmo, ela não estava agindo muito como refém."

— Meu Deus! — exclamou Julie, com a mão no estômago, engolindo um pouco de bile que havia acabado de subir pela garganta. Em pouco tempo, a terrível realidade invadiu a atmosfera pretensamente aconchegante da cabana, e ela se voltou para o homem que a havia trazido até ali e o viu como o que a televisão mostrava, o que realmente era: um condenado em seu uniforme de prisão. Antes que ela pudesse se recuperar, uma cena ainda mais perturbadora apareceu no televisor, e Brokaw afirmou:

"Nosso repórter Phil Morrow está em Keaton, Texas, residência de Mathison, onde é professora de ensino fundamental. Morrow entrevistou os pais dela, o pastor e a sra. Mathison..."

Um grito de negação escapou dos lábios de Julie quando o rosto solene e digno de seu pai olhou para ela, com a voz empática, tentando convencer o mundo da inocência da filha.

"Se Julie estiver mesmo com Benedict, é contra sua vontade. Aquele caminhoneiro que diz o contrário está enganado a respeito de quem viu ou o que achou que estivesse acontecendo."

Com um olhar severo de desaprovação para os repórteres que começaram a lhe encher de perguntas, ele terminou:

"É tudo o que tenho a dizer."

Dominada por ondas de vergonha, Julie desviou o olhar do televisor para encarar Zachary Benedict com os olhos mareados de lágrimas quentes, enquanto ele vinha em sua direção.

— Cretino! — exclamou, recuando.

— Julie — disse Zack, tocando em seus ombros numa inútil tentativa de confortá-la.

— Não me toque! — exclamou, tentando se afastar das mãos dele, dando tapas em seu peito para afastá-lo, e uma torrente de soluços explodiu de seus pulmões. Ela gritou histericamente: — Meu pai é um pastor! É um homem respeitável, e você fez a filha dele parecer uma prostituta aos olhos do país inteiro! Dou aula para criancinhas! Você acha que vão me deixar ser professora de novo agora que sou um escândalo nacional que fica se jogando na neve com assassinos fugitivos?

A percepção de que ela provavelmente estava certa atingiu Zack como um soco, e ele agarrou os braços dela com mais força.

— Julie...

— Passei os últimos quinze anos da minha vida — lamentou, segurando-se para não engasgar entre os soluços — tentando ser perfeita. — O som de sua dor chegou até Zack, ainda que ele não entendesse muito bem o motivo. — E foi tudo em vão!

Como se por fim tivesse se exaurido fisicamente, ela parou de se debater, deixando a cabeça tombar para a frente, com seus ombros ainda sacudindo, aos soluços.

— Eu me esforcei tanto — disse ela em um soluço abafado. — Virei professora para que tivessem orgulho de mim. E-Eu vou à igreja e dou aula na escola dominical. Não vão me deixar dar essas aulas depois disso...

Zack subitamente não pôde mais suportar o peso do lamento dela, nem sua própria porção de culpa.

— Pare, por favor — sussurrou, condoído, envolvendo-a em seus braços, aconchegando a cabeça dela contra seu peito. — Eu entendo e sinto muito. Quando tudo isso acabar, vou provar a verdade para todo mundo.

— Você entende! — repetiu ela, com desdém, levantando o rosto ensopado de lágrimas para ele. — Como pode alguém como *você* entender como me sinto?

Alguém como ele. Um animal como ele.

— Ah, eu entendo! — retrucou ele, sacudindo-a até que olhasse para ele. — Entendo *exatamente* como é se sentir desprezado por algo que não fez!

Julie engoliu as palavras de protesto pela forma grosseira com que ele a segurou, ao perceber a fúria e a agonia estampadas no rosto e nos olhos de Zack. Os dedos dele se afundavam em seu braço, e sua voz estava marcada pela emoção.

— Não matei ninguém! Está me ouvindo? Minta para mim e diga que acredita! Vamos, diga! Quero ouvir alguém dizer isso!

Após experimentar uma pequena parte da sensação de ser injustamente acusada, Julie encolheu-se por dentro ao pensar em como ele poderia estar se sentindo. Se fosse realmente inocente... Ela engoliu em seco. Seus olhos embaçados procuravam pelo rosto belo e fatigado dele, e ela expressou seus pensamentos em voz alta:

— Acredito em você! — sussurrou, enquanto novas lágrimas começavam a cair dos cílios em direção às bochechas. — Acredito.

Zack sentiu a sinceridade naquela voz embargada; nos olhos azuis de Julie, ele viu surgir verdadeira compaixão, e, bem no fundo de si, a parede de gelo que protegia seu peito há tanto tempo começou a trincar e a quebrar. Ele levantou a mão e tocou o queixo macio dela, secando com o polegar as lágrimas que escorriam pelas bochechas dela.

— Não chore por mim — murmurou ele, com a voz rouca.

— *Eu acredito em você!* — repetiu ela, e a suave ferocidade de sua resposta demoliu o que restava das reservas dele. A garganta de Zack se fechou em um quase desconhecido nó de emoções. Por um momento, ele ficou ali, imobilizado pelo que havia visto, ouvido e sentido. As lágrimas de Julie derramavam-se por suas bochechas, encharcando seus cílios, molhando a mão dele; seus olhos pareciam um par de amores-perfeitos-azuis, e ela mordia o lábio inferior, tentando impedi-lo de tremer.

— Por favor, não chore — sussurrou ele, enquanto baixava a boca em direção à dela, a fim de fazer seus lábios pararem de tremer. — Por favor, por favor, não...

Ao primeiro toque em sua boca, ela ficou imóvel, rígida, prendendo o fôlego, embora Zack não soubesse dizer se foi o medo ou a surpresa que a paralisara. Ele não sabia e não se importava naquele momento. Seu único desejo era abraçá-la, saborear os doces sentimentos que guardava intumescidos dentro de si — os primeiros que sentia em anos — e partilhá-los com ela.

Dizendo a si mesmo para ir devagar, para se dar por satisfeito com apenas o que ela permitisse, Zack deslizou os lábios para frente e para trás pelo contorno dos lábios dela, sentindo o gosto salgado das lágrimas. Disse a si mesmo para não a pressionar, não forçar; mas, mesmo tentando evitar, acabou fazendo isso.

— Me beije — pediu ele, e a ternura impotente que ouviu em sua própria voz lhe era tão estranha quanto os sentimentos que passeavam em seu peito. — Me beije — repetiu, passando a língua entre a abertura dos seus lábios. — Abra a boca.

Quando ela obedeceu e se inclinou em direção a ele, pressionando os lábios contra os seus, Zack quase soltou um gemido de puro deleite. Desejo primitivo e potente jorrava nas suas veias. E de repente ele foi tomado pelos mais puros instintos. Abraçou-a mais forte, com seus braços apertando as costas de Julie e pressionando seus quadris contra os dele enquanto seus lábios forçavam a boca dela a se abrir mais, e sua língua mergulhou na suavidade daquele toque com gosto de vinho. Ele a imprensou contra a parede, beijando-a com toda a força persuasiva que dispunha. Sua boca estava inclinada contra a dela, sua língua a provocava, suas mãos deslizavam para baixo e para cima por baixo do suéter dela. A pele suave e nua de Julie parecia cetim líquido ao toque de suas mãos, que acariciavam a cintura fina e as costas dela. Então esticou os dedos e se permitiu procurar pelos seios dela. Julie se apertava contra ele e não conseguiu segurar um gemido quando ele a tocou. Aquele som foi quase a ruína de Zack; fez seu corpo inteiro pulsar enquanto seus dedos exploravam cada centímetro dos seios e dos mamilos. Seus lábios grudados com os dela, e sua língua a explorando com uma sede desenfreada.

Para Julie, aquilo era como estar enclausurada num casulo de sensualidade perigosa e aterrorizante, onde não tinha controle sobre nada. Particularmente sobre si mesma. Por trás dos dedos dele, seus seios começavam a arder de desejo; contra sua vontade, seu acalorado corpo se derretia frente ao vibrante contorno do dele; e seus lábios acolhiam a invasão continuada da língua dele.

Zack sentiu os dedos dela deslizando pelo cabelo fino de sua nuca, e levou a boca até a orelha dela.

— Meu Deus, como você é doce! — sussurrou enquanto acariciava os mamilos dela entre os dedos, forçando-os a se endurecer, desejando fazê-la explodir de prazer. — Minha pequena, você é tão linda...

Talvez tenha sido a ternura naquelas palavras ou o uso ridículo da palavra *linda* o que finalmente quebrou o feitiço de sensualidade que a dominava. Julie percebeu aos poucos que já havia visto Zack repetir aquela cena dezenas de vezes com dezenas de atrizes realmente bonitas no cinema. Mas *desta* vez era a *sua* pele nua que ele estava explorando com tanta certeza e experiência.

— Pare — ordenou ela, áspera, soltando-se dos braços dele, afastando-o e ajeitando o suéter. Por um momento, Zack ficou ali, com a respiração profunda, os braços ao lado do corpo, completamente desorientado. O rosto de Julie estava enrubescido de desejo, também refletido por seus olhos, mas parecia que ela queria fugir porta afora.

Suavemente, como se estivesse falando com um animalzinho arisco, ele disse:

— O que houve, minha...

— Pare com isso agora mesmo! — explodiu ela. — Não sou "sua" pequena; era alguma outra mulher numa dessas cenas com você. Não quero que me chame assim. Também não quero ouvir que sou bonita.

Zack chacoalhou a cabeça para tentar entender o que acabara de ouvir. Percebendo tardiamente que a respiração dela estava superficial, ofegante, e que ela o encarava quase como se esperasse que ele se lançasse sobre ela, arrancasse suas roupas e a estuprasse, Zack disse bem devagar e com cuidado:

— Você está com medo de mim, Julie?

— Claro que não — retrucou ela, mas percebeu, assim que as palavras saíram de sua boca, que estava mentindo. Quando começaram a se beijar, Julie percebeu instintivamente que, de alguma forma, beijá-la representava um tipo de purificação para Zack, e ela queria lhe proporcionar isso. Mas agora que seu coração havia entendido aquele beijo como um pedido urgente de muito, muito mais, Julie ficou apavorada. Porque era exatamente isso o que queria. Queria sentir as mãos dele percorrendo sua pele nua e o corpo dele contra o seu. Enquanto permaneceu calada, ele evidentemente trocou a paixão pela ânsia, pois sua voz não estava mais gentil ou bondosa, mas fria e dura.

— Se não está com medo, então o que está preocupando você? Ou será que você é, sim, capaz de sentir um pouco de empatia por um fugitivo da prisão, mas prefere manter distância? É isso?

Julie se sentiu frustrada ao ouvir a lógica deturpada dele e por sua própria estupidez em deixar as coisas chegarem a esse ponto.

— Não tem nada a ver com repulsa, se é o que você quer dizer.

Entediado, ele pronunciou letra por letra ao dizer:

— Então o que é? Se é que eu posso perguntar...

— Não precisa perguntar! — disse ela, afastando uma mecha de cabelo da testa enquanto olhava em volta, procurando algo para fazer, alguma forma de restaurar a ordem num mundo que de repente escapou de seu controle. — Não sou um animal.

Seu olhar parou diante de um quadro na parede ao seu lado que estava um pouco fora de lugar, e ela se virou para ajeitá-lo.

— E você acha que é isso o que eu sou? Um animal? É isso?

Encurralada pelas perguntas e pela proximidade de Zack, ela olhou por cima do ombro e viu uma almofada no chão.

— Eu acho — disse Julie, seca, indo até a almofada — que você é um homem que ficou privado da companhia de mulheres por cinco longos anos.

— Tem razão. E daí?

Ela colocou a almofada na vertical contra o braço do sofá e começou a sentir que o controle voltava para suas mãos, agora que havia certa distância entre eles.

— Então — explicou, dando até um sorriso impessoal —, posso entender que, para você, qualquer mulher seria como... — As negras sobrancelhas dele se juntaram acima dos olhos ameaçadores, e, inquieta, Julie se inclinou e começou a arrumar as outras almofadas, sem interromper a explicação. — Para você, depois de ficar preso tanto tempo, qualquer mulher seria como um banquete para um homem faminto. Qualquer mulher — enfatizou. — Quero dizer, não me importei em deixar você me beijar para que você se sentisse... melhor.

Zack se sentiu humilhado e furioso ao descobrir que ela o considerava um animal para quem se joga uma migalha de sentimentos, um mendigo faminto por sexo a quem ela relutantemente permitia um mísero beijo.

— Como você é nobre, srta. Mathison — zombou ele, ignorando o fato de que as bochechas dela perdiam a cor à medida que ele continuava com deliberada brutalidade. — Você sacrificou seu precioso corpo duas vezes por mim. Mas, ao contrário do que pensa, até um animal como eu é capaz de se reprimir e fazer distinções. Resumindo, Julie, você pode até achar que é um "banquete", mas é completamente resistível para este homem em particular, por mais carente de sexo que esteja.

Sua raiva era tangível, aterrorizante e completamente incompreensível para Julie, em seu estado agitado. Ela recuou, envolvendo a si mesma com os braços, como se quisesse proteger-se da ferida que ele deliberadamente infligia em suas emoções desnudas.

Zack leu cada reação nos expressivos olhos dela e, satisfeito por ver que havia feito o maior estrago possível, virou-se e foi até a mesa atrás da televisão, procurando nas gavetas por algum filme interessante em vídeo.

Julie percebeu que havia acabado de ser descartada como um pano velho e usado, mas seu orgulho devastado se rebelou contra o pensamento de se esconder no quarto como um animal ferido. Recusando-se a derramar uma única lágrima, ela foi até a mesa e começou a ajeitar as revistas, até que se assustou com a gélida ordem de Zack.

— Vá para a cama! Você é uma daquelas donas de casa compulsivas ou algo do tipo?

As revistas despencaram de sua mão, e ela o encarou, mas acabou fazendo o que ele mandou.

Do canto do olho, Zack a observou se recolher, notando o queixo empinado e o orgulho gracioso de seu andar. Com a habilidade que aperfeiçoou aos 18 anos, ele se virou e friamente afugentou Julie Mathison de seus pensamentos. Concentrou-se no noticiário que Julie havia interrompido com sua explosão enfurecida. Ele podia jurar que, enquanto tentava confortá-la, Brokaw havia dito algo sobre Dominic Sandini. Sentou-se no sofá e encarou a televisão. Queria tanto ter ouvido exatamente o que disseram. Dali a duas horas passaria um jornal noturno ou pelo menos um rápido boletim antes que a emissora saísse do ar. Apoiando os pés sobre a mesa de centro, Zack se recostou no sofá, preparado para esperar um bom tempo, quando o rosto de Sandini com seu sorrisinho implacável preencheu sua mente, e um fraco sorriso se esboçou em seus lábios ao pensar naquele rapaz hirsuto e irrepreensível. Em todos esses anos, houve apenas dois homens que Zack chegou a considerar amigos de verdade: Matt Farrell e Dominic Sandini. O sorriso de Zack se aprofundou quando se deu conta das inconciliáveis diferenças entre os dois homens que considerava seus "amigos". Matt Farrell era um milionário sofisticado; Zack e ele construíram uma amizade alicerçada nas dezenas de interesses em comum e num profundo respeito mútuo.

Dominic Sandini era um ladrãozinho insignificante e não tinha absolutamente nada em comum com Zack, que, por sua vez, não fez nada para conquistar nem o respeito nem a lealdade do amigo. Mas Sandini deu ambos, de graça e sem reserva. Rompeu o isolamento de Zack com piadas bobas e histórias curiosas sobre sua família enorme e pouco convencional. Então, sem Zack perceber, Sandini o incluiu nessa família. Seus parentes iam à prisão e agiam como se o pátio do presídio fosse um lugar perfeitamente normal para festivas reuniões de família. Faziam o inexperiente Zack carregar os bebês no colo e o tratavam com a mesma confusa combinação entre afeição e preocupação que demonstravam a Dom. Pensando bem, Zack percebeu o quanto suas cartas e presentes — mesmo o salame de Mamãe Sandini — haviam significado para ele. Sentiria falta de todos eles, muito mais do que imaginara. Recostando a cabeça no sofá, fechou os olhos, acalmado pelas lembranças. Decidiu que encontraria um jeito de mandar um presente de casamento para Gina. Um jogo de chá em prata. Mandaria um presente para Dom também. Algo especial. Mas o que Dominic ainda não tinha e gostaria de ganhar? O presente mais lógico que veio à mente fez Zack rir do próprio absurdo: uma loja de carros usados!

Pouco antes da meia-noite, como esperado, reprisaram o noticiário, assim como uma breve gravação a que Zack já tinha assistido mais cedo. A gravação mostrava Dom, com as mãos atrás da cabeça, sendo revistado, algemado e jogado num camburão da polícia de Amarillo uma hora depois que Zack fugiu, mas foram as palavras do repórter que fizeram Zack franzir as sobrancelhas: "*O segundo fugitivo, Dominic Sandini, 30 anos, foi recapturado e levado sob custódia depois de breve confronto com a polícia. Foi levado para a Penitenciária Estadual de Amarillo para interrogatório, onde dividia cela com Benedict, ainda foragido. O diretor Wayne Hadley descreveu Sandini como um homem extremamente perigoso.*" Inclinando-se para a frente, Zack encarou o televisor e ficou aliviado ao ver que Dom não parecia ter sofrido muito na mão dos policiais. Ainda assim, o que diziam sobre ele não fazia muito sentido. A imprensa e Hadley deveriam tratar Dom como um herói — um preso com bom comportamento que denunciou a fuga de um companheiro de cela. Ontem, quando os repórteres descreveram Dom como "o segundo foragido", Zack presumiu apenas que ainda não haviam tido tempo de entrevistar Hadley para apurar os fatos. Agora, certamente já tinham entrevistado o diretor. Mas

Hadley dizia que Sandini era perigoso. Por que diabos faria isso, perguntou-se Zack, quando poderia estar se vangloriando por ao menos *um* de seus presos com bom comportamento ser um cidadão honesto?

A resposta que veio à mente de Zack era impensável, insuportável: Hadley não caiu na história de Dom. Não, não podia ser verdade, pois havia se certificado de que o álibi de Dom não tinha furos. Com isso, sobrava apenas outra possibilidade: Hadley acreditou, sim, na história de Dom, mas não quis deixar a fuga de Zack sem um culpado. Zack não contava com isso; havia presumido que o enorme ego de Hadley o faria enaltecer Dom, particularmente porque toda a imprensa estaria focada no caso. Nunca imaginara que a crueldade do diretor poderia se sobrepor ao seu ego ou ao bom senso, mas, se isso aconteceu, os métodos que ele poderia usar para se vingar de Dom seriam brutais. A prisão estava cheia de histórias sinistras de espancamentos, alguns deles fatais, que haviam ocorrido na infame sala de reunião de Hadley, com a ajuda de alguns dos carcereiros prediletos do diretor. Sua desculpa rotineira para os corpos que chegavam feridos à enfermaria ou ao necrotério da prisão era sempre: "ferimentos causados durante tentativa de fuga."

Zack entrou em pânico ao final da matéria, quando o repórter acrescentou: "*Temos novas informações sobre o caso da fuga de Benedict e Sandini. De acordo com declaração feita pela Diretoria da Penitenciária Estadual de Amarillo há uma hora, Dominic Sandini fez uma segunda tentativa de fuga enquanto estava sendo interrogado a respeito de sua participação no desaparecimento de Benedict. Três guardas foram atacados até que Sandini foi finalmente recapturado e contido. Ele foi encaminhado para a enfermaria da prisão, e seu estado é considerado crítico. Ainda não estão disponíveis detalhes acerca da natureza e extensão de seus ferimentos.*"

O corpo de Zack estremeceu de choque e raiva. Seu estômago revirou, e ele inclinou a cabeça para trás, segurando uma ânsia de vômito. Olhou para o teto, engolindo em seco, enquanto as lembranças do jeito otimista e risonho e das piadas tolas de Dominic passeavam por sua mente.

As palavras do repórter continuaram, mas pontuaram rapidamente:

"*Rumores de uma rebelião na Penitenciária Estadual de Amarillo foram confirmados, e a governadora de Texas, Ann Richards, está preparada para enviar tropas da Guarda Nacional, se necessário. Os presidiários de Amarillo, aparentemente se aproveitando da cobertura da imprensa acerca do caso Benedict e Sandini, estão protestando contra o que consideram crueldade injustificada por parte de alguns carcereiros e funcionários do presídio, assim como condições insalubres de sobrevivência e alimentação ruim."*

Zack continuou parado ali até bem depois do término da programação da emissora, tão desesperado que não conseguia reunir forças para se levantar. A determinação de escapar e sobreviver que o havia mantido são pelos últimos cinco anos estava aos poucos se esgotando. Era como se a morte estivesse ao seu lado ou lhe espreitando pelas costas o tempo todo, e de repente Zack se cansara de fugir dela. Primeiro, seus pais morreram, depois seu irmão, seu avô e, por fim, sua esposa. Se Sandini morresse, não haveria ninguém para culpar a não ser a si próprio. Sentado ali, Zack se sentiu vítima de alguma maldição macabra, que dava uma morte prematura a todas as pessoas de que gostava. Mesmo desesperado, percebeu que pensamentos como esse eram perigosos, desequilibrados, insanos. Sentiu que seu apego à sanidade estava se tornando cada vez mais frágil.

25

CARREGANDO O PEQUENO MONTE DE ROUPAS QUE HAVIA acabado de tirar da máquina de secar, Julie cruzou a sala deserta descalça e com o cabelo molhado para chegar ao quarto onde havia passado uma noite quase toda em claro. Eram onze horas da manhã e, pelo som de água correndo, ela presumiu que Zack também tivesse dormido tarde e só agora estava tomando um banho.

Cerrando os olhos para combater uma incômoda e forte dor de cabeça, ela cumpriu o ritual de secar o cabelo, depois o escovou e vestiu a calça jeans e o suéter que havia usado três dias antes, quando fora a Amarillo. Parecia que esse dia tinha passado há semanas, pois foi a última vez que tudo pareceu normal. Agora nada era normal, principalmente seus sentimentos a respeito de si mesma. Ela fora sequestrada por um preso fugitivo — uma situação que faria uma mulher comum, decente e direita odiar seu captor e desprezar tudo o que ele representa. Qualquer outra mulher respeitável de 26 anos teria tentado lutar contra Zachary Benedict e frustrar seus planos, fugir de suas garras e fazê-lo ser recapturado e mandado para a prisão, que era seu lugar. Isso é o que faria uma jovem boa, decente e temente a Deus.

Mas não foi o que Julie Mathison havia feito. De jeito nenhum. Ao contrário, permitiu que seu sequestrador a beijasse e tocasse; pior, gostou disso. Na noite passada, disse a si mesma que só queria confortar um homem desafortunado, que estava apenas sendo uma boa pessoa, como lhe foi ensinado. Mas, à cruel luz do dia, entendeu que isso era uma completa mentira. Se Zachary Benedict fosse um velho feio, ela não teria se jogado em seus braços e tentado beijá-lo para fazê-lo feliz. Nem quereria tanto que ele fosse inocente. A verdade era que havia acreditado na ridícula afirmação de inocência de Benedict, porque *queria* acreditar nele, e então o "confortou", pois se sentia vergonhosamente atraída por ele. Em vez de fugir e fazê-lo ser recapturado na área de descanso ao amanhecer do dia anterior, ela se deitou na neve e o beijou, ignorando a possibilidade bastante viável de que o caminhoneiro chamado Pete não teria se machucado caso uma briga ocorresse.

Em Keaton, ela sempre se desviava das investidas sexuais de homens bons e decentes, ao mesmo tempo em que parabenizava a si mesma hipocritamente pelos altos padrões morais que seus pais adotivos lhe ensinaram. Mas agora a verdade era óbvia e dolorosa: ela nunca havia se sentido sexualmente atraída por nenhum daqueles homens e finalmente entendia o motivo: só poderia sentir atração por homens de sua própria espécie, párias como Zack Benedict. Decência e respeitabilidade não a excitavam; violência, perigo e paixões ilícitas obviamente davam conta do recado.

A realidade nauseante era que Julie aparentava ser uma mulher correta, digna, direita, mas no fundo ainda era Julie Smith, a menina de rua de pais desconhecidos. A ética da sociedade não significava nada para ela naquela época; e continuava assim até hoje. A sra. Borowski, diretora do Centro Tutelar LaSalle, sempre esteve com a razão. Enquanto dava um puxão nos cabelos com a escova, Julie ouvia em sua mente a voz ácida da mulher e podia ver o desprezo em seu rosto.

— Um leopardo não consegue mudar suas manchas, e nem você, Julie Smith. Você pode ser capaz de enganar aquela psiquiatra, mas não consegue enganar a mim. Você é semente ruim, como naquele filme que vimos na televisão... Você não vai gerar nada bom, lembre-se do que digo... Você e aqueles moleques são todos farinha do mesmo saco. Eles são como você... Não prestam... *Não prestam*!

Julie cerrou os olhos, tentando se livrar dessas lembranças dolorosas e se concentrar no homem bondoso que a havia adotado.

— Você é uma boa garota, Julie — sussurrou ele em sua mente, como fazia frequentemente depois que ela se juntara à família. — Uma menininha excelente e amorosa. Você vai crescer e se tornar uma grande mulher. Vai escolher um homem bom e religioso um dia e vai ser uma esposa e mãe maravilhosa, assim como você é uma filha maravilhosa hoje.

Devastada pela lembrança da indevida confiança que o pai adotivo depositara nela, Julie uniu as mãos sobre a cômoda e inclinou a cabeça.

— Vocês estavam errados — sussurrou com a voz entrecortada. Agora percebia a cruel verdade: ela não se sentia *atraída* por homens bons e religiosos, nem mesmo os de boa aparência, como Greg Howley. Em vez disso, sentia-se atraída por sujeitos como Zack Benedict, que a fascinou desde o momento em que o viu no estacionamento do restaurante. A verdade revoltante é que ela queria ter ido para a cama com ele na noite anterior, e Zack sabia disso. Julie sabia que esse era o real motivo por ele ter ficado com raiva dela quando interrompeu as carícias. Ele desprezou sua covardia. Ela ficou com vontade de ir para cama com ele assim que começaram a se beijar.

Um leopardo não consegue mudar suas manchas. A sra. Borowski tinha razão.

Mas de repente Julie lembrou que o reverendo Mathison discordava especificamente disso. Quando ela repetia esse ditado, ele a sacudia pelos braços suavemente e dizia:

— Os animais não podem mudar, mas as pessoas, sim, Julie. Por isso que o Senhor nos deu uma consciência e vontades. Se você quiser ser uma boa garota, tudo o que tem que fazer é agir como tal. Decida-se!

Decida-se, Julie...

Lentamente, Julie levantou o rosto e encarou seu reflexo no espelho enquanto uma nova força crescia dentro de si. Ela ainda não havia feito nada completamente imperdoável. Ainda não.

E antes de fazer algo que pudesse trair a si mesma e a sua criação, ela se livraria das garras de Zachary Benedict. Hoje mesmo, decidiu. Tinha que ir embora hoje, antes que sua frágil força de vontade sucumbisse a esse perigoso apelo. Se ficasse ali, de fato se tornaria cúmplice dele e, se isso ocorresse, ela afundaria além de qualquer redenção social e moral. Com um fervor quase histérico, Julie jurou fugir hoje mesmo.

Foi até a janela, puxou as cortinas e espiou a manhã cinzenta. Pesadas nuvens de neve se empilhavam no alto, e o vento uivava por entre os pinheiros, estremecendo o vidro das janelas. Enquanto refazia mentalmente o caminho que a trouxera até ali, os primeiros flocos de neve caíram do céu, e ela fez uma careta. Nos últimos dois dias, havia visto neve suficiente para uma vida inteira. A 18 metros dali, depois do deque de madeira que contornava a casa, alguém havia pregado um termômetro no tronco de uma árvore; o aparelho registrava 5 graus, sem levar em consideração a sensação térmica, a qual Julie presumiu que certamente reduziria a temperatura a zero.

Ela levantou a cabeça, sobressaltada por um som de rádio. O homem que havia causado toda a sua aflição já estava vestido na sala de estar, provavelmente esperando começar o noticiário.

Por um minuto, Julie cogitou tentar se enclausurar naquele quarto aconchegante até que ele finalmente fosse embora, mas isso não era plausível nem prático. Ela ainda precisava comer e, mesmo que trancasse a porta, não tinha como selar as janelas. Além disso, quanto mais tempo ficasse com ele, menores seriam as chances de convencer a polícia e os cidadãos de Keaton de que não era cúmplice, nem amante, de um assassino condenado.

Com um nervoso suspiro, Julie encarou o fato de que o único caminho para a "liberdade" — e respeitabilidade — estava lá fora, cruzando uma montanha nevada, na Blazer, se conseguisse um jeito de fazer ligação direta, ou mesmo a pé. Se tivesse que ser a pé, o que parecia mais provável, seria necessário conseguir roupas quentes.

Afastando-se da janela, Julie entrou no espaçoso closet, esperando pegar "emprestado" algumas roupas mais quentes. Alguns minutos depois, gritou de alegria: no fundo de uma das gavetas estava o que pareciam ser macacões de neve. Ambos eram azul-marinho, vermelho e branco, mas um deles era menor e, quando a colocou em frente ao corpo, Julie viu que lhe servia. Com a roupa nas mãos, voltou para o quarto e começou a vasculhar as gavetas da cômoda. Pouco depois, suprimiu outro grito de alegria ao ver uma muda de roupa de baixo térmica.

Foi uma luta fechar o zíper da calça jeans com a volumosa camada por baixo. E quando conseguiu, a calça ficou tão apertada que Julie não conseguia dobrar os joelhos, mas pouco se importou com o incômodo. Seus pensamentos estavam voltados para a melhor forma de fazer Zachary Benedict baixar a guarda por tempo suficiente para que ela fugisse e, se saísse a pé, garantir que ele não fosse atrás dela até que já tivesse avançado bastante. Por essa razão, deixou para vestir o macacão de neve depois. No momento, parecia mais inteligente fazê-lo pensar que ela estava simplesmente indo dar um passeio na mata por alguns minutos a fim de tomar ar fresco.

Assumindo no rosto uma expressão educada e impessoal, Julie cobriu bem o quadril com a parte de baixo do suéter e da jaqueta, na esperança de que ele não notasse a aparência de suas pernas: um par de salsichas inchadas e duras. Abriu a porta e entrou na sala de estar.

Seus olhos foram automaticamente atraídos para o sofá ao lado da lareira, onde esperava vê-lo. Mas ele estava do outro lado da sala, olhando a neve cair pela janela, de costas para Julie e com as mãos enfiadas no fundo dos bolsos da calça. Adiando o momento em que teria de encará-lo pela primeira vez desde a noite anterior, ela o observou levantar a mão. Enquanto ele esfregava, absorto, os músculos da nuca, a mente traiçoeira de Julie de repente se lembrou da habilidade com que aqueles longos dedos haviam acariciado seus seios e do prazer intenso que ele a fizera sentir. Nesse momento lhe ocorreu que ele de fato merecia algum crédito por ter demonstrado uma boa dose de decência e freios na noite anterior. Recordou-se de que ele tinha ficado tão excitado fisicamente quanto ela e sentiu o rosto esquentar diante da vívida lembrança da rígida ereção pressionando seu corpo.

Julie o excitou, depois inadvertidamente o insultou e enfureceu; mesmo assim, ele não tentou recorrer à força...

Zack virou a cabeça um pouco, e ela viu o orgulho estampado naquele perfil másculo, a boca hábil que a beijara com uma paixão tão avassaladora. Sem dúvida, um homem capaz de tamanha ternura e de se conter mesmo no mais quente dos momentos, ainda mais depois de ter ficado sem ver uma mulher durante cinco anos, não poderia ser um assassino...

Julie repreendeu a si mesma. Estava sendo tola mais uma vez — parada ali, desculpando o vilão, romantizando-o só porque ele era alto, bonito e incrivelmente sensual, e porque ela era uma idiota, uma verdadeira imbecil que se sentia irresistivelmente atraída por ele.

— Com licença — disse ela, seca, levantando a voz para ser ouvida acima do rádio.

Ele se virou, e seu olhar se concentrou na roupa de neve que ela vestia.

— Aonde pensa que está indo?

— Você disse — respondeu Julie, no mesmo tom dele — que eu tinha livre acesso à casa e aos arredores. Vou enlouquecer se ficar enfurnada aqui dentro. Quero dar uma saída para tomar ar fresco.

— Está congelando lá fora.

Percebendo que Zack estava prestes a recusar, ela adotou uma abordagem calma e lógica.

— Como você falou, eu morreria de frio se tentasse fugir a pé. Só preciso me exercitar um pouco e respirar ar fresco. Tudo o que quero fazer é explorar o quintal um pouco e... — hesitou, então teve um lampejo de inspiração e tentou injetar uma animação infantil em sua voz. — Quero fazer um boneco de neve! Por favor, não diga que não posso. Não vejo tanta neve assim desde que me mudei para o Texas, quando era pequena.

Zack não ficou muito impressionado, e sua resposta não foi muito amigável.

— Fique à vontade, mas permaneça onde eu possa vê-la daqui de dentro.

— Sim, carcereiro — retrucou Julie, furiosa com seu tom altivo. — Mas posso sair do seu campo de visão uma ou duas vezes para ir buscar galhos e coisas de que vou precisar?

Em vez de responder, ele levantou as sobrancelhas e a encarou, em silêncio glacial.

Julie decidiu tomar o silêncio como uma resposta positiva, embora soubesse que não era essa a intenção. Havia decidido se afastar dele e, para alcançar esse objetivo urgente, estava preparada para se curvar diante de qualquer coisa.

— Eu costumava fazer bonecos de neve com nariz de cenoura — contou a ele, e com uma capacidade de atuar até então desconhecida, sorriu e acrescentou: — Vou ver se temos cenouras na geladeira.

A geladeira ficava ao lado de uma gaveta que, como havia observado na noite anterior, continha chaves de formato estranho, mas não dava para saber quais fechaduras abriam. Com a mão esquerda, Julie abriu a geladeira e, com a direita, puxou a gaveta silenciosamente, e seus dedos tatearam em busca das chaves de metal que havia visto antes.

— Não tem cenoura — disse ela por cima do ombro, olhando para ele com outro sorriso artificial, depois deu uma rápida conferida na gaveta. Julie viu uma das chaves e a pegou, mas sabia que deveria haver outras além desta. Então ela as viu: três outras chaves despontando por entre algumas espátulas e colheres. Com os olhos focados na geladeira, conseguiu pegar outra chave, mas sua mão trêmula e suas longas unhas dificultaram suas chances de alcançar as outras duas, ainda mais sem poder olhar. Assim que agarrou uma delas nas mãos, Julie ouviu Zack se mexer e, quando olhou para cima, o viu caminhando em sua direção. Ela tirou com pressa a mão da gaveta e fechou, com as duas chaves pressionando a palma de sua mão e a voz trêmula.

— O-O que você quer?

— Algo para comer, por quê?

— Só estou perguntando. — Ela se desviou de Zack enquanto ele se aproximava da bancada. — Fique à vontade.

Ele parou. Seus olhos a seguiram enquanto ela caminhava, rígida, em direção ao closet.

— O que houve com as suas pernas?

A boca de Julie secou.

— Nada. Quero dizer... Encontrei roupa de baixo para neve e vesti por baixo do jeans, para que eu fique aquecida quando for lá fora.

— Fique perto da casa — alertou ele. — Não me faça ir atrás de você.

— Pode deixar — mentiu, já abrindo a porta do closet no hall, onde havia visto alguns gorros e luvas de esqui que pertenciam ao dono da casa. — O que você acha que devo usar para fazer os olhos e o nariz do boneco? — perguntou, tagarelando sobre detalhes de seu plano na esperança de entediá-lo e fazê-lo baixar a guarda.

— Não sei e, para ser franco, não estou nem um pouco interessado.

Com falso entusiasmo, ela olhou por cima do ombro enquanto calçava um par de botas que havia encontrado no closet.

— Bonecos de neve são um projeto artístico muito importante em algumas culturas — informou a ele, inconscientemente impondo o mesmo tom que usava para falar com seus alunos. — Sabia disso?

— Não.

— Eles precisam de uma boa dose de planejamento — acrescentou ingenuamente.

Em vez de responder, ele a analisou em silêncio especulativo por um momento, então virou de costas e voltou para a cozinha.

Julie teria interrompido qualquer tentativa de continuar conversando, mas havia acabado de pensar numa desculpa por desaparecer da vista dele com mais frequência e decidiu colocá-la logo em prática, inventando delibe radamente os fatos.

— Quero dizer, nas culturas em que as figuras de gelo e neve são consideradas uma valiosa forma de arte, um boneco de neve é muito mais do que apenas três grandes bolas de neve. Eles constroem todo um cenário em volta do boneco, usando galhos, frutas e pedras — disse, calçando um par de luvas de esqui à prova de água que havia encontrado no fundo do closet. Olhando por cima do ombro com um sorriso brilhante enquanto se levantava e fechava a porta do closet, acrescentou: — Não é interessante?

Ele tirou uma faca da gaveta de talheres e abriu a porta de um dos gabinetes.

— Fascinante — zombou.

— Você não parece muito fascinado — reclamou Julie, determinada a incitá-lo a ordená-la que saísse e o deixasse em paz, que era exatamente o que queria fazer. — Quero dizer, o mínimo que você pode fazer é participar do projeto. Imagine a satisfação de ver que o cenário do boneco está...

Ele bateu a porta do gabinete com força, sobressaltando Julie, que olhou para a faca nas mãos dele.

— Julie — avisou ele —, cale a boca!

A mudança em seu humor já teria sido suficiente para lembrá-la de que Zachary Benedict era um adversário perigoso e imprevisível, mas, com a lâmina de uma faca brilhando em sua mão e o olhar ameaçador, ele parecia plenamente capaz de cometer um assassinato a sangue-frio.

Zack percebeu a cor se esvaindo do rosto dela, viu a maneira como ela estava encarando a faca e soube exatamente o que ela estava pensando a seu respeito. Sua irritação se tornou fúria.

— Está certa — disse. — Sou um assassino condenado.

— M-Mas você disse que era inocente — lembrou-lhe ela, tentando sem sucesso parecer calma e segura.

— Foi o que eu disse — respondeu ele, com uma voz sedosa que fez subir uma onda de arrepio pelas costas dela. — Mas você não acreditou, não é, Julie?

Ela engoliu em seco e começou a recuar no estreito corredor.

— Posso ir lá fora?

Sem esperar por uma resposta, agarrou a maçaneta da porta da casa e abriu.

Atrás dela, Zack permaneceu totalmente imóvel, tentando se acalmar e esquecer o pavor que viu no rosto de sua refém. Disse a si mesmo que não importava o que ela achasse, nem se ela ficasse adorável quando tagarelava sobre bonecos de neve, nem se fosse doce e bondosa. Em comparação a Julie, ele era desumano e imundo.

Alguns minutos depois, chegou a hora do noticiário do rádio, e o humor de Zack melhorou consideravelmente: de acordo com o radialista, o estado de Sandini não havia melhorado, tampouco piorado. Mantinha-se estável. Zack zapeou entre as estações de rádio e finalmente encontrou uma que transmitia apenas notícias, e não música. Ele havia acabado de entrar na sala de estar quando o radialista anunciou que um homem que as autoridades canadenses acreditavam ser Zachary Benedict tinha atravessado a fronteira com o Canadá duas noites antes dirigindo um sedã preto alugado.

26

— DROGA! — EXCLAMOU JULIE EM VOZ BAIXA ENQUANTO saía da Blazer estacionada atrás da casa, fora do campo de visão das janelas frontais e laterais. Nos quinze anos desde que teve sua primeira e única aula sobre ligação direta, o sistema elétrico dos carros obviamente havia mudado muito, ou então ela não fora uma aluna muito aplicada, pois não fazia a menor ideia de qual seria o fio correto entre os vários que despontavam debaixo do painel.

Tremendo convulsivamente, inclinou-se para juntar os ramos de pinheiro que havia pegado e correu através do vento e da neve até a lateral da casa. Durante os quinze minutos em que esteve do lado de fora, Zack havia permanecido em frente à janela, observando-a como uma estátua de pedra sem expressão. A pretensa necessidade de arranjar "elementos" para criar um cenário para o boneco de neve a permitiu sair de vista por alguns minutos de cada vez sem despertar suspeitas, exatamente como esperava, mas temia estar demorando demais desta vez. Até agora, Julie havia feito três pequenos trajetos, cuja duração aumentava, retornando a cada vez com ramos de pinheiro depois de tentar fazer ligação direta na Blazer. Ela contava com a esperança de que ele logo decidiria que ela era mesmo idiota a ponto de perder tempo construindo um boneco de neve no tempo gelado e se entediaria da tarefa de sentinela.

Levantando os braços, Julie protegeu as orelhas com o gorro de tricô que havia pegado no closet, depois começou a fazer a bola de baixo do corpo do boneco de neve, enquanto relembrava suas opções de fuga: tentar escapar a pé seria insanidade nesse tempo, ela sabia disso. Mesmo se não se perdesse tentando descer a montanha por alguma trilha, era provável que ela morresse congelada antes de chegar à rodovia principal. Se, por algum acaso, conseguisse chegar lá, sem dúvida congelaria antes de algum motorista vê-la. No caminho até a casa, eles não cruzaram com nenhum carro nas últimas duas horas de viagem. A possibilidade de descobrir onde Zack havia escondido as chaves da Blazer parecia igualmente remota, e ela não conseguia dar a partida no carro sem elas.

— Tem que haver um jeito de sair daqui! — pensou alto Julie, enquanto empurrava o monte de neve para mais perto da pilha de galhos. Havia uma garagem trancada a cadeado na parte de trás da casa, que Zachary Benedict contou que era usada como depósito e, por isso, não poderia acomodar a Blazer. Talvez ele estivesse mentindo. Talvez não soubesse com certeza. Uma das chaves no bolso de Julie poderia abrir um cadeado, e o único cadeado que havia visto na casa foi na porta lateral da garagem. A possibilidade de o proprietário ter deixado um carro ali não animou muito o ânimo de Julie. Presumindo que conseguisse encontrar a chave do carro e desse a partida, a Blazer estaria bloqueando a entrada da garagem.

Isso a deixou com apenas uma opção: mesmo sem ver o interior da garagem, ela teve um pressentimento do que poderia encontrar lá dentro: esquis. Havia botas de esqui no armário do quarto, mas nenhum aparelho de esqui na casa, o que significava que devia estar na garagem.

Julie nunca havia esquiado na vida.

Mas estava disposta a tentar. Além disso, esquiar não parecia ser tão difícil quando via as pessoas esquiando na televisão e nos filmes. Não devia ser tão difícil assim. Até crianças praticam esqui. Com certeza ela conseguiria também.

Assim como Zachary Benedict, lembrou Julie, estremecendo de medo. Ela já o havia visto esquiar em um de seus filmes, um suspense que se passava na Suíça. No filme parecia que ele era um esquiador experiente, mas é provável que um dublê tenha feito as cenas mais radicais.

Julie grunhia ao empurrar a pesada bola pela neve, tornando-a cada vez maior, e, dez minutos depois, finalmente conseguiu colocá-la na posição correta — nada mal, considerando que ela quase não conseguia dobrar os joelhos por dentro do jeans colado. Quando terminou o primeiro terço do boneco de neve, enfiou em volta rapidamente os galhos de pinheiro, formando um semicírculo, como se tivesse algum plano em mente, depois parou e fingiu contemplar sua obra. Do canto do olho, ela esgueirou para as janelas e viu que ele ainda estava lá, imóvel como uma estátua.

Está na hora, ela decidiu com um tremor nervoso, de investigar a garagem.

Com as mãos enluvadas e dormentes por causa da expectativa e do medo, Julie tentou sem sucesso abrir o cadeado com a primeira chave que havia encontrado na gaveta. Prendendo o fôlego, introduziu a segunda chave, e o cadeado se separou em duas partes. Olhando por cima do ombro para a porta traseira da casa, assegurou-se de que ele não havia de repente decidido sair de casa, então entrou na garagem e fechou a porta.

Dentro estava escuro, mas, depois de tropeçar numa pá e esbarrar num objeto não identificado de enormes pneus, ela finalmente encontrou um interruptor na parede e o ligou. Uma série de lâmpadas no teto se acendeu. Sem conseguir enxergar por um momento, Julie piscou e depois olhou em volta do cômodo abarrotado de coisas. Seu coração batia forte com a esperança e o medo. Esquis. Havia vários aparelhos de esqui guardados em armários junto à parede oposta a ela. À sua esquerda estava um enorme trator equipado com um imenso dispositivo para varrer a neve. Julie tentou se ver sentada na cabine do trator, abrindo caminho pela traiçoeira estrada que descia a montanha, mas então descartou essa possibilidade. Mesmo se ela fosse audaciosa o suficiente para empurrar a Blazer do caminho e dirigir o trator montanha abaixo, o motor sem dúvida seria barulhento demais, alertando o homem dentro da casa. Além disso, o veículo devia se mover tão lentamente que Zack poderia tirá-la dali sem nem precisar correr.

A outra metade da garagem estava repleta de equipamentos para o trator, como pneus de neve e outros cobertos por um enorme tecido preto.

Esquis. Julie teria que tentar esquiar para descer a montanha; se não morresse congelada, ela sem dúvida morreria ao levar um tombo. E o que era ainda mais deprimente é que teria que esperar até o dia seguinte, ou mesmo o próximo, para tentar, pois o vento estava ficando mais forte e a neve começava a cair de maneira tão intensa que mais parecia uma nevasca. Mais por curiosidade do que por esperança, Julie levantou um pedaço do tecido e espiou o que havia embaixo, então o colocou de lado e deu um gritinho de prazerosa incredulidade.

Embaixo do tecido havia dois snowmobiles azul-escuros, com os respectivos capacetes em cima dos bancos.

Com os dedos trêmulos, ela tentou introduzir a segunda chave na ignição de um dos snowmobiles. A chave entrou e ligou. Deu certo! Satisfação e esperança vibravam em seu corpo enquanto ela corria para fora da garagem e fechava a porta com cuidado. O clima, que havia parecido tão ameaçador há apenas alguns minutos, agora se tornou um problema mínimo. Em meia hora, ou mesmo antes — assim que conseguisse vestir uma roupa própria para o veículo e saísse da casa de novo —, ela estaria a caminho da liberdade. Julie nunca havia dirigido um snowmobile antes, mas não tinha dúvida de que daria um jeito e se sairia muito melhor do que com todos aqueles aparelhos de esqui. Com a intenção de continuar com o plano que estava dando tão certo, Julie deteve-se o suficiente para pegar mais galhos de pinheiro, depois voltou para onde estava o boneco de neve e ajeitou os galhos, como se tivesse passado todo esse tempo juntando-os. Zachary Benedict ainda estava em pé à frente da janela, observando-a, e Julie se forçou a parar e olhar em volta, como se estivesse procurando mais "apetrechos" para colocar no boneco de neve, enquanto repassava em mente os detalhes de seu plano de fuga. Tudo o que tinha a fazer era trocar de roupa, calçar luvas secas e pegar a chave do outro snowmobile para que Zack não pudesse segui-la quando descobrisse que ela havia fugido.

Julie estava pronta para ir embora. Nem o vento, nem a neve, nem um fugitivo armado poderiam detê-la. Estava praticamente a caminho.

Dentro da casa, Zack a observou ajeitar o gorro sobre as orelhas e afastar-se de sua vista para procurar seja lá o que precisava para criar o tal "cenário". A raiva que ele havia sentido mais cedo desapareceu, aliviada, em boa parte, pela notícia de que a condição de Sandini não havia piorado e, em menor grau, pelo divertimento de ver Julie se digladiando com aquela enorme bola de neve, empurrando-a e socando-a, embora quase não conseguisse se inclinar com aquela calça jeans colada. Sorriu ao recordar como ela resolvera o problema: quando a bola de neve já estava grande o suficiente, ela parara de empurrá-la com as mãos e os braços e, então, se virara, apoiara as costas contra a bola e a empurrara com os pés e as pernas. Zack se sentiu tentado a ir lá fora para ajudá-la, uma oferta que ela certamente rejeitaria e que o privaria do prazer de observá-la desse local privilegiado. Até então, ele nunca havia imaginado que poderia haver tal prazer em observar uma mulher construir um boneco de neve. Por outro lado, nunca havia conhecido uma mulher adulta que pensaria em fazer algo tão mundano e inocente quanto brincar na neve.

Julie é um enigma completo, ele pensou enquanto esperava pelo retorno dela. Inteligente e ingênua, compassiva e ardente, impulsiva e irrequieta. Ela era um conglomerado de contrastes, todos muito atraentes. Mas se havia algo em Julie Mathison que realmente o intrigava era sua integridade tão genuína. A princípio, ele achou que estivesse fantasiando aquela aura de inocência, mas na noite anterior havia descoberto que ela mal sabia beijar! Isso o fez pensar sobre que tipo de homem vivia em Keaton. E que tipo de idiota sem consideração seria aquele quase noivo, que não lhe ensinou as preliminares? Ela deu um pulo para trás, como um coelhinho assustado, quando Zack tocou seus seios. Se não pensasse ser impossível nos dias de hoje e naquela idade, ele acharia que ela ainda era virgem.

Zack percebeu aonde seus pensamentos o estavam levando e xingou a si mesmo em silêncio. Então virou-se, surpreso, ao ouvir Julie entrando pela porta traseira.

— E-Eu preciso de algumas roupas para vestir o boneco — disse ela, com um brilhante sorriso.

— Por que não deixa para terminar amanhã? — perguntou ele, então o sorriso dela se esvaneceu.

— Mas e-eu estou me divertindo tanto! — protestou ela, soando desesperada. — Que prazer você teria em negar algo para ocupar meu tempo?

— Não sou um ogro — retrucou Zack, odiando ver medo e desconfiança nos olhos dela.

— Então me deixe terminar meu... meu projeto!

— Tudo bem — disse ele, com um suspiro de irritação. — Pode terminar.

Outro sorriso apareceu, iluminando todo o rosto de Julie.

— Obrigada.

Zack derreteu sob o calor radiante daquele sorriso.

— De nada — disse ele, exasperando-se com a gentileza que ouviu em sua própria voz. Pelo rádio na cozinha, o repórter anunciou mais novidades no caso Benedict-Sandini, a serem informadas depois do intervalo comercial. Tentando esconder o efeito que Julie lhe causava, Zack fez um seco gesto de assentimento e a observou correr para o quarto, depois entrou na cozinha e aumentou o volume do rádio.

Ele estava se servindo com uma xícara de café quando o radialista afirmou: "*Há dez minutos, uma fonte não identificada da enfermaria da Penitenciária Estadual de Amarillo informou à rádio que Dominic Carlo Sandini, que havia tentado fugir da prisão há dois dias junto de seu companheiro de cela, Zachary Benedict, morreu às onze e quinze desta manhã enquanto era levado de ambulância para o hospital St. Mark. Sandini, sobrinho da famosa personalidade da contravenção Enrico Sandini, morreu em decorrência de ferimentos sofridos ao atacar dois guardas enquanto fazia uma segunda tentativa de fuga ontem...*"

Julie estava saindo do quarto com as roupas de esqui escondidas nas costas quando ouviu as palavras do radialista, seguidas por um grito de ódio de seu sequestrador e uma explosão de vidro se estilhaçando quando ele atirou a xícara de café no piso da cozinha.

Fora do campo de visão de Zack, ela ficou momentaneamente paralisada de terror, enquanto Zachary Benedict jogava tudo o que encontrava contra a parede e o chão, gritando obscenidades e ameaças violentas. A torradeira se estilhaçou no chão, seguida pelo liquidificador e pela cafeteira, então ele deslizou o braço pela bancada, atirando ao chão pratos, copos e taças. Continuou xingando até não haver mais nada sobre a bancada e, logo, tão rapidamente quanto havia começado, a explosão de ira chegou a um abrupto fim. Como se tivesse exaurido tanto sua raiva quanto sua força, ele apoiou as mãos contra a bancada da cozinha. Sua cabeça se inclinou para a frente, e ele fechou os olhos.

Julie saiu de seu estado de horror hipnotizado e abandonou qualquer esperança de conseguir pegar a chave do snowmobile na gaveta à frente dele. Esguelhou-se pelo hall, com as costas contra a parede. Quando abriu a porta, o misterioso silêncio da cozinha foi quebrado por um gemido torturado:

— Dom... desculpe, Dom. Sinto tanto!

27

A CENA ATERRORIZANTE QUE ACABARA DE PRESENCIAR girava na cabeça de Julie enquanto corria através da neve até a garagem. Com os dedos desajeitados de tanta pressa, ela vestiu uma roupa propícia para o snowmobile, vestiu as luvas e o capacete, depois começou a empurrar o veículo até a porta, com medo de ligar o motor ou de qualquer barulho que iria provocar. Do lado de fora da garagem, ela se sentou, afivelou o cinto de segurança e ligou a ignição. O motor começou a funcionar, emitindo muito menos barulho do que ela achava, e, minutos depois, Julie já estava voando pela neve em direção à mata do outro lado do quintal, lutando para manter a calma, rezando para que o snowmobile não fosse barulhento a ponto de Zack ouvi-lo de dentro da casa.

Tremendo com uma combinação de excitação e medo, Julie deslizou por entre as árvores, esforçando-se para controlar o veículo, esquivando-se de galhos e rochas na neve. Quando já estava fora do campo de visão da casa e certa de que ele não a estava seguindo, ela virou o snowmobile em direção à estrada espiralada que daria na rodovia, mas, por ora, estava feliz em estar no meio da mata. Longe do abrigo das árvores, o vento tinha aumentado a ponto de se tornar um uivo, e a tempestade de neve se transformara em nevasca.

Cinco minutos viraram dez, e uma sensação de sucesso e liberdade encheu Julie de coragem, mas a alegria foi inesperadamente diminuída quando se lembrou da dor que sentia o homem que deixou para trás. Ocorreu-lhe que era incongruente, de fato, quase impossível, que um assassino a sangue-frio sentisse tanta angústia diante da morte de um colega de cela.

Ela olhou por cima do ombro para se assegurar de que não estava sendo seguida, depois gritou de susto ao quase bater numa árvore e desviou-se de forma tão brusca que quase fez o snowmobile capotar.

Endireitando-se, Zack olhou para o emaranhado de eletrodomésticos e vidros quebrados no chão da cozinha.

— Merda! — exclamou, pegando a garrafa de conhaque. Despejou um pouco do líquido ardente num copo e deu um gole, tentando aliviar a dor no peito. Ele não parava de ouvir a voz animada de Dom lendo a última carta de sua mãe: "*Ei, Zack, Gina vai se casar! Vou odiar perder esse casamento.*" Ele também se lembrou de outras coisas, como o conselho pouco ortodoxo de Sandini: "*Se você quiser um passaporte falso, Zack, não vá atrás de um sujeito chamado Rubin Schwartz que ninguém nunca ouviu falar. Você me procura, e eu coloco você em contato com Wally, a doninha. É o melhor do país. Precisa me deixar ajudá-lo, Zack...*"

Zack deixou que ele o ajudasse, e agora Dom estava morto por causa disso.

"*Ei, Zack, quer mais salame da Mamãe? Tenho um monte de antiácido, caso você não se sinta bem.*"

De pé em frente à janela, tomando conhaque e olhando, absorto, para o boneco de neve que Julie estivera construindo, Zack quase podia sentir a presença vibrante de Dom ao seu lado. Dom se divertia muito com as coisas mais tolas. Ele provavelmente estaria lá fora com Julie, construindo o boneco...

Zack ficou paralisado, com o copo de conhaque no meio do caminho até sua boca, com o olhar passeando pelo quintal. Julie!

— Julie! — exclamou, indo em direção à porta traseira e abrindo-a. Um sopro de neve o atingiu no rosto, e ele precisou apoiar o ombro contra a porta para abri-la em meio ao forte vento. — Julie, volte aqui antes que você congele... — O vento impedia que sua voz chegasse longe, mas Zack não percebeu. Seu olhar se focou nas profundas pegadas que já estavam sendo cobertas de neve, e ele correu para perto delas, ao lado da garagem.

— Julie! — gritou ao escancarar a porta lateral da garagem. — O que diabos você pensa que está fazendo aqui...?

Zack deteve-se, momentaneamente incapaz de acreditar no que viu enquanto seu olhar ia do snowmobile, que aparecia debaixo de um pedaço de tecido, para a porta da garagem. Ali, começava o rastro de um veículo desse porte, que se seguia até a mata.

Há poucos minutos, ele podia jurar que seria incapaz de ter mais raiva ou sentir-se mais desolado do que ficou ao ouvir a notícia da morte de Dom, mas a explosão de fúria que sentiu naquele momento foi ainda maior.

Frio. Alguns minutos depois de ter saído da proteção da floresta e direcionado o snowmobile para a estrada estreita pela qual haviam passado com a Blazer, Julie sentiu um frio de gelar os ossos de tão insuportável. Gotículas de gelo se formavam nos cantos de seus olhos; a neve caía diretamente em seu rosto, cegando-a; seus lábios, braços e pernas estavam rígidos. O veículo passava por cima de raízes e deslizava de lado, mas quando ela tentou freá-lo, suas pernas estavam tão entorpecidas que demorou um tempo até seu corpo obedecer aos frenéticos comandos do cérebro para reagir.

A única coisa que não estava entorpecida por causa do frio era o sentimento de medo, medo de que Zack conseguisse alcançá-la e frustrar a fuga; e agora também um novo e debilitante medo de que, se ele não a alcançasse, ela poderia morrer, perdida numa nevasca, enterrada na neve. Em sua mente, ela imaginou uma equipe de buscas localizando seus restos mortais perfeitamente preservados em meio à neve, o corpo e a cabeça ainda protegidos na elegante roupa azul de neve, que combinava — não por acaso, ela tinha certeza — com o próprio snowmobile. Um final perfeito — ela pensou, triste — para uma garota das favelas de Chicago que queria ser perfeita.

Bem mais abaixo, adiante, teve um vislumbre da rodovia estadual que contornava a montanha, mas a descida até lá era quase vertical, ainda mais perigosa por causa das árvores e pedregulhos cobertos de neve. Se pegasse esse caminho, ela poderia chegar lá mais rápido, mas não havia a menor chance de chegar inteira lá embaixo. Além disso, antes de poder pensar seriamente em descer a montanha, teria que usar a ponte para atravessar aquele riacho. Julie tentou lembrar onde estava a ponte. Parecia-lhe que deveria estar depois da próxima curva na estrada, mas era difícil ter uma ideia da distância, pois a "estrada" quase havia desaparecido no meio da neve.

Ocorreu-lhe que o que deveria fazer era sair do snowmobile e fazer alguma coisa para gerar calor com o corpo, como correr ou algo do tipo. Por outro lado, ela tinha medo de gastar muito tempo fazendo isso. Se a neve já houver tapado seus vestígios da saída da garagem até a mata quando Zack perceber que ela partiu, ele automaticamente presumiria que ela estava na estrada e a alcançaria muito antes e com maior facilidade do que se tentasse segui-la por trilhas tortuosas pela mata. Julie evitava deliberadamente olhar por cima do ombro, pois temia tirar os olhos do caminho e arriscar perder o controle do desconhecido veículo mais uma vez, porém, ao perceber que tudo dependia da rapidez com que a neve tapasse seus vestígios, ela não pôde resistir. Deu uma rápida olhada por cima do ombro e conteve um grito. Lá em cima, atrás dela, um snowmobile saía voando da mata e entrava na estrada, com o motorista inclinado para a frente, escondido por trás do volante, ultrapassando galhos e árvores sem aparentemente esforço nenhum.

O terror e a raiva suprimiram todo o resto, até o frio cortante, e a adrenalina correu por suas veias. Rezando para que ele não a visse através da densa mata que cercava ambos os lados da estreita estrada, ela procurou em volta um lugar para parar e tentar se esconder sem ser vista. Mais adiante, depois de uma curva, ela encontrou uma estreita elevação, uma espécie de planalto, mas a estrada ali estava cercada por troncos para evitar a passagem de carros. De algum jeito, ela precisava achar um ângulo que lhe permitisse passar por entre os troncos e frear o veículo antes que atingisse a beirada do planalto, a fim de, em seguida, encontrar um esconderijo entre as árvores cujas copas se elevavam à esquerda da estrada. Sem tempo para pensar em outro plano, Julie mirou o snowmobile num ponto entre dois troncos que alcançavam a altura dos ombros, depois freou ao chegar à beirada da montanha.

O planalto era ainda mais estreito do que parecia, e, por alguns aterrorizantes segundos, ela flutuou sobre a copa de um amontoado de pinheiros, e a frente do veículo mergulhou para a terra como um foguete sem controle, indo em direção às árvores e, pouco mais adiante, o riacho. Julie gritou ao sentir que a gravidade lhe arrancava o veículo de baixo das pernas, enquanto os galhos de um pinheiro surgiram à sua frente, como se estivessem abrindo os braços para recebê-la. O snowmobile mergulhou no terreno aterrado, rodopiou, deslizou sobre o gelo que havia se formado perto do riacho e finalmente parou em frente a ele, com o guidão pendurado sobre a água, os esquis enredados nos galhos de um álamo parcialmente submerso.

Estupefata de alívio e um pouco desorientada, Julie se deitou ao lado de um pinheiro que havia amortecido a queda e observou o outro snowmobile se aproximar. Em busca dela... Forçando o corpo a reagir, ela rolou, ajoelhou-se e se escondeu atrás de uma árvore. Os esquis do snowmobile de Zack flutuaram pelo ar ao passar perto do esconderijo de Julie, e ela se camuflou ainda mais por trás dos galhos, mas não precisava ter feito isso, pois ele nem chegou a olhar em sua direção. Ele viu que o snowmobile dela começava a ser tragado pela correnteza e focou todas as atenções nisso.

Incapaz de assimilar completamente o que estava acontecendo ou aceitar sua boa sorte, ela o observou saltar do snowmobile ainda em movimento e correr em direção ao riacho.

— Julie! — gritou repetidas vezes em meio ao vento uivante, e para o completo descrédito dela, ele começou a andar sobre a camada fina de gelo. Obviamente, ele achou que ela tivesse caído, e o lógico teria sido ficar feliz por ela não significar mais uma complicação.

Julie presumiu que ele apenas pretendia tentar recuperar o snowmobile que ela dirigia, e seu olhar se voltou para o veículo que ele abandonara. Estava muito mais perto dela que dele; ela poderia pegá-lo bem antes dele; a não ser que Zack conseguisse tirar do riacho o outro snowmobile, a fuga de Julie ainda poderia dar certo. Sem desgrudar os olhos das costas dele, ela saiu engatinhando de debaixo da árvore, endireitou-se e deu um longo passo para longe de seu esconderijo, depois outro e mais outro, como se quisesse deslizar de árvore em árvore.

— Julie, me responda, pelo amor de Deus! — gritou ele, tirando a jaqueta. O gelo ao seu redor começou a trincar, e perto da ponta desse bloco de gelo o snowmobile que Julie dirigia se empinou no ar enquanto desabava no riacho e desaparecia. Em vez de tentar voltar para um lugar seguro, ele agarrou os galhos do álamo que havia tombado e, para o completo descrédito dela, deliberadamente entrou na água gelada.

Seus ombros desapareceram, depois sua cabeça, e Julie refugiou-se na árvore seguinte. Ele emergiu em busca de ar, gritando o nome dela, depois mergulhou novamente, enquanto sua refém corria para a última árvore. A menos de 3 metros tanto do snowmobile dele quanto da liberdade absoluta, ela parou, com o olhar impotente se concentrando no trecho do riacho onde ele havia mergulhado. Sua mente gritava que Zachary Benedict era um presidiário fugitivo que havia agravado seus crimes ao fazê-la refém, e ela precisava ir embora enquanto tinha a chance. Sua consciência dizia que, se o deixasse ali e pegasse o snowmobile restante, ele morreria congelado só porque tentou salvá-la.

De repente o cabelo preto e os ombros dele emergiram à superfície ao lado de um tronco submerso, e um suspiro de alívio saiu da garganta de Julie ao vê-lo tentando sair do gelo. Impressionada pela força de vontade e dos músculos daquele corpo, ela o observou apoiar a mão no gelo e saiu da água cambaleando até a jaqueta que havia largado ao lado. Em vez de vesti-la, sentou-se ao lado dela, junto a uma pedra coberta de neve próxima ao riacho.

A batalha interna travada entre a mente e o coração de Julie se elevou a uma tumultuosa proporção: ele não havia se afogado; estava em segurança por enquanto; se ela quisesse deixá-lo, teria que ser agora, antes que ele levantasse os olhos e a visse.

Paralisada pela indecisão, ela o observou pegar a jaqueta nas mãos. O momento de tolo alívio que sentiu ao pensar que ele iria vesti-la se tornou aterrorizante quando Zack fez o macabro oposto: deixou a jaqueta de lado, levantou-se e lentamente começou a desabotoar a camisa, depois apoiou a cabeça contra a pedra e fechou os olhos. A neve revoava ao seu redor, grudando no cabelo molhado, no rosto e no corpo, até que Julie percebeu que ele não ia nem tentar voltar para casa! Sem dúvida, ele achava que ela havia se afogado tentando escapar e puniria a si mesmo com a pena de morte.

"*Diga que acredita que sou inocente*", ordenara ele na noite anterior, e, naquele momento, Julie teve certeza absoluta de que o homem que queria morrer por ter desencadeado a "morte" dela tinha que ser exatamente isto: inocente.

Sem se dar conta de que estava chorando nem de que tinha começado a correr, Julie deslizou pela encosta até onde Zack estava. Quando estava próxima o suficiente para ver o rosto dele, remorso e ternura quase a fizeram se ajoelhar. Com a cabeça inclinada para trás e os olhos fechados, o belo rosto dele tinha se transformando numa máscara de desolado arrependimento.

Esquecendo-se do frio, ela pegou a jaqueta dele e lhe estendeu. Engoliu em seco para aliviar o nó de arrependimento que havia se formado em sua garganta e disse, com um doloroso murmúrio:

— Você ganhou. Vamos para casa agora.

Como ele não respondia, Julie se jogou sobre os joelhos e começou a forçá--lo a vestir a jaqueta.

— Zack, acorde! — exclamou, e seus ombros sacudiam com os soluços abafados. Ela o envolveu nos braços, acolhendo a cabeça dele junto ao peito, tentando aquecê-lo, balançando-o para frente e para trás. — Por favor! — balbuciou, beirando a histeria. — Por favor, levante-se. Não consigo levar você. Precisa me ajudar, Zack, por favor. Lembra quando você disse que queria que alguém acreditasse na sua inocência? Eu não acreditei completamente em você antes, mas agora acredito. Juro. Eu *sei* que não matou ninguém. Acredito em tudo o que você disse. Levante-se! Por favor, por favor, levante-se!

O corpo de Zack parecia estar ficando ainda mais pesado, como se ele estivesse perdendo a consciência. E Julie entrou em pânico:

— Zack, não durma — disse ela, quase gritando. Agarrando-o pelo pulso, ela começou a enfiar o braço dele na jaqueta enquanto tagarelava, na tentativa de colocá-lo em alerta. — Vamos para casa. Vamos para a cama. Eu quis fazer isso ontem à noite, mas tive medo. Ajude-me a levá-lo para casa, Zack — implorou enquanto enfiava o outro braço na jaqueta e se esforçava para fechar o zíper. — Vamos fazer amor à luz da lareira. Você ia gostar disso, não é?

Quando terminou de vesti-lo com a jaqueta, ela se levantou, agarrou-o pelos pulsos e o puxou com toda sua força, mas ainda assim não conseguiu movê-lo. Seus pés perderam tração e ela deslizou até cair ao lado dele. Levantando-se de novo, Julie correu para o snowmobile e o trouxe até onde Zack estava deitado. Inclinando-se sobre ele, ela o sacudiu e, ao ver que não conseguia acordá-lo, fechou os olhos, buscando coragem, depois arqueou o braço e lhe deu um forte tapa no rosto. Os olhos dele se abriram, depois se fecharam. Ignorando o grito de dor que percorreu desde seus dedos congelados até os braços, ela o agarrou pelos pulsos e o puxou, tentando dizer algo diferente, que pudesse fazê-lo tentar se levantar.

— Não vou conseguir encontrar o caminho de casa sem você — mentiu, apertando os pulsos dele. — Se você não me ajudar a voltar para casa, vou morrer aqui com você. É isso o que quer? Zack, por favor, me ajude! — exclamou. — Não me deixe morrer.

Apenas um segundo se passou até Julie perceber que ele não era mais o peso morto de antes, pois agora ele reagia a algo que ela dissera, usando o resto de forças que tinha para tentar se levantar.

— Isso mesmo — ofegou Julie. — Levante-se. Ajude-me a voltar para casa, para que eu possa me aquecer.

Os movimentos de Zack eram terrivelmente lentos, e, quando seus olhos se abriram, não mantinham foco, embora estivesse claro que ele tentava ajudá-la. Depois de algumas tentativas, Julie conseguiu levantá-lo, colocar o braço dele em volta de seu ombro e levá-lo até o snowmobile, onde ele desabou.

— Ajude-me a manter o equilíbrio do veículo — disse ela, firmando-o com os braços e se encaixando atrás dele.

Ela olhou para o caminho que ele havia tomado para chegar ali e percebeu que seria impossível subir o declive, por isso decidiu seguir o curso do riacho, na esperança de encontrar a ponte e pegar a estrada a partir dali. Esquecendo o medo que sentira antes de dirigir aquele veículo desconhecido, Julie inclinou-se por cima de Zack para protegê-lo do vento e acelerou.

— Zack — disse, ao pé da sua orelha, sem tirar os olhos do caminho, conversando com ele na tentativa desesperada de mantê-lo consciente e controlar seu próprio horror —, você ainda está tremendo um pouco. É bom tremer. Significa que a temperatura de seu corpo não caiu demais. Li isso em algum lugar. — Fizeram uma curva, e Julie apontou o snowmobile para a única direção que achava que seria capaz de subir.

28

Ele apagou duas vezes no corredor antes que Julie conseguisse levá-lo até seu quarto, onde sabia que a lareira estaria abastecida de lenha e pronta para ser acesa. Sem fôlego por causa do esforço, ela cambaleou até a cama e deixou que o peso de Zack o derrubasse ali. As roupas de neve dele estavam rígidas e cobertas de gelo, por isso ela começou a despi-las. Foi bem quando Julie tirava a calça de Zack que ele falou pela primeira vez desde que ela correu para resgatá-lo.

— Banho — murmurou ele, fraco. — Banho quente.

— Não — retrucou ela, tentando soar firme e impessoal enquanto começava a tirar a congelada roupa de baixo dele. — Ainda não. Pessoas que estão sofrendo de hipotermia devem ser aquecidas gradualmente, mas não com calor direto. Aprendi isso numa aula de primeiros socorros na faculdade. E nem se anime com o fato de eu estar despindo você. Sou uma professora, e você é como um garotinho qualquer para mim — mentiu ela. — Professora é quase uma enfermeira, sabia? — acrescentou. — Fique acordado! Ouça a minha voz! — Ela puxou os shorts por sobre as pernas musculosas dele, olhou para baixo a fim de ver como estava se saindo e sentiu um calor ardente enrubescer suas bochechas. O impressionante corpo que estava estendido diante dela parecia o pôster de uma revista de nus masculinos que havia visto na faculdade. A única diferença é que este corpo estava azul de frio e tremia insistentemente.

Puxando os cobertores, ela os ajeitou sobre Zack, esfregando-os sobre a pele dele; depois, foi até o closet e pegou outros quatro cobertores para o cobrir. Satisfeita, correu até a lareira, no canto, e a acendeu. Apenas quando a lenha já estava ardendo foi que Julie se aquietou o suficiente para despir a si mesma da roupa cheia de neve. Com medo de deixá-lo sozinho, ela ficou de pé ao lado da cama, observando a respiração lenta e superficial dele enquanto tirava a roupa.

— Zack, está me ouvindo? — perguntou e, embora não ouvisse resposta, começou a jogar uma desajeitada enxurrada de comentários desconexos, com a intenção tanto de encorajá-lo a melhorar quanto de assegurar a si mesma que ele o faria. — Você é muito forte, Zack. Notei isso quando o vi trocar o pneu do meu carro e quando você saiu daquele riacho gelado. Tem um garotinho na minha turma... O nome dele é Johnny Everett. Quer ser o homem mais forte do mundo. Ele tem uma deficiência física, por isso usa cadeira de rodas, e parte meu coração vê-lo assim, mas ele *nunca* desiste. Lembra-se dele? Contei sobre ele ontem à noite. — Sem perceber a ternura em suas palavras, ela acrescentou: — Ele é muito corajoso, como você. Meus irmãos tinham pôsteres com a sua imagem no quarto deles. Já disse isso? Tem tantas coisas que quero contar, Zack — disse ela, triste. — E vou contá-las, se você sobreviver e me der uma chance. Vou contar tudo o que você quiser saber.

O pânico se instaurou. Talvez Julie devesse fazer mais do que aquecê-lo ou mantê-lo acordado. E se ele morresse em decorrência da ignorância dela? Pegou um roupão de tecido bem grosso no closet e se sentou na cama, ao lado dele, pressionando a ponta dos dedos no pescoço de Zack, para sentir o pulso, e seu olhar se voltou para o relógio sobre a cômoda. O pulso estava assustadoramente fraco. Suas mãos e sua voz tremularam enquanto ela apertava os cobertores em torno dos largos ombros dele.

— Sobre a noite passada... Gostaria que você soubesse que eu adorei quando você me beijou. Não queria que você tivesse parado ali, e foi isso o que me assustou. Não teve nada a ver com o fato de você ter estado na prisão e sim porque eu... Porque eu estava perdendo o controle, e isso nunca tinha acontecido antes. — Ela sabia que provavelmente Zack não estava ouvindo uma palavra do que dizia e silenciou quando mais um tremor profundo sacudiu o corpo dele. — É bom tremer — disse, em voz alta, mas seus pensamentos se inquietavam em busca de mais alguma coisa para fazer por ele.

De repente, lembrou que cachorros da raça São Bernardo carregam pequenos barris em volta do pescoço para ajudar pessoas que se perdem no meio de avalanches. Alguns minutos depois, voltou para o quarto com uma taça cheia de conhaque, transbordando de empolgação pelo que havia acabado de ouvir pelo rádio.

— Zack — disse, animada, sentando-se a seu lado e passando o braço por baixo de sua cabeça, para que pudesse inclinar a taça para ele —, beba um pouco e tente entender o que vou dizer: acabei de ouvir pelo rádio que aquele seu amigo Dominic Sandini está num hospital em Amarillo. E está melhorando! Entendeu? Ele *não* morreu. Está consciente agora. Estão achando que o detento na enfermaria da prisão que passou a informação falsa pode ter se enganado ou tentado transformar o protesto dos presos numa rebelião, e foi exatamente isso o que aconteceu... Zack?

Após vários minutos, Julie conseguiu fazê-lo beber apenas o equivalente a uma colher de sobremesa e acabou desistindo da tarefa. Ela sabia que poderia encontrar o telefone que ele havia escondido e ligar para um médico, mas o médico o reconheceria e imediatamente acionaria a polícia. Eles o levariam embora dali e o mandariam de volta para a prisão, e Zack sem dúvida preferia morrer a voltar para lá.

Lágrimas de incerteza e exaustão deslizaram do canto dos olhos de Julie enquanto os minutos transcorriam. Ela permanecia sentada, com as mãos cruzadas sobre o colo, tentando pensar no que fazer, até que finalmente sussurrou uma oração.

— Por favor, me ajude — rezou. — Não sei o que fazer. Não sei por que o Senhor nos juntou. Não entendo por que está fazendo eu me sentir desse jeito em relação a ele ou se quer que eu fique com ele, mas de alguma maneira acho que essa é a Sua vontade. Sei disso porque... Porque a última vez que senti Sua mão sobre o meu ombro foi quando Você me deu a família Mathison... E agora sinto isso de novo.

Julie deu um suspiro longo e trêmulo e enxugou uma lágrima que caía do canto do olho. Ao terminar a oração, já se sentia mais calma.

— Por favor, cuide de nós!

Depois de um tempo, ela olhou para Zack e observou seu corpo tremer com mais força e depois se afundar nas cobertas. Percebendo que ele dormia profundamente e não estava mais inconsciente, como ela temia, Julie se inclinou e deu um suave beijo em sua testa.

— Continue a tremer — sussurrou ela, com ternura. — É bom tremer.

Sem notar que um par de olhos dourados se abriram e depois se fecharam de novo enquanto ela se levantava, Julie foi ao banheiro e tomou um banho quente.

29

JULIE SE ENROLAVA NO ROUPÃO MAIS UMA VEZ QUANDO lhe ocorreu que ela poderia ao menos encontrar o telefone que Zack havia escondido e ligar para seus pais para dizer que estava tudo bem. Parando ao lado da cama, ela encostou a mão na testa de Zack e o observou respirar. Sua temperatura parecia mais próxima do normal, e sua respiração tinha se aprofundado, seguindo o ritmo estável do sono de uma pessoa exausta. O alívio que ela sentiu fez seus joelhos enfraquecerem quando se virou para avivar o fogo da lareira. Satisfeita por saber que ele estava aquecido o bastante, Julie o deixou dormindo e foi procurar o telefone, fechando atrás de si a porta do quarto. Decidindo que o mais lógico seria começar a busca no quarto onde ele havia dormido nos outros dias, ela abriu a porta do cômodo e ficou abismada com o incrível luxo que se desvelava diante de seus olhos. Ela pensava que seu quarto — com a lareira de pedra, as portas cobertas de espelhos e o espaçoso banheiro azulejado — já era o cúmulo da elegância; contudo, este cômodo era quatro vezes maior e dez vezes mais luxuoso. A parede esquerda era inteira coberta de espelhos, que refletiam uma cama enorme embaixo de uma claraboia gigante e uma lareira de mármore branco. Largas janelas cobriam a parede de trás e se espalhavam em um semicírculo no canto da parede, abrindo um bom espaço para um estrado elevado que abrigava uma banheira de hidromassagem também em mármore branco. Ao lado da lareira estava um par de sofás com estofado de tecido listrado amarelo-claro, lilás e azul-esverdeado. Sobre o estrado, junto à banheira, estavam duas poltronas e dois divãs com estofados da mesma cor, mas de uma estampa florida igual à do lençol que cobria a cama.

Julie deu passos lentos para a frente, com os pés se afundando no macio carpete verde-claro. À esquerda, ela viu duas alças de bronze saindo de um dos espelhos e as puxou com cuidado para abri-lo, suspirando, abismada, frente à visão de um vasto banheiro com piso de mármore, dividido exatamente no meio por duas grandes bancadas com pia dupla embaixo de uma meia-parede espelhada. Cada metade do banheiro tinha um enorme espaço para chuveiro com blindex de vidro translúcido, além de uma banheira de mármore com detalhes em dourado.

Embora a decoração do restante da casa desse sinal de poder agradar tanto a um homem quanto a uma mulher, não havia como ignorar os toques femininos que davam àquela suíte uma aura de convidativa opulência, o que sem dúvida faria um homem se sentir como se entrasse no quarto privativo de uma dama. Julie havia lido em alguma revista de decoração que homens casados e seguros de sua masculinidade raramente faziam objeções aos desejos das esposas de decorar os quartos de modo mais feminino e chegavam a gostar da implícita ilicitude de invadir um território até então "proibido". Até este momento, ela achava estranha essa ideia, mas, ao notar os detalhes sutis feitos para agradar um homem — como a cama enorme e confortável, as poltronas ao lado da banheira de hidromassagem —, pensou que a teoria da revista estava definitivamente certa.

Julie entrou no closet que se abria para a metade direita do banheiro e começou a procurar o telefone. Depois de uma busca completa, mas infrutífera, pelos closets das suas partes do banheiro e pelas gavetas, Julie cedeu à tentação e pegou emprestado do closet feminino um quimono japonês de seda vermelha enredada de fios de ouro. Escolheu essa peça em parte porque parecia lhe servir, em parte porque sentiu uma vontade irrefreável de estar bonita para o caso de Zack acordar antes do amanhecer. Amarrou o laço em volta de sua cintura enquanto tentava imaginar onde diabos ele teria escondido o telefone, quando se lembrou do pequeno armário do corredor, aquele com uma trava. Ela foi até ele e tentou abri-lo, mas, quando viu que estava bem-trancado, decidiu entrar em seu quarto na ponta dos pés. Encontrou a chave onde esperava que estivesse: no bolso da calça ensopada de Zack.

O armário trancado continha um enorme estoque de vinho e bebidas, além de quatro telefones, que ela encontrou no chão, atrás da caixa de Dom Perignon, onde Zack os havia escondido.

Contendo um inesperado ataque de nervosismo, Julie levou um dos telefones até a sala de estar, ligou-o e se sentou no sofá com as pernas cruzadas e o aparelho sobre o colo. Ela já havia discado metade dos dígitos para uma ligação interurbana quando percebeu o grave erro que estava prestes a cometer; com pressa, bateu o telefone no gancho para interromper a chamada. Uma vez que sequestro era crime federal — e Zack, um assassino fugitivo —, o FBI poderia estar na casa de seus pais, esperando por um telefonema seu, a fim de rastrear a ligação. Pelo menos era isso o que acontecia nos filmes. Ela já havia tomado a decisão de ficar ali com Zack e deixar Deus dar um jeito no que viesse, mas precisava de qualquer maneira falar com seus familiares e tranquilizá-los. Pensou em como alcançar esse objetivo. Como não se atrevia a telefonar para sua própria família, ela tinha que falar com outra pessoa primeiro, alguém em quem pudesse confiar plenamente, alguém que não se sentiria constrangido com a tarefa que ela iria pedir.

Julie descartou as demais professoras da escola. Eram mulheres incríveis, mas eram mais tímidas do que ousadas e não teriam a desenvoltura necessária para a tarefa. De repente, seu rosto se iluminou com um largo sorriso, e ela foi pegar a agenda telefônica que carregava na bolsa. Abrindo na letra K, colocou o telefone no colo e conferiu o número da casa de Katherine Cahill, antes que tivesse se tornado a sra. Ted Mathison. Há alguns dias, Katherine havia lhe mandado um recado, perguntando se poderiam se encontrar naquela semana, quando ela fosse a Keaton. Com uma risadinha satisfeita, Julie imaginou que Ted ficaria furioso com ela por trazer Katherine de volta ao seio da família Mathison, onde ele não poderia ignorá-la... e Katherine a agradeceria por isso.

— Katherine? — disse Julie, assim que a ex-cunhada atendeu ao telefone da casa dos pais. — Aqui é Julie. Não diga nada a menos que esteja sozinha.

— Julie? Meu Deus! Sim, estou sozinha. Me-Meus pais estão nas Bahamas. Onde você está? Está bem?

— Estou bem. Juro que estou em perfeita segurança. — Ela fez uma pausa para acalmar os nervos, depois disse: — Você sabe se tem gente, quero dizer, a polícia ou os agentes do FBI, na casa dos meus pais?

— Sim, e estão perguntando sobre você para a cidade toda.

— Olhe, preciso pedir um favor muito importante. Você não vai infringir a lei, mas precisa me garantir que não vai falar nada sobre esta ligação para a polícia.

A voz de Katherine baixou e se tornou um sussurro.

— Julie, eu faria qualquer coisa por você. E-Estou honrada por você ter me ligado, por me dar uma chance de retribuir tudo o que você fez para impedir Ted de se divorciar de mim, e por sempre ter me... — Interrompeu-se bem na hora em que Julie iria fazê-lo. — O que quer que eu faça?

— Queria que dissesse agora mesmo para meus pais e meus irmãos que vou ligar para você de novo daqui a uma hora para falar com eles. Katherine, cuidado para não fazer nada que possa chamar a atenção dos agentes do FBI. Aja naturalmente, leve minha família sozinha até aí e passe a minha mensagem. Você não vai ficar intimidada ao encontrar agentes do FBI, vai?

Katherine deu uma risada triste.

— Como Ted costumava dizer com razão: eu era uma princesinha mimada, e meu pai me dava a entender que eu poderia fazer o que bem entendesse. Agora, não existe a possibilidade — terminou ela, com senso de humor ainda maior — de um ou outro mero agente do FBI frustrar os desejos de uma ex-princesa como eu. Se eles tentarem — brincou —, vou pedir que papai ligue para o senador Wilkins.

— Tudo bem, ótimo — disse Julie, sorrindo ante o tom ousado da voz de Katherine. Depois, porém, ficou séria, tentando encontrar a maneira certa de alertar sua família e Katherine a não avisar os agentes do FBI a respeito da próxima ligação. — Tem mais uma coisa: preciso que tenha certeza de que minha família entende que estou completamente em segurança agora, mas que se alguém tentar rastrear esta ligação, vou ficar em perigo. E-Eu não posso explicar exatamente o que isso quer dizer... Não tenho tempo... E mesmo se eu tivesse...

— Não precisa explicar nada. Posso sentir, pela sua voz, que você está certa, e isso é tudo o que importa para mim. Quanto ao local onde você está... e com quem... Sei que, seja lá o que estiver fazendo, é o que você acha que é certo. Você é a melhor pessoa que já conheci, Julie. É melhor eu ir logo. Ligue de novo daqui a uma hora.

Julie acendeu a lareira da sala de estar, depois andou para frente e para trás diante dela, conferindo o relógio, esperando impacientemente o tempo passar. Como Katherine aceitou calmamente tudo o que disse, Julie não estava nem um pouco preparada para o que aconteceria quando fez a segunda ligação. Seu pai, um homem geralmente calmo, atendeu ao telefone ao primeiro toque.

— Pois não? Quem é?

— Aqui é Julie, pai — respondeu Julie, apertando o telefone na mão. — Está tudo bem, estou bem...

— Graças a Deus! — exclamou ele, com a voz rouca e emocionada. Depois gritou: — Mary, Julie está ao telefone e está bem. Ted, Carl, é Julie, ela está bem. Julie, fizemos o que você disse, não avisamos o FBI sobre sua ligação.

A milhares de quilômetros de distância, Julie podia ouvir várias extensões de telefone sendo atendidas, seguindo-se um monte de expressões de alívio. Mas acima de todas as vozes estava a de Ted — acolhedora, autoritária.

— Fiquem calmos! — ordenou. — Julie, você está sozinha? Pode falar? — Antes que ela pudesse responder, ele acrescentou: — Aquele seu aluno de voz profunda, Joe Bob Artis, está morrendo de preocupação com você.

Por um instante, Julie ficou confusa por causa do assunto que seu irmão puxava e da menção a um aluno de que ela nunca havia ouvido falar. Depois, reprimiu um riso nervoso ao perceber que ele havia falado o nome errado de propósito.

— Você quer dizer Willie — corrigiu. — E estou sozinha mesmo, pelo menos por enquanto.

— Graças a Deus! Onde você está, meu bem?

A boca de Julie se abriu, mas não emitiu som algum. Pela primeira vez desde que havia ido morar com a família Mathison, iria mentir para eles, o que a envergonhava, apesar da importância de seus motivos.

— Não sei ao certo — desconversou ela, com um tom constrangido que eles deviam ter notado. — Mas está frio aqui.

— Em que estado você está? Ou está no Canadá?

— N-Não sei dizer.

— Benedict está aí, não é? — perguntou Ted, e a raiva que ele suprimia veio à tona. — É por isso que você não pode dizer onde está. Coloque esse desgraçado no telefone agora mesmo, Julie!

— Não posso! Escutem, não posso falar muito ao telefone, mas quero que acreditem em mim quando digo que não estou sendo maltratada de nenhuma forma. Ted — disse ela, tentando de algum jeito se comunicar com a única pessoa que entende sobre as leis e sabe que erros judiciais podem acontecer —, ele não matou ninguém, tenho certeza. O júri cometeu um erro, por isso não posso, *nós* não podemos, culpá-lo por tentar fugir.

— Um erro! — explodiu Ted. — Julie, não caia na conversa dele! Ele é um assassino condenado, além de sequestrador!

— Não! Ele não tinha a intenção de me sequestrar. Tudo o que queria era um carro para sair de Amarillo, e como ele tinha acabado de trocar o pneu da Blazer, eu ofereci uma carona. Ele teria me deixado ir embora, mas não pôde fazer isso, pois eu vi o mapa dele...

— Que mapa você viu, Julie? Um mapa de quê? De onde?

— Preciso ir agora — disse Julie, triste.

— Julie! — interrompeu a voz do reverendo Mathison. — Quando você vai voltar?

— Assim que ele deixar... Não! Assim que eu puder. E-Eu preciso ir. Prometam que não vão contar a ninguém sobre esta ligação.

— Nós prometemos e amamos muito você, Julie — disse o reverendo Mathison, com uma confiança aconchegante e incondicional. — A cidade inteira está rezando pela sua segurança.

— Pai — chamou, pois não conseguiu se segurar —, pode pedir para rezarem pela segurança dele também?

— Está louca? — explodiu Ted. — Esse homem é um assassino... — Julie não ouviu o que ele ia dizer, pois já estava colocando o telefone de volta no gancho, piscando para conter as lágrimas. Ao pedir para que rezassem por seu sequestrador, ela havia, sem querer, forçado sua família a presumir que ela era um joguete nas mãos de Zack ou sua cúmplice. Qualquer uma das possibilidades significava não só a traição de tudo aquilo em que acreditavam, mas também a traição de toda a fé que depositavam nela. Livrando-se dos pensamentos depressivos, Julie lembrou a si mesma de que Zachary Benedict era inocente, e *isso* era o que importava no momento. Ajudar um homem inocente a ficar longe da prisão não era imoral nem ilegal, muito menos significava trair a confiança de sua família.

Levantando-se, Julie colocou mais lenha na lareira, guardou o telefone de volta no closet, foi até a cozinha e passou uma hora limpando tudo e preparando um ensopado para aquecer seu paciente quando ele acordasse. Estava cortando as batatas quando percebeu que se Zack soubesse que ela havia feito um telefonema, teria muito trabalho para convencê-lo de que sua família e sua ex-cunhada eram confiáveis e não contariam às autoridades sobre a ligação. Uma vez que ele já tinha coisas demais com que se preocupar, ela decidiu não falar nada.

Assim que terminou, retornou para a sala de estar e se sentou no sofá. O rádio permanecia ligado na cozinha, para que ela pudesse ouvir notícias que interessariam a Zack.

Estirada no sofá, olhando para o teto com um sorriso arrependido, Julie pensou em como era engraçado e terrivelmente irônico o fato de que todos os anos que passou agindo como uma santa e nunca, nunca saindo da linha acabaram dando nisso.

Na escola, ela tinha um monte de amigos do sexo masculino, mas nunca deixou nenhum deles se tornar algo mais, e parecia que eles estavam satisfeitos com isso. Eles lhe davam carona para a escola e os jogos de futebol e a incluíam em seus grupinhos. No último ano, Rob Kiefer, o indisputável galã da escola, a deixou numa saia justa de expectativas e frustrações ao convidá-la para o baile de formatura. Julie alimentava uma paixão platônica por Rob há anos, mas recusou o convite mesmo assim, pois todo mundo dizia que o rapaz conseguia tirar a calcinha de uma garota tão rápido quanto Mary Kostler trocava a roupa de um manequim na vitrine da Butique Kostler.

Julie achava que Rob não tentaria fazer nada com ela, pois eram amigos. Além disso, era a filha do reverendo Mathison, o que lhe dava certa "imunidade" a cantadas indesejadas, mas não podia ir ao baile de formatura com Rob. Embora estivesse morrendo de vontade de dizer sim e ele tivesse prometido solenemente que se comportaria, ela sabia que a escola inteira — e eventualmente a cidade inteira — presumiria que a filha do reverendo Mathison tinha se tornado mais uma da lista de conquistas sexuais de Rob. Por isso, Julie acabou indo ao baile com o bom moço Bill Swense, cujo pai era o maestro da banda da escola, enquanto Rob levou Denise Potter, uma das líderes de torcida. Naquela noite, em terrível pesar, ela observou Rob, recém-coroado rei do baile, se inclinar e beijar a rainha, Denise Potter.

Denise engravidou naquela noite. Quando os dois se casaram três meses depois e alugaram um apartamentinho de um quarto em vez de ir para a faculdade, como o planejado, a cidade inteira soube o motivo. Algumas pessoas sentiram pena de Denise, mas a maioria delas agia como se a garota tivesse pedido por isso ao se aproximar de Rob Kiefer.

Julie se sentiu irracionalmente responsável por todo aquele pesadelo. A experiência também a levou a reforçar sua decisão de evitar problemas e escândalos a todo custo. Na faculdade, ela recusou reiterados convites para sair com Steve Baxter, embora gostasse dele, pois o charmoso jogador de futebol levava a fama de fazer mais gols dentro do quarto do que nos campos. Por razões que ela nunca entendeu, Steve passou quase dois anos a perseguindo, indo desacompanhado a eventos a que sabia que ela iria, permanecendo ao seu lado e fazendo o seu melhor, com sinceridade e charme, para convencê-la de que ela era mesmo especial para ele. Eles riam juntos e conversavam durante horas, mas apenas na presença de outras pessoas, pois Julie se recusava a namorá-lo.

Ao comparar seu sereno passado com seu caótico presente e incerto futuro, Julie não sabia se devia rir ou chorar: em todos esses anos, não havia saído da linha para que sua família e as pessoas de Keaton não pensassem mal a seu respeito. Mas, agora que estava prestes a se desviar do bom caminho, ela não se contentaria com alguma infração pequena às normas morais e sociais que despertaria alguns poucos comentários em Keaton. Não, não era esse o caso. O que estava prestes a fazer era violar não só preceitos morais, mas também e provavelmente as leis do país; ao fazer isso, a imprensa espalharia fofocas sobre ela para o mundo inteiro — como já estavam fazendo!

O lampejo de bom humor desapareceu, e Julie olhou, séria, para as mãos. Desde que tinha ido viver com a família Mathison, ela decidira fazer certos "sacrifícios", inclusive escolher ser professora, em vez de perseguir uma carreira que traria um salário melhor. Mesmo assim, cada sacrifício invariavelmente lhe trouxe tantas recompensas que ela sempre achou que recebia muito mais do que dava.

Agora, tinha a clara sensação de que o destino cobrava suas dívidas por uma vida inteira de recompensas indevidas. Zachary Benedict era tão inocente pelo crime de assassinato a sangue-frio quanto ela, e Julie não conseguia se livrar da sensação de que deveria fazer algo a respeito.

Rolando de lado, enfiou o braço debaixo das almofadas, observando as chamas dançarem na lareira. Até que o verdadeiro assassino fosse descoberto, ninguém no mundo, incluindo seus pais, perdoaria qualquer coisa que ela fizesse daqui para a frente. Evidentemente, assim que seus familiares percebessem que Zack é inocente, eles aprovariam tudo o que ela fez e o que ainda terá que fazer. Bom, provavelmente não tudo, Julie pensou. Não aprovariam se ela se apaixonasse por Zack tão rápido, se é que o que sentia por ele era mesmo amor, e aprovariam menos ainda se dormisse com ele. Com uma mistura de tranquila aceitação e nervosa expectativa, Julie percebeu que amá-lo estava fora de seu controle; dormir com ele era virtualmente a conclusão lógica, a não ser que ele tivesse mudado drasticamente de ideia desde a noite anterior. Ainda assim, Julie esperava que ele lhe desse mais alguns dias para conhecê-lo melhor.

Além disso, tudo o que ela podia fazer era tentar proteger seu coração do sofrimento desnecessário e se refrear para não fazer ou dizer nada que pudesse torná-la ainda mais vulnerável a ser magoada por ele, como sempre acontecia. Afinal de contas, ela não era uma completa idiota. Bem antes de Zachary Benedict ter sido mandado para a prisão, ele vivia na elite de um mundo de luxúria, povoado por pessoas elegantes e sofisticadas com moral duvidosa e sem um código de conduta pessoal ou ética. Julie lera o suficiente nas revistas sobre a vida dele antes da prisão para saber que o homem com quem dividia este retiro nas montanhas já foi dono de mansões fabulosas, onde dava festas generosas, frequentadas não só por famosas estrelas do cinema, mas também por magnatas conhecidos internacionalmente, pela realeza europeia e até pelo presidente dos Estados Unidos.

Ele *não* era um pastor assistente contente e amável da igreja de uma cidade pequena.

Ao se comparar a ele, Julie sabia que era apenas uma garota ingênua e simplória.

30

JÁ PASSAVA DAS DEZ HORAS DA NOITE QUANDO JULIE ACORDOU confusa, com a almofada do sofá pressionando o peito. Um leve movimento à esquerda chamou sua atenção, e ela rapidamente virou a cabeça no mesmo instante que uma divertida voz masculina falou:

— Uma enfermeira que abandona o paciente e adormece enquanto está em serviço não deveria receber o salário integral.

O "paciente" de Julie estava de pé, descontraído, com o ombro apoiado na lareira e os braços cruzados na frente do peito, observando-a com um sorriso insolente. Com o cabelo ainda molhado do banho, uma camisa creme aberta na altura do colo e calça marrom, ele estava incrivelmente belo, completamente recuperado... E muito entretido com alguma coisa.

Tentando ignorar o traiçoeiro salto que seu coração deu frente à visão daquele sorriso encantador e insinuante, Julie sentou-se com pressa.

— Seu amigo Dominic Sandini não morreu — disse ela, querendo tranquilizá-lo imediatamente. — Acham que ele vai ficar bem.

— Eu ouvi isso.

— Ouviu? — perguntou Julie com cuidado. Ocorreu-lhe, por um lado, que Zack poderia ter ouvido no rádio enquanto se vestia. Por outro, caso se lembrasse de quando ela lhe contou, então era terrivelmente possível que ele se lembrasse das outras coisas que Julie disse quando pensava que ele "paciente" não estava consciente. Ela esperou que ele dissesse algo sobre o rádio, mas Zack continuou a observá-la com aquele sorriso nos lábios, e Julie sentiu o corpo todo se aquecer de vergonha.

— Como você está? — perguntou, já se levantando.

— Melhor agora. Quando acordei, me sentia uma batata no forno.

— O quê? Então o quarto ficou muito quente?

Ele fez que sim com a cabeça.

— Não parei de sonhar que tinha morrido e ido para o inferno. Quando abri os olhos, vi o fogo crepitando ao meu redor, então tive certeza disso.

— Sinto muito — disse Julie, ansiosamente procurando no rosto dele qualquer sinal dos efeitos duradouros da exposição ao frio.

— Não sinta. Logo percebi que não poderia estar no inferno.

O humor ameno de Zack era tão contagiante e descontraído que ela esticou a mão para sentir a temperatura na testa dele sem nem perceber o que estava fazendo.

— Como você soube que não estava no inferno?

— Porque — disse, calmamente — durante boa parte do tempo um anjo cuidou de mim.

— Obviamente você teve alucinações — brincou ela.

— É mesmo?

Dessa vez não havia como confundir o tom brincalhão de sua voz, e ela tirou a mão da testa de Zack, mas não desviou o olhar dele.

— Com certeza.

De canto do olho, Julie de repente notou que um pato de porcelana sobre a lareira atrás do ombro de Zack estava virado para o lado contrário e esticou o braço para endireitá-lo. Depois, arrumou os outros dois patos menores ao lado daquele.

— Julie — disse, com voz profunda e aveludada, que exercia um perigoso efeito nos batimentos cardíacos dela —, olhe para mim. — Quando ela se virou para encará-lo, ele continuou, com tranquila seriedade: — Obrigado por salvar minha vida.

Impressionada com o tom de Zack e a expressividade de seus olhos, ela precisou limpar a garganta para impedir que sua voz tremesse.

— Obrigada por tentar salvar a minha.

Algo estremeceu nas profundezas dos olhos de Zack, algo quente e convidativo; o pulso de Julie triplicou, apesar de ele não ter nem tentado tocá-la. Querendo criar um clima de praticidade e segurança, ela falou:

— Está com fome?

— Por que você não foi embora? — insistiu Zack.

Seu tom mostrou para ela que ele não iria mudar de assunto antes de ouvir algumas respostas. Julie se afundou no sofá, e seus olhos correram para um arranjo de flores na mesa de centro, pois não conseguiam encontrar o olhar inquisidor de Zack.

— Não consegui deixar você lá para morrer, não quando você arriscou sua vida ao pensar que eu havia me afogado.

Ela notou que duas das magnólias de seda branca do arranjo estavam caídas e obedeceu ao impulso automático de se inclinar para frente e ajeitá-las.

— Então por que não foi embora depois que me colocou na cama aqui dentro?

Julie se sentiu como se estivesse caminhando em um campo minado. Embora reunisse a coragem de encará-lo e dizer tudo o que sentia por ele, não estava preparada para as consequências de suas palavras.

— Primeiro, honestamente, não pensei nisso. Além do mais — acrescentou, num tom de aliviada inspiração —, não sabia onde estavam as chaves do carro.

— Estavam no bolso da minha calça... Da calça que você despiu de mim.

— Na verdade, eu... E-Eu não pensei em procurar as chaves do carro. Acho que estava simplesmente preocupada demais com você para pensar com clareza.

— Você não acha isso um pouco estranho, dadas as circunstâncias que a trouxeram até aqui?

Julie se inclinou e pegou uma revista que estava prestes a cair da mesa e a colocou exatamente em cima das outras duas, além de mover a tigela de cristal alguns centímetros para a esquerda, para o centro da mesa.

— Tudo tem sido bastante estranho nos últimos três dias — respondeu com cautela. — Não posso sequer imaginar o que seria um comportamento normal nessas circunstâncias.

Levantando-se, ela começou a ajeitar as almofadas que havia bagunçado durante o cochilo. Estava se inclinando para pegar uma delas no chão quando ele disse, com uma voz risonha:

— Isso é uma mania sua, não é? Arrumar as coisas quando está nervosa?

— Eu não diria isso. É que sou uma pessoa muito organizada. — Levantou-se, olhou para ele e, apesar da compostura, quase deixou escapar uma risada. As sobrancelhas de Zack estavam levantadas, em um gesto de zombador desafio, e os olhos brilhavam com divertida fascinação. — Tudo bem — disse, com um sorriso impotente —, admito. Tenho esse hábito nervoso. — Enquanto terminava de colocar as almofadas em seus devidos lugares, acrescentou, sorrindo: — Uma vez, na faculdade, quando estava com medo de me dar mal numa prova, reorganizei todas as tralhas do sótão, depois coloquei os discos dos meus irmãos em ordem alfabética, assim como os livros de receita da minha mãe.

Os olhos de Zack riram ante a história, mas sua voz soava intrigada e solene.

— Estou fazendo algo que a deixe nervosa?

Julie olhou para ele e sorriu, surpresa, depois disse, numa tentativa tola de parecer severa:

— Há três dias inteiros, você tem feito várias coisas que me deixam *extremamente* nervosa.

Apesar do tom de censura, a maneira como ela olhava para ele encheu Zack de ternura: não havia traço de medo, suspeita, repulsa ou ódio em lugar algum daquele rosto adorável e expressivo, e parecia que séculos haviam se passado desde que alguém o encarava daquele jeito. Nem seus próprios advogados acreditaram de verdade em sua inocência. Mas Julie acreditou. Ele sabia disso só de olhar para ela e se lembrar das palavras que ela disse no riacho, a maneira como sua voz tremulou ao pronunciá-las, foram mil vezes mais significativas: "*Lembra quando você disse que queria que alguém acreditasse na sua inocência? Eu não acreditei completamente em você antes, mas agora acredito. Juro. Eu sei que não matou ninguém.*"

Julie poderia tê-lo deixado no riacho para morrer ou — se isso fosse impensável para a filha de um pastor — poderia tê-lo trazido para a casa e depois saído com o carro e ligado para a polícia assim que encontrasse um telefone. Mas não foi o que ela fez. Porque Julie acreditava mesmo que ele era inocente. Zack queria envolvê-la nos braços e dizer o quanto isso significava para ele; queria entreter-se no aconchego de seu sorriso e ouvir sua risada contagiante.

Acima de tudo, ele queria sentir sua boca contra a dela, beijá-la e acariciá-la até que os dois enlouquecessem, depois agradecê-la com o próprio corpo pelo presente de sua confiança. Porque era só isso o que tinha para lhe dar.

Zack sabia que Julie estava pressentindo uma mudança na relação entre os dois, e, por alguma razão incompreensível, isso a estava fazendo se sentir mais nervosa do que quando ele estava apontando uma arma para ela. Zack tinha tanta certeza disso quanto do fato de que iriam fazer amor naquela noite e de que ela queria quase tanto quanto ele.

Julie esperou que ele dissesse algo ou risse de seu último comentário. Mas, como Zack não fez nada, ela deu um passo para trás e gesticulou em direção à cozinha.

— Está com fome? — perguntou pela segunda vez.

Ele assentiu devagar, e Julie se deteve ao ouvir o tom de malícia na voz dele.

— Faminto.

Julie disse a si mesma que ele *não* tinha deliberadamente escolhido essa palavra em particular, pois fora usada em um contexto sexual durante a discussão entre os dois na noite anterior. Tentando esconder esses pensamentos, ela perguntou educadamente:

— O que você gostaria de comer?

— O que você está oferecendo? — retrucou ele, jogando xadrez verbal com ela com tanta facilidade que Julie não teve como ter certeza se todo o duplo sentido nas palavras de Zack existia apenas em sua imaginação fervorosa.

— Eu estava oferecendo comida, claro.

— Claro — concordou ele solenemente, mas seus olhos brilhavam, divertidos.

— Ensopado, mais especificamente.

— É importante ser específica.

Julie escolheu fazer uma retirada estratégica dessa conversa estranhamente carregada e começou a caminhar em direção ao gabinete que separava a cozinha da sala.

— Vou servir a mesa e o ensopado aqui.

— Vamos comer aqui perto do fogo — disse ele. Sua voz era uma suave carícia. — É mais aconchegante.

Mais aconchegante... A boca de Julie secou. Na cozinha, trabalhou com aparente eficácia, mas suas mãos tremiam tanto que ela mal conseguiu despejar o cozido em duas tigelas. De canto do olho, viu que Zack foi até o aparelho de som, escolheu alguns CDs e colocou-os na bandeja do aparelho; pouco depois, a voz de Barbra Streisand encheu o ambiente. Entre todos os álbuns guardados, que iam de Elton John a jazz, ele escolheu justo Streisand.

Aconchegante.

A palavra se retorcia na cabeça de Julie. Ela pegou dois guardanapos e os colocou na bandeja; depois, de costas para a sala de estar, apoiou as mãos no gabinete e deu um longo e firme suspiro. Aconchegante. Ela sabia muito bem que na definição dele isso significava "mais condizente à intimidade". "Romântico". Sabia disso tão claramente quanto sabia que a situação entre eles havia mudado irreversivelmente a partir do momento em que decidiu ficar ali com ele em vez de deixá-lo no riacho ou trazê-lo até a casa e chamar a polícia. Ele também sabia disso. Julie podia reconhecer as evidências: havia uma nova suavidade nos olhos de Zack quando olhou para ela e uma sorridente ternura em sua voz, e ambos os sinais eram poderosos em abalar a sensação de autocontrole dela. Julie se endireitou e balançou a cabeça diante da própria tentativa tola e fútil de se enganar. Não havia sobrado nada de seu autocontrole, nem de argumentos relevantes, e não havia nenhum lugar no mundo onde pudesse se esconder da verdade.

A verdade é que ela o desejava. E ele a desejava. Os dois sabiam disso.

Julie depositou os talheres na bandeja, deu mais uma olhada para ele por cima do ombro, mas logo desviou o olhar. Sentado no sofá, com os braços relaxados, o pé direito casualmente descansando sobre o joelho esquerdo, relaxado, indulgente e sensual, Zack a observava. Ele não iria apressá-la e não estava nem um pouco nervoso. Sem dúvida, ele já tinha feito amor milhares de vezes com centenas de mulheres — todas muito mais bonitas e inquestionavelmente mais experientes que ela.

Julie reprimiu a vontade compulsiva de começar a reorganizar as gavetas da cozinha.

Zack a observou voltar para a sala e, inclinando-se, colocar a bandeja na mesa em movimentos graciosos e inseguros, como uma gazela apavorada. A luz da lareira se refletia em seus volumosos cabelos castanhos, que caíam sobre os ombros; refletia-se em sua pele suave à medida que ela ajeitava tigelas e talheres. Seus cílios longos faziam pequenas sombras em suas bochechas macias, e ele notou pela primeira vez que ela tinha mãos lindas, com dedos finos e unhas longas e bem-cuidadas. De repente, lembrou que essas mãos aconchegaram seu rosto no riacho, quando Julie o embalou nos braços e implorou para que se levantasse. Aquele momento pareceu um sonho em que ele era meramente um espectador, mas, mais tarde, depois que já estava bem-agasalhado na cama, suas recordações eram mais claras. Lembrou que as mãos dela afofaram os cobertores que o cobriam, que havia sincera preocupação na voz dela... Olhando para Julie agora, voltou a se maravilhar com sua estranha aura de inocência e precisou reprimir um sorriso intrigado ao perceber que, por alguma razão, ela evitava a todo custo encontrar seu olhar. Pelos últimos três dias, ela tinha agido com hostilidade, desafiando-o; hoje, salvou sua vida. Mesmo assim, por toda a sua coragem destemida e brio, ela era incrivelmente tímida, agora que as hostilidades entre eles acabaram.

— Vou pegar um vinho — disse ele e, antes que Julie pudesse recusar, levantou-se e voltou com uma garrafa e duas taças. — Não está envenenado — assegurou alguns minutos depois, quando notou que ela esticou a mão automaticamente para pegar a taça e depois recuou.

— Não achei que você tivesse feito isso — falou Julie, com uma risada tímida. Pegou a taça e bebeu um pouco de vinho, e ele notou que a mão dela tremia. Ela estava insegura a respeito de ir para a cama com ele, foi o que pensou; sabia que Zack não ficava com uma mulher há cinco anos. É provável que Julie temesse que ele fosse saltar em cima dela logo que terminassem a refeição e que, assim que começassem a fazer amor, ele perderia o controle e terminaria em dois minutos. Zack não sabia por que ela deveria se preocupar com isso; se alguém deveria se preocupar com sua habilidade de prolongar o ato sexual e mostrar um bom desempenho depois de uma abstinência de cinco anos, era ele.

E ele estava, sim, preocupado.

Decidiu tentar acalmá-la ao puxar uma conversa agradável e causal. Repassou mentalmente alguns assuntos de seu interesse imediato e, com relutância, descartou a questão do belo corpo de Julie, seus olhos maravilhosos e — com relutância ainda maior — sua declaração no riacho, aos sussurros, de que queria ir para a cama com ele. Isso o lembrou das outras coisas que Julie disse no quarto à tarde, quando ele não conseguia sair do entorpecimento da hipotermia para responder. Agora, tinha certeza quase absoluta de que não deveria ter ouvido a maior parte das coisas que ela falou. Ou talvez tenha imaginado todas elas. Queria que ela falasse dos alunos; adorava suas histórias. Estava prestes a incitá-la a falar sobre eles quando percebeu que Julie o olhava com uma expressão curiosa e estranha.

— O quê? — perguntou ele.

— Eu estava pensando... — disse ela. — Aquele dia, no restaurante, o pneu do meu carro não estava *mesmo* furado, estava?

Zack se esforçou para reprimir um sorriso de culpa.

— Você viu com seus próprios olhos.

— Você está dizendo que passei por cima de um prego ou algo do tipo e não percebi que o pneu tinha furado?

— Eu não diria que foi exatamente isso que aconteceu.

Zack tinha quase certeza de que Julie suspeitava dele agora, mas o rosto dela estava tão ameno que ele não fazia ideia se ela estava na verdade provocando algum tipo de jogo ou não.

— Como você *descreveria* o que aconteceu?

— Eu diria que a lateral do seu pneu provavelmente entrou em contato com algum objeto pontiagudo.

Assim que terminou o ensopado, Julie se inclinou para trás e o encarou com uma expressão que teria incitado uma confissão imediata e um pedido de desculpas de qualquer garotinho de 8 anos. Ele quase podia vê-la, de pé do lado de fora da sala de aula, olhando para um aluno travesso com exatamente a mesma expressão.

— Um objeto pontiagudo? — especulou ela, levantando as sobrancelhas. — Como uma navalha?

— Como uma navalha — confirmou Zack, tentando desesperadamente manter uma expressão tranquila.

— A sua navalha?

— A minha. — Com um sorriso impenitente, acrescentou, travesso: — Sinto muito, srta. Mathison.

Ela não se alterou. Levantando as sobrancelhas, disse:

— Espero que você conserte esse pneu, Zack.

A única coisa que o impediu de rir foi o doce choque de ouvi-la finalmente dizendo seu nome.

— Sim, senhora — disse.

Zack pensou que era inacreditável o fato da vida estar um caos completo e, ainda assim, tudo o que queria era cair na gargalhada e envolvê-la nos braços.

— Não preciso escrever uma redação de três páginas explicando por que eu não deveria ter feito isso, certo? — perguntou ele, observando os imensos olhos azuis de Julie brilharem enquanto ela olhava para a tigela que ele acabara de deixar de lado.

— Não — disse —, mas você vai para a detenção hoje.

— Ah, não! — respondeu, mas levantou obedientemente e pegou sua tigela. Enquanto pegava a dela, acrescentou: — Como você é má, srta. Mathison!

Julie respondeu, firme:

— Sem choramingar, por favor.

Zack não pôde evitar. Caiu na gargalhada, virou a cabeça e a surpreendeu com um sorrateiro beijo na testa.

— Obrigado — sussurrou ele, reprimindo uma risada diante da expressão confusa dela.

— Pelo quê?

Ele ficou sério e manteve o olhar fixo nela.

— Por me fazer rir. Por permanecer aqui e não me entregar para a polícia. Por ser corajosa, divertida e por ficar incrivelmente adorável nesse quimono vermelho. E por preparar essa refeição maravilhosa. — E acariciou de leve o queixo dela para aliviar o clima um segundo antes de perceber que a expressão nos brilhantes olhos de Julie não era de embaraço.

— Vou ajudar você — disse ela, começando a se levantar.

Zack colocou a mão no ombro dela.

— Fique aí e desfrute do fogo e do restante do seu vinho.

Muito tensa para ficar quieta à espera do que aconteceria — ou melhor, de *quando* aconteceria —, Julie se levantou e foi até as janelas. Apoiando o ombro contra uma delas, ela observou a visão espetacular das montanhas cobertas de neve refletindo a luz da lua. Na cozinha, Zack baixou a intensidade das luzes da sala.

— Assim você vai conseguir ver melhor o lado de fora — explicou ele quando ela olhou de soslaio com uma expressão de questionamento. Julie pensou que o ambiente ficava ainda mais aconchegante com a iluminação baixa e o brilho das chamas na lareira. Muito aconchegante e muito romântico, especialmente com a música que tocava no aparelho de som.

31

Zack viu os ombros de Julie se enrijecerem levemente quando se aproximou dela junto à janela, e suas reações imprevisíveis a ele começaram a deixá-lo nervoso. Em vez de tomá-la nos braços e beijá-la, que era o que teria feito se fosse qualquer outra mulher que já conhecera, lançou mão de um método mais sutil para fazê-la chegar onde ele queria. Enfiando a mão no bolso, encontrou o olhar dela na janela, apontou com a cabeça para o aparelho de som e disse, com provocante formalidade:

— Você me dá a honra da próxima dança, srta. Mathison?

Julie se virou, mostrando um encantador sorriso que brilhava de surpresa, e Zack morreu de alegria simplesmente por tê-la agradado. Afundou ainda mais as mãos no bolso para evitar tocá-la e disse, com um risinho oblíquo:

— A última vez que pedi para dançar com uma professora estava mais bem-vestido para a ocasião, com uma camisa branca, gravata castanho-avermelhada e um terno azul-marinho. Mas ela recusou.

— É mesmo? Por quê?

— Provavelmente pensou que eu era muito pequeno para ela.

Julie sorriu, porque Zack devia medir pelo menos 1,80 metro, e pensou que ele devia estar brincando, ou então a mulher devia ser gigante.

— Você era mais baixo que ela?

Ele assentiu.

— Mais ou menos 1 metro. Mas na época não achava que isso fosse um obstáculo, porque eu era muito a fim dela.

Julie finalmente entendeu e deixou de sorrir.

— Quantos anos você tinha?

— Sete.

Ela olhou para ele como se soubesse que a desfeita o magoara, o que de fato havia acontecido.

— Eu nunca teria recusado, Zack.

O pequeno estremecimento em sua voz e a expressão suave em seus olhos foram quase além do que Zack podia suportar. Hipnotizado pelos sentimentos que se desvelavam dentro de si, tirou a mão do bolso e, em silêncio e com o olhar fixo no dela, estendeu-a para Julie. Ela depositou sua mão na de Zack, e ele deslizou o braço em torno da cintura fina dela, trazendo-a para mais perto, enquanto a voz incrível de Barbra Streisand entoava os primeiros versos de "People".

Zack estremeceu ao sentir as pernas e coxas dela em contato com as suas à medida que Julie acompanhava os passos dele com graciosidade. Quando ela encostou de leve as bochechas no peito dele, seu coração começou a bater rápido demais. Ele ainda nem a havia beijado, e o desejo já pulsava de cada nervo de seu corpo. Para distrair a si mesmo, tentou pensar num assunto apropriado para puxar uma conversa que o aproximaria de seu objetivo final sem estimulá-lo ainda mais. Relembrando o quanto foi bom brincar a respeito do pneu que ele furou, decidiu que seria benéfico para ambos se pudessem rir de outras coisas que não foram nem um pouco engraçadas quando aconteceram. Entrelaçando os dedos nos dela, trouxe sua mão contra o peito e, com a boca encostada no cabelo dela, disse suavemente:

— Aliás, srta. Mathison, sobre o seu voo não intencional naquele snowmobile hoje...

Ela sentiu o tom jocoso de sua fala, deixou a cabeça pender para trás e fez uma expressão de exagerada inocência, a ponto de Zack precisar se esforçar para não rir.

— Sim? — disse ela.

— Onde diabos você foi quando saltou da beirada de uma montanha como um foguete e desapareceu?

A risada que ela deu fez seus ombros sacudirem.

— Aterrissei nos braços de um enorme pinheiro.

— Foi um plano muito bem-pensado — provocou ele. — *Você* ficou bonita e sequinha, enquanto eu *agia* como um salmão demente naquele riacho congelado.

— Essa parte não foi engraçada. O que você fez foi a coisa mais corajosa que já vi alguém fazer.

Não foram as palavras que ela disse que o derreteram, mas a maneira como o olhava — a admiração em seus olhos, em seu tom de voz. Depois da humilhação de seu julgamento e os efeitos desumanizantes de sua prisão, só de poder ser visto como um ser humano, não um animal, já era arrebatador. Mas o fato de Julie olhá-lo como se ele fosse corajoso, bom e decente era um presente mais precioso que qualquer outro que já tivesse ganhado na vida. Queria apertá-la em seus braços, perder-se em sua doçura, envolvê-la ao redor de si como um cobertor e se enterrar nela; queria ser o melhor amante que Julie já teve e tornar esta noite tão inesquecível para ela quanto seria para ele.

Julie viu o olhar dele repousar em seus lábios e, num estado de antecipação que havia alcançado patamares alarmantes na última hora, esperou que Zack a beijasse. Quando ficou óbvio que não era isso o que ele faria, encobriu o desapontamento com seu melhor e mais brilhante sorriso e tentou ser engraçada.

— Se um dia for a Keaton e conhecer Tim Martin, por favor, não diga a ele que dancei com você hoje.

— Por que não?

— Porque ele arrumou uma briga com a última pessoa que dançou comigo.

Apesar de achar isso um absurdo, Zack sentiu a primeira fisgada de ciúmes em toda a sua vida.

— Martin é seu namorado?

Ela riu ao ver sua expressão sombria.

— Não, é um dos meus alunos. Ele é do tipo ciumento...

— Feiticeira! — brincou ele, apertando-a contra seu corpo, enquanto John Denver começava a cantar "Annie's song" no aparelho de som. — Sei bem como o pobre garoto deve ter se sentido.

Ela revirou os olhos.

— Você não espera realmente que eu acredite que você acabou de sentir ciúmes, não é?

Zack cravou os olhos famintos nos lábios dela.

— Há cinco minutos — murmurou ele —, eu teria dito que era incapaz de sentir uma emoção tão degradante.

— Ah, sei — disse ela, com expressão de divertido escárnio, e acrescentou, rindo: — Sua atuação está exagerada, sr. Estrela do Cinema.

Zack ficou petrificado. Se tivesse que escolher entre Julie Mathison imaginá-lo como um presidiário fugitivo ou um astro do cinema quando a levasse para a cama mais tarde, escolheria a primeira opção sem hesitar. Pelo menos era uma opção real, não ilusória, nauseante e falsa. Ele havia passado mais de uma década de sua vida vivendo com uma imagem que fazia dele um troféu sexual. Como jogadores de futebol e astros do hóquei, teve sua privacidade e sua vida invadidas por tietes que queriam dormir com Zachary Benedict. Não com o homem, mas com a imagem. De fato, esta noite fora a primeira vez que Zack teve absoluta certeza de que uma mulher queria dormir com ele simplesmente por ser ele mesmo, e se indignava ao pensar que pudesse estar errado.

— Por que — perguntou ela com cautela — você está me olhando desse jeito?

— Acho que *você* pode *me* dizer por que — retrucou ele — mencionou a expressão "estrela do cinema" justo agora.

— Você não vai gostar da resposta.

— Tente — desafiou ele.

Os olhos dela entrecerraram ante o tom de Zack.

— Tudo bem. Eu disse isso porque tenho uma aversão à insinceridade.

As sobrancelhas de Zack se uniram.

— Será que você poderia ser um pouco mais específica?

— Com certeza — respondeu Julie, retribuindo o sarcasmo dele com uma objetividade atípica. — Eu disse isso porque você fingiu que estava com ciúmes, depois piorou a situação ao fingir que nunca havia se sentido assim antes em toda a sua vida. Acho que isso não é só sentimentaloide, mas também fingido, particularmente porque eu sei, e você também, que eu devo ser a mulher menos atraente com quem você já se deu o trabalho de flertar na sua vida inteira! Além do mais, como parei de tratá-lo como um presidiário, gostaria que você não começasse a me tratar como... Como alguma fã desmiolada que você pode seduzir e fazer desmaiar aos seus pés com meia dúzia de palavras de elogio vazio.

Tardiamente percebendo a ameaçadora expressão no rosto dele, Julie desviou o olhar e o encarou no ombro, envergonhada por ter deixado sua mágoa levá-la à tamanha explosão. Preparou-se para uma fulminante resposta dele, mas depois de um instante de silêncio, ela disse, com a voz baixa:

— Acho que eu não precisava ser tão específica. Sinto muito. Agora é sua vez.

— De fazer o quê? — retrucou ele.

— De me dizer que fui rude e ofensiva, imagino.

— Tudo bem. Você foi rude e ofensiva.

Ele parou de dançar, e Julie deu um longo e fortificante suspiro antes de levantar o olhar para o seu rosto impassível.

— Você está bravo, não está?

— Não tenho certeza.

— O que você quer dizer com isso?

— Quero dizer que, no que se refere a você, não tenho tido certeza de nada desde o meio-dia de hoje, e a incerteza está piorando cada vez mais.

Ele parecia tão estranho, tão... desestabilizado, que Julie sentiu um sorriso caprichoso tocar seus lábios. Duvidava muito que qualquer outra mulher, por mais bonita que fosse, o tivesse deixado nesse estado. Ela não sabia como isso aconteceu, mas se sentiu orgulhosa.

— Acho que gosto disso — disse ela.

Ele não estava feliz.

— Infelizmente, eu não.

— Ah.

— De fato, acho que devemos chegar a algum tipo de acordo a respeito do que está acontecendo entre nós e o que queremos que aconteça. — No fundo, Zack sabia que estava sendo completamente irracional, mas cinco anos de prisão, somados aos pungentes eventos físicos e emocionais do dia e à montanha-russa que vinha sendo sua relação com Julie nas últimas 24 horas, eram a combinação perfeita para fazer estragos em seus ânimos, suas emoções e sua sensatez. — Bem, você concorda com isso?

— E-Eu acho que sim.

— Ótimo. Quer começar, ou devo ir primeiro?

Ela engoliu em seco, entre medo e excitação.

— Você começa.

— Durante metade do tempo tenho a louca sensação de que você não é real... De que você é muito ingênua para uma mulher de 26 anos... De que você é uma garota de 13 anos que finge ser adulta.

Ela sorriu de alívio por ele não ter dito nada ruim.

— E quanto à outra metade do tempo?

— Você me faz sentir como se *eu* tivesse 13 anos. — Zack soube que Julie gostou de ouvir isso pelo brilho divertido em seus olhos e, de repente, se sentiu perversamente compelido a abalar qualquer ilusão que ela ainda poderia ter sobre ele como pessoa e sobre suas intenções para a noite. — Apesar do que você acha a respeito do que aconteceu no riacho hoje, eu *não* sou um príncipe encantado. *Não* sou uma estrela do cinema e estou bem *longe* de ser um adolescente ingênuo e idealista. Qualquer inocência e idealismo que eu pudesse ter quando nasci desapareceram muito antes de eu perder a virgindade. Não sou uma criança e nem você é. Somos adultos. Nós dois sabemos o que está acontecendo entre nós agora e sabemos exatamente para onde tudo isso está levando. — A expressão divertida nos olhos de Julie deu lugar a algo que não era nem medo, nem raiva. — Quer que eu soletre isso para você, a fim de que entenda minhas razões? — insistiu ele, observando um quente rubor colorir as bochechas dela. Intrigado para saber se o fato de ele querer ir para a cama com ela apagou o sorriso do rosto de Julie, Zack foi direto ao ponto.

— Minhas razões não são nobres; são adultas e naturais. Não temos 13 anos de idade, não estamos num baile da escola, e minha maior preocupação não é se vou conseguir lhe dar um beijo de boa-noite. Já é algo certo que eu vou lhe dar um beijo. O fato é que eu desejo você e gostaria que você desejasse a mim quase tanto quanto eu. Antes que a noite acabe, quero garantir que se sinta desse jeito e, quando eu conseguir fazer isso, quero levar você para a cama, despi-la e fazer amor com você da forma mais completa e prazerosa que puder. Agora, quero dançar com você, para sentir seu corpo contra o meu. Enquanto estivermos dançando, vou ficar pensando em todas as coisas que vou fazer para e com você quando estivemos na cama juntos. Agora, está claro? Se alguma dessas coisas não agrada você, diga-me o que quer fazer, e assim faremos. E então? — indagou ele impacientemente ao ver que ela permanecia em silêncio e com a cabeça abaixada. — O que *você* quer fazer?

Julie mordeu o lábio trêmulo e levantou para ele os olhos que brilhavam de alegria e de desejo.

— Quer me ajudar a arrumar o armário do corredor?

— Tenho *outra* opção? — perguntou ele, tão irritado que não percebeu que ela estava brincando.

— Na verdade — disse ela, franzindo a testa e baixando o olhar para a parte de cima do peito dele, descoberta acima da gola da camisa —, essa era a minha *outra* opção.

— Bem, então qual diabos é sua primeira opção? E não finja que estou deixando você tão nervosa a ponto de querer limpar os armários, pois não consegui deixá-la nervosa nem quando apontei uma arma para você.

Julie acrescentou irritabilidade e insensibilidade à lista de coisas que adorava nele e deu um suspiro incerto, pronta para dar um fim no jogo, mas não conseguiu olhá-lo nos olhos quando disse suavemente:

— Está certo, você não conseguiria me deixar nervosa sob a mira de uma arma depois de hoje, pois sei que nunca me machucaria. De fato, o único jeito de me deixar nervosa é fazer exatamente o que você tem feito desde que acordei e o vi parado junto à lareira.

— E o que tenho feito?

— Você tem me feito pensar se você *vai* me beijar do jeito que me beijou na noite passada... Você age como se quisesse muito fazer isso, depois como se não...

Zack pegou o rosto dela entre as mãos, levantou-o e abruptamente interrompeu o restante das suas palavras, entrelaçando os dedos no cabelo dela enquanto a beijava. Quando Julie provou que falava sério, abraçando-o e retribuindo o beijo, ele sentiu um prazer florescente e uma alegria atônita que eram quase difíceis de suportar.

Tentando compensar a aspereza anterior, ele prolongou as carícias beijando as bochechas, o queixo e a testa de Julie, depois buscou sua boca mais uma vez, esfregando os lábios pelo suave contorno dos dela. Traçou com a língua insistente a linha trêmula entre os lábios dela, incitando-os a se abrir e explorando-a por inteiro pela boca quando seus lábios finalmente se abriram. Era um homem faminto que tentava satisfazer a fome ensinando Julie a intensificá-la, e a mulher em seus braços era uma aluna aplicada e bem-disposta. Derretendo-se contra o corpo dele, Julie apertou seus lábios contra os dele, recebendo a língua de Zack e dando-lhe a sua ao menor sinal de que era isso o que ele queria.

Alguns longos minutos depois, Zack finalmente se forçou a levantar a cabeça e encarou os olhos dela, inconscientemente memorizando-a assim: ruborizada, fresca, sedutora. Tentando sorrir, deslizou a mão pela nuca de Julie e acariciou devagar o macio lábio inferior dela com o polegar, mas a profunda piscina dos olhos de Julie o incitava, implacavelmente, a mergulhar em sua profundeza mais uma vez. O polegar de Zack parou de se mexer e pressionou os lábios dela para baixo, a fim de abri-los, e, faminto, capturou sua boca. Tremendo nos braços dele, Julie subiu na ponta dos pés e aumentou a pressão contra a rígida ereção de Zack, fazendo o coração dele trovejar e seus dedos apertarem convulsivamente as costas dela. Ele agarrou mais forte o flexível corpo dela contra o seu, e suas mãos contornaram as laterais dos seios e das costas dela, depois desceram pelas nádegas, mantendo-a firme contra seu corpo tenso. Estava perdendo o controle e sabia disso.

Zack disse a si mesmo para ir mais devagar, ordenou que parasse antes que a jogasse no chão, antes que se comportasse como o presidiário faminto que era, em vez do agradável amante que prometeu que seria. Foi a lembrança distante e incômoda de sua promessa que finalmente o fez tentar prolongar o prelúdio e atender aos sinais de sua excitação, que lhe mostravam que, uma vez que começassem, o êxtase chegaria cedo demais para ela.

Ele forçou as mãos a se afastarem dos seios de Julie e as depositou na cintura dela, mas era bem mais difícil frear os movimentos de sua língua se ela se oferecia para ele, retribuindo suas carícias e afundando as unhas em suas costas. Quando finalmente afastou a boca um centímetro da dela, Zack não teve certeza de quem gemeu diante da perda, antes que ela apoiasse a testa sôfrega contra seu peito. Com os olhos fechados e o coração acelerado, ele puxou ar para os pulmões e passou os braços pelas costas de Julie para firmá-la contra si. Mas foi inútil. Ele precisava possuí-la por completo, e agora. Respirou com força, colocou a mão debaixo do queixo dela e levantou-lhe o rosto. Com os olhos fechados e os longos cílios deitados sobre as bochechas, Julie instintivamente ofereceu os lábios para ele.

O controle de Zack se exauriu. Sua boca desfrutou da dela com ardente desespero, forçando os lábios de Julie a se abrirem. Suas mãos desataram o laço do roupão dela, depois deslizaram o tecido pelos ombros até o chão, em frente à lareira, para que ele pudesse se deliciar com a visão e o toque do corpo dela.

Envolta em seus braços, Julie sentiu quando Zack a puxou para o chão, mas não despertou do estado de prazer incauto até que ele parasse de beijá-la e acariciá-la. Julie abriu os olhos e viu que ele desabotoava com pressa a camisa e tirava a calça, jogando-a para o lado. Mas foi apenas quando ele olhou para ela que Julie sentiu os primeiros sinais de pânico. À luz da lareira, os olhos dele tinham um brilho ardente quando percorriam incansavelmente o corpo dela; a paixão tornou o rosto dele duro e intenso, e, quando ela levantou o braço timidamente para cobrir os seios, a voz dele foi áspera:

— Não faça isso.

Ela tremeu convulsivamente ao som da voz daquele estranho, àquele rosto estranho, e quando ele afastou a mão dela para longe e a cobriu com seu corpo, ela percebeu que as preliminares tinham acabado abruptamente e que ele iria penetrá-la em questão de minutos, a menos que o interrompesse.

— Zack — sussurrou, tentando fazê-lo ouvir sem estragar o clima. — Espere.

Zack não processou o que ouviu, mas o pânico no pedido lhe pareceu discordante, assim como o fato de que ela começou a empurrar seus ombros e a se contorcer contra sua coxa de uma maneira intensamente provocante.

— Zack!

Ele sabia que estava indo rápido demais, apressando a fase das preliminares, e pensou que ela estava reclamando disso.

— Tem uma coisa que preciso lhe contar!

Com um esforço que quase minou suas forças, ele se obrigou a virar de lado, mas, quando inclinou a cabeça em direção ao seio de Julie, ela tomou seu rosto nas mãos e o levantou, interrompendo-o.

— *Por favor*! — pediu Julie, encarando o olhar em chamas de Zack. Estendeu os dedos pelo rígido queixo dele, acariciando-o, e quando ele virou o rosto em direção à palma da mão dela, beijando-a, o coração de Julie se preencheu de alívio e ternura. — Precisamos conversar primeiro.

— Pode falar — respondeu ele, ríspido, puxando-a para mais perto e beijando o canto do lábio e o pescoço dela, passando a mão por seu seio. — Estou ouvindo — mentiu. Seus dedos deslizaram para baixo, percorrendo a barriga enxuta de Julie, e alcançaram o triângulo encaracolado dela.

Ela se sacudiu embaixo dele, agarrando sua mão, e o assunto escolhido para a conversa foi, na opinião dele, o mais inoportuno assunto já discutido por uma mulher num momento como este.

— Quantos anos você tinha quando fez amor pela primeira vez?

Zack fechou os olhos e engoliu em seco para conter uma resposta impaciente.

— Doze.

— Não quer saber quantos anos eu tinha?

— Não — retrucou, decidindo beijar os seios dela, uma vez que, por alguma razão somente conhecida por ela, Julie não queria ser tocada mais intimamente. Todo o seu corpo estava tenso de desejo, e ele tentava ao máximo tocá-la nos lugares que, pelo que lembrava, davam às mulheres mais prazer e mais rápido.

— Eu tinha 26 — disse ela, com a voz em pânico quando a boca dele se fechou junto ao seu mamilo.

O sangue de Zack rugia em seus ouvidos. Ele ouviu as palavras, mas não se importou. Julie era tão deliciosa. Os seios dela não eram grandes ou pesados demais, mas lindos e bastante femininos, bem como ela. Se Julie fosse tão receptiva quanto foi quando estavam de pé, ele poderia levá-la ao clímax agora, antes de penetrá-la e fazer amor como deviam. Zack tinha cinco anos de desejo contido para gastar: seria capaz de fazer amor a noite inteira sem parar, se ela simplesmente o deixasse fazer isso, parasse de cerrar as pernas e parasse de contar quantos anos tinha na... primeira vez... que fez... sexo.

Julie percebeu o exato momento em que Zack registrou o que havia ouvido, pois ele separou a boca de sua pele, e o corpo ficou tão imóvel que ela teve a impressão de que ele havia parado de respirar.

— Esta é a minha primeira vez — disse, trêmula.

Ele deixou cair a testa nos seios dela, fechou os olhos e gritou:

— Meu Deus!

A exclamação explosiva foi eloquente o bastante para Julie perceber que ele não havia gostado da revelação — convicção que foi reforçada quando Zack finalmente levantou a cabeça e inspecionou minuciosamente cada traço do rosto dela, na esperança de encontrar algum sinal de que ela estava mentindo. Com o coração partido, Julie notou que ele devia estar bravo ou aborrecido. Ela não queria que ele parasse, apenas que diminuísse o ritmo e não a tratasse como... como um corpo *acostumado* a ser tocado.

Zack não estava aborrecido, estava apenas estupefato. Desorientado. Dentro de seu quadro de referências, nunca tinha ouvido falar de uma mulher que ainda fosse virgem aos 26 anos, ainda mais uma mulher bonita, bem-humorada, inteligente e atraente.

Mas, ao olhar para o rosto adorável e apreensivo de Julie, tudo a respeito dela que o intrigou na noite anterior começava a fazer sentido. Veio-lhe à mente o magoado ataque que ela deu depois de ouvirem ao programa de rádio: "*Meu pai é um pastor*", ela chorava. "*É um homem respeitável. Passei os últimos quinze anos da minha vida tentando ser perfeita.*" Ele se lembrou do que Julie respondeu quando perguntou se ela era noiva: "*Estamos conversando sobre isso.*" É evidente que eles conversavam muito mais que faziam amor. E na noite anterior, o próprio Zack a havia comparado com uma garota do coral.

Agora que entendia o passado, ele estava ainda mais confuso a respeito do presente. Aparentemente, ela preservou a virgindade do próprio namorado, que obviamente a amava e queria lhe oferecer respeitabilidade e um futuro. Mas hoje ela estava disposta a se entregar a um presidiário fugitivo que era incapaz de amar qualquer pessoa e que não tinha absolutamente nada para lhe oferecer. A consciência de Zack escolheu esse momento para se reafirmar pela primeira vez em anos ao lembrar a si mesmo de que o quase noivo de Julie não a coagiu a ceder sua virgindade; se Zack tivesse algum escrúpulo, qualquer traço de decência, manteria as mãos longe dela. Já a havia sequestrado, abusado verbalmente dela e a sujeitado à censura pública. Somando-se a tudo isso, privá-la de sua virgindade era indesculpável.

Mas o débil protesto de sua consciência não foi o suficiente para detê-lo. Ele a desejava. Tinha que possuí-la. E era isso o que faria. O destino o havia privado de sua dignidade, sua liberdade e seu futuro, mas, por algum motivo, o mesmo destino colocou Julie em suas mãos nesse breve período que poderia ser os últimos dias de sua vida. Nem sua consciência nem qualquer outra coisa iriam privá-lo de tê-la. Sem perceber a passagem do tempo, ele a encarou até que a voz trêmula de Julie o trouxesse de volta de seus pensamentos. As palavras que ela disse foram um depoimento pungente de sua inexperiência com os homens.

— Eu não achava que você iria ficar bravo — disse ela, não entendendo bem a razão por trás do silêncio de Zack.

Com um pesaroso suspiro, ele falou:

— Estou bravo comigo mesmo, não com você.

— Por quê? — perguntou Julie, estudando o seu rosto.

— Porque isso não ia me impedir. Porque não me importo nem um pouco que você nunca tenha feito isso antes nem com alguém que a amava ou que pudesse ficar com você caso engravidasse. Nada importa para mim agora... — sussurrou ele, aproximando sua boca da dela. — Mas isso...

No entanto, a inexperiência dela importava, sim. Importava o suficiente para fazer Zack dar uma pausa nos beijos e tentar controlar o desejo, a fim de que pudesse começar de novo.

— Venha cá — sussurrou ele, trazendo-a para seus braços e rolando de lado, para que Julie ficasse à sua frente com a cabeça apoiada em seu ombro. Com a respiração profunda, esperou seu ritmo cardíaco voltar ao normal, acariciando suavemente as costas esbeltas dela, enquanto tomava a decisão de tornar essa experiência muito boa para ela, embora fosse morrer de desejo no processo. De alguma forma, ele teria que excitá-la sem excitar a si mesmo mais do que já estava.

Julie estava deitada em seus braços, aturdida pela repentina mudança em seu humor e com medo de, embora Zack dissesse o contrário, tê-lo feito desistir da ideia de fazerem amor. Incapaz de continuar suportando essa situação, ela disse, hesitante, com os olhos ainda fixos no pescoço dele:

— Não quis fazer um... um escarcéu sobre o fato de esta ser a minha primeira vez. Eu só queria que você fosse um pouco mais devagar, não que parasse completamente.

Zack sabia o quão difícil deve ter sido para ela dizer algo assim e sentiu mais uma onda de ternura por Julie ao levantar o queixo dela e dizer, com tranquila seriedade:

— Não estrague isso para nós dois, menosprezando a importância. A verdade é que eu nunca tive a responsabilidade, ou o privilégio, de ser o primeiro homem de uma mulher, então esta é minha primeira vez também. — Levantando a mão, ele tirou uma mecha de cabelo da bochecha dela, acariciando-a com os dedos suavemente e observando os fios caírem em cima do ombro esquerdo dela. — Você deve ter enlouquecido os rapazes de Keaton todos esses anos, de tanto imaginarem como seria.

— O que você quer dizer?

Ele desviou o olhar do cabelo dela e sorriu, encarando-a nos olhos.

— Quero dizer que desde ontem estive fantasiando sobre como seria passar meus dedos pelo seu lindo cabelo. E isso porque só tive a chance de conhecer você há dois dias.

Ao ouvir as palavras de Zack, Julie sentiu um calor começar a percorrer todo o seu corpo, e ele logo percebeu a mudança em sua expressão e na maneira como seu corpo relaxou contra o dele. Tardiamente lembrando que palavras podiam excitar uma mulher quase tanto e tão rapidamente quanto uma habilidosa estimulação sexual, Zack percebeu que essa também era a melhor forma de alcançar seu objetivo sem correr o risco de alcançar os perigosos extremos da luxúria incitados por beijos e carícias. Com ternura, confessou:

— Sabe no que eu estava pensando ontem à noite no jantar?

Ela balançou a cabeça.

— Eu estava imaginando como seria o gosto da sua boca e se sua pele poderia ser tão macia ao toque quanto ao olhar.

Julie se sentiu caindo num profundo feitiço de sensualidade que Zack lançava ao passar os dedos por seu queixo e dizer:

— Sua pele é ainda mais macia do que parece.

O polegar de Zack acariciou os lábios dela, e seu olhar acompanhou o movimento.

— E sua boca... Meu Deus, sua boca tem o gosto do paraíso! — A mão de Zack deslizou pela garganta e pelo ombro dela, depois cobriu suavemente o seu seio, enquanto Julie baixava o olhar para o peito peludo dele. — Não desvie o olhar — sussurrou ele, e ela forçou-se a olhá-lo nos olhos. — Você tem seios lindos.

Julie achou que isso estava tão longe de ser verdade que a fez duvidar de tudo o que ele havia dito. Zack notou a expressão cética no rosto dela, e sua boca se retorceu num sorriso sério.

— Se isso não for verdade — disse ele, com o polegar acariciando o mamilo dela —, então me diga por que estou morrendo de vontade de tocá-los, olhá-los e beijá-los neste exato momento? — O mamilo dela se enrijeceu como um casulo ao toque dele, e Zack sentiu o desejo começar a consumi-lo mais uma vez. — Você sabe que é verdade, Julie. Dá para ver nos meus olhos o quanto desejo você.

Ela podia mesmo ver o desejo em seu olhar ardente, em suas pálpebras pesadas.

Louco de vontade de beijá-la, Zack respirou bem fundo e inclinou a cabeça, lutando para se controlar enquanto encostava a língua nos lábios dela.

— Você é tão doce — murmurou ele. — Tão incrivelmente doce.

Julie perdeu o controle antes que ele o fizesse. Com um gemido silencioso, ela passou a mão pela nuca dele e o beijou com toda a paixão que se acumulava dentro de si, pressionando-se contra o membro rígido dele, satisfazendo-se ao ver a onda de arrepios que percorreu o corpo de Zack enquanto ele abria a boca de Julie com um beijo terno, mas intenso. Com um instinto que não sabia que tinha, ela percebeu o esforço desesperado dele em evitar que o beijo se tornasse muito quente, e a ternura que sentiu foi quase maior do que podia suportar. Esfregando os lábios entreabertos contra os dele, ela o incitou a aprofundar o beijo, mas, ao ver que seu gesto não surtiu efeito, passou a beijá-lo da maneira como ele havia feito antes. Tocou os lábios dele com a língua e sentiu-o arquejar em busca de fôlego; encorajada, deixou sua língua fazer uma breve e sensual incursão pela boca dele.

E Julie alcançou seu objetivo.

Zack perdeu controle e, com um rouco gemido, rolou-a de costas, beijando-a com uma fome selvagem e urgente que a fez se sentir ao mesmo tempo poderosa e impotente. Suas mãos e sua boca clamavam pelo corpo de Julie, beijando-lhe os seios, o ventre e as costas. Quando a boca de Zack voltou a encontrar a de Julie, ele afundou os dedos no cabelo dela, agarrando-a como uma prisioneira voluntária. Assim que finalmente separaram os lábios, o corpo inteiro de Julie queimava de desejo.

— Abra os olhos, minha pequena — sussurrou.

Julie obedeceu e se viu encarando um musculoso peito masculino, coberto de pelos escuros e encaracolados. A simples visão daquele peitoral fez seu coração pulsar. Hesitante, levantou o olhar de seu tórax e contemplou as mudanças que a paixão causara nele. Um músculo se contraía em espasmos em sua garganta, seu rosto estava duro e seus olhos, em chamas. Ela observou os lábios sensuais dele formarem duas palavras, numa rouca declaração:

— Toque-me.

Eram um convite, uma ordem, uma súplica.

Julie respondeu aos três. Levou a mão até o queixo de Zack. Sem desviar seus olhos dos dela, ele virou o rosto em direção à palma da mão dela e deslizou seus lábios para frente e para trás.

— Toque-me.

Com o coração batendo com ferocidade, Julie baixou a ponta dos dedos pelo queixo dele, pelo pescoço e depois pelo rígido peitoral. A pele de Zack parecia acetinada sobre o firme granito de seus músculos, que se contraíram quando ela se inclinou e começou a beijar seu peito. Inebriada pelo recém-descoberto poder, beijou os pequenos mamilos dele, depois deslizou um longo beijo até o ventre. Algo entre uma risada e um gemido escapou da boca de Zack, e ele abruptamente rolou-a de costas novamente, puxando as mãos dela para trás da cabeça, prendendo-a com o corpo. Sua língua penetrou a boca de Julie e se emaranhou na língua dela, indo para frente e para trás, tentando imitar o que queria fazer com o corpo. E o fogo que estivera crescendo dentro de Julie explodiu em chamas. Ela desprendeu os punhos das mãos de Zack, enlaçou os braços em volta dele, puxou o corpo para mais perto, retribuindo o entorpecente beijo, acariciando os ombros e as costas dele, gemendo de felicidade quando a boca dele encostou no seu seio. Estava tão perdida no prazer que Zack foi incitando com tanta maestria que mal percebeu quando a mão dele caminhou até o meio de suas coxas e começou a explorá-la intimamente. Com os olhos fechados, lutou contra a vergonha e se deixou ceder ao extraordinário prazer que os dedos experientes dele lhe proporcionavam.

Tentando controlar o violento desejo, Zack observou as reações que tremeluziam no rosto de Julie diante da entrega de seu corpo às carícias íntimas e pouco familiares de seus dedos. Cada som que ela fez, cada movimento inquieto de sua cabeça, cada vez que ela se retorcia ao tocá-la encheu Zack de ardente ternura. Cada segundo se cristalizou em sua mente, nítido como diamante. Entre seus dedos, Julie se abria para ele, úmida e quente, e Zack estava desesperado para se enterrar nela. Mas ainda não era a hora. Inclinou a cabeça e lhe deu um longo e profundo beijo enquanto deslizava o dedo mais fundo nela. Julie passou os braços em torno dos ombros dele e tremeu. O movimento convulsivo lhe lembrou das palavras que ela dissera mais cedo.

— É bom tremer — sussurrou ele, aumentando a profundidade de sua exploração. — Tremer é muito, muito bom.

Em torno dos dedos dele, Julie parecia muito estreita e apertada, e Zack teve a péssima sensação de que seria muito grande para ela, de que ela não aguentaria ser penetrada sem se machucar.

As mãos de Julie o acariciavam, ganhando coragem, e Zack perdeu o fôlego quando ela finalmente passou os dedos pela rígida ereção e o agarrou com as mãos. No momento em que seus dedos o entrelaçaram, seus olhos se arregalaram, chocados, e correram para o rosto dele. Zack teria rido da expressão nos olhos dela, mas não estava no clima de rir ou de se sentir lisonjeado pelo fato de seu tamanho tê-la claramente "impressionado". À luz da lareira, ela olhou para ele como se estivesse esperando por algo — uma decisão dele, um movimento — enquanto o enlouquecia com os dedos, a ponto de deixá-lo prestes a explodir em sua mão. A outra mão lhe acariciou o queixo, aliviando a tensão, e as palavras que sussurrou o fizeram derreter:

— Valeu a pena esperar 26 anos por você, sr. Benedict.

Zack perdeu o controle da respiração. Com as mãos apoiadas em ambos os lados do rosto de Julie, inclinou a cabeça para beijá-la e murmurou, em rouca reverência:

— Deus...

Com o sangue pulsando nas têmporas, Zack colocou-se em cima de Julie, entre suas pernas, explorando a entrada de seu corpo, abrindo caminho por sua passagem úmida e apertada, soltando o fôlego ante a extraordinária sensação de que o corpo dela se expandia para deixá-lo entrar, envolvendo-o com um toque úmido e quente. Ao encontrar a frágil barreira, ergueu o quadril esguio dela, prendeu a respiração e aprofundou a penetração. O corpo de Julie se enrijeceu diante da breve dor, mas antes que Zack pudesse reagir, seus braços já estavam em torno dele, e ela se abria para ele como uma flor, acolhendo-o. Esforçando-se para controlar o orgasmo que ameaçava se irromper, Zack moveu-se lentamente dentro dela, mas quando Julie começou a acompanhar seus movimentos, agarrando-o contra si, sua resistência baixou, junto com o desejo de prolongar o ato. Desfrutando da boca de Julie num intenso beijo, afundou-se dentro dela, forçando-a a chegar cada vez mais perto e mais rápido ao ápice, deleitando-se ao ouvir o gemido abafado que ela soltou enquanto cravava as unhas em suas costas e tremia convulsivamente debaixo dele. Erguendo os quadris dela para mais perto, penetrou-a mais fundo, movido por uma necessidade incontrolável de estar o mais profundo possível nela ao chegar ao orgasmo. Explodiu com uma força que o fez gemer, mas não parou de se mover, como se ela pudesse esvaziá-lo da amargura de seu passado e da desolação de seu futuro. O segundo clímax explodiu num solavanco de sensações que sacudiu cada extremidade nervosa de seu corpo e o deixou fraco. Exaurido.

Num estado de completa exaustão, ele desmoronou em cima de Julie, depois virou de lado, ainda sem se desgrudar dela. Sem fôlego, Zack a manteve nos braços, acariciando suas costas, tentando não pensar em nada, agarrando-se à fugaz euforia ao tentar manter longe a realidade. Mas depois de alguns minutos, não teve jeito. Agora que sua paixão fora finalmente consumida, não havia mais uma barreira entre seu cérebro e sua consciência, e, contemplando o fogo, Zack começou a ver todas as suas ações e motivações dos últimos três dias sob a luz da verdade: a verdade é que se apoderara de uma mulher indefesa e a tomara como refém; depois, a fizera acreditar que a deixaria ir assim que chegassem a Colorado; ameaçara recorrer à força caso Julie tentasse escapar, e, quando ela o desafiou apesar de tudo, a forçou a beijá-lo diante de uma testemunha; agora, a imprensa de todo o país a considerava cúmplice. A verdade é que começara a pensar em levá-la para a cama no momento em que a sequestrou, e preparara o terreno para isso, fazendo tudo o que estivesse ao seu alcance, desde a intimidação ao flerte. A nauseante verdade era que havia acabado de conquistar seu objetivo final e detestável: seduzira a filha virgem de um pastor, um ser humano adorável, vivaz e inocente que compensou todas as suas crueldades e injustiças ao salvar sua vida no riacho. *Seduzir* era uma palavra muito delicada para descrever o que fizera, pensou Zack com desgosto, desviando os olhos para o carpete. Ele a havia possuído ali mesmo, no chão; não foi nem mesmo numa cama! Sua consciência o atormentou com força renovada por tê-la tratado com grosseria, por tê-la forçado a esperar até que ele tivesse dois orgasmos, por ter se afundado para dentro dela sem se conter, como faria um homem decente. O fato de Julie não haver gritado, resistido ou dado qualquer sinal de estar machucada ou humilhada não conseguia amenizar sua culpa. Julie não tinha consciência de que merecia mais do que recebeu, mas ele, sim. Zack havia sido promíscuo na adolescência; como adulto, teve incontáveis aventuras sexuais. Toda a responsabilidade pela confusão que havia causado na vida de Julie e, agora, a primeira experiência sexual dela era exclusivamente sua. E isso era encarar a questão de maneira otimista, sem considerar a possibilidade de gravidez. Não era preciso ser um gênio para perceber que a filha de um ministro não cogitaria fazer um aborto; então, Julie teria que lidar com a vergonha pública de ser mãe solteira, mudando-se para outra cidade e tendo o filho lá, ou passar a responsabilidade da paternidade para o quase noivo.

Zack esperava ser assassinado nos próximos dias, ou mesmo nas próximas horas, assim que saísse da segurança da casa. Agora, pedia a Deus para que tivesse sido capturado antes mesmo que pudesse ter sequestrado Julie. Até ir para a prisão, nunca havia cogitado envolver outra pessoa em seus problemas, muito menos apontar uma arma para ela ou engravidá-la. Na prisão, Zack havia, sem dúvida, se tornado um sociopata doente, sem consciência, escrúpulos nem moral.

Ser baleado e morto era bom demais para o monstro que havia se tornado, pensou Zack.

Estava tão envolvido em seus próprios pensamentos que levou um tempo até perceber que a mulher que envolvia nos braços estava chorando e que o que sentia molhado em seu peito não era seu suor, mas as lágrimas de Julie. Mudo de remorso, Zack a soltou e a deitou sobre o carpete, ainda que ela mantivesse o braço agarrado ao seu ombro e o rosto molhado de lágrimas pressionado contra seu peito.

Apoiando-se sobre os cotovelos, tentando consolá-la ao afastar fios de cabelo de suas bochechas molhadas, acariciando-a, engoliu em seco para se livrar do nó de remorso que havia em sua garganta.

— Julie — sussurrou —, se eu pudesse desfaria todas as coisas que lhe causei. Até esta noite, as coisas que havia feito foram pelo menos motivadas pela necessidade e pelo desespero... Mas isso... — Hesitou para engolir em seco mais uma vez. Como o rosto de Julie ainda pressionava seu peito, Zack não podia ver as reações dela, além de que ela parecia ter ficado completamente imóvel desde que ele começara a falar. — Mas o que eu acabei de fazer com você — continuou — é totalmente indesculpável. É possível explicar o que aconteceu, mas não desculpar. Você não pode ser tão ingênua a ponto de não perceber que cinco anos é tempo demais para um homem ficar sem... — Interrompeu-se, percebendo que estava acrescentando mais mal ao insulto ao dar a entender que qualquer mulher teria servido para esse estado de privação sexual. — Não foi por isso que agi assim esta noite. É só parte do motivo. A principal razão é que eu a desejei desde... — O desgosto por si mesmo subiu pela garganta como bile, impedindo-o de continuar.

Depois de um prolongado momento de silêncio, a mulher em seus braços finalmente falou:

— Continue.

Ele baixou o queixo, tentando ver as feições de Julie, enquanto suas sobrancelhas se uniam acima dos olhos, numa expressão intrigada.

— Continuar? — repetiu ele.

Ela fez que sim, roçando o rosto na pele de Zack.

— Sim, você estava chegando na melhor parte.

— A melhor parte? — repetiu, atordoado.

Julie olhou para ele e, embora seus olhos ainda estivessem mareados de lágrimas, havia um sorriso encantador em seu rosto, que fez o coração de Zack se apertar contra as costelas.

— Você começou com o pé esquerdo — murmurou ela —, dizendo que se arrependia de termos feito amor. E piorou quando disse que sou ingênua e deu a entender que qualquer mulher teria servido depois de cinco anos de abstinência...

O alívio começou a percorrer o corpo de Zack como um bálsamo. Teve a impressão de que estava se livrando facilmente do que disse e aproveitou essa brecha inesperada com o grato desespero de quem encontra algo a que se agarrar enquanto está se afogando.

— Eu disse isso?

— Foi.

Zack sorriu, indefeso, diante do sorriso contagiante de Julie.

— Como fui indelicado!

— Bastante — concordou ela, indignada.

Um minuto antes, ele fora consumido pelo mais tortuoso desespero; cinco minutos antes, ela o havia conduzido ao paraíso sexual; agora, ela o fazia rir. Em algum lugar, bem no fundo de si, Zack sabia que nenhuma mulher havia causado esse efeito nele antes, mas não queria analisar os motivos disso neste momento. Agora, estava contente em aproveitar o presente e ignorar o parco futuro que teria pela frente.

— Nessas circunstâncias — murmurou ele, sorrindo enquanto acariciava o rosto dela —, o que eu deveria ter dito e feito?

— Bem, como você sabe, não tenho muita experiência com momentos como este...

— Na verdade, nenhuma experiência mesmo — lembrou-lhe ele, repentinamente satisfeito com isso.

— Mas já li centenas de cenas de sexo em romances.

— Mas isto aqui não é um romance.

— Sim, mas existem algumas similaridades.

— Por exemplo? — provocou ele, distraído pela alegria que jorrava de Julie.

Para sua surpresa, Julie ficou séria, mas havia uma expressão de fascínio nos olhos quando ela o fitou profundamente.

— Por exemplo — sussurrou ela —, a mulher costuma se sentir como eu me senti quando você estava dentro de mim.

— E como você se sentiu? — perguntou ele, porque não conseguiu evitar.

— Eu me senti desejada — disse Julie, com a voz um pouco trêmula. — E necessária. Desesperadamente necessária. E muito, muito especial. Eu me senti completa.

O coração de Zack se apertou com uma emoção tão intensa que doeu.

— Então por que estava chorando?

— Porque às vezes a beleza tem esse efeito em mim.

Zack encarou os olhos brilhantes dela e viu uma beleza suave e um espírito indomável capazes de levar um homem às lágrimas.

— Alguém já disse que você tem o sorriso da *Madonna* de Michelangelo?

Julie abriu a boca para protestar, mas ele se antecipou à resposta dela ao lhe dar um rápido beijo.

— Não acha — respondeu ela, sem fôlego — que essa observação é um sacrilégio, considerando o que fizemos agora há pouco?

Ele sufocou uma gargalhada.

— Não, mas provavelmente seja um sacrilégio se você considerar o que estamos prestes a fazer.

Julie baixou a cabeça.

— O quê?

Zack sacudiu os ombros, divertindo-se com a alegria dela, enquanto sua boca descia lentamente.

— Vou lhe mostrar.

Julie tomou fôlego e arqueou os quadris ante a investida sensual das mãos e da boca de Zack.

A risada lentamente desapareceu da mente de Zack, substituída por algo muito mais profundo.

32

Apoiada numa montanha de travesseiros de pena na enorme cama da suíte principal, Julie olhou para os pratos sobre a mesa de centro em frente à lareira. Os dois haviam tomado café ali, e depois Zack a levou para a cama, onde fizeram amor. Ele a manteve acordada quase a noite inteira, se entregando um ao outro com uma mistura de urgência e ternura que Julie achou excitante e extremamente doce. A cada vez que terminava, Zack a trazia para seus braços e a abraçava forte enquanto tiravam um cochilo. Agora já passava do meio-dia, e ela estava sentada ao lado dele, curvada contra seu corpo, seu braço em volta dos ombros dela, sua mão lhe acariciando suavemente o braço. Infelizmente, à luz do dia, Julie estava começando a achar cada vez mais difícil se agarrar à ilusão de que esta era uma cabana onde estava segura e aninhada na cama ao lado de um homem incrivelmente comum, que era seu devotado amante. À luz do dia, tinha a infeliz consciência de que o homem com quem havia feito amor com tanta ternura e desejo, que gemeu de paixão em seus braços e a fez gritar e sentir como se fosse a única mulher a dividir uma cama com ele, também já havia feito amor com incontáveis estrelas do cinema e personalidades sensuais. Era esse o mundo dele: um mundo luxuoso e frenético, povoado por pessoas ricas, bonitas, talentosas e bem-relacionadas.

Essa havia sido a vida antiga de Zack e, embora ele tivesse perdido tudo, Julie não tinha dúvidas de que ele provaria sua inocência, agora que estava livre para procurar o verdadeiro assassino — com a ajuda inexperiente, mas solícita, dela. Assim que fizesse isso, poderia retomar sua vida anterior e continuar sua carreira brilhante em Hollywood. A necessidade que ele sentia por ela deixaria de existir. E quando isso acontecesse, quando fosse reduzida ao status de "velha amiga", Julie sabia que a dor seria terrível.

Zack não iria se apaixonar por ela e fazer intensas declarações de amor. Ele apenas precisava dela agora e, por alguma razão, Deus quis que ela estivesse com ele. Tudo o que Julie podia fazer era viver um momento de cada vez, desfrutar e se recordar deles nos anos futuros. Isso significava nunca pedir nada que Zack não pudesse dar, nunca o sobrecarregar com seus sentimentos e manter seu coração o mais intacto possível. Também significava encontrar um jeito de deixar as coisas o mais leves e frívolas tanto quanto possível. Ela queria tanto ser sofisticada e experiente; seria de tremenda ajuda para alcançar essas coisas e uma infinidade de outras.

— No que está pensando? — perguntou Zack.

Julie virou a cabeça e percebeu que ele a estava analisando com uma expressão intrigada.

— Nada muito profundo — disse, tentando ser evasiva, com um sorriso brilhante e artificial. — A vida em geral.

— Conte para mim.

Tentando evitar tanto o olhar investigativo dele quanto a discussão como um todo, Julie saiu do abraço de Zack e levantou as pernas, envolvendo os joelhos com os braços.

— Não vale a pena discutir sobre isso.

— Por que não deixa que eu decida isso?

Ela encarou-o, séria.

— Você sempre foi persistente assim?

— É uma das minhas características menos atraentes — respondeu ele, de modo impenitente. — No que você estava pensando especificamente?

Julie revirou os olhos, exasperada, mas quando Zack continuou a encará-la em silêncio, ela desistiu e contou só uma parte da verdade. Apoiou o queixo no joelho para evitar olhá-lo nos olhos e disse:

— Eu estava pensando em como a vida é estranha. Tudo parece ser completamente previsível e então num segundo, no tempo que leva para decidir parar numa lanchonete de beira de estrada e tomar um café, tudo muda.

Zack recostou a cabeça nas almofadas, fechou os olhou e engoliu em seco, aliviado. Ele pensou que ela estivesse refletindo sobre o fato mais lógico e preciso de que ele estava arruinando a vida dela.

Com o canto de olho, Julie deu uma rápida olhada no rosto tenso dele e seu coração se apertou. Gargalhadas, leveza e sensualidade eram o que ele queria e do que necessitava, não filosofia ou qualquer coisa com intensidade emocional, e ela decidiu não deixar que ele a pressionasse a entrar nesse tipo de discussão novamente.

Zack deu um longo suspiro e, sem abrir os olhos, perguntou:

— Quer ficar aqui comigo, Julie?

— Está me dando uma opção? — provocou ela, aderindo à decisão de manter as coisas leves. Assim que disse isso, viu a mandíbula dele enrijecer quase imperceptivelmente e teve a estranha sensação de que não dera o tipo de resposta que ele queria nesse momento.

— Não — disse Zack, depois de uma demorada pausa. — Receio que não.

— Acha que eu contaria à polícia sobre seu paradeiro se você me deixasse ir? É isso?

— Não. Se você me desse a palavra de que não faria isso, eu aceitaria.

— Então por quê?

— Porque não acho que você conseguiria suportar o interrogatório pesado que lhe fariam. Mesmo se dissesse que a vendei até chegarmos aqui, continuariam o interrogatório, tentando "ajudá-la" a lembrar algo significativo. Mais cedo ou mais tarde, você cometeria um deslize sem querer ou até sem perceber.

Julie se esforçou para alcançar um equilíbrio entre sinceridade e bom humor desta vez.

— Tudo bem. Então acho que vou ter que ficar aqui, nessa cabanazinha monótona e passar uns dias com esse homem provocador, mandão, mal-humorado e que tem um apetite sexual insaciável. Provavelmente vou sair daqui sem poder caminhar ou ficar de pé sem precisar de ajuda.

Os olhos de Zack permaneceram fechados, mas seus lábios esboçaram um leve sorriso.

— Não sou mal-humorado.

— Mas é provocador, mandão e insaciável — retrucou ela, sentindo-se melhor e mais no controle da situação e de si mesma. — Já sei, vamos lá fora um pouco?

O sorriso de Zack se alargou, preguiçoso, complacente e convencido.

— De jeito nenhum. Você vai congelar lá fora.

— Eu tinha a intenção de me vestir antes — informou Julie, chocada com a facilidade como respondeu ao comentário provocativo. — Ar fresco e atividade física — acrescentou, enquanto ele sacudia os ombros de tanto rir ao óbvio desconcerto dela — curam qualquer coisa.

— Menos congelamento.

Ela riu ao atirar uma almofada nele, pois o pegou de olhos fechados. Depois começou a se levantar.

— Você tem sempre que ter a palavra final?

— Pelo visto...

— Então vai ter que conversar sozinho, pois eu vou lá fora — contou-lhe Julie, vestindo o roupão. — Apesar dos prazeres carnais de permanecer aqui com você, preciso de ar fresco e luz do sol. Se eu estivesse em Keaton, estaria com minha turma fora da sala de aula; agora seria hora do recreio.

— Prazeres carnais — repetiu ele, rindo. — Boa definição. Gostei.

— Não me surpreende — retrucou ela com um sorriso, indo ao banheiro de seu quarto para tomar um banho. Atrás dela, Zack disse:

— Use o banheiro deste quarto. É bem melhor.

33

JULIE ESTAVA AO LADO DO ENORME ESPELHO DO CLOSET, sob a luz das luminárias de bronze que contornavam a moldura do espelho, secando o cabelo, enquanto Zack fazia a barba do outro lado. Em vez de usar seu pequeno banheiro, que era o que Julie pretendia ter feito, ele insistiu que ela usasse este banheiro também. Havia uma estranha intimidade em compartilhar um banheiro com um homem, pensou Julie, mesmo um banheiro que ocuparia metade de sua casa e dava total privacidade desde que a pessoa ficasse do outro lado da coluna do espelho. Ainda assim, os sons estavam lá — o chuveiro de Zack sendo ligado enquanto ela tomava banho no outro chuveiro, e agora o som da água jorrando da pia onde ele se barbeava. Quando foi tomar banho, ela cuidadosamente colocou uma enorme e felpuda toalha por cima da porta de vidro translúcido, para que não ficasse à vista caso ele passasse por ali; uma precaução que tinha se mostrado prudente.

Envolta em mais uma das toalhas verdes, ela ia ao seu banheiro para buscar sua calça jeans quando Zack chamou-a:

— Pegue algo do closet daqui para vestir.

Surpresa, uma vez que eles não haviam dito nada desde que entraram no banheiro, ela se virou e o viu de pé em frente à pia com uma toalha como a dela amarrada em volta dos quadris estreitos, com a metade do rosto coberta pela espuma de barbear.

— Não — disse Julie. — Fiz isso ontem à noite e não me pareceu certo. Deslumbrada, ela o viu arquear a cabeça e passar o aparelho de barbear pelo pescoço e queixo, enquanto ele dizia:

— Eu sabia que você ia dizer algo sobre isso.

Julie sorriu para ele.

— É bom ganhar uma discussão com você de vez em quando.

No quarto, ela foi até a cadeira onde havia deixado suas roupas no dia anterior. Não estavam lá. Por um instante, encarou, atônita, a estampa do estofado da cadeira como se suas roupas pudessem se materializar, depois girou sobre os calcanhares e voltou para o banheiro, com um olhar beligerante:

— Não vou usar nenhuma das roupas daquele closet!

Zack olhou-a com uma expressão divertida antes de continuar a se barbear.

— Aí está um pensamento capaz de animar um homem insaciável como eu: ver você por aqui o dia inteiro completamente nua.

Ela usou seu tom de voz professoral, mais severo, para dizer:

— Você está abusando da sorte, meu caro Zack. Estou me esforçando muito para não perder a calma.

Zack suprimiu uma gargalhada ao vê-la tão adorável e se recusou a responder.

— Zack! — disse ela, séria, com a voz cada vez mais autoritária, caminhando na direção dele. — Espero que você vá buscar agora mesmo minhas roupas, seja lá onde as tenha escondido.

Ele riu tanto a ponto de balançar os ombros. Inclinou-se e lavou o rosto, depois secou o pescoço.

— E se eu não fizer isso, srta. Mathison? — disse ele. — O que vai acontecer? Vou ficar de castigo?

Julie já tinha lidado com suficiente rebeldia adolescente para saber que perderia terreno ao mostrar sua frustração. Com uma expressão firme e empática, ela disse:

— Essa questão *não* é negociável.

Ele largou a toalha e se virou. Um elegante sorriso branco cobria seu rosto rude.

— Você tem um ótimo vocabulário — observou ele, com sincera admiração. — Por que você não tem sotaque texano, aliás?

Julie mal o tinha ouvido. Encarava, chocada, a imagem em carne e osso do homem sensual e carismático que havia visto durante anos nas enormes telas do cinema e na TV. Até aquele momento, Zachary Benedict em pessoa não era tão parecido com aquela estrela de cinema, então fora fácil ignorar quem e o que ele havia sido. Cinco anos numa prisão haviam endurecido seu rosto e marcado linhas de expressão em seus olhos e em sua boca, tornando-o mais velho e severo, mas tudo isso havia mudado em apenas uma noite.

Agora que estava mais descansado, sexualmente satisfeito e de cara limpa, a semelhança era tanta que ela deu uns passos para trás, em nervosa surpresa, como se fosse um estranho.

— Por que está me olhando como se eu tivesse cabelo nas orelhas?

A voz era familiar. Ela conhecia aquela voz. Isso a tranquilizava. Desviando os pensamentos, Julie forçou-se a parar de ter essas fantasias ridículas e voltar à discussão que estavam travando. Mais determinada que nunca a ganhar, cruzou os braços sobre o peito e disse, teimosa:

— Quero minhas roupas.

Zack apoiou os quadris na bancada de mármore e, imitando Julie, de braços cruzados, riu.

— Sem chance, querida. Pegue algo do armário.

A ternura que veio da repentina mudança entre o presidiário e a estrela do cinema pareceu casual, mas sem sentido, para Julie. Ela estava tão frustrada e fora de controle que teve vontade de bater o pé no chão, teimosa.

— Caramba, eu quero minhas...

— Por favor — interrompeu ele calmamente —, vista algo do closet. Quando ela abriu a boca para argumentar, ele disse: — Joguei suas roupas na lareira.

Julie percebeu que tinha acabado de ser driblada, mas a insensibilidade como ele agiu a magoou.

— Elas podiam parecer trapos dispensáveis para uma estrela do cinema — retrucou ela —, mas eram minhas roupas. Dei duro para conseguir comprá-las. Eram minhas, e eu gostava delas!

Ela girou sobre os calcanhares e foi até o closet, sem saber que seu último comentário havia causado mais efeito do que imaginava. Entrou no closet, ignorando os vestidos e as saias que caíam dos cabides das prateleiras de 6 metros de altura, foi até o fundo e pegou a primeira calça e suéter que encontrou pela frente. Segurou-os em frente ao corpo, verificou que lhe serviam e, sem cerimônia, vestiu-se. A calça era de caxemira macia e verde-esmeralda, combinando com o suéter de gola alta, estampado com delicadas violetas e folhas verde-escuro. Deixou o suéter por fora da calça e pegou um cinto de couro verde ao sair do closet, colocou-o, virou-se e quase deu de cara com o peito de Zack.

Ele estava parado no corredor, com as mãos apoiadas no alto do batente, bloqueando a saída.

— Com licença — disse ela, tentando dar a volta por ele sem lhe dar a cortesia de devolver o olhar.

A voz de Zack foi tão implacável quanto sua postura.

— É culpa minha você ter precisado usar as mesmas roupas nos últimos três dias. Só queria que você tivesse outra coisa para vestir. Assim, eu não me sentiria culpado toda vez que olhasse para seu jeans. — Sabiamente deixando de fora o fato de que ele também queria vê-la usando algo mais bonito e condizente com o rosto e corpo de Julie, acrescentou: — Por favor, olhe para mim e me deixe explicar.

Julie tinha coragem e teimosia o suficiente para resistir à força do tom persuasivo de Zack, mas não estava com tanta raiva a ponto de não poder entender o raciocínio dele. Além disso, sabia que era bobagem arruinar o pouco tempo que tinham juntos discutindo sobre isso.

— Odeio quando você me ignora e fica encarando o chão desse jeito — disse ele. — Isso me dá a impressão de que você acha que minha voz vem de alguma barata escondida por aí e está imaginando onde está para que você possa pisar nela.

Julie tinha a intenção de, em seu próprio tempo, levantar graciosamente o olhar para ele. Mas, como não estava a fim de fazer joguinhos, acabou se rendendo, às gargalhadas:

— Você é completamente incorrigível — disse, rindo e olhando-o com expressão alegre.

— E você é completamente maravilhosa.

O coração dela quase parou de bater diante do comentário solene de Zack, mas ele era um ator, como Julie forçosamente teve que se lembrar, e ela ficaria ainda mais magoada no futuro se começasse a tratar o que era apenas um flerte casual para ele como expressões de uma afeição profunda.

Como ela não respondeu, Zack sorriu e foi ao quarto. De soslaio, disse:

— Vamos vestir uma jaqueta e ir lá fora, se é isso que você ainda quer fazer.

Julie olhou para ele com uma expressão de descrédito e esticou os braços, olhando para a própria roupa, incitando-o a fazer o mesmo, antes de dizer:

— Com essa roupa? Está louco? Essa calça de caxemira deve ter custado... pelo menos duzentos dólares!

Lembrando-se das faturas do cartão de crédito de Rachel, Zack aferiu que o valor delas costumava passar dos seiscentos dólares, mas não falou nada. De fato, estava tão determinado a tirar Julie de casa — bem sabia que era isso o que ela queria — que colocou as mãos nos ombros dela e a sacudiu de leve, depois falou coisas que iam além do que queria dizer:

— Julie, essas roupas pertencem a uma mulher que é dona de várias lojas de departamento cheias de roupas lindas. Ela não se importaria nem um pouco se você usasse uma ou outra... — Interrompeu-se antes que pudesse terminar, sem acreditar que acabara de ser tolo a ponto de revelar tanto.

Os olhos de Julie se arregalaram, em choque, e ele podia imaginar no que ela estava pensando:

— Quer dizer que você conhece os donos desta casa? Eles lhe deram permissão de usá-la? Isso não os colocaria sob um risco enorme, quer dizer, condescendendo em abrigar um presidiário fugitivo?

— Pare! — ordenou ele, com mais grosseria do que pretendia. — Não tive a intenção de fazer qualquer coisa do tipo.

— Mas só estou tentando entender...

— Diabos, eu não *quero* que você entenda! — Lembrando-se da injustiça de descontar sua raiva nela, passou a mão pelo cabelo e disse com um pouco mais de paciência. — Vou tentar explicar isso o mais claro e rapidamente possível, depois quero que esqueça este assunto.

Ela o olhou de uma maneira que deixava claro que achava a atitude e o tom dele irracionais e questionáveis, mas permaneceu calada. Colocando as mãos nos bolsos, apoiou o ombro contra a parede, cruzou os calcanhares e o observou, compenetrada.

— Quando você voltar para casa — começou Zack —, a polícia vai questioná-la sobre tudo o que eu disse e fiz enquanto estivemos juntos, para tentar mensurar quanta ajuda tive na minha fuga e prever aonde fui. Eles vão fazê-la contar e recontar tudo até você ficar exausta e não conseguir mais pensar direito. Farão isso na esperança de que irá se lembrar de algo que se esqueceu e que seja importante para eles, ainda que não seja para você no momento. Contanto que possa contar a verdade, toda a verdade, que é exatamente o que eu aconselho que faça quando sair daqui, você não vai ter nada com que se preocupar. Mas se tentar me proteger, escondendo algo deles, ou se mentir, vai acabar caindo em contradição. Quando isso acontecer, eles vão perceber e acabar com você. Vão começar a achar que você era minha cúmplice desde o início e é assim que vão tratá-la. Vou pedir que conte uma única mentirinha simples que poderá ajudar a nós dois sem correr o perigo de se contradizer durante o interrogatório. Além disso, não quero que minta ou esconda nada da polícia. Conte tudo. Até agora, você não sabe de nada que poderia prejudicar a mim ou a qualquer pessoa envolvida comigo. E pretendo manter as coisas assim — terminou, enfático —, para o meu bem e para o seu. Está claro? Entende por que não quero que você faça mais perguntas?

Franziu o cenho quando ela, em vez de assentir, fez outra pergunta:

— Que mentira você quer que eu conte?

— Quero que diga à polícia que você não sabe exatamente onde fica esta casa. Diga que eu a vendei assim que eu a soltei na área de descanso dos caminhoneiros e que a deixei deitada no banco de trás durante o restante da viagem, para que você não tentasse fugir de novo. É uma história lógica e crível, e tenho certeza de que eles acreditarão. Talvez ajude a neutralizar a versão do caminhoneiro: ele é a única razão pela qual a polícia suspeitaria de que você esteja me ajudando. Eu faria qualquer coisa no mundo para evitar ter que pedir que você minta assim em meu favor, mas essa é a melhor maneira.

— E se eu me recusar?

O rosto de Zack ficou instantaneamente fechado, pesado e reservado.

— Cabe a você, claro — disse com gélida cortesia. Até aquele momento, enquanto testemunhava a mudança nele quando pensava que sua confiança nela era infundada, Julie não havia percebido de fato o quanto ele começara a tratá-la com mais suavidade desde o dia anterior.

Suas brincadeiras e sua ternura ao fazer amor não eram simplesmente uma maneira conveniente e prazerosa de ocupar o tempo juntos — ao menos um pouco daquilo era verdadeiro. Por causa dessa tão doce descoberta, ela quase parou de prestar atenção ao que ele dizia:

— Se decidir contar à polícia sobre a localização desta casa, eu agradeceria se você também se lembrasse de dizer que eu não tinha como entrar e que estava disposto a arrombar a porta caso não tivesse encontrado a chave. Se você não enfatizar isso, os proprietários da casa, que são tão inocentes quanto você na colaboração nos meus planos iniciais de fuga, acabarão se tornando tão suspeitos quanto você por causa do que o caminhoneiro disse.

Julie percebeu que Zack não estava de maneira nenhuma tentando proteger a si mesmo. Tentava desesperadamente proteger seja lá quem fossem os proprietários da casa. Isso significava que os conhecia. Eles eram, ou haviam sido, seus amigos...

— Você se importaria em me contar que decisão pretende tomar? — disse ele, com a mesma voz fria e indiferente que ela odiava. — Ou prefere pensar melhor sobre isso?

Quando tinha 11 anos, Julie jurou nunca mais mentir e não quebrou essa promessa em quinze anos. Agora, olhou para o homem que amava e disse suavemente:

— Pretendo dizer à polícia que fui vendada. Como pode passar pela sua cabeça que eu não diria isso?

O alívio tomou conta dela enquanto observava a tensão se liberar do rosto dele. Mas em vez de dizer algo delicado, Zack lhe deu um olhar mordaz e anunciou:

— Você é a única mulher, Julie, que já conseguiu me fazer sentir como um ioiô emocional rodopiando por uma cordinha presa ao seu dedo.

Julie mordeu o lábio inferior para evitar um sorriso, pois lhe pareceu incrivelmente importante ser capaz de afetá-lo de uma maneira que nenhuma mulher havia feito antes, embora ele não gostasse disso.

— E-Eu... sinto muito — disse, por fim, com desonestidade.

— Sente nada — retrucou ele, já sem tensão na voz, substituída por um tom relutantemente alegre. — Você está se segurando para não rir.

Engolindo uma risada diante do desconforto dele, Julie levantou o dedo indicador e o analisou cuidadosamente, girando-o para os lados.

— Me parece um dedo comum — provocou.

— Não há nada de comum em você, srta. Mathison — respondeu, com a mesma combinação de alegria e irritação. — Deus ajude o homem que se casar com você, pois o pobre coitado vai perder os cabelos bem antes da hora!

A convicção óbvia e indiferente de que ela terminaria ficando com alguém que não fosse ele — alguém que não significava nada para ele e de quem sentia pena — deu fim à felicidade de Julie e a trouxe de volta à terra. Prometendo a si mesma manter as coisas leves a partir de então e nunca mais procurar sentidos obscuros nas palavras e ações dele, ela sorriu, assentiu, afastou-se da parede e disse, recorrendo ao jargão descontraído dos tenistas:

— Acho que com esse último ponto você ganhou o game, o set e a partida. Eu lhe concedo essa vitória verbal, assim com todas as outras.

Apesar da atitude casual dela, Zack teve a inquieta sensação de que a havia magoado. Alguns momentos depois, saiu do quarto e juntou-se a ela no closet do corredor, onde Julie vestia a roupa de neve que usara no dia anterior.

— Tinha me esquecido desta roupa — explicou ela. — Vai proteger o que estou usando por baixo. Peguei uma muda para você — acrescentou, apontando com a cabeça para a roupa de neve pendurada na porta.

Pegando-a e começando a vesti-la, Zack decidiu que a conversa que haviam tido no banheiro ainda precisava ser esclarecida.

— Olhe — disse ele com tranquila sinceridade —, eu não quero discutir nem brigar com você, é a última coisa de que eu gostaria no mundo. E definitivamente não quero conversar sobre meus planos futuros nem minhas preocupações atuais. Eu mesmo estou tentando ao máximo não me preocupar e simplesmente aproveitar o presente de tê-la aqui comigo. Tente entender que os próximos dias aqui, nesta casa, com você, serão os últimos dias "normais" da minha vida. Não que eu tenha a menor ideia do que seja a normalidade... — acrescentou. — Mas o que quero dizer é que, embora saibamos que tudo isso é uma fantasia que vai acabar de uma hora para outra, eu ainda gostaria de viver alguns dias idílicos aqui na montanha com você; algo de que eu possa me lembrar. Não quero estragar isso tudo pensando no futuro. Entende o que quero dizer?

Por trás de um cálido sorriso, Julie escondeu a pena e a dor que as palavras dele evocaram e disse:

— Posso saber por quanto tempo vamos ficar aqui juntos?

— E-Eu ainda não decidi. No máximo, uma semana.

Ela tentou não pensar em quão pouco tempo isso seria e resolveu fazer exatamente o que ele pedira, mas em voz alta fez a pergunta que a incomodava desde que saíra do quarto:

– Antes que deixemos para trás esse assunto sobre a polícia e tudo o mais, tem algo que eu gostaria de perguntar; ou melhor, esclarecer.

Zack viu que as bochechas dela enrubesceram, e Julie rapidamente inclinou a cabeça, concentrada em vestir um gorro de tricô para proteger suas orelhas e seu volumoso cabelo.

— Você disse que quer que eu conte tudo à polícia. Mas você honestamente não espera que eu diga que nós... você... eu...

— Aí vão todos os pronomes! — provocou ele, adivinhando aonde ela queria chegar. — É só me dar um verbo que eu formo uma frase.

Depois de vestir as luvas, Julie colocou as mãos na cintura e olhou para ele com uma expressão de cômica desaprovação.

— Você é cheio de lábia, sr. Benedict.

— Tenho que estar a sua altura.

Ela balançou a cabeça, em atitude de falso desgosto, e virou em direção à porta dos fundos, ao final do corredor. Arrependendo-se de sua resposta,

Zack a alcançou antes que ela pudesse fechar a porta. O azul do céu quase o cegava, de tão claro; estava frio, mas não em excesso; e o mundo do lado de fora parecia um paraíso ártico, com montes de neve pelos cantos no chão e pequenos sulcos abertos pelo vento.

— Eu não quis tratar sua última pergunta com indiferença — explicou ele, fechando a porta e vestindo as luvas. Ela se virou e esperou que ele a alcançasse. Zack perdeu a linha de raciocínio ao ver o rosto de Julie iluminado pela nítida luz do sol. Com o cabelo todo protegido por baixo do gorro e sem nenhuma maquiagem, exceto um discreto batom, ela era de tirar o fôlego com sua pele clara de porcelana e enormes olhos da cor de safira rodeados por cílios escuros e sobrancelhas graciosas.

— Claro que não quis dizer que você deve dar de bandeja a informação de que fomos íntimos; isso não é da conta de ninguém. Por outro lado — acrescentou Zack, recuperando a compostura —, considerando o fato de que fui condenado por assassinato, eles vão presumir que eu não hesitaria em coagi-la ou forçá-la a fazer sexo comigo. Considerando a mentalidade podre da maioria dos policiais, quando você negar que foi forçada, eles vão interrogá-la até fazê-la revelar que talvez quisesse transar comigo, e foi o que acabei fazendo.

— Não diga assim! — disse ela, como uma virgem afetada e ultrajada, o que de fato ela era, Zack pensou, rindo por dentro.

— Estou dizendo da forma como eles vão pensar — explicou. — Eles vão tocar no assunto de uma dúzia de formas diferentes e aparentemente desconexas, pedindo que você descreva a casa que usei como esconderijo para que eles consigam localizá-la e identificá-la e venham procurar pistas. Depois vão perguntar sobre os quartos e a decoração. Não dá para saber como eles vão abordá-la, mas no instante em que você relevar que sabe demais, ou deixar mostrar seus sentimentos sobre algo que concerne a mim pessoalmente, eles vão presumir o pior. Quando eu a trouxe aqui, nunca imaginei que a polícia teria algum motivo para achar que você é uma aliada. Nem eles imaginariam isso caso o idiota daquele caminhoneiro não tivesse... — Interrompeu-se e balançou a cabeça. — Quando você quase fugiu naquela área de descanso, eu não pensei em nada além da necessidade urgente de impedi-la. Não imaginei que o caminhoneiro conseguiria dar uma boa olhada em nós dois a ponto de nos reconhecer depois. De qualquer forma, o mal foi feito e não adianta tentar consertar o que já passou. Quando a polícia lhe perguntar sobre esse episódio, diga exatamente o que aconteceu. Eles vão considerá-la uma heroína. E de fato você foi. — Colocou as mãos no braço dela para enfatizar suas palavras, e finalizou: — Escute-me bem e depois quero que esqueça o assunto de uma vez por todas: quando a polícia questioná-la sobre nosso relacionamento aqui, se por acaso você der a entender que éramos íntimos, quero que me prometa uma coisa.

— O quê? — perguntou Julie, agora ávida para terminar a discussão antes que o assunto arruinasse a leveza do clima entre eles.

— Quero que me prometa que vai dizer que eu a estuprei.

Julie o encarou, boquiaberta.

— Já fui condenado por assassinato — enfatizou ele. — Acredite em mim, minha reputação não vai piorar nem um pouco se for acrescentada uma pena por estupro. Mas a sua reputação pode ser salva, e isso é tudo o que importa. Entende? — disse ele, estudando a expressão extremamente curiosa nos olhos dela.

A voz de Julie foi suave e muito, muito doce.

— Sim, Zack — disse, com submissão pouco característica —, entendo. Entendo que você está *completamente... louco*! — Colocou as mãos nos ombros dele e, de surpresa, o empurrou, fazendo-o cair de pernas abertas na neve.

— O que diabos foi isso? — perguntou ele, levantando-se.

— Isso — contou-lhe ela, com um sorriso angelical, as mãos na cintura e as pernas levemente separadas — foi por se atrever a sugerir que eu *consideraria* falar para alguém que você me estuprou!

34

ZACK LEVANTOU-SE E SE CONCENTROU EM ESPANAR A NEVE do cabelo, da jaqueta e da calça, mas não ficou imune à repentina satisfação em estar ao ar livre sob o claro céu azul, cercado por um paraíso invernal de pinheiros nevados, na companhia de uma jovem que acabara se mostrando divertida. Rindo, ele terminou de se limpar e foi em direção a ela devagar.

— Isso foi bastante infantil — censurou.

Julie deu alguns passos para trás.

— Não se atreva — disse ela, segurando-se para não rir. — Estou avisando.

Zack se atirou sobre ela, e Julie se virou repentinamente e enroscou a perna no joelho dele. Antes que desse por si, ele caía para trás mais uma vez em câmera lenta, sacudindo os braços como um ganso ferido, tentando recobrar o equilíbrio, mas acabou tombando de costas na neve, enquanto a gargalhada de Julie ressoava por entre os pinheiros.

— Isso — informou-o Julie, divertindo-se muito — foi só uma parte do troco por ter atirado neve no meu rosto aquele dia no estacionamento. — Ela ficou de pé perto dele, esperando-o se levantar, mas Zack continuou deitado, com uma expressão estranhamente pensativa no rosto, os olhos focados no céu azul mais acima. — Não vai se levantar? — perguntou ela pouco depois.

Ele virou a cabeça na direção de Julie.

— Para quê?

— Eu não machuquei você, não é? — perguntou ela, com cuidado.

— Meu orgulho está em pedaços, Julie.

A repentina lembrança de todos os filmes em que Zack interpretava o galã durão passou por sua mente, e Julie compreendeu por que ele estava envergonhado. Ela sabia que ele não estava fingindo, tanto pela maneira como estava deitado ali quanto pelo tom tenso de sua voz. Tomada de culpa por ter acrescentado uma vingança tão boba aos fardos que ele carregava, percebeu que um dublê evidentemente devia ter feito as cenas de ação dos filmes.

— Isso foi idiota da minha parte. Por favor, levante-se.

Ele entrecerrou os olhos para protegê-los do sol e disse calmamente:

— Você vai me derrubar de novo?

— Prometo que não. Você está certíssimo. Fui infantil. — Estendeu a mão para ajudá-lo, apoiando bem os pés no chão para conseguir se esquivar caso isso fosse uma armadilha e ele quisesse puxá-la para o chão, junto com ele. Mas Zack aceitou a ajuda de bom grado.

— Estou velho demais para essas coisas — reclamou ele, espanando a neve de suas pernas.

— Olhe ali... — disse Julie, ansiosa por fazê-lo esquecer a vergonha, apontando para o boneco de neve que havia começado a construir no dia anterior. Com um ensolarado sorriso, explicou: — O vento desfez minha obra, e olha que a neve nem está tão profunda. O que acha de me ajudar a reconstruir o boneco de novo?

— Tudo bem — disse e, para a surpresa dela, Zack pegou-a pela mão, e caminharam pela neve como dois amantes de mãos dadas.

— O que você fez comigo agora há pouco? — perguntou ele, admirado. — Algum golpe de caratê ou judô? Sempre confundi os dois.

— Judô — respondeu ela.

— Por que você não usou esse golpe quando estávamos no estacionamento, em vez de sair correndo?

Julie o olhou com uma expressão envergonhada.

— Meu irmão Ted dá aula de autodefesa, mas achei que essa ideia era boba numa cidade como Keaton e não quis participar. Então ele me ensinou esse golpe específico em casa há muito tempo. Quando você estava correndo atrás de mim aquele dia, entrei em pânico e saí correndo. Nem lembrei que eu sabia fazer isso. Hoje, planejei lhe dar o golpe, por isso que consegui fazê-lo com tanta faci... — interrompeu-se sem terminar a frase, tentando desesperadamente, ainda que tardiamente, poupar o orgulho de Zack.

Quando chegaram ao boneco de neve, ele largou a mão dela e a encarou com um sorriso de admiração.

— Você sabe outros golpes desse tipo?

Julie sabia vários outros.

— Não. Na verdade, não.

Ainda sorrindo para ela, Zack disse bem devagar e gentilmente.

— Então permita que eu lhe ensine outro... — Ele se moveu com tanta rapidez que Julie deixou escapar um grito de surpresa no mesmo instante que saiu do chão e começou a tombar de costas em direção a uma pilha de neve. Mas Zack calculou o tempo exato de impedi-la de cair para sentá-la na neve, com as pernas estiradas para a frente, sã e salva.

Julie olhou para ele, achando graça de sua vergonhosa batalha contra o ar enquanto caía, e se levantou.

— Você é terrível — censurou ela, fingindo se concentrar em espanar a neve de sua roupa enquanto tentava pensar em como poderia ficar quite. Afastou-se dele por um instante, depois se voltou novamente e deu-lhe um sorriso inocente.

— Satisfeita? — retrucou ele, com os braços estendidos ao lado do corpo.

— Sim, você venceu. Desisto.

Desta vez, no entanto, ele notou certo brilho naqueles enfeitiçadores olhos azuis.

— Mentirosa — disse Zack, rindo, enquanto ela começava a rodeá-lo devagar, procurando um local para se mirar.

Ele se virou para ela, e ambos começaram a rir: Zack estava determinado a não lhe dar uma brecha, e Julie sabia exatamente como pretendia forçá-lo a fazer isso.

— Tempo! — exclamou ela, rindo. Parou e fingiu mexer no zíper que havia aberto um minuto antes. — É por isso que estou congelando de frio. Esse zíper não para de se abrir sozinho.

— Venha cá — disse Zack, cortês, exatamente como Julie esperava. — Deixe-me ajudá-la. — Tirou a luva da mão direita e olhou para o zíper. Assim que seus dedos o tocaram, Julie virou-se abruptamente, mirou o ombro em direção ao peito dele e, com toda sua força, empurrou-o como numa manobra de futebol americano. Ele desviou-se, e o ombro de Julie atingiu o vazio com tanta força que ela perdeu o equilíbrio e caiu de cabeça sobre um monte de neve que estava atrás de Zack.

Tentando ao mesmo tempo respirar, rir e desenterrar a cabeça da neve, Julie afastou-se e se apoiou contra o monte de neve. Zack disse, rindo:

— Nunca vi alguém transformar a própria cabeça numa broca de gelo. Que demonstração impressionante! Acha que poderíamos vender a ideia para algum fabricante?

Aquilo foi o suficiente. Às gargalhadas, Julie deixou-se deslizar até o chão, caindo aos pés de Zack. Tentando recuperar o fôlego, olhou para o rosto risonho dele. Ele agigantava-se sobre ela, com as mãos no quadril, formando a imagem de uma superioridade masculina muito divertida.

— Quando estiver pronta para voltar ao boneco de neve... — informou-lhe, presunçosamente, com o nariz empinado, enquanto se afastava —, você...

Julie esticou a perna. Ele tropeçou e desabou no chão como uma árvore. Morrendo de rir, ela rolou de lado, levantou-se, ficando longe do alcance dele.

— Quanto maior o orgulho, maior a queda — lembrou-lhe ela, rindo e se afastando ainda mais enquanto ele se reerguia.

Zack sorria, mas havia um brilho perigoso em seus olhos ao avançar devagar em direção a ela:

— Já chega — disse ele suavemente. — Já chega.

— Não... não faça nada de que possa se arrepender depois — advertiu ela, às risadas, escondendo as mãos atrás das costas enquanto se afastava ainda mais. Ele apertou o passo dramaticamente.

— Zack, não se atreva! — avisou, rodopiando em direção às árvores enquanto ele se preparava para dar o bote. Zack a agarrou pela cintura e, antes que ela pudesse dar um passo para trás, empurrou-a para o chão, debaixo de si, rolando-a de costas. Rindo do esforço inútil de Julie para se soltar, Zack segurou seus pulsos com uma das mãos e os levou para cima de sua cabeça.

— Sua pirralha! — exclamou ele, animada e suavemente, enquanto Julie ria ainda mais alto, contorcendo-se e lutando para recuperar o fôlego. — Desiste?

— Sim, sim, sim! — conseguiu dizer ela.

— Você se rende?

— Eu me rendo! — gargalhou ela. — Eu me rendo!

— Agora feche os olhos e me dê um beijo.

Com os ombros se sacudindo de tanto rir, Julie fechou os olhos e deliberadamente fez um biquinho com os lábios. Mas o beijo que recebeu veio da neve fria e molhada, que lhe cobriu todo o rosto. Zack espalhou neve pelas bochechas de Julie enquanto ela cuspia os flocos e gargalhava ao mesmo tempo. Então se levantou.

— Agora — disse ele, rindo como um sultão satisfeito, estendendo a mão para ela — tem certeza *absoluta* de que se rende?

— Tenho — respondeu ela, morrendo de rir, percebendo o quanto Zack parecia um menino de tão feliz e relaxado depois de apenas algumas travessuras na neve. Os últimos vestígios de tensão haviam desaparecido do belo rosto dele, e Julie sentiu uma mistura de ternura e admiração ao ver que algo tão simples quanto uma guerra de bola de neve dera tanto prazer a Zack. Evidentemente não nevava em Los Angeles, então aquilo devia ser novidade para ele. De qualquer forma, ela se deu conta de uma coisa: ele tinha toda a razão quando disse que queria se concentrar apenas em aproveitar o presente e cultivar boas lembranças para o futuro. Era claramente disso que ele precisava.

Zack caminhou pela neve profunda, apoiando-se no braço de Julie e pensando no projeto que jazia à sua frente.

— Acho que podemos começar a trabalhar a sério nesse boneco de neve — anunciou ele, de pé diante do amontoado de neve, o que sobrara do boneco que Julie havia construído — agora que compreende a insensatez de provocar alguém maior, mais forte e esperto que você. Como finalmente conquistei o seu respeito, gostaria de compartilhar algumas ideias sobre esse projeto...

Uma enorme bola de neve atingiu-o na nuca.

No alto de uma isolada montanha do Colorado, gargalhadas irromperam-se com frequência durante uma longa tarde de inverno, assustando os esquilos que espreitavam nas árvores. Duas pessoas perturbavam a paz, divertindo-se na neve como crianças, perseguindo um ao outro por entre as árvores, arremessando bolas de neve e, por fim, construindo um boneco. Quando terminaram, o resultado não se assemelhava a nenhum boneco de neve já construído na história.

35

Os dois estavam sentados juntos no sofá, cobertos por uma manta de tricô, com as pernas confortavelmente esticadas, os pés apoiados lado a lado sobre a mesa de centro. Julie observava a paisagem através da parede de vidro do outro lado da sala. Estava deliciosamente exausta depois da tarde que passaram ao ar livre, de uma refeição deliciosa e de ter feito amor com Zack no sofá. Mesmo agora, muito tempo após a relação, ele estava absorto em seus pensamentos, encarando a lareira, e ela percebeu que ele continuava a abraçá-la, apoiando a cabeça de Julie sobre seu ombro, mantendo-a bem perto de si como se de certa forma apreciasse ficar perto dela e tocá-la. Julie gostava disso, mas, no momento, sua mente estava no "boneco de neve", logo depois da parede de vidro. Com as luzes baixas da sala de estar e o fogo da lareira reduzido a brasas alaranjadas, ela podia enxergar a silhueta do boneco do lado de fora. Sorrindo, Julie pensou que Zack era incrivelmente criativo, o que não era uma surpresa, considerando sua carreira no cinema. Mesmo assim, um boneco de neve deveria se parecer com um boneco de neve, não com um dinossauro mutante de olhar enviesado.

— No que está pensando? — perguntou ele, dando um leve beijo na cabeça dela.

Julie levantou o rosto para olhá-lo nos olhos e riu.

— No seu boneco de neve. Ninguém nunca lhe disse que um boneco de neve tem que ser alegre?

— Aquilo — corrigiu ele, analisando o boneco pela janela com uma expressão alegre e juvenil — é um *monstro* de neve.

— Parece algo saído de um livro de Stephen King. Que tipo de infância depravada você teve, hein? — provocou ela.

— Depravada — confirmou Zack, sorrindo e abraçando-a mais forte. Ele parecia não se cansar daquela mulher, na cama ou fora dela, e essa era uma experiência sem precedentes para ele. Julie cabia na curva de seu braço como se fosse feita sob medida para ele. Na cama, ela era ao mesmo tempo sedutora e angelical e podia levá-lo a níveis altíssimos de prazer com apenas um som, um olhar, um toque. Fora da cama, Julie era divertida, fascinante, teimosa, espirituosa e inteligente. Podia irritá-lo com uma palavra e depois desarmá-lo com um sorriso. Era naturalmente sofisticada, despretensiosa e tão cheia de vida e amor que chegava às vezes a impressioná-lo, como quando falava sobre seus alunos. Zack a sequestrara e, em retribuição, ela salvara sua vida. Ele deveria ser um presidiário matreiro e calejado, mas ela fora esperta e corajosa o suficiente para conseguir fugir debaixo de seu nariz. Depois voltara atrás e lhe entregara de boa vontade sua virgindade com tamanha doçura que lhe causava dor só em pensar nisso. Ele se sentia humilhado ante a coragem, gentileza e generosidade de Julie.

Zack era nove anos mais velho e mil vezes mais vivido que ela; ainda assim, havia algo em Julie capaz de suavizá-lo e de fazê-lo gostar disso, sensações totalmente novas para ele. Antes de Zack ir para a prisão, as mulheres o descreviam de todas as formas, desde distante e inacessível a frio e cruel. Várias lhe disseram que ele era uma máquina, e uma delas fez uma analogia: sexo o excitava, mas logo o efeito passava e nada mais o animava, com exceção de seu trabalho. Durante uma de suas frequentes discussões, Rachel dissera que ele era capaz de enfeitiçar uma cobra, pois era tão frio quanto.

Por outro lado, Zack nunca havia conhecido uma mulher em sua vida adulta, incluindo Rachel, cujo interesse principal não fosse sua própria carreira e o que ele poderia fazer para ajudá-la. Acrescentando a isso toda a falsidade e hipocrisia que teve que aguentar desde que chegara a Hollywood, não era de surpreender que ele tenha se tornado cínico, desiludido e insensível. Não, pensou Zack, isso não era verdade. A verdade é que ele já era assim antes de ir para Los Angeles: insensível e frio o suficiente para ser capaz de dar as costas à sua vida antiga, sua família e mesmo seu próprio nome quando tinha apenas 18 anos. O suficiente para banir tudo de sua mente e nunca, nunca olhar para trás ou conversar sobre isso com alguém, nem mesmo sua assessoria de imprensa — que reclamara por ter que "inventar" toda uma história sobre a vida dele quando ele fez seu primeiro filme —, nem suas amantes, nem sua esposa. Seu antigo nome, sua família e seu passado eram fatos mortos que ele havia enterrado para sempre havia dezessete anos.

— Zack?

O simples som da voz de Julie ao chamá-lo tinha um efeito mágico nele; seu nome soava especial, diferente.

— Hum?

— Tem consciência de como não sei quase nada de você, considerando que nós... er... somos... — interrompeu-se Julie, sem saber se seria muita presunção usar a palavra *amantes.*

Zack notou a incerteza constrangida na voz de Julie e sorriu, pois presumiu que ela estivesse procurando uma palavra mais cerimoniosa e apropriada — portanto completamente inapropriada — para descrever a paixão desenfreada que compartilhavam ou o que significavam um para o outro.

Ele sorriu e disse:

— O que você prefere: uma palavra ou uma expressão?

— Não seja tão convencido. Por acaso, sou plenamente qualificada para dar aulas de educação sexual para todos os níveis de escolaridade.

— Então qual é o problema? — retrucou Zack, rindo.

A resposta de Julie acabou com a risada e o fôlego de Zack, fazendo-o derreter completamente.

— De alguma forma — disse ela, olhando as próprias mãos apoiadas no colo —, o termo técnico *relação sexual* não parece descrever algo que é tão... tão doce quando nós o fazemos. E tão intenso. Tão profundo.

Zack reclinou a cabeça no encosto do sofá e fechou os olhos, tranquilizando-se e perguntando-se por que ela lhe causava esse efeito insano. Um instante depois, ele conseguiu responder, com a voz quase normal:

— Como soa o termo *amantes*?

— Amantes — concordou ela, assentindo várias vezes com a cabeça. — O que eu estava tentando explicar é que, embora sejamos amantes, não sei nada sobre você.

— O que gostaria de saber?

— Bem, para começar, Zachary Benedict é o seu nome verdadeiro, ou você o adotou quando entrou para a indústria do cinema?

— Meu nome é mesmo Zachary. Benedict era meu nome do meio, não meu sobrenome, até que eu fiz a mudança, legalmente, aos 18 anos.

— Sério? — Ela virou o rosto e olhou para Zack. A pele macia de seu rosto roçava no braço dele. Mesmo de olhos fechados, ele podia sentir que ela o observava, ver seu sorriso curioso e, enquanto esperava a pergunta inevitável que sabia que viria a seguir, lembrou-se de outras coisas...

"Eu nunca teria recusado, Zack."

"Como se atreve a sugerir que eu consideraria dizer a alguém que você me estuprou?"

"'Relação sexual' não parece descrever algo que é tão... tão doce quando nós o fazemos. E tão intenso. Tão profundo."

A voz de Julie interrompeu seus devaneios.

— Qual era o seu sobrenome antes de você adotar Benedict?

Era exatamente a pergunta que aguardava, a que ele nunca respondera a ninguém.

— Stanhope.

— Que nome bonito! Por que decidiu mudar? — Julie notou a tensão no rosto dele e, quando Zack abriu os olhos, ficou impressionada com a severidade que viu neles.

— É uma longa história — respondeu ele.

— Ah — disse ela, decidindo que devia ser uma história desagradável o suficiente para ser deixada de lado por enquanto. Então disse a primeira coisa que veio à mente a fim de distraí-lo. — Já sei um monte de coisas sobre sua juventude, pois meus irmãos mais velhos eram seus maiores fãs na época.

Zack olhou-a, bem consciente de que ela deixara de lado uma curiosidade natural sobre a "longa história" dele, e essa percepção afastou o calafrio que o arrebatou assim que pronunciou o sobrenome Stanhope.

— Ah, seus irmãos é que eram meus fãs, não é? — provocou, em tom de brincadeira.

Julie assentiu, satisfeita e aliviada por sua mudança de assunto ter surtido efeito tão rápido.

— Por causa disso, sei que você cresceu sozinho, viajando para participar de rodeios, morando em fazendas e domando cavalos... eu disse algo engraçado?

— Estou correndo risco de arruinar todas as suas ilusões, princesa — disse Zack, rindo —, todas essas histórias são um produto da imaginação hiperativa da assessoria de imprensa do estúdio onde eu trabalhava. A verdade é que eu preferiria passar dois dias sentado num ônibus a passar duas horas montado num cavalo. E se tem alguma coisa no mundo que eu desgoste mais de que cavalos, são as vacas. Quero dizer, bezerros.

— Vacas! — explodiu ela, e seu riso contagiante soou como música, acalentando o coração de Zack enquanto ela se virava no sofá para ficar de frente para ele, trazendo os joelhos contra o peito. Abraçando os joelhos, analisou Zack, fascinada e absorta.

— E você? — provocou ele, pegando a taça de conhaque sobre a mesa e tentando distraí-la para que não fizesse a próxima pergunta inevitável. — Mathison é seu nome de batismo ou você o mudou?

— Não fui registrada com um sobrenome.

Zack deteve a taça antes que pudesse engolir a bebida.

— Como assim?

— Na verdade fui encontrada numa caixa de papelão dentro de um lixo num beco qualquer, envolvida numa toalha. O zelador que me achou me levou para sua esposa até que eu estivesse aquecida o suficiente para sair de casa para o hospital. Ele achou que eu devia ganhar o nome de sua esposa, que cuidou de mim aquele dia, então me chamaram de Julie.

— Meu Deus — disse Zack, tentando não parecer tão horrorizado quanto se sentia.

— Tive sorte! Poderia ter sido muito, muito pior.

Zack ficou tão transtornado que não percebeu o sorriso nos olhos arrebatadores de Julie.

— Como?

— O nome da esposa dele poderia ser Matilda. Ou Gertrudes. Ou Wilhimena. Eu costumava ter pesadelos em que me chamava Wilhimena.

Zack sentiu mais uma vez aquele peculiar aperto no coração, a estranha dor no peito, ao ver Julie sorrindo daquele jeito.

— De qualquer forma, a história teve um final feliz — disse ele, tentando tranquilizar-se, o que pareceu ridículo àquela altura do campeonato, mesmo para ele. — Você foi adotada pelos Mathison, certo? — Assim que ela assentiu, Zack concluiu: — E eles ganharam uma linda bebezinha.

— Não exatamente.

— Como assim? — disse ele novamente, sentindo-se confuso e atordoado.

— O que os Mathison ganharam de fato foi uma menina de 11 anos que já tinha tentado entrar na vida do crime nas ruas de Chicago, com a ajuda de alguns moleques um pouco mais velhos que eu e que me ensinaram alguns... hum... truques. Na verdade — acrescentou, alegre —, eu provavelmente teria tido uma carreira ilustre. — Levantou a mão e mostrou seus longos dedos para Zack, explicando: — Eu tinha dedos bem velozes. Mão leve.

— Você roubava?

— Sim, e fui pega aos 11 anos.

— Por roubo? — perguntou Zack, sem acreditar.

— De jeito nenhum — disse ela, parecendo ofendida. — Eu era rápida demais para ser pega. Fui acusada injustamente.

Zack olhou-a, boquiaberto. Só de ouvi-la falar da vida nas ruas, teve vontade de sacudir a cabeça para ver se tinha entendido direito. Ainda assim, sua fértil imaginação — que fez dele um diretor de sucesso — já estava em ação, visualizando como Julie deveria ter sido quando criança: pequena e magricela, uma vez que não devia se alimentar bem... Um rosto de menina de rua dominado por aqueles olhos imensos... O queixo pequeno e teimoso... O cabelo castanho, curto e descuidado... Invocada.

Pronta para enfrentar o mundo cruel...

Pronta para acolher um ex-presidiário...

Pronta para mudar de ideia e ficar com ele, desafiando tudo aquilo em que ela havia se tornado, apenas porque acreditava nele.

Dividido entre o riso, a ternura e a admiração, ele lhe dirigiu um olhar de desculpa.

— Acabo de me deixar levar pela minha imaginação.

— Imagino — disse ela, com um sorriso caprichoso.

— O que você estava fazendo quando foi pega?

Ela lhe lançou um olhar demorado e divertido.

— Alguns meninos mais velhos estavam gentilmente me ensinando uma técnica que teria sido extremamente útil aqui com você. Só que quando tentei na Blazer ontem, não consegui lembrar exatamente onde cada coisa ficava.

— Como é que é? — perguntou Zack, sem entender.

— Tentei fazer ligação direta na Blazer ontem.

A gargalhada de Zack reverberou até o teto, e, antes que Julie pudesse esboçar uma reação, ele a abraçou, trazendo-a para perto, e enterrou o rosto risonho em seu cabelo.

— Deus me ajude — sussurrou ele. — Só eu mesmo para ser capaz de sequestrar uma mulher que é filha de um pastor e, ao mesmo tempo, sabe fazer ligação direta.

— Tenho certeza de que teria conseguido fazer isso ontem se eu não tivesse que parar a cada quinze minutos para aparecer em frente a sua janela — informou ela, e a gargalhada de Zack se intensificou. — Meu Deus! — explodiu ela, atônita. — Eu deveria ter tentado bater sua carteira! — A próxima gargalhada dele foi tão alta que quase encobriu a próxima frase de Julie. — Eu teria conseguido fazer isso em questão de segundos se soubesse que as chaves estavam no seu bolso. — Satisfeita em poder fazê-lo rir desse jeito, Julie apoiou a cabeça contra o peito de Zack e continuou, assim que ele parou de rir: — Agora é sua vez. Onde você realmente nasceu e cresceu, já que não foi numa fazenda?

Zack lentamente afastou a cabeça do cheiroso cabelo de Julie e levantou o queixo dela.

— Em Ridgemont, na Pensilvânia.

— E? — perguntou Julie, confusa e com estranha impressão de que significava muito para Zack ter respondido essa pergunta.

— E — disse ele, encarando os olhos intrigados dela — a família Stanhope é dona uma grande fábrica que tem sido o principal recurso econômico de Ridgemont e dos arredores há quase um século.

Ela balançou a cabeça em desgosto.

— Você era rico! Todas aquelas histórias sobre você ter crescido sozinho, sem família, tirando seu sustento dos rodeios... São desonestas. Meus irmãos acreditavam nelas.

— Sinto muito por ter enganado seus irmãos — disse ele, achando graça do olhar indignado de Julie. — A verdade é que eu não sabia o que o departamento de marketing havia inventado até ler eu mesmo essa história nas revistas, e já era tarde demais para tentar voltar atrás... não que isso teria sido bom para mim naquela época. De qualquer modo, fui embora de Ridgemont antes de completar 19 anos e precisei me virar sozinho desde então.

Julie queria perguntar por que ele saíra de casa, mas se conteve por ora.

— Você tem irmãos?

— Eu tinha dois irmãos e uma irmã.

— O que quer dizer com "tinha"?

— Acho que quero dizer um monte de coisas — disse, suspirando e reclinando a cabeça no encosto do sofá novamente, de modo que ele e Julie voltaram à posição anterior, com as pernas esticadas e apoiadas na mesa de centro.

— Se não quiser falar sobre isso por alguma razão — disse ela, percebendo a mudança de humor de Zack —, não tem problema.

Zack sabia que iria lhe contar tudo, mas não queria examinar a miríade de sentimentos que o levava a fazer isso. Ele nunca havia sentido a necessidade ou o desejo de responder essas mesmas perguntas a Rachel. Ao mesmo tempo, nunca havia confiado a ela ou qualquer outra algo que pudesse ser dolorido. Talvez porque Julie já tinha lhe dado tanto ele sentia que lhe devia essas respostas. Abraçou-a com mais força, aproximando-a ainda mais, até que o rosto dela encostou no seu peito.

— Nunca falei sobre isso com ninguém antes, embora Deus saiba que já ouvi essas perguntas milhões de vezes. Não é uma história longa nem interessante, mas, se minha voz soar diferente, é porque é bastante desagradável para mim e porque eu me sinto um pouco estranho por falar sobre isso pela primeira vez em dezessete anos.

Julie manteve-se em silêncio, impressionada e lisonjeada pelo fato de ele estar prestes a lhe contar sua história.

— Meus pais morreram num acidente de carro quando eu tinha 10 anos — começou ele —, e meus dois irmãos, minha irmã e eu fomos criados por nossos avós; isto é, quando não estávamos em algum internato. Havia um ano de diferença entre nós todos: Justin era o mais velho, seguido por mim, Elizabeth e Alex. Justin era... — hesitou Zack, tentando sem sucesso encontrar a palavra certa. — Era um grande navegador e, diferentemente da maioria dos irmãos mais velhos, estava sempre disposto a me levar a qualquer lugar que fosse. Ele era... bondoso. Gentil. E cometeu suicídio aos 18 anos.

Julie não conseguiu evitar um ofego de espanto.

— Meu Deus, por quê?

Zack inflou o peito, inspirando e expirando lentamente.

— Ele era gay. Ninguém sabia, a não ser eu. Ele me contou uma hora antes de estourar os miolos.

Quando ele se calou, Julie disse:

— Será que ele não poderia ter conversado com alguém para obter apoio da família?

Zack deu um risinho curto e sombrio.

— Minha avó era da família Harrison, que contava com uma longa linhagem de pessoas extremamente rígidas e com as mais altas expectativas em relação a si mesmas e a todo mundo. Eles teriam achado Justin um pervertido, uma aberração e o renegariam publicamente se ele não se retratasse imediatamente. A família Stanhope, por outro lado, sempre foi o extremo oposto: impulsiva, irresponsável, charmosa, bon-vivant e fraca. Mas sua principal característica, passada de geração em geração, é que os homens são todos garanhões. Sempre. A fama é notória naquela região da Pensilvânia. E esse é um traço de que eles sempre se orgulharam, inclusive, e principalmente, meu avô. Para lhe dar um exemplo inocente, quando meus irmãos e eu completamos

12 anos, meu avô contratou uma prostituta como presente de aniversário. Ele dava uma pequena festa íntima na mansão, e a prostituta que selecionara vinha à festa e depois levava o aniversariante para o andar de cima.

— O que sua avó achava disso? — perguntou Julie, desgostosa. — Onde ela estava?

— Minha avó estava em algum lugar da mansão, mas sabia que não podia fazer nada, então tentava manter a cabeça erguida e fingia não saber o que estava acontecendo. Ela fazia o mesmo com relação às puladas de cerca do meu avô. — Zack ficou em silêncio e, quando Julie pensou que ele não ia dizer mais nada, continuou: — Meu avô morreu um ano depois de Justin e ainda conseguiu deixar para minha avó uma herança de humilhação: pilotava seu avião numa viagem para o México, acompanhado de uma modelo jovem e bonita, quando se estatelou. A família Harrison era dona do jornal de Ridgemont, por isso minha avó conseguiu esconder esse fato do público, mas foi um esforço em vão, pois uma agência de notícias cobriu o furo e divulgaram para os grandes jornais, sem contar as emissoras de televisão e rádio.

— E por que seu avô simplesmente não pediu o divórcio, já que não amava sua avó?

— Perguntei isso a ele pouco antes de ir para Yale. Nós estávamos no escritório dele, enchendo a cara para comemorar minha aprovação no vestibular. Em vez de me dizer para cuidar da minha vida, meu avô já não estava muito lúcido, pois havia bebido o suficiente para me contar a verdade. — Pegou sua taça e bebeu o restante do conhaque, como se estivesse tentando lavar o gosto de suas palavras, depois encarou, absorto, a taça vazia.

— O que ele lhe contou? — perguntou Julie por fim.

Zack olhou para Julie como se quase tivesse se esquecido de que ela estava ali.

— Ele me contou que minha avó era a única pessoa no mundo que havia amado. Todos pensavam que ele se casara com ela para unir a fortuna dos Harrison com o que sobrara da sua família, particularmente porque minha avó não era nem um pouco bonita, mas meu avô disse que isso não era verdade, e acreditei nele. De fato, quando minha avó envelheceu, ela passou a ter o que às vezes é descrito como beleza aristocrática.

Ele se interrompeu, e Julie disse, desgostosa:

— Por que você acreditou nele? Quero dizer, se ele a amava mesmo, acho que não a trairia desse jeito.

Um sorriso sardônico se desenhou nos lábios de Zack.

— Você precisava ter conhecido minha avó. Ninguém conseguia atender às suas expectativas elevadas, principalmente meu insensato avô, e ele sabia disso. Ele me disse que tinha desistido e parado de tentar pouco depois que se casaram. A única pessoa que minha avó aprovava de verdade era Justin. Ela o adorava. Sabe — explicou ele, quase se divertindo —, Justin era o único homem da família inteira que se parecia com os parentes dela. Ele era honesto como ela, não muito alto. De fato, ele se assemelhava com o pai de minha avó. O restante de nós, incluindo meu pai, tinha os traços e a altura dos Stanhope, principalmente eu. Inclusive, eu era muito parecido com meu avô, o que, como você pode imaginar, não melhorava muito a opinião da minha avó sobre mim.

Julie pensou que essa era a coisa mais descabida que já ouvira, mas guardou seus sentimentos para si e disse:

— Se sua avó amava Justin tanto, tenho certeza de que ela o teria apoiado se ele tivesse contado que era gay.

— Nunca! Ela desprezava todo tipo de fraqueza. A revelação de Justin a teria revoltado e destruído. — Zack olhou para ela com uma expressão oblíqua e continuou: — Considerando tudo isso, ela havia se casado com um homem da família errada. Como já comentei, os Stanhope eram cheios de fraquezas. Bebiam demais, dirigiam rápido demais, desperdiçavam o próprio dinheiro, depois se casavam com pessoas que tinham o suficiente para reavivar suas enfraquecidas fortunas. Nunca se preocupavam com o amanhã nem davam a mínima a ninguém, a não ser a si mesmos, nem mesmo meus pais, que morreram num acidente de carro quando voltavam de uma festa totalmente embriagados, dirigindo a 160 quilômetros por hora numa estrada coberta de neve. Tinham quatro filhos que precisavam deles, mas isso não foi capaz de refreá-los.

— Alex e Elizabeth são como seus pais?

Ele respondeu sem esboçar julgamentos.

— Alex e Elizabeth tinham as habituais fraquezas e excessos dos Stanhope. Aos 16 anos, ambos abusavam das drogas e do álcool. Elizabeth já tinha feito um aborto. Alex fora preso duas vezes devido às drogas e ao jogo, e, claro, liberado sem que registrassem nada em sua ficha. Para ser justo com eles, não havia ninguém que tentasse discipliná-los. Minha avó teria feito isso, mas meu avô nem queria saber. Afinal, éramos farinha do mesmo saco. Mesmo se ela tivesse tentado, não teria surtido efeito, pois só ficávamos em casa durante o verão. Por insistência do meu avô, passávamos o restante do ano morando em internatos sofisticados. Nessas escolas ninguém dá a mínima para o que você faz, contanto que você não seja pego nem traga problemas.

— Então sua avó provavelmente não aprovava o comportamento de seus irmãos, certo?

— Certo. Eles também não gostavam dela, acredite em mim. Embora minha avó achasse que eles teriam melhores chances se pudessem ser controlados a tempo.

Julie absorvera cada palavra que ele dissera; mais que isso, absorvera cada nuance sutil da voz e da expressão de Zack. Embora ele tivesse invariavelmente incluído a si mesmo ao se referir à "fraqueza" dos Stanhope, ela percebera o desdém em seu tom. Julie também inferira conclusões interessantes a partir do que ele não havia falado.

— E quanto a você? — perguntou ela com cuidado. — Como se sentia em relação a sua avó?

Ele levantou a sobrancelha para Julie em tom de desafio.

— O que a faz pensar que eu sentia qualquer coisa diferente do que sentiam Alex e Elizabeth?

Ela não se deixou intimidar.

— Pude perceber.

Zack assentiu em silêncio, aprovando a perspicácia de Julie.

— Na verdade, eu admirava minha avó. Como disse, embora esperasse que tivéssemos normas morais impossíveis, ela pelo menos tinha alguma moral. Ela fazia você querer tentar ser melhor. Não que você pudesse satisfazê-la. Somente Justin era capaz de fazer isso.

— Você me contou como ela se sentia com relação aos seus irmãos. E com você?

— Ela achava que eu era a cópia do meu avô.

— Na aparência — corrigiu Julie.

— Qual é a diferença? — perguntou ele bruscamente.

Julie teve a sensação de estar entrando em território proibido, mas decidiu seguir em frente mesmo assim. Com firmeza e tranquilidade, ela disse:

— Acho que você deve saber qual é a diferença, embora ela não reconhecesse. Você podia ter a mesma *aparência* de seu avô, mas não se parecia em nada com ele. Você era como ela. Justin se assemelhava a ela fisicamente, mas não era como ela. *Você* é que era.

Como não podia intimidá-la com uma simples cara feia, Zack disse secamente:

— Você até que é bem segura de suas opiniões para uma menina de 26 anos.

— Boa tática — respondeu, impressionada, no mesmo tom que ele. — Se não consegue me enganar, então me ridicularize!

— *Touché* — sussurrou ele, inclinando a cabeça para beijá-la.

— E — continuou ela, virando a cabeça para que o único alvo disponível fossem suas bochechas, não sua boca — se a tática de me ridicularizar não der certo, tente me distrair.

A risada de Zack foi alta e profunda, e ele pegou o queixo de Julie entre o polegar e o indicador, trazendo seus lábios até os dele.

— Sabe? — disse ele, com um sorriso insolente. — Você consegue ser bem chata às vezes.

— Ah, por favor, não venha me elogiar agora — riu ela, impedindo-o de beijá-la. — Sabe que me derreto quando você me diz coisas doces. O que o levou a querer sair de casa?

Zack abafou a risada de Julie com um beijo.

— Uma chata de galochas.

Julie desistiu, derrotada. Deslizando as mãos pelos ombros de Zack, cedeu à persuasão de seu beijo, retribuindo-o de corpo e alma, sentindo que, por mais que lhe desse muito, ele era capaz de lhe dar muito mais.

Quando Zack finalmente a soltou, ela esperava que ele sugerisse que fossem para a cama. Em vez disso, disse:

— Acho que lhe devo uma resposta sobre por que saí de casa. Depois disso, gostaria de enterrar esse assunto, pois sua curiosidade terá sido satisfeita, certo?

Julie não achava que poderia saber o suficiente sobre Zack para ficar satisfeita, mas entendeu como ele se sentia em relação a esse assunto. Depois que ela assentiu, ele explicou:

— Meu avô morreu quando eu estava no primeiro ano na faculdade, deixando todos os bens para minha avó. Ela convocou Alex, que tinha 16 anos, Elizabeth, que tinha 17, e eu para uma pequena reunião no terraço da mansão durante nossas férias de verão. Para simplificar as coisas, ela disse a Alex e Elizabeth que iria tirá-los do internato e cortar a mesada. E alertou-os de que, se violassem uma única regra sobre drogas, bebidas, promiscuidade etc., ela os expulsaria de casa e os deserdaria. Imagine que estávamos acostumados a ter uma quantia infinita de dinheiro à nossa disposição. Tínhamos carros esportivos e comprávamos as roupas que queríamos. — Ele balançou a cabeça com um leve sorriso. — Nunca vou esquecer a cara de Alex e Elizabeth aquele dia.

— Eles concordaram com as regras dela?

— Claro que sim. Que escolha tinham? Além de adorarem torrar dinheiro, eles não tinham nenhuma qualificação para fazer qualquer coisa que lhes rendessem um centavo. E eles sabiam disso.

— Mas você não aceitou o trato, por isso saiu de casa — adivinhou ela, sorrindo.

O rosto de Zack parecia uma máscara cuidadosamente inexpressiva, e Julie ficava inquieta toda vez que ele assumia essa expressão.

— Não foi esse o trato que ela ofereceu a mim. — Depois de uma prolongada pausa, acrescentou: — Ela me disse para sair de casa e nunca mais voltar. E alertou meus irmãos de que, se tentassem me encontrar ou deixassem que eu entrasse em contato, iria expulsá-los também. Fui banido a partir de então. Entreguei as chaves do meu carro, como ela pediu, e saí andando até chegar à rodovia. Eu só tinha cinquenta dólares na minha conta bancária e a roupa do corpo. Algumas horas depois, peguei carona num caminhão que por acaso levava um carregamento para o Estúdio Empire e acabei indo parar em Los Angeles. O motorista era um cara legal e me indicou para o pessoal do estúdio, que me ofereceu um emprego como carregador, até o dia em que um diretor qualquer percebeu de última hora que precisava de mais figurantes para gravar uma cena aquele dia. E foi assim que estreei na frente das câmeras. Então voltei para a faculdade, me formei e continuei trabalhando com cinema. E fim da história.

— Por que sua avó fez isso com você e não com seus irmãos? — perguntou Julie, tentando não transparecer o quanto estava arrasada.

— Tenho certeza de que ela achava que tinha suas razões — respondeu ele, dando de ombros. — Como disse, eu lhe lembrava do meu avô e de tudo o que ele havia feito.

— E você nunca mais teve notícias de seus irmãos depois disso? Nunca tentou entrar em contato com eles, ou eles com você?

Julie teve a sensação de que, dentre tudo o que Zack dissera, a questão de seus irmãos era a que parecia mais dolorosa.

— Quando meu primeiro filme estava prestes a ser lançado, mandei uma carta a eles com meu endereço. Pensei que eles...

Fossem se orgulhar, Julie pensou quando ele se calou. Fossem ficar felizes por você. Responder a carta.

Pela expressão gélida no rosto de Zack, Julie percebeu que nada disso tinha acontecido, mas tinha que ter certeza. Passava a compreendê-lo melhor a cada instante.

— E eles responderam?

— Não. E nunca tentei entrar em contato de novo.

— Mas e se sua avó tiver interceptado a correspondência e eles nunca tiverem recebido sua carta?

— Sei que receberam. Eles dividiam um apartamento e frequentavam a mesma faculdade na época.

— Mas, Zack, eles eram tão jovens e, como você mesmo disse, eram fracos. Você era mais velho e bem mais sábio que eles. Será que você não poderia ter esperado até eles que amadurecessem um pouco para lhes dar uma segunda chance?

De alguma forma, essa sugestão colocou Julie muito além dos limites da tolerância de Zack, e sua voz assumiu um tom gélido e definitivo.

— Ninguém — disse ele — recebe uma segunda chance minha, Julie. Nunca.

— Mas...

— Para mim eles estão mortos.

— Isso é ridículo! Você sai perdendo tanto quanto eles. Você não pode passar a vida fechando portas, em vez de abri-las. Isso é frustrante e, nesse caso, completamente injusto.

— E também é o fim desta discussão.

Sua voz alcançou um perigoso matiz, mas Julie se recusou a voltar atrás.

— Acho que você é bem mais parecido com sua avó do que pensa.

— Você está abusando da sorte, garota.

Julie titubeou ao ouvir o tom de Zack. Sem palavras, ela se levantou para coletar as taças vazias e levá-las para a cozinha, alarmada por ver esse novo lado dele, essa falta de sensibilidade que o permitia cortar pessoas de sua vida sem olhar para trás. Não foi tanto pelo que ele disse, mas pelo modo e pela expressão em seu rosto. Quando a fez refém, todas as ações e palavras de Zack haviam sido motivadas pela necessidade e pelo desespero, nunca por uma crueldade sem motivo, e ela compreendera isso. Até poucos minutos antes — quando ouviu o tom ameaçador na voz e no rosto dele —, Julie não tinha conseguido imaginar como alguém poderia supor que Zachary Benedict era frio o suficiente para cometer um assassinato, mas, se outras pessoas já o tinham visto daquele jeito, ela compreendia. Mais claramente que nunca, Julie percebeu que, embora fossem íntimos na cama, eles ainda eram estranhos um para o outro. Ela foi ao quarto para pegar uma roupa de dormir, ligou a luz e se trocou no banheiro. Estava tão preocupada que, em vez de ir imediatamente ao quarto dele, sentou-se na cama, perdida em pensamentos.

Algum tempo depois, Julie pulou de susto e balançou a cabeça ao ouvir o alerta de Zack:

— Essa é uma decisão precipitada da sua parte, Julie. Sugiro que você a reconsidere.

Ele estava parado junto à porta, com o ombro apoiado no portal, os braços cruzados, o rosto impassível. Julie não tinha ideia de que decisão ele estava se referindo. E, embora ainda parecesse distante, ele não parecia tão sinistro quanto estava à luz diminuta da sala de estar. Ela quase achava que boa parte do que a havia assustado se devia a uma combinação de imaginação e luz da lareira.

Ela se levantou e começou a caminhar lentamente na direção de Zack, incerta, analisando seu rosto.

— Esse é seu jeito de pedir desculpas?

— Eu não sabia que lhe devia desculpas.

A arrogância do que disse era tão típica que ela quase riu.

— Pense na palavra *grosseiro* e veja se o faz lembrar alguma coisa.

— Fui grosseiro? Não foi minha intenção. Avisei que aquela discussão seria muito desagradável para mim, mas você quis continuar mesmo assim.

Zack parecia realmente achar que estava sendo injustamente acusado, mas Julie insistiu:

— Entendo — disse ela, parando na frente dele. — Então isso tudo é culpa minha?

— Deve ser, seja lá o que você quer dizer com "isso tudo".

— Você não sabe, é *isso*? Não tem a menor consciência do fato de que o tom de voz que usou ali foi... — Procurou pelas palavras certas e lançou mão de algo que não era o ideal. — Frio, insensível e desnecessariamente grosseiro.

Ele deu de ombros com uma indiferença que Julie suspeitou ser parcialmente falsa.

— Você não é a primeira mulher que me acusa de ser todas essas coisas e muito mais. Vou acatar seu julgamento. Sou frio, insensível e...

— Grosseiro — completou Julie, baixando a cabeça, tentando não rir do quanto aquela situação parecia ridícula agora. Zack arriscara a vida para salvá-la e quisera morrer ao pensar que havia falhado. Ele era qualquer coisa, menos frio e insensível. Aquelas outras mulheres estavam erradas. A risada de Julie se interrompeu abruptamente, e ela sentiu uma pontada de remorso pelo que ambos tinham dito.

Zack não conseguia se decidir se ela pretendia mesmo castigá-lo por alguma desfeita imaginária ao dormir sozinha naquele quarto, o que o havia enfurecido de início, ou se ela não compartilhava desse desagradável estratagema feminino.

— Grosseiro — concordou ele, desejando que ela levantasse a cabeça para que ele pudesse dar uma boa olhada em seu rosto.

— Zack? — disse ela, ainda com o olhar baixo. — A próxima vez que uma mulher lhe contar que você é qualquer uma dessas coisas, diga a ela para olhar mais de perto. — Ergueu a cabeça até encontrar o olhar dele e disse suavemente: — Se ela fizer isso, acho que verá um tipo raro de nobreza e uma gentileza extraordinária.

Zack descruzou os braços devagar, sentindo seu coração sair do lugar, exatamente como acontecia quando Julie o olhava daquele jeito.

— Não quero sugerir que você também não é autocrático, ditatorial e arrogante. Você entende, não é? — acrescentou ela, reprimindo uma risada.

— Mas você gosta de mim assim mesmo — provocou ele, acariciando as bochechas dela com os nós dos dedos, desarmado e aliviado. — Apesar disso tudo.

— Acrescente vaidoso à minha lista — brincou ela, e ele a apertou contra seu corpo.

— Julie — sussurrou, inclinando o rosto para beijá-la —, cale a boca.

— E intransigente também — afirmou ela junto aos lábios dele.

Zack começou a rir. Ela era a única mulher que o havia feito sentir vontade rir enquanto a beijava.

— Lembre-me de nunca mais — disse ele, decidindo beijar a orelha dela, já que, ao contrário dos lábios, não poderia se mover sob seus lábios — me aproximar de uma mulher que tenha um vocabulário como o seu.

Ele traçou o contorno da orelha de Julie com a língua, e ela estremeceu, abraçando-o enquanto acrescentava, sem fôlego e aos sussurros, outro traço do caráter dele.

— Incrivelmente libertino... E muito, muito sensual...

— Por outro lado — corrigiu ele com um sorriso, beijando a nuca de Julie —, não há nada que substitua uma mulher inteligente e perspicaz.

36

Com uma tigela de pipoca nas mãos, Julie foi à sala de estar, onde ela e Zack assistiam a um filme no videocassete. Haviam passado a manhã e a tarde conversando sobre tudo, menos a única coisa em que ela estava desesperadamente interessada: os planos de Zack para descobrir o assassino da sua esposa. A primeira vez que Julie puxou o assunto, ele repetiu o que dissera no dia anterior sobre não querer estragar o presente com preocupações sobre o futuro. Quando ela explicou que queria ajudá-lo como pudesse, ele a provocou, chamando-a de detetive particular frustrada. Em vez de arruinar o dia ao pressioná-lo com essa questão, Julie decidiu deixar o assunto de lado por enquanto e concordou com a sugestão de que deviam assistir a um dos filmes do enorme acervo de fitas. Zack insistira que ela escolhesse o filme, e Julie teve seu primeiro momento de inquietude ao perceber que havia ali vários filmes de Zack. Incapaz de suportar a ideia de assistir a ele fazendo amor com outra mulher numa daquelas apimentadas cenas românticas que lhe davam justificada fama, ela escolheu um filme do qual tinha certeza de que ele gostaria.

Ele parecia perfeitamente satisfeito com a escolha de Julie antes do início do filme, mas, como ela descobriu pouco depois, o passatempo aparentemente simples de assistir a um filme era algo bastante diferente para Zachary Benedict, antigo diretor e ator. Para o completo desconforto de Julie, Zack parecia considerar o filme como um tipo de arte que devia ser analisada, estudada, dissecada e avaliada em detalhes. De fato, ele fazia tantas críticas que ela finalmente inventou a pipoca como uma desculpa para escapar de seus comentários depreciativos.

Julie olhou para a enorme tela do televisor enquanto depositava a tigela de pipoca na mesa de centro e dava um suspiro de alívio ao perceber que o dramático final do filme estava chegando. Zack evidentemente não achava que era um fim tão dramático, pois olhou para ela e disse com um sorriso:

— Adoro pipoca. Colocou sal?

— Sim — respondeu Julie.

— Manteiga também?

Com uma rápida olhada naquele sorriso jovial, Julie esqueceu o quanto havia se exasperado pouco antes.

— O suficiente para nadar — brincou ela. — Já volto com uma toalha e as bebidas.

Rindo do tom de Julie, Zack a observou voltar para a cozinha, admirando a graciosidade natural de seu andar e a elegância de suas roupas. Por insistência de Zack, ela pegara outras roupas do armário naquela tarde — uma camisa de seda branca e simples com mangas folgadas e uma calça preta de lã com a cintura plissada. Quando viu as duas peças estiradas sobre a cama, ele ficou desapontado ao achar que ela não escolhera algo mais especial para si mesma. Mas quando a viu naquelas roupas e com um delicado cinto dourado em volta da cintura, uma pulseira de ouro no braço e o colarinho desabotoado, mudou de ideia. Com as mechas maravilhosas e brilhantes caindo em cachos sobre os ombros, Julie vestia um estilo casual e chique que lhe cabia bem. Ele tentava decidir que tipo de vestido social faria jus ao seu ar de despretensiosa sofisticação quando se deu conta de que nunca teria a ocasião de levá-la a eventos sociais que exigissem um traje formal. Os dias de ida aos lançamentos de Hollywood, eventos beneficentes, estreias de peças de Broadway e jantares de premiações estavam num passado distante, e ele não conseguia imaginar como se esquecera disso. Não poderia levar Julie a qualquer um desses eventos, nunca.

Essa percepção foi tão desoladora que ele teve que se esforçar para não deixar que isso estragasse o que fora, até então, outro dia completamente memorável ao lado de Julie. Com suprema força de vontade, Zack se obrigou a pensar apenas na noite que iria começar em breve. E, sorrindo, disse quando ela se sentou no sofá ao seu lado:

— Não quer escolher mais um filme?

A última coisa que Julie queria fazer era suportar outra crítica a um filme que escolhera. Uma vez que ele obviamente queria assistir a outro, ela estava disposta a estar presente de corpo, mas não de alma. Olhando-o com exagerado horror, ela disse:

— *Por favor*, não quero fazer isso. Peça-me para passar suas meias, peça-me para engomar seus guardanapos de pano, mas não me peça para escolher outro filme para você assistir.

— Por que não? — perguntou ele, inocente e aturdido.

— Por quê? — exclamou Julie, rindo. — Porque você é pior do que os piores críticos! Você acabou com meu filme.

— Só apontei algumas falhas. Não acabei com ele.

— Acabou, sim! Você riu tanto durante aquela cena em que o personagem morria que não consegui entender o que diziam.

— Porque era engraçada — retrucou ele. — O roteiro e a atuação estavam tão ruins que chegavam a ser hilários. Façamos assim — sugeriu, de boa vontade, levantando-se e estendendo a mão para Julie —, vamos escolher juntos o próximo.

Relutante, Julie se levantou e foi até o armário embutido que guardava mais de duzentos filmes, entre clássicos e lançamentos.

— Alguma preferência? — perguntou ele.

Julie analisou os títulos, com o olhar se fixando inquietamente nos filmes de Zack. Ela sabia que, por educação, se não fosse por outra coisa, deveria sugerir um dos dele, mas simplesmente não conseguia fazer isso, ainda mais numa tela de 1,5 metro de largura, onde poderia ver cada detalhe ardente das cenas românticas.

— Não consigo me decidir — disse ela, após um longo minuto. — Separe alguns, e eu escolho um deles.

— Tudo bem. Diga quais atores você gosta.

— Dos clássicos — respondeu ela —, Paul Newman, Robert Redford e Steve McQueen.

Zack manteve o olhar no armário. Surpreendia-o o fato de, por pura cortesia, ela não tê-lo incluído na lista. Estava surpreso e um pouco chateado. Ainda assim, seus filmes não se encaixavam bem na categoria de "clássicos". Ignorando completamente a presença de filmes de qualquer um dos três atores, ele disse:

— A maioria dos filmes aqui é dos últimos dez anos. De que atores mais novos você gosta? — perguntou, esperando que ela mencionasse seu nome.

— Hum... Kevin Costner, Michael Douglas, Tom Cruise, Richard Gere, Harrison Ford, Patrick Swayze, Mel Gibson — respondeu Julie, enumerando o nome de todos os atores que conseguia lembrar — e Sylvester Stallone!

— Swayze, Gibson, Stallone e McQueen — disse Zack com desdém e mais ofendido que nunca pelo fato de ela não ter mencionado seu nome na lista de favoritos. — Há quanto tempo você tem uma obsessão por homens baixinhos?

— Baixinhos? — Julie olhou para ele, surpresa. — Eles são baixinhos?

— Minúsculos — respondeu Zack, injustamente.

— Steve McQueen era baixinho? — perguntou ela, mais encantada com o conhecimento de Zack. — Eu nunca teria imaginado... quando eu era pequena pensava que ele era o maior dos machões.

— Ele era machão na vida real — retrucou Zack bruscamente, voltando-se para o armário de fitas e fingindo estar absorto em seu conteúdo. — Infelizmente, não sabia atuar.

Ainda incomodada por Zack ainda não ter dado qualquer sinal de que estava determinado a encontrar o verdadeiro assassino de sua esposa para que pudesse continuar com sua vida, de repente ocorreu a Julie que lembrar-lhe gentilmente das partes boas de sua antiga vida poderia ajudá-lo a se decidir.

— Aposto que você conhecia Robert Redford.

— Sim.

— Como ele é?

— Baixinho.

— Mentira!

— Eu não diria que ele é um anão, mas também não é exatamente alto.

Apesar da atitude pouco acalentadora de Zack, ela continuou:

— Aposto que você era amigo íntimo de tudo quanto é ator... gente como Paul Newman, Kevin Costner, Harrison Ford e Michael Douglas.

Nenhuma resposta.

— Era?

— Era o quê?

— Íntimo deles.

— Não fazíamos amor, se é isso que quer dizer.

Julie engasgou de rir.

— Não acredito que falou isso! Você sabe que não é isso que quero dizer.

Zack pegou as fitas de filmes estrelados por Costner, Swayze, Ford e Douglas.

— Está aqui, pode escolher.

— No topo da lista, *Dirty Dancing* — disse Julie, sorrindo com aprovação, apesar de não querer nem um pouco perder mais tempo vendo filmes.

— Não acredito que você realmente queira assistir a isso — disse ele com desdém, colocando a fita no videocassete.

— Você que escolheu.

— Você queria ver — retrucou Zack, tentando sem sucesso soar indiferente. Por doze anos, as mulheres o revoltavam quando se reuniam em torno dele, despejando admiração e jurando que ele era seu ator predileto. Elas o perseguiam nas festas, abordavam-no em restaurantes, paravam-no no meio da rua, perseguiam seu carro e colocavam chaves de quartos de hotel em seu bolso. Agora, pela primeira vez na vida, ele queria que uma mulher admirasse seu trabalho, mas ela parecia preferir qualquer outro ator do mundo a ele. Zack pressionou o botão "play" no controle remoto e, em silêncio, observou os créditos começarem a rolar pela tela.

— Quer pipoca?

— Não, obrigada.

Sem que ele percebesse, Julie o analisava, tentando descobrir o que havia de errado. Será que sentia saudades de sua vida anterior? Isso não seria de todo ruim. Embora odiasse entristecê-lo, ela não conseguia se livrar da sensação de que ele poderia ao menos dizer o quanto queria provar que não matara a esposa, mesmo se não quisesse discutir como o faria. O filme começou. Zack esticou as pernas na frente do corpo, cruzou os pés sobre os tornozelos, cruzou os braços, como um homem *esperando* para ser contrariado.

— Não precisamos assistir a esse filme — disse ela.

— Eu não perderia por nada.

Alguns minutos depois ele bufou, desgostoso.

Julie parou com a mão na tigela de pipoca.

— Algo errado?

— A *iluminação* está errada.

— Que iluminação?

— Olha a sombra no rosto de Swayze.

Ela olhou o televisor.

— Acho que é para ter sombra mesmo. É noite.

Ele deu-lhe um olhar desgosto, desdenhando sua observação, e não respondeu.

Dirty Dancing sempre fora um dos filmes favoritos de Julie. Adorava a trilha sonora, as coreografias e a simplicidade refrescante da história de amor. Ela estava começando a se entreter com tudo isso, quando Zack falou pausadamente:

— Acho que usaram óleo de carro no cabelo de Swayze.

— Zack... — disse ela, num tom de advertência. — Se você começar a arruinar esse filme, vou desligar a televisão.

— Não vou dizer mais nada. Só vou ficar aqui sentado.

— Ótimo.

— E desfrutar da má edição, má direção e dos péssimos diálogos.

— Já chega...

— Fique quieta — disse Zack, quando ela fez menção de se levantar. Enfurecido consigo mesmo por ter se comportado como um adolescente ciumento e denegrido atores que tinham sido seus amigos e um filme considerado excelente dentro de seu gênero, ele colocou a mão no braço de Julie e prometeu: — Só vou abrir a boca para fazer um elogio. — Mantendo sua promessa, Zack não falou nada até que Swayze estava dançando com seu par e então disse: — Pelo menos *ela* sabe dançar. Fizeram uma boa escolha de elenco.

A mulher loira era bonita e talentosa. Julie faria tudo para se parecer com ela e sentiu uma pontada absurda de ciúme que seria difícil de esconder se confrontada com o mau humor sem precedentes de Zack. Além disso, ela achava injusto Zack omitir o talento de Patrick Swayze para dança. Estava prestes a mencionar o fato de que as *mulheres* do filme pareciam agradá-lo quando lhe ocorreu que ele poderia ter sentido a mesma coisa quando ela tagarelava sobre sua concorrência. Olhando o perfil pétreo de Zack, perguntou:

— Está com *ciúmes* dele?

Ele lhe devolveu um olhar de desdém.

— Por que eu teria ciúmes de Patrick Swayze?

Julie pensou que obviamente o que ele gostava mesmo era de ver mulheres bonitas no cinema, e isso a magoou, embora soubesse que não tinha nenhum direito de se sentir assim. Ele também odiava este filme, o que também era óbvio. Mantendo uma expressão escrupulosamente educada, ela inclinou o braço para a pilha de filmes sobre a mesa de centro e disse calmamente:

— Vamos ver *Dança com Lobos*, então. Kevin Costner está ótimo nesse filme, e é uma história que tem mais apelo para um homem.

— Vi esse filme na prisão.

Ele já havia assistido à grande parte dos outros também, como dissera antes, então ela não tinha como saber por que isso importava.

— Gostou?

— Achei que metade da história ficou arrastada.

— É mesmo? — retrucou ela, percebendo que nenhum dos filmes, a não ser os dele próprio, iriam agradá-lo, por isso ela teria que encará-los ou aguentar o mau humor dele. — E o que achou do final?

— Kevin mudou o roteiro em relação ao final do livro. Não devia ter feito isso.

Sem dizer nada, Zack se levantou e foi à cozinha para fazer café, tentando retomar o autocontrole. Estava tão furioso por seus comentários irracionais e injustos acerca dos dois filmes que errou a medida do pó de café duas vezes e precisou fazer tudo de novo. Patrick Swayze atuou muito bem no primeiro filme; Kevin não tinha sido apenas um bom amigo, mas *Dança com Lobos* lhe rendera o reconhecimento que muito merecia, e Zack ficara feliz por isso.

Estava tão absorto em seus pensamentos que só percebeu que Julie trocara de filme quando estava a meio caminho na sala de estar, trazendo duas xícaras de café. Seus passos falharam, e por um momento ele ficou parado, em choque, depois incomodado com o que ela havia feito. Julie não tinha apenas mudado o filme e colocado um de Zack, mas também avançara até uma cena romântica na metade do filme, à qual assistia no mudo. De todas as cenas românticas que já havia feito, aquela, de *Estranhos Íntimos*, lançada sete anos antes, era a mais ardente. E, nos momentos em que ficou parado ali, ajustando-se à irrealidade de assistir a si mesmo na cama com Glenn Close, num filme que não havia visto desde o lançamento, Zack se sentiu desconfortável pela primeira vez na vida a respeito de algo que fizera nas telonas. Não, não pelo *que* fizera, mas porque Julie o assistia sem qualquer expressão no rosto, o que ele não pôde deixar de notar, bem como o fato de que, embora houvesse fingido não conhecer nenhum dos filmes dele que estavam no armário, ela os conhecia tão bem que sabia exatamente onde encontrar certas cenas. Considerando aquela expressão gélida em seu rosto, bem como a cena a que ela deliberadamente escolhera assistir, ele teve a clara sensação de que esteve melhor dez minutos antes, quando tudo com que precisava lidar era seu próprio ciúme sem sentido. Colocou as xícaras na mesa e se endireitou, sem saber por que exatamente ela estava tão enfurecida.

— O que você pretende, Julie?

— Como assim? — perguntou ela, inocente, aumentando o volume com o controle remoto e o olhar fixo no televisor.

— Por que está vendo isso?

— Vendo o quê? — perguntou Julie com uma indiferença que não fazia jus à dor que sentia no estômago ante a visão de Zack passando as mãos pelo corpo de Glenn Close e com a boca grudada na dela num tórrido beijo, como aqueles que trocara com Julie; a pele bronzeada contrastando com o branco dos lençóis que mal cobriam seu corpo.

— Você sabe exatamente o que quero dizer. Primeiro você age como se não reconhecesse qualquer um dos meus filmes naquele armário e, depois, quando decide assistir a um deles, você avança diretamente até uma cena como esta.

— Já vi todos os seus filmes — informou-lhe, encarando o televisor e se recusando a olhar para Zack quando ele se sentou ao seu lado. — Tenho a maioria deles, inclusive este, em fita. Já vi *Estranho íntimo* pelo menos meia dúzia de vezes. — Apontou com a cabeça para o televisor. — Como está a iluminação?

Zack desviou o olhar da rígida expressão de Julie e deu uma rápida olhada para o televisor.

— Nada mal.

— E a atuação?

— Nada mal.

— Sim, mas você acha que atuou realmente bem nesse beijo? Quero dizer, será que poderia tê-la beijado com mais intensidade ou fervor? Provavelmente não — respondeu ela mesma, amargamente. — Sua língua já estava enfiada na boca dela.

Ela não poderia ter sido mais eloquente a respeito do que sentia, e, agora que Zack entendia o que a incomodava, arrependeu-se de tudo o que dissera e que a fez chegar a isso. Ele nunca imaginara que ela ficaria chateada em vê-lo fazer qualquer coisa em algo que, para ele, era um simples filme, uma atuação feita na presença de dúzias de pessoas num estúdio de gravação.

— Como você se *sentiu* quando ela retribuiu seu beijo com tanta paixão?

— Com calor — disse Zack. Quando ela hesitou ante a expressão que ele usou, esclareceu rapidamente: — Os holofotes estavam quentes e muito fortes, e eu estava preocupado com isso.

— Ah, mas tenho certeza que você não pensava na iluminação nesse momento. — Apontou para o televisor com a cabeça, como se estivesse hipnotizada. — Não com suas mãos cobrindo os seios dela.

— Pelo que lembro, eu estava pensando no quanto eu queria estrangular o diretor por nos obrigar a fazer mais um *take* dessa cena.

Ela ignorou a verdade completamente e disse com uma mágoa que mal se escondia por trás do sarcasmo:

— Pergunto-me no que Glenn Close estava pensando quando você beijou seus seios.

— Também estava fantasiando sobre a morte do diretor, pela mesma razão.

— É mesmo? — perguntou ela, sarcástica. — O que você acha que ela estava pensando quando você subiu em cima dela desse jeito?

Zack esticou a mão e pegou o queixo de Julie, forçando-a gentilmente a olhar para ele.

— *Sei* no que ela estava pensando. Estava torcendo para que eu tirasse o cotovelo de sua barriga para que ela não sentisse cócegas e estragasse mais um *take*.

Diante da tranquila sinceridade e da atitude de Zack, Julie de repente se sentiu tola e nem um pouco sofisticada. Com um suspiro exasperado, ela disse:

— Sinto muito por ter agido como uma idiota. Fingi não estar interessada em assistir a seus filmes porque eu temia ver você numa cena dessas. Sei que é estúpido, mas fico com... — interrompeu-se, recusando-se a dizer ciúmes, pois sabia que não tinha o direito de se sentir assim.

— Ciúmes? — sugeriu ele, e a palavra pareceu ainda mais revoltante quando dita em voz alta.

— Ciúme é uma emoção destrutiva e imatura — disse ela vagamente.

— Que torna a pessoa irracional e intratável — concordou ele.

Julie agradeceu mentalmente por não ter usado essa palavra e assentiu.

— Sim. Bem, ver você nessas cenas só me dá vontade de... assistir a outro filme.

— Tudo bem. Gostaria de ver um filme de quem? Pode escolher qualquer ator. — Ela abriu a boca para responder, mas, antes que pudesse fazê-lo, ele acrescentou: — Desde que não seja Swayze, Costner, Cruise, Redford, Newman, McQueen, Ford, Douglas ou Gere.

Julie olhou para ele.

— Sobrou quem?

Passando o braço em volta dos ombros de Julie, Zack trouxe-a para mais perto e sussurrou a resposta junto a seu cabelo.

— Mickey Mouse.

Julie não sabia se ria ou pedia uma explicação.

— Mickey Mouse! Por quê?

— Porque — murmurou ele, aproximando os lábios da têmpora de Julie — acho que eu conseguiria ouvir você tagarelando sobre o Mickey sem ficar "irracional" e "intratável" de novo.

Tentando esconder o prazer que sentiu ao ouvir o que ele acabara de dizer, Julie levantou o rosto e disse, provocante:

— Sempre podemos ver Sean Connery. Ele estava maravilhoso em *A Caçada ao Outubro Vermelho.*

Zack levantou as sobrancelhas, desafiador e desdenhoso.

— Sempre podemos ver também os meus outros seis filmes que tem no armário.

Agora que já fizera piada com a revelação de Zack e que evitara admitir seu próprio ciúme, Julie instantaneamente se arrependeu da própria covardia e do fato de que menosprezara um momento especial. Mais séria, olhou-o nos olhos e disse, trêmula:

— Eu *odiei* vê-lo fazendo amor com Glenn Close.

A recompensa por sua coragem foi a carícia que Zack lhe fez no queixo e um beijo de tirar o fôlego.

37

JULIE OBSERVOU O SOL SE PÔR ATRAVÉS DA JANELA DA COZINHA, largou a faca que segurava e entrou na sala de estar para ligar a televisão. Um transmissor de satélite instalado em algum lugar da montanha os permitia assistir à CNN, e ela não via o noticiário desde cedo pela manhã.

Zack passara o dia inteiro limpando a estrada até a ponte — usando o enorme trator que estava guardado na garagem e que era capaz de cuspir neve de um arco de 20 metros — e agora tomava um banho. Esta manhã, quando ele contou a Julie pela primeira vez o que pretendia fazer, ela pensou que a intenção dele era partir ainda hoje ou amanhã, o que a fez entrar em pânico. Como se pudesse ler seus pensamentos, ele disse:

— Vou avisá-la com um dia de antecedência quando chegar a hora de partirmos.

Quando tentou fazê-lo revelar se já sabia que dia seria esse, Zack respondeu vagamente que não tinha certeza, o que deu a Julie a impressão de que ele estava esperando algo acontecer... Ou alguém entrar em contato.

É claro que ele estava certo: quanto menos ela soubesse, melhor para os dois. Estava igualmente certo em insistir que simplesmente desfrutassem de cada momento do período que tinham juntos e não pensar em nada além. Estava certo sobre tudo, mas era impossível não imaginar ou se preocupar com o que iria acontecer com ele em breve. Julie não conseguia entender como ele encontraria o assassino da esposa quando seu rosto era tão conhecido que poderia ser reconhecido imediatamente em qualquer lugar a que fosse.

Ainda assim, Zack fora um ator, então disfarces e maquiagem deviam ser algo fácil para ele. Julie contava com isso para mantê-lo em segurança. Mas morria de medo que não fosse o suficiente.

Ligou a televisão e, enquanto voltava à cozinha, ouviu algum psicólogo dando entrevista à CNN. Já estava quase na cozinha quando percebeu que o especialista falava sobre *ela*, então se virou. Com os olhos arregalados, sem acreditar, Julie caminhou até a televisão, olhando a manchete que brilhava na parte inferior da tela e identificava o entrevistado como dr. William Everhardt. Com total autoconfiança, dr. Everhardt discorria sobre o que se passava emocionalmente com Julie Mathison como resultado de sua condição de refém. Ele dizia:

"São feitas muitas pesquisas com reféns como a srta. Mathison. Eu mesmo sou coautor de um livro sobre esse assunto e posso dizer com toda a certeza que essa jovem está vivendo uma sequência de emoções altamente estressantes, mas muito previsíveis."

Julie virou a cabeça um pouco de lado, fascinada em aprender sobre o que passava em sua mente do ponto de vista desse desconhecido especialista no assunto.

"Durante o primeiro e o segundo dias, o medo é a emoção principal, e devo acrescentar que é um medo bem paralisante. A refém se sente impotente, aterrorizada demais para pensar ou agir, mas alimenta a esperança de que será resgatada. Mais tarde, normalmente no terceiro dia, a raiva se instala. Raiva da injustiça que tem sofrido e da posição de vítima que é obrigada a suportar."

Ao mesmo tempo zombando e se divertindo, Julie levantou os dedos e começou a contar quantos dias já haviam se passado desde que fora feita refém, comparando sua realidade com o "conhecimento" do especialista. No primeiro dia, ela passara do medo à raiva em questão de horas e tentou entregar um bilhete para o atendente da lanchonete. No segundo dia, tentara fugir no estacionamento, quase com sucesso. No terceiro dia, conseguira escapar. Esteve um pouco receosa e extremamente nervosa, mas com certeza não paralisada. Balançando a cabeça em desgosto, concentrou-se nas próximas observações do dr. Everhardt.

"Agora, a srta. Mathison já chegou ao estágio que eu costumo chamar de síndrome da gratidão e dependência. Ela vê o sequestrador como seu protetor, quase um aliado, uma vez que ele ainda não a matou. Presumimos que Benedict não tenha motivos para fazer isso. De qualquer forma, agora ela

está furiosa com as autoridades legais por não serem capazes de resgatá-la. E está começando a considerá-las impotentes, enquanto seu captor, que tem sido capaz de despistá-las, torna-se o objeto de uma relutante admiração. Somada a essa admiração está um profundo sentimento de gratidão por ele não tê-la ferido. Benedict é um homem inteligente e que tem certo charme, ainda que questionável, o que significa que ela está à mercê dele, tanto física quanto emocionalmente."

Julie encarou o rosto barbudo na tela da televisão, presa entre o descrédito e a hilaridade diante das generalidades pomposas usadas para analisá-la. Com as mãos na cintura, ela ameaçou o dr. Everhardt em voz alta:

— Você tem sorte de não estar no programa do Larry King! Ele nunca deixaria você se safar com suposições tão superficiais!

A única coisa que Everhardt acertara até então era que Zack era inteligente e charmoso. Julie não podia acreditar que o psicólogo não tinha parado para pensar que, uma vez que não havia sido sequestrada por terroristas enlouquecidos em algum país estrangeiro, ela provavelmente não estava vivenciando essa "sequência previsível".

"Ela vai precisar de tratamento psicológico intensivo para se recuperar totalmente, e isso vai levar um tempo, mas o prognóstico é bom se ela procurar ajuda."

Julie não podia acreditar na ousadia daquele homem: agora ele dizia ao mundo que ela enfrentava uma doença mental! Devia pedir a Ted que o processasse.

"Claro que estamos pressupondo que Julie Mathison foi de fato sequestrada, e não é cúmplice de Benedict, como creem algumas pessoas. Pessoalmente, com base no que pude observar sobre essa jovem, não compartilho dessa opinião."

— Obrigada — disse Julie em voz alta. — Isso acabou de salvá-lo do meu processo.

Ela estava tão absorta que não notou o inconfundível barulho das hélices de um helicóptero até que o veículo estivesse pairando diretamente acima da montanha. Mesmo quando Julie ouviu o som, aquilo estava tão fora de lugar na vastidão tranquila da montanha que foi até a janela com surpresa, não medo. E então a ficha caiu.

— Zack! — gritou ela, virando-se e começando a correr. — Tem um helicóptero por aqui! Está voando baixo... — berrou, quase se chocando com ele ao correr para o quarto. — Acima da casa. — Ela se deteve, gélida, ao ver a arma na mão de Zack.

— Vá para fora e fique na mata! — ordenou ele, empurrando-a pelo corredor até a porta dos fundos, e, ao passar, pegou uma jaqueta no armário e a entregou a Julie. — Não se aproxime desta casa até que eu diga algo ou até eles me tirarem daqui! — Colocou uma bala na arma, empunhando-a para o alto, como alguém que sabe bem como manuseá-la e está disposto a usá-la. Quando Julie começou a abrir a porta, ele a tirou do caminho, passando por ela sozinho. Olhou para cima com ouvidos atentos, depois empurrou Julie.

— Corra!

— Pelo amor de Deus! — gritou Julie, parando em frente à porta. — Você não pode estar pensando em abater aquela coisa! Deve haver...

— Anda! — ordenou ele, trovejando.

Julie obedeceu. Seu coração explodia de medo enquanto ela corria pela lateral da casa, afundando os pés na neve profunda, parando atrás das árvores, depois passando por elas e afastando-se da casa até poder ver Zack em frente às janelas da frente. O helicóptero circulou, depois se inclinou para a esquerda e em seguida sobrevoou a casa novamente, e por um aterrorizante momento Julie pensou ter visto Zack levantando a arma, com a intenção de atirar pela janela. Então percebeu que ele segurava um binóculo e observava o helicóptero ganhar altura e lentamente desaparecer no horizonte. Os joelhos de Julie cederam, e ela deslizou ao chão, aliviada, a visão de Zack empunhando a arma enquanto a empurrava pelo corredor ainda em sua cabeça. A cena parecia ter saído de um filme violento, mas era real. Julie sentiu o estômago se retorcer e se recostou a uma árvore, engolindo em seco e tentando manter seu almoço — e o medo — no lugar.

— Está tudo bem — disse Zack, vindo em sua direção, mas Julie notou que a coronha da arma despontava de sua calça. — Eram esquiadores meio bêbados que voaram baixo demais.

Ela olhou para ele, mas não conseguiu se mover.

— Vem — disse ele calmamente. — Pegue minha mão.

Julie balançou a cabeça, tentando se livrar do horror paralisante que sentia e tranquilizá-lo.

— Obrigada, não preciso de ajuda. Estou bem.

— Você não está bem — insistiu ele rudemente e se abaixou, agarrando-a pelos braços para levantá-la. — Está prestes a desmaiar.

O mal-estar e a tontura voltaram, e Julie conseguiu esboçar um sorriso trêmulo enquanto o impedia de levantá-la.

— Meu irmão é policial, lembra? Já vi outras armas antes. Eu só não estava... preparada.

Quando voltaram para a segurança da casa, ela estava tão aliviada pelo fato de o helicóptero ter se mostrado inofensivo que se sentia quase tonta.

— Ted costumava praticar emboscadas em nosso quintal quando estava na academia de polícia — disse, segurando a jaqueta, tentando fazer graça. — Era muito divertido de ver. Quero dizer, como é possível ensaiar uma coisa dessas?

— Beba isso — disse ele, saindo da cozinha e lhe empurrando uma taça de conhaque. — Tudo — instruiu, quando ela tomou um gole e tentou devolvê-la. Julie tomou mais um gole e colocou a taça na mesa.

— Não quero mais.

— Tudo bem — disse Zack. — Agora vá até lá e tome um bom banho quente.

— Mas...

— Faça isso. Não discuta comigo. Da próxima vez eu... — Estava prestar a ordenar que, da próxima vez que isso acontecesse, ela fizesse exatamente o que ele dizia, mas se deu conta de que talvez não houvesse uma próxima vez. Esse foi um alarme falso, mas o forçou a perceber até que ponto colocava a vida dela em risco e a submetia a tamanho terror. Meu Deus, o terror. Ele nunca vira alguém tão assustado quanto ela quando a encontrou lá fora, escondida na neve.

Já estava escuro quando Julie entrou na sala de estar, de banho tomado e vestindo calça e suéter. Zack estava parado diante da lareira, encarando o fogo, com a mandíbula rígida como pedra. Considerando sua expressão e o modo como agira mais cedo, Julie presumiu corretamente que ele devia se sentir culpado pelo que ela havia acabado de viver, mas a experiência a afetou de uma maneira bem diferente, agora que tinha acabado. Ela estava furiosa porque as pessoas o forçavam a viver desse jeito e determinada a descobrir o que ele queria fazer para dar um fim nisso. Independentemente das intenções dele, estava decidida a convencê-lo a deixar que ela o ajudasse como fosse possível.

Em vez de mencionar o assunto de uma vez, Julie decidiu esperar até depois do jantar. Considerando a incrível habilidade de Zack de remoer secretamente suas preocupações, ela presumiu que uma hora ou duas seria tempo suficiente para que ele largasse mão do que parecia ser um humor extremamente carregado. Aproximando-se, ela disse suavemente:

— Vai assar os filés naquela grelha ou quer que eu prepare nosso jantar?

Ele se virou e a olhou por alguns instantes com uma expressão preocupada e inflexível.

— Perdão. O que disse?

— Estava falando sobre as tarefas culinárias daqui. — Afundando as mãos no bolso de trás da calça, provocou: — Você está violando os direitos da sua refém.

— Do que está falando? — perguntou Zack, tentando acreditar que ela ficaria a salvo se permanecesse na casa... Tentando esquecer como ela estava assustada ali, agachada debaixo da árvore, com o corpo todo tremendo, segurando a jaqueta contra o peito... Tentando convencer a si mesmo de que aquilo fora um incidente isolado e que não se repetiria.

Ela lhe deu um daqueles sorrisos de tirar o fôlego.

— Estou falando sobre as tarefas culinárias, sr. Benedict! De acordo com as leis da Convenção de Genebra, o prisioneiro não deve ser submetido a um tratamento cruel ou injusto, e me obrigar a cozinhar por dois dias consecutivos se encaixa na descrição. Não concorda?

Zack conseguiu imitar um sorriso pouco convincente e assentiu. Tudo o que queria fazer naquele momento era levá-la para a cama e se perder nela para esquecer por uma feliz hora o que acontecera e o que ele sabia que estava prestes acontecer — muito antes do que planejara.

38

A ESPERANÇA DE JULIE DE QUE O HUMOR DE ZACK MELHORARIA se provou ser um pouco otimista demais desta vez. Durante boa parte do jantar, ele estava cortês, porém preocupado. E agora que já lavara a louça, ela recorria ao método não muito leal, mas mais eficaz de relaxá-lo: com vinho. Julie queria fazer algumas perguntas e achou que teria uma chance melhor de obter respostas completas se ele tivesse relaxado e com a guarda baixa.

Inclinando-se para a frente, ela pegou a garrafa e cuidadosamente encheu a taça de Zack pela quarta vez, depois lhe entregou, congratulando a si mesma pela sutileza.

Zack olhou para a bebida e para Julie.

— Espero que não esteja tentando me embebedar — afirmou ele, secamente —, porque, se estiver, vinho não é a melhor forma de conseguir isso.

— Então devo buscar o uísque? — disse Julie, com um riso nervoso.

Zack parou com a taça a meio caminho dos lábios, percebendo tardiamente que, durante todo o jantar, ela estivera, sim, tentando enchê-lo de vinho e olhando para ele com uma expressão estranha.

— Acha que preciso?

— Não sei.

Com um vago pressentimento, ele observou que Julie mudava de posição, para que as costas se apoiassem no braço do sofá, de modo que ela ficasse de frente para ele. A pergunta inicial pareceu uma piada inofensiva:

— Zack, acha que tenho sido uma refém exemplar?

— Sem dúvida — concordou ele, sorrindo um pouco para tentar se equiparar ao humor contagiante de Julie.

— Acha que tenho sido obediente, sempre disposta a cooperar, agradável, organizada, e que fiz mais do que preparar algumas refeições?

— Dou sim para tudo, menos para "obediente".

Ela sorriu.

— E, como uma prisioneira exemplar, você não concorda que tenho direito a certos... bem... privilégios extras?

— O que tem em mente?

— As respostas de algumas perguntas.

Julie notou que Zack montou a guarda.

— Provavelmente. Depende da pergunta.

Ainda que um pouco desencorajada pela resposta, Julie decidiu seguir em frente.

— Você pretende tentar encontrar o verdadeiro assassino de sua esposa, não é?

— Próxima pergunta.

— Tudo bem. Tem alguma ideia de quem seja o verdadeiro assassino?

— Tente perguntar sobre um assunto diferente.

Sua desnecessária grosseria doeu em Julie não só porque ela era extremamente sensível a suas atitudes, já que o amava, mas também porque ela honestamente achava que tinha *direito* a respostas. Mantendo um tom sincero e tranquilo, ela disse:

— Por favor, não me responda assim.

— Então, por favor, escolha outro assunto.

— Vai parar de ser petulante e me ouvir? Tente entender: quando seu julgamento ocorreu, eu estava no exterior participando de um curso de verão pela faculdade. Nem sei exatamente o que aconteceu, mas eu gostaria de saber.

— Está tudo nos jornais da época. É só ir a uma biblioteca quando você voltar para casa.

O sarcasmo sempre conseguia irritar Julie.

— Não quero saber a versão da imprensa, caramba! Quero saber a sua versão. Preciso saber o que aconteceu... por você.

— Hoje não é seu dia de sorte. — Zack se levantou, largou o copo e estendeu a mão para Julie, que também se levantou, para que ele não ficasse muito mais alto, e automaticamente começou a estender a mão em resposta, achando que fosse um gesto conciliatório. — Vamos para a cama.

Ela recolheu a mão, magoada e insultada pelo comportamento injusto de Zack.

— Não vou. O que estou pedindo é muito pouco comparado com o que você exigiu de mim desde que nos conhecemos, e você sabe disso!

— Não vou fazer mais uma narrativa detalhada daquele dia nem para você nem para qualquer outra pessoa — retrucou ele. — Já fiz isso mil vezes antes do julgamento para os policiais e advogados. Já deu. Caso encerrado.

— Mas quero ajudar. Já faz cinco anos. Seu ponto de vista e suas lembranças podem ser diferentes. Pensei que poderíamos começar fazendo uma lista de todo mundo que estava lá naquele dia, e você poderia me contar sobre cada um deles. Sou completamente imparcial, então vou poder dar uma perspectiva mais fresca. Talvez eu possa ajudá-lo a pensar em alguém a quem você não deu atenção...

A risada desdenhosa de Zack a atingiu como uma facada.

— Como é que você poderia me ajudar?

— Posso tentar!

— Isso é ridículo. Gastei mais de 2 milhões de dólares em advogados e detetives, e ninguém conseguiu encontrar um suspeito mais plausível que eu.

— Mas...

— Esqueça, Julie!

— Não vou esquecer! Tenho direito a uma explicação!

— Você não tem direito a nada — retrucou Zack. — Eu não preciso e nem quero sua ajuda.

Julie endureceu, como se ele a tivesse atingido, mas conseguiu manter a voz livre da fúria e da humilhação.

— Entendo.

E entendeu: percebia agora que ela não tinha nenhuma utilidade para Zack, com exceção de seu corpo. O papel de Julie não deveria ser usar a cabeça; não deveria ter sentimentos; deveria apenas distraí-lo enquanto ele estivesse entediado e abrir as pernas sempre que ele quisesse.

Zack colocou as mãos nos braços dela e a trouxe para mais perto.

— Vamos para a cama.

— Tire as mãos de mim! — sibilou Julie, afastando-se. Tremendo de raiva e angústia por ter sido tão ingênua, abraçou o estômago para esconder as mãos e deu a volta pelo sofá e pela mesa de centro para liberar o caminho até seu quarto.

— O que diabos está tentando conseguir?

— Não estou tentando conseguir nada. Só acabei de perceber o quanto você é um idiota sem coração. — A expressão gélida no rosto de Zack ao observar Julie se afastar não era nada comparada à raiva que ela sentia. — Você vai fugir quando sair daqui, não é?! Não tem intenção alguma de tentar encontrar o verdadeiro assassino.

— Não! — retrucou ele.

— Você deve ser o maior covarde do mundo! — exclamou Julie, furiosa demais para titubear ante o olhar aniquilador de Zack. — Ou então foi você mesmo quem matou sua esposa! — Abriu a porta de seu quarto, virou-se e acrescentou, mordaz: — Vou embora amanhã de manhã, e, se você tentar me impedir, prepare-se para usar aquela arma!

Com um olhar de desprezo, ele disse:

— Impedi-la? Vou até colocar sua mala no carro.

Julie bateu a porta do quarto assim que ouviu as últimas palavras. Lutando para não deixar as lágrimas descerem, escutou Zack entrar em seu quarto. Tirou a calça, vestiu uma camiseta e, apenas quando desligou a luz e deitou na cama, foi que permitiu a si mesma perder o prumo. Puxando o cobertor até o queixo, enrolou-se em posição fetal e afundou o rosto no travesseiro. Chorou de vergonha e raiva por ser tão estúpida e ingênua, pela humilhação. Chorou até as lágrimas secarem. E, exausta, virou de lado, encarando através da janela a paisagem invernal à luz da lua.

Em seu quarto, Zack tirou o suéter, tentando se acalmar e esquecer o que havia acontecido na sala, mas o esforço foi inútil. As palavras de Julie martelavam em sua mente e se tornavam mais angustiantes cada vez que ele se lembrava do desprezo com que ela o olhou quando lhe chamou de covarde e assassino. Durante o julgamento e a prisão, Zack se acostumara a não sentir nada, mas, de alguma forma, Julie rompeu sua guarda. Ele a odiava por isso e odiava a si mesmo por ter deixado isso acontecer.

Jogou o suéter na cama e despiu a calça. Só então lhe ocorreu algo — a única explicação pela reação ridícula e volátil de Julie ao que ele dissera na sala —, e ele se interrompeu, gélido, antes de jogar a calça na cama.

Julie achava que estava apaixonada. Por isso achou que tivesse "direito" a questões relativas a ele.

Ela provavelmente achava que ele também estava apaixonado e que precisava dela.

— Que merda! — xingou Zack, jogando as calças na cama. Não precisava de Julie Mathison e com certeza não precisava se sentir ainda mais culpado e responsável por uma ingênua professora de uma cidade pequena que não entendia a diferença entre desejo sexual e aquela nebulosa emoção chamada amor. Ela estaria melhor se o odiasse. Ele estaria melhor também. Bem melhor. Não havia nada entre eles, a não ser o sexo desejado pelos dois. E ela estava negando isso por uma infantil necessidade de castigá-lo.

Com a vaga ideia de provar tudo isso tanto para Julie quanto para si mesmo, Zack abriu a porta do quarto.

Triste, ela contemplava o que faria amanhã caso ele levasse a cabo o que disse sobre deixá-la ir, quando a porta do quarto se abriu abruptamente, e Zack entrou, nu.

— O que você quer? — perguntou ela.

— Essa pergunta — zombou ele, tirando o cobertor de cima dela — é quase tão estúpida quanto sua decisão de dormir nesta cama só porque eu não cedo a seus caprichos.

Enraivecida por perceber que Zack tinha a óbvia intenção de dormir com ela, Julie se atirou para o outro lado da cama e se levantou, tentando alcançar a porta pela diagonal. Ele a agarrou assim que ela deu a volta pela cama e a trouxe em direção a seu peito nu.

— Me larga, desgraçado!

— O que eu quero — informou ele, respondendo, enfim, à primeira pergunta dela — é a mesma coisa que você quer toda vez que nos olhamos!

Jogando a cabeça para trás, Julie parou de lutar, juntando forças para seu próximo movimento.

— Seu cretino! Se você cogitar me estuprar, vou matá-lo com sua própria arma!

— Estuprá-la? — repetiu ele com gélido desdém. — Eu nem sonharia com isso. Em três minutos, você vai implorar para fazer amor comigo.

Julie levantou o joelho para atingi-lo na virilha ao mesmo tempo que Zack apanhou sua boca, mas ela não acertou o alvo e, com um grito, caiu de costas sob o pesado corpo dele.

Em vez de revidar o golpe de Julie, que era o que ela quase esperava que ele fizesse, Zack passou os dedos na pele entre as coxas dela, examinando--os suavemente, começando a massagear e acariciar com uma habilidade familiar e infalível. Julie percebeu que ele não iria possui-la à força, mas queria sua total cooperação. E, se ela concedesse, isso feriria muito mais seu orgulho do que abraçar o papel de vítima impotente. O corpo de Julie quase respondia contra sua vontade, e ela estava tão furiosa consigo mesma e com ele que tentou forçá-lo a terminar logo o que começara, antes de se render completamente.

— Termine logo com isso, caramba!

A resposta de Zack foi tão fria quanto seu coração.

— Por quê? Para você poder me chamar de estuprador, além de assassino e covarde? — Seus dedos se afundaram. — Sem chance. — Sua boca envolveu o mamilo de Julie, sua língua se movendo em círculos, seus lábios sugando. Julie engoliu um grito de protesto e fúria. Ela mexeu os quadris sob a mão de Zack, e ele riu, deslizando o dedo mais fundo dentro dela, para que Julie o cavalgasse. Ela parou abruptamente, tencionando cada músculo do corpo para que resistisse ao que ele fazia. Em silêncio, Zack forçou o corpo desobediente de Julie a traí-la, enquanto seus olhos não desgrudavam do rosto dela.

— Você está encharcada — disse ele, e nem mesmo a fria insensibilidade do que fazia com ela foi capaz de impedir as pontadas rápidas e penetrantes de desejo que já começavam a abalar Julie. — Você me deseja, Julie?

Ela queria senti-lo dentro de si, queria tanto atingir o orgasmo que sabia que ele lhe daria a ponto de sentir que iria morrer.

— Vai para o inferno! — exclamou ela, arquejando.

— Eu já estou no inferno — sussurrou ele, enquanto trazia o corpo para cima, e pela primeira vez a beijou, forçando seus lábios a se abrirem. Abruptamente, suavizou o beijo, os lábios se movendo, desejando fundir-se aos dela, e devagar mexeu os quadris, forçando-a a perceber sua rígida ereção. — Diga que me deseja — persuadiu.

Presa entre a estranha promessa do excitado corpo de Zack e a persistência de sua boca, o corpo de Julie começou a tremer de incontrolável desejo, e as palavras escaparam dela num soluço atormentado:

— Eu desejo você...

Assim que ela se rendeu, ele a penetrou, movendo os quadris com força, fazendo-a alcançar o clímax em questão de instantes. Enquanto o corpo de Julie ainda se sacudia com os espasmos, Zack saiu de cima dela.

— Bastaram só três minutos — disse ele. E saiu, batendo a porta atrás de si.

Julie ficou deitada, fisicamente exposta e paralisada pelo choque, incapaz de absorver a prova de que ele era mesmo vil o suficiente para demonstrar seu ponto de vista dessa maneira. Emocionalmente exaurida, arrastou-se até a cabeceira, cobriu-se com o cobertor que estava no chão e fechou os olhos, mas não chorou; não iria derramar uma única lágrima por ele. Nunca.

Sentado no escuro na poltrona ao lado da lareira de seu quarto, Zack inclinou e colocou a cabeça nas mãos, tentando não pensar nem sentir nada. Fizera tudo o que pretendia e muito mais; provou a si mesmo e a Julie que não precisava dela, nem mesmo sexualmente. E provou a ela que ele não merecia sua preocupação depois que fosse embora na manhã do dia seguinte.

Zack conquistou seus objetivos de forma brilhante, eloquente e indelével.

E nunca tinha se sentido mais desolado ou envergonhado.

Depois desta noite, Julie não se atreveria a achar que estava apaixonada por ele. Ao contrário, sentiria ódio. Mas não chegaria perto do quanto ele odiava a si mesmo. Desprezava a si mesmo pelo que havia feito e pela fraqueza sem precedentes que o fez querer voltar atrás e implorar pelo perdão de Julie. Endireitando-se na poltrona, Zack olhou para a cama que haviam dividido e soube que não seria capaz de adormecer nela, não se Julie estivesse deitada no outro quarto, odiando-o.

39

As chaves da Blazer estavam sobre a cômoda quando Julie se levantou na manhã seguinte, e a casa estava assustadoramente silenciosa. A dor da noite anterior retrocedeu e se tornou um leve torpor. Tudo o que ela queria fazer era ir embora e nunca olhar para trás, nunca mudar de ideia. Esquecer tudo. Toda a sua atenção estava focada nisso, em esquecer que tinha conhecido Zack e sido tola a ponta de amá-lo. Nunca mais queria se apaixonar de novo se isso significava ficar tão vulnerável. Tirou sua mala do closet, enfiou seus pertences, fechou-a e a pegou.

Antes de sair do quarto, parou por um momento e olhou em volta para se assegurar de não ter esquecido nada, depois desligou a luz. Silenciosamente, girou a maçaneta e entrou na sala escura; em seguida, parou, o coração pulsando de choque e medo. À luz cinzenta do amanhecer, ela pôde ver a silhueta de Zack junto à janela do outro lado da sala, de costas para ela, com a mão esquerda no bolso. Desviando o olhar, Julie se virou e começou a caminhar em silêncio pelo corredor, mas, antes que ela desse o segundo passo, disse ele, sem se virar:

— A lista de todo mundo que estava no set no dia do assassinato está na mesa de centro.

Ignorando o repentino nó no peito que sentiu ao perceber que ele havia decidido depois de tudo, ela forçou-se a continuar andando.

— Não vá — pediu ele, a voz rouca. — Por favor.

O desespero de Zack fez o coração de Julie se apertar, mas seu orgulho devastado insistia que apenas uma idiota sem orgulho ou bom senso deixaria que ele se aproximasse depois da noite anterior. E ela continuou andando. Sua mão encostou na maçaneta da porta dos fundos, e a voz de Zack veio de algum lugar mais próximo, crua de emoções.

— Julie, por favor, não!

Sua mão se recusou a girar a maçaneta, seus ombros começaram a sacudir com os soluços silenciosos, e Julie deixou a testa cair contra a porta, enquanto as lágrimas escorriam por seu rosto e a mala caía no chão. Ela chorou de vergonha por sua falta de força de vontade e de medo por um amor que não conseguia controlar. E embora chorasse por si mesma, deixou que ele a abraçasse.

— Desculpe — sussurrou Zack, esforçando-se para confortá-la, passando as mãos pelos ombros e costas de Julie, trazendo-a mais para perto. — Por favor, me perdoe. Por favor.

— Como você foi capaz de fazer aquilo comigo ontem? — suspirou ela. — Como?

Engolindo em seco, Zack levantou o rosto de Julie, pois lhe pareceu que não merecia a proteção do anonimato quando admitiu:

— Fiz aquilo porque você me chamou de assassino e covarde, e eu não pude suportar isso... Não vindo de você. E fiz isso porque sou um idiota sem coração, exatamente como você disse.

— É verdade, é isso que você é! — exclamou ela, engasgando com as palavras. — E a pior parte é que *amo* você mesmo assim!

Zack abraçou-a mais forte e lutou para não dizer as palavras que sabia que queria ouvir, as palavras que também sentia. Em vez disso, apertou-a junto de si, beijando sua testa e sua bochecha, depois repousou o queixo sobre o cabelo cheiroso de Julie, deixando que as palavras dela o banhassem em sua doçura. Aos 35 anos, ele finalmente descobriu como era ser amado apenas por si mesmo... Ser amado embora não tivesse riquezas, fama e nem mesmo honra para oferecer como atrativo... Ser amado incondicionalmente por uma mulher de coragem e lealdade extraordinárias. Zack sabia disso agora tanto quanto sabia que, se lhe contasse como se sentia, essas mesmas qualidades a fariam esperar por ele durante anos a fio depois que desaparecesse. Mesmo assim, não podia deixar a doce confissão de Julie ficar sem resposta, então, esfregando o rosto por seu cabelo, disse outra verdade com ternura:

— Eu não mereço, querida.

— Sei disso — brincou ela, às lágrimas, recusando-se a ficar magoada por Zack não ter dito que a amava também. Pôde sentir em sua voz a dor, a emoção e o tormento que lhe causaria se fosse embora. Quando fez a revelação, ela sentiu o coração de Zack bater mais forte e o abraço se tornar ainda mais forte. Isso era o suficiente para ela. Tinha que ser. Fechou os olhos enquanto as mãos dele deslizaram até a nuca, seus longos dedos emanando sensualidade. Mas quando ele abriu a boca para falar, suas palavras soaram incrivelmente exaustas.

— Consideraria a possibilidade de voltar para a cama comigo por algumas horas e adiar nossa discussão sobre o assassinato para que eu possa dormir um pouco? Passei a noite em claro.

Julie assentiu e foi com ele ao quarto que achava que nunca mais veria.

Zack adormeceu em seus braços, com o rosto em seu peito.

Sem conseguir dormir, ela observava seu rosto, enquanto brincava com o cabelo macio de sua têmpora. Notou que o sono não suavizava suas feições rígidas, provavelmente porque nem assim ele ficava em paz. Suas sobrancelhas eram escuras e grossas, assim como seus cílios quase pretos de tão escuros. Ela se ajeitou um pouco para que ele ficasse mais confortável, mas seus braços se apertaram ao redor de Julie instantaneamente, como se quisessem impedi-la de ir embora. Esse gesto possessivo e inconsciente a fez sorrir, pois era desnecessário. Julie não tinha a menor intenção de sair dali.

Anos antes, ela ouviu uma citação de Shakespeare que dizia que a vida era um palco onde cada homem deve desempenhar seu papel. Desde que se formou na faculdade, sentia-se como se estivesse fora do palco onde sua vida deveria se passar, esperando na coxia por alguém que lhe desse a deixa de que era a hora de entrar no palco e fazer aquilo que deveria fazer. Julie deu um longo e trêmulo suspiro, sorrindo um pouco triste, pois havia finalmente recebido sua deixa. *Agora* sabia o que estivera esperando todos esses anos, por que fora criada e quem deveria ser. Apesar de todos os esforços diligentes para se tornar uma mulher exemplar, no que se referia ao amor, ela voltou atrás e se apaixonou por um homem renegado, uma ovelha negra; um pária social ousado, cínico e durão que às vezes a lembrava dos meninos que conhecera nas ruas de Chicago. Julie o amava com uma feroz necessidade de protegê-lo que a tornava mais forte, sábia e maternal; amava-o com o desespero que fazia com que se sentisse indefesa, frágil, e à mercê de seu controle.

E ela amava cada um desses sentimentos, por mais enlouquecedores que fossem.

O futuro era um caminho inexplorado permeado de perigos e censuras Julie se sentiu finalmente em paz e em perfeita harmonia com o universo inteiro.

Com a mão repousando sobre o rosto de Zack, ela o trouxe para mais perto de seu coração e deixou os lábios encostarem no seu cabelo escuro.

— Eu amo você — sussurrou.

40

Sentada no chão ao lado da mesa de café, de pernas cruzadas, segurando um lápis e algumas folhas de papel que encontrara numa gaveta, Julie analisava a lista que Zack fizera com todas as pessoas que estiveram no set de *Destino* no dia em que sua esposa fora assassinada. Ao lado do nome de cada pessoa, ele anotou a função que desempenhava na produção. Ela copiava cada nome e função numa folha separada, para que pudesse fazer anotações individuais quando Zack começasse a falar.

Ele sentou-se no sofá ao lado dela, observando-a e cuidadosamente reprimindo um sorriso diante da ideia absurda de Julie ser capaz de obter êxito na tarefa em que havia falhado sua equipe de renomados advogados criminais e detetives particulares. Vestindo uma calça de lã cor de cereja e um suéter de tricô, ela parecia mais uma encantadora estudante do que uma professora e não guardava nenhuma semelhança com qualquer detetive, real ou imaginário.

A luz do sol entrava pela janela atrás de Julie, refletindo uma coloração dourada em seu cabelo brilhoso, destacando sua pele sedosa. Deliciado, Zack contemplava seu perfil até que Julie o interrompeu ao se virar para ele com seus olhos de safira e dizer numa voz intrigada:

— Eu vi *Destino*, embora o final tenha sido regravado com atores substitutos. De alguma forma, pensei que haveria bem mais gente envolvida na produção de um filme desse porte.

— Há outras dúzias de pessoas, mas não estavam em Dallas — explicou Zack, relutantemente voltando a atenção para o assunto de que iriam tratar. — Quando uma grande produção vai ser filmada em várias locações diferentes, é mais eficiente dividir a equipe em algumas unidades e designar a cada uma delas uma locação específica. Assim, a unidade já terá feito as preparações necessárias antes de chegarem o elenco e membros principais da equipe. As pessoas listadas aí faziam parte da unidade de Dallas. Outras pessoas estiveram por lá numa etapa anterior da filmagem. Não estão nesta lista porque eu as havia mandado para casa.

— Por que fez isso?

— Porque já tínhamos ultrapassado em milhões de dólares o orçamento do filme, e eu estava tentando cortar gastos. Já estávamos chegando ao final das gravações, e eu não previa a necessidade da presença de mais gente, então mantive apenas a equipe principal comigo.

Julie o ouvia com uma expressão de tamanha fascinação que um sorriso brotou nos lábios de Zack.

— Alguma outra pergunta antes que conte o que aconteceu naquele dia?

— Várias — respondeu Julie, animada, olhando os títulos ao lado dos nomes na lista. — O que é *best boy*? Sempre me perguntei sobre isso quando via os créditos de um filme.

— *Best boy* é o primeiro assistente do eletricista-chefe.

Julie rolou os olhos para ele, tentando provocá-lo e prepará-lo para falar sobre o assassinato, pois sabia que ele temia chegar a essa parte. Ela também achou que seria interessante aprender todos os detalhes possíveis, mesmo que parecessem não ter importância no momento.

— Muito interessante, sr. Benedict. E o que é um eletricista-chefe?

Seu plano dera certo, pois ele riu do tom que ela usou.

— O eletricista-chefe é o braço direito criativo e físico do diretor de fotografia. Supervisiona todos os eletricistas do set e o posicionamento da iluminação para checar a intensidade da luz, essas coisas.

— O que é um contrarregra?

— O contrarregra é responsável pela movimentação de objetos no set. O contrarregra-chefe também tem um *best boy*.

— E o que é um assistente de produção?

— É uma espécie de office boy que faz de tudo um pouco e se reporta aos assistentes de direção.

Julie assentiu.

— O que é um produtor?

— Um pentelho.

Para Zack, a gargalhada de Julie pareceu o soar de sinos, e ele se viu rindo quando ela disse:

— O diretor de fotografia é também um dos cinegrafistas ou é um supervisor?

— Pode ser ambos. Um bom diretor de fotografia se envolve em todos os elementos de composição do set. Ele e os cenografistas transformam em realidade as ideias do diretor para a cena e frequentemente fazem sugestões para melhorá-las.

Julie olhou para a lista, encontrou o homem que ele havia descrito como diretor de fotografia em *Destino* e relutantemente começou a tratar de coisas mais específicas.

— Sam Hudgins era bom?

— Um dos melhores. Havíamos trabalhado juntos em vários filmes, e eu pedi especificamente que ele participasse de *Destino*. De fato, escolhi a dedo todos os membros principais da equipe, pois trabalhávamos bem juntos, e eu sabia que podia contar com eles. — Notou que Julie franzia a testa. — O que foi?

— Eu só estava imaginando por que qualquer pessoa que trabalhou com você iria simplesmente decidir acusá-lo de assassinato.

— Não parece muito provável — concordou Zack, um pouco surpreso e impressionado ao ver que Julie chegara com facilidade à mesma conclusão de seus advogados e detetives.

— Será que você não fez ou disse algo, logo antes do assassinato, que pudesse fazer algum deles odiá-lo tanto a ponto de querer vingança?

— O que exatamente alguém deve fazer para merecer uma vingança desse tipo?

— Tem razão — disse ela, assentindo.

— Tenha em mente também que o alvo não era eu exatamente, mas Austin ou Rachel. Eu fui só o imbecil que foi para a cadeia por isso.

Julie deu um longo suspiro e disse calmamente:

— Conte exatamente o que aconteceu naquele dia. Não, comece com o dia em que descobriu... — Hesitou e reformulou a pergunta, tentando ser delicada. — Como já disse, eu estava na Europa quando o assassinato aconteceu, mas me lembro de ver na manchete de uma revista na banca de jornal que dizia...

Como ela ficou em silêncio, Zack desajeitadamente terminou a frase:

— Manchetes que diziam que minha esposa estava transando com o outro ator e eu os flagrei.

Julie estremeceu ao pensar nisso, mas não desviou o olhar.

— Conte tudo o que você conseguir lembrar e vá devagar, para dar tempo de eu fazer anotações.

Com base em sua experiência, Zack esperava que a conversa que se seguiu fosse difícil e degradante ou ao menos irritante, mas no passado ele sempre fora questionado pelas pessoas que o interrogavam, seja por dúvida, seja por curiosidade. Recontar os detalhes do assassinato de Rachel para Julie, que acreditava plenamente nele e no que dizia, era uma experiência nova e catártica para Zack. Ao chegar ao fim da história, ele se sentiu estranhamente leve.

— Será que foi só um acidente... um erro que aconteceu? — perguntou Julie, quando ele finalmente terminou de contar tudo. — Quero dizer, e se Andy

Stemple, o homem que deveria ter carregado a arma com balas de festim, colocou munição de ponta oca por engano, mas foi muito covarde para admitir?

Zack apoiou os cotovelos nos joelhos e balançou a cabeça.

— Stemple não cometeu um engano, pois é especialista em armas de fogo. Depois de um desastre nas filmagens de *No limite da realidade*, a Associação de Diretores passou a exigir que pessoal treinado e especializado em pirotecnia, como Stemple, se responsabilizasse pelas armas de fogo usadas nos filmes. Stemple é um profissional qualificado e estava a cargo da arma, mas, como era a única arma que usamos e como estávamos com o orçamento curto, ele também estava quebrando um galho como contrarregra. Naquela manhã ele mesmo checou a arma e a carregou com balas de festim. Além disso, essas balas de ponta oca não estavam ali por acidente. Antes de ser colocada sobre a mesa, alguém limpou a arma para cobrir qualquer vestígio de impressões digitais — acrescentou ele. — Esse pequeno detalhe foi uma das coisas que me mandou para a prisão.

— Mas se você tivesse limpado a arma, também não teria sido idiota a ponto de deixar uma impressão digital.

— Não encontraram uma impressão completa, mas só uma impressão parcial do meu polegar no cantinho da coronha. O promotor convenceu o júri de que eu havia esquecido essa parte quando limpei a arma.

— Mas — disse ela, pensativa — a digital foi impressa ali quando você ajer tou a arma um pouco na mesa, para que não ficasse tão visível para a câmera.

Isso não era uma pergunta. Ela estava apenas repetindo o que ele dissera, como fosse a palavra de Deus, e Zack a adorava por sua confiança.

— Não importaria se a arma não tivesse sido limpa ou se minhas digitais não tivessem sido encontradas nela. Teriam dito que eu usei luvas. Se eu não tivesse mudado de ideia durante aquela última cena e Austin tivesse sido atingido no lugar de Rachel, ainda assim eles achariam que eu era o culpado. O fato era, e ainda é, que *eu* era o único com um motivo forte o suficiente para matar Austin ou Rachel. — Notou que Julie se esforçava para evitar que suas expressivas feições mostrassem sua empatia e raiva, e ele tentou sorrir com confiança enquanto acrescentava: — Já se sentiu frustrada o suficiente por hoje? Podemos parar agora e aproveitar o tempo que resta? Já passou das cinco.

— Eu sei — disse Julie com a voz preocupada. Espalhou as folhas de papel pela mesa de centro, mas foram os quatro pedaços da fileira de baixo, mais próxima dela, que identificava as pessoas nas quais ela ainda estava interessada ou as que ainda suspeitava.

— Só mais uns minutinhos? — pediu ela, e, quando ele abriu a boca para retrucar, ela acrescentou, desesperada: — Zack, um dos pedaços de papel desta mesa indica a pessoa que cometeu o assassinato e depois assistiu enquanto você era mandado para a prisão por esse crime!

Zack tinha bastante consciência desse fato, mas não teve coragem de contrariá-la, então engoliu a frustração e esperou que ela terminasse.

— Essa Diana Copeland não me cheira bem — começou Julie, com o olhar perdido, absorta em seus pensamentos. — Acho que ela estava apaixonada por você.

— O que diabos a faz achar isso? — perguntou ele, tanto divertido quanto exasperado.

— É bastante óbvio. — Apoiando o cotovelo sobre a mesa e o queixo sobre a mão, explicou: — Você disse que ela deveria ter voltado a Los Angeles na manhã do dia do assassinato, mas continuou em Dallas e foi ao set. Ela mesma lhe disse que havia ficado porque soubera o que tinha acontecido no hotel na noite anterior e queria estar lá para o caso de você precisar de apoio moral. Acho que estava apaixonada por você, por isso decidiu matar Rachel.

— E deixar que levasse a culpa o homem que ela supostamente amava? Acho que não — zombou ele. — Além do mais, não existe a possibilidade de Diana saber que eu pretendia fazer Tony disparar a arma, e não Julie. Sem contar — acrescentou — que você tem uma visão absurdamente ingênua sobre o amor e os relacionamentos de Hollywood. A realidade é que as atrizes precisam sempre ouvir que são amadas por *todo mundo*. Elas não se apaixonam e abrem mão de tudo por algum homem, ainda mais cometer assassinato. Estão interessadas naquilo que um relacionamento possa dar a *elas*. São emocionalmente carentes, muito ambiciosas e extremamente egocêntricas.

— Deve haver uma exceção.

— Não conheço nenhuma — disse ele.

— Que mundo incrível esse em que você vivia — retrucou ela. — A ponto de você ter ficado tão descrente das pessoas e das mulheres, em especial.

— Não sou descrente — respondeu Zack, irracionalmente afetado pela óbvia desaprovação de Julie. — Sou realista. Você, por outro lado, é absurdamente ingênua no que se refere a relacionamentos entre os dois sexos.

Em vez de ficar com raiva, Julie o analisou com seus olhos de cristal azul e profundo.

— Sou mesmo, Zack? — perguntou ela suavemente.

Sempre que ela dizia seu nome, o coração de Zack parecia saltar nas costelas. E para completar seu desconforto, ela descobria que a garota "absurdamente ingênua" sentada a seus pés podia fazer com que se arrependesse e se retratasse apenas ao olhar para ele como fazia agora.

— Um de nós é — respondeu ele com irritação e, como ela continuava a olhá-lo, cedeu ainda mais. — Provavelmente eu já era descrente antes de entrar para o cinema. — Soltou um risinho exasperado ao perceber a falta de habilidade com que resistia à silenciosa e doce pressão que ela lhe fazia e acrescentou: — Agora pare de me olhar como quem espera que eu admita que estava sendo um idiota antes e faça sua próxima pergunta. Quem é seu próximo suspeito?

O sorriso contagiante de Julie foi sua recompensa, depois ela obedientemente cumpriu a ordem de continuar.

— Tommy Newton — disse ela, depois de conferir uma das folhas.

— Por que diabos Tommy ia querer matar Rachel ou Austin?

— Talvez quisesse se livrar de você para sempre, e o assassinato era apenas um meio de chegar a esse fim. Você mesmo disse que ele já havia trabalhado como assistente de direção em vários de seus filmes. Talvez estivesse cansado de ser o assistente e achasse que era ofuscado pelo grande Zachary Benedict.

— Julie — disse Zack pacientemente —, em primeiro lugar, Tommy tinha pela frente uma carreira brilhante como diretor e já sabia disso na época. E eu também. Ele queria muito trabalhar comigo em *Destino*.

— Mas...

— Em segundo lugar — terminou Zack, seco —, ele também estava apaixonado por uma das potenciais vítimas daquele disparo, então não teria trocado as balas da arma.

— Mas isso pode mudar tudo! Você não me disse que ele estava apaixo nado por Rachel.

— E não estava.

— Mas você acabou de dizer...

— Estava apaixonado por Austin.

— Como?

— Tommy é gay.

Ela ficou boquiaberta por uns instantes, depois apenas pegou a folha que indicava o terceiro suspeito sem comentar o assunto.

— Emily McDaniels. Você disse que ela sentia que devia muito a você por ter reavivado sua carreira e, depois, por ter lhe dado aquele papel em *Destino*. Ela o conhecia havia anos, e pelo que me contou vocês passavam bastante tempo juntos sempre que estavam trabalhando em algum filme. As crianças, e especialmente meninas adolescentes, podem se tornar ferozmente devotadas a uma figura masculina de autoridade. É possível que ela até pensasse que estava apaixonada por você. Talvez achou que, se pudesse se livrar de Rachel, você retribuiria esse sentimento.

Zack bufou, mas sua voz se suavizou ao falar sobre a garota.

— Emily tinha 16 anos e era um doce. Depois de você, ela era a pessoa mais legal e íntegra do sexo feminino que já conheci. Não existe a menor chance de aquela criança ter feito qualquer coisa para me trazer problemas. Mas digamos que você esteja certa: ela tinha uma queda por mim e tinha ciúmes de Rachel. Se fosse esse o caso, ela nem precisaria se incomodar a ponto de matar Rachel, pois todos no set sabiam que Rachel havia pedido o divórcio e iria se casar com Austin.

— Mas suponha que ela odiasse tanto Rachel, por tê-lo humilhado na noite anterior com Tony Austin, a ponto de se sentir compelida a acertar as contas com Rachel no seu lugar.

— Essa teoria não se sustenta. Até onde Emily sabia, Rachel iria disparar aquela arma primeiro, pois era o que o roteiro indicava.

— Então por que não consideramos que *Tony Austin* era a vítima que o assassino almejava?

— Você não pode presumir isso, pois, como já mencionei antes, fiz anotações em meu roteiro a respeito de mudar a sequência dos disparos, e várias pessoas podem ter visto meu roteiro ali aberto e lido o que escrevi. Mas meu advogado coletou depoimentos de todo o elenco e equipe antes do julgamento, e todos negaram ter conhecimento de que eu planejava mudar aquela cena.

— Mas vamos supor que Tony Austin fosse mesmo a vítima pretendida. Nesse caso, ainda é possível que Emily seja a assassina. Quero dizer, se ela estivesse tão obcecada por você a ponto de odiar Tony Austin por ter tido um caso com sua esposa e humilhado você...

— Emily McDaniels — interrompeu-a Zack em tom conclusivo — não matou ninguém. Ponto-final. Ela não poderia ter feito isso, assim como você. — Percebendo que as folhas da fileira debaixo indicavam os principais suspeitos de Julie, Zack apontou a cabeça para a última folha e sorriu com alívio ao ver que a discussão estava quase no fim. — Que nome está escrito naquela última folha?

Julie dirigiu-lhe um olhar sofrido e disse com relutância:

— Tony Austin. — O rosto de Zack se fechou, e ele passou as mãos pelo rosto como se pudesse se livrar do violento ódio que explodia dentro de si sempre que se permitia pensar que Austin era o assassino. — Acho que ele é o culpado.

— Não, eu *sei* que esse imbecil fez isso e depois me deixou levar a culpa. Um dia, se eu viver para isso...

Julie retrocedeu diante do tom selvagem na voz de Zack.

— Mas você disse que Austin não tinha um centavo — interrompeu-o ela rapidamente. — Se matasse Rachel, que iria ganhar muito dinheiro de você com o divórcio, ele perderia a chance de colocar as mãos no seu dinheiro ao se casar com ela.

— Ele era um viciado. Só Deus sabe o que se passa na cabeça de um viciado...

— Você disse que o vício de Austin custava caro. E se colocar as mãos no seu dinheiro para sustentar o vício fosse sua principal preocupação?

— Não aguento mais! — exclamou Zack. — É sério! — Viu o rosto de Julie empalidecer e imediatamente se arrependeu de ter se exaltado. Suavizando a voz, levantou-se e esticou a mão para ajudá-la a se levantar também. — Vamos deixar tudo isso de lado e decidir o que vamos fazer no restante da noite.

Julie reprimiu sua reação instintiva à explosão de Zack e forçosamente lembrou a si mesma de que o ocorrido na noite anterior nunca mais aconteceria de novo.

41

DEZ MINUTOS MAIS TARDE, JULIE ESTAVA SENTADA NUM banquinho ao lado de um gabinete na cozinha, completamente relaxada e rindo, pois eles não conseguiam decidir o que queriam fazer naquela noite.

— Vou fazer uma lista — provocou ela, pegando um bloquinho e um lápis. — Até agora, você sugeriu fazer amor. — Escreveu isso no papel enquanto se reclinava sobre ela e a observava, sorrindo, a mão repousada sobre seu ombro. — Depois fazer amor. E fazer amor.

— Eu só disse três vezes? — brincou Zack quando ela terminou de anotar.

— Sim, e eu concordei com todas elas, mas deveríamos pensar em outras coisas para o início da noite.

Zack se deu conta do que observara mais cedo, quando ela anotava nas folhas dos suspeitos, e resolveu elogiá-la:

— Sua caligrafia é tão precisa. Parece que as palavras foram digitadas.

— Não é de admirar — respondeu ela, sorrindo de soslaio —, já que eu passei anos aperfeiçoando-a. Enquanto as outras meninas de 13 anos estavam começando a babar com seus primeiros filmes, eu ficava em casa, praticando caligrafia.

Ele pareceu chocado com tamanho desperdício de tempo.

— Por quê?

Virando-se lentamente no banquinho, Julie olhou para ele.

— Porque — explicou ela — eu não sabia ler até quase os 12 anos. Só lia uma ou outra palavra e só sabia escrever meu nome, e a letra não era legível.

— Você tinha dislexia ou algo assim?

— Não, só não tinha aprendido a ler por falhas na educação. Quando contei sobre minha juventude, deixei essa parte de lado.

— De propósito? — perguntou Zack, enquanto ela se levantava e dava a volta pelo gabinete para pegar um copo de água.

— Talvez sim, embora não tenha decidido conscientemente esconder esse fato de você. Engraçado, não é? Revelei com a maior facilidade que eu roubava, mas minha mente não conseguiu dizer que eu era analfabeta.

— Não entendo como isso aconteceu, não com alguém tão inteligente como você.

Ela o olhou com uma expressão de superioridade que o fez morrer de vontade de trazê-la para seus braços e beijar seus lábios macios, e disse:

— Para sua informação, isso pode acontecer com qualquer um, sr. Benedict, e inteligência não tem nada a ver com isso. Uma em cada cinco mulheres neste país é analfabeta funcional. Elas não puderam ir à escola quando eram crianças porque precisaram ajudar na criação dos irmãos, porque suas famílias se mudavam muito, ou por um monte de outras razões. Quando percebem que não conseguem acompanhar as aulas, elas acham que são burras e simplesmente param de tentar. Seja qual for a razão, os resultados são sempre os mesmos: elas são condenadas a viver uma vida de empregos inferiores e dependência de programas sociais; ficam presas a homens que abusam delas, pois se sentem impotentes e indignas de algo melhor. Você não imagina como é viver num mundo cheio de informações que você não entende, mas eu lembro. As coisas mais simples, como encontrar a sala certa num prédio, são quase impossíveis. Você vive num estado de medo e vergonha. A vergonha é insuportável, e a maioria das mulheres esconde essa condição.

— Você sentia vergonha, embora fosse tão nova? — perguntou Zack, gostando de conhecer essa nova faceta da infância de Julie.

Ela assentiu, dando uns goles de água, depois colocou o copo de lado.

— Eu sentava na primeira fileira na escola para que não precisasse ver o rosto das outras crianças quando elas riam de mim. Convenci os professores de que eu tinha problema de vista.

Zack mal soube lidar com as emoções que trovejavam dentro de si ao pensar em Julie criancinha, tentando sobreviver numa cidade suja e enorme onde ninguém se importa com ninguém. Limpando a garganta, ele disse:

— Você disse que a falta de instrução foi a causa inicial do problema. Por que você não ia à escola quando pequena?

— Eu fui uma criança doente, por isso perdi boa parte do primeiro e do segundo ano, mas os professores gostavam de mim, então me passavam de ano assim mesmo. É uma coisa idiota e contraproducente um professor fazer isso, mas acontece o tempo todo, especialmente com as "menininhas boas". No terceiro ano, eu mesma sabia que não conseguia acompanhar as aulas, por isso comecei a matar aula e andar com os meninos da rua. Meus pais adotivos na época ficavam muito ocupados com as outras crianças e não tinham controle sobre mim, até que fui pega matando aula. A essa altura do campeonato, eu já estava no quarto ano e muito atrás dos colegas.

— Então você decidiu se especializar em fazer ligação direta e bater carteiras até que os Mathison lhe colocaram no bom caminho?

Ela lhe dirigiu um sorriso envergonhado e assentiu enquanto começou a voltar para o banquinho onde estivera antes.

— Alguns meses atrás, por acaso, descobri que a esposa do zelador da minha escola não sabia ler. Comecei a ensiná-la, e logo ela trouxe outra mulher, que trouxe outra, e agora tenho uma turma de sete numa sala de aula como outra qualquer. Quando elas começaram a frequentar as aulas, não acreditavam muito que eu pudesse ajudá-las. Sentiam-se humilhadas, derrotadas e estavam totalmente convencidas de que eram burras. De fato, minha tarefa mais difícil foi convencê-las do contrário. — Com uma risadinha suave, ela acrescentou: — Tive que apostar com Peggy Listrom que eu seria a babá de seus filhos por um mês inteiro se ela não conseguisse ler todas as placas da rua e das lojas de Keaton até o início da primavera.

Zack esperou até Julie se sentar ao seu lado, depois disfarçou sua ternura crescente com um gracejo:

— Parece arriscado.

— Não tão arriscado quanto deixá-la viver a vida toda daquele jeito. Além do mais, eu praticamente já venci a aposta.

— Ela consegue ler as placas?

Julie assentiu, e Zack viu seus olhos se iluminarem de animação.

— Ah, Zack, você não *imagina* como é bom vê-las começarem a aprender! Elas começam achando que são burras, até que de repente, um dia, conseguem pronunciar todas as palavras de um pequeno enunciado e olham para mim com tanto... *deslumbramento* nos olhos! — Ela estendeu a mão com a palma para cima. — Poder ensiná-las... é como ter um milagre nas próprias mãos.

Zack engoliu em seco para desfazer o estranho nó em sua garganta e forçou um tom leve em sua voz:

— Você é que é um milagre, srta. Mathison.

Ela riu.

— Não sou, não, mas tenho a impressão de que Debby Sue Cassidy vai ser. — Como ele parecia interessado, continuou: — Ela tem 30 anos e parece um rato de biblioteca: cabelo castanho liso, traços de mulher estudiosa, mas trabalha como empregada doméstica para a sra. Neilson desde que tinha 16 anos. Ela é muito inteligente, sensível e criativa. E quer escrever um livro um dia. — Interpretando errado a risadinha de Zack, Julie disse: — Não ria. Isso bem pode dar certo. Ela já é bem articulada para alguém analfabeta. Sei disso porque a sra. Neilson comentou com meu pai. Ela também mencionou que, quando seus filhos eram pequenos, Debbie Sue lhes contava histórias durante horas. Por isso eu estava em Amarillo no dia em que nos conhecemos — terminou, empoleirando-se no banco e voltando as atenções para o bloquinho. — Eu estava juntando fundos para comprar material didático especializado.

— E você conseguiu o dinheiro?

Julie assentiu, pegando o lápis e sorrindo de soslaio para ele.

Incapaz de ficar sem tocá-la, Zack colocou a mão em seu ombro e começou a brincar com sua orelha. Ela riu, depois pendeu a cabeça de lado e suavemente acariciou a mão de Zack com o delicado toque de sua bochecha.

Esse gesto simples e carinhoso fez Zack se inquietar abruptamente, pois o fazia lembrar que depois desta noite não haveria mais qualquer gesto. Ele devia tê-la deixado partir pela manhã, mas não conseguiu, não sabendo que ela o odiaria para sempre. E quanto mais a mantinha junto de si, mais difícil seria deixá-la ir. Mandá-la embora no dia seguinte significava que ele teria que adiantar sua fuga dos Estados Unidos em mais de uma semana, já que havia a chance de que ela revelasse coisas demais quando fosse interrogada, mas valia correr esse risco para garantir que ela ficaria livre de mais invasões de helicópteros, que poderiam não ser falsas da próxima vez.

Tentando evitar que perdesse o ânimo, ele disse:

— Independente do que formos fazer esta noite, quero que seja especial. Festivo. — Precisou de toda sua habilidade teatral para manter o sorriso no rosto para que ela não percebesse que ele iria mandá-la embora pela manhã.

Julie pensou por um momento e de repente sorriu.

— Que tal um jantar à luz de velas, depois podemos dançar, como num encontro de verdade? Podemos nos arrumar — acrescentou para persuadi-lo antes de perceber que ele não precisava disso: concordava com tanto prazer e alívio que Julie considerou exagerado para sua ideia simples.

— Ótimo — concordou, e olhando para o relógio.

— Vou tomar um banho e daqui a uma hora vou "buscá-la". Será que dá tempo?

— Acho que uma hora é tempo suficiente para qualquer transformação que eu possa fazer — disse ela, rindo.

42

Uma vez que sugeriu a ideia, Julie estava determinada a surpreendê-lo com o máximo de elegância que pudesse e passou mais de uma hora se arrumando. Cabelo era algo que tinha em abundância e, como Zack parecia gostar muito dele, ela o lavou e secou, depois ajeitou as volumosas madeixas para que se encaixassem no contorno de seu rosto, caindo em cachos e ondas descontraídas até as costas. Satisfeita ao ver que fizera o melhor que podia, ela tirou o roupão e vestiu um delicado vestido de tricô de uma coloração azul-cobalto vibrante que, no cabide, parecia um suéter comprido, com uma saia solta nos quadris e na parte de cima, um tipo de espartilho com mangas compridas de punhos de cetim branco e botões de cristal. Apenas quando se virou de costas para fechar o zíper foi que percebeu que não havia nenhum. Embora o vestido cobrisse toda a parte da frente, o colarinho se dobrava sobre os ombros e se abria em uma fenda oval que revelava boa parte das costas. A enganosa simplicidade do modelo, combinada com a frente modesta e as costas ousadas, era irresistível e fez Julie se *sentir* bonita. Ainda assim, ela se afastou do espelho, incerta se devia vestir algo tão sofisticado — e sem dúvida caro — que pertencia a outra pessoa.

Por outro lado, sabia que não tinha muitas alternativas. Precisava de um vestido longo porque não tinha meia-calça e se recusava a pegar emprestado lingerie de outra mulher. Com exceção desse vestido, todas as outras roupas longas do closet eram chiques demais ou eram calças. Além disso, com certeza a dona dessas roupas era mais alta que Julie, o que limitava muito suas escolhas. Mordendo o lábio, ela decidiu usar aquele vestido azul maravilhoso e fez um silencioso pedido de desculpas à dona daquele magnífico guarda-roupas.

Uma segunda busca no closet lhe rendeu um par de sapatilhas azuis um pouco grande demais, mas bastante confortável. Satisfeita ao perceber que fizera o melhor possível com o que tinha à mão, ajeitou o cabelo e deu uma olhada no espelho. Passara mais tempo se arrumando para o "encontro" do que para ser madrinha no casamento de Carl e Sara, mas decidiu que foi um tempo bem gasto. A maquiagem com rótulos em língua estrangeira que usara era bem diferente dos produtos baratos que comprara numa farmácia em Keaton e depois jogara fora — a que usava agora era bem mais delicada e sutil. A sombra e o rímel discretos realçavam seus olhos, embora isso fosse algo novo para ela, e o toque de blush fazia as maçãs de seu rosto parecerem mais proeminentes, mas foi a expectativa de ter uma noite maravilhosa com Zack que fez seus olhos reluzirem e sua pele brilhar. Julie pensou que nunca esteve tão bonita. Reclinando-se, passou batom — o seu, não o da dona da casa —, depois se afastou, sorrindo para seu reflexo, e foi até a porta do quarto. Decidiu que mandaria um cheque para cobrir as despesas da maquiagem que usara e da lavagem a seco daquele vestido.

As velas já estavam acesas na mesa de centro quando Julie entrou na sala. A lareira brilhava com as chamas, e Zack estava parado junto ao gabinete, estourando uma garrafa de champanhe. Ela perdeu o fôlego ao ver como ele ficara elegante naquele terno azul-marinho emprestado que destacava seus ombros largos e contrastava com a camisa branca e a gravata estampada. Estava prestes a dizer algo até que percebeu que já o vira vestido assim antes, mas em suas próprias roupas, e sentiu uma pontada de tristeza ao pensar em tudo o que ele perdera. Da outra vez, ela o havia visto pela televisão durante a cerimônia de entrega do Oscar, quando apresentou e depois subiu ao palco para receber a estatueta de Melhor Ator. Usava um terno preto com uma camisa plissada e gravata-borboleta, parecendo alto e sofisticado. Julie não conseguia recordar o que ele dissera em seu discurso, mas lembrava que fora breve e bem-humorado, pois a plateia explodiu em risadas e continuou a rir enquanto ele descia do palco.

O fato é que agora Zack estava destinado a se esconder como um animal sendo caçado; e vestir roupas emprestadas dava a Julie vontade de chorar.

Mesmo enquanto pensava nisso, ela percebeu que ele nunca se queixava e de maneira alguma aceitaria sua compaixão ou pena. Como a ocasião deveria ser festiva e leve, Julie decidiu garantir que assim fosse. Um pouco tímida, enfiou as mãos no bolso da lateral do vestido e deu um passo à frente.

— Oi — disse ela, sorrindo.

Zack levantou a cabeça, seus olhos indo de encontro aos dela, e a champanhe que ele servia começou a se derramar por fora da taça.

— Meu Deus — exclamou, num sussurro rouco de admiração, enquanto seu olhar se movia lentamente pelo rosto, cabelo e corpo de Julie. — Como você pôde sentir ciúmes de Glenn Close?

Apenas neste momento Julie percebeu que era *exatamente* por isso que quis se arrumar, se maquiar e fazer um penteado. Estava tentando competir com as mulheres elegantes que ele conhecera.

— Você está derramando o champanhe — disse ela suavemente, tão satisfeita que mal sabia como se portar.

Ele praguejou em silêncio, levantou a garrafa e pegou um pedaço de papel-toalha para enxugar a bebida.

— Zack?

— O quê? — perguntou ele de soslaio, pegando as taças.

— Como você pôde sentir ciúmes de Patrick Swayze?

A elegância que brotou de repente no sorriso de Zack evidenciou que ele gostara do elogio tanto quanto ela do seu.

— Sinceramente não sei — brincou ele.

— O que você escolheu? — provocou Julie, depois do jantar à luz de velas, ao ver que Zack colocava CDs no aparelho de som. — Porque, se tiver escolhido Mickey Mouse, não vou dançar com você.

— Vai, sim.

— O que o faz ter tanta certeza?

— Você gosta de dançar comigo.

Apesar da conversa descontraída, Julie não deixou de perceber que o humor de Zack foi se desintegrando ao longo do jantar. Embora ele tivesse pedido que ela tratasse aquela noite como uma ocasião festiva, havia uma tensão indefinível e sombria em sua expressão, que se tornava mais evidente à medida que a noite avançava. Ela disse a si mesma que fora a discussão sobre o assassinato que causara essa estranha disposição, pois a única outra explicação que lhe veio à mente era que ele estava pensando em mandá-la para casa — mas essa era uma ideia que não conseguia suportar. Apesar do desejo de ficar com ele, Julie sabia perfeitamente bem que a decisão final não seria sua. Embora estivesse apaixonada por Zack, não tinha ideia de como ele se sentia, a não ser que gostava muito de tê-la por perto. Ali, na casa.

Atrás de Julie, no aparelho de som, a voz de Barbra Streisand iniciou os primeiros acordes de uma música romântica, e Julie tentou mais uma vez deixar de lado seu pressentimento enquanto Zack lhe estendia os braços.

— Essa definitivamente não é a voz de Mickey Mouse — observou Zack. — Serve Barbra Streisand?

Julie balançou a cabeça, concordando e sorrindo de prazer.

— Streisand é minha cantora favorita.

— A minha também. — Zack abraçou-a pela cintura, trazendo-a para bem perto.

— Se eu tivesse uma voz como a dela — disse Julie, tentando se esquecer de suas preocupações —, eu cantaria só para ouvir a mim mesma. Cantaria quando atendesse à porta e falasse ao telefone.

— Ela é fenomenal — concordou Zack. — Há dúzias de sopranos, mas Barbra é... única, incomparável.

De repente Julie percebeu que a mão de Zack subia lentamente por suas costas nuas; notou os olhos dele se inflamarem e, bem no fundo, sentia o próprio interior arder de desejo mais uma vez: o desejo pela doçura do toque de Zack, pela insistência de seu beijo e pelo prazer de seu corpo ao possuí-la. Como era emocionante saber que iria ter tudo isso antes do final da noite, e poder saborear e prolongar esse momento, sentindo que Zack queria o mesmo. Mas será que teria isso também no dia seguinte e no outro? Ela se perguntava, tentando conter o pânico que sentia ao dar ouvidos ao que sua intuição dizia estar por trás do aspecto sombrio de Zack.

— Você a conhecia? — perguntou ela.

— Barbra?

Julie concordou com a cabeça.

— Sim.

— Como ela é? Li em algum lugar que ela não é muito legal com as pessoas com que trabalha.

Zack pensou por um momento, tentando explicar.

— Ela tem um dom que ninguém tem no mundo — disse ele. — Sabe como usá-lo e não gosta quando as outras pessoas se comportam como se soubessem mais do que ela própria. Resumindo: ela não gosta muito de gente estúpida.

— Você gostava dela, não é?

— Muito.

Julie ouvia os versos comoventes da letra, perguntando-se se Zack prestava atenção neles também ou se, como a maioria dos homens, apenas escutava a melodia e ignorava a letra.

— Bonita canção — disse Julie, pois queria que ele ouvisse a letra junto com ela.

— Bonita letra — concordou Zack, tentando se acalmar e dizer a si mesmo que o que sentia nesse momento iria passar assim que se separassem. Olhou para o rosto de Julie, enquanto sentia no coração as palavras de Streisand:

Those tomorrows waiting deep in your eyes
In the world of love you keep in your eyes
I'll awaken what's asleep in your eyes.
It may take a kiss or two.

Through all my life...
Summer, winter, spring, and fall of my life...
All I ever will recall of my life, is all of my life.
With you.

Zack chegou a se sentir aliviado quando a voz de Streisand desvaneceu e foi substituída pelo dueto entre Whitney Houston e Jermaine Jackson. Mas Julie escolheu aquele momento para levantar o rosto. Ao olhá-la nos olhos e ouvir aquela música, Zack sentiu o coração apertar.

Like a candle burning bright
Love is glowing in your eyes.
A flame to light our way
that burns brighter every day.

I was words without a tune,
I was a song still unsung.
A poem with no rhyme, a dancer out of time...
But now there's you.
And nobody loves me like you do.

Quando a música acabou, Julie deu um longo suspiro, e ele percebeu que ela tentava se livrar do feitiço da canção ao iniciar uma conversa sobre assuntos corriqueiros.

— Qual seu esporte favorito, Zack?

Zack levantou o queixo de Julie.

— Meu esporte favorito — respondeu ele, numa voz rouca que mal reconhecia como sua — é fazer amor com você.

Os olhos de Julie se iluminaram com um amor que ela não tentava mais esconder dele.

— Qual seu prato favorito? — perguntou.

Em resposta, Zack reclinou a cabeça e tocou os lábios de Julie num suave beijo.

— Você.

Nesse momento, ele se deu conta de que tirá-la de sua vida no dia seguinte seria mais difícil do que fora ouvir os portões da prisão se fechando cinco anos antes. Sem perceber o que estava fazendo, abraçou-a forte, afundou o rosto no cabelo de Julie, e ela disse, com a voz despedaçada.

— Está planejando me mandar para casa amanhã, não está?

— Sim.

Julie notou o tom decisivo da resposta. Apesar de saber que seria inútil discutir, disse:

— Não quero ir.

Ele levantou a cabeça e, embora seu tom ainda fosse suave, era mais firme e decidido.

— Não dificulte ainda mais para mim.

Desolada, ela se perguntou como era possível fazer isso, mas engoliu um protesto inútil e fez o que ele pediu por enquanto. Foi para a cama quando ele pediu e tentou sorrir quando pediu. Depois que Zack levou ambos a um intenso orgasmo, Julie se aconchegou sem seus braços e sussurrou:

— Eu amo você. Amo...

Zack tapou os lábios de Julie com os dedos, silenciando as palavras que ela iria dizer de novo.

— Não.

Julie desviou o olhar e baixou a cabeça, ficando de frente para o peito de Zack. Desejou que ele também dissesse que a amava, mesmo que fosse da boca para fora. Ela queria ouvir essas palavras vindas dele, mas não pediu, pois sabia que ele se negaria.

43

O MOTOR DA BLAZER ESTAVA EM MARCHA LENTA, E SAÍA UMA fumaça espessa do escapamento que se perdia no ar gélido do amanhecer. Julie e Zack estavam de pé junto ao carro.

— Disseram na previsão do tempo que não vai nevar — relatou Zack, olhando a coloração rosada do nascer do sol que se abria no céu, depois colocou uma garrafa térmica cheia de café num compartimento ao lado do banco. Olhou para Julie com uma expressão séria. — A estrada deve estar tranquila até o Texas.

Julie entendia as regras dessa separação, pois Zack as esclarecera — sem lágrimas, sem arrependimentos —, mas tentava desesperadamente parecer séria.

— Vou dirigir com cuidado.

— E não corra — disse ele, fechando o zíper da jaqueta de Julie até o colarinho, para aquecê-la. Esse gesto simples quase a levou às lágrimas. — Você dirige rápido demais.

— Não vou.

— Tente se afastar o máximo possível desta casa sem ser reconhecida — lembrou novamente, tomando os óculos escuros da mão de Julie e colocando-o em seu rosto. — Assim que passar da fronteira com Oklahoma, pare no primeiro estacionamento que encontrar e deixe o carro ali. Fique escondida por quinze minutos, depois vá a um orelhão e ligue para sua família. O pessoal do FBI vai estar na outra linha, então tente parecer o mais nervosa e confusa possível. Diga que eu a levei ali vendada no chão do banco de trás e que eu desapareci depois de libertá-la. Diga que está voltando para casa. Assim que chegar, diga apenas a verdade.

Ele havia pegado um cachecol na casa, dado um nó, como se tivesse sido amarrado nos olhos dela e jogado no carro pela manhã. Julie engoliu em seco, pois não havia nada mais a dizer — pelo menos, nada que ele quisesse ouvir.

— Alguma pergunta? — disse Zack.

Julie negou com a cabeça.

— Ótimo. Então me dê um beijo de despedida.

Ela subiu na ponta dos pés para beijá-lo e ficou surpresa quando ele a abraçou com inacreditável força, mas o beijo foi breve, depois ele a afastou.

— Chegou a hora — disse ele, seco.

Ela assentiu, sem conseguir se mexer, tentando ao máximo cumprir sua decisão de não tornar a despedida ainda mais difícil.

— Vai me escrever, não vai?

— Não.

— Mas você podia me dizer se está bem — disse ela, desesperada —, mesmo que não possa me contar onde está. Preciso saber que estará seguro! Você mesmo disse que os policiais não vão poder verificar minha correspondência por muito tempo, se é que vão fazer isso.

— Se eu for pego, você vai ficar sabendo pelo jornal em questão de horas. Se isso não acontecer, você vai saber que estou bem.

— Mas *por que* você não pode me escrever? — insistiu ela, mas logo se arrependeu ao ver que o rosto de Zack se enrijecera.

— Sem cartas, Julie! Quando você sair daqui hoje, está tudo acabado entre nós. — Essas palavras arderam em Julie como uma chicotada, embora não houvesse sinal de crueldade na voz de Zack. — Amanhã de manhã, você vai retomar sua vida. Finja que nada disso aconteceu e vai se esquecer disso tudo em semanas.

— Talvez você seja capaz de fazer isso, mas eu, não — disse ela, odiando o tom suplicante e lacrimoso de sua voz. Balançou a cabeça como se quisesse renegar suas palavras e virou-se para o carro, enxugando os olhos com o braço. — Vou embora antes de fazer papel de idiota — continuou, quase engasgando com as palavras.

— Não — sussurrou ele, pegando o braço de Julie e impedindo-a de ir embora. — Assim não. — Ela tentou decifrar seus olhos e, pela primeira vez, não teve tanta certeza de que ele estava lidando com essa despedida tão facilmente quanto achava. Acariciando o rosto de Julie, disse solenemente: — A única coisa idiota que você fez nas últimas semanas foi gostar demais de mim. Todas as outras coisas que você disse ou fez foram... certas. Isso tudo foi perfeito.

Fechando os olhos e segurando-se para não chorar, Julie virou o rosto para a mão de Zack e a beijou, da mesma forma que ele beijara a palma de sua mão antes, e sussurrou.

— Amo tanto você.

Zack afastou a mão, e sua voz se tornou leve e condescendente.

— Você não me ama, Julie. Você é ingênua e inexperiente e não sabe a diferença entre sexo bom e amor de verdade. Agora seja uma boa menina e vá para casa, que é o seu lugar, e se esqueça de mim. É isso que eu quero que faça.

Essas palavras foram como um tapa na cara de Julie, mas seu orgulho ferido a forçou a manter a cabeça erguida.

— Tem razão — concordou ela com tranquila dignidade, entrando no carro. — É hora de voltar à realidade.

Zack observou o carro desaparecer depois da primeira curva por entre a neve e permaneceu ali por um bom tempo, até que o vento cortante por fim o forçou a se lembrar de que estava parado do lado de fora da casa sem estar bem agasalhado. Ele a magoara apenas porque *precisava* ter feito isso, lembrou a si mesmo mais uma vez enquanto voltava para a casa. Não poderia deixá-la perder mais nenhum momento de sua preciosa vida o amando, sentindo saudades ou esperando por ele. Fizera a coisa certa e nobre ao ridicularizar o amor que ela lhe oferecia.

Entrou na cozinha, pegou a jarra de café e procurava uma caneca no armário quando se deparou com a caneca que Julie usara mais cedo. Lentamente, Zack pegou-a e a pressionou contra o rosto.

44

DUAS HORAS APÓS SUA PARTIDA, JULIE PAROU O CARRO NO acostamento de um trecho deserto da estrada e pegou a garrafa térmica ao seu lado. Sua garganta e seus olhos ardiam por causa das lágrimas que se recusou terminantemente a deixar escorrer, e sua mente estava exausta do esforço de não se lembrar das últimas palavras de Zack:

"Você não me ama, Julie. Você é ingênua e inexperiente e não sabe a diferença entre sexo bom e amor de verdade. Agora seja uma boa menina e vá para casa, que é o seu lugar, e se esqueça de mim. É isso que eu quero que faça."

Sua mão tremia de tristeza enquanto ela servia café na tampa da garrafa. Quão desnecessário e cruel fora ele ao ridicularizá-la daquele jeito, ainda mais sabendo que ela teria que confrontar a polícia e a imprensa assim que voltasse para casa. Por que ele não ignorou suas palavras ou mentiu, dizendo que também a amava, só para que ela tivesse algo em que se apoiar? Teria sido muito mais fácil encarar a provação que tinha à frente se ele simplesmente tivesse dito que a amava também.

"Você não me ama, Julie... Agora seja uma boa menina e vá para casa, que é o seu lugar, e se esqueça de mim..."

Julie tentou tomar o café, mas a bebida não desceu pela garganta, e se deu conta de outra coisa, que a deixou ainda mais desolada e aturdida: apesar de ter zombado de seus sentimentos, Zack devia saber muito bem que ela o amava de verdade. De fato, ele tinha tanta certeza disso a ponto de achar que podia tratá-la daquele jeito, e mesmo assim ela voltaria para a casa sem denunciá-lo para a polícia. Julie também sabia que ele sabia disso. Por mais magoada que estivesse pelo modo como Zack a tratara, ela nunca tentaria se vingar. Ela o amava demais para querer magoá-lo, e sua crença na inocência dele e seu desejo de protegê-lo eram estranhamente tão grandes quanto no dia anterior.

Uma caminhonete passou por Julie, atirando lama na lateral do carro, e ela se lembrou do aviso de Zack de ir o mais longe que pudesse sem atrair a atenção de ninguém. Cansada, endireitou-se e deu a partida, olhando de soslaio para a estrada a fim de se assegurar de que podia voltar à pista, mas não acelerou muito, pois ele a aconselhara a não ir rápido. E porque ser parada por excesso de velocidade se encaixava na categoria de "atrair a atenção".

Julie chegou à fronteira entre Colorado e Oklahoma bem mais rápido do que antes, quando o tempo estava em piores condições. Seguindo as instruções de Zack, parou na primeira área de descanso que viu em Oklahoma e fez a ligação telefônica.

— Pai — disse ela. — Aqui é Julie. Estou livre. Estou a caminho de casa.

— Graças a Deus! — exclamou ele. — Ah, graças a Deus!

Em todos esses anos, Julie nunca imaginou seu pai tão chateado e se sentiu mal por tê-lo colocado nessa situação. Mas antes que qualquer um deles pudesse falar de novo, interveio uma voz desconhecida:

— Aqui é o agente Ingram do FBI, srta. Mathison, onde está?

— Estou em Oklahoma, num estacionamento. Estou livre. Ele... me deixou vendada no carro, com as chaves na ignição. Mas foi embora. Tenho certeza disso. Não sei para onde foi.

— Ouça bem — disse a voz. — Volte para o carro, tranque a porta e saia daí imediatamente. Não fique nas proximidades de onde o viu pela última vez. Pare na próxima cidade que aparecer e nos ligue de novo. Vamos notificar a polícia, que irá buscá-la. Agora saia daí, srta. Mathison.

— Quero ir para casa! — exclamou Julie com genuíno desespero. — Quero ver minha família. Não quero ficar esperando em Oklahoma. Não posso! Eu só queria que alguém soubesse que estou a caminho. — Desligou o telefone, voltou para o carro e não ligou quando passou pela próxima cidade.

Duas horas depois, um helicóptero que devia estar procurando pela refém perturbada e a caminho de casa de alguma forma conseguiu localizá-la numa rodovia interestadual no Texas. Em poucos minutos, viaturas da polícia com faróis giratórios azuis e vermelhos começaram a surgir na estrada, posicionando-se na frente e atrás de Julie, escoltando-a. Ou, o que era mais provável, Julie pensou nervosamente, para evitar que a suposta cúmplice de Zack Benedict mudasse de ideia e tentasse fugir antes de ser interrogada.

Era horrível perceber a verdadeira extensão da caçada que evidentemen te estava em curso, e Julie ressentia ter uma escolta oficial em seu caminho de volta, até que chegou a Keaton e se aproximou da casa dos pais. Embora fossem duas horas da manhã, os jornalistas se espalhavam pelo quintal e pela rua, e holofotes brilhavam no rosto de Julie enquanto ela saía do carro. Foram necessários seus dois irmãos e três policiais para ajudá-la a passar pelos barulhentos repórteres até chegar à porta da frente.

Dois agentes do FBI a esperavam dentro de casa, mas os pais de Julie se interpuseram e a envolveram no calor de seus braços e de seu amor.

— Julie — dizia a mãe, abraçando-a, sorrindo e chorando. — Minha Julie, minha pequena Julie.

Seu pai a envolveu num abraço de urso e repetiu:

— Graças a Deus, graças a Deus!

E Julie sentiu as lágrimas subirem aos olhos, pois nunca havia realmente percebido o quanto era amada. Ted e Carl a abraçaram e tentaram fazer piadas sobre sua "aventura", mas ambos estavam muito fatigados, e as lágrimas contra as quais ela lutou durante as últimas 24 horas finalmente deslizaram por suas bochechas. Em dez anos, ela não derramara mais que algumas lágrimas — além daquelas que chorava quando assistia a filmes tristes —, mas na última semana sentia que havia chorado um oceano. Decidiu que isso ia ter um fim imediato e para sempre. A reunião de família foi interrompida pelo agente do FBI de cabelos loiros que se aproximou e disse com uma voz tranquila e autoritária:

— Desculpe a intromissão, srta. Mathison, mas o tempo é essencial agora, e temos algumas perguntas que precisam ser respondidas. Sou David Ingram, nós nos falamos ao telefone. — Ele apontou para o agente alto e de cabelo castanho ao seu lado e continuou: — Este é o agente Paul Richardson, o encarregado pelo caso Benedict.

A sra. Mathison se pronunciou.

— Vamos à sala de jantar: tem espaço para todo mundo junto à mesa. Recorrendo a sua fórmula mágica para curar as dores de Julie na infância, acrescentou: — Vou buscar leite, biscoitos e café também.

— Não, sinto muito, sra. Mathison — disse Paul Richardson com firmeza. — Acho que essa entrevista será mais bem conduzida em particular. Você terá tempo de matar a saudade da sua filha pela manhã.

Julie começou a caminhar em direção à sala de jantar e, ao passar por Ted e Carl, parou ao lado deles. Lembrando a si mesma de que aqueles homens não eram inimigos e estavam apenas fazendo seu trabalho, ela disse com tranquila firmeza:

— Sr. Richardson, entendo o quanto está ansioso para fazer suas perguntas, mas minha família gostaria de ouvir minhas respostas tanto quanto vocês, e eles têm até mais direito a isso que vocês. Gostaria que eles estivessem presentes, se não se importar.

— E se eu me importar?

Sua altura e porte lembravam a Julie de Zack, e, depois de uma exaustiva viagem, todas as suas defesas estavam baixas. Por isso, o sorriso cansado que ela deu foi estranhamente pessoal.

— Por favor, tente não se importar. Estou exausta e não quero nem um pouco discutir com você.

— Sua família pode estar presente — consentiu ele, depois dirigiu ao parceiro um olhar peculiar. Julie não percebeu, mas Ted e Carl, sim.

— Muito bem, srta. Mathison — disse o agente Ingram abruptamente, assim que se sentaram. — Vamos começar pelo começo. — Julie sentiu uma pequena pontada de medo quando Richardson pôs a mão no bolso, pegou um gravador e o colocou sobre a mesa, mas ela lembrou a si mesmo de que era isso que Zack disse que aconteceria.

— Por onde quer que eu comece? — perguntou Julie e sorriu quando sua mãe lhe serviu um copo de leite.

— Já sabemos que você supostamente foi a Amarillo para encontrar o avô de um de seus alunos — começou Richardson.

— O que quer dizer com *supostamente*? — exclamou Julie, girando a cabeça.

— Não precisa ficar na defensiva — interpôs Ingram rapidamente com uma voz reconfortante. — Conte-nos o que aconteceu. Vamos começar com seu primeiro encontro com Zachary Benedict.

Julie cruzou os braços sobre a mesa e tentou não expressar emoções.

— Parei para tomar café numa lanchonete na beira da estrada. Não lembro o nome do lugar, mas eu o reconheceria se o visse. Quando saí, estava nevando, e um homem alto e de cabelo castanho estava agachado perto do pneu do meu carro. Estava furado. Ele se voluntariou para trocar...

— Você notou se ele estava armado?

— Se eu tivesse notado, certamente não teria oferecido uma carona.

— O que ele estava vestindo? — As perguntas se sucederam numa rápida sequência, hora após hora...

— Srta. Mathison, você deve ser capaz de se lembrar de algo mais sobre a localização da casa que ele usou como esconderijo! — Era a voz de Paul Richardson, que esteve observando-a como se ela fosse um inseto sobre a lâmina de seu microscópio e usando um tom de voz autoritário que lhe lembrava um pouco o de Zack quando se irritava. Por estar exausta, ela achou esse tom mais cativante que irritante.

— Já disse, eu estava vendada. Por favor, me chame de Julie. É mais curto e mais rápido de dizer que srta. Mathison.

— Em algum momento, durante o tempo que ficou com Benedict, conseguiu descobrir aonde ele ia?

Julie balançou a cabeça. Os dois já tinham discutido sobre isso.

— Ele me disse que quanto menos eu soubesse, mais seguro ele estaria.

— E você *tentou* descobrir aonde ele ia?

Ela balançou a cabeça. Essa era uma pergunta nova.

— Por favor, responda em voz alta junto ao gravador.

— Tudo bem! — exclamou ela, decidindo abruptamente que ele não era nem um pouco como Zack: era mais novo, mais gentil e até mais bonito, mas não tinha o ardor de Zack. — Não perguntei aonde ia porque ele já tinha me dito que, quanto menos eu soubesse, mais seguro ele estaria.

— E você torce pela segurança dele, não é? — retrucou ele, enfatizando sua resposta. — Não quer vê-lo preso, não é verdade?

Eis o momento da provação. Richardson aguardou, batendo na mesa com a ponta da caneta, Julie olhou pela janela da sala o enxame de repórteres no quintal e na rua, enquanto sentia ondas de cansaço tomarem conta do corpo.

— Como eu disse, ele tentou salvar minha vida.

— Não consigo entender por que isso deveria anular o fato de ele ser um assassino condenado que a fez de refém.

Recostando-se na cadeira, ela olhou para ele com uma mistura de desdém e frustração.

— Não acredito que ele matou alguém. Agora, deixe-me fazer uma pergunta, sr. Richardson. — Ignorando o beliscão que Ted deu em seu joelho por seu tom agressivo, ela continuou: — Coloque-se em meu lugar e imagine pelo bem da retórica que eu o fiz de refém e você conseguiu fugir de mim. Você se esconde de mim, mas eu tenho a impressão de que você caiu num riacho congelado e fundo. Do lugar onde está escondido, você vê que eu corro até o riacho e mergulho na água congelante. Mergulho várias vezes, chamando seu nome, e como eu não consigo encontrá-lo, você me vê saindo do riacho e desabando na neve. Mas, em vez de pegar o snowmobile e voltar para a casa, eu desisto. Abro a camisa ensopada para que o frio me mate mais rápido, jogo minha cabeça para trás, fecho os olhos e fico ali, deixando que a neve cubra minha cabeça e meu rosto...

Quando Julie se calou, Richardson levantou as sobrancelhas.

— Aonde quer chegar?

— A questão é que — disse ela —, depois de presenciar isso, você acreditaria que eu de fato matei alguém a sangue-frio? Tentaria extrair informações de mim que levariam a minha captura antes que eu pudesse provar que não matei ninguém?

— É isso que Benedict pretende fazer? — perguntou ele, reclinando-se para a frente.

— É o que eu faria — respondeu ela, evasiva —, e você não respondeu minha pergunta: depois de saber que eu tentei salvar sua vida quando pensei ter falhado, você tentaria extrair informações de mim para que me capturasse e provavelmente me matasse?

— Eu me sentiria compelido a isso — retrucou Richardson — para fazer meu trabalho e ajudar a ver a justiça sendo feita a um assassino condenado, que por acaso também é um sequestrador.

Ela olhou para ele por um bom tempo e disse em voz baixa:

— Nesse caso, só espero que encontre um doador de coração porque você obviamente precisa de um.

— Acho que já é o suficiente por hoje — interveio o agente Ingram com uma voz tão agradável quanto seu sorriso. — Estamos de pé desde a noite passada, quando você ligou.

A família Mathison levantou-se, sonolenta.

— Julie — chamou a sra. Mathison, abafando um bocejo envergonhado —, você vai dormir aqui, no seu antigo quarto. Vocês também, Carl e Ted — acrescentou. — Não faz sentido passar por todos aqueles repórteres. Além do mais, Julie pode precisar de vocês mais tarde.

Os agentes Ingram e Richardson moravam no mesmo condomínio em Dallas; eram amigos, além de colegas de trabalho. Absortos em seus pensamentos, eles dirigiram em silêncio até o hotel nos arredores da cidade onde estavam hospedados há uma semana. Apenas quando David Ingram parou o sedã no estacionamento do hotel foi que ele finalmente se arriscou a dizer sua opinião. Ao falar, deu o mesmo tom agradável que levou Julie a achar que ele acreditava em tudo o que disse.

— Ela está escondendo alguma coisa, Paul.

Paul Richardson balançou a cabeça.

— Não. Ela é honesta. Não acho que estava encobrindo nada.

— Então, talvez — disse Ingram sarcasticamente —, é melhor você começar a pensar com o cérebro, e não com o órgão que assumiu o controle assim que ela olhou para você com aqueles olhos azuis enormes.

— O que diabos quer dizer com isso?

— Que — explicou Ingram com desgosto — você está desenvolvendo uma obsessão por aquela mulher desde que chegamos lá e você começou a questionar as pessoas sobre ela. Toda vez que aprendia algo sobre aquele novo trabalho dela, você se amolecia; toda vez que conversava com mais um dos alunos deficientes dela e os pais que a adoram, você se afundava mais. Que merda! Quando descobriu que ela também dá aula para mulheres analfabetas e canta no coral da igreja, você ficou pronto para santificá-la. Hoje, toda vez que ela desaprovava seu tom de voz ou sua pergunta, você perdia o prumo. Você já estava a seu favor antes, só de olhar para uma foto, mas quando a viu ao vivo e a cores hoje, sua objetividade foi embora pelo ralo.

— Que bobagem!

— É mesmo? Então me explique por que me contou que estava tão desesperado para descobrir se ela dormiu com Benedict. Ela disse duas dezes que ele não a estuprou nem a forçou de qualquer maneira a fazer sexo, mas isso não foi o suficiente para você. Por que diabos você simplesmente não perguntou se ela *deixou* que ele a levasse para a cama? Meu Deus! — exclamou ele com desgosto. — Não acreditei que você pediu para ela descrever os lençóis da cama dele, a fim de que pudéssemos rastrear o fabricante e localizar o proprietário da casa!

Richardson lhe dirigiu um olhar desconfortável.

— Foi tão óbvio assim? — perguntou ele, abrindo a porta do quarto e saindo. — Quero dizer, acha que a família percebeu?

Ingram também saiu.

— Claro que sim! — exclamou. — A bondosa sra. Mathison queria empurrar um de seus biscoitos goela abaixo para que se calasse... Paul, use a cabeça. Julie Mathison não é nenhum anjinho. Dizem que ela foi delinquente juvenil...

— Mas não saberíamos disso se não tivesse aparecido uma cópia dos arquivos do serviço tutelar de Illinois que deveria ter sido destruída anos atrás, que é o que costumam fazer — interrompeu Paul. — Além disso, se quiser ouvir a verdade por trás da máscara de boa moça de Julie, ligue para a doutora Theresa Wilmer em Chicago como eu fiz. Ela achava, e ainda acha, que Julie sempre foi certinha. Seja franco, Dave — disse enquanto eles iam aos quartos. — Alguma vez na sua vida você já viu olhos tão bonitos quanto os de Julie Mathison?

— Já — retrucou ele, decisivo. — No Bambi.

— Bambi era um veado. E seus olhos eram castanhos. Os dela são azuis, como safiras translúcidas. Minha irmã tinha uma boneca com olhos iguais aqueles quando era criança.

— Não estou *acreditando* nessa conversa! — exclamou Ingram com a voz baixa. — Ouça o que está dizendo, pelo amor de Deus!

— Fique tranquilo — suspirou Paul, passando os dedos pelo cabelo. — Se você estiver certo, se ela tiver ajudado Benedict a fugir ou se nos der qualquer motivo para acreditar que está omitindo informações sobre ele, serei o primeiro a ler os direitos de Julie e prendê-la, e você sabe disso.

— Sei — concordou Ingram, enfiando a chave na maçaneta e abrindo a porta, enquanto Richardson fazia o mesmo no quarto ao lado. — Mas, Paul?

Paul se inclinou para trás junto à porta.

— Diga.

— O que você vai fazer se a única coisa que ela fez foi dormir com Benedict?

— Eu mesmo encontrarei o imbecil e atirarei nele por tê-la seduzido.

— E se ela for tão inocente disso quanto de ter formado um conluio com ele?

Um pequeno sorriso brotou nos lábios de Paul.

— Nesse caso, é melhor eu encontrar um coração que seja do agrado de Julie. Viu como ela me olhou hoje, Dave? Era quase como se me conhecesse de alguma forma, como se nos conhecêssemos. E gostássemos um do outro.

— Tem mulheres em Dallas que o conhecem no sentido bíblico e todas adoram sua grande...

— Você só está com ciúmes porque aquela loira deslumbrante que era casada com o irmão de Julie não olhou duas vezes para você quando apareceu na casa — interrompeu Richardson, rindo.

— Para uma cidade pequena — concordou Ingram relutantemente —, até que tem umas mulheres incomuns. Pena que não tem um hotel decente por aqui.

45

— Não acredito que temos que passar por tudo isso para ter paz e privacidade! — exclamou Julie, exasperada, no fim daquela tarde, enquanto Ted ligava os faróis giratórios e a sirene de sua viatura. Enquanto se afastavam da casa dos pais, um cartaz que dizia BEM-VINDA DE VOLTA, JULIE se esticava sobre a rua principal da cidade. — Como vou retomar minhas aulas na segunda? Quando cheguei em casa ontem, fui rodeada por repórteres antes mesmo de conseguir entrar. E lá o telefone não parou de tocar. Flossie e Ada Eldridge devem estar no paraíso com tantas notícias para assistir e para fofocar bem ao lado da casa delas — acrescentou ela, cansada.

— Faz doze horas desde que voltou, e você ainda não fez um pronunciamento — disse Ted, observando os carros que não saíam de seu encalço.

Doze horas, pensou Julie. Doze horas, e nem um segundo para pensar em Zack, para repassar mentalmente as lembranças agridoces, para recuperar as forças, para tentar retomar a ordem. Ela dormira mal e, quando se levantou, os agentes do FBI já a esperavam na sala de estar para questioná-la, o que só terminaram havia duas horas. Katherine telefonara para sugerir que Julie lhe visitasse e é para lá que iam agora, mas ela teve a inquieta sensação de que Ted e Carl queriam fazer algumas perguntas na casa de Katherine que não queriam perguntar na frente dos pais.

— Será que não dá para se livrar desses repórteres? — perguntou Julie, irritada. — Deve haver centenas deles aí, e sem dúvida estão violando alguma lei municipal.

— O prefeito Addelson disse que estão chegando em bandos à prefeitura agora que todos sabem que você retornou, e estão exigindo uma declaração sua. Estão se aproveitando das liberdades garantidas pela primeira emenda, mas não estão violando nenhuma lei, até onde sei.

Julie virou-se no banco e viu que a maioria dos carros que os seguiam iam tão rápido quanto Ted.

— Pare o carro e distribua multas por excesso de velocidade a todos eles. Estamos indo a mais de 140 quilômetros por hora, e eles também. Ted — acrescentou ela, sentindo-se de repente mole de cansaço —, não sei como vou conseguir manter a sanidade se as pessoas não me deixarem em paz por um tempo para que eu possa raciocinar melhor e descansar.

— Se você for passar a noite na casa de Katherine — disse ele, olhando pelo retrovisor —, terá bastante tempo para dormir depois que Carl e eu ouvirmos o que você tem a falar.

— Se o que você e Carl têm em mente é outro interrogatório — respondeu Julie, trêmula, presumindo que seus irmãos queriam mais respostas que as que ouviram na sala de jantar na noite anterior —, estou avisando: não estou a fim.

— Você está metida nisso até as orelhas! — exclamou ele num tom áspero que jamais usara antes com ela. — Eu e Carl sabemos disso. Assim como Ingram e Richardson, provavelmente. Decidi ter nossa conversa na casa de Katherine hoje, pois ela mora na única casa de Keaton que tem cerca elétrica e um portão alto para deixar nossos amigos do lado de fora. — Fizeram uma curva na estrada enquanto Ted falava, e ele pisou no freio, girou o volante e mandou a viatura, aos trancos, para a via privativa que levava à casa dos Cahill, acelerando entre as árvores para alcançar os portões que já se abriam à frente, acionado por controle remoto de dentro de casa. Atrás dele, os carros carregados de repórteres seguiam direto, mas Julie ficara nervosa demais com o tom de Ted para se sentir aliviada. A Blazer de Carl já estava estacionada em frente à mansão dos Cahill, mas, quando Julie fez menção de sair do carro, Ted pôs a mão em seu braço, interrompendo-a. — Acho que a melhor parte da nossa conversa está por vir agora, em particular. — Ele reclinou-se em direção a ela e esticou a mão até o encosto. — Como seu advogado, não posso ser forçado a recontar qualquer coisa que você me disser. Mas Carl não tem essa imunidade, muito menos Katherine.

— Advogado? Você passou no exame da ordem?

— Ainda não saiu o resultado — disse ele. — Mas vamos supor que eu tenha passado e considerar a ausência de comprovante um detalhe técnico agora.

Julie sentiu um arrepio que não tinha nada a ver com o fato de que Ted desligara o motor do carro.

— Não preciso de um advogado.

— Acho que vai precisar.

— Por quê?

— Porque você não contou toda a verdade ontem à noite. É uma péssima mentirosa, Julie, o que se deve à sua inexperiência no assunto, sem dúvida. Pare de me olhar desse jeito. Só estou tentando ajudar.

Julie enfiou as mãos por baixo da manga de sua camisa de flanela para aquecê-las e contemplou uns fiapos que lhe caíam sobre o colo.

— Vamos ouvir — ordenou ele — a parte que você *não* contou ao FBI.

Ela o amava tanto e havia tanto tempo que temia ver a desaprovação em seu rosto pela primeira vez depois de todos aqueles anos, mas levantou o rosto e olhou-o nos olhos.

— Você me dá sua palavra de honra de que nunca vai contar para ninguém o que vou dizer?

A insistência de Julie o fez reclinar a cabeça e jurar, suspirando:

— Você está envolvida nisso mais fundo que eu imaginava, não está?

— Não sei o que você imaginava, Ted. Tenho sua palavra ou não?

— Claro que tem minha palavra! — exclamou ele. — Eu iria ao inferno por você Julie, e você sabe disso! Carl também.

Tentando controlar o agudo aperto no peito que sentiu ao ouvir essas palavras, Julie lembrou a si mesmo de sua promessa de não derramar mais nenhuma lágrima e disse, entre um suspiro entrecortado:

— Obrigada.

— Não me agradeça, só se abra para mim. Que mentiras você contou ao FBI ontem?

— Eu não estava vendada. Sei como encontrar a casa no Colorado.

Ela viu o esforço que Ted precisou fazer para impedir que seu rosto expressasse sua reação àquilo.

— Que mais?

— Só isso.

— Isso o quê?

— Essa é a única coisa sobre a qual menti.

— Então o que você omitiu? O que deixou de fora?

— Nada que seja da conta de qualquer pessoa a não ser eu.

— Não faça joguinhos com seu advogado! O que você não contou? Preciso saber para que eu possa protegê-la ou encontrar um advogado experiente para fazer isso se for além da minha alçada.

— Está tentando descobrir se dormi com ele? — retrucou Julie, enquanto a exaustão e a tensão de repente se transformaram em raiva. — Porque, se estiver, não me venha com joguinhos, como aquele Richardson fez ontem. Apenas me pergunte!

— Não fale mal de Richardson — alertou Ted. — Ele é a única razão por que Ingram ainda não leu seus direitos. Ingram sabe que você está escondendo alguma coisa... talvez várias coisas... mas Richardson está tão deslumbrado por você que está se permitindo ficar na sua mão.

— Richardson é grosseiro!

— E você não percebe o efeito que causa nos homens. Richardson está é *frustrado* — enfatizou Ted — e furioso. Coitado.

— Obrigada — disse ela, pouco agradecida.

— Vamos continuar discutindo como dois adolescentes ou você vai me contar o que mais não disse ao FBI?

— Já passou por sua cabeça que tenho o direito a ter privacidade e dignidade...

— Se quer dignidade, não se deite com fugitivos da cadeia.

Essas palavras foram um soco no estômago de Julie. Sem dizer nada, ela saiu do carro e bateu a porta. Estava prestes a tocar a campainha quando Ted afastou seu braço.

— O que diabos acha que está fazendo?

— Já disse a única mentira que contei e que poderia me causar problemas legais se for descoberta — retrucou Julie, tocando a campainha com força. — Agora vou contar a Carl e você ao mesmo tempo o que vocês claramente estão *loucos* para saber. Depois disso, não há mais nada a dizer.

Carl atendeu à porta, ela entrou no vestíbulo e em seguida se virou. Sem notar que Katherine já despontava da escada, Julie olhou para Carl, que estava atônito, e disse com amargura:

— Ted me disse que vocês dois descobriram que menti sobre tudo. Disse que, se eu quiser dignidade e privacidade, não deveria me deitar com fugitivos da cadeira, e estou certa de que ele tem razão! Então eis a verdade: contei ao FBI que Zack não me abusou fisicamente de nenhuma forma, e não fez isso mesmo! Ele arriscou sua vida para salvar a minha, e nem mesmo vocês dois, que obviamente o desprezam independentemente do que eu disser, podem subverter essas palavras e dizer que foi "abuso físico". Zack não me feriu. Não me estuprou. Eu *dormi* com ele. Dormi com ele e teria continuado a fazer isso pelo resto da minha vida se ele quisesse. Estão satisfeitos agora? Isso é suficiente? Espero que sim, pois é tudo o que me resta a dizer. Não sei onde Zack está! Não sei aonde vai! Deus sabe o quanto eu queria saber...

Carl a abraçou e olhou para Ted.

— O que você tem na cabeça ao magoá-la desse jeito?

Ted estava tão aturdido que chegou a olhar para sua ex-esposa em busca de apoio, mas Katherine apenas balançou a cabeça e disse:

— Ted é muito bom em fazer as mulheres que o amam chorarem. Não é a intenção, mas ele não consegue nos perdoar quando quebramos suas regras. É por isso que ele é policial e por isso que vai ser advogado. Gosta de regras. Ama regras! Julie — continuou ela, tomando-lhe pelo braço —, venha à biblioteca comigo. Você está exausta, mas parece que nenhum de seus irmãos percebe.

Seguindo-as, Ted olhou para Carl e disse:

— Não fiz nada para magoá-la, só falei que não devia esconder nada de mim!

— Você devia ter tido mais tato, em vez de exigir respostas e fazê-la se sentir uma vagabunda! — exclamou Carl enquanto ia à biblioteca.

Julie se afundou numa poltrona e parou atônita e cheia de culpa enquanto uma reunião familiar inédita de repente começou com toda a força, com Katherine à dianteira:

— Como vocês têm a audácia de bisbilhotar a vida pessoal de Julie e se acharem na posição de julgá-la? — exclamou ela, irritada, indo ao bar e servindo vinho em quatro taças. — Que hipocrisia monumental! Ela pode achar que são santos porque vocês sempre fizeram questão que ela pensasse isso, mas eu sei que não é assim. — Pegou sua taça e a de Julie e deixou as duas sobre o bar. — Ted, você tirou minha roupa aqui, nesta sala, antes do nosso primeiro encontro oficial, e eu só tinha 19 anos!

Julie aceitou automaticamente o vinho que a ex-cunhada lhe oferecia. E Katherine continuou, indignada, apontando para o sofá de couro bordô para refrescar a memória de Ted:

— Você tirou minha roupa e fez amor comigo naquele sofá! Pelo que me lembro, você ficou muito surpreso e satisfeito por eu ainda ser virgem. Uma hora depois, você fez amor comigo de novo na piscina e na...

— Eu lembro! — retrucou Ted, indo ao bar para buscar as outras duas taças de vinho. Deu uma delas para Carl e lhe aconselhou: — A menos que eu esteja enganado, você vai precisar disso daqui a dez segundos.

Katherine logo confirmou sua predição e se virou para o infeliz irmão mais velho.

— E você, Carl, está *bem* longe de ser um santo! Antes de se casar, você dormiu com...

— Deixe minha esposa fora disso — avisou ele, firme.

— Eu não ia mencionar Sara — disse Katherine, decisiva e fria. — Estava pensando em Ellen Richter e Lisa Bartlesman, quando vocês estavam no último ano da escola, depois teve Kaye Sommerfeld, quando você tinha 19 anos, e...

A risada horrorizada e suplicante de Julie fez todos se voltarem a ela.

— Pare! Por favor — disse ela, tanto divertida quanto exausta —, pare com isso. Já perdemos ilusões demais por uma noite.

Ted virou-se para Katherine e ergueu a taça num brinde de zombaria.

— Como sempre, Katherine, você conseguiu criticar e envergonhar todo mundo poupando a si mesma de qualquer culpa.

A atitude de antagonismo pareceu se desvanecer de Katherine.

— Na verdade, sou eu que deveria estar mais envergonhada.

— Por ter cedido e dormido comigo, suponho? — disse ele, com tédio e indiferença.

— Não — respondeu ela em voz baixa.

— Então por quê? — exigiu ele.

— Você sabe por quê.

— Certamente não porque nosso casamento fracassou? — zombou ele.

— Não, porque eu *fiz* nosso casamento fracassar.

Ele enrijeceu a mandíbula enquanto ignorava, irritado, essa revelação tranquila e surpreendente.

— O que diabos você está fazendo em Keaton? — retrucou.

Katherine foi ao bar novamente e começou a abrir outra garrafa de vinho.

— Spencer diz que sinto uma necessidade subconsciente de voltar aqui, antes de me casar com ele, para confrontar a censura das pessoas de quem fugi quando nosso casamento naufragou. Ele diz que só assim vou ter de volta meu respeito próprio.

— Spencer — disse Ted, com desdém — é um idiota.

Para sua surpresa, sua antes feroz ex-esposa soltou uma risada contagiante enquanto voltava e respondia ao brinde.

— Qual é a graça? — perguntou ele.

— Spencer — explicou Katherine — sempre me lembrou muito de você.

Julie colocou a taça de vinho intocada e se levantou.

— Vocês vão ter que discutir sem ter a mim como juíza. Vou para a cama. *Preciso* dormir um pouco.

46

VESTINDO UM ROUPÃO QUE KATHERINE LHE EMPRESTARA, Julie desceu as escadas devagar e encontrou a ex-cunhada na biblioteca, assistindo ao jornal das dez.

— Eu só esperava ver você aqui pela manhã — disse Katherine com um sorriso surpreso, levantando-se. — De qualquer forma, separei um prato do jantar para você. Vou pegar.

— Disseram algo importante no jornal? — perguntou Julie, sem conseguir disfarçar a apreensão.

— Nada sobre Zachary Benedict — garantiu Katherine. — Mas foi você o assunto principal do jornal local e do nacional também. Quero dizer, seu retorno do cativeiro, aparentemente em segurança e sem ferimentos.

Quando Julie respondeu balançando os ombros, Katherine colocou a mão nos quadris e provocou:

— Tem ideia de quanto você é famosa agora?

— Quer dizer notória — brincou Julie, retomando seu habitual tom amistoso e se sentindo bem melhor que nos últimos dois dias.

Apontando com a cabeça para uma pilha de jornais e revistas sobre a mesa de canto ao lado da poltrona de Julie, Katherine disse:

— Guardei para você caso quisesse recortar as reportagens ou algo do tipo. Dê uma olhada neles enquanto eu busco seu prato. Ou você já viu tudo isso?

— Não leio um jornal ou revista há uma semana — respondeu Julie, pegando a revista que estava no topo da pilha e olhando a capa. — Meu Deus! — exclamou, sem saber se ficava com raiva ou se ria ao ver o próprio rosto na capa da revista *Newsweek* acima de uma lúgubre manchete que dizia: "Julie Mathison: cúmplice ou joguete?" Deixou a revista de lado e folheou o restante da pilha, impressionada ao ver fotos de si mesma estampadas na primeira página de dúzias de jornais e revistas nacionais.

Katherine voltou trazendo uma bandeja com a comida e a colocou na mesa à frente de Julie.

— A cidade inteira se mobilizou em torno de você — disse Katherine, dando uma rápida olhada na capa de *Newsweek*. — O prefeito Addelson escreveu um editorial para o *Keaton Crier* lembrando a todos de que, independentemente do que diz a imprensa da cidade grande, sabemos quem você é e sabemos que você nunca se "envolveria" com um criminoso como Zachary Benedict. Acho que foram essas as palavras dele.

Julie sorriu de leve e colocou o jornal de lado.

— Mas você sabe a verdade. Como você viu, contei a Carl e Ted que me "envolvi", sim, com ele.

— Naquela ocasião, Addelson estava respondendo à alegação daquele caminhoneiro de que você parecia colaborar na fuga de Benedict, brincando na neve e tudo o mais. Julie — acrescentou ela, hesitante —, quer conversar comigo sobre isso... sobre ele?

Olhando para a amiga, Julie se lembrou das confidências que trocaram ao longo dos anos. Tinham a mesma idade e se tornaram amigas assim que Ted as apresentou. Quando o casamento com Ted acabou, Katherine voltou para a faculdade e foi morar em Dallas. Até então, ela se recusava a voltar a Keaton, mas Julie a visitava com frequência, por insistência da própria Katherine. A amizade especial que surgiu instantaneamente tinha sobrevivido ao tempo e à separação e até hoje ainda era tão natural e vital quanto no início.

— Acho que *preciso* falar sobre ele — admitiu Julie, depois de um tempo. — Talvez assim eu consiga tirá-lo da cabeça para começar a pensar no futuro de novo. — Após dizer isso, ela levantou as mãos com a palma para cima num gesto indefeso e disse: — Nem sei por onde começar.

Katherine sentou-se no sofá como se tivesse todo o tempo do mundo e sugeriu um ponto de partida:

— Como Zachary Benedict é na vida real?

— Como ele é? — devaneou Julie, enrolando o cachecol de tricô sobre o pescoço. Por um momento, encarou o vazio atrás dos ombros de Katherine, tentando pensar em como fazer a descrição de Zack, então continuou: — Ele é austero, Katherine. Muito austero. Mas também é bondoso. Às vezes me doía a doçura das coisas que fazia e falava. — Parou por um momento para tentar explicar com exemplos. — Nos primeiros dois dias cheguei a pensar que ele me mataria se eu o provocasse. No terceiro, consegui fugir num snowmobile que encontrei na garagem...

Três horas mais tarde, Julie terminou a história depois de contar a Katherine quase tudo, com exceção dos momentos íntimos, os quais não tentou esconder, mas também não descreveu com detalhes.

Katherine ouvira tudo com total atenção, interrompendo apenas para escla recer algo, rindo das coisas engraçadas, como a guerra de bola de neve, ficando surpresa com o ciúme que Zack sentiu de Patrick Swayze, franzindo a sobrancelha de vez em quando — às vezes para mostrar pena, às vezes desaprovação.

— Uma história e tanto, hein?! — exclamou ela quando Julie se calou. — Se fosse outra pessoa me contando, eu não acreditaria em uma só palavra. Já lhe falei que eu já tive a maior queda por Zachary Benedict? Mais tarde eu só conseguia vê-lo como um assassino. Mas agora... — interrompeu-se como se não pudesse expressar em palavras seus pensamentos, e depois continuou: — Não é de admirar que você não consiga parar de pensar nele. Quero dizer, essa história não teve um final, ficou pairando, inacabada. Se ele for mesmo inocente, então tudo isso deveria ter um final feliz, com o verdadeiro assassino na cadeia. O mocinho não pode passar o resto da vida fugindo.

— Infelizmente — disse Julie, triste —, essa é uma história da vida real, não do cinema, e é assim que vai terminar.

— Continua sendo um final ruim — insistiu Katherine. — E é só isso, então? — Repetindo a última coisa que Julie dissera, a ex-cunhada resumiu: — Ontem, ao amanhecer, vocês se levantaram, ele a levou até o carro, e você foi embora? Assim, desse jeito?

— Eu queria que tivesse sido "desse jeito" — admitiu Julie, desanimada. — É assim que Zack quer que seja, e eu sei disso. Infelizmente — acrescentou, tentando manter a voz firme —, não consegui concordar. Não só comecei a chorar, como também dificultei as coisas ao dizer que o amava. Eu sabia que ele não queria ouvir isso porque eu já tinha dito isso na noite anterior e ele fingiu não ouvir. Ontem foi ainda pior. Depois de eu ter me humilhado ao dizer que o amava, ele... ele... — Julie hesitou de tanta vergonha.

— O que ele fez? — perguntou Katherine gentilmente.

Forçando-se a olhar para a amiga e manter a voz livre de emoções, ela respondeu:

— Ele sorriu, como um adulto sorri para uma criança tola, e me disse que eu não o amava de verdade, que eu achava que o amava porque não sabia a diferença entre amor e sexo. Depois falou para eu ir para casa, que era o meu lugar, e esquecer tudo o que diz respeito a ele. E é exatamente isso que pretendo fazer.

Katherine franziu a sobrancelha, surpresa.

— Que atitude estranha e desagradável, considerando o tipo de homem que você me descreveu até agora.

— Pensei a mesma coisa — concordou Julie, desolada —, particularmente porque eu tinha quase certeza de que ele gostava de mim. Às vezes, tinha um brilho em seus olhos, como se ele... — interrompeu-se, sem acreditar em como pôde ser tão crédula, e continuou, furiosa: — Se eu pudesse voltar atrás para a manhã de ontem e fazer tudo de novo, eu fingiria estar perfeitamente feliz em ir embora. Agradeceria pela grande aventura, depois pegaria o carro e o deixaria lá, parado. É isso o que eu devia ter... — calou-se, imaginando a cena. Depois começou a balançar a cabeça devagar, renegando a ideia ao perceber algo que a fez se sentir bem melhor. — Fazer isso teria sido muito estúpido e errado — disse em voz alta.

— Por quê? Seu orgulho estaria intacto, então.

— Sim, mas eu passaria o resto da vida pensando que talvez ele me amasse também e que, se admitíssemos nossos sentimentos, talvez eu pudesse tê-lo convencido a me levar com ele e, então, procurar pelo verdadeiro assassino. No final das contas — concluiu Julie em voz baixa —, eu teria me *odiado* se não tivesse dito a ele mais uma vez que o amava, por nunca ter tentado mudar o final de nossa história. É difícil saber que Zack não me amava nem um pouco, e isso dói, mas o outro jeito teria doído muito mais e por muito mais tempo.

Katherine encarou-a, boquiaberta.

— Julie, você me impressiona. Tem razão sobre tudo o que disse, mas, se eu estivesse no seu lugar, passaria anos até conseguir raciocinar com tanta objetividade assim. Quero dizer, pense no que esse homem fez: sequestrou e seduziu você depois que você salvou sua vida, tirou sua virgindade, então, quando você disse que o amava, lhe deu uma resposta arrogante e a mandou de volta para casa para encarar sozinha o FBI e a imprensa nacional. É o mais grosseiro, rude...

— Por favor, não fale assim — disse Julie com um meio sorriso — ou eu vou ficar com raiva novamente e esquecer o quanto sou "objetiva". Além do mais — acrescentou —, ele não me seduziu.

— Pela história que acabou de me contar, ficou óbvio para mim que ele seduziu você com um charme irresistível.

Julie desviou o olhar da lareira vazia e balançou a cabeça.

— Eu quis ser seduzida. Eu o desejava *tanto*.

Depois de uns instantes, Katherine falou:

— Se ele tivesse dito que a amava, você teria mesmo dado as costas para sua família, seu trabalho e tudo em que acredita para passar a vida se escondendo com ele?

Em resposta, Julie olhou Katherine nos olhos.

— Sim.

— Mas então você se tornaria cúmplice, ou sabe-se lá como eles chamam alguém que se junta com um criminoso.

— Não acho que uma esposa deva ser incriminada por ficar ao lado do marido.

— Meu Deus! — exclamou Katherine, engasgando com as palavras. — Você está falando sério! Teria se *casado* com ele!

— Você, entre todas as pessoas, não deveria achar isso tão difícil de acreditar — pontuou Julie.

— Como assim?

Julie a observou com um sorriso triste.

— Você sabe o que quero dizer, Katherine. Agora é sua vez de confessar.

— O quê?

— Sobre Ted — esclareceu Julie. — Há um ano você me diz que quer fazer com que Ted a escute porque tem coisas que queria que ele entendesse. Mas hoje, aceitou com paciência todas as observações injustas e desagradáveis que ele fez sobre você sem dizer nada. Por quê?

47

INQUIETA, KATHERINE SE AJEITOU NO SOFÁ SOB O OLHAR firme de Julie, depois pegou a chaleira na bandeja com nervosismo e serviu chá frio em sua xícara. Quando levou a xícara aos lábios, havia um leve tremor em suas mãos, e Julie notou isso.

— Aceitei o modo como ele me tratou porque não é mais do que eu mereço depois da forma como me comportei durante nosso casamento.

— Não é assim que você se sentia três anos atrás, quando entrou com o pedido de divórcio — lembrou-lhe Julie. — Você me disse na época que estava se divorciando porque ele era egoísta, insensível, exigente, arrogante e um monte de outras coisas.

— Três anos atrás — afirmou Katherine com tristeza —, eu era uma patricinha mimada casada com um homem cujo único crime foi esperar que eu fosse uma esposa, não uma criança irracional. Todos da cidade, exceto você, sabiam que eu era tudo menos uma esposa de verdade. Você era leal demais à sua melhor amiga para ver o que estava diante dos olhos, e eu não tive a maturidade ou a coragem para encarar a verdade. Ted sabia qual era a verdade, mas era muito cortês para destruir nossa amizade e sua fé em mim ao contar que tipo de esposa eu realmente era. De fato, uma das poucas coisas com que concordamos foi que você não devia saber que tínhamos problemas.

— Katherine — interrompeu Julie suavemente —, você ainda o ama, não é?

O corpo inteiro de Katherine se enrijeceu ao ouvir essas palavras, então ela olhou para o enorme diamante em formato de pera na aliança em sua mão esquerda e a girou no dedo, mantendo o olhar distante. Reprimindo uma risada, ela disse:

— Uma semana atrás, antes que seu desaparecimento forçasse Ted a começar a falar comigo, eu teria respondido que não.

— Como responderia agora?

Katherine respirou fundo e olhou para Julie.

— Como você tão eloquentemente disse sobre Zachary Benedict agora há pouco — disse ela —, eu dormiria com seu irmão pelo resto da minha vida, se ele me pedisse de novo.

— Se você se sente assim — perguntou Julie em voz baixa, o olhar analisando o rosto de Katherine —, como pode justificar o fato de que ainda está usando a aliança de noivado de outro homem?

— Na verdade, a aliança agora é só emprestada.

— O quê?

— Terminei nosso noivado ontem, mas Spencer me pediu para não tornar isso público por algumas semanas. Ele acha que estou apenas exagerando por causa das velhas e sentimentais memórias que voltaram quando encontrei Ted de novo.

Segurando a vontade de comemorar a novidade, Julie sorriu e disse:

— Como você pretende reconquistar Ted? — Seu sorriso diminuiu um pouco enquanto acrescentava: — Não vai ser fácil. Ele mudou desde o divórcio, ainda é dedicado à família, mas raramente sorri, e se tornou distante... como se tivesse construído um muro em torno de si e não quisesse que ninguém entrasse, nem mesmo Carl ou eu. A única coisa com que ele parece se importar agora é passar no exame da ordem e abrir seu escritório de advocacia. — Ela fez uma pausa, tentando pensar em como colocar as palavras, depois optou pela simples verdade. — Ele não gosta de você, Katherine. Às vezes, quase parece que a odeia.

— Você também notou? — tentou brincar Katherine, mas sua voz estava um pouco trêmula. Mais séria, ela continuou: — Ele tem motivo para me odiar.

— Não acredito nisso. Às vezes duas pessoas maravilhosas simplesmente não conseguem acertar no casamento, e isso não é culpa de ninguém. Acontece o tempo todo.

— Não tente aliviar minha culpa quando finalmente criei coragem de lhe contar a terrível verdade — disse ela, trêmula. — A verdade é que o divórcio foi culpa só minha. Eu amava Ted quando me casei, mas eu era tão mimada e imatura que não consegui entender que amar alguém significa fazer alguns sacrifícios. Parece bizarro, mas achei mesmo que podia me unir a Ted pelo matrimônio e depois passar os próximos anos agindo como se estivesse livre e solta... até que *eu* me sentisse pronta para sossegar. Para dar um exemplo — insistiu ela, sua voz transparecendo o desgosto —, um mês depois de nosso casamento, percebi que todos os meus amigos iriam voltar para a faculdade, e eu, não. De repente, me senti a vítima, pois eu só tinha 20 anos e já estava amarrada e perdendo a vida de universitária. Ted tinha guardado dinheiro suficiente como delegado assistente para pagar tanto a faculdade dele quanto a minha, e veio com a sugestão perfeita: nós poderíamos combinar os horários das aulas para que fôssemos a Dallas juntos. Mas isso não era o suficiente para mim. Entenda, eu queria voltar para a Costa Leste e morar na minha fraternidade, depois passar férias e feriados com meu marido.

Julie se esforçou para impedir que seu rosto mostrasse sua surpresa diante de uma atitude tão egoísta, mas Katherine estava tão preocupada em condenar a si mesma que não teria notado mesmo assim.

— Ted ressaltou a óbvia inviabilidade de um casamento desse jeito e acrescentou que, mesmo que estivesse disposto a viver assim, ele não teria como me bancar em Brookline. Então voltei correndo para a casa e pedi dinheiro ao meu pai, embora Ted tivesse deixado claro que não aceitaria mais isso quando nos casássemos. Mas papai, claro, disse a Ted que ficaria feliz em cobrir minhas despesas em Brookline, mas Ted se negou, o que me deixou furiosa. E daquele dia em diante me vinguei: parei de levantar um único dedo para ajudar com as coisas em casa. Eu não preparei mais nenhuma refeição para ele, nem lavei suas roupas. Por isso, ele cozinhava e ia ao supermercado, levava nossa roupa para a lavanderia, e tudo isso fez a cidade inteira comentar o quanto eu era uma péssima esposa. Além do mais — continuou Katherine —, ele nunca perdeu as esperanças de que eu amadurecesse logo e começasse a me comportar como uma mulher e não como uma menininha mimada. Ele se sentia culpado, sabe? — acrescentou, olhando Julie com uma expressão diferente. — Por se casar, comigo embora eu fosse muito nova e não tivesse tido a chance de aproveitar minha vida. De qualquer forma, o único dever de esposa que cumpri durante nosso primeiro ano de casamento foi fazer amor, o que — acrescentou com um sorriso suave — definitivamente não era uma tarefa difícil com seu irmão.

Katherine ficou calada por tanto tempo que Julie não tinha certeza se ela gostaria de continuar. Então respirou fundo e foi em frente.

— Depois de um tempo, papai, que sabia o quanto eu estava mal porque eu sempre recorria a ele para desabafar, encasquetou com a ideia de que, se morássemos numa casa maravilhosa, eu seria uma esposa mais feliz. Eu era infantil o suficiente para amar a ideia de brincar de anfitriã na minha mansão maravilhosa com piscina e quadra de tênis, mas papai se preocupava achando que Ted seria inflexível quanto a não aceitar qualquer ajuda financeira. Por outro lado, de tão tola que era, eu acreditava que se apresentássemos a Ted o fato já consumado ele não teria escolha a não ser aceitar. Então papai comprou um terreno em Wilson's Ridge, e nos encontramos em segredo com um arquiteto para fazer o planejamento da casa. Eu amava cada centímetro daquele lugar. Planejei cada detalhe, cada armário — disse Katherine, encarando Julie. — Até voltei a cozinhar e lavar roupa, e Ted pensou que eu por fim tivesse decidido agir como uma esposa. Ele estava tão satisfeito com a minha felicidade, mesmo que não entendesse por quê. Achava que meus pais estavam construindo a casa em Wilson's Ridge para si mesmos, pois queriam uma residência menor, porque foi isso que eu dei a entender. De fato, era nisso que a cidade inteira acreditava.

Desta vez, Julie não conseguiu esconder a surpresa, pois havia uma casa enorme em Wilson's Ridge, e era maravilhosa: completa, com piscina e quadra de tênis.

— É isso mesmo! — disse Katherine, ao perceber o choque estampado no rosto de Julie. — A casa onde moram o dr. Delorik e sua esposa deveria ser a minha casa.

— O que aconteceu? — perguntou Julie, simplesmente por não saber o que dizer.

— Aconteceu que, quando a casa já estava quase pronta, papai e eu levamos Ted lá, e papai lhe entregou as chaves. — Katherine se estremeceu com a lembrança. — Como você pode imaginar, Ted ficou furioso. Furioso por causa do segredo, da mentira, e porque não cumpri minha palavra de que viveria com o dinheiro que ele ganhasse. Ele pediu ao meu pai com educação que encontrasse alguém que tivesse condições de morar naquela casa e foi embora, nos deixando lá, atônitos

Como isso havia acontecido apenas alguns meses antes do pedido de divórcio, Julie naturalmente supôs que a recusa de Ted em aceitar a casa foi a gota d'água para que o casamento acabasse.

— E isso levou a mais brigas, que levaram ao fim do casamento — concluiu Julie.

— Não. Isso me levou a expulsar Ted da nossa cama, mas já era tarde demais.

— Como assim?

Katherine mordeu o lábio e olhou para baixo. Sua voz estava um pouco trêmula quando disse:

— Alguns dias depois, pouco antes de nos separarmos, sofri um acidente quando andava com um dos cavalos de meu pai, lembra?

— Claro que sim — respondeu Julie. — Você quebrou o braço.

— Também rompi o casamento aquele dia e despedacei o coração do meu marido. — Ela respirou fundo, olhou para Julie, e havia um brilho de lágrimas em seus olhos. — Eu estava grávida, Julie. Descobri depois que Ted recusou as chaves da casa de Wilson's Ridge. Estava no segundo mês de gravidez e estava furiosa por Ted ter recusado a casa, que tinha um lindo quarto de bebê, mas eu estava com mais raiva ainda porque *ele* teria algo que queria muito: um bebê. Fui cavalgar no dia seguinte, embora Ted tivesse dito especificamente para eu não ir, e não levei o cavalo para dar uma volta tranquila. Eu cavalgava a todo galope e saltava cercas quando o cavalo me derrubou.

Como ela não conseguiu continuar, Julie terminou por ela.

— E você perdeu o bebê.

Katherine fez que sim com a cabeça.

— Ted não ficou só com o coração partido. Ele ficou... enfurecido. Pensou que eu tinha tentado abortar de propósito, o que não era uma surpresa, considerando a maneira como agi quando descobri que estava grávida. E o engraçado é que — disse ela com a voz carregada com as lágrimas que tentava impedir que jorrassem — essa foi a única coisa de nosso casamento que não foi culpa minha, pelo menos não intencionalmente. Eu sempre cavalgava muito rápido quando algo me preocupava, pois sempre me sentia melhor depois. No dia em que levei Thunder para um passeio, não acreditei por um segundo que eu corria o risco de sofrer um aborto. Eu saltava aqueles obstáculos há anos e nunca tinha tido nenhum problema com o cavalo. A única diferença daquele dia foi que, sem eu saber, o veterinário estava tratando uma distensão que ainda não estava curada. Entende? — acrescentou com a voz trêmula — Thunder teria saltado de uma montanha comigo e ele nunca deu o menor sinal de que sua perna doía até que no último obstáculo seus joelhos falharam e ele tombou no chão. Acabei caindo parcialmente embaixo dele. Tanto meu pai quanto eu tentamos explicar tudo isso a Ted, mas ele não acreditou e, considerando nossa mentira a respeito da casa, como ele poderia acreditar? Além do mais, que mulher ajuizada e merecedora do título de esposa teria corrido tamanho risco com o bebê de seu marido? — Sua voz estava repleta de vergonha e lágrimas quando ela terminou: — Eu não decidi me divorciar de Ted, Julie. Quando voltei para casa do hospital, ele já tinha feito as malas. Mas — acrescentou com um sorriso de lágrimas — ele foi cortês até o final, mesmo com o coração partido, furioso e completamente desiludido: deixou que *eu* me divorciasse *dele*. E nunca contou a ninguém sobre o bebê que ele até hoje pensa que eu quis perder de propósito. Amadureci no dia em que vi suas malas no corredor e percebi o que eu estava perdendo, mas já era tarde demais. Você conhece o resto da história: voltei para a faculdade e me formei, depois fui trabalhar em um museu em Dallas.

Julie se levantou, atravessou o corredor e voltou do lavabo com a mão cheia de lenços de papel.

— Achei — disse Katherine, engasgando com as palavras enquanto pegava um lenço e enxugava os olhos — que você tivesse subido e feito as malas para que pudesse se livrar da minha presença revoltante.

Envolvendo-a num abraço apertado, Julie murmurou:

— Você ainda é minha melhor amiga.

Depois desfez o abraço, sentou-se no sofá e assoou o próprio nariz.

Após alguns minutos, as duas mulheres se olharam, sorrindo, mas com os olhos cheios de lágrimas.

— Que confusão! — exclamou Julie.

Katherine assoou o nariz.

— Isso é quase um elogio! — Com um sorriso hesitante, ela acrescentou: — Acho que nós duas precisamos passar duas semanas na casa de meus pais em St. Barts. Será que você pode alegar exaustão por tudo o que passou e pedir uma folga a seu chefe? Vamos esquecer esses homens e torrar debaixo do sol. O que acha?

Julie trouxe os joelhos em direção ao peito, abraçou-os e aconchegou o queixo entre eles.

— Eu acho — afirmou — que é melhor você ficar aqui se quiser reconquistar Ted antes que seja tarde demais. Ele está saindo com Grace Halvers, sabia disso?

Katherine fez que sim com a cabeça ao ouvir o nome da bela ruiva.

— Fiquei sabendo disso pelo sr. Kealing quando fui deixar umas roupas para lavar lá na semana passada porque a máquina de lavar dos meus pais tinha quebrado. Adivinha o que ele disse quando me viu? — Julie balançou a cabeça, e Katherine respondeu com tristeza: — Olhou para mim como se eu fosse uma criança inútil e disse: "Quantos maridos você vai ter até aprender a lavar roupa na máquina?" E depois ainda disse: "Aposto que Grace Halvers não deixará Ted Mathison lavar a roupa, ir ao supermercado e cozinhar sozinho se tiver a chance de casar com ele. Nem Sue Ellen Jury, se conseguir desbancar Grace."

Julie franziu a sobrancelha ao imaginar a cena, depois balançou a cabeça.

— Apesar do que acabei de dizer sobre Ted e Grace, eu não acho que Ted queira se casar de novo.

Em vez de se sentir mais tranquila, Katherine pareceu esmorecer de culpa.

— Ted devia se casar, mesmo que não seja comigo. Ele era aquele tipo de marido afetuoso e sensual com que a maioria das mulheres apenas sonham. Seria um crime ele nunca se casar de novo. Era impossível manipulá-lo ou dominá-lo, e isso me tirava do sério quando eu era jovem, mas ele era incrivelmente bondoso. E nas ocasiões em que eu era racional o bastante para simplesmente pedir o que queria, em vez de tentar exigir, ele se mostrava disposto a ceder. — Katherine olhou Julie nos olhos e acrescentou com a voz cheia de admiração: — Podíamos ser diferentes em vários sentidos, mas nos apaixonamos um pelo outro poucas horas depois de nos conhecermos. Era... uma combustão espontânea.

— Vocês dois ainda têm isso — provocou Julie, tentando animar a amiga. — Depois de vê-los hoje à noite, acho que poderia dizer que vocês ainda são uma combinação altamente volátil. Pobre Carl — continuou ela, rindo —, ele parecia querer enfiar a cabeça num buraco quando vocês começaram a discutir. E você sabe disso — terminou, mais séria. — Para Ted reagir tão furiosamente, mesmo de maneira negativa, ele também deve sentir algo por você.

— E sente. Desprezo — sugeriu Katherine. Com tristeza, acrescentou: — Se eu não conseguir mais nada de Ted antes que eu desista e volte para Dallas, vou ter que encontrar um jeito de merecer seu perdão. Não sei como fazer isso, pois ele foge de mim como o diabo da cruz.

Julie sorriu enquanto se levantava e começava a arrumar os pratos nas bandejas.

— Acho que posso ser útil. Que tal me ajudar depois da escola em nosso programa esportivo para alunos deficientes? Preciso de voluntários dispostos a serem derrubados por cadeiras de rodas e a tropeçar em muletas no campo de futebol e na quadra do ginásio.

— Não tem exatamente a ver com meu diploma em artes, mas parece ótimo — brincou Katherine, pegando uma das bandejas e indo com Julie à cozinha. — Aceito a oferta. Agora, que ideia você teve para impedir Ted de me evitar?

— A ideia é essa. Ted ajuda as crianças pelo menos duas vezes por semana. E eu realmente precisaria da sua ajuda para ensinar minhas alunas adultas a ler. Você não vai *acreditar* em como é bom fazer isso.

Na enorme cozinha, Julie colocou a bandeja na bancada de aço inoxidável e se virou para admirar os fogões e fornos industriais usados nas famosas festas do sr. Cahill. Preocupada, ela só percebeu que Katherine estava parada atrás dela quando a ouviu dizer com tristeza:

— Julie?

Quando se virou, viu-se envolvida num abraço apertado.

— Senti tanto a sua falta! — murmurou Katherine, abraçando-a ainda mais forte. — Obrigada por manter viva nossa amizade com suas cartas, telefonemas e visitas em Dallas. Eu queria tanto lhe contar a verdade sobre meu casamento com Ted, mas eu sempre tinha medo de que você fosse me odiar se soubesse.

— Eu nunca odiaria você — disse Julie, correspondendo ao abraço.

— Você é a pessoa mais bondosa e doce que já conheci.

Julie se afastou e revirou os olhos.

— Sei — provocou ela.

— É, sim — insistiu Katherine. — Antigamente eu queria ser como você.

— Que bom que não deu certo — disse Julie, o rosto ficando mais sério ao se lembrar de Zack. — Se você fosse como eu, teria tagarelado com Ted sobre o quanto o ama, então ele teria pisado no seu coração e mandado você voltar para casa. — Katherine ia dizer algo reconfortante, mas Julie, que de repente estava prestes a chorar, balançou a cabeça para impedi-la. — Vou ficar bem daqui a alguns dias. Agora estou cansada e minhas resistências estão baixas, mas vou esquecê-lo e ficar bem, você vai ver. Vamos dormir?

48

KATHERINE COLOCOU UMA ASSADEIRA COM BISCOITOS dentro do forno e levantou a cabeça, surpresa, ao ouvir o zumbido insistente do sistema de câmeras que apontava movimentação no portão da frente. Limpou as mãos num pano de prato e apertou o botão do interfone.

— Pois não?

— Srta. Cahill?

Ignorando isso, ela disse:

— Quem é?

— Paul Richardson — respondeu a voz com impaciência. — Julie Mathison está com você?

— Sr. Richardson — disse Katherine, séria —, são sete e meia da manhã! Julie e eu ainda estamos de pijama. Vá embora e volte numa hora mais civilizada, lá pelas onze. Eu achava que o FBI ensinava boas maneiras a seus agentes — acrescentou, mas ficou olhando o interfone, pois pensou ter ouvido uma risada de Richardson.

— Civilizado ou não, devo insistir em ver Jul... srta. Mathison.

— E se eu me recusar a abrir o portão? — persistiu Katherine, teimosa.

— Nesse caso — disse ele —, receio ter que explodir a fechadura com meu fiel revólver de serviço.

— Se fizer isso — disse Katherine, irritada, pressionando o botão para abrir o portão —, é melhor manter esse revólver carregado porque duas pistolas do meu pai estarão apontadas para você quando chegar aqui.

Para evitar a chance de qualquer resposta, ela soltou o botão do interfone e correu à biblioteca, onde encontrou Julie aconchegada numa poltrona assistindo ao jornal matinal. Uma fotografia de Zack Benedict estava estampada na tela, e a expressão de ternura e expectativa no rosto sorridente de Julie doeu no coração de Katherine.

— Ele está bem? — perguntou ela.

— Não fazem a menor ideia de onde ele está — anunciou Julie sem esconder sua satisfação. Mais séria, acrescentou: — Também não fazem a menor ideia se ainda suspeitam de mim como cúmplice. Parece que meu silêncio e o do FBI a respeito do assunto é praticamente uma admissão de culpa. Quer que eu ajude você com as omeletes?

— Sim — respondeu Katherine, animada —, mas temos uma visita inesperada que provavelmente vai tomar café da manhã conosco. E nosso convidado é tão grosseiro que nem precisamos pentear o cabelo e trocar de roupa para recebê-lo — disse ela quando Julie olhou de soslaio para seu roupão amarelo.

— Quem é?

— Paul Richardson. Aliás, ele pensa em você como "Julie". Deixou isso escapar pelo interfone e tentou disfarçar.

A longa conversa que tiveram na noite anterior, combinada com a boa noite de sono que teve, foi capaz de restaurar a força e os ânimos de Julie.

— Contanto que ele não pense em mim com números estampados sobre o peito — brincou ela, quando a campainha começou a soar. — Vou atender — disse, apertando o laço do roupão.

Sem cerimônias, Julie escancarou a porta da frente, depois deu um passo atrás, chocada, ao ver Paul Richardson de braços para cima e implorando numa voz engraçada:

— Não atire. Por favor.

— Que ótima ideia — respondeu Julie, segurando-se para não rir do senso de humor do agente. — Posso pegar sua arma emprestada?

Ele riu, seu olhar passeando entre o brilhoso cabelo castanho que caía sobre os ombros de Julie, seus olhos resplandecentes e seu suave sorriso.

— A paz e a quietude da noite parecem ter lhe feito muito bem — observou ele, então franziu as sobrancelhas e disse, austero: — Não desapareça assim de novo. Já falei que quero saber o seu paradeiro o tempo todo.

Aliviada pela notícia de que Zack ainda estava bem, Julie aceitou a reprimenda sem protestar.

— Veio aqui para me dar sermão ou me prender? — perguntou ela, animada, sabendo instintivamente que não a prenderia.

— Você violou alguma lei? — retrucou ele enquanto os dois entravam na cozinha.

— Está planejando ficar para o café? — disse ela, evasiva, indo à bancada.

Paul Richardson olhou para Katherine, que colocava alguns ovos numa tigela, e para Julie, que pegava uma faca e se preparava para fatiar um pimentão. Ambas estavam de cara lavada, de roupões e pijamas e com o cabelo ainda bagunçado. Elas estavam adoráveis, inocentes e incrivelmente charmosas.

— Estão me convidando? — perguntou ele, rindo.

Ela olhou para ele, seus olhos azul-escuros estudando o rosto de Richardson como se estivesse tentando ver sua alma por trás da pele, e ele desejou que ela pudesse enxergar ali mais bondade e gentileza.

— Quer ser convidado?

— Sim.

Então ela sorriu — o primeiro sorriso genuíno e espontâneo que lhe deu —, emanando um esplendor que fez o coração de Richardson acelerar.

— Nesse caso — disse ela —, sente-se à mesa enquanto preparamos uma de nossas omeletes especiais. Há um ano não cozinhamos juntas, então não crie muitas expectativas.

Paul tirou o paletó e a gravata, desabotoou o botão de cima do colarinho e sentou-se à mesa. Julie lhe trouxe uma xícara de café e retomou sua tarefa na bancada. Ele as observou em silêncio, ouvindo seus gracejos, sentindo como se tivesse entrado num reino de paz comandado por belas fadas de cabelos despenteados e vestindo longos roupões de tons pastéis, que faziam piadas sobre acontecimentos passados e o fascinavam. A beleza de Katherine Cahill era de tirar o fôlego, pensava ele, e Julie Mathison era apenas bonita, mas era ela que hipnotizava seu olhar. Ele observou que o sol brilhava através da janela e se refletia no cabelo de Julie. Analisou a elegância contagiosa de seu sorriso, a suavidade de sua pele, a exuberância de seus cílios arredondados.

— Sr. Richardson? — chamou ela em voz baixa, sem tirar os olhos do pequeno objeto branco que picava em pequenos pedaços.

— Pode me chamar de Paul — disse ele.

— Paul — corrigiu ela.

Ele definitivamente gostava de ouvir os lábios de Julie dizerem seu nome.

— Sim?

— Por que está me olhando?

Paul se sobressaltou, envergonhado, e disse a primeira coisa que veio à mente.

— Estava me perguntando o que você está picando. — Viu o dedo longo de Julie apontar para o que ele agora achava que fosse um dente de alho.

— Isso? — perguntou ela, levantando a cabeça e o encarou com uma surpresa que quase o fez se sentir um garotinho desajeitado pego no flagra da mentira.

— Sim — blefou ele. — Isso. O que é isso?

Ele viu os lábios de Julie formarem um sorriso e ouviu suas doces palavras:

— Cicuta.

— Graças a Deus. Eu achava que era alho.

A risada de surpresa de Julie soou como música e, quando ela parou de rir, os dois sorriam um para o outro.

— Você tem um belo sorriso — disse ele em voz baixa enquanto ela retomava seus afazeres.

Julie olhou-o por entre os cílios e brincou:

— O suficiente para me tirar da lista de procurados do FBI, não acha?

O sorriso de Paul murchou abruptamente.

— Benedict entrou em contato? Foi por isso que você saiu ontem sem me dizer nada e veio para cá? Foi por isso que falou em ser presa duas vezes esta manhã?

Ela revirou os olhos e riu.

— Você tem uma imaginação fértil.

— Diabos! — exclamou ele, depois se levantou e começou a ir em direção a ela antes de se dar conta do que estava fazendo. — Não faça joguinhos comigo, Julie! Quando eu fizer uma pergunta, quero uma resposta direta. — Olhou Katherine de soslaio. — Você se importa em nos deixar a sós? — perguntou.

— Sim, na verdade, eu me importo. Você acredita mesmo que Julie colaborou na fuga daquele homem? — exigiu saber ela, indignada.

— Não — disse ele —, a menos que ela me dê uma razão para mudar de ideia. Mas não tenho tanta certeza de que protegeria Benedict de nós se pudesse.

— Você não pode prendê-la por algo que ainda não fez — afirmou Katherine racionalmente.

— Não tenho qualquer intenção de prendê-la! Na verdade, fiz o meu melhor para me assegurar de que ninguém mais decida fazer isso.

A voz sobressaltada de Julie chamou a atenção de Richardson.

— Você fez mesmo isso? — perguntou ela com uma voz cheia de gratidão e surpresa.

Paul hesitou, sentindo sua raiva ser desarmada e derrotada por aqueles olhos expressivos, depois fez que sim com a cabeça.

— Sim.

Por um momento, Julie continuou a sorrir para ele, que se aconchegou em seu acalento, depois ela sorriu para Katherine e brincou:

— Cancele a cicuta!

Paul riu.

O café da manhã estava muito agradável, pensou Paul, contente, levantando-se e enchendo sua xícara de café enquanto Julie e Katherine colocavam os pratos na lava-louça. Tinham vivido um momento muito prazeroso, e ele sabia bem por quê. Como acabara de descobrir, para seu completo encanto, quando Julie Mathison finalmente decidia gostar de alguém, entregava-se de todo coração e sem reservas. A partir do momento em que ele tentou assegurá-la de que não seria presa, ela o tratou com carinho e afeição, sorrindo quando ele falava algo, provocando-o se ficasse sério e se comportasse como um agente do FBI. Paul estava pensando nisso quando percebeu que ela lhe pedia conselhos, o que ele achou profundamente gratificante:

— Ontem — explicou ela, enquanto secava a frigideira —, falei com o sr. Duncan, o diretor da nossa escola, e ele concordou que eu poderia voltar a trabalhar amanhã, mas só se a imprensa não atrapalhar as aulas tentando falar comigo. Katherine acha que a única forma de os impedir e se livrar deles de uma vez é chamá-los para uma declaração formal e detalhada sobre o que aconteceu e depois responder a qualquer outra pergunta que eles tenham. O que acha?

— Acho que ela está absolutamente certa. Na verdade, vim visitá-la esta manhã para sugerir isso mesmo.

Frustrada devido à necessidade de se defender, Julie abriu um armário para guardar a frigideira.

— Não posso dizer o quanto fico chateada ao pensar que um mundo de pessoas desconhecidas pensa que tem o direito a ter uma explicação de algo que não tem nada a ver com ninguém.

— Entendo, mas você só tem duas escolhas: lidar com a imprensa agora, em seus próprios termos, ou deixá-los publicar rumores danosos e persegui--la aonde for.

Julie hesitou e depois suspirou.

— Tudo bem, vou fazer isso, mas eu preferiria enfrentar um pelotão de fuzilamento.

— Quer que eu vá lá com você para dar apoio?

— Faria isso por mim?

Ele faria isso por ela, pensou Paul ironicamente. Por ela, ele não faria só isso, mas também enfrentaria um dragão... cortaria a juba de um leão... moveria uma montanha. Meu Deus... estaria disposto até a secar uma frigideira!

— Considerando que a presença do FBI é parte do motivo por que a imprensa a persegue — disse ele, indo à pia e pegando o pano de prato que Katherine deixara de lado quando foi atender ao telefone —, isso é o mínimo que eu poderia fazer.

— E-Eu não sei como agradecer — disse ela simplesmente, tentando não notar o quanto ele lembrava Zack quando estava sendo cortês.

— Que tal me agradecer jantando comigo na quarta?

— Quarta? — exclamou, horrorizada. — Ainda vai estar aqui na quarta?

O dragão que ele pretendia enfrentar por ela veio pela retaguarda e cravou-lhe os dentes no traseiro, o leão rugiu de tanto rir de sua tolice, e a montanha se ergueu diante dele, gigante e imóvel.

— Não fique tão entusiasmada.

— Não foi isso que quis dizer — disse ela, colocando a mão no braço dele, e no rosto uma expressão de desculpas. — Não quis mesmo. É só que e-eu odeio ser espionada e interrogada, mesmo que por você.

— Já ocorreu a você que Benedict poderia decidir vir atrás de você aqui e que sua vida pode estar em risco? — perguntou ele, um pouco amolecido pela sinceridade de seu pedido de desculpas e muito mais por seu gesto inconsciente. — Benedict é um assassino e, como você mesma disse, você não lhe causou problemas depois que ele tentou salvar sua vida. Suponhamos que ele sinta saudade do prazer da sua companhia? Ou da segurança agradável que você lhe proporcionava quando era refém? Suponhamos que ele, de repente, decida que você não é mais leal a ele e resolva se vingar da mesma forma que fez com a esposa?

— Suponhamos que essa frigideira que você está secando decida se tornar um espelho e se pendurar na parede da sala — retrucou ela, balançando a cabeça com o absurdo do comentário.

E, nesse momento, Paul desejou, com muito fervor, que Benedict se apressasse e fizesse algo contra Julie para que o próprio Paul pudesse salvá-la daquele imbecil, provando a Julie que estava certo. Por razões que não podia explicar ou compreender, todos os instintos de Paul lhe diziam que Benedict iria procurá-la. Ou tentar entrar em contato. Infelizmente, Dave Ingram discordava veementemente e tinha uma explicação ridícula e constrangedora para os "instintos" de Paul: Dave disse que Paul estava tão deslumbrado por Julie que não conseguia *acreditar* que Benedict não teria se apaixonado por ela também.

— Que tal um jantar na quarta à noite? — perguntou ele, pegando uma espátula para secá-la também.

— Não posso — disse Julie. — Leciono para uma turma de alfabetização de adultos nas quartas e sextas à noite.

— Tudo bem. E quinta à noite?

— Pode ser — respondeu Julie, tentando esconder o quanto lhe desagradava o fato de o FBI querer mantê-la sob vigilância por tanto tempo. — Quer que eu chame Katherine também?

— Por que diabos eu ia querer isso?

— Estou começando a me sentir — afirmou Katherine, aos risos — terrivelmente indesejada aqui.

Ao ouvir o comentário, Paul reclinou a cabeça, fechou os olhos e logo inventou uma desculpa para sua falta de tato.

— Geralmente não sou tão desagradável nem desajeitado. Sei que Dave Ingram vai insistir em formar um quarteto se você topar, Katherine, e eu particularmente não queria passar mais uma noite com ele, e foi por isso que disse isso sobre convidar você. — Ele abriu os olhos e se viu como objeto de pena e diversão das duas mulheres, que estavam visivelmente gostando de vê-lo em apuros.

— Acho que devemos perdoá-lo — disse Katherine.

— Eu também — respondeu Julie.

Paul murmurava uma prece de gratidão pela credulidade delas quando Katherine acrescentou:

— Claro que ele está mentindo.

Julie sorriu.

— Claro — concordou ela.

— A respeito da coletiva de imprensa — disse Katherine, mais séria, olhando para Paul em busca de conselhos —, onde vai acontecer, que horas, e quem devemos chamar?

— Que local aqui por perto tem a capacidade de abrigar um grande número de pessoas?

— O auditório do colégio do Ensino Médio — respondeu Julie.

Após uma breve discussão, ficou decidido que a coletiva de imprensa deveria ocorrer às três horas da tarde. Katherine se ofereceu para telefonar para o diretor da escola, que cederia o espaço, e para o prefeito, que lidaria com a imprensa e qualquer outro detalhe.

— Ligue para o Ted, o irmão de Julie — acrescentou Paul enquanto vestia o paletó. — Peça a ele para solicitar a presença do restante dos policiais a fim de evitar que os jornalistas sufoquem Julie, caso eu não consiga fazer isso sozinho. — Para Julie, ele disse: — Por que você não se arruma? Então a levo para casa e você terá tempo suficiente para fazer qualquer anotação necessária antes de encarar o mundo via satélite e imprensa escrita.

— Que forma apavorante de dizer isso! — exclamou Katherine.

— Não é nem um pouco apavorante. — Julie surpreendeu a todos, incluindo a si mesma, ao dizer: — Pode ser enlouquecedor e absurdo, mas não é apavorante. Me recuso a deixar que eles me amedrontem ou intimidem.

O sorriso de Paul estava repleto de aprovação, mas tudo o que disse foi:

— Vou esquentar o carro enquanto você se arruma. Katherine — acrescentou com um risinho —, obrigado pela manhã agradável e pelo café maravilhoso. Vejo você na coletiva de imprensa.

Quando a porta da casa se fechou, Katherine se virou para Julie e disse desajeitadamente:

— Caso você não tenha notado, aquele é um homem muito especial. E está louco por você, Julie. Isso é óbvio para qualquer um que olhar de perto. — Ela piscou, depois acrescentou: — Sem contar que ele é alto, moreno, bonito e extremamente sensual...

— Pare — interrompeu Julie. — Não quero ouvir essas coisas.

— Por que não?

— Porque ele me lembra Zack — disse ela. — Sempre me lembrou. — Tirou o avental e se pôs a caminho do hall.

— Tem algumas grandes diferenças entre os dois — apontou Katherine, seguindo-a escada acima. — Paul Richardson não é um criminoso, não é um fugitivo e, em vez de tentar partir seu coração, ele está tentando fazer de tudo para proteger e ajudar você.

— Eu sei — suspirou Julie. — Você tem razão sobre tudo isso, menos uma coisa: Zack *não* é um criminoso. E antes que eu o tire da minha cabeça completamente amanhã, quero me encarregar de algo "via satélite e imprensa escrita", hoje.

— O quê? — perguntou Katherine com preocupação, seguindo Julie ao quarto de hóspedes.

— Quero ter absoluta certeza de que o mundo inteiro saiba que ele não matou ninguém. Talvez se eu fizer um bom trabalho na coletiva de imprensa, a opinião pública pode forçar a polícia a reabrir o caso.

Katherine viu Julie desamarrar o roupão.

— Você ainda faria isso por ele, depois do modo como a tratou e do quanto a feriu?

Julie esboçou um sorriso cativante e concordou com a cabeça enfaticamente.

Katherine virou-se para sair do quarto, mas mudou de ideia e disse com um suspiro:

— Se você está determinada a se tornar o porta-voz de Zachary Benedict hoje, meu conselho é que tente ficar o mais bonita possível. É injusto, mas muitas pessoas se deixam levar mais pela beleza de uma mulher do que pelo que ela diz.

— Obrigada — disse Julie. Estava tão decidida que não sentia um pingo de nervosismo, já repassando em mente as roupas de seu guarda-roupa em busca do melhor traje. — Algum outro conselho?

Katherine balançou a cabeça.

— Você vai se sair muito bem porque é sincera e se importa com as pessoas, e isso vai transparecer em tudo o que disser e fizer hoje. Como sempre acontece.

Julie mal ouviu a amiga, pois estava tentando formular uma estratégia para alcançar seu objetivo. Teve a ideia de tratar o incidente — e a imprensa — de maneira leve. E parou, esquecendo-se momentaneamente da roupa que estava em sua mão. Então decidiu que um relato mais sério e formal que amenizasse a opinião pública sobre Zack seria melhor, depois responderia às perguntas dos jornalistas com uma atitude relaxada e sorridente. Leve. Relaxada. Sorridente.

Zack é que era o ator, não Julie, e ela não sabia como iria conseguir, mas daria um jeito.

49

Em uma elegante cobertura de Chicago com vista para Lake Shore Drive, o antigo vizinho e padrinho de casamento de Zack, Matthew Farrell, via sua filha correr pela sala, seguida de sua mãe, e se jogar no colo do pai. Com seu cabelo loiro e sedoso e os olhos azuis, a semelhança de Marissa com sua mãe, Meredith, já era tão impressionante que Matt sorriu ao olhar as duas.

— Achei que era a hora da soneca — disse ele à filha.

Ela olhou o bloco de papéis que o pai estivera lendo e confundiu com um dos seus livros de história.

— História, papai. Primeiro. Por favor.

Antes de responder, ele olhou para Meredith como se pedisse permissão. A presidente da Bancroft & Company, uma grande rede de lojas de departamento fundada por sua família, devolveu-lhe um sorriso desarmado.

— É domingo — disse ela. — Domingos são especiais. Acho que a soneca pode esperar.

— A mamãe diz que não tem problema — disse ele, ajeitando a filha em seu colo enquanto pensava numa história para contar. Meredith viu os olhos do marido brilharem de divertimento e puxou uma cadeira para se sentar em frente aos dois. Então percebeu o porquê da empolgação do marido quando ele começou a história.

— Era uma vez — disse ele, numa voz bem séria — uma linda princesa que ocupava o trono da Bancroft & Company.

— Mamãe? — murmurou Marissa.

— Mamãe — confirmou ele. — Além de ser bonita e maravilhosa, essa princesa era muito inteligente. Mas um dia — continuou num tom mais grave — ela deixou um banqueiro muito, muito mau convencê-la a investir numa empresa que...

— Tio Parker? — perguntou Marissa, sorrindo.

Meredith segurou-se para não rir da descrição de Matt de seu antigo noivo e disse:

— Papai está brincando. O tio Parker não é mau.

— Essa é a minha história — argumentou Matt com um sorriso e continuou: — Eis que o marido da princesa, que por acaso sabia *tudo* sobre investimentos, avisou para a princesa não dar ouvidos ao banqueiro malvado, mas ela não ouviu o conselho. Na verdade — acrescentou com uma voz profunda e enfática —, a princesa tinha tanta *certeza* de que estava certa que apostou com o marido que as ações iriam subir, mas não subiram. E fechou em queda de dois pontos percentuais na sexta-feira. Você sabe o que aconteceu quando a princesa perdeu a aposta com o marido?

Ela balançou a cabeça, sorrindo, porque ele também sorria.

Com um olhar eloquente à esposa, Matt terminou, enfático:

— Ela teve que pagar. Isso significa que a princesa tem que tirar uma soneca *bem* longa com seu marido hoje.

— Mamãe tem que tirar um cochilo — exclamou Marissa, batendo palmas.

— É exatamente isso que eu acho — disse Matt.

Levantando-se, Meredith pegou Marissa pela mão, mas seu sorriso caloroso era para Matt.

— A mamãe é esperta — disse ela à filha —, só faz apostas que são boas de perder.

A atmosfera aconchegante da casa foi interrompida pela chegada de Joe O'Hara, o guarda-costas e motorista da família, mas que parecia — e assim era tratado — como membro dela.

— Matt — chamou ele, parecendo ansioso —, acabei de ver pela televisão do meu quarto que Julie Mathison, a mulher que Zack sequestrou, vai dar uma coletiva de imprensa. E vai começar agora.

Meredith não conhecera Zachary Benedict, pois ele já estava na prisão na época em que ela e Matt começaram a namorar, mas ela sabia que os dois tinham sido muito amigos. Agora notou a expressão sombria no rosto do marido quando ele ligou a televisão e disse com pressa:

— Joe, pode levar Marissa para o quarto? Ela vai tirar uma soneca.

— É para já. Vamos lá, querida — chamou ele, e os dois saíram de mãos dadas, um gigante e uma garotinha que o via como seu próprio ursinho de pelúcia.

Muito tenso para se sentar, Matt enfiou as mãos no bolso da calça e assistiu em silêncio apreensivo à bela jovem subir no palanque, usando um vestido de lã branco e simples com botões dourados no colarinho e nos punhos, com o longo cabelo castanho preso num coque junto à nuca.

— Deus o ajude — disse Matt, referindo-se a Zack. — Ela parece a Branca de Neve, o que vai fazer a porcaria do mundo inteiro pedir o couro dele pelo sequestro.

Mas, quando o prefeito de Keaton terminou de alertar os jornalistas que esperava que fossem bem-educados com Julie e ela começou a explicar o que ocorrera com ela nas mãos do sequestrador, as sobrancelhas franzidas de Matt começaram a se suavizar e aos poucos deram lugar a um sorriso surpreso. Ao contrário de suas expectativas, a refém de Zack de alguma forma descrevia sua semana com ele como se tivesse sido uma aventura — referia-se à gentileza de um homem que ela cuidadosamente definiu para o mundo como "extremamente bondoso" —, não como uma provação aterrorizante nas mãos de um assassino condenado e fugitivo da cadeia.

Quando contou a verdade por trás de sua tentativa de fuga no estacionamento e contou sobre como Zack usou de seu raciocínio rápido para impedi-la, ela evocou uma onda de relutantes risadas de admiração de vários membros da imprensa. E, quando solenemente descreveu sua segunda tentativa de fuga no snowmobile e a tentativa de Zack de "resgatá-la" do riacho, ela o descreveu como aquilo que acreditava que ele era: um herói compassivo.

Ao fim de sua declaração, o auditório explodiu com os berros interrogativos da imprensa, e Matt ficou tenso por causa do tom perigoso que tinham.

— *Srta. Mathison* — chamou um repórter da CBS —, *em algum momento Zachary Benedict a ameaçou com uma arma?*

— Eu sabia que ele tinha uma arma porque eu vi — respondeu ela com seriedade e equilíbrio —, e isso foi o bastante para me convencer, pelo menos no início, de que era melhor não criticar seus filmes ou arrumar uma briga.

Gargalhadas ecoaram no auditório, pontuadas por mais perguntas.

— *Srta. Mathison! Quando Benedict for capturado, você vai prestar queixa pelo sequestro?*

Com um sorriso provocante, ela balançou a cabeça e respondeu:

— Não sei se conseguiria uma condenação. Quero dizer, se houvesse mulheres entre os jurados, elas o absolveriam em questão de minutos, assim que ouvissem que ele dividia comigo as tarefas de casa.

— *Ele estuprou você?*

Ela revirou os olhos, sem acreditar.

— Olha, acabei de dar a vocês o relato detalhado do que aconteceu durante a semana inteira e eu disse especificamente que ele não abusou de mim fisicamente em nenhum momento. Certamente eu não poderia ter dito isso se ele tivesse ao menos tentado cometer um ato tão desprezível.

— *Ele a maltratou verbalmente?*

Ela negou com a cabeça solenemente, mas seus olhos brilhavam, querendo rir, quando disse:

— Sim, na verdade, ele...

— *Poderia descrever a situação?*

— Com certeza — disse ela. — Ele ficou gravemente ofendido um dia quando eu deliberadamente deixei seu nome fora da minha lista de atores favoritos.

Gargalhadas explodiram no auditório, mas o repórter que fizera a pergunta não pareceu perceber que ela estava brincando.

— *Ele a ameaçou nessa ocasião?* — perguntou ele. — *O que ele disse e como?*

— Bem, ele falou comigo num tom desgostoso e me acusou de ter uma obsessão peculiar por homens baixinhos.

— *Você sentiu medo dele em algum momento, srta. Mathison?*

— Tive medo da arma dele durante o primeiro dia — respondeu ela com cuidado —, mas como ele não atirou em mim depois que tentei passar um bilhete para uma atendente de uma lanchonete, nem depois de minhas duas tentativas de fuga, percebi que ele não iria me machucar, independente do quanto eu o provocasse.

Vez após outra, Matt assistiu a Julie se desviando-se das perguntas e levando os jornalistas a simpatizarem com seu sequestrador.

Depois de trinta minutos de interrogatório incansável, o ritmo começou a se abrandar. Um repórter da CNN perguntou:

— *Srta. Mathison, você quer que Zachary Benedict seja capturado?*

Ela virou-se para o repórter e disse:

— Como poderia alguém querer ver um homem que foi injustamente condenado ser mandado de volta para a prisão? Não sei como os jurados puderam condená-lo por assassinato, mas eu sei que ele não é mais capaz do que eu de cometer esse crime. Se ele pudesse fazer isso, eu não estaria aqui agora, porque, como já expliquei para vocês há alguns minutos, tentei repetidamente prejudicar sua fuga. Também gostaria que vocês lembrassem que, quando ele pensou que tivéssemos sido avistados por um helicóptero, sua primeira preocupação foi pela minha segurança, não a dele. O que eu gostaria que acontecesse é que as buscas por ele fossem interrompidas e seu caso fosse reaberto. — Com um tom firme e cortês, ela concluiu: — Se vocês não tiverem mais perguntas, senhoras e senhores, podemos terminar esta entrevista e vocês todos podem voltar para casa. Como o prefeito Addelson explicou, a cidade de Keaton quer voltar à vida normal, e eu também, por isso não vou dar mais nenhuma entrevista nem responder qualquer outra pergunta. Nossa cidade teve o prazer de receber o dinheiro "turístico" que vocês depositaram nos nossos caixas, mas se escolherem ficar aqui quero avisá-los que isso seria uma perda de tempo...

— *Tenho mais uma pergunta!* — gritou um repórter do *Los Angeles Times* imperiosamente. — *Você está apaixonada por Zachary Benedict?*

Ela olhou para ele, levantou as sobrancelhas graciosas e respondeu com desdém:

— Eu esperaria uma pergunta dessas vindo de uma revista de fofocas, não do *Los Angeles Times*.

Sua tentativa de se desviar da pergunta rendeu-lhe mais risadas, mas não uma folga, pois um repórter de uma revista de fofocas gritou:

— *Tudo bem, srta. Mathison, nós é que podemos fazer esta pergunta: você está apaixonada por Zachary Benedict?*

Só então Matt a viu vacilar, e seu coração se encheu de empatia ao vê-la se esforçar para manter o sorriso no lugar e uma expressão neutra, mas seus olhos a contradiziam — aqueles enormes olhos cor de safira e de cílios longos ficaram escuros e solenes, tomados de uma emoção que evocavam claramente ternura. Justamente quando a empatia de Matt por ela estava no auge, bem quando ele percebeu que os repórteres finalmente a encurralaram, ela mudou de estratégia e caiu de propósito na armadilha de uma maneira que o fez admirar sua coragem.

— Uma vez ou outra — disse ela —, grande parte da população feminina deste país provavelmente já pensou estar apaixonada por Zachary Benedict. Agora que o conheci — acrescentou ela com a voz quase trêmula —, acho que tinham razão. Ele... — interrompeu-se, hesitante, visivelmente procurando as palavras certas, depois concluiu: — É muito fácil se apaixonar por ele.

Sem dizer mais nada, ela desceu do palanque e foi logo cercada por dois homens que Matt presumiu serem agentes do FBI e por vários policiais que garantiram sua segurança para sair do palco.

Estava prestes a desligar a televisão pelo controle remoto quando um repórter começou a fazer a recapitulação da entrevista, então ele olhou para a esposa.

— O que achou disso?

— Acho — respondeu Meredith em voz baixa — que ela foi fantástica.

— Mas ela conseguiu mudar sua opinião sobre Zack? Sou suspeito para falar dele, mas você não o conhecia, então sua reação à entrevista provavelmente é parecida com a do resto do mundo.

— Não sei se sou tão imparcial quanto você pensa. Você é bom em julgar o caráter das pessoas, querido, e deixou claro que acreditava na inocência dele. Se você pensa assim, estou inclinada a achar a mesma coisa.

— Obrigado — disse com ternura, dando um beijo na testa da esposa.

— Agora tenho uma pergunta para você — acrescentou ela, e Matt pressentiu por instinto qual seria a pergunta. — Julie Mathison disse que foi levada para uma casa isolada em alguma montanha do Colorado. Foi para nossa casa?

— Não sei — disse ele com sinceridade, sorrindo quando ela lhe dirigiu um olhar cético. — Mas imagino que sim — acrescentou pelo bem da honestidade. — Zack já esteve lá antes, embora sempre tenha ido de helicóptero, e ao longo dos anos deixei a casa à sua disposição. Naturalmente ele se sentiria à vontade para usá-la agora, contanto que não me envolvesse diretamente...

— Mas você está envolvido! — exclamou Meredith, um pouco desesperada. — Você...

— Não estou envolvido nos planos de Zack a ponto de prejudicar a mim ou a você. — Como ela ainda parecia não ter se convencido disso, ele reiterou, calmamente: — Quando foi para a prisão, Zack me deu plenos poderes para gerenciar seus investimentos e finanças, o que continuei fazendo. Isso não é ilegal nem é algo de que as autoridades não saibam. Até fugir da prisão, ele se comunicava regularmente comigo.

— Mas e agora, que ele é um fugitivo, Matt? — perguntou ela, analisando seu rosto. — E se ele tentar se comunicar com você agora?

— Nesse caso — disse ele dando de ombros de modo tão casual que a preocupou ainda mais, em vez de menos —, vou fazer o que deve qualquer cidadão que siga as leis e o que Zack esperaria que eu fizesse: vou avisar as autoridades.

— E vai demorar quanto tempo?

Ele riu da astúcia da esposa e envolveu-a com o braço pelos ombros, levando-a para o quarto.

— Rápido o suficiente para impedir que as autoridades me considerem cúmplice — prometeu ele. Não antes disso, ele acrescentou em silêncio.

— E sobre o fato de ele ter usado nossa casa? Você vai contar às autoridades sobre sua suspeita?

— Acho — disse ele depois de ponderar por uns instantes — que é uma excelente ideia! Eles vão tomar isso como mais uma prova da minha inocência e um gesto de extrema boa-fé da minha parte.

— Um gesto — repetiu a esposa — que não poderia prejudicar seu amigo porque, de acordo com Julie, ele foi embora do Colorado há dias.

— Você é muito inteligente, querida — concordou ele com um sorriso. — Agora por que não vai para a cama para tirar nossa "soneca" enquanto eu ligo para o escritório local do FBI?

Ela assentiu, mas parou-o ao colocar a mão em seu braço.

— Se eu pedir para você não se envolver mais com qualquer outra coisa que diga respeito a Zachary Benedict... — começou ela, mas ele balançou a cabeça para silenciá-la.

— Eu faria qualquer coisa por você, e você sabe disse — disse ele, numa voz cheia de emoção. — Mas, por favor, não me peça isso, Meredith. Seria muito difícil dormir bem à noite se fizesse isso com Zack.

Meredith hesitou, impressionada com a lealdade de Matt a esse homem. Geralmente considerado um executivo brilhante, mas durão, Matt conhecia centenas de pessoas, mas nunca lhes dava sua confiança e amizade. De fato, até onde sabia, Zachary Benedict era o único que ele considerava um amigo próximo e confiável.

— Ele deve ser um homem memorável para você ser tão leal.

— Você iria gostar dele — afirmou Matt, abraçando-a.

— O que o faz ter tanta certeza? — provocou, tentando imprimir um tom tão leve quanto o dele.

— Tenho certeza disso — disse ele, com uma expressão deliberadamente presunçosa — porque não por acaso você é louca por *mim*.

— Você não está dizendo que vocês dois são parecidos...

— Muitas pessoas provavelmente achavam isso e não necessariamente no bom sentido. Mas — acrescentou ele, mais sério — o fato é que sou tudo o que Zack tem. Sou o único em quem confia. Quando ele foi preso, os falsos amigos e competidores que o bajulavam ao longo dos anos se afastaram como se ele tivesse a peste bubônica e comemoraram sua queda. Algumas pessoas se mantiveram leais a ele mesmo depois que foi para a prisão, mas ele as ignorou e se recusou a responder suas cartas.

— Ele devia estar envergonhado.

— Sem dúvida.

— Você está errado a respeito de uma coisa — disse ela suavemente. — Ele tem outro aliado além de você.

— Quem?

— Julie Mathison. Ela está apaixonada por ele. Acha que ele ouviu o que ela disse hoje?

Matt balançou a cabeça.

— Duvido. Onde quer que esteja, ele está em algum lugar bem remoto e provavelmente fora do país. Seria um tolo se ficasse nos Estados Unidos. E Zack pode ser tudo, menos tolo.

— Tomara que ele a tenha visto — disse Meredith, sentindo compaixão apesar de recear pela segurança do marido. — Talvez ele tenha tido sorte e saiba o que ela está tentando fazer.

— Zack nunca teve sorte na vida pessoal.

— Acha que ele se apaixonou por Julie Mathison enquanto estiveram juntos?

— Não — respondeu ele em tom certeiro. — Além de ter em mente coisas muito mais urgentes, Zack é... quase imune às mulheres. Ele gosta delas sexualmente, mas não tem muito respeito por elas, o que não é de surpreender, considerando o tipo com que se envolvia. Quando sua carreira de ator estava no auge, elas corriam atrás dele, mas, quando ele virou diretor e podia distribuir valiosos papéis a atrizes sortudas, elas passaram a rondá-lo como lindos e traiçoeiros tubarões. Ele estava completamente acostumado com elas. De fato, só o vi agir com ternura de verdade com crianças, que é a única razão que o fez se casar com Rachel. Ela prometeu que queria ter filhos e obviamente mudou de ideia depois dos votos matrimoniais. — Balançando a cabeça para impor ênfase, ele concluiu: — Zack não se apaixonaria por uma jovem e bela professora de uma cidade pequena... nem em poucos dias, nem em meses.

50

CONTRA A LUZ DO POENTE, VIA-SE A SILHUETA DE UM HOMEM que caminhava, com um jornal e algumas revistas na mão, pela estrada poeirenta que ligava o povoado ao porto. Enquanto ia ao píer, não falava com nenhum dos pescadores que descarregavam a pesca do dia, e nenhum deles puxou conversa, mas vários olhares curiosos seguiram o forasteiro em direção a seu barco, um Hatteras de 12,5 metros com o nome *Julie* recém-pintado em azul na proa. Além do nome, que a lei marítima exigia que aparecesse na proa, não havia nada digno de nota no barco. A certa distância, parecia mais um entre os milhares de barcos que navegavam pela costa da América do Sul, alguns alugados por pescadores esportivos, e a maioria usada estritamente por pescadores, que voltavam toda noite para descarregar a pesca do dia e depois partiam a cada manhã, quando as estrelas ainda brilhavam no céu logo antes do amanhecer.

Como o barco, havia poucas coisas que se destacavam em seu dono. Em vez de shorts e camisas de tecido, preferidas pelos capitães dos barcos de aluguel, ele usava a vestimenta típica dos pescadores: camisa branca de algodão, de mangas largas, calça cáqui, sapatilhas e boné escuro que encobria sua testa. Seu rosto estava bronzeado sob uma barba de três dias, apesar de que, se alguém olhasse de perto, notaria que sua pele não era tão castigada quanto a dos outros pescadores e seu barco era mais bem-equipado para longas viagens do que para pesca. Mas esse era um porto movimentado e competitivo, e o *Julie* era apenas um entre os milhares de barcos que atracavam ali; barcos que muitas vezes transportavam cargas que não eram nem comestíveis, nem legais.

Do outro lado do píer, dois pescadores a bordo do *Diablo* observavam o proprietário do *Julie* subir no barco. Minutos depois, o motor foi ligado, e as luzes da cabine se acenderam.

— Ele gasta gasolina deixando o motor ligado boa parte da noite — afirmou um dos pescadores. — Para que precisa disso?

— Às vezes vejo a sombra dele à mesa através das cortinas. Acho que ele fica lendo.

O outro pescador olhou as cinco antenas que despontavam para o alto do topo do *Julie*.

— Ele tem tudo quanto é equipamento, inclusive um radar, naquele barco — apontou ele —, mas nunca sai para pescar e tampouco procura clientes para alugar. Ontem o vi ancorado perto da Ilha Calvary, e nem tinha atirado as varas na água.

O primeiro pescador resmungou com desgosto.

— É porque ele não é pescador nem dono de barco de aluguel.

— Acha que ele é outro traficante de drogas?

— O que mais seria? — concordou o companheiro, dando desinteressadamente de ombros.

Sem notar que sua presença incitava comentários ao longo das movimentadas docas, Zack estudava os mapas espalhados sobre a mesa, traçando cuidadosamente os variados cursos que poderia tomar na próxima semana. Eram três horas da manhã quando ele finalmente enrolou os mapas, mas sabia que não conseguiria dormir apesar de estar exausto. Sono era algo que o evitava havia quase uma semana, embora sua fuga dos Estados Unidos tenha ocorrido sem dificuldades, graças aos contatos de Enrico Sandini e o meio milhão de dólares de Zack. No Colorado, um pequeno helicóptero apareceu, como planejado, para transportá-lo por uma distância de 200 metros da casa até uma clareira que existia precisamente para esse propósito, a não ser pelo fato de que era para ser usada pelos proprietários da casa e seus convidados. Levando esquis e vestido como um esquiador, visual que se completava com um par de óculos que lhe cobria quase todo o rosto, Zack subiu a bordo e voou até uma estação de esqui a uma hora dali. O piloto não fez nenhuma pergunta, nem demonstrou surpresa, pois aquilo parecia, como bem sabia Zack, um meio bem comum de transporte usado por esquiadores endinheirados que preferiam ter uma casa na montanha, mas esquiar em outro lugar.

Um carro alugado o esperava no estacionamento da estação, e dali ele se dirigiu ao sul até um pequeno campo de pouso onde um avião o esperava, como combinado. Diferente do piloto do helicóptero, que era completamente inocente e legítimo, o piloto do quadrimotor sabia que tramavam algo. Cada vez que aterrissavam para reabastecer o avião com combustível, o piloto declarava um plano de voo diferente do que fariam.

Pouco depois de deixarem o espaço aéreo americano, Zack adormeceu e acordou apenas quando pararam para reabastecer no caminho, mas, até então, ele só conseguira dormir por poucas horas por vez.

Levantando, ele desceu à galeria e se serviu de conhaque, na esperança de que isso o ajudasse a dormir, ainda que soubesse que era em vão; depois levou a taça ao pequeno salão que servia de sala de estar e de jantar na casa flutuante. Desligou as luzes da cabine principal, mas deixou ligado o pequeno abajur na mesa ao lado do sofá, pois iluminava a fotografia de Julie que ele recortara da primeira página do jornal de uma semana antes e colocara num pequeno porta-retrato. Originalmente, ele achava que devia ser a foto da formatura de Julie, mas hoje, enquanto a analisava e tomava conhaque, Zack decidiu que era mais provável que a foto tivesse sido tirada em uma festa ou mesmo um casamento. Ela usava um colar de pérolas e um vestido laranja com um decote modesto, mas o que ele mais gostou na foto era que o cabelo de Julie estava penteado como no dia em que eles se arrumaram para seu "encontro".

Zack sabia que era uma tortura ficar olhando a foto, mas foi incapaz de parar. Pegou o porta-retrato, apoiou o tornozelo sobre o joelho oposto e apoiou a foto na perna. Devagar, passou o polegar pelos lábios sorridentes de Julie, imaginando se ela sorria de novo agora que estava de volta em casa. Ele rezava para que sim, mas, ao olhar para a foto, o que viu foi a última imagem que teve dela: o devastado olhar que ela lhe dirigiu quando ele a ridicularizou por dizer que o amava. Isso o despedaçava, assim como outras preocupações a respeito dela, como uma suposta gravidez. Ele se torturava constantemente tentando imaginar se ela suportaria fazer um aborto ou encararia a vergonha de ser mãe solteira numa cidade pequena.

Havia tantas coisas que ele queria dizer para Julie, tantas coisas que precisava desesperadamente contar para ela. Zack tomou o restante do conhaque, lutando contra a necessidade de escrever outra carta para ela. Todo dia escrevia uma carta, embora soubesse muito bem que não poderia enviá-las. Precisava parar de escrever aquelas cartas — aconselhou a si mesmo.

Precisava tirá-la da cabeça antes que enlouquecesse.

Precisava dormir um pouco.

E, mesmo pensando nisso, não resistiu e foi pegar uma caneta e um pedaço de papel.

Às vezes, Zack dizia onde estava e o que fazia, às vezes descrevia com detalhes coisas que achava que a interessariam, como as ilhas no horizonte ou os hábitos dos pescadores locais, mas hoje ele queria falar de outra coisa. Hoje a exaustão e o conhaque elevaram seus turbulentos arrependimentos e preocupações a outro patamar. De acordo com o jornal norte-americano de alguns dias que comprara no povoado esta manhã, Julie definitivamente era suspeita de ter ajudado em sua fuga. De repente, ocorreu-lhe que ela iria precisar de um advogado para evitar o assédio da polícia e do FBI ou, pior, que a acusassem como cúmplice para forçá-la a admitir coisas que não eram verdade. Se isso acontecesse, ela precisaria de um advogado de primeira, não um caipira qualquer. Ela precisaria de dinheiro para isso. O novo senso de urgência falou mais alto que o desespero derrotado que cobria seus pensamentos desde que ela foi embora, e a mente de Zack começou a trabalhar furiosamente, trazendo novos problemas e repentinas soluções.

O dia já amanhecia quando ele se reclinou na cadeira, incrivelmente exausto e completamente derrotado. Derrotado porque sabia que teria que enviá-la *esta* carta. Tinha que fazer isso em parte por causa das soluções que pensara, mas também porque queria desesperadamente que ela soubesse como ele se sentia de verdade. Zack estava certo de que a verdade não a magoaria tanto quanto suas mentiras. Essa seria a última vez que entrariam em contato, mas pelo menos iria corrigir o desagradável final dos dias e noites mais perfeitos e bonitos de sua vida.

A luz do sol despontava através das cortinas do salão, e ele conferiu o relógio. Nessa ilha, as cartas só eram coletadas uma vez por semana, bem cedo nas manhãs de segunda-feira, o que significava que ele não teria tempo de reescrever a mensagem desconexa e incoerente, não quando ainda precisava escrever para Matt explicando o que queria que fizesse.

51

— Ali está Keaton, embaixo da asa direita, sr. Farrell — disse o piloto depois que o jatinho saiu graciosamente das nuvens e começou a descida. — Vou dar uma olhada na pista de pouso antes de aterrissar para ver se está em boas condições.

Matt apertou o botão do interfone.

— Ótimo, Steve — disse, notando a expressão preocupada no rosto da esposa. — O que houve? — perguntou à Meredith, em voz baixa. — Pensei que eu havia assegurado de que não há nada ilegal em entregar uma carta endereçada a Julie Mathison. As autoridades bem sabem que sou o encarregado das finanças de Benedict. Já entreguei a eles o envelope com as instruções vieram para que rastreassem sua procedência. Não que isso vá ajudá-los — acrescentou com um risinho. — O selo é de Dallas, onde estava alguém que ele obviamente pagou para receber a correspondência endereçada a mim, trocar o envelope e reenviá-la a mim.

Sabendo o quanto o marido se importava com aquilo, Meredith tentou esconder melhor suas preocupações e perguntou:

— Por que ele está fazendo isso se confia plenamente em você?

— Para que eu possa entregar às autoridades qualquer envelope que receber dele, sem revelar seu paradeiro. Ele está protegendo a nós dois. Então, veja que até agora estou seguindo cada linha da lei.

Meredith recostou a cabeça no topo curvado do sofá de couro branco que dominava a cabine do avião e disse com um suspiro risonho:

— Não, não está. Você não alertou o FBI de que ele anexou à sua carta outra para Julie Mathison, nem disse que está fazendo a entrega.

— A carta para ela está num envelope selado e em branco — contra-argumentou ele com gentileza. — Não tenho como saber se Zack escreveu o que está aqui. Até onde sei, contém receitas. Espero — disse em tom de horror e zombaria — que você não esteja sugerindo que eu deva abrir a carta para descobrir o que está escrito. Acontece que é crime fazer uma coisa dessas. Além disso, meu amor, não existe nenhuma lei que exija especificamente que eu alerte as autoridades toda vez que Zack entrar em contato comigo.

Alarmada e mais divertida do que queria pela indiferença com que o marido tratava o assunto, Meredith olhou para o homem lindo por quem se apaixonou e depois perdeu quando era uma inocente debutante de 18 anos, e ele, um trabalhador da indústria siderúrgica de 25 anos. Em uma curta década, ele deixou a fábrica para trás e ergueu seu próprio império financeiro com base em ousadia, inteligência e coragem. E então a reconquistou. Apesar de seu ar sofisticado, suas roupas feitas sob medida, seus iates e jatinhos, Matt era, e sempre seria, um batalhador. E ela o amava por isso. Amava aquele ímpeto enérgico e imprudente dele, embora fosse por essa razão que ele agora ignorava as possíveis consequências legais de suas ações. Ele acreditava na inocência de Zachary Benedict, e essa era a única justificativa de que precisava para fazer o que decidiu. E ponto-final. Mesmo que soubesse ser inútil e provavelmente desnecessário, ela insistiu em acompanhá-lo na viagem, para ter certeza de que ele não corresse riscos demais.

— Por que está sorrindo assim? — perguntou ele.

— Porque eu amo você — admitiu ela. — Agora, por que *você* está sorrindo?

— Porque você me ama — murmurou ele, com ternura, enlaçando o braço no dela e lhe acariciando o pescoço. — E — admitiu — por causa disto. — Do bolso da frente, ele pegou a carta que Zack lhe escrevera.

— Você disse que isso era só uma lista de instruções sobre Julie Mathison. Qual é a graça nisso?

— Isso que é engraçado: uma *lista* de instruções. Quando Zack foi para a prisão, ele tinha uma fortuna investida no mundo inteiro. Sabe quantas instruções ele me passou quando me outorgou o poder de geri-la?

— Não. Quantas?

— Uma — disse ele com um risinho, levantando o dedo indicador. — Ele disse: "Só não me leve à falência."

Meredith riu, e Matt deu uma olhada pela janela enquanto o avião descia em direção à pista de pouso, o sol se refletindo nas asas.

— Joe está aqui com o carro — disse ele, referindo-se a seu motorista, que havia desembarcado em Dallas num voo mais cedo, alugado um carro e ido buscá-los no aeroporto. Matt queria chegar e sair sem que ninguém soubesse quem eles eram, o que significava que não podiam chamar um táxi, mesmo se houvesse esse tipo de serviço em Keaton.

— Tudo certo, Joe? — perguntou ele ao entrar no banco de trás do carro.

— Sim — respondeu o motorista, animado, enquanto pisava o acelerador com sua maneira habitual de piloto de corrida. — Cheguei aqui há uma hora e localizei a casa de Julie Mathison. Tinha várias bicicletas de criança no quintal da frente.

Meredith agarrou o braço de Matt para se equilibrar e revirou os olhos, resignada com a direção perigosa de Joe. Para se distrair do barulho que o carro fazia ao passar por cima do cascalho a caminho da estrada, ela retomou a conversa que teve com o marido no avião.

— Que instruções Zack lhe deu a respeito de Julie Mathison?

Tirando um papel dobrado do bolso, ele disse:

— Entre outras coisas, devo prestar atenção na aparência de Julie e averiguar se ela parece ter perdido peso ou se não tem dormido bem.

Meredith registrou imediatamente a preocupação incomum de Zack Benedict por sua antiga refém, o que suavizou o que pensava sobre ele.

— Como você pode saber disso só de olhar para ela? Você não sabe como ela era antes de ter passado uma semana com ele.

— Só consigo imaginar que o estresse a que Zack tem se submetido finalmente o derrotou. — Forçando-se a não mostrar o quanto ressentia isso, Matt continuou: — Você vai adorar o próximo item da lista. Também devo descobrir se ela está grávida.

— Só de *olhar* para ela? — exclamou Meredith enquanto Joe diminuía de velocidade e entrava numa rua residencial.

— Não, acho que devo perguntar isso a ela, e é por isso que estou tão feliz por você ter se disposto a vir comigo. Se ela disser que não está grávida, devo dizer a Zack se acredito nela ou não.

— A menos que faça algum teste de gravidez, pode ser que nem ela saiba. Só faz três semanas desde que ela o deixou no Colorado. — Meredith vestiu as luvas enquanto Joe O'Hara estacionou o carro em frente a uma casa de um andar em estilo interiorano onde alguns garotinhos pegavam suas bicicletas e iam embora. — Para estar tão preocupado assim, ele deve gostar muito dela, Matt.

— O que ele sente é culpa — previu Matt, saindo do carro — e responsabilidade. Zack sempre foi muito responsável. — Quando subiram na calçada, dois garotinhos em cadeiras de rodas desceram da porta lateral por uma rampa até a calçada, morrendo de rir, perseguidos por uma bela jovem.

— Johnny! — chamou ela, também morrendo de rir enquanto corria atrás do garoto — Devolva isso!

O garoto de nome Johnny executou uma manobra arrojada com a cadeira, levando ao ar uma das rodas, sacudindo um caderno de espiral no ar, enquanto seu companheiro usava a própria cadeira de rodas como obstáculo à aproximação da mulher. Matt e Meredith pararam, observando a exuberante cena enquanto Julie Mathison, aos risos, tentava sem sucesso passar pela defesa conjunta dos garotos.

— Tudo bem — disse Julie, encaixando as mãos nos quadris, sem perceber a presença dos visitantes —, vocês venceram, seus monstrinhos! Não vai ter teste amanhã. Agora devolvam meu diário de classe.

Com um grito triunfante, Johnny devolveu o caderno.

— Obrigada — agradeceu Julie, pegando-o e carinhosamente puxando o gorro de tricô do menino para encobrir suas orelhas e olhos. Ele riu e ajeitou o gorro. Ela se inclinou na frente do outro garoto risonho e fechou o zíper de sua jaqueta até o colarinho, depois bagunçou seu cabelo ruivo. — Você está ficando muito bom nessas manobras de bloqueio, Tim. Não se esqueça delas no jogo do próximo sábado, certo?

— Certo, srta. Mathison.

Julie virou-se para vê-los deslizarem pela calçada e foi então que viu o casal bem-vestido parado perto do meio-fio em frente à casa. Eles começaram a se aproximar, e Julie envolveu-se com os braços para se proteger do vento gelado, sorrindo com polidez enquanto esperava por eles. Sob a luz do anoitecer, os dois de alguma forma pareciam vagamente familiares.

— Srta. Mathison — disse o homem, retribuindo o sorriso —, sou Matthew Farrell, e esta é minha esposa, Meredith.

De perto, ela era tão bonita quanto o marido — ela de cabelo loiro; ele, moreno —, mas o sorriso de ambos era igualmente caloroso.

— Está sozinha? — perguntou ele, olhando para a casa.

Julie ficou tensa, suspeitando de que algo estava estranho.

— Vocês são jornalistas? Porque se forem eu...

— Sou amigo de Zack — interrompeu ele em voz baixa.

O coração de Julie se apertou nas costelas.

— Por gentileza — disse ela rapidamente, morrendo de animação e surpresa —, entrem.

Ela os levou à porta dos fundos, pela cozinha, onde prateleiras com potes de cobre e panelas estavam penduradas na parede, chegando à sala.

— Sua casa é uma graça — disse Meredith, tirando o casaco e olhando em volta pela sala arejada com móveis de vime branco, almofadas de estampado xadrez verde e azul, e vasos de plantas nos cantos.

Julie tentou sorrir, mas, ao pegar o casaco de Matt, exclamou com desespero:

— Zack está bem?

— Até onde sei, está bem.

Ela relaxou um pouco, mas era difícil ser uma anfitriã bem-educada se tudo o que queria saber era por que vieram e arrumar desculpas para, desesperadamente, prolongar a visita, pois Matt Farrell era amigo de Zack e isso de certa forma trazia Zack ali, para sua casa.

— Gostariam de tomar um vinho ou café? — perguntou ela de soslaio enquanto perdurava o casaco das visitas no cabideiro e eles se sentavam no sofá.

— Café seria ótimo — disse a mulher, e o marido concordou.

Julie preparou o café em tempo recorde, colocou pires e xícaras numa bandeja e voltou à sala com tanta rapidez que ambas as visitas sorriram para ela, como se entendessem e reconhecessem seu dilema.

— Estou muito nervosa por alguma razão — admitiu ela, sufocando uma risada. Colocou a bandeja na mesa em frente a eles e esfregou a palma das mãos nas coxas. — Mas estou... estou *muito* feliz por vocês terem vindo. Vou buscar o café assim que estiver pronto.

— Você não estava nem um pouco nervosa — observou Matt Farrell com admiração — quando confrontou o mundo pela televisão e tentou, com muito êxito, na minha opinião, conquistar a simpatia do público em relação a Zack.

O calor em seus olhos e em sua voz fez Julie se sentir como se tivesse feito algo maravilhoso e corajoso.

— Espero que todos os amigos de Zack pensem assim.

— Zack não tem muitos amigos mais — disse ele. — Por outro lado — acrescentou com um leve sorriso —, com uma defensora como você, ele não *precisa* de tantos amigos.

— Há quanto tempo vocês o conhecem? — perguntou Julie, sentando-se numa cadeira perto do sofá.

— Meredith não o conheceu, mas eu e ele somos amigos há oito anos. Éramos vizinhos na Califórnia, em Carmel. — Matt notou que Julie se reclinou um pouco, voltando todas as atenções para ele. Sentindo que ela gostaria de saber tudo o que pudesse sobre Zack, acrescentou: — Também éramos sócios em vários empreendimentos financeiros. Quando foi para a prisão, Zack me confiou o direito e a responsabilidade de gerenciar todas as suas finanças e investimentos.

— É maravilhoso da sua parte ter aceitado isso — elogiou ela com graciosidade, e Matt teve um breve vislumbre do raro afeto que ela deve ter demonstrado a Zack quando ele mais precisou no Colorado. — Ele deve respeitar muito você para lhe confiar coisas tão importantes.

— Eu sinto o mesmo por ele — respondeu, com certo incômodo, desejando que houvesse uma maneira fácil de falar no propósito de sua visita.

— E foi por isso que você saiu da Califórnia e veio até aqui... — sugeriu ela, ajudando-o. — Como amigo de Zack, você queria que eu soubesse que aprova o que eu disse durante a coletiva de imprensa?

Matt balançou a cabeça e, para ganhar tempo, começou a falar de detalhes menos importantes.

— Agora só passamos as férias na Califórnia — explicou ele. — Nossa residência permanente é em Chicago.

— Acho que eu preferiria Carmel, embora nunca tenha ido lá — respondeu ela, seguindo a deixa de Matt e continuando a conversa-fiada.

— Nós moramos em Chicago porque Meredith é presidente da Bancroft & Company, cuja sede é lá.

— Bancroft's! — exclamou Julie, impressionada pela menção à sofisticada cadeia de lojas de departamento, e sorriu para Meredith. — Já fui à loja de Dallas, é maravilhosa — elogiou ela, segurando-se para não dizer que também era muito cara. Levantando-se, continuou: — Vou pegar o café, já deve estar pronto.

Quando ela saiu, Meredith apoiou a mão no braço do marido e disse:

— Ela já sentiu que você veio aqui por algum motivo e, quanto mais você postergar, mais nervosa ela vai ficar.

— Não estou louco para entrar logo no assunto — admitiu Matt. — Viajei centenas de quilômetros a pedido de Zack para perguntar desajeitadamente se ela está grávida e lhe entregar um cheque dele. Diga-me um jeito sutil de falar isso: "Srta. Mathison, eu trouxe um cheque de 40 mil dólares porque Zack teme que você esteja grávida e porque ele quer que você contrate um advogado para se proteger da imprensa e das autoridades."

Ela ia sugerir uma forma mais óbvia e com mais tato de puxar o assunto, mas, antes que pudesse falar, Julie voltou com uma cafeteira de porcelana e começou a servir as xícaras.

Matt limpou a garganta e disse com uma voz estranha e desajeitada:

— Srta. Mathison...

— Por favor, me chame de Julie — interrompeu ela, endireitando-se automaticamente ao ouvir o tom de Matt.

— Julie — concordou ele, com um sorriso leve e sombrio —, na verdade, não vim aqui para falar de sua coletiva de imprensa. Vim porque Zack me pediu para vê-la.

O rosto de Julie se iluminou como a luz do sol passando por entre as nuvens.

— P-Pediu? Ele disse por quê?

— Ele quer que eu descubra se você está grávida.

Julie sabia que não e ficou tão surpresa e envergonhada pelo assunto inesperado que começou a balançar a cabeça, dando uma resposta negativa, antes que Meredith viesse em seu resgate.

— Matt vai lhe entregar uma carta que provavelmente vai explicar isso tudo muito melhor do que meu marido afobado — disse ela gentilmente.

Julie viu Matt colocar a mão no bolso interno de sua jaqueta esportiva e pegar um envelope. Sentindo como se o mundo estivesse começando a girar, enlouquecido, ao seu redor, ela pegou o envelope que ele lhe estendia e disse com a voz trêmula:

— Você se importaria se eu lesse esta carta agora... em particular?

— De jeito nenhum. Vamos tomar o café enquanto isso.

Julie fez que sim com a cabeça e se virou. Abrindo depressa o envelope com o polegar, começou a caminhar para fora da sala com a intenção de ir ao quarto, mas a sala de jantar estava mais perto, por isso foi até lá, sem se importar nem perceber que ainda estava parcialmente à vista dos convidados. Preparou-se para mais um sermão condescendente de Zack sobre o quanto é infantil e absurdo dar importância ao relacionamento deles no Colorado, mas, quando ela desdobrou as folhas e começou a ler, a ternura e alegria que explodiram em seu coração foram capazes de curar todas as suas feridas. Ao seu redor, o mundo desapareceu, e tudo o que existia eram as palavras inacreditáveis que lia e o homem incrível que as escrevera sem sequer ter a intenção de que ela as lesse.

> Minha querida Julie, sei que você nunca lerá esta carta, mas gosto de lhe escrever todos os dias. Assim me sinto mais perto de você. Meu Deus, sinto tanto a sua falta. Sua lembrança me acompanha em cada hora da minha vida. Quem me dera nunca tê-la conhecido. Não... não foi isso que eu quis dizer! De que me serviria a vida sem as suas lembranças para me fazer sorrir?

Não consigo parar de me perguntar se você está feliz. Eu quero que seja feliz. Quero que tenha uma vida gloriosa. Por isso não consegui dizer as coisas que eu sabia que você queria ouvir quando estávamos juntos. Receava que, se fizesse isso, você esperaria anos a fio por mim. Sabia que você queria que eu dissesse que a amava. Não dizer essas palavras foi a única coisa altruísta que fiz no Colorado, e agora me arrependo até disso.

Eu amo você, Julie. Meu Deus, eu amo tanto você.

Eu abriria mão de toda a minha vida para ter um ano com você. Seis meses. Três. O que fosse.

Você roubou meu coração em apenas alguns dias, querida, mas ganhei seu coração também. Podia ver isso nos seus olhos toda vez que você me olhava.

Não me arrependo mais de ter perdido a liberdade, nem sinto mais raiva da injustiça de ter passado anos na prisão. Agora, meu único arrependimento é que não posso tê-la comigo. Você é jovem e vai logo se esquecer de mim e continuar com sua vida. E é exatamente isso que deve fazer. Quero que faça isso, Julie.

Que mentira deslavada! O que eu queria de verdade era vê-la mais uma vez, abraçá-la e fazer amor com você uma, duas, três vezes, até tê-la preenchido tão completamente que nunca mais vai haver espaço dentro de você para mais ninguém além de mim. Só com você comecei a pensar na relação sexual como "fazer amor". E você nunca soube disso.

Às vezes começo a suar frio de receio de que você tenha engravidado. Sei que eu deveria ter lhe dito para abortar meu bebê caso isso tiver acontecido. Já no Colorado eu sabia que devia ter falado isso, mas, meu Deus... não queria que você fizesse isso, Julie!

Espere... acabei de pensar numa solução que nunca me ocorreu antes. Sei que não tenho o direito de pedir que você tenha meu bebê, mas há um jeito de fazer isso dar certo; é só você querer. Você podia pedir licença e viajar. Vou garantir que tenha dinheiro o bastante para compensar seu salário e cobrir todas as suas despesas. Depois, quando o bebê nascer, eu gostaria que o levasse à minha avó. Se você estiver grávida e quiser fazer isso por mim, vou mandar uma carta para ela com antecedência e explicar tudo. Apesar de ter todos os defeitos, ela nunca na vida se recusou a assumir uma responsabilidade e vai garantir que nosso filho seja muito bem-criado. Ela tem a posse do que teria sido uma grande parte da minha herança; uma pequena parte disso já será mais que suficiente para cobrir todos os custos de vida e educação do bebê.

Você tinha razão quando disse que eu não deveria ter dado as costas à minha família. Eu devia ter dito certas coisas à minha avó — mesmo depois que saí de casa — que poderiam ter amenizado o ódio que ela sentia. Você tinha razão quando disse que eu a amava e admirava quando era pequeno. Tinha razão sobre tudo, e, se eu pudesse, mudaria tudo hoje.

Decidi enviar esta carta para você, afinal. É um erro. Sei que é, mas não pude evitar. Preciso lhe dizer o que fazer caso esteja grávida. Não posso suportar a ideia de você não perceber que há uma alternativa ao aborto.

Pode ser que suas correspondências estejam sendo verificadas, então vou fazer com que esta carta chegue a você sem usar os correios. O homem que lhe entregou isto é meu amigo. Está se arriscando por mim, assim como você fez. Confie em Matt tanto quanto confiaria em mim. Diga a ele se você estiver grávida e o que está planejando fazer, para que ele me repasse a resposta. Mais uma coisa, antes que eu me apresse para levar isso ao povoado a tempo da coleta semanal... quero que você fique com algum dinheiro para cobrir qualquer necessidade. O dinheiro que Matt lhe der é meu, então não adianta discutir com ele; simplesmente aceite. Ele vai seguir minhas instruções e fará isso ao pé da letra, por isso não dê trabalho para ele, minha querida. Tenho dinheiro suficiente para minhas necessidades.

Quem dera eu tivesse tempo de lhe escrever uma carta melhor ou tivesse guardado alguma das outras que escrevi para que eu pudesse mandá-la no lugar desta. Elas ficaram muito mais coerentes. Não vou mandar outras cartas para você, por isso não fique à espera. Elas vão alimentar nossas expectativas e sonhos, e, se eu não parar de escrevê-las, vou morrer de tanto que a desejo.

Antes que eu me vá... Vi no jornal que vai sair o novo filme de Kevin Costner nos Estados Unidos. Se você se atrever a começar a fantasiar sobre Kevin depois de assistir ao filme, vou persegui-la pelo resto da minha vida.

Amo você, Julie. Amei você no Colorado. Amo você aqui, onde estou. Sempre amarei você. Em qualquer lugar. Para sempre.

Julie teria lido a carta novamente, mas seus olhos estavam totalmente embaçados pelas lágrimas que desciam em torrentes, e as folhas deslizavam por seus dedos. Cobrindo o rosto com as mãos, ela se virou para a parede e chorou. Chorou de alegria, de uma saudade agridoce e também de uma sensação de raivosa impotência. Chorou pela injustiça que fez dele um fugitivo e por sua estupidez em abandoná-lo no Colorado.

Na sala de estar, Meredith fez uma pergunta a Matt em voz baixa enquanto pegava a chaleira de porcelana. Mas em seguida seu olhar se esgueirou para a sala de jantar mais adiante e, alarmada, viu as costas de uma mulher aos prantos.

— Matt, veja! — disse ela, já se levantando. — Julie... — disse, gentilmente, ao chegar na sala de jantar. Estremecendo ao ouvir os soluços de partir o coração, ela colocou a mão nos ombros trêmulos de Julie e murmurou:

— Posso fazer algo para ajudar?

— Sim! — exclamou Julie. — Pode ler esta carta e me dizer como alguém já acreditou que aquele homem matou alguém!

Incerta, Meredith pegou as folhas caídas no chão e deu uma olhada no marido, que estava parado junto à porta.

— Matt, por que não pega o vinho que Julie nos ofereceu antes?

Matt precisou de alguns minutos para encontrar a garrafa e um saca-rolhas para abri-la. Pegava três taças do armário quando ouviu Meredith entrar na cozinha. Ele olhou-a de soslaio, com a intenção de agradecê-la novamente por ter vindo, mas a expressão magoada no rosto da esposa o fez se virar, esquecendo-se das taças.

— O que houve? — perguntou ele, ansioso ao ver o belo rosto da esposa empalidecer.

— A carta... — sussurrou ela com os olhos cheios de lágrimas. — Meu Deus! Matt, você não vai acreditar no que Zack escreveu!

Irracionalmente irritado com Zack por ter magoado sua esposa, Matt abraçou-a bem forte, pegou a carta de suas mãos e começou a ler com os olhos entrecerrados. Aos poucos, o aborrecimento deu lugar ao choque, depois ao descrédito e por fim, à tristeza. Acabava de terminar de ler a última linha quando Julie apareceu à porta. Meredith ouviu sua chegada e logo se virou para encará-la, aceitando o lenço de papel que Matt lhe estendia. Julie, por sua vez, tentava sorrir e enxugava as próprias lágrimas com a ponta dos dedos.

— Esta noite — disse Matt com a voz carregada de arrependimento e compaixão — está se tornando incrível. Eu... sinto muito, Julie — acrescentou ele um pouco sem jeito, analisando a estranha expressão nos olhos dela. — Sei que Zack não queria deixá-la infeliz.

Pela última vez, Julie ponderou rapidamente tudo o que deixaria para trás se executasse o plano que acabara de conceber, mas sua decisão já havia sido tomada antes, quando estava na sala de jantar. Tentando manter a voz firme, ela falou:

— Quando Zack entrar em contato com você, por favor, lembre a ele de que fui abandonada por minha própria mãe e diga que *não* vou trazer um bebê a este mundo para carregar a culpa de ter repetido a mesma coisa. — Com um sorriso despedaçado, ela acrescentou: — Diga a ele também que, se quiser muito que eu tenha o bebê, o que eu *gostaria muito*, então tudo o que lhe resta a fazer é deixar que eu me junte a ele no exílio.

A última frase caiu como uma bomba no ambiente, e, nos tremores silenciosos que se seguiram, Julie viu a expressão de Matt Farrell passar de surpresa a admiração, mas, com a intenção de suavizar seu entusiasmo, ele disse:

— Não faço ideia de quando, ou se, Zack vai entrar em contato de novo.

Julie soltou uma risada um pouco histérica.

— Ah, vai, sim... e muito em breve — disse ela com absoluta certeza, sabendo agora que seus instintos sobre Zack sempre estiveram corretos e que, se tivesse simplesmente os escutado, ela poderia tê-lo convencido a levá-la junto quando fosse embora da casa no Colorado. — Ele não vai demorar a entrar em contato com você porque vai querer saber notícias minhas o quanto antes.

Matt percebeu que ela provavelmente estava certa.

— Tem mais alguma coisa que você quer que eu diga a ele quando entrar em contato?

Julie fez que sim com a cabeça enfaticamente.

— Sim. Diga que ele tem no máximo... quatro semanas para me tirar daqui antes que eu tome outra atitude. E que... — Ela hesitou, envergonhada, ante o pensamento de ter que dizer certas coisas a Zack por intermédio de outra pessoa. Então decidiu que isso não importava, contanto que suas palavras chegassem a Zack. Com uma voz dolorida, ela disse: — Diga que estou *morrendo* sem ele e que vou torrar todo o dinheiro dele em mil fitas de vídeo do novo filme de Kevin Costner, depois vou *babar* por aquele homem pelo resto da minha vida!

— Eu acho — disse Meredith, segurando-se para não rir — que isso o fará concordar de uma vez por todas. — Virando-se para Matt, acrescentou: — Vai se lembrar de cada palavra ou quer anotar?

Matt deu uma olhada na esposa — que agora parecia tão determinada a envolvê-lo na complicada vida de Zack quanto estivera duas horas antes ao tentar fazer o contrário —, depois se virou e serviu vinho nas taças.

— Acho que isso pede mais um brinde — anunciou ele, repassando as taças entre as duas mulheres. — Infelizmente, estou sem palavras para fazer um discurso agora.

— Eu não! — retrucou Meredith. Levantando sua taça, ela encarou Julie e disse, com um sorriso doce: — A todas as mulheres que amam tanto quanto nós. — E olhando ternamente para o marido, completou: — E aos dois homens a quem amamos.

Julie viu que ele sorria com ternura e orgulho sem constrangimento, e ela se apaixonou pelo casal nesse momento. Eles eram como ela e Zack; amavam-se, eram unidos e comprometidos um com o outro.

— Por favor, me digam que vocês ficarão para o jantar. Não sou boa cozinheira, mas pode ser que nunca mais nos encontremos, e estou morrendo de vontade de saber mais sobre... sobre tudo.

Os dois fizeram que sim com a cabeça de uma vez só, e Matt disse:

— Tudo? Bem, então, acho que eu poderia começar com uma análise detalhada sobre o mercado financeiro mundial. Tenho algumas teorias fascinantes sobre as causas prováveis das recessões por que passam alguns mercados. — Ele riu da expressão horrorizada de Julie e continuou: — Ou acho que podemos falar de Zack.

— Ótima ideia — provocou sua esposa. — Você pode contar a nós duas sobre a época em que eram vizinhos.

— Vou começar a preparar o jantar — disse Julie, pensando num prato rápido de preparar, a fim de que tivessem mais tempo de conversar.

— Não — interveio Meredith —, podemos pedir que Joe traga uma pizza.

— Quem é Joe? — perguntou Julie, já pegando o telefone para pedir a pizza.

— Oficialmente, é nosso motorista particular. Extraoficialmente, é um membro da nossa família.

Meia hora depois, o trio estava bem-acomodado na sala de estar, e Matt fazia o melhor para satisfazer a curiosidade das duas mulheres com uma versão cuidadosamente censurada de seus dias de solteiro e vizinho de Zack. Até que a campainha tocou.

Esperando ver um típico motorista, uniformizado e imponente, Julie abriu a porta e deu de cara com um gigante — dono de um rosto ameaçador e um sorriso cativante — que trazia uma caixa de pizza em cada mão.

— Entre e junte-se a nós — disse ela com prazer, pegando uma das pizzas e abrindo caminho para Joe. — Não precisava ter ficado no carro esse tempo todo.

— Também foi isso que eu pensei — brincou Joe, mas conferiu se Matt desejava sua presença ali. Como o chefe concordou, Joe entrou e tirou o casaco.

— Vamos comer aqui mesmo; é mais espaçoso — chamou Julie de soslaio enquanto arrumava a mesa da sala de jantar.

— Vou buscar o vinho — disse Meredith, levantando-se.

Joe O'Hara adentrou a sala de jantar e enfiou as mãos no bolso, analisando a corajosa jovem que falou em nome de Zack na televisão. Ele achava que ela parecia mais uma bela estudante do que uma professora, com seu brilhoso cabelo castanho preso num coque e sua pele suave e sedosa. Ela não parecia nem um pouco uma das gostosas que perseguiam Zack, e Joe gostava disso. Ele dirigiu um olhar questionador a Matt, que estava parado ao seu lado, observando-a com um meio sorriso carinhoso. Em resposta à pergunta não dita, seu chefe fez que sim com a cabeça devagar, e Joe chegou à conclusão óbvia e gratificante.

— Então — disse Joe em voz alta —, você é a namorada de Zack.

Ela parou de ajeitar os guardanapos ao lado dos pratos e levantou o rosto, mostrando os olhos da cor e da suavidade de violetas azuis.

— Esse foi o *melhor* elogio que já recebi — falou ela. Para seu constrangimento, o enorme homem enrubesceu. — Você também conhece Zack? — perguntou para quebrar o gelo e porque queria saber tudo o que pudesse.

— Pode ter certeza — respondeu ele, rindo, enquanto se sentava, acompanhado de Matt e Meredith. — Posso contar histórias sobre ele que ninguém mais sabe, nem mesmo Matt.

— Me conte — disse Julie com entusiasmo.

O'Hara se serviu de um pedaço de pizza, pensou por um momento e então disse:

— Tudo bem, já sei. Certa noite, Matt recebeu uma visita inesperada e me mandou para a casa de Zack porque tinha acabado nosso estoque de vodca —

começou ele. Julie assentiu, e ele deu uma mordida na pizza antes de continuar, entusiasmado. — Era quase meia-noite, e as luzes da casa de Zack estavam acesas, só que ninguém atendeu à porta. Mas eu podia ouvir sua voz, bem como vozes femininas, do lado de fora da casa. E lá estava Zack, ao lado da piscina, ainda de smoking, como se tivesse acabado de voltar de uma festa.

Julie apoiou o queixo na mão, fascinada.

— O que ele estava fazendo? — perguntou ela, enquanto O'Hara comia mais um pedaço da pizza.

— Xingando — disse Joe, sucinto.

— Xingando quem?

— As três mulheres nuas que estavam na piscina. Eram fãs que tinham descoberto seu endereço de algum jeito e pensaram que ele gostaria de se unir a elas numa pequena orgia quando as visse nuas na piscina.

— O'Hara! — alertou Matt.

— Não, esta história é tranquila, Matt. É sério. Julie não vai ficar com ciúmes nem nada. Vai, Julie? — perguntou ele, incerto.

Aos risos, Julie balançou a cabeça. Zack a amava, ela sabia disso agora. E não tinha nada com que se preocupar.

— Não vou ficar com ciúmes.

— Eu sabia — disse ele, dirigindo um olhar satisfeito aos seus chefes. — Bem, Julie — continuou —, Zack estava furioso, e vou dizer algo que talvez você não saiba: por baixo daquela superfície fria e calma, Zack tem um temperamento inacreditável! Quando me pediu para pegá-las quando as expulsasse, foi exatamente isso que ele quis dizer. Ele entrou na água de roupa e tudo, e quando fui ver uma garota de uns 20 anos saiu da piscina rolando aos meus pés. Depois Zack apareceu na margem com uma garota debaixo de cada braço.

Julie tentou não parecer nem um pouco chocada com a história.

— O que você fez com elas?

— O que Zack pediu. Ele estava com tanta raiva que nem deixou que elas se vestissem. Nós as enxotamos enquanto elas berravam, protestavam e imploravam por suas roupas no caminho até seu carro, então Zack enfiou duas delas no banco de trás, enquanto coloquei a outra no banco da frente. Ele escancarou a porta da frente, ligou a ignição e colocou na primeira marcha. "Dirijam ou vão bater o carro", disse ele a elas, "Caiam fora daqui e nunca mais voltem!"

As mulheres trocaram olhares de agradecimento, evidentemente em concordância com os altos padrões morais de Zack.

— Você nunca me contou isso — disse Matt, franzindo o cenho.

— Poxa, tentei lhe contar, mas sua acompanhante aquela noite estava tentando tirar sua roupa, então deixei a vodca no bar e fui dormir.

Julie delicadamente se focou na pizza, Meredith apoiou o queixo nas mãos dobradas e se virou para o marido com admiração, e Matt dirigiu um olhar gélido para seu errante motorista, que levantou as mãos e disse em sua defesa:

— Meredith está sorrindo, Matt. Ela percebeu que você não fazia ideia de que era casado com *ela* na época.

Julie engasgou com o vinho.

— É bom você explicar o que disse — aconselhou Matt, irritado, depois de trocar olhares com a esposa — antes que Julie decida que Zack confiou seu futuro a um completo imbecil.

— Pensei que todo mundo já soubesse dessa história. Saiu nos jornais e tudo — disse Joe, mas como Julie não parecia saber do que se tratava, ele continuou. — Matt e Meredith tinham se casado e depois se divorciado quando Meredith tinha só 18 anos, só que ninguém sabia disso, nem eu. Então, 12 anos depois, Meredith descobriu que o divórcio não tinha sido finalizado, pois na época haviam contratado um advogado incompetente, por isso ela decidiu convidá-lo para almoçar. Eles conversaram pela primeira vez em todos esses anos, e ela contou a notícia. Meu Deus, como Matt ficou bravo! Meredith já estava comprometida com outro rapaz, e os três tiveram que dar uma coletiva de imprensa e parecer amigáveis, e Matt tentou fazer o caso parecer só uma piada...

— Eu conheço, sim, essa história! — exclamou Julie quando a ficha caiu. — É por isso que vocês me pareciam familiares quando chegaram! Eu *assisti* a essa coletiva de imprensa. — Ela dirigiu a Matt Farrell um olhar de surpresa e acrescentou: — Lembro que você e o noivo de Meredith faziam piadas sobre a confusão toda e pareciam até amigos. Depois... uns dias depois, você... você bateu nele! Não foi? Saiu uma foto da briga nos jornais.

— Mas somos todos bons amigos hoje — disse Matt, rindo de leve da expressão pensativa de Julie.

Já passava das onze horas quando os convidados, a contragosto, decidiram que era hora de partir. Julie pediu licença para ir ao quarto e buscar algo. Quando retornou com o suéter verde e a calça que usara na casa do Colorado, Joe O'Hara já tinha saído para aquecer o carro, e Matt e Meredith estavam parados perto da porta.

Como sua esposa lhe pedira para conversar em particular com Julie, Matt sorriu e despediu-se dela, depois acrescentou:

— Vou esperar no carro com Joe enquanto você e Meredith se despedem.

Ela subiu na ponta dos pés para beijá-lo, e Matt a abraçou forte, de repente sentindo-se receoso por ela e Zack.

— Se for se sentir melhor — disse ele, embora soubesse que não devesse tocar nesse assunto —, minha corporação é dona de uma agência internacional de investigações e, nas últimas três semanas, o pessoal está investigando todo mundo que trabalhou no filme de Zack como parte da equipe de Dallas.

Em vez de comemorar, Julie disse:

— Mas por que não fez isso antes? — Dando-se conta tardiamente do que acabara de dizer, ela se desculpou: — Desculpe. Fui muito grosseira e mal-agradecida.

Matt sorriu para ela e balançou a cabeça, admirando sua devoção a Zack.

— Você soou desesperada e preocupada, mas não grosseira. E a resposta é que Zack tinha contratado uma agência tão boa quanto a nossa para fazer o mesmo trabalho antes de seu julgamento, mas não conseguiram descobrir nada significativo. Além disso, ele me disse na época que não queria minha ajuda além do que eu já fazia por ele. Como seu orgulho já estava despedaçado em razão da intensa cobertura da imprensa às vésperas do julgamento, atendi a seu pedido e deixei que ele cuidasse do caso sozinho.

— Seus detetives... — disse Julie com ansiedade, agarrando-se ao vestígio indefinível de encorajamento que pensou ter ouvido na voz de Matt. — Eles descobriram algo novo, não foi?

Depois de hesitar, ainda relutante, Matt decidiu que contar a ela não poderia fazer mal, não quando ela já tomara a decisão de se juntar a Zack no exílio.

— Parte da novidade diz respeito a Tony Austin — começou ele, mas Julie interrompeu.

— Tony Austin a matou?

— Eu não disse isso — avisou Matt, firme. — Se houvesse alguma prova disso, eu não estaria aqui. Estaria espalhando a notícia pela imprensa para que as autoridades legais entrassem em ação.

— Então o que você descobriu?

— Descobrimos que Austin aparentemente mentiu em seu depoimento como testemunha. Durante o julgamento, ele declarou que seu caso com

Rachel Evans havia começado meses antes e que eles estavam "perdidamente apaixonados". A verdade é que ele também estava envolvido com outra mulher.

— Quem? — perguntou Julie, sem fôlego. — Ela pode ter carregado aquela arma com balas de verdade porque tinha ciúmes de Tony e Rachel.

— Não sabemos quem era. Tudo o que sabemos é que, duas semanas antes do assassinato, um mensageiro de hotel ouviu uma voz feminina no quarto de Austin tarde da noite quando foi entregar uma garrafa de champanhe. Esse mesmo rapaz havia acabado de levar o jantar ao quarto de Zack, e foi Rachel quem atendeu à porta, então a mulher do quarto de Austin não podia ser ela. De qualquer modo, não acho que uma mulher tenha trocado aquelas balas; acho que foi Austin.

— Por quê?

— Possivelmente porque Zack sempre insistiu que Austin estava envolvido nisso, e agora fiquei empolgado — admitiu Matt, suspirando. — A questão é que Rachel só poderia ter sustentado Austin e a si mesma mantendo o alto padrão de vida se ela continuasse trabalhando *e* conseguisse uma bolada ao se divorciar de Zack nos tribunais da Califórnia. Mas ela nunca teve a simpatia do público, a não ser quando Zack a dirigia. E assim que a imprensa descobrisse que ela tinha sido flagrada traindo o marido, sua popularidade no cinema iria para o espaço, junto com suas chances de ganhar uma boa grana.

— Agora que sabemos que Austin tinha um caso com outra pessoa ao mesmo tempo que se relacionava com Rachel, isso contradiz o que ele declarou sobre estar loucamente apaixonado por ela. Isso nos deixa com a possibilidade de que seu interesse principal nela era financeiro e que, como ela arruinou o próprio futuro ao ser flagrada com ele no quarto de Zack, Austin decidiu se livrar dela. Também é possível que ele nunca tenha querido se casar e a matou porque ela o pressionava. Só Deus sabe. Além disso, Austin era o único que tinha controle físico daquela arma durante a cena que estavam gravando. Mesmo se Zack não tivesse mudado o roteiro para que Austin, e não Rachel, disparasse pela primeira vez, Austin era forte o suficiente para se assegurar de que a arma estivesse apontada para ela, e não para ele quando disparasse.

Julie estremeceu ante o diálogo macabro e suas reais implicações.

— Zack sabe disso?

— Sim.

— O que ele disse? Quero dizer, ele ficou animado ou feliz ao saber disso?

— Feliz? — repetiu ele, com um sorriso amargo. — Se você tivesse sido condenada por um crime que outra pessoa cometeu e não houvesse a menor esperança de mudar a situação, ficaria feliz em finalmente descobrir que a pessoa que mais despreza no mundo é o suspeito mais provável de ter causado toda essa confusão com você? Tem mais uma complicação — acrescentou ele. — Também descobrimos algumas informações menos relevantes sobre outras pessoas que estavam no set em Dallas e também poderiam ser consideradas suspeitas.

— Que informações?

— Para começar, Diana Copeland tivera um caso com Austin anos antes. Supostamente estava tudo acabado, mas ela ainda sentia ciúmes de Rachel, a ponto de dizer por aí, depois que a poeira do julgamento baixou, que estava feliz pela morte de Rachel. Talvez tivesse ciúme suficiente para ter sido a autora do crime. Tem também Emily McDaniels, que precisou tomar todo o tipo de remédios um ano após o assassinato, o que parece uma reação um pouco exagerada para alguém que deveria ser uma espectadora inocente. Tommy Newton, o assistente de direção do filme, também não conseguiu se recuperar até um bom tempo depois do assassinato, embora todos saibam como ele se sentia em relação a Austin. Então é isso — terminou ele, sombrio. — Essas são as novas circunstâncias que apontam ao mesmo tempo para todo mundo e são inúteis justamente por isso.

— Ah, mas não precisa ser assim. Quero dizer, a polícia, um promotor ou seja lá quem for o responsável pelo caso pode checar esses novos fatos.

— As autoridades legais — contra-argumentou ele com desdém — decidiram que Zack era culpado, prenderam e o condenaram. Odeio acabar com suas ilusões, mas elas são as *últimas* pessoas que gostariam de reabrir o caso e posar de idiotas para a imprensa ao revelar que estavam enganadas. Se conseguirmos provas irrefutáveis de que Austin ou outra pessoa é o culpado, eu as levaria para os advogados de Zack e a imprensa antes de entregá-las às autoridades, para que não tentassem encobri-las. O problema é que não temos muitas chances de conseguir mais provas do que já temos. Já tentamos de todas as formas descobrir quem era a mulher que estava com Austin no hotel. Ele nega que estava acompanhado. Disse que o mensageiro estava enganado e que devia ter ouvido a televisão, não a voz de uma mulher. — Matt suavizou o tom de sua voz como se, ao fazer isso, pudesse amenizar a bomba que estava prestes a jogar em Julie. — Zack entende isso tudo. Ele sabe que tem 90% de chance de que o assassino seja Austin e sabe também que o sistema judiciário não vai mexer um dedo a respeito disso, a menos que ele ou eu apresentemos provas irrefutáveis, e receio que isso seja impossível. É importante que você entenda isso também, Julie. Só lhe contei o que descobrimos porque você está determinada a encontrá-lo, e pensei que isso pudesse ajudá-la, caso chegue a questionar a inocência de Zack.

Julie rejeitou a lógica fatalista de Matt com todo o coração.

— Nunca vou deixar de ter esperanças. Vou rezar e importunar Deus até que seus detetives descubram as provas necessárias.

Ela parecia pronta para enfrentar o mundo inteiro por Zack, e Matt impulsivamente a puxou para um breve abraço.

— Zack finalmente tirou a sorte grande quando conheceu você — disse ele com ternura. — Vá em frente e reze — acrescentou, soltando-a. — Precisamos de toda a ajuda possível. — Pegou no bolso uma caneta e um cartão de visita, depois escreveu dois números de telefone no verso e um endereço. — Esses são nossos telefones pessoais em Chicago e Carmel. Se não nos encontrar por nenhum dos dois números, ligue para minha secretária pelo número da frente do cartão, e vou instruí-la a informar onde estamos e como falar conosco, seja lá onde for. O endereço no verso do cartão é da nossa casa em Chicago. Zack também pediu que eu entregasse este cheque.

Julie balançou a cabeça.

— Na carta ele disse para que era esse cheque. Não vou precisar.

— Sinto muito — disse Matt gentilmente — não poder ajudá-la em mais nada. Sinto muito mesmo por você e Zack.

Quando ele saiu e foi esperar no carro junto com Joe O'Hara, Julie estendeu a Meredith as roupas que usara na casa do Colorado.

— Notei que Matt tem o mesmo porte físico de Zack, e sou uns cinco centímetros mais baixa que você. Por causa disso e de outras coisas que descobri hoje, tenho a impressão de que você vai reconhecer isto. — Como Meredith fez que sim com a cabeça, Julie acrescentou: — Precisei usar essas roupas na casa, mas mandei lavar a seco. Minha intenção era devolvê-las pelo correio para sua casa, mas nunca soube o endereço.

— Fique com elas — disse Meredith suavemente. — Estão carregadas de lembranças.

Julie inconscientemente apertou as roupas junto ao peito num gesto de proteção.

— Obrigada.

Engolindo um nó emotivo que se formara na garganta, Meredith disse:

— Também acho que Zack vai entrar em contato com Matt muito em breve, mas você tem certeza absoluta de que quer levar isso adiante? Sem dúvida você vai acabar violando alguma lei, e a polícia não vai sair do pé de ambos vocês. Se tiver sorte, vai passar o resto da vida se escondendo.

— Diga uma coisa — disse Julie, olhando-a nos olhos sem piscar. — Se Matt estivesse perdido por aí, sozinho, apaixonado por você... Se ele escrevesse uma carta como a que você leu hoje, o que faria? Sinceramente — acrescentou, sentindo que sua nova amiga poderia tentar fugir da resposta.

Meredith respirou fundo.

— Eu pegaria o primeiro avião, barco, carro ou caminhão que me levasse até ele. — Envolvendo Julie num abraço apertado, ela sussurrou: — Até mentiria e diria que estava grávida para que ele permitisse que eu fosse encontrá-lo.

Julie se endireitou, alarmada.

— Por que acha que não estou grávida?

— Pela expressão no seu rosto quando Matt lhe fez essa pergunta e pelo fato de que você começou a negar com a cabeça antes que pudesse se dar conta.

— Você não vai contar a Matt, vai?

— Não posso — disse ela, suspirando. — Não escondi nada dele desde que nos casamos, mas se eu contar esse segredo, ele vai repassar a notícia a Zack. Ele faria isso para proteger vocês dois porque, mesmo que tente esconder, ele morre de medo do que vocês podem fazer e das consequências disso. E eu também.

— Então por que está me ajudando?

— Porque — disse Meredith simplesmente — não acho que nenhum de vocês vai conseguir viver sem o outro. E porque — acrescentou, esboçando um sorriso genuíno — acho que você faria o mesmo por mim se estivesse no meu lugar.

No alpendre, Julie acenou para eles, depois entrou em casa e pegou a carta de Zack. Sentada numa poltrona, releu-a e deixou que as palavras a aquecessem e animassem e reforçassem sua coragem.

> Eu amo você, Julie. Meu Deus, eu amo tanto você. Eu abriria mão de toda a minha vida para ter um ano com você. Seis meses. Três. O que fosse... Só com você comecei a pensar na relação sexual como "fazer amor"... Não vou mandar outras cartas para você, por isso não fique à espera. Elas vão alimentar nossas expectativas e sonhos, e, se eu não parar de escrevê-las, vou morrer de tanto que a desejo.

Ela lembrou mais uma vez as últimas palavras que ele dissera na casa do Colorado, seu tom divertido e condescendente em resposta à declaração de amor que ela fizera: "*Você não me ama, Julie. Você não sabe a diferença entre sexo bom e amor de verdade. Agora seja uma boa menina e vá para casa, que é o seu lugar.*" Depois comparou isso com a verdade que a carta revelava: "*Amo você, Julie. Amei você no Colorado. Amo você aqui, onde estou. Sempre amarei você. Em qualquer lugar. Para sempre.*"

O enorme contraste entre as duas declarações fez Julie balançar a cabeça de tanta surpresa.

— Não por acaso — murmurou ela com ternura para ele — você ganhou um Oscar.

Julie se levantou e desligou a luz da sala de estar, mas levou consigo a carta para o quarto para que a lesse mais uma vez.

— Ligue para mim, Zack — ordenou ela do fundo de seu coração — e coloque um fim em nossa angústia. Ligue logo, querido.

Na casa ao lado, as gêmeas Eldridge também estavam de pé até tarde, o que não era de seu feitio.

— Vamos ligar para ele — sugeriu Ada Eldridge para a irmã teimosa. — O sr. Richardson disse que podíamos ligar para ele em Dallas, não importa o horário, se notássemos gente estranha ou qualquer coisa fora do comum perto da casa de Julie Mathison. Agora me dê o número da placa do carro que estava estacionado ali boa parte da noite, para que eu repasse para ele.

— Ah, mas, Ada... — protestou Flossie, escondendo atrás das costas o pedaço de papel onde estava anotado o número. — Não acho que devíamos espionar Julie, nem mesmo se o FBI pedisse.

— Não estamos espionando! — exclamou Ada, rodeando a irmã e arrancando o papel de sua mão. — Estamos ajudando Richardson a proteger Julie daquele... aquele monstro que a sequestrou. Ele e aqueles filmes sujos e nojentos dele! — acrescentou ela, tirando o telefone do gancho.

— Não são sujos! Aqueles filmes são bons, e eu acho que Zachary Benedict é inocente. E Julie também. Ela me disse isso semana passada e na televisão. Também falou que ele não fez nada para machucá-la, então não vejo motivo para ele querer fazer isso agora. Eu acho — confidenciou Flossie — que Julie está apaixonada por ele.

Ada se deteve antes de discar os números para fazer uma ligação interurbana a cobrar.

— Se estiver — declarou com desgosto à irmã —, ela é uma romântica incurável como você e vai acabar choramingando pelos cantos por aquele ator imprestável, assim como você se lamenta por aquele inútil do Herman Henkelman, que não vale um minuto do seu tempo e nunca valeu!

52

A LIGAÇÃO QUE JULIE ESTIVERA ESPERANDO E REZANDO VEIO quatro dias depois, no lugar onde menos esperava receber.

— Ah, Julie — chamou a secretária do diretor quando ela entrou no escritório para entregar a lista de chamada do dia. — Um tal de sr. Stanhope ligou para você esta tarde.

Julie olhou para cima por um momento antes de se lembrar do nome. Quando a ficha caiu, ela franziu o cenho.

— O que ele disse? — perguntou ela, alarmada ao ouvir sua voz entrecortada e desesperada.

— Ele disse algo sobre querer matricular o filho em sua turma de deficientes físicos. Eu falei que não temos vagas.

— Por que diabos você disse isso?

— Porque ouvi o sr. Duncan dizer algo sobre estarmos com um excesso de alunos. De qualquer forma, o sr. Stanhope disse que era uma emergência e que ligaria de novo às sete horas. Falei que não precisava porque os professores não trabalham aqui até essa hora.

Num lampejo, Julie percebeu que Zack não se sentia seguro para ligar para sua casa em caso de o telefone estar grampeado, que ele não conseguira falar com ela tentando ligar na escola e que talvez não tentasse de novo, e isso era tudo o que ela podia fazer para evitar que sua frustração e mau humor explodissem diante da preguiçosa e bisbilhoteira secretária do diretor.

— Se ele falou que era uma emergência — retrucou Julie com uma raiva sem precedentes —, por que você não me mandou um recado na sala de aula?

— Os professores não devem receber ligações pessoais durante o horário das aulas. É uma ordem do sr. Duncan. Uma ordem bastante clara!

— Certamente não era uma ligação pessoal — disse Julie, as unhas cravando na palma das mãos. — Ele disse se pretendia me ligar aqui ou em casa esta noite?

— Não.

Às seis e trinta e cinco, Julie estava sentada sozinha no escritório administrativo da escola, encarando o telefone na mesa. Se sua hipótese estivesse errada, se Zack fosse ligar para ela em casa em vez de ali... Ela morria de medo de ele pensar que ela mudou de ideia a respeito de se juntar a ele e talvez não tentasse ligar de novo. Através das paredes de vidro que cercavam o escritório, viam-se corredores escuros e vazios, e quando o zelador deu uma espiada pela porta Julie pulou de susto.

— Você ficou trabalhando até bem tarde, hein? — disse Henry Rueheart com um risinho que revelou a ausência do dente da frente.

— Sim — confirmou Julie, pegando logo um bloco de papel em branco e uma caneta. — Preciso... preciso escrever alguns relatórios especiais. Às vezes é mais fácil pensar aqui do que em casa.

— Você não está escrevendo muito, olhando aí para o espaço — disse ele. — Pensei que talvez estivesse esperando uma ligação e tal.

— Não, de jeito nenhum.

O telefone tocou estridentemente junto ao seu cotovelo, e ela agarrou o fone.

— Alô?

— Oi, mana — cumprimentou Carl. — Liguei na sua casa várias vezes e imaginei que talvez você ainda estivesse na escola. Já jantou?

Julie passou a mão pelo cabelo, tentando lembrar que Zack poderia encontrar a linha ocupada.

— Tenho muito trabalho para terminar — respondeu ela, dirigindo um olhar recriminador para Henry, que decidiu entrar no escritório e esvaziar as lixeiras em vez de acabar de varrer os corredores. — Estou tentando escrever uns relatórios, mas não estou conseguindo muito progresso.

— Está tudo bem? — insistiu ele. — Vi Katherine agora há pouco, e ela disse que você queria ficar sozinha em casa todos os dias esta semana.

— Está tudo ótimo! Maravilhoso! Estou me focando no trabalho bem como você me aconselhou, lembra?

— Não.

— Ah, bem, então foi outra pessoa que me disse isso. Achei que fosse você. Preciso desligar agora. Obrigada por ligar. Amo você — disse ela e desligou o telefone. — Henry! — gritou para distraí-lo — Não pode deixar para limpar o escritório por último? Não consigo pensar direito com você fazendo barulho — acrescentou, de modo um pouco injusto.

O queixo de Henry caiu.

— Sinto muito, srta. Julie. Vou terminar de varrer os corredores, então. Tudo bem?

— Sim. Sinto muito, Henry. Estou um pouco... cansada — terminou com um sorriso enorme que parecia tudo menos cansado.

Julie o viu desaparecer pela porta e notou que as luzes do corredor mais distante se acenderam. Aconselhou a si mesma a manter a calma e não falar nada que fosse estranho ou pudesse levantar suspeitas.

Exatamente às sete horas o telefone tocou novamente, e ela logo tirou do gancho e atendeu.

A voz de Zack parecia ainda mais profunda pelo telefone, mas era fria e cortante.

— Está sozinha, Julie?

— Sim.

— Existe qualquer coisa no mundo que eu possa dizer para dissuadi-la de sua ideia insana de se juntar a mim?

Não era o que ela queria ouvir, não era a maneira que gostaria que ele se dirigisse ela, mas Julie se concentrou nas palavras que Zack escrevera na carta, recusando-se a deixar que ele a intimidasse com a voz.

— Sim — respondeu ela suavemente. — Você pode me dizer que as coisas que escreveu na carta eram mentira.

— Ótimo — disse ele. — Era tudo mentira.

Julie apertou o fone na mão e fechou os olhos.

— Agora fale que não me ama, querido.

Ela o ouviu dar um trêmulo suspiro, e a voz de Zack murmurou um apelo sofrido.

— Não me faça dizer isso. Por favor.

— Eu amo tanto você — sussurrou Julie.

— Não faça isso comigo, Julie...

Seus dedos se afrouxaram no telefone, e ela sorriu porque de repente sentiu que iria vencer.

— Não consigo parar — disse ela, com ternura. — Não consigo parar de amar você. Só tem uma solução que estou disposta a aceitar: a que já disse.

— Por Deus, isso não...

— Guarde suas orações para depois, querido — sussurrou ela, provocante. — Você vai machucar os joelhos quando eu chegar aí, de tanto rezar para que eu aprenda a cozinhar melhor, deixe você dormir à noite para variar e pare de ter filhos seus...

— Ah, Julie... não continue. Por Deus, não.

— Não o quê?

Zack deu um suspiro longo e profundo e ficou em silêncio por tanto tempo que Julie achou que ele não fosse responder, mas quando finalmente respondeu as palavras pareciam ter sido arrancadas de seu peito.

— Nunca pare de me amar.

— Vou prometer isso na frente de um padre, um pastor ou um monge budista.

Isso arrancou uma risada relutante de Zack, e a lembrança de seu sorriso intrigante fez o coração de Julie doer quando ele disse:

— Estamos falando de casamento?

— Eu estou.

— Eu devia ter previsto que você insistiria nisso também.

A tentativa de Zack de parecer descontente falhou completamente, mas Julie continuou com o jogo, firme no propósito de melhorar o humor dele.

— Não quer se casar comigo?

Ele declarou o fim do jogo com uma palavra solene:

— Desesperadamente.

— Nesse caso, diga como encontro você e qual o tamanho de anel que usa.

Houve mais uma pausa torturante que deixou os nervos de Julie à flor da pele, então ele começou a falar, e o mundo inteiro deixou de existir para ela, com exceção das palavras de Zack e a incrível sensação de exaltação que percorreu seu corpo.

— Tudo bem. Vou encontrar você no aeroporto da Cidade do México daqui a oito dias, na terça-feira à noite. Na manhã desse dia, pegue seu carro e vá até Dallas. Lá alugue um carro no seu nome e vá a San Antonio, mas não devolva o veículo. Deixe-o no estacionamento de carros alugados do aeroporto; eles vão acabar encontrando. Com sorte, as autoridades vão pensar que você estava indo me encontrar de carro, e não por avião, e não vão alertar os aeroportos tão rápido. Somando tudo, a viagem de carro não deve levar mais que algumas horas. Uma passagem para o voo das quatro da tarde para a Cidade do México estará esperando por você no balcão do aeroporto sob o nome de Susan Arland. Alguma pergunta até agora?

Julie sorriu ao perceber que ele esperava que a conversa tomasse esse rumo porque claramente já tinha pensado em toda a logística.

— Uma pergunta. Por que não posso encontrar você antes?

— Porque tenho alguns detalhes para resolver até lá. — Julie aceitou isso, e ele continuou: — Quando você sair de casa na terça de manhã, não leve nada com você. Não faça as malas, não faça nada que dê a entender que você está indo embora. Não tire os olhos do espelho retrovisor para ter certeza de não estar sendo seguida. Se alguém a seguir, dê uma volta por aí, depois volte para casa e espere que eu entre em contato novamente. Daqui até lá, fique atenta à sua correspondência. Abra tudo, todas as propagandas. Se houver qualquer mudança nos planos, alguém vai entrar em contato por correio ou pessoalmente. Não podemos usar seu telefone de casa porque aposto minha vida que está grampeado.

— Quem vai entrar em contato?

— Não tenho a menor ideia, mas quando isso acontecer não peça uma identificação.

— Tudo bem — disse Julie, terminando de anotar as instruções. — Não acho que estou sendo vigiada. Paul Richardson e David Ingram, os dois agentes do FBI que estavam aqui, desistiram e voltaram para Dallas semana passada.

— Como se sente?

— Maravilhosa.

— Nenhum enjoo matinal ou algo assim?

Julie sentiu um peso na consciência, mas tentou amenizá-lo ao não mentir para Zack.

— Sou uma mulher muito saudável. Acho que meu corpo foi feito para a maternidade. E foi definitivamente feito para você.

Ele engoliu em seco ante a referência sexual.

— Provoque-me agora e vai pagar depois.

— Promete?

Ele riu, e sua risada aqueceu o coração de Julie, mas não tanto quanto seu sussurro rouco:

— Sinto tanta saudade de você. Meu Deus, que saudade! — Como se receasse deixar que qualquer um dos dois relaxasse demais, ele disse: — Você tem consciência de que não vai poder se despedir da sua família? Pode deixar uma carta para eles em algum lugar onde só vão encontrar dias depois de sua partida. Depois disso, você nunca poderá entrar em contato com eles novamente.

Ela apertou os olhos.

— Eu sei.

— Está preparada para isso?

— Sim.

— É assim que se começa uma vida juntos! — exclamou ele, brincando. — Magoando sua família e cortando todas as relações. É quase atrair uma maldição.

— Não diga esse tipo de coisa — disse Julie, tentando não estremecer. — Vou explicar tudo na carta que deixar a eles. Além do mais, abandonar minha família para ficar com você é praticamente... bíblico! — Para distrair tanto ela quanto ele do clima sombrio que pairava sobre a conversa, mudou de assunto. — O que está fazendo agora? Está de pé ou sentado?

— Estou num quarto de hotel, sentado na cama, falando com você.

— Está ficando num hotel?

— Não. Peguei o quarto só para poder usar o telefone com privacidade e conseguir comunicação decente para os Estados Unidos.

— Quero dormir esta noite vendo o que você vai ver quando se deitar. Descreva seu quarto e vou contar como é o meu, para você saber também.

— Julie — disse ele rispidamente —, está tentando me levar a níveis elevados de desejo sexual frustrado?

Ela não tinha essa intenção, mas pensar nisso era gratificante.

— Sou capaz de fazer isso?

— Você sabe que sim.

— Só de falar sobre meu quarto?

— Só de falar qualquer coisa.

Então ela riu, tão fácil e naturalmente quanto ria com ele antes.

— Qual é o tamanho? — perguntou ele, com uma voz que transparecia o sorriso estampado em seu rosto.

— Do meu quarto?

— Do seu dedo anelar.

Ela suspirou, trêmula.

— Cinco e meio, eu acho. E o seu?

— Não sei. Acho que é grande.

— De que cor é?

— Meu dedo?

— Não — disse ela, rindo —, seu *quarto*!

— Espertinha! — exclamou ele, mas sua voz ficou mais profunda ao responder. — Estou dormindo num barco agora... tem paredes de madeira, um abajur de bronze, uma cômoda pequena e pendurada na parede uma fotografia sua que recortei de um jornal.

— É isso que você vê quando vai dormir?

— Não tenho dormido, Julie. Só fico pensando em você. Gosta de barcos?

Julie deu outro suspiro trêmulo, tentando memorizar cada frase terna que ele dizia.

— Adoro barcos.

— Como é seu quarto?

— Cheio de adornos. Na cama a colcha e o dossel são brancos, e na parede oposta tem uma penteadeira. E no meu criado-mudo tem uma fotografia sua.

— De onde tirou?

— De uma revista velha na biblioteca.

— Você roubou uma revista na biblioteca e recortou uma foto minha? — perguntou ele, tentando parecer chocado.

— Claro que não. Eu tenho escrúpulos, sabia? Expliquei que eu havia danificado a revista e paguei uma multa. Zack... — disse ela, tentando não transparecer o pânico que sentia — O zelador está perambulando do lado de fora das paredes de vidro. Não acho que esteja me ouvindo, mas normalmente ele não se demora tanto assim num mesmo lugar.

— Vou desligar. Continue falando ao telefone depois que eu desligar. Tente despistá-lo falando de qualquer coisa.

— Certo. Espere. Ele está indo embora. Deve ter ido pegar algo no carrinho.

— Mesmo assim, é melhor desligarmos. Se precisar resolver alguma coisa antes de ir embora, faça isso na semana que vem.

Ela assentiu, sem palavras, triste só em pensar em desligar o telefone.

— Tem mais uma coisa que preciso dizer — acrescentou ele em voz baixa.

— O quê?

— Cada palavra que escrevi naquela carta é verdade.

— Eu sei. — Ela sentiu que ele queria desligar, por isso acrescentou rapidamente: — Antes que vá, o que acha a respeito do que Matt descobriu sobre Tony Austin? Apesar de Matt não acreditar que haja alguma coisa que possamos fazer judicialmente, deve haver...

— Não se envolva nesse assunto — alertou Zack com a voz fria. — E deixe Austin comigo. Há outras formas de lidar com ele sem envolver Matt.

— Como?

— Não me pergunte isso. Se você tiver problema com qualquer acerto que arranjei para você, não procure a ajuda de Matt. O que estamos fazendo é ilegal, e não posso deixar que ele se envolva mais ainda.

Julie esforçou-se para não estremecer com tom ameaçador de Zack.

— Diga algo bonito antes de desligar.

— Algo bonito — repetiu ele com a voz mais doce. — O que tem em mente?

Ela ficou um pouco magoada ao ver que ele não conseguia pensar em algo, mas depois ele completou, com um sorriso transparecendo em sua voz rouca:

— Vou para a cama daqui a exatamente três horas. Esteja lá comigo. E, quando fechar seus olhos, vai sentir meu abraço.

A voz de Julie soltou um sussurro trêmulo.

— Que lindo!

— Eu a envolvo em meus braços todas as noites desde que nos separamos. Boa noite, meu amor.

— Boa noite.

Ele desligou e, no último minuto, Julie se lembrou de suas instruções a respeito de fingir uma conversa descontraída. Em vez de fingir, o que ela pensou que não seria convincente, ligou para Katherine, e conversaram por meia hora sobre tudo e um pouco mais. Desligou o telefone e arrancou a folha de papel com as instruções de Zack, depois se lembrou de ter visto um filme de suspense na televisão cujo mistério fora resolvido pelas marcas de caneta deixadas no bloquinho, na folha seguinte àquela onde as anotações foram feitas, por isso decidiu levar o bloco também.

— Boa noite, Henry — disse ela animadamente.

— Boa noite, srta. Julie — respondeu ele, afastando-se pelo corredor.

Julie saiu pela porta lateral. Henry saiu pela mesma porta três horas depois, após ter feito uma ligação a cobrar para um número de Dallas.

53

Julie jogou no carro uma mala com roupa suficiente para uma noite fora de casa, conferiu o relógio para ter certeza de que tinha tempo de sobra para pegar o voo de meio-dia e voltou para casa. Colocava a louça suja do café da manhã na lava-louças quando o telefone tocou, e ela atendeu.

— Oi, linda! — A voz de Paul Richardson era cálida e cortante ao mesmo tempo, uma estranha combinação. — Sei que estou avisando em cima da hora, mas eu adoraria vê-la este final de semana. Eu poderia pegar um avião em Dallas e levá-la para jantar amanhã à noite, no Dia dos Namorados. Ou melhor, por que não vem para cá, e eu preparo um jantar?

Julie já tinha decidido que, se estivesse mesmo sendo observada, uma viagem "inocente" como essa neste final de semana poderia levar os espiões a baixarem a guarda.

— Não posso, Paul, vou para o aeroporto daqui a meia hora.

— Aonde vai?

— Isso é uma pergunta oficial? — perguntou Julie, apoiando o fone entre o ombro e queixo e passando água em um copo.

— Se fosse oficial, eu estaria perguntando isso pessoalmente, certo?

A instintiva simpatia e a confiança que Paul inspirava contrastaram com a cautela que Zack aconselhara, mas até que pegasse o carro e saísse de Keaton pela última vez, parecia mais prudente e fácil se ater completamente à verdade.

— Não sei — admitiu ela.

— Julie, o que posso fazer para ganhar sua confiança?

— Largar o emprego?

— Deve haver um jeito mais fácil.

— Ainda tenho algumas coisas para fazer antes de sair. Vamos conversar sobre isso quando eu voltar.

— De onde e quando?

— Vou visitar a avó de um amigo numa cidadezinha da Pensilvânia chamada Ridgemont. Vou chegar em casa tarde amanhã.

Ele suspirou.

— Certo. Então eu ligo semana que vem e combinamos?

— Hum... tudo bem — disse ela, vaga, colocando detergente na lava-louças antes de fechar a porta.

Paul Richardson desligou o telefone de seu escritório, fez uma segunda ligação e esperou por uma resposta batucando os dedos na mesa. No segundo toque, uma voz de mulher atendeu:

— Sr. Richardson, Julie Mathison reservou uma passagem para um voo que sai de Dallas com destino a Filadélfia e com conexão em Ridgemont. Precisa de mais informações?

— Não — disse ele com um suspiro de alívio. Levantou-se, foi até a janela franzindo a sobrancelha ao ver o pequeno tráfego de final de semana nas ruas de Dallas.

— E então? — perguntou Dave Ingram, entrando pela sala conjunta. — O que ela disse sobre a mala que colocou no carro?

— A verdade, diabos! Ela falou a verdade porque não há nada a esconder.

— Bobagem! Você está convenientemente esquecendo aquele telefonema da América do Sul pela qual ela esperou na escola no outro dia.

Paul se virou.

— América do Sul? Então conseguiu rastrear?

— Sim, há cinco minutos. A ligação que ela recebeu veio de um hotel em Santa Lucia Del Mar.

— Benedict! — exclamou Paul tencionando a mandíbula. — Com que nome ele se registrou?

— José Feliciano — respondeu Ingram. — Aquele filho da mãe arrogante se registrou como José Feliciano!

Paul o encarou, boquiaberto.

— Ele está usando um passaporte com esse nome?

— A recepcionista do hotel não pediu um passaporte. Ela achou que ele não fosse estrangeiro. E com razão: ele é moreno, usou um nome espanhol e fala a língua, o que sem dúvida é útil quando se vive na Califórnia. Ah, e ele usa barba agora.

— Imagino que já tenha saído do hotel.

— Claro. Ele pagou adiantado por uma diária e saiu na manhã seguinte. A cama do quarto nem foi usada.

— Ele pode voltar lá para usar o telefone. Coloque o hotel sob vigilância.

— Já providenciei isso.

Paul voltou para junto da mesa e se afundou na cadeira.

— Ela falou com ele por dez minutos — acrescentou Ingram. — Tempo suficiente para fazer planos.

— Também é suficiente para conversar com alguém de quem ela sente pena e para ter certeza de que ele está bem. Ela tem o coração mole e acredita que o imbecil é vítima de circunstâncias cruéis. Não se esqueça disso. Se ela quisesse se juntar a ele, teriam saído do Colorado juntos.

— Talvez ele não tivesse concordado em levá-la.

— Certo — disse Paul sarcasticamente. — Mas agora, após semanas sem ver Julie, ele de repente está louco por ela, vai sair do esconderijo e vir atrás dela.

— Que merda! — exclamou Ingram — Você faria isso. Já colocou sua carreira em risco por defender essa mulher e continua a defendê-la. Ela mentiu de cara lavada sobre o que aconteceu no Colorado. Devíamos ter lido seus direitos e a levado para a prisão...

Paul forçosamente lembrou a si mesmo de que Ingram era seu amigo e de que boa parte da raiva que ele sentia decorria de sua preocupação com Paul.

— Para isso, teríamos que ter o mínimo de fundamentos para suspeitas — lembrou ele a Dave, firme. — Mas não tínhamos isso e muito menos provas de que ela é culpada.

— Mas conseguimos provas há cinco minutos, quando recebi o relatório sobre aquele telefonema!

— Se tiver razão sobre tudo, ela vai nos levar a Benedict. Se estiver errado, não perdemos nada.

— Já dei ordens para que ela fique sob vigilância constante, Paul.

Trincando os dentes, Paul reprimiu um protesto irracional contra a ação de Paul, mas disse entre os dentes:

— Posso lembrá-lo de que *eu* sou o responsável por este caso a menos que eu seja afastado. Antes de fazer qualquer outra coisa, fale comigo. Entendido?

— Entendido! — retrucou Dave com a mesma raiva. — Descobriu mais alguma coisa sobre o carro que estava estacionado em frente à casa dela semana passada?

Empurrando para ele um relatório sobre a mesa, Paul disse:

— Foi alugado em Dallas no nome de Joseph O'Hara. Endereço de Chicago. Está limpo como um recém-nascido. Trabalha como motorista e guarda-costas no Collier Trust.

— É um banco?

— Há um Collier Bank e Trust em Houston com filiais espalhadas pelo país.

— Quando você ligou para ela agora há pouco, chegou a perguntar a sua Branca de Neve sobre os visitantes de Chicago?

— E alertá-la de que está sendo vigiada, para que você possa me acusar de favoritismo de novo?

Ingram deu um longo suspiro e jogou o relatório sobre O'Hara de volta na mesa de Paul.

— Olha, me desculpe, Paul. Só não quero ver você destruir sua carreira às custas de uma garota qualquer de imensos olhos azuis e pernas bonitas.

Relaxando na cadeira, Paul olhou-o com um sorriso sombrio.

— Você vai ter que implorar de joelhos pelo perdão dela um dia, senão não vou convidá-lo para ser o padrinho do meu primogênito.

Ingram suspirou mais uma vez.

— Espero que chegue esse dia, Paul. Sinceramente.

— Ótimo. Então tire os olhos das pernas dela.

Julie terminou de arrumar a cozinha e pegou um casaco no armário. Estava pronta para partir e viajar para a Pensilvânia quando alguém bateu à porta. Com o casaco sobre o braço, ela atendeu à porta e se surpreendeu com a visão de Ted e Katherine, um ao lado do outro, junto à porta.

— Faz muito tempo — disse ela com um risinho satisfeito — desde a última vez que vi vocês dois juntos na porta da casa de qualquer pessoa.

— Katherine me disse que você está indo para a Pensilvânia a fim de bancar a embaixatriz da boa vontade ou qualquer coisa do tipo para Zachary Benedict. Qual é o objetivo, Julie? — exigiu ele, passando por ela ao entrar na casa, seguido por Katherine e sua cara de culpada.

Julie deixou o casaco de lado e conferiu o relógio.

— Tenho menos de cinco minutos para explicar, embora eu achasse que já tivesse explicado a Katherine ontem à noite. — Normalmente Julie teria se enfurecido com a intromissão deles em sua vida, mas saber que ela estaria partindo para sempre dentro de alguns dias afastou qualquer vestígio de ressentimento que sentiu. Sem rancor, ela disse: — Apesar de adorar ver os dois juntos de novo, eu queria que vocês achassem um motivo comum para fazer isso, que não fosse apenas me pentelhar.

— A culpa é minha — disse Katherine com pressa. — Esbarrei com Ted na rua hoje mais cedo, e ele perguntou de você. Você não disse que essa viagem era segredo — explicou ela, evasiva.

— Não é segredo.

— Então explique por que está indo — insistiu Ted, seu rosto transbordando preocupação e frustração.

Julie fechou a porta e afastou o volumoso cabelo da testa, absorta, tentando pensar no que dizer. Ela não podia explicar que estava supersticiosamente aflita pelo comentário de Zack a respeito de seu casamento estar amaldiçoado desde o começo devido à dor de cabeça que causaria. Por outro lado, queria contar a eles o máximo que pudesse para que se lembrassem disso e a perdoassem com mais rapidez no futuro. Ela olhou o rosto preocupado de Katherine e a expressão aborrecida de Ted e falou, hesitante:

— Acreditam na ideia de que, quando as coisas começam mal, elas tendem a *acabar* mal?

— Sim — respondeu Katherine. — Acho que sim.

— Eu não — falou Ted, e o que disse fez Julie suspeitar de que ele se referia ao seu casamento com Katherine. — Algumas coisas que começam maravilhosamente têm finais podres.

— Como vocês estão determinados a se intrometer na minha vida — disse Julie, divertindo-se —, acho que tenho o direito de argumentar que, se você estiver se referindo ao seu casamento, o verdadeiro problema é que nunca acabou. Katherine sabe disso, mesmo que você se recuse a acreditar, Ted. Agora, para responder sua pergunta sobre minha viagem à Pensilvânia de última hora que tenho antes de partir: Zack foi criado pela avó e rompeu com ela sob circunstâncias bem complicadas. Nada mais em sua vida deu certo depois disso. Ele está em perigo agora e está sozinho, mas está começando uma nova fase de sua vida. Eu gostaria que ele tivesse sorte e paz nessa fase e tenho a sensação... chamem de superstição, se preferirem... de que talvez, se eu pudesse consertar seus erros, ele finalmente poderá ter essa sorte e essa paz. — No silêncio que se seguiu a seu anúncio, ela percebeu que Ted e Katherine se esforçavam para encontrar um contra-argumento, mas sem sucesso. Então ela foi até a porta. — Lembrem-se disso, certo? — acrescentou, tentando manter a voz firme e sem emoções para disfarçar a importância de seu próximo pedido. — Para ser feliz de verdade, é bom saber o quanto somos amados pela família... mesmo que você não faça aquilo que eles gostariam que fizesse. Se sua própria família odeia você, isso é quase uma maldição.

Quando a porta se fechou atrás de Julie, Ted olhou Katherine, irritado.

— O que diabos ela quis dizer com isso?

— Achei o raciocínio bastante lógico — disse Katherine, mas estava preocupada com a estranha tensão que sentira na voz de Julie. — Meu pai é um pouco supersticioso, e eu também. Mas a palavra *maldição* me pareceu um pouco forte.

— Não estou falando disso. O que ela quis dizer com isso de que nosso casamento não acabou e que você sabe disso?

Durante as últimas semanas, Katherine vira Julie confrontar com coragem o FBI e o resto do mundo, expressando abertamente sua fé na inocência de Zack Benedict, embora ele tivesse rejeitado seu amor e a magoado profundamente no Colorado. Durante o mesmo período de tempo, Katherine conseguira se encontrar com Ted uma dúzia de vezes enquanto auxiliavam os alunos deficientes físicos de Julie nas aulas de educação física, mas, ao lidar com o ex-marido, ela escondeu cuidadosamente seus sentimentos mais profundos e tentou apenas superar a hostilidade dele. No início, convencera a si mesma de que a melhor forma de lidar com Ted e conquistar seu objetivo era partir de uma estratégia lenta e cuidadosa, não pela declaração aberta de seus sentimentos. Agora, ao olhar para o homem que amava, Katherine via que o medo de ser magoada, de se sentir tola e de ter suas esperanças abaladas de uma vez por todas havia ditado todas as suas ações. Ela sabia que ele estava namorando outra mulher e que a via com ainda mais frequência desde que Katherine voltara a Keaton, e por fim se tornou óbvio que tudo o que conquistara com ele foi algo como uma trégua armada; os sentimentos de Ted em relação a ela não haviam mudado, ela simplesmente o forçou, com sua constante presença, a mascarar o desprezo por trás de uma fachada bem-educada e fria.

Katherine temia que seu tempo estivesse se esgotando, temia perder a coragem se não dissesse nada agora e temia fazer uma abordagem direta demais porque estava tão desesperada e nervosa a ponto de descarregar tudo nele de uma vez só.

— Você está pensando na resposta ou analisando o formato do meu nariz? — perguntou ele, irritado.

Para seu horror, Katherine sentiu os joelhos começarem a tremer e as mãos suarem, mas olhou-o nos olhos frios e azuis e disse, com coragem:

— Julie acha que nosso casamento não acabou porque ainda estou apaixonada por você.

— De onde ela tiraria uma ideia idiota dessas?

— De mim — disse Katherine, trêmula. — Eu disse isso a ela.

Ted franziu a sobrancelha e lhe dirigiu um olhar de desdém capaz de fazê-la titubear.

— Você disse a ela que ainda está apaixonada por mim?

— Sim. Contei tudo, inclusive sobre a péssima esposa que eu era e sobre como... como perdi nosso bebê.

Mesmo agora, anos depois, a menção do bebê que ela deliberadamente perdeu enfureceu tanto Ted que ele precisou conter a vontade de estapeá-la, e sua raiva reprimida o fez vacilar.

— Nunca abra a boca para falar do bebê para mim ou qualquer outra pessoa, senão eu...

— Você o quê? — gritou Katherine, magoada. — Vai me odiar? Você não pode me odiar mais do que eu odeio a mim mesma pelo que aconteceu. Vai se divorciar? Já fez isso comigo. Vai se recusar a acreditar que foi um acidente? — continuou histericamente. — Pois *foi* um acidente! O cavalo estava machucado...

— Cale a boca! — ordenou Ted, agarrando-a pelos braços com a intenção de empurrá-la até a saída, mas Katherine ignorou a dor e se apoiou contra a porta para que ele não a abrisse.

— Não posso! — exclamou ela. — Preciso fazer você entender. Passei três anos tentando esquecer o que fiz a nós, três anos procurando um jeito de compensar todas as coisas que eu era e que não quero ser mais.

— Não quero saber de nada disso! — Ele tentou puxá-la e tirá-la do caminho, mas ela pressionou a porta com o corpo, ignorando o aperto de seus dedos contra a pele. — O que diabos você quer de mim? — perguntou ele, incapaz de tirá-la dali sem recorrer à mais força bruta.

— Quero que acredite em mim quando digo que foi um *acidente* — disse ela, chorando.

Ted se esforçou para ignorar o impacto das palavras de Katherine e o efeito de seu belo rosto molhado de lágrimas, mas desde que se conheciam nunca a vira se debulhar em lágrimas. Katherine havia sido mimada, orgulhosa e teimosa, mas nunca, nunca tinha derramado uma única lágrima. Mesmo assim, ele poderia ter sido capaz de resistir se ela não tivesse levantado os olhos molhados para os dele e sussurrado com a voz aflita:

— Durante todos esses anos, nós dois temos chorado por dentro pela forma como nosso casamento acabou. Pelo menos me abrace e vamos terminar direito agora.

Contra a vontade de Ted, seus dedos se afrouxaram, soltando-a, e Katherine pressionou o rosto contra seu peito. De repente seus braços estavam em torno dela, num abraço, enquanto ela chorava, e a doce dor de sentir o corpo dela junto ao seu foi quase sua perdição. Esforçando-se para manter a voz firme e livre de emoções, ele alertou:

— Acabou, Katherine. Está acabado entre nós.

— Então me deixe dizer as coisas que me fizeram voltar a Keaton para que possamos terminar como amigos, não inimigos. — As mãos de Ted pararam de se mover pelas costas de Katherine, e ela prendeu o fôlego, quase esperando que ele protestasse. Mas como ficou em silêncio, ela olhou-o nos olhos e começou: — Será que você poderia encontrar um jeito de acreditar que há pelo menos uma chance de eu não ter tentado perder de propósito nosso bebê? — Antes que ele pudesse abrir a boca, ela disse com dolorida honestidade: — Se você pensar bem, vai perceber que eu nunca teria tido a *coragem* de arriscar minha própria vida por nada. Eu era tão covarde, tinha medo de sangue, aranha, cobra...

Ted estava mais velho e sábio agora e pôde reconhecer que o argumento de Katherine era racional, mas, mais que isso, ele viu a verdade em seus olhos e percebeu que a raiva e o desgosto que havia nutrido durante todos esses anos começaram a se desintegrar, deixando-o com um incrível sentimento de alívio.

— Você tinha medo até de mariposa.

Katherine assentiu, vendo a animosidade finalmente desaparecer do rosto de Ted pela primeira vez em anos.

— Sinto muito, mais do que eu poderia dizer, pela estupidez egoísta e sem sentido que me fez perder nosso bebê. Sinto muito pela confusão que fiz em nosso casamento, pelo pesadelo que fiz da sua vida durante todo o tempo em que moramos juntos...

— Não era tão ruim assim — disse ele, relutante —, pelo menos não o tempo *todo*.

— Não precisa tentar aliviar as coisas para o meu lado. Já sou adulta agora. Aprendi a encarar a realidade e lidar com ela. E a realidade é que eu era uma péssima esposa. Além de agir como uma criança mimada, irracional e exigente, era completamente inútil. Não cozinhava, não limpava e, quando você não fazia as coisas do meu jeito, eu me recusava a dormir com você. Por anos carreguei a necessidade de admitir isso e contar a verdade. Nosso casamento não falhou, você não falhou: eu é que falhei.

Para sua surpresa, ele balançou a cabeça e suspirou:

— Você sempre foi tão dura consigo mesma. Isso não mudou.

— Dura comigo mesma? — repetiu Katherine, reprimindo uma risada. — Você deve estar brincando. Caso não se lembre, fui eu que quase envenenei você nas raras ocasiões em que me dei o trabalho de cozinhar. Fui eu quem deixou uma marca de ferro quente em três de suas camisas de uniforme só na nossa primeira semana de casados.

— Você não quase me envenenou.

— Ted, não seja condescendente comigo! Todos os seus colegas da delegacia diziam que você era o rei do antiácido depois que nos casamos. Eu ouvia isso deles.

— Mas eu tomava antiácido como se fosse balinha porque estava casado com alguém que eu não podia fazer feliz, e isso acabava comigo por dentro.

Katherine esperara todo esse tempo para confessar suas falhas e pedir perdão, por isso se recusava a ser impedida pela tentativa de Ted de ser inapropriadamente cortês.

— Isso não é verdade, e você sabe disso! Meu Deus, sua mãe até me deu a receita de seu prato predileto, e você mal conseguia engolir o gulache quando preparei! Não negue isso — disse ela ferozmente quando ele começou a balançar a cabeça. — Eu *vi* você jogando aquele prato no lixo assim que saí da cozinha. Você devia fazer o mesmo com todas as coisas que eu cozinhava, e não o culpo por isso.

— Caramba, mas eu comia tudo o que você cozinhava para mim — insistiu ele, furioso —, com exceção do gulache. Sinto muito por você ter me visto jogando fora, mas não suporto aquele prato.

A expressão de Katherine tornou-se ameaçadora ante as contínuas evasivas do ex-marido.

— Ted, sua mãe me disse com todas as palavras que era seu prato favorito.

— Não, era o favorito de *Carl*. Ela sempre confundia.

Os dois perceberam ao mesmo tempo o quanto aquela discussão era absurda. Katherine começou a rir e afundou-se contra a porta.

— Por que não me disse isso então?

— Você não teria acreditado — disse Ted com um pesado suspiro. Apoiou a mão na porta, ao lado do ombro de Katherine, e tentou explicar mais uma vez o que não foi capaz de fazê-la entender quando ela tinha 20 anos. — Em algum momento, na sua jovem vida como a filha bela e inteligente de Dillon Cahill, você teve a louca ideia de que tinha que fazer tudo exatamente segundo as regras e ser melhor nisso que todo mundo. Quando não conseguia ter sucesso em algo, você ficava tão enfurecida e envergonhada que ficava impossível de conversar. Para você, a vida era só mais uma de suas gravuras para colorir, em que tudo tinha que estar exatamente em ordem e sem borrões, senão não estava bom. Kathy — disse calmamente, e o som do apelido que apenas ele se atrevera a usar foi quase tão devastador para ela quanto a forma como ele descontraidamente afastou com o pulso uma mecha de cabelo de seu ombro —, você queria ir para a faculdade logo depois que nos casamos não porque era superficial ou mimada, mas porque alimentava a ideia deturpada de que tinha invertido a ordem natural das coisas ao se casar comigo antes de tirar seu diploma naquela faculdade chique da Costa Leste. E quando você quis ficar com aquela mansão que seu pai construiu para nós, não foi porque você queria esbanjar para a cidade inteira, mas porque no fundo acreditava mesmo que nós seríamos felizes lá, pois... pois isso se encaixava na ideia de Katherine Cahill sobre a ordem natural das coisas.

Fechando os olhos, Katherine deixou a cabeça pender para trás e suspirou, numa mistura de frustração e alegria.

— Quando voltei para a faculdade depois do nosso divórcio, passei um ano inteiro fazendo terapia uma vez por semana para tentar entender por que eu era tão complicada.

— E o que descobriu?

— Não chegava aos pés do que você acabou de me dizer em dois minutos. E sabe o que fiz depois?

Um sorriso brotou nos lábios de Ted, que balançou a cabeça.

— Nem posso imaginar. O que você fez?

— Fui para Paris e fiz um curso de culinária na Cordon Bleu!

— Como você se saiu?

— Não muito bem... — disse ela com um sorriso pesaroso. — Foi a primeira vez na vida que não tirei dez num curso que *quis* fazer.

Ele levantou a sobrancelha para enfatizar a importância desse comentário revelador.

— Mas você passou no curso?

— Passei em bife — provocou ela, e a risada de Ted fez seu coração cantar —, mas fui reprovada na vitela.

Por um bom tempo eles sorriram um para o outro, em concordância pela primeira vez em anos. Então Katherine disse suavemente:

— Por favor, me dê um beijo.

Ele se endireitou abruptamente, afastando-se da porta.

— De jeito nenhum.

— Está com medo?

— Deixa isso para lá, caramba! Já caí nesse seu joguinho de sedução anos atrás, mas agora não caio mais. Não vai funcionar.

Ignorando o soco em seu orgulho, ela cruzou os braços e sorriu para Ted.

– Para o filho de um pastor, você até que tem uma boca bem suja.

— Você me disse isso anos atrás. E como eu falei, não sou um pastor; meu pai que é. Além do mais — acrescentou ele numa tentativa deliberada de afastá-la —, embora você fosse inegavelmente irresistível para mim quando eu era jovem, agora prefiro fazer eu mesmo o jogo da sedução.

O orgulho ferido de Katherine veio à tona num sussurro suave e ameaçador enquanto ela se afastava da porta para buscar o casaco que deixara numa cadeira.

— Ah, é?

— Com certeza. E agora, se quiser um conselho, vá correndo de volta para Dallas e para Hayward Spencer ou Spencer Hayward, seja lá qual for o nome, e deixe que ele cure seu orgulho ferido com um colar de diamante de 50 quilates para combinar com esse anel vulgar que você está usando.

Em vez de gritar de volta, como teria feito anos antes, ela lhe dirigiu um olhar indecifrável e disse:

— Não preciso mais dos seus conselhos. Você pode ficar surpreso ao ouvir isso, mas as pessoas, inclusive Spencer, até me pedem conselhos hoje em dia.

— Sobre o quê? — zombou ele. — O vestuário das mulheres na coluna social do jornal?

— Já chega! — exclamou ela, jogando o casaco de volta na cadeira. — Posso deixar você me magoar se eu merecer, mas eu vou para o inferno antes de permitir que você esconda suas incertezas sexuais por trás de um ataque a mim.

— Minhas *o quê*? — exclamou ele.

— Você estava perfeitamente agradável e tranquilo até eu pedir que me beijasse, e então você começou com esses ataques pessoais absurdos. Agora, peça desculpas, me beije ou admita que está com medo.

— Desculpe — retrucou ele com tanta pressa que Katherine começou a rir.

— Obrigada — disse ela com doçura, pegando o casaco. — Aceito suas desculpas.

No passado, essa discussão teria acabado numa verdadeira batalha, e Ted ficou completamente desconcertado com essa nova serenidade de Katherine, tanto que percebeu que ela havia mudado mesmo.

— Sinto muito por ter atacado você. De verdade. Desculpe.

Ela assentiu, mas evitou encará-lo para que seus olhos não a entregassem.

— Eu sei. É que você deve ter interpretado mal o beijo que eu estava pedindo. Só pensei nele como uma forma de selar nossa trégua.

Katherine olhou-o nos olhos e pôde jurar que havia certo divertimento neles, mas, para sua surpresa, ele concordou. Levantando o queixo dela, Ted disse:

— Tudo bem. Pode me beijar, mas que seja rápido.

Foi por isso que Katherine estava rindo, e ele sorria quando seus lábios se tocaram pela primeira vez em três anos.

— Pare de rir — alertou ele, abafando um riso.

— Pare de sorrir — retrucou ela, mas a respiração de ambos já se fundia, e bastou só isso para reacender a paixão que compartilhavam anos antes. As mãos de Ted deslizaram até sua cintura, trazendo-a para perto, depois se apertaram quando ela pressionou o corpo contra o dele.

54

SEGUINDO AS ORIENTAÇÕES DADAS PELO ATENDENTE DA loja de aluguel de carros no pequeno aeroporto de Ridgemont, Julie não teve dificuldade de encontrar a casa onde Zack crescera. No topo de uma colina, ofuscando o pequeno e pitoresco vale, a imponente mansão onde Margaret Stanhope ainda morava era, de acordo com o atendente, "praticamente um ponto de referência da cidade". Ao avistar os extravagantes pilares de tijolo que lhe disseram que encontraria na estrada, Julie virou à esquerda. Enquanto subia a estrada longa e larga que margeava as árvores e levava ao topo da colina, ela se lembrou do que Zack dissera sobre o dia em que foi embora deste lugar. "*Fui renegado a partir de então. Então entreguei as chaves do meu carro e saí andando até chegar à rodovia.*" Com uma pontada de nostalgia e tristeza, Julie percebeu que ele fizera uma longa caminhada. Olhou em volta da estrada, tentando imaginar como ele deve ter se sentido e o que deve ter visto aquele dia.

No topo da colina, ao fazer a última curva, a estrada se alargou e, depois de passar por um amplo arco, entrou num jardim bem cuidado com árvores enormes, agora sem folhas. Havia uma pesada austeridade na casa de pedra, a ponto de Julie se sentir estranhamente inquieta ao estacionar na calçada de tijolos em frente aos degraus de entrada. Ela não tinha avisado de sua visita porque não queria explicar o propósito pelo telefone, nem queria dar à avó de Zack a oportunidade de se negar a vê-la. Pela experiência de Julie, assuntos particulares e delicados deveriam ser tratados pessoalmente. Depois de pegar a bolsa e as luvas, ela saiu do carro e se deteve para observar a casa e os arredores, adiando o momento de entrada. Zack crescera ali, e parecia a ela que este lugar havia deixado uma marca na personalidade dele; era semelhante a Zack: formidável, orgulhosa, sólida, impressionante.

Isso fez Julie se sentir melhor e mais corajosa ao subir os degraus que levavam à grande porta arqueada. Reprimindo firmemente o pressentimento inexplicável e trágico que tentava amedrontá-la, ela lembrou a si mesma que tinha vindo numa "missão de paz" há muito adiada. Então levantou a pesada aldrava de bronze.

Um mordomo de idade avançada, de ombros curvados, vestindo terno e gravata-borboleta atendeu à porta.

— Sou Julie Mathison — disse ela. — Gostaria de falar com a sra. Stanhope, se ela estiver em casa.

Ele franziu a grossa sobrancelha que se exaltava sobre os olhos castanhos ao ouvir o nome de Julie, mas recuperou a compostura e deu um passo atrás, revelando um vestíbulo sombrio de piso de ardósia.

— Vou averiguar se a sra. Stanhope está disponível. Espere aqui — acrescentou ele, apontando para uma antiquada poltrona de espaldar reto que parecia bem desconfortável ao lado de uma mesa de canto do lado esquerdo do vestíbulo.

Julie se sentou com a bolsa no colo. Nesse ambiente tão formal e pouco receptivo, sentiu-se quase uma mendiga e teve a sensação de que era assim que os convidados inesperados deviam se sentir ali. Concentrando-se no que precisava dizer, observou a pintura de uma paisagem germânica numa moldura preta e adornada na parede oposta. Então se virou, nervosa, quando o mordomo retornou para o vestíbulo.

— A sra. Stanhope vai lhe conceder exatamente cinco minutos — anunciou ele.

Recusando-se a ficar intimidada por esse começo pouco promissor, Julie o seguiu por um corredor largo e depois entrou numa sala ampla onde o fogo crepitava numa lareira de pedra enorme e um carpete oriental se estendia pelo piso de madeira de lei. Um par de cadeiras de espaldar alto estava posicionado em frente à lareira, e, uma vez que não havia ninguém sentado no sofá ou em qualquer outro móvel da sala, Julie presumiu erroneamente que estava sozinha. Caminhou até uma mesa coberta de porta-retratos de prata com a intenção de analisar os rostos de quem presumia que fossem os parentes e ancestrais de Zack, até que viu que na parede à esquerda havia vários retratos em tamanho maior. Com um sorriso fascinado, ela começou a ir em direção a eles, percebendo que Zack não havia exagerado: havia uma semelhança impressionante entre ele e os vários homens da família Stanhope. Atrás de Julie, uma voz aguda ressoou:

— Acaba de desperdiçar o primeiro de seus cinco minutos, srta. Mathison.

Julie se virou, surpresa, tentando encontrar de onde vinha a voz sinistra, e deu a volta em uma das cadeiras. Lá ela teve um segundo sobressalto, pois a mulher que estava de pé, apoiada numa bengala com ponta de prata, não era a velhinha diminuta que Julie esperava que se assemelhasse ao mordomo em estatura e conduta. Mas uma mulher alguns centímetros mais alta que Julie e, de pé, sua postura era tão rígida e ereta quanto a expressão em seu rosto era pétrea e atemorizante.

— Srta. Mathison! — exclamou a mulher. — Pode se sentar ou ficar em pé, mas comece a falar. Por que veio aqui?

— Sinto muito — disse Julie com pressa, dirigindo-se à cadeira oposta à da avó de Zack. Sentou-se para que a mulher não se sentisse obrigada a permanecer de pé. — Sra. Stanhope, sou amiga de...

— Sei quem você é, vi pela televisão — interrompeu a mulher com frieza enquanto Julie se sentava. — Ele a fez de refém e depois a converteu em porta-voz para a imprensa.

— Não exatamente — disse Julie, notando que a anfitriã nem ao menos mencionava o nome de Zack. Como sempre, quando se preparava de antemão para um confronto difícil, Julie sempre conseguia manter uma serenidade aparente que nem sempre sentia, mas esta situação era ainda mais tensa e estranha do que esperava.

— Perguntei por que veio!

Em vez de deixar que a mulher a intimidasse, Julie sorriu e disse calmamente:

— Estou aqui, sra. Stanhope, porque quando estive com seu neto no Colorado...

— Só tenho um neto — retrucou a mulher —, e ele mora aqui, em Ridgemont.

— Sra. Stanhope — continuou Julie sem perder a calma —, a senhora só me concedeu cinco minutos. Por favor, não me faça perder mais tempo discutindo detalhes porque receio que vou acabar saindo daqui sem explicar o que vim dizer. E acho que a senhora gostaria de ouvir. — A mulher franziu a sobrancelha ao ouvir o tom de Julie e apertou os lábios, mas Julie prosseguiu com valentia: — Sei que a senhora não reconhece Zack como seu neto. Sei que teve outro neto que morreu em circunstâncias trágicas. Também sei que a distância entre a senhora e Zack permaneceu grande durante todos esses anos por causa da teimosia dele.

O rosto da mulher foi tomado por uma expressão de escárnio.

— Ele disse isso?

Julie fez que sim com a cabeça, tentando ignorar o sarcasmo inesperado da mulher.

— Ele me disse um monte de coisas no Colorado, sra. Stanhope, coisas que nunca havia contado a ninguém antes. — Ela hesitou, esperando algum sinal de curiosidade, mas como a sra. Stanhope continuava a encará-la friamente, Julie não teve escolha a não ser continuar sem incentivo. — Entre outras coisas, ele me disse que se pudesse voltar atrás, teria se reconciliado com a senhora há anos. Ele a admira e ama muito a senhora...

— Saia daqui!

Julie levantou-se automaticamente, mas seu gênio se esquentava, e ela fez um grande esforço para se conter.

— Zack admitiu que a senhora e ele são muito parecidos, e no que se refere à teimosia estou vendo que ele tinha razão. Estou tentando dizer que seu neto se arrepende de ter ficado sem falar com a senhora por tanto tempo e que sente muito amor e admiração.

— Eu falei para sair daqui! Você nunca devia ter vindo aqui!

— Parece que não — concordou Julie, tensa, pegando a bolsa que deixara ao lado da cadeira. — Eu não fazia ideia de que uma mulher madura, no fim da vida, poderia guardar tanto ressentimento contra alguém de seu sangue por algo que ele fez quando ainda era um menino. Foi algo tão ruim assim, a ponto de a senhora não conseguir perdoá-lo?

A risada da sra. Stanhope era amarga.

— Pobre tola! Ele a enganou, não foi?

— O quê?

— Ele pediu para que viesse aqui? — perguntou ela. — Não pediu, não foi? Ele nunca se atreveria!

Sentindo que uma resposta negativa significaria entrar no jogo da mulher e reforçar seu ressentimento por Zack, Julie deixou de lado seu orgulho e apostou todas as fichas em sua última chance de atingir o coração da mulher.

— Ele não me pediu para vir aqui e dizer como se sente, sra. Stanhope. Ele fez algo que é ainda mais revelador do respeito e amor que ainda sente pela senhora. — Dando um suspiro fortificante, Julie ignorou a expressão gélida e continuou: — Não tive notícias dele até receber uma carta há uma semana. Ele me escreveu porque receava que eu tivesse engravidado e, na carta, implorou que não fizesse um aborto caso estivesse mesmo grávida. Pediu que eu trouxesse o bebê aqui para que a senhora o criasse, pois disse que a senhora nunca se recusou a assumir uma responsabilidade em sua vida e não faria isso agora. Ele falou que escreveria uma carta para a senhora antes para explicar...

— Se estiver grávida dele e tiver uma mínima noção de genética — interrompeu a avó de Zack furiosamente —, você vai fazer um aborto! Independentemente do que fizer, eu não aceitaria o filho bastardo dele nesta casa.

Julie deu um passo atrás ante a maldade do comentário.

— Que tipo de monstro você é?

— Ele é que é o monstro, srta. Mathison, e você é um de seus joguetes. Duas pessoas que o amaram já enfrentaram mortes violentas em suas mãos. Você tem sorte se não for a terceira.

— Ele não matou a esposa, e não sei o que quer dizer com duas pessoas...

— Estou falando do irmão dele! Assim como Caim matou Abel, aquele monstro demente matou Justin. Atirou nele depois de uma briga!

Confrontada com tamanha mentira, Julie perdeu o controle. Tremendo de raiva, ela disse:

— É mentira! Sei exatamente como Justin morreu e por quê! Se a senhora está dizendo essas coisas sobre Zack porque está procurando justificativas para recusar o filho dele, está perdendo seu tempo! Não estou grávida e, se estivesse, não deixaria a senhora sozinha com meu bebê! Não é de admirar que seu próprio marido tenha deixado de amá-la e arranjado outras mulheres. Ah, sim, sei tudo sobre essa história! — exclamou ela quando o choque momentaneamente abalou o olhar furioso e desdenhoso da sra. Stanhope.

— Zack me contou tudo. Disse que o avô falou que a senhora foi a única mulher que amou, mesmo que todos achassem que ele só tinha se casado com a senhora por dinheiro. Seu marido contou a Zack que não conseguia atender a seus padrões elevados e que finalmente desistiu de tentar pouco depois do casamento. O que não consigo entender — concluiu Julie, com desprezo — é por que seu marido a amava ou Zack a admirava! A senhora não tem padrões elevados. O que a senhora tem é um coração de gelo! Não é de admirar que o pobre Justin não tenha conseguido lhe dizer que era gay! Zack não é um monstro; a senhora é que é!

— E você — contra-argumentou a sra. Stanhope — é o instrumento do monstro! — Como se a falta de controle de Julie fosse contagiosa, a rigidez desapareceu do rosto da mulher e sua voz aristocrática foi tomada de grande cansaço. — Sente-se, srta. Mathison!

— Não, vou embora!

— Se fizer isso — desafiou ela —, você tem medo da verdade. Concordei em vê-la porque vi seu apelo na televisão e queria saber o que a trouxe aqui. Achei que você fosse uma oportunista, desesperada para permanecer sob os holofotes e que tinha vindo aqui em busca de algo que poderia ajudá-la nisso. Agora ficou claro para mim que você é uma jovem de coragem considerável e convicções fortes e que foi seu senso deturpado de justiça que a trouxe aqui. Tenho respeito pela coragem, srta. Mathison, em especial entre pessoas do meu sexo. Respeito a sua coragem o suficiente para discutir com você coisas que ainda são extremamente dolorosas para mim. Para seu próprio bem, sugiro que me escute.

Impressionada pela drástica mudança no tom da conversa, Julie hesitou ao lado da cadeira, mas permaneceu de pé, teimosa.

— Pela sua expressão, imagino que tenha decidido não aceitar minha palavra a respeito de nada — disse a sra. Stanhope, observando Julie. — Muito bem. Se eu fosse tão iludida e leal quanto você, também não ouviria. — Pegou o sininho ao lado da poltrona e o agitou. Pouco depois o mordomo apareceu na porta. — Entre, Foster — ordenou e, assim que ele obedeceu, ela se virou para Julie e disse: — Como você acha que Justin morreu?

— Eu *sei* como ele morreu — corrigiu Julie com firmeza.

— O que pensa que sabe? — retrucou a sra. Stanhope com o cenho franzido.

Julie abriu a boca para falar, depois hesitou, lembrando que aquela era uma mulher idosa e que não tinha o direito de destruir suas memórias de Justin apenas para que ela parasse de odiar Zack. Por outro lado, Justin já estava morto, mas Zack ainda vivia.

— Olhe, sra. Stanhope, não quero magoá-la mais do que já devo ter magoado, e a verdade vai fazer isso.

— A verdade não pode me magoar — retrucou ela.

O tom desdenhoso da sra. Stanhope deixou mais uma vez os nervos de Julie à flor da pele e atirou para o espaço sua capacidade de autocontrole.

— Justin se matou — disse ela. — Deu um tiro na cabeça porque era homossexual e não pôde viver com isso. Ele admitiu para Zack uma hora antes de se matar.

Os frios olhos cinzentos da mulher não piscaram; ela simplesmente encarava Julie com uma mistura de pena e desdém. Então pegou um porta-retratos na mesa ao seu lado e estendeu para Julie.

— Dê uma olhada nisto — disse a sra. Stanhope. Sem escolha, Julie pegou a fotografia e olhou o jovem sorridente e de cabelo vasto de pé ao lado da âncora de um veleiro. — Este é Justin — explicou numa voz cuidadosamente inexpressiva. — Ele parece homossexual?

— Essa é uma pergunta ridícula. A aparência de uma pessoa não é indicativo de sua orientação sexual...

Julie se interrompeu assim que a sra. Stanhope girou nos calcanhares e foi até um armário grande e antiquado, inclinou-se e abriu a porta, revelando prateleiras que continham taças de cristal. Com uma das mãos apoiada na bengala, ela puxou a prateleira de cima, e um painel se abriu como um arco. Atrás dele, Julie viu a porta de um cofre e observou num estado de inquietude inexplicável a sra. Stanhope abrindo o cofre e pegando uma grande pasta marrom amarrada com um fio elástico. Com o rosto limpo e livre de qualquer expressão, ela desamarrou o elástico e jogou a pasta no sofá na frente de Julie.

— Como você não acredita na minha palavra sobre o que aconteceu, aqui está o relatório do legista e as matérias de jornal sobre a morte de Justin.

Quase contra sua vontade, os olhos de Julie avistaram os papéis que despontavam da pasta e se focaram numa matéria de primeira página de um jornal com duas fotos, uma de Zack aos 18 anos e outra de Justin, e uma manchete que dizia:

ZACHARY STANHOPE ADMITE TER DISPARADO CONTRA SEU IRMÃO, JUSTIN

Sua mão começou a tremer incontrolavelmente, e Julie pegou esse recorte de jornal. De acordo com a versão da imprensa, Zack supostamente esteve no quarto de Justin, com quem conversou enquanto analisava uma das armas da coleção do irmão, uma pistola automática Remington que Zack pensou estar descarregada. Durante a conversa, a pistola foi disparada por acidente, atingindo Justin na cabeça e o matando instantaneamente. Julie registrou as palavras que lera, mas seu coração as rejeitou. Desviando o olhar do recorte, ela se virou para a sra. Stanhope e disse:

— Não acredito em nada disso! Os jornais publicam coisas que não são verdadeiras o tempo todo.

A sra. Stanhope a encarava com o rosto impassível e frio ao se inclinar, tirar do envelope uma transcrição e a empurrar para Julie.

— Então leia a verdade pelas palavras dele.

Julie desviou o olhar do rosto sem expressão da mulher e viu a capa do manuscrito, mas não o tocou. Estava com medo.

— O que é isso?

— O relatório do legista.

Contra sua vontade, Julie esticou a mão e abriu o relatório. Estava tudo ali: a explicação de Zack sobre o evento, transcrita por um estenógrafo durante o inquérito. Zack dissera a mesma coisa que o jornal indicava. Quando seus joelhos começaram a ceder, Julie afundou no sofá e continuou a ler até terminar o relatório. Depois leu os recortes de jornal, procurando por algo, *qualquer* coisa, que pudesse explicar a discrepância entre o que Zack dissera a ela e o que disse a todo mundo.

Quando finalmente levantou os olhos do arquivo em seu colo e encarou o rosto da sra. Stanhope, Julie entendeu que Zack mentira para ela sobre o evento... ou mentira para todo mundo sob juramento. Mesmo assim, esforçou-se para encontrar um jeito de não condená-lo por isso. Arrastando a voz pelo nó de emoções em seu peito, ela disse com toda a força que conseguiu reunir:

— Não sei por que Zack me contou que Justin se matou, mas, mesmo assim, não foi culpa dele. De acordo com este arquivo, foi um acidente. Um *acidente*! Ele mesmo disse...

— Não foi acidente — interrompeu a sra. Stanhope, agarrando com força a bengala. — Você não pode ignorar a verdade quando ela está estampada diante de seu rosto: ele mentiu para você e mentiu para todo mundo durante o inquérito!

— Já chega! — Julie se levantou e jogou o arquivo no sofá como se estivesse contaminado. — Existe uma explicação para isso. Sei que existe. Zack não mentiu para mim no Colorado, eu saberia se estivesse mentindo! — Procurou desesperadamente explicações, e lhe ocorreu uma que pareceu lógica: — Justin se matou, sim — disse, trêmula. — Ele era gay e admitiu a Zack logo antes de se matar, depois Zack... Zack assumiu a culpa por alguma razão... Talvez para que ninguém pensasse em outra motivação...

— Sua idiota! — exclamou a sra. Stanhope, mas sua voz estava tão carregada de pena quanto de raiva. — Justin e Zack brigaram logo antes daquela arma ser disparada. Seu irmão Alex ouviu a briga, e Foster também. — Virando-se para o mordomo, ela continuou: — Diga a essa pobre e iludida jovem qual foi o motivo da briga.

— Estavam brigando por uma garota, srta. Mathison! — disse Foster sem hesitar. — Justin tinha convidado a srta. Amy Price para o baile de natal no country club, mas Zack também queria. Justin se ofereceu para retirar o convite, mas Zack não aceitou. Estava furioso.

Julie sentiu o gosto de bile na boca e pegou a bolsa, mas ainda tentou defender Zack.

— Não acredito em vocês.

— Prefere acreditar num homem que você sabe que mentiu para você a confiar na palavra do legista e dos jornais, é isso?

— Sim! — retrucou Julie, desesperada para sair dali. — Adeus, sra. Stanhope. — Ela andava tão rápido que Foster precisou trotar atrás dela para chegar à porta da frente primeiro e abri-la.

Com o salto alto ressoando agudo no piso de ardósia do vestíbulo, Julie quase alcançava a porta quando a voz da sra. Stanhope chamou seu nome. Ela parou, assustada, e se virou, tentando manter o rosto inexpressivo ao olhar para a avó de Zack, que parecia ter envelhecido duas décadas no minuto que levou para segui-la pelo vestíbulo.

— Se souber onde Zack está — disse a sra. Stanhope — e tiver o mínimo de consciência, você deve notificar as autoridades de uma vez por todas. Apesar do que possa imaginar, foi lealdade a Zack que me fez esconder das autoridades os fatos sobre a briga com Justin, em vez de dizer a verdade como eu deveria ter feito.

Julie arrebitou o nariz, mas sua voz tremulava.

— Por que você deveria ter feito isso?

— Porque ele teria sido preso e recebido ajuda psiquiátrica. Zack matou o próprio irmão e matou a esposa. Se tivesse feito tratamento psiquiátrico, talvez Rachel Evans não estivesse agora a sete palmos do chão. A culpa por sua morte está sobre meus ombros, e não posso dividir com ninguém esse peso. Se não tivesse sido óbvio desde o início que Zachary seria condenado pelo assassinato dela, eu não teria escolha a não ser revelar a verdade sobre a morte de Justin — interrompeu-se, lutando visivelmente para não perder o controle. — Por seu próprio bem, entregue Zack. Senão algum dia haverá mais uma vítima, e você vai passar o resto da vida carregando o mesmo peso nas costas que levo hoje.

— Ele não é um assassino! — exclamou Julie.

— Não?

— Não!

— Mas você não pode negar que ele é um mentiroso — retrucou a sra. Stanhope irrefutavelmente. — Mentiu para você ou para as autoridades a respeito da morte de Justin, não foi?

Julie se recusou a responder porque não podia suportar admitir isso em voz alta.

— Ele é um mentiroso — afirmou a sra. Stanhope enfaticamente. — E é tão bom nisso que encontrou a carreira perfeita: atuação. — Ela começou a se virar, depois hesitou e olhou de soslaio. — Talvez — acrescentou num tom cansado e derrotado que, de alguma forma, era mais alarmante e efetivo que sua ira fora mais cedo — Zack acredite de verdade em suas mentiras, e é por isso que ele é tão convincente. Talvez acredite que seja um daqueles homens que interpretou no cinema, e é por isso que ele é um ator tão "talentoso". Em seus filmes, ele fazia o papel de homens que matavam sem necessidade e depois fugiam das consequências porque eram "heróis". Talvez ele achasse que pudesse matar a esposa e não encarar as consequências porque era um "herói" do cinema. Talvez — concluiu ela enfaticamente — ele não consiga distinguir a realidade da fantasia.

Sentindo que perdia a calma, Julie apertou forte a bolsa contra o peito.

— Está sugerindo que ele é louco? — perguntou ela.

Os ombros da sra. Stanhope baixaram, e sua voz diminuiu num sussurro, como se o ato de falar de repente exigisse um esforço enorme.

— Sim, srta. Mathison. É *exatamente* isso que estou sugerindo. Zachary é louco.

Julie não sabia se a mulher tinha permanecido no vestíbulo ou não. Sem dizer uma palavra, ela se virou e saiu, caminhando rápido até o carro e segurando a vontade de correr, fugir do mal desta casa e da semente de dúvida que foi plantada em seu coração. Ela pretendia passar a noite numa pousada e explorar a cidade natal de Zack; em vez disso, dirigiu direto para o aeroporto, devolveu o carro e pegou o primeiro voo partindo de Ridgemont.

55

TOMMY NEWTON DESVIOU O OLHAR DO ROTEIRO ONDE FAZIA anotações quando sua irmã entrou na sala de sua casa em Los Angeles, onde ela passava o final de semana.

— O que foi? — perguntou ele.

— Acabei de receber um trote pelo seu telefone — disse ela, com uma risada nervosa. — Pelo menos espero que tenha sido trote.

— Los Angeles está cheia de gente esquisita que faz telefonemas de mau gosto — assegurou Tommy. Em tom de piada, acrescentou: — No sul da Califórnia esse é um meio de comunicação muito comum. Todo mundo aqui se sente alienado, sabia? Por isso essa cidade é um paraíso para os psiquiatras.

— Não foi um telefonema de mau gosto, Tommy.

— Então o que foi?

Ela falou devagar, balançando a cabeça, o cenho franzido numa expressão de dúvida.

— O homem disse que era Zack Benedict.

— Zack? — repetiu Tommy com uma risada curta. — Isso é ridículo. O que ele disse?

— Ele falou para avisar a você que irá matá-lo. Disse que você sabe quem matou Rachel e que vai matar você por não testemunhar.

— Isso é loucura!

— Ele não parecia louco, Tommy. Parecia sério demais. — Ela estremeceu. — Acho que você devia ligar para a polícia.

Tommy hesitou, depois balançou a cabeça.

— Seja quem tiver feito a ligação, foi um trote.

— Como conseguiram seu número se não está na lista telefônica?

— Evidentemente — disse, tentando fazer piada — alguém que eu conheço gosta de passar trotes.

Sua irmã pegou o telefone na mesa ao lado do sofá e estendeu para ele.

— Ligue para a polícia. Se não for para sua segurança, faça isso porque é seu dever.

— Tudo bem — disse ele com um suspiro. — Mas eles vão rir da minha cara.

Em sua casa em Beverly Hills, Diana Copeland saiu dos braços de seu amante e atendeu ao telefone ao lado do sofá.

— Diana! — gemeu ele. — Deixe a empregada atender.

— Esse é meu número particular — explicou ela ao homem cujo rosto era tão familiar quanto o dela para os cinéfilos. — Pode ser uma mudança no cronograma de gravações amanhã. Alô?

— Aqui é Zack, Didi — disse a voz profunda. — Você sabe quem matou Rachel e me deixou ir para a cadeia por isso. Agora pode se considerar morta.

— Zack, espere! — exclamou ela, mas a linha ficou muda.

— Quem era?

Diana levantou-se, encarando o homem ao lado, o olhar absorto e o corpo rígido em choque:

— Era Zack Benedict...

— O quê? Tem certeza?

— E-Ele me chamou de Didi. Zack é a única pessoa no mundo que já me chamou assim.

Girando os calcanhares, ela o deixou ali e foi ao quarto, então pegou o telefone e discou um número.

— Tony? — disse ela, trêmula. — Acabei de receber uma ligação de... de Zack Benedict.

— Eu também. Foi um trote. Não foi Zack.

— Ele me chamou de Didi! Só Zack fazia isso. Disse que eu sei quem matou Rachel e que deixei que ele fosse para a cadeia por isso. E falou que vai me matar agora.

— Acalme-se! É tudo mentira! Foi um trote, talvez até algum repórter de tabloide querendo desenterrar uma história antiga.

— Vou ligar para a polícia.

— Faça o papel de tola, se é isso que quer fazer, mas me deixe fora disso. Aquele cara não era Zack.

— Estou dizendo que era!

Emily McDaniels se afundou numa espreguiçadeira ao lado da piscina da casa exuberante de seu marido, o dr. Richard Grover, em Benedict Canyon. Em seis meses de casamento, sua vida vinha sendo uma duradoura lua de mel, e ela observou seu marido nadando e analisou seu corpo abrindo caminho pela água quase sem fazer esforço. Ele interrompeu sua atividade, e sua cabeça despontou da ponta da piscina, bem ao lado de Emily.

— Quem era ao telefone? — perguntou ele, tirando o cabelo do rosto com suas mãos de dedos longos que faziam delicadas neurocirurgias no Centro Médico Cedars-Sinai. — Diga que não era algum dos meus pacientes — implorou ele, não muito sério, cruzando os braços sobre a margem da piscina, analisando a expressão abatida da esposa.

— Não.

— Ótimo — disse ele e puxou o tornozelo delgado de Emily. — Como nenhum dos meus pacientes é mal-educado a ponto de interromper nossa noite de sábado, entre nessa piscina e mostre que você ainda me ama.

— Dick — disse ela, a voz fraca —, foi meu pai que ligou agora.

— O que houve? — perguntou ele, mais sério, saindo da piscina.

— Ele disse que Zack Benedict acabou de ligar.

— Benedict? — repetiu Dick com desdém, pegando uma toalha e secando os braços. — Se aquele imbecil estiver em Los Angeles, ele não é apenas um assassino; é louco. A polícia vai capturá-lo num segundo. O que ele queria?

— A mim. Zack disse a meu pai — explicou ela com a voz trêmula — que acha que sei quem realmente matou Rachel. Falou que quer que eu conte aos jornais quem foi, para que ele não precise matar todo mundo que estava lá aquele dia. — Balançou a cabeça como se isso fosse clarear seus pensamentos, e quando abriu a boca de novo, o medo tinha se esvaído. — Deve ter sido um trote. Zack nunca me ameaçaria, muito menos me machucaria. Independentemente do que você parece achar, Zack não era um imbecil. Foi o melhor homem que conheci antes de você.

— Se acredita mesmo nisso, você faz parte de uma minoria.

— Tenho certeza disso. Apesar do que você viu e ouviu durante o julgamento, a verdade é que Rachel Evans era uma vadia imoral e calculista que merecia morrer! A única coisa errada foi que Zack acabou indo para a cadeia por isso. — Com uma risada sombria, ela continuou: — Ninguém achava que Rachel era uma atriz muito boa, mas a verdade era que ela era brilhante: era tão boa que quase ninguém imaginava como ela realmente era atrás daquele sorrisinho. Rachel fingia ser uma mulher elegante, um pouco reservada e até legal. Mas ela não era nada de disso. Nada! Ela era uma gata de rua.

— Como assim? Uma puta?

— Isso também, mas não foi isso que quis dizer — disse Emily, pegando a toalha que o marido deixara numa mesa. — Quero dizer que ela era como um gato de rua que revira o lixo dos outros, se alimentando desse lixo sem ninguém nunca perceber.

— Bonita imagem — provocou o marido —, mas não muito explicativa.

Emily se recostou na espreguiçadeira e tentou ser mais clara.

— Se Rachel soubesse que alguém queria algo, um papel num filme, um homem, determinada cadeira no set, ela fazia de tudo para impedir que a pessoa conseguisse, mesmo se ela nem quisesse. Quero dizer, a pobre Diana Copeland estava apaixonada por Zack, realmente apaixonada, mas guardava seus sentimentos para si e nunca se declarou para ele. Eu era a única que sabia disso e fiquei sabendo por acidente.

Quando ela se calou, os olhos fixos na iluminação da piscina, Dick disse:

— Você nunca quis falar sobre Benedict ou o julgamento, mas como decidiu tocar nisso agora, admito que tenho a maior curiosidade sobre as coisas que nunca saíram nos jornais. A imprensa nunca revelou que Diana Copeland estava apaixonada por Benedict.

Emily assentiu, aceitando o pedido de mais informações.

— Prometi a mim mesma nunca falar sobre essa história porque eu não podia confiar em ninguém, mesmo os caras que eu namorava. Alguém podia abrir a boca para um repórter que iria distorcer minhas palavras e reacenderia o escândalo todo. — Ela sorriu para ele e enrugou o pequeno nariz. — Mas agora acho que posso abrir uma exceção, já que você jurou me honrar e respeitar.

— Acho que pode, sim — disse ele com um risinho, concordando.

— Só descobri como Diana se sentia alguns meses depois do julgamento, quando Zack já estava na prisão. Eu tinha escrito uma carta e enviado a ele, mas a correspondência voltou com a frase "Retornar ao remetente" escrita na letra de Zack no envelope fechado. Alguns dias depois, Diana veio me ver. Queria que eu mandasse uma carta que tinha escrito para Zack, mas num envelope com o meu nome. Ele também retornou essa carta. Eu sabia que ele também tinha devolvido cartas de Harrison Ford e Pat Swayze, e foi isso que eu falei para ela. Quando dei por mim, Diana estava em prantos.

— Por quê?

— Porque ela tinha acabado de voltar do Texas, onde tentou surpreender Zack fazendo uma visita. Quando ele a viu na sala de visitas do presídio, virou as costas sem dizer uma palavra e pediu os guardas para tirarem-na dali. Eu disse a ela que tinha certeza de que ele agiu assim porque estava envergonhado e não queria que nenhum amigo o visse, e foi então que ela começou a chorar. Ela disse que a prisão em que ele estava era terrível, suja e fedorenta e que obrigavam Zack a usar uniforme de presidiário.

— E o que ela esperava? Que ele usasse terno?

Emily riu e explicou:

— Ver Zack daquele jeito foi o que a machucou tanto. De qualquer forma, ela começou a chorar e me disse que estava apaixonada por ele e por isso tinha mudado os planos e aceitado pegar um papel secundário em *Destino*: para ficar perto dele. Rachel de alguma maneira descobriu como Diana se sentia, pois um dia a provocou e acusou de ter uma queda por Zack. Como Diana não negou, Rachel passou a se pendurar no pescoço de Zack toda vez que Diana estava por perto. Não esqueça que Rachel já vivia um caso com Tony Austin e pretendia pedir divórcio dentro de poucos dias. Então, na semana seguinte, na mesma semana em que morreu, várias pessoas ouviram Rachel alertar Zack sobre não colocar Diana em seu próximo filme.

— Sim, mas ele nunca fez outro filme, então Diana não perdeu nada.

— Não é esse o ponto — disse Emily. — A questão é que Rachel era uma bruxa. Não suportava ver ninguém feliz. Se ela descobrisse que você queria algo, não importa o quão insignificante fosse, ela encontraria uma forma de impedir você de conseguir ou de roubar isso.

Seu marido analisou seu rosto em silêncio por um bom tempo, depois disse calmamente:

— O que ela roubou de você, Emily?

Emily ergueu a cabeça e respondeu:

— Tony Austin.

— Está brincando!

— Quem me dera — disse ela, melancólica. — Não tem justificativa para tamanha estupidez juvenil. Eu era completamente louca por ele.

— Ele é um bêbado viciado! Sua carreira já estava derrapando...

— Sei disso tudo — falou ela, levantando-se. — Mas, entenda, eu achava que poderia salvá-lo disso tudo e de si mesmo também. Anos depois, percebi qual era o real apelo sexual de Tony para as mulheres: ele era tão sensual e descolado por fora que dava a impressão de que ele protegeria você do mundo. Mas depois você descobria que, na verdade, ele era um menino vulnerável, e então a vontade era protegê-lo. Deve ser por isso que o pobre Tommy Newton estava apaixonado por ele. Agora, Zack era o exato oposto de Tony: não precisava de ninguém, e você podia *sentir* isso.

Seu marido ignorou a última frase.

— Tommy Newton — repetiu ele com desgosto —, o cara que dirigiu seu último filme, estava apaixonado por Tony Austin? — Quando Emily fez que sim com a cabeça, ele disse: — Esse negócio no qual você trabalha desde criança me faz lembrar um ninho de cobra.

— Às vezes é — concordou Emily, rindo —, mas na maior parte do tempo, não. É só um negócio, cheio de gente batalhadora vivendo e trabalhando juntas por quatro ou cinco meses, depois seguindo seus caminhos, se encontrando de novo algum dia em outro filme.

— Não pode ser tão ruim — cedeu ele — porque você vive nisso há anos e é a mulher mais certinha e doce que já conheci. — Voltando ao assunto anterior, ele disse, pensativo: — É impressionante que essa história toda entre você, Tony, Diana e Rachel não tenha vindo à tona durante o julgamento.

Emily sacudiu os ombros.

— A polícia não vasculhou muito atrás de outros suspeitos ou motivos. Eles sabiam que Zack tinha colocado as balas que mataram Rachel naquela arma, entende? Nós todos sabíamos disso. Além do fato de que ele havia ameaçado matá-la na noite anterior e tinha várias razões emocionais e financeiras para querer ver Rachel morta, ele também era o único de nós com *coragem* suficiente para levar a coisa a cabo.

— Ele podia ter coragem, mas tinha que ser muito arrogante para achar que não levaria a culpa.

— Ele era arrogante mesmo — concordou Emily, mas seu sorriso era sentimental, e sua voz estava tomada de admiração. — Zack era... era como uma força irresistível, como o vento quando vem de várias direções diferentes. Ele tinha tantos lados que você nunca sabia qual deles iria ser mostrado a você. Ele podia ser incrivelmente gracioso ou afetuoso, galante e doce, ou agradável e sofisticado.

— Por essa descrição, ele parecia um modelo de comportamento.

— Ele também era brutal, frio e desumano.

— Pensando bem — disse Dick, não muito sério —, parece que ele tem múltiplas personalidades.

— Ele era complexo — admitiu Emily. — E fechado. Fazia o que queria e quando queria e não se importava com o que qualquer pessoa achava dele. Ele tinha muitos inimigos por causa disso, mas mesmo as pessoas que o detestavam tinham admiração por ele. Zack não se importava se era odiado nem admirado. Até onde qualquer um sabia, a única coisa com que ele se importava era seu trabalho. Parecia que ele não precisava das pessoas... quero dizer, Zack não gostava que ninguém se aproximasse muito, com exceção de mim. Provavelmente fui a pessoa com quem ele tinha mais intimidade.

— Não me diga que ele estava apaixonado por você. Não aguento mais triângulos amorosos!

Emily soltou uma gargalhada.

— Eu era só uma criança para ele, e é por isso que deixou que eu me aproximasse tanto. Zack conversava comigo sobre coisas que duvido que mencionasse a Rachel.

— Que tipo de coisa?

— Não sei... coisas pequenas, como o fato de que ele adorava astronomia. Certa noite, quando estávamos gravando numa fazenda perto de Dallas, nós nos sentamos na grama ao ar livre, e ele começou a me mostrar as estrelas e contar histórias sobre o nome das constelações. Rachel saiu do trailer e perguntou o que estávamos fazendo e, quando eu expliquei, ela ficou surpresa por Zack se interessar por astronomia ou saber qualquer coisa sobre o assunto.

— Considerando tudo isso, como você explica o fato de que ele fez um telefonema ameaçador para seu pai hoje?

Ela esticou a perna na lateral da espreguiçadeira.

— Acho que foi um trote e meu pai estava enganado — disse ela. — Meu pai também disse ter visto alguém que se parecia com Zack zanzando nos arredores do meu apartamento ontem à noite.

O cenho franzido de preocupação de seu marido se dissipou e se tornou uma expressão de compreensão e irritação.

— Por acaso seu pai estava bêbado quando ligou para você?

— Eu... eu saberia. Talvez. Não seja tão duro com ele — disse ela, segurando o braço dele. — Está solitário agora que fui embora. Eu era tudo o que ele tinha na vida e o abandonei para viver com você.

— Você não o "abandonou"! Você é a filha dele, não a esposa.

Ela abraçou o marido pela cintura e descansou a cabeça em seu ombro.

— Eu sei disso, e ele também. — Levantaram-se e, entrando em casa, ela acrescentou: — Há alguns minutos, você me parabenizou por ter permanecido tão certinha e doce depois de todos os anos na indústria do cinema. Tente lembrar que só consegui me tornar o que sou hoje por causa da vigilância dele. Ele sacrificou a própria vida por mim.

Seu marido beijou-lhe a testa.

— Eu sei.

56

QUANDO JULIE ESTACIONOU O CARRO NA GARAGEM DE SUA casa já era meia-noite, e ela havia passado todas as sete horas de viagem, desde que saíra da casa da avó de Zack, travando uma batalha mental contra as dúvidas e a angústia que a atormentavam. Mas foi ela quem venceu a batalha e, agora que estava em casa, sentia-se muito melhor. Abriu a porta, ligou a luz da sala de estar e observou o ambiente aconchegante e animado. Aqui, a ideia de Zack ser louco pareceu tão absurda que ela sentiu raiva de si mesma por chegar a alimentar essa hipótese. Nesta mesma sala, lembrou, enquanto pendurava o casaco no cabideiro, Matt e Meredith Farrell passaram horas maravilhosas com ela e a desejaram adeus e boa sorte. Matthew Farrell teria rido na cara da sra. Stanhope ao ouvir a sugestão de que Zack era louco, e era exatamente isso que a própria Julie deveria ter feito.

Balançou a cabeça, desgostosa consigo mesma, depois foi ao quarto, sentou-se na cama e pegou a carta de Zack no criado-mudo. Releu cada palavra bela e amorosa, e a vergonha que sentiu por ter chegado a duvidar dele era tão grande quanto a repentina necessidade de apagar os vestígios de sua jornada à casa da família Stanhope. Colocando a carta de lado, tirou o suéter e a saia, depois entrou no banheiro e ligou o chuveiro.

Lavou o corpo e o cabelo como se tivessem sido contaminados pela atmosfera malevolente daquela sombria pilha de pedra que Zack um dia chamou de lar. Não havia nenhum acalanto lá, nem na casa nem nas pessoas que a habitavam — pensou Julie enquanto secava e penteava o cabelo. Se tinha alguém delirando, era a avó de Zack! E o mordomo! E o irmão de Zack, Alex!

Mas — argumentou sua mente — a avó pareceu ser uma pessoa mais abatida que maléfica, ao menos no final da discussão. E o mordomo parecia um tanto perdido, mas absolutamente seguro do que dizia. Por que os dois mentiriam sobre a briga entre Zack e Justin? Deixando esse questionamento de lado, Julie guardou o secador de cabelos, apertou o nó de seu roupão e foi à sala de estar. Talvez os dois apenas achassem que Zack e Justin tinham brigado — decidiu Julie, ligando a televisão e sintonizando na CNN para que assistisse às últimas notícias.

Mas havia um fato que ela não podia evitar, justificar ou discutir: Zack mentira sobre as circunstâncias da morte de Justin.

Mentiu para ela ou para a polícia, os jornais e o médico-legista.

A mente de Julie se desviou desse dilema insolúvel e procurou pela sala algo que estivesse fora de lugar, algo que pudesse ajeitar ou guardar, mas não havia nada. Sua casa normalmente bem-arrumada estava agora criteriosamente limpa porque Julie havia passado todo o seu tempo livre nos últimos cinco dias deixando tudo pronto para ser examinado pela polícia e pelos repórteres depois que ela desaparecesse. A planta à sua esquerda tinha uma folha amarelada, que Julie logo arrancou, depois parou, acalentada pela repentina lembrança de Zack no Colorado, quando ele percebeu que ela tinha feito algo parecido. "*Isso é um hábito seu, não é? Arrumar as coisas quando está nervosa?*" Só em pensar naquele sorriso insolente dele e na maneira como seus olhos brilhavam, divertindo-se, Julie sentiu-se bem. Percebeu que precisava se concentrar nessas lembranças porque eram reais. Ele era real. E estava esperando por ela no México.

Julie decidiu que Zack havia mentido para todo mundo sobre a morte de Justin, mas não para ela. Ele não podia ter feito. Não teria feito isso. Ela sabia disso no fundo de seu coração. E quando o encontrasse no México, ele explicaria por que mentiu para os outros. O programa que passava na televisão era sobre a China e, como Julie estava com a cabeça cheia demais para dormir, decidiu se dedicar à carta que deixaria para a família, para matar o tempo até começar um noticiário noturno e ter certeza de que não havia notícias de Zack.

Ele a orientou a resolver todas as pendências em uma semana e se preparar para partir no oitavo dia. Já haviam se passado cinco dias.

Levantando-se, ela entrou no quarto para pegar sua carta parcialmente escrita, depois se sentou na cadeira de balanço e ligou a luminária de chão ao seu lado. Com o som do televisor ao fundo, releu o que já havia escrito:

> Queridos papai, mamãe, Carl e Ted,
>
> Quando lerem esta carta, vão saber que fui embora para me juntar a Zack. Não espero que me perdoem, mas quero explicar para que vocês ao menos possam entender minhas razões um dia.
>
> Eu amo Zack.
>
> Gostaria tanto de dar mais e melhores razões do que só essa e tentei pensar em quais seriam, mas não consegui encontrar. Talvez seja porque só isso importa.
>
> Papai, mamãe, Carl, Ted, todos vocês sabem o que é o amor. Já *sentiram* isso, tenho certeza. Papai, lembro-me das inúmeras vezes que você ficou acordado até tarde sentado no sofá abraçando a mamãe. Lembro-me de todos os seus sorrisos e abraços. Também lembro o dia em que a mamãe voltou do médico para casa e disse que ele havia encontrado um caroço em seu seio. Nesse dia, você saiu para o quintal e chorou. Sei que fez isso, papai, porque eu o segui. Essas são as coisas que quero compartilhar com Zack. Todas elas: as boas, as tranquilas, as felizes e as tristes. Pense nelas, por favor, e saiba que, assim como você e a mamãe nasceram para viver todas essas coisas, eu nasci para ficar com Zack. Acredito nisso. Tenho certeza disso em cada pedacinho do meu corpo. Não sei por que tinha que ser ele. Nunca escolhi que as coisas fossem assim. Mas são. E não me sinto mal por isso.
>
> Carl, você tem sua maravilhosa, divertida e doce Sara. Ela o adora desde que vocês eram crianças, e não acho que você tem consciência de tudo o que ela fez. Sara esperou que você a notasse por anos. Quando estávamos no Ensino Médio, ela fazia coisas incríveis para chamar sua atenção, como cair de uma árvore quando você estava passando ou derrubar livros no chão para que você a ajudasse a pegar. Sara e eu

estávamos estudando juntas na noite em que ela descobriu que você tinha convidado Jenny Stone para o baile de formatura. Ela chorou. Você a magoou profundamente, e agora vou magoar todos vocês ao ir embora com Zack. Sara amou você mesmo assim. Por favor, não deixem de me amar depois que a dor diminuir. Pelo menos tentem.

Ted, acho que você é quem vai ficar mais bravo comigo pelo que fiz e o último a me perdoar. Você ainda não se perdoou por ter dado as costas para seu casamento e não consegue perdoar Katherine pela parte que diz respeito a ela. Quando não consegue perdoar nem esquecer, você fica preso na sua própria armadilha. E o engraçado é que, de todos nós, somos você e eu que amamos de forma tão cega e intensa que perdemos o controle. Você me ama esse tanto. Tenho certeza. Você disse que enfrentaria o inferno por mim, e agora vou fazê-lo passar por isso, o que me entristece muito. Mas minha única outra opção é fazer o que você faz com Katherine: eu poderia dar as costas a Zack, que me ama e precisa de mim, e depois passar o resto da vida odiando e culpando Zack porque tive medo de tentar de novo.

Depois que eu for embora, vocês todos vão ouvir mais sobre Zack, rumores terríveis e conjecturas maldosas de repórteres, da polícia e de pessoas que nunca nem o conheceram. Eu queria tanto que vocês o tivessem conhecido. Como isso não é possível, vou deixar algo para vocês, algo dele que vai lhes dar uma ideia do homem que ele realmente é. É a cópia de uma carta, uma carta muito pessoal que ele escreveu para mim. Um pequeno trecho dessa carta vai estar censurado não porque havia algo ali que poderia mudar a opinião de vocês, mas porque se refere a outra pessoa e um favor muito especial que ela fez por nós dois. Quando vocês lerem a carta de Zack, acho que vão saber que o homem que a escreveu vai me amar e proteger de todos os jeitos que puder. Vamos nos casar assim que nos encontrarmos.

Julie tinha escrito até esse trecho, mas não parecia suficiente. Ela pegou a caneta, os ouvidos sintonizados no anúncio do jornal noturno, e começou a escrever de novo:

Carl, gostaria que você e Sara ficassem com toda a minha mobília e utensílios domésticos para sua casa nova. Pensem em mim quando estiverem regando minhas plantas.

Ted, tem uma aliança na primeira gaveta da minha cômoda que é sua. Você vai reconhecer. É a aliança que jogou fora quando se separou de Katherine e deve ficar no seu dedo, meu amado e tolo irmão. Experimente para ver se ainda cabe... pelos velhos tempos. Tudo bem, faça isso por mim. Nenhuma outra aliança vai caber tão bem no seu dedo quanto essa, e você *sabe* disso. Vocês dois vão se machucar se reatarem o relacionamento, mas vão sofrer muito mais se continuarem separados. E...

A cabeça de Julie se levantou para ouvir o que dizia o locutor da televisão:

Estamos interrompendo nosso documentário especial sobre a China para trazer as últimas informações sobre a busca de Zachary Benedict. De acordo com a polícia de Orange County, na Califórnia, Benedict, que fugiu da Penitenciária Estadual de Amarillo, onde cumpria uma pena de 45 anos pelo assassinato de sua esposa, foi visto em Los Angeles por um velho conhecido. Essa pessoa, cuja identidade ainda não foi revelada, disse não ter dúvidas de que o homem que avistou era Benedict. A busca por Benedict foi intensificada pelo alerta e pela descoberta de que ele telefonou hoje para vários membros da equipe e do elenco do filme Destino *que estavam presentes no momento em que sua esposa foi assassinada e os ameaçou de morte. A polícia de Orange County está alertando todas as pessoas que estiveram no set de* Destino *para agir com extrema cautela, pois se acredita que Benedict esteja armado e seja perigoso.*

A caneta que Julie tinha na mão, assim como a carta, deslizou para o chão quando ela se levantou de um salto, encarando a televisão. Esforçando-se para manter o controle, tirou uma mecha de cabelo da testa e pegou a caneta e o papel. Estão enganados! Algum louco estava fingindo ser Zack só para assustar as pessoas e chamar a atenção da imprensa.

É óbvio que é um engano, decidiu. Depois desligou a televisão e foi para a cama.

Mas, quando finalmente dormiu, seus sonhos se encheram de espectros sem rosto que, escondidos nas sombras, gritavam advertências e ameaças.

O sol já estava nascendo quando ela finalmente se livrou do pesadelo. Com medo de fechar os olhos de novo, Julie se levantou e foi à cozinha para se servir de um copo de suco de laranja. Bebeu de um gole, depois apoiou as mãos na bancada de fórmica e deixou sua cabeça pender.

— Ah, Zack — sussurrou —, o que você está fazendo? Ligue para mim e diga que todo mundo está mentindo sobre você. Por favor... não deixe que eles me torturem assim.

Ela decidiu ir à igreja e depois passar o dia na escola, cuidando de uma papelada, para o caso de Zack ter ouvido o que aconteceu em Los Angeles e querer ligar para ela a fim de explicar. Ele não podia telefonar em casa. Teria que tentar o número da escola. Com certeza ele suporia que é para lá que ela iria, mesmo num domingo, se algo importante acontecesse.

57

— JULIE, VOCÊ ESTÁ BEM, QUERIDA? — FALOU FLOSSIE Eldridge, batendo no para-brisa do carro. — Está sentada aí no escuro, com o motor ligado, há quase meia hora.

Julie olhou o rosto gordinho e preocupado da mulher, pegou as chaves do carro, desligou a ignição e saiu rapidamente.

— Estou bem, srta. Flossie, mesmo. Eu estava pensando sobre um.. um problema da escola e esqueci onde estava.

— Você vai pegar um resfriado terrível, sentada aqui fora! — disse Flossie tremendo de frio na noite gélida e puxando o casaco junto ao corpo.

Arrasada por ter perdido a noção do tempo e do espaço, Julie pegou a pasta no banco de trás e tentou sorrir para a vizinha.

— O aquecedor estava ligado — disse Julie, apesar de agora não ter tanta certeza de ter feito isso.

— Não, não estava — informou Flossie. — Tem pedacinhos de gelo no para-brisa, veja. Você trabalhou até tarde hoje, e é domingo! — disse ela, notando a pasta que Julie carregava.

— Tem muito trabalho a ser feito — explicou Julie. — Vamos, vou levá-la de volta para casa — acrescentou, colocando a mão embaixo do cotovelo da srta. Flossie, e caminhando com ela devagar pelo gramado que separava as duas casas. — É difícil enxergar sem a luz da lua, e não quero que a senhora tropece.

— Julie — chamou a srta. Flossie, hesitante, ao chegar ao círculo de luz amarela que iluminava o alpendre —, você está bem? Está pálida. Pode me dizer a verdade. Não vou contar a Ada. Está preocupada com Zachary Benedict?

O estado de distração e letargia que afligiu Julie durante todo o dia deu lugar à surpresa no exato momento em que Flossie pronunciou o nome de Zack.

— Por que diabos você pensaria isso? — perguntou ela com uma risada que soou sufocada e forçada até mesmo para seus ouvidos.

— Porque — disse Flossie, como se a resposta fosse óbvia — você estava parada no carro em sua própria garagem com o olhar absorto. Quando eu era menina e estava preocupada com alguma coisa, ficava exatamente desse jeito.

— Quer dizer — tentou provocar Julie —, você estacionava na garagem e ficava meia hora lá?

— Não, claro que não — respondeu Flossie com um risinho infantil que fez brotar uma ruga ao redor dos olhos. — Você sabe que nunca aprendi a dirigir. O que eu quis dizer é que também ficava com o olhar perdido no espaço, bem como você agora há pouco.

Tentando evitar contar uma mentira ou responder a verdade, Julie se desviou da pergunta ao dizer animadamente:

— Não sou dessas que fica se consumindo com as coisas, srta. Flossie. Se eu não puder ter algo e souber disso, simplesmente encaro a realidade, tento esquecer o assunto para sempre e seguir a vida.

Em vez de aceitar a resposta ou voltar à pergunta original, o que Julie quase esperava que ela fizesse, a srta. Flossie colocou a mão no braço de Julie e disse:

— O que faria se houvesse algo que você sempre quis e pôde ter, talvez até ainda possa, mas tem medo de que as pessoas riam de você. E se tiver medo de conseguir o que quer e se arrepender?

A risada de Julie foi mais genuína que a primeira, e ela balançou a cabeça.

— Que pergunta difícil! — admitiu ela. — Se eu não estivesse feliz sem essa coisa, acho que ia querer tentar ser feliz com ela.

— Com ele, não com a coisa — confidenciou a srta. Flossie.

Julie sabia que era isso que ela queria dizer desde o início da conversa.

— Quem? — perguntou Julie, caso a srta. Flossie quisesse desabafar. — Quero dizer, quem é ele?

— Ah, isso é segredo.

Não é, não, pensou Julie com tristeza. Como não tinha nada a perder e Flossie tinha tudo a ganhar, disse:

— Acho que aquele Herman Henkleman precisa é de uma boa mulher que acredite nele, fique ao seu lado e lhe dê uma razão para ser feliz. Mas claro — acrescentou ela a Flossie, que estava boquiaberta — que Herman nunca correria o risco de pedir uma segunda chance à mulher que amava, não vivendo uma vida tão pouco regrada. A mulher é que vai ter que dar o primeiro passo, e para isso é preciso muita coragem.

Impulsivamente, Julie se reclinou e deu um leve beijo na bochecha de Flossie.

— Boa noite — disse ela. *Adeus*, pensou. O sexto dos oito dias que Zack lhe dera estava no fim.

No alpendre de sua casa, Julie pegou o chaveiro na bolsa, inseriu a chave certa na fechadura, entrou e fechou a porta. Estava prestes a acender a luz quando uma voz masculina disse:

— Não ligue a luz. — Um grito de horror ficou enlatado na garganta de Julie quando ele acrescentou: — Está tudo bem. Sou amigo de Zack.

— Por que eu deveria acreditar em você? — perguntou ela com a voz tão trêmula quanto suas mãos.

— Porque — disse Dominic Sandini com um sorriso em sua voz — vim para ver como estão as coisas e garantir que tudo esteja bem caso você decida viajar de repente.

— Caramba! Você quase me matou de susto! — exclamou Julie, meio com raiva, meio achando graça da situação.

— Desculpe.

— Como entrou aqui? — perguntou ela, sentindo-se um pouco ridícula por conversar com um homem invisível na escuridão.

— Entrei pelos fundos depois de dar uma conferida nos arredores. Você tem companhia, senhora.

— Tenho o quê?

Julie ficou tão desorientada que começou a andar pela casa em busca de mais gente antes que ele esclarecesse:

— Você está sendo vigiada. Uma van azul parada lá na rua faz a cobertura da casa, e outra segue você aonde quer que for. Deve ser o FBI, pois eles usam carros que não valem a pena roubar, mas sabem vigiar melhor que a polícia local. Os carros — acrescentou ele com orgulho — são minha especialidade. Veja o seu, por exemplo: tem um motor de 1,5 litro de deslocamento, provavelmente um painel de fábrica, sem telefone, então as peças devem valer meros 250 dólares.

— Você é vendedor de carros usados? — interpelou Julie, ignorando temporariamente o problema do FBI por estar imensamente feliz diante de um amigo de Zack.

—Pode-se dizer que sim — respondeu Dominic sorrindo. — Mas quando eu os vendia, eles não precisavam exatamente de documento de transferência, se é que me entende.

— Você... você... *roubava* carros? — perguntou Julie, preocupada.

— Sim, mas não faço mais isso — explicou ele com outro sorriso na voz. — Sou um novo homem agora.

— Ótimo! — disse ela com sinceridade. Não era tão reconfortante que um amigo de Zack fosse ladrão de carros. Percebendo que seu visitante invisível poderia aliviar o restante de seus temores, ela acrescentou: — Zack não está em Los Angeles, está? Não está ameaçando aquelas pessoas, certo?

— Não sei onde ele está ou o que está fazendo, essa é a verdade.

— Mas você tem que saber! Quero dizer, você claramente conversou com ele...

— Não, eu não. Zack teria um troço se soubesse que vim aqui pessoalmente e me envolvi na história. Isso era para ser resolvido somente por pessoas de fora, mas pensei que essa seria minha única chance de conhecer essa tal de Julie. Você deve amar Zack pra caramba.

Ele se calou, e Julie disse calmamente:

— E amo. Ele deve significar muito para você também, para ter corrido um risco tão grande vindo aqui assim.

— Tem risco nenhum, não — disse ele num tom brincalhão. — Não estou fazendo nada ilegal. Tudo o que estou fazendo é uma visita à amiga de um amigo, e não tem nenhuma lei que proíba que eu entre pela porta dos fundos e espere por ela no escuro. Eu até consertei a fechadura da porta dos fundos enquanto esperava. Aquilo não impediria a entrada nem de uma criança. Sou ou não sou um cidadão que age de acordo com as leis? — brincou.

Dominic dissera que estava aqui para garantir que tudo estivesse bem para que ela pudesse viajar, e Julie estava prestes a perguntar o que ele quis dizer com isso quando o próprio Dominic deu a resposta com a mesma voz jovial e despreocupada.

— Bom, o motivo por que estou aqui é que Zack quer que você tenha um carro novo, sabe? Para o caso de você decidir fazer uma longa viagem de carro nos próximos dias. Então me dispus a vir entregá-lo. E aqui estou.

Julie presumiu instantaneamente que deveria usar esse carro, não o seu, para despistar seus seguidores quando fugisse de Keaton dentro de dois dias.

— Diga-me que não é roubado — disse ela num tom sério que o fez rir.

— Não é. Como já disse, me aposentei. Zack pagou, e decidi entregar o presente, só isso. Não tem nenhuma lei que proíba que um fugitivo da cadeia compre um carro para uma dama com dinheiro honesto e suado. Agora, como ela vai decidir usar esse carro não é problema meu.

— Não vi nenhum carro aqui na frente hoje.

— Claro que não! — exclamou ele exageradamente. — Não acho que devesse violar alguma lei municipal, ou algo do tipo, enchendo de carros a bela rua da sua casa. Então deixei no estacionamento atrás de um lugar chamado Kelton's Dry Goods.

— Por quê? — perguntou Julie, sentindo-se estúpida.

— Essa é uma pergunta interessante. Não tenho certeza do porque tive um impulso louco como esse... — brincou ele, de repente lembrando a Julie de seus incorrigíveis e irrepreensíveis alunos de 8 anos a quem dava aula. — Acho que pensei que você pudesse parar o seu carro em frente daquela loja um dia e talvez quisesse entrar na loja dar uma passeada e depois sair pela porta dos fundos e pegar o carro novo para fazer um test-drive. Claro, isso pode aborrecer os caras que estão seguindo você. Quero dizer, para eles seria muito chato e difícil descobrir para que lado você foi, aonde está indo e o que está vestindo... presumindo que você também tivesse um desejo repentino de trocar de suéter ou alguma outra coisa que você por acaso tivesse na maleta. Se é que me entende...

Julie fez que sim com a cabeça no escuro, arrepiando-se ao perceber o aspecto clandestino do que ele dizia.

— Estou entendendo — disse ela com uma risada tensa e nervosa.

A cadeira de balanço rangeu quando ele se levantou.

— Foi legal falar com você — disse ele, e sua mão tocou brevemente o braço dela. — Tchau, Julie do Zack. Espero que saiba o que diabos está fazendo.

Julie esperava também.

— Não ligue a luz dos fundos da casa antes que eu vá embora.

Ela ouviu os lentos passos e teve a sensação de que ele mancava levemente.

58

Tony Austin ouviu um barulho atrás de si. Estava prestes a acender o abajur na mesa quando viu as cortinas se agitarem ao lado da porta de correr de vidro.

— Não ligue a luz! — ordenou uma voz, enquanto uma sombra saía de trás das cortinas. — Posso ver você bem daqui.

— Não preciso de luz para reconhecer sua voz! Por que diabos não veio pela porta da frente? — perguntou Austin, afastando a mão e disfarçando sua surpresa por trás de um tom de desprezo. — Eu a deixei aberta para você.

— Tem ideia do quanto eu quis matar você?

— Você perdeu a chance cinco anos atrás. Cadê o dinheiro?

— Você é um vampiro, chupando o sangue das pessoas até secá-las.

— Cale a boca e me dê o dinheiro.

A sombra nas cortinas levantou a mão, e Tony avistou uma arma.

— Não seja idiota! Se me matar agora, vão descobrir que foi você em 24 horas.

— Não! Não vão. Zack Benedict está à solta, procurando confusão, não ficou sabendo? — Sua gargalhada era aguda e fria. — Ele está ameaçando as pessoas pelo telefone. Acham que recebi uma dessas ligações também. Certifiquei-me de que acreditassem nisso. Vão achar que ele matou você. Esperei *tanto* tempo por esse momento... — Levantou a arma, apontou...

— Não seja louco! Se me matar, eles...

O disparo fez um pequeno buraco no peito de Tony Austin, próximo à clavícula, mas não importava que a bala de ponta oca não tivesse acertado o coração. Com o impacto, ela se fragmentou e se espalhou por toda a cavidade do peito de Tony, matando-o instantaneamente.

59

— Como é bom você ter convidado todo mundo para o jantar! — exclamou a sra. Mathison, enquanto Julie a ajudava a arrumar a mesa. — Não deveríamos esperar uma ocasião especial para comermos juntos, como sempre fazemos — acrescentou.

Julie pegou quatro copos e sorriu para a mãe. Aquela era uma ocasião muito especial: a última noite que ela passaria com eles, pois fugiria para se encontrar com Zack na manhã seguinte.

— Tem certeza de que não quer que Carl e eu fiquemos aqui para colocar a casa em ordem? — perguntou Sara enquanto Carl ia buscar os casacos. — Carl precisa trabalhar um pouco num projeto para o centro de recreações, mas isso poderia esperar mais uma meia hora.

— Não, não precisa — disse Julie, voltando rapidamente para a sala de estar para dar um abraço em Sara e Carl. Abraçou-os por mais tempo que o necessário e deu um beijo na bochecha dos dois. Estava dizendo adeus.

— Cuidem-se — sussurrou para eles.

— Moramos só a uns quilômetros daqui — apontou Carl, seco. Julie os viu saírem para a calçada e memorizou o momento, depois fechou a porta. Ted e seu pai tinham se acomodado na sala de estar para assistir ao noticiário, e Katherine ajudava a arrumar a mesa.

— Sara é uma garota tão doce — disse a sra. Mathison quando ficou a sós com Julie na cozinha. — Ela e Carl se dão tão bem, são tão felizes. Olhando de soslaio para a sala de jantar, onde Katherine juntava os pratos, ela sussurrou: — Acho que Ted e Katherine se entenderam de novo, não acha? Katherine era tão nova antes, mas agora está mais madura, e Ted a ama tanto. Ele nunca conseguiu esquecê-la.

Julie deu um sorriso triste ao colocar na máquina de lavar louças os pratos que Katherine trazia da sala de jantar.

— Não fique alimentando as esperanças. Fui eu que convidei Katherine, não Ted. Ele ainda está namorando Grace Halvers. Deve ser sua maneira de lutar contra o que sente por Katherine.

— Julie, tem algo errado? Você parece estranha hoje. Preocupada.

Julie pegou um pano, assumiu no rosto uma expressão brilhante e atenciosa e começou a secar a pia.

— Por que diz isso?

— Primeiro, a torneira ainda está ligada, os pratos não estão limpos, e você está tentando secar a bancada. Você sempre foi uma garota cuidadosa, Julie — provocou ela enquanto a filha rapidamente deixava o pano de lado e retomava a tarefa anterior —, mas isso é levar as coisas a sério demais. Ainda está pensando em Zachary Benedict, não está?

Essa era a oportunidade perfeita de preparar a mãe para o que iria ler na carta, e Julie decidiu aproveitar.

— O que diria se eu contasse que me apaixonei por ele no Colorado?

— Eu diria que essa é uma coisa sem sentido, dolorosa e tola.

— E se eu não conseguir evitar?

— Eu recomendaria o remédio do tempo, querida. Cura tudo. Afinal, você só conviveu com ele por uma semana. Por que não se apaixona por Paul Richardson? — sugeriu ela, não muito séria. — Ele tem um bom emprego e é louco por você, até seu pai percebeu.

Percebendo que a conversa sobre Paul e a tarefa trivial de lavar a louça eram ambas uma perda do tempo precioso que ainda tinha com a família, Julie deixou o prato de lado.

— Vamos para a sala — disse ela, puxando a mãe. — Depois termino de lavar a louça. — Levantando a voz, chamou: — Alguém quer algo da cozinha?

— Sim — respondeu Ted. — Café.

Katherine, que tinha acabado de entrar na cozinha para ajudar com a louça, pegou xícaras e pires, mas Julie balançou a cabeça.

— Vá lá, aproveite o tempo que tem com Ted. Vou levar o café quando estiver pronto.

Julie estava a meio caminho da sala, carregando uma bandeja de xícaras, quando ouviu o pai murmurar:

— Ted, desligue a televisão, Julie não precisa ouvir isso!

— Não preciso ouvir o quê? — perguntou, detendo-se, aterrorizada, enquanto Ted ia até a televisão. — Deixe ligado, Ted — avisou ela com a voz áspera, sabendo instintivamente que era algo sobre Zack. — Eles prenderam Zack, não foi? — perguntou, tremendo com tanta violência que as xícaras na bandeja começaram a se chocar umas contra as outras. — Respondam! — exclamou, olhando para os rostos horrorizados de seus familiares.

— Não o capturaram — respondeu Ted com sarcasmo. — Ele fez outra vítima!

Enquanto ele falava, o comercial acabou de passar na televisão, e Julie viu uma maca sendo retirada de uma casa, o corpo coberto com um lençol branco. Ao fundo, a voz do âncora ressonava, ameaçadora, no recinto: "*Repetindo as últimas notícias, Tony Austin, que contracenou com Zachary Benedict e Rachel Evans em* Destino, *foi encontrado morto hoje em sua casa em Los Angeles, vítima de um disparo no peito. Os relatórios preliminares indicam que se a arma estava carregada com balas de ponta oca, semelhantes à que matou a esposa de Zachary Benedict, Rachel Evans. O médico-legista estima que a morte ocorreu aproximadamente às dez horas da noite de ontem. A polícia de Orange County confirmou que Austin foi ameaçado por telefone ontem à noite por Zachary Benedict e que Benedict supostamente foi visto nos arredores da casa na última noite. Outros membros da equipe e do elenco de* Destino *que também receberam ameaças foram alertados a agir com extrema cautela..."*

O restante das palavras do âncora foi abafado pelo barulho da porcelana que se quebrou quando Julie deixou cair a bandeja para colocar as mãos no rosto, tentando bloquear a lembrança do corpo sendo levado para a ambulância e da fria voz de Zack dizendo: *"Deixe Austin comigo. Tem outras formas de lidar com ele."*

— Julie!

Vozes chegavam a ela, e mãos tentavam tocá-la, mas ela recuou, encarando com o olhar absorto sua mãe e Katherine, que haviam se abaixado para recolher os pedaços de porcelana, e depois seu pai e Ted, que agora estavam de pé perto dela e a olhavam com expressão preocupada.

— Por favor! — disse ela, quase engasgando. — Preciso ficar sozinha agora — continuou, esforçando-se tanto para não se deixar tomar pela histeria que sua voz saiu comprimida. — Papai, por favor, leve mamãe para casa. Não quero que ela se chateie por minha causa. Não vai fazer bem para a pressão dela.

Julie se virou e foi ao quarto, fechou a porta e se sentou no escuro. Em algum lugar de sua casa, ela ouviu o telefone começar a tocar, mas era a voz da sra. Stanhope que gritava em sua mente:

"Zachary matou o próprio irmão e matou a esposa... Em seus filmes, ele fazia o papel de homens que matavam sem necessidade e depois fugiam das consequências porque eram 'heróis'... Ele não consegue mais distinguir a realidade da fantasia... Zachary é louco."

"Se tivesse feito tratamento psiquiátrico, talvez Rachel Evans não estivesse agora a sete palmos do chão... Para seu próprio bem, entregue Zachary. Senão algum dia vai haver mais uma vítima, e você vai passar o resto da vida carregando o mesmo peso nas costas que levo hoje."

O rosto famoso e carismático de Tony Austin dançou diante dos olhos de Julie, o sorriso amável e sensual. Ele nunca sorriria de novo. Como Rachel Evans e Justin Stanhope, ele estava morto.

Ela ouviu o alerta de Matt Farrell.

"Também descobrimos provas que apontam para Diana Copeland... Emily McDaniels... Tommy Newton."

Julie pegou a carta de Zack na gaveta do criado-mudo e apertou-a contra o corpo, mas não precisou ler: já tinha decorado cada palavra. Envolveu o estômago com os braços, inclinou-se e balançou para frente e para trás num lamento sem choro, pressionando a carta contra o coração e pronunciando em silêncio o nome de Zack na escuridão.

Vozes abafadas vieram da sala, trazendo-a lentamente de volta do abismo em que nada existia a não ser o tormento do agora, vozes que a forçavam a se levantar. Vozes de pessoas que precisavam saber... ajudar... dizer-lhe.

60

O REVERENDO MATHISON INTERROMPEU SUA CONVERSA COM Ted e Katherine assim que Julie entrou na sala, o corpo duro como pedra, as mãos agarradas na carta que pretendia deixar a eles.

— Mandei sua mãe para casa — disse o pai.

Julie concordou com a cabeça rígida e limpou a garganta.

— Que bom. — Por um momento ficou retorcendo a carta com as mãos, depois a entregou ao pai. Quando ele pegou a folha e abriu, estendendo-a Ted para que pudesse ler também, ela acrescentou: — Eu ia... eu ia embora para me encontrar com ele amanhã.

Ted olhou-a nos olhos, apertados de fúria e decepção.

— É verdade — disse, antes que Ted esboçasse qualquer palavra.

Julie viu que ele se aproximava, mas se desviou quando ele quis segurar-lhe o braço.

— Não toque em mim! — avisou ela, histérica, agarrando o encosto de uma cadeira. — Não toque em mim. — Voltando-se para o rosto triste e magoado do pai, notou que ele terminava de ler a carta, depois a colocou na mesa e se levantou. — Preciso de ajuda — disse ela com a voz entrecortada. — Por favor, me ajude. Você sempre sabe o que é certo. Preciso fazer o que é certo. Alguém me ajude — gritou para Katherine, que piscava para esconder as lágrimas, e para Ted.

De repente Julie foi puxada para os braços do pai, que a apertou forte, passando as mãos por suas costas, como fazia quando ela levava um tombo quando era pequena.

— Você já sabe o que fazer — falou ele rispidamente. — Aquele homem precisa ser detido e preso — disse um pouco trêmulo, mas assumindo o controle da situação. — Ted, você é advogado. Qual é a melhor forma de lidar com essa situação sem incriminar Julie?

Depois de um instante de silêncio, Ted disse:

— Paul Richardson é nossa melhor opção. Posso ligar para ele e tentar chegar a um acordo. Julie entrega Benedict e Paul a exime de culpa. Sem fazer perguntas.

A palavra *perguntas* tirou Julie de seu sofrido estupor. Com a voz alarmada, ela avisou:

— Diga a Paul que não vou responder a nenhuma pergunta sobre como sei onde Zack vai estar! — Ela pensou em Matt e Meredith Farrell e no homem sorridente que lhe comprou um carro: todos eles eram leais a um homem que traiu sua confiança porque estava doente. Porque ele não conseguiu se segurar. — Se você ligar para ele — repetiu ela, tentando manter a voz firme —, ele tem que garantir que não espera que eu diga nada a não ser onde Zack vai estar amanhã à noite. Não vou envolver ninguém mais nisso, é sério!

— Você está envolvida até o pescoço em intrigas ilegais e está preocupada em proteger outras pessoas? — exclamou Ted. — Tem ideia do que Paul Richardson pode fazer com você? Pode tirá-la daqui algemada hoje!

Julie ia responder, mas estava prestes a perder o controle, por isso decidiu girar nos tornozelos. Foi à cozinha e se afundou numa cadeira junto à mesa porque isso foi o mais longe que conseguiu ir do telefonema que iria trair seu amante. Com os ombros sacudindo com soluços silenciosos, ela cobriu o rosto com as mãos, e as lágrimas que até então tinha tentado evitar começaram a rolar pelas bochechas.

— Sinto muito, querido — disse ela, chorando. — Sinto tanto...

Katherine encostou um guardanapo da mão da amiga alguns minutos mais tarde, depois se sentou ao outro lado da mesa, oferecendo um apoio mudo.

Quando Ted entrou na cozinha, Julie já tinha conseguido assumir uma aparência de controle.

— Richardson aceitou o acordo — informou ele. — Vai chegar aqui dentro de três horas. — Virou-se quando o telefone da parede da cozinha tocou, e tirou o fone do gancho. — Alô! — disse. — Ela está aqui, mas não pode atender... — Ele franziu o cenho e se deteve, depois cobriu o fone com a mão e disse a Julie: — É uma tal de Margaret Stanhope. Está dizendo que é urgente.

Julie assentiu, engoliu em seco e esticou a mão para pegar o telefone.

— Está ligando para se gabar, sra. Stanhope? — perguntou ela com amargura.

— Não — respondeu a avó de Zack. — Estou ligando para pedir, para implorar, que você o entregue se souber onde está antes que outro inocente seja assassinado.

— O nome dele é Zack! — exclamou Julie furiosamente. — Comece a chamar seu neto pelo nome!

A outra mulher deu um agudo suspiro e, ao falar de novo, pareceu tão atormentada quanto Julie.

— Se você souber onde *Zack* está — implorou ela —, se souber onde *meu neto está* — acrescentou —, por favor, pelo amor de Deus, detenha-o.

A animosidade de Julie se dissolveu ao perceber a angústia naquela voz orgulhosa.

— Vou fazer isso — sussurrou ela.

61

— EM NOME DA TRIPULAÇÃO DO VOO 614, OBRIGADA POR viajar com a Aero-México — disse a comissária de bordo, acrescentando, animadamente: — Lembre-se de que somos a companhia aérea que levou você a seu destino com vinte minutos de antecedência. — Com a voz mais séria, continuou: — Por favor, permaneçam em seus assentos com o cinto de segurança afivelado até que a aeronave tenha parado completamente.

Sentada quase na última fileira de uma aeronave lotada entre Ted e Paul Richardson, Julie apertou a mão do irmão, o estômago revirando enquanto o avião parava. Seu coração começava a protestar, dizendo que aquilo era errado, mas sua consciência retrucou que era o certo a fazer e que Julie estava presa no meio do fogo cruzado. Ao seu lado, Paul Richardson notou que o peito de Julie subia e descia em respirações rápidas e pegou sua outra mão.

— Fique tranquila, querida — disse ele num tom baixo e tranquilizador. — Está quase no fim. Todas as saídas do aeroporto estão seguras.

Julie desviou o olhar dos passageiros que começavam a se levantar e pegar seus pertences no bagageiro.

— Não estou aguentando. Não vou conseguir. Vou passar mal!

Ele apertou seus dedos com mais força.

— Você está com falta de ar. Respire mais devagar.

Julie se obrigou a obedecer.

— Não deixe que ninguém o machuque — avisou ela num sussurro feroz. — Você prometeu que não ia deixar ninguém machucá-lo.

Paul se levantou junto com os passageiros da fileira da frente e, com a mão no braço de Julie, gentilmente a incitou a se levantar também. Ela afastou o braço.

— Prometa mais uma vez que não vai deixar que ninguém o machuque.

— Ninguém quer machucá-lo, Julie — disse ele como se estivesse falando com uma criança assustada. — É por isso que você veio. Você quer ter certeza de que ninguém vai machucá-lo, e eu disse que as chances de Benedict reagir com violência são menores se a avistar e pensar que você pode entrar no meio do confronto. Lembra?

Assim que ela concordou com a cabeça, ele começou a avançar, colocando a mão debaixo de seu cotovelo.

— Bom, vamos lá — disse ele. — De agora em diante, Ted e eu vamos ficar a alguns passos atrás de você. Não tenha medo. Meus colegas estão espalhados pelo terminal e também do lado de fora, e sua segurança é a prioridade deles. Se Benedict começar a atirar, eles vão arriscar suas vidas para proteger você.

— Zack não me machucaria — exclamou ela com desdém.

— Ele é louco. Não sei o que vai fazer se perceber que você o trouxe para uma emboscada. É por isso que, não importa o que aconteça, você vai fingir estar ao seu lado até que ele seja capturado. Lembra que já conversamos sobre tudo isso antes? — Ele se afastou quando estavam prestes a alcançar a comissária de voo atraente e morena parada ao lado da porta do avião. — Está tudo claro?

Julie queria começar a gritar que nada estava claro, mas enfiou as unhas na palma da mão e, de algum jeito, conseguiu fazer que sim com a cabeça.

— Certo, é por sua conta agora — disse ele, detendo-se junto à porta, e cuidadosamente tirou o casaco que ela carregava sobre os ombros e colocou em seu braço. — Daqui a cinco minutos, tudo isso já vai ter acabado. Pense nisso: só mais cinco minutos. E lembre-se, não procure por ele, deixe que ele a encontre.

Paul parou e a observou descer lentamente do avião, deixando que ela ganhasse alguns metros de distância, depois saiu com Ted ao seu lado. Assim que se afastaram dos ouvidos da tripulação, Ted sussurrou furiosamente:

— Você não tem o direito de fazê-la passar por isso. Você mesmo disse que o aeroporto inteiro está repleto de agentes do FBI e de policiais mexicanos. Ela não precisava estar aqui para que ele fosse capturado.

Paul desabotoou a jaqueta e afrouxou a gravata — um executivo em traje casual que visitava à Cidade do México com um amigo para passar alguns dias de lazer e negócios. Enfiando a mão no bolso, ele disse com um sorriso tenso:

— Ela insistiu em vir aqui para ter certeza de que Benedict não vai ser ferido, e você sabe disso. Pedi ao piloto que chamasse um médico para ficar a postos no aeroporto. Ela vai tomar um sedativo assim que isso tudo acabar.

— Se você fosse tão esperto quanto pensa, seu pessoal já teria Zack sob custódia, mas não conseguiram pegá-lo, não foi? Averiguou isso quando foi à cabine para usar o rádio, não foi?

O sorriso de Paul se alargou, mas suas palavras foram ameaçadoras.

— Sim. De algum jeito ele conseguiu se desviar dos agentes. Ou então não veio. O FBI não tem jurisdição no México. Até conseguirmos fazer com que Zack cruze a fronteira, só podemos "auxiliar" a polícia mexicana nessa operação, e eles não são muito bons nesse tipo de coisa.

Com o corpo todo tremendo, Julie entrou no barulhento terminal, onde os passageiros encontravam parentes e amigos. Ela procurava como louca um homem alto e moreno perto de algum grupo de pessoas animado. Como não o viu, deu alguns passos mais adiante do portão do terminal e vacilou, paralisada com uma mistura conflitante de alívio e pânico.

— Perdão, *señorita* — disse um homem mexicano depois de esbarrar nela enquanto corria para pegar seu voo, segurando um garoto numa das mãos e uma maleta na outra.

— Perdão! — exclamou outro homem após esbarrar com mais violência. Ele era muito alto e moreno, mas não era possível ver seu rosto.

— Zack! — sussurrou ela, horrorizada, olhando em volta, observando o homem correr até o portão onde os passageiros faziam fila para entrar num avião. Três pessoas que se escondiam atrás de um poste encararam Julie, depois o homem, e ela notou a presença delas na mesma hora em que viu o rosto do homem. Não era Zack.

O sistema de alto-falantes do aeroporto parecia explodir em seus ouvidos: "*O desembarque do voo 620 de Los Angeles está ocorrendo pelo Portão A-64. O do voo 1153 de Phoenix está ocorrendo pelo Portão A-23. O voo 134...*"

Cada vez mais trêmula, Julie levantou a mão para tirar uma mecha de cabelo da testa e começou a caminhar rapidamente e às cegas pelo terminal, desejando que tudo acontecesse longe de sua vista. Apenas mais quatro minutos. Se andasse rápido, pensou ela, se não olhasse para os lados, Zack sairia de trás de uma coluna, eles o pegariam, e tudo estaria acabado.

"*Por favor, meu Deus! Que seja rápido!*", rezou ela num ritmo que ditava suas passadas longas e rápidas ao passar reto pela alfândega. "*Que não o machuquem. Que seja rápido. Que não o machuquem. Que seja rápido.*"

Com pressa, ela passou pelos passageiros que saíam do movimentado portão de segurança e, sem diminuir o ritmo, olhou numa placa uma seta que apontava para a saída do terminal, virou naquela direção e continuou a passos firmes. "*Que não o machuquem... Que não o machuquem... Que ele não esteja aqui*", entoou ela histericamente enquanto caminhava. Mais dois minutos. Adiante estavam as portas que levavam à área bem-iluminada onde os táxis e carros esperavam com os faróis acesos. "*Que ele não esteja aqui. Que ele não esteja aqui. Que ele não esteja aqui. Que ele não esteja... aqui.*"

Ele não estava.

Julie arredou o passo, sem perceber que começou a ser esbarrada e empurrada por uma multidão que tentava sair do terminal. Ela se virou devagar, sem ver Paul Richardson, que havia parado e conversava com Ted... sem ver o grupo de pessoas sorridentes que passavam por ela... sem ver o homem idoso, alto, encurvado, cabeça baixa e de cabelo grisalho que carregava uma maleta... sem ver a mãe que estava com... o velho! O olhar de Julie se deteve nele no momento em que levantou o rosto para olhá-la... os olhos cálidos, sorridentes e dourados.

Gritando um alerta mudo para ele, Julie deu um passo à frente e mais outro, depois começou a correr, empurrando a multidão, tentando se juntar entre ele e o perigo na mesma hora em que uma voz masculina avisou:

— NÃO SE MOVA, BENEDICT!

Zack congelou e foi agarrado por alguns policiais, que o jogaram contra a parede, mas os olhos deles permaneceram fixos em Julie, alertando-a a manter distância. Um tumulto eclodiu com os gritos dos passageiros que se atropelavam para sair do caminho dos policiais, que avançavam de armas em punho, e Julie ouviu a si mesma gritar para todos eles:

— Não o machuquem! Não o machuquem!

Paul Richardson a agarrou, trazendo-a para trás.

— Eles o estão machucando! — gritava ela, contorcendo-se nos braços de Paul, tentando ver Zack por entre a multidão que o cercava. — Eles o estão *machucando*!

— Já acabou! — exclamou ele ao ouvido de Julie, tentando contê-la e acalmá-la. — Está tudo bem! Já acabou!

Julie finalmente registrou essas palavras e paralisou. Incapaz de livrar-se de Paul e de desviar o olhar, ela observou em angústia paralisada Zack ser cercado e revistado sob a supervisão de um homem baixo e impecavelmente vestido, que parecia estar no controle. Ele sorria ao ver Zack sendo apalpado e disse:

— Estamos indo para casa, Benedict, e vamos ficar juntos por um bom tempo. — Ele se interrompeu quando um dos policiais tirou algo do bolso de Zack e lhe mostrou. — O que é isso?

O policial colocou o objeto em sua mão, e Julie sentiu o corpo esfriar ao ver a maldade do sorriso dele enquanto olhava do objeto em sua mão para o perfil sem expressão de Zack.

— Que gracinha! — exclamou ele, depois se virou abruptamente para Julie e começou a ir em direção a ela. — Sou Wardon Hadley — disse ele, estendendo a mão. — Acho que isso era para você.

Julie não reagia, não podia se mexer, porque Zack olhava para ela agora, e a expressão em seus olhos a fez querer morrer. Ele dizia em silêncio que a amava. Que sentia muito. E dizia adeus.

Porque ainda achava que ela tinha levado a polícia até ele por acidente.

— Tome! — exclamou Hadley num tom horroroso.

Sacudida pelo tom do homem, Julie automaticamente estendeu a mão.

O objeto que ele lhe entregou era uma aliança de diamante.

— Ah, não! — gemeu ela, apertando a aliança contra o peito enquanto as lágrimas deslizavam pelo rosto. — Não, não, não...

Ignorando-a, Hadley virou-se para a polícia mexicana.

— Tirem-no daqui — ordenou, apontando com a cabeça para as portas onde dúzias de viaturas com os faróis ligados silenciosamente apareceram. Mas enquanto os policiais empurravam Zack para frente, Hadley parecia achar que havia algo errado.

— Espere um minuto — retrucou ele, depois se virou para Julie enquanto os policiais pararam Zack ao seu lado. — Srta. Mathison, fui muito grosseiro.

Eu não agradeci por sua cooperação. Se você não tivesse nos ajudado a montar esse esquema, Benedict poderia nunca ter sido capturado.

Zack levantou a cabeça, o olhar grudado no rosto culpado de Julie, e ela observou, angustiada, seus olhos registrarem primeiro descrédito. Depois ódio. Um ódio tão profundo que todos os músculos de seu rosto se enrijeceram, formando uma máscara de fúria. Num acesso de raiva, ele se retorceu entre as mãos dos policiais e se estendeu em direção à porta.

— Segurem esse filho da mãe! — exclamou Hadley, e seu tom de alarme fez os policiais brandirem novamente os cassetetes.

Julie ouviu o barulho da madeira acertando ossos e tendões, depois viu Zack atingir o chão de joelhos e entrou em pânico quando os policiais o atingiram de novo. Livrando-se de Paul, ela se lançou sobre Hadley. Chorando, enlouquecida de dor pelo homem no chão, ela arranhou o rosto de Hadley e começou a chutá-lo num terrível frenesi enquanto Paul tentava impedi-la. Hadley fechou o punho para revidar, mas hesitou ao ouvir o alerta enraivecido de Paul:

— Seu sádico idiota! Não toque nela, senão vou arrancar fora sua garganta! — Levantando a cabeça, ele gritou para um de seus homens: — Chamem o médico! — Depois sacudiu a cabeça em direção a Hadley e acrescentou: — E tirem-no daqui!

Mas ele não precisava ter se preocupado em apartar mais uma briga desigual... Julie deslizava lentamente em seus braços, desmaiada.

62

O DR. DELORIK SAIU DO QUARTO DE JULIE, CARREGANDO SUA maleta preta e sorrindo, confiante, para os preocupados familiares de Julie e para Katherine, que estavam reunidos na sala, aguardando o diagnóstico.

— Ela é uma moça forte. Vai ficar bem fisicamente em 24 horas — prometeu ele. — Podem entrar e desejar boa-noite se quiserem. Ela está sedada, então não vai saber que o dia já amanheceu e pode não responder ou mesmo lembrar que estiveram aqui, mas isso pode ajudá-la a descansar melhor. Daqui a alguns dias ela já vai se sentir em condições de voltar a trabalhar.

— Vou ligar para o diretor da escola e explicar tudo — disse a sra. Mathison rapidamente, levantando-se, o olhar ansioso na porta aberta do quarto de Julie.

— Você não vai precisar explicar muito a ele nem a qualquer outra pessoa — disse o dr. Delorik. — Caso ainda não tenham visto pela televisão, é bom saberem que o que ocorreu ontem no México está em todos os jornais desta manhã, com cobertura completa, inclusive imagens gravadas por turistas que tinham filmadoras no aeroporto. A boa notícia é que, apesar da surra que Zack levou da polícia do México, a imprensa está retratando Julie como a heroína que colaborou num elaborado esquema para encurralar um assassino.

Os seis rostos olharam para ele sem um traço de prazer ao ouvir a "boa notícia", então ele continuou, vestindo o casaco:

— É melhor que alguém fique com ela pelas próximas 24 horas, só para ficar de olho e garantir que tenha companhia quando acordar.

— Nós ficaremos com ela — disse James Mathison, abraçando a esposa.

— Vocês dois deviam ir para casa e dormir um pouco, se querem um conselho médico — disse o dr. Delorik, firme. — Estão exaustos. Mary, não quero ter que atender você no hospital com o coração saltando por causa desse estresse todo.

— Ele tem razão — disse Ted, em tom definitivo. — Vão para casa e descansem. Carl, você e Sara podem ir trabalhar e voltem à noite se quiserem. Estou de folga pelos próximos dois dias, então vou ficar aqui.

— De jeito nenhum — argumentou Carl. — Você não dorme desde anteontem. Além do mais, você apaga quando dorme. Se estiver dormindo, não vai ouvir Julie se ela precisar de você.

Ted abriu a boca para tentar protestar, mas veio com uma solução melhor.

— Katherine — chamou ele, virando-se para ela —, você fica aqui comigo? Senão Carl e Sara vão perder boa parte do dia discutindo comigo. Ou você tem outra coisa para fazer?

— Quero ficar — respondeu Katherine simplesmente.

— Então está combinado — disse o reverendo Mathison, e a família entrou no corredor que levava ao quarto de Julie, enquanto Katherine foi à cozinha para preparar um café da manhã leve para Ted.

— Julie, querida, sou eu, o papai. Mamãe está aqui comigo.

Em seu sonho dopado, Julie sentiu algo tocar sua testa e ouviu a voz de seu pai sussurrar de muito, muito longe:

— Nós amamos você. Vai ficar tudo bem. Durma com os anjos.

Depois entrou a voz de sua mãe, suave e lacrimosa.

— Você é tão corajosa, querida. Sempre foi tão corajosa. Durma bem.

Algo acariciou sua bochecha suavemente e a fez piscar e desviar o rosto, então a risada grosseira de Carl tocou seus ouvidos.

— Isso não é jeito de tratar seu irmão favorito, só porque ainda não fiz a barba... Amo você, querida.

Então ouviu Ted dizer com sua voz provocativa:

— Carl está se achando! *Eu* sou seu irmão favorito. Katherine e eu estamos aqui. Se você acordar, é só nos chamar, e estaremos à sua disposição.

A voz gentil de Sara sussurrou:

– Eu também amo você, Julie. Durma bem.

E então as vozes retrocederam e se afundaram na escuridão para se juntar a todos os outros sons estranhos e as imagens perturbadoras de pessoas correndo, gritando e empurrando, armas, faróis giratórios, olhos gélidos apunhalando-a como punhais dourados e o motor do avião zunindo, zunindo e zunindo.

Katherine ouviu a porta da frente se fechar e colocou torradas, geleia e um copo de suco de laranja numa bandeja. Como ele prometera no dia anterior, Ted a chamou assim que Julie entrou em casa esta manhã, mas, quando a ex-esposa chegou, a família já tinha se reunido, então tudo o que ela realmente sabia sobre o que ocorrera na Cidade do México era a versão breve e, sem dúvida, diluída que Ted contara aos pais preocupados.

Com a bandeja em mãos, ela foi à sala de estar, depois parou à vista de Ted, que estava sentado no sofá, os cotovelos sobre os joelhos e a cabeça nas mãos. Era uma postura de um desespero sem precedentes que ela percebeu que ser resultado de muito mais do que um simples cansaço.

— A coisa foi feia no México, não foi? — perguntou ela em voz baixa.

— Pior ainda — respondeu ele, esfregando a mão no rosto. Ela colocou a bandeja na mesa de centro e se sentou na outra ponta do sofá. Apoiando os braços nas pernas, Ted virou a cabeça para ela e disse: — Foi um pesadelo. A única coisa boa é que Julie estava tão histérica, tão exausta, antes mesmo de tudo começar que sei que ela não deve ter registrado metade do que aconteceu. Além disso, Paul Richardson conseguiu segurá-la num local de onde o caos bloqueava parte da cena, então ela não podia ver muito bem. Mas eu — disse ele, sombrio — pude ver tudo da primeira fileira. E eu não estava histérico. Meu Deus, foi pior do que eu imaginei que seria...

Uma vez que ele não parecia saber como começar a explicar, Katherine disse:

— Quer dizer que Benedict foi violento? Ele tentou se aproximar dela e machucá-la?

— Violento? — repetiu ele com a voz amarga. — Machucá-la? Quase pedi a Deus que ele tivesse tentado! Teria sido muito melhor, muito mais fácil para ela.

— Não entendi.

Com um pesado suspiro, ele apoiou as costas contra o espaldar do sofá, olhando para o teto, e soltou uma risada sombria.

— Não, ele não foi violento. Assim que percebeu o estava acontecendo, ele congelou, não tentou se mover ou correr; só ficou ali, sem lutar, encarando Julie e balançando a cabeça, avisando-a para manter distância e se esconder. Não titubeou nem disse uma palavra, nem mesmo quando o algemaram e o jogaram contra a parede para revistá-lo. Os policiais do México não tiveram escrúpulos em usar o que chamamos de "força indevida" e pegaram pesado com ele, sob o pretexto de revistá-lo. Um deles o fez se ajoelhar, e Benedict nunca tentou lutar, revidar ou abrir a boca. Meu Deus, nunca na minha vida vi um homem agir daquele jeito ao ser preso, nem mesmo quando as coisas ficam violentas. Era como se quisesse tanto manter as coisas calmas, como se não se importasse com o que faziam com ele. Julie não podia nem ver a maioria das coisas que estavam fazendo com ele, mesmo assim não parava de gritar que não o machucassem.

— Beba isso antes de me contar mais — disse Katherine, entregando-se o copo de suco de laranja. Ele se endireitou e aceitou o copo com um sorriso breve e agradecido, como se quisesse ter feito isso desde o início, mas não teve forças para fazê-lo. — E foi assim que acabou? — perguntou ela depois que ele já tinha bebido boa parte do suco.

Ted balançou a cabeça e retomou sua postura anterior, braços nos joelhos, ombros caídos para a frente, e rolou o copo entre as mãos, encarando-o.

— Não — disse ele, ácido —, essa foi a parte *boa*.

— Qual foi a parte ruim? — perguntou Katherine com a voz carregada de medo.

— Veio alguns minutos depois, quando eles tiravam Benedict dali. Hadley, o diretor do Presídio Estadual de Amarillo, que por acaso também é um sádico filho da mãe, parou para parabenizar Julie bem na frente de Benedict.

— Por que isso faz dele uma pessoa sádica?

— Você precisava ver o sorriso em seu rosto para entender. Com Benedict parado ali, Hadley fez parecer de propósito que Julie tinha concebido toda a armação para se juntar a Benedict no México só para encurralá-lo e entregá-lo.

A mão de Katherine envolveu sua garganta, e Ted assentiu a seu gesto inconscientemente defensivo.

— Deu para ter uma ideia, não foi? Benedict também. Meu Deus, você tinha que ter visto a expressão em seu rosto. Ele parecia... assassino, essa é única palavra em que consigo pensar, mas ainda não consegue descrever. Ele tentou se aproximar dela ou fugir, não sei bem, mas de qualquer forma os policiais usaram isso como uma desculpa para começar a surrá-lo ali mesmo, na frente dela. Foi então que Julie enlouqueceu e atacou Hadley. Depois ela desmaiou, graças a Deus.

— Por que Paul Richardson não fez nada para impedir que tudo isso acontecesse antes de tudo?

Ted franziu o cenho para o copo, depois o colocou na mesa.

— As mãos de Paul estavam atadas. Enquanto estivéssemos do outro lado da fronteira mexicana, ele tinha que operar de acordo com o sistema deles. A única razão por que o FBI estava envolvido era porque tinha um mandado federal contra Benedict por sequestro. O governo mexicano honrou esse mandado e concordou em cooperar com surpreendente agilidade no esquema do aeroporto, mas os policiais daquele país tinham completa jurisdição sobre Benedict até que o entregaram na fronteira americana.

— E quanto tempo isso levou?

— Nada, nesse caso. Em vez de levá-lo de carro à fronteira, que é o que geralmente fazem, Paul os convenceu a fazer o trajeto num pequeno avião fretado, que partiu mais ou menos na mesma hora que o nosso. Antes de sairmos do aeroporto, os policiais mexicanos adquiriam uma consciência social tardia — acrescentou ele sarcasticamente. — Confiscaram todas as filmadoras nas quais conseguiram pôr as mãos. Paul interceptou algumas fitas que eles deixaram passar, não porque queria ajudar os mexicanos, mas porque estava tentando proteger Julie para que ela não fosse vista nesses vídeos aqui. Vi uma das gravações que eles obviamente não conseguiram confiscar num jornal no aeroporto, mas a câmera se focou em Benedict o tempo todo. Pelo menos isso.

— Por alguma razão, presumi que Paul iria voltar com ela para cá.

Balançando a cabeça, Ted disse:

— Ele teve que ir para a fronteira para levar Benedict sob custódia e entregá-lo a Hadley.

Katherine analisou seu rosto por um momento.

— Isso foi tudo o que aconteceu?

— Não exatamente — respondeu ele, tenso. — Tem mais um detalhe, ou mais uma bomba para Julie, que não contei.

— Qual?

— Isso aqui — disse ele, puxando algo do bolso da camisa. — Benedict tinha isso no bolso, e Hadley teve o prazer de entregar a Julie. — Abrindo o punho, ele deixou a aliança cair sem cerimônias na mão estendida de Katherine, que não suspeitava de nada, e observou seus olhos se encherem de choque e depois de lágrimas.

— Ah, meu Deus — murmurou ela, olhando o anel de diamante brilhando em sua mão. — Ele claramente queria que ela ganhasse algo muito especial. Isso aqui é lindo.

— Não fique toda sentimental — alertou Ted, mas sua própria voz estava carregada. — O homem é um maníaco, um assassino.

Ela engoliu em seco e concordou com a cabeça.

— Eu sei.

Ted olhou da aliança na palma de sua mão esquerda para a enorme joia em seu dedo anelar direito.

— É bem pequeno comparado a esse rochedo que você está usando.

Ela riu, em choque.

— Tamanho não é tudo. Além do mais, ela não poderia usar uma aliança como esta porque iria atrair muita atenção aonde quer que eles fossem. Então ele comprou uma mais discreta — especulou ela, suavemente.

— É só uma aliança como todas as outras.

Katherine balançou a cabeça negativamente.

— Não há nada de comum nesta aliança. O aro é de platina, não de ouro, e a circunferência é toda coberta de diamantes.

— E daí? Os diamantes não são grandes — disse Ted bruscamente, mas estava aliviado por ela claramente querer se desviar do assunto anterior por um momento.

— Tamanho não é tudo — repetiu ela, analisando a aliança. — Esses diamantes são sofisticados e têm um corte muito caro.

— São quadrados.

— Retangulares. O jeito como foram cortados é chamado de "radiante". — Com uma voz sufocada, ela acrescentou: — Ele tem... bom gosto.

— Ele é louco e é um assassino.

— Tem razão — disse ela, deixando a aliança na mesa, depois levantou a cabeça, e Ted olhou aquele belo rosto que costumava hipnotizá-lo e enlouquecê-lo. Ela estava diferente agora... mais velha, mais suave, mais doce... mais preocupada com os outros, em vez de egoísta. E cinco vezes mais atraente. — Não comece a se culpar por Julie ter se magoado — continuou ela gentilmente. — Você a salvou de uma vida infernal. Julie sabe disso.

— Obrigado — agradeceu ele em voz baixa, depois esticou o braço pelo encosto do sofá, reclinou a cabeça e fechou os olhos. — Estou tão cansado, Kathy. — Como se seu corpo estivesse reencenando uma lembrança sem a aprovação de sua mente exausta, sua mão se encurvou sobre o ombro dela, trazendo-a para mais perto. Foi apenas quando o rosto de Katherine repousou sobre seu peito e a mão dela se abriu sobre seu braço que ele percebeu o que tinha feito, mas, mesmo assim, pareceu inofensivo.

— Temos tanta sorte, eu e você — sussurrou ela. — Nós nos conhecemos, nos amamos, nos casamos. E depois jogamos tudo isso fora.

— Eu sei. — O doloroso arrependimento que Ted ouviu em sua própria voz fez seus olhos se arregalarem, surpresos, e ele baixou o rosto e olhou para ela. Katherine queria que ele a beijasse: era o que estava escrito em todo o rosto entristecido dela. — Não — disse ele bruscamente, fechando os olhos.

Ela esfregou a bochecha contra o peito de Ted, e ele sentiu sua resistência começar a ceder.

— Pare! — exclamou ele. — Senão vou me levantar e ir dormir no outro quarto.

Katherine parou no mesmo instante, mas não se afastou com raiva nem retrucou, e ele segurou o fôlego, desejando que ela tivesse feito isso. Um minuto antes, seu corpo estava relaxado pela exaustão; agora, sua mente ainda estava entorpecida, mas seu corpo voltava à vida, e sua voz parecia ter vontade própria.

— Levante-se — avisou ele, sem abrir os olhos — ou então tire a aliança do seu dedo.

— Para quê? — murmurou ela.

— Porque não vou suportar fazer amor com você enquanto estiver usando a aliança de outro homem.

Um diamante de bilhões de anos de idade, adquirido por 250 mil dólares, quicou sem cerimônias na mesa de centro. A voz de Ted saiu quase num sussurro, quase risada.

— Kathy, você é a única mulher no mundo que faria isso com um diamante desses.

— Sou a única mulher no mundo feita para você.

Ted reclinou a cabeça e fechou os olhos novamente, tentando ignorar a verdade do que dissera, mas sua mão já se encurvara na nuca de Katherine, os dedos deslizando por seu cabelo, inclinando seu rosto para cima. Abriu os olhos e olhou para ela, lembrando-se dos meses infernais que tinham sido sua vida juntos... e o frio vazio que fora sua vida sem ela. Notou que uma lágrima tremia no canto de sua pálpebra.

— Eu sei que é — sussurrou ele, inclinando-se e encostando de leve a língua na lágrima salgada.

— Se me der mais uma chance eu lhe provo — prometeu Katherine, com determinação.

— Sei que sim — sussurrou Ted, beijando a segunda lágrima antes que caísse.

— Vai me dar mais uma chance?

Ele levantou-lhe o queixo, olhou-a nos olhos e se perdeu.

— Sim.

63

Ainda um pouco desorientada pela medicação que tomara havia 24 horas, Julie levou a mão à cabeça dolorida e caminhou sem firmeza até a cozinha, depois hesitou, piscando, sem acreditar na cena que lhe dava as boas-vindas: Ted e Katherine estavam de pé perto da pia, envolvidos num abraço que parecia definitivamente apaixonado. Naquele momento, sua mente era um borrão confortável e confuso, e ela sorriu para aquela imagem aconchegante e doméstica.

— A torneira está aberta — disse ela, surpreendendo os três com sua voz seca e rouca.

Ted levantou a cabeça e riu para ela, mas Katherine deu um pulo como se tivesse sido flagrada fazendo algo errado e saiu dos braços de Ted.

— Julie, sinto muito! — exclamou.

— Pelo quê? — perguntou Julie, andando até a bancada. Pegando um copo, encheu-o de água e bebeu de um gole só, tentando matar a estranha sede que sentia.

— Por deixar você nos ver assim.

— Por quê? — perguntou Julie, levando o copo até a torneira para enchê-lo mais uma vez, mas sua cabeça começava a se clarear, e as lembranças tentavam abrir caminho.

— Porque — balbuciou Katherine, desajeitada — não deveríamos nos comportar assim na sua frente, não quando você precisa de ajuda para lidar com o que aconteceu no México... — Ela se interrompeu, horrorizada, quando o copo deslizou da mão de Julie e caiu no chão.

— Pare! — exclamou Julie, apoiando as mãos na bancada, tentando se livrar da repentina lembrança do rosto enraivecido de Zack logo antes que a polícia mexicana começasse a surrá-lo e do barulho de seu corpo desabando no chão diante dela. Estremeceu uma, duas vezes, espremendo os olhos numa tentativa de se livrar daquela visão. Depois de um minuto, ela conseguiu se endireitar e se virou: — Nunca mais fale sobre isso — disse ela. — Eu estou bem — continuou com mais determinação do que precisão. — Já acabou. Vou ficar bem se vocês não falarem sobre isso. Tenho que dar um telefonema — acrescentou, olhando o relógio sobre a pia na parede. Sem perceber que fazia o exato oposto do que acabara de pedir, Julie pegou o telefone, ligou para o escritório de Paul Richardson e se identificou para a secretária.

A última explosão de emoções a deixara exausta e receosa. Olhando suas mãos trêmulas, Julie percebeu que estava em seu limite e precisava parar naquele instante. Lembrou a si mesma que a vida era difícil para muita gente e que ela tinha que parar de fraquejar a cada golpe. Agora mesmo. Imediatamente. Ela poderia pegar uma receita que prescrevia calmantes e se tornar um zumbi, ou poderia lidar com o futuro de maneira calma e racional. O remédio do tempo curaria o resto. Sem mais lágrimas, ela prometeu. Sem mais ataques. Sem mais dor. Havia pessoas que dependiam dela: todos os seus alunos regulares e as mulheres a quem lecionava à noite. Especialmente elas que se espelhavam nela, e Julie precisava lhes mostrar como *ela* lidava com as adversidades.

Tinha turmas para lecionar e times de futebol e beisebol para treinar. Tinha que se ocupar e permanecer ocupada. *Não podia* desmoronar.

— Paul — chamou ela com um tremor apenas leve quando ele finalmente atendeu a ligação. — Preciso vê-lo, preciso explicar...

O tom de Paul foi complacente, bondoso e definitivo.

— Isso não vai ser possível agora. Amarillo não pode receber visitantes por um tempo.

— Amarillo? Você me prometeu que ele iria para um hospital psiquiátrico para receber uma avaliação e tratamento!

— Eu disse que tentaria fazer isso, e é o que vou fazer, mas essas coisas levam tempo, e...

— Não me venha com essa história de "precisar" de tempo — alertou ela, mas manteve a compostura. — Aquele diretor é um monstro. Ele é sádico. Você mesmo viu isso no México. Ele vai mandar espancarem Zack até...

— Hadley não vai encostar um dedo nele — interrompeu Paul, gentilmente —, isso eu posso prometer.

— Como pode ter certeza? Preciso ter certeza disso!

— Tenho certeza porque eu disse a ele que vamos querer interrogar Benedict sobre as acusações de sequestro e que espero que ele esteja em perfeitas condições quando isso acontecer. Hadley sabe que não gosto dele e sabe que falei sério. Ele não vai fazer nenhuma besteira comigo nem com o FBI, até porque já está sendo investigado pelas autoridades por causa daquela rebelião do mês passado. Sua pele e seu emprego são muito preciosos para Hadley.

— Eu não vou — lembrou Julie ferozmente — prestar queixa de sequestro contra Zack.

— Sei disso — disse Paul, conciliador. — Foi só um jeito de manter Hadley sob controle, não que eu pense que isso seja mesmo necessário. Como disse, ele sabe que as autoridades estão investigando sua conduta e o vigiando de perto.

Julie suspirou, aliviada, e ele disse:

— Você parece um pouco melhor hoje. Descanse um pouco. Vou vê-la este final de semana.

— Não acho que seja uma boa...

— Você querendo ou não — interrompeu ele, com firmeza. — Você pode se preocupar com Benedict, mas é com você que eu estou preocupado. Ele é um assassino, e você fez o que tinha que fazer pelo bem dele e de todo mundo. Nunca se permita pensar o contrário.

Julie concordou com a cabeça, dizendo a si mesma que ele estava certo.

— Vou ficar bem — disse ela. — É sério.

Depois de desligar o telefone, olhou para Katherine e Ted.

— É sério — prometeu aos dois. — Vocês vão ver. É bom saber — disse ela com um sorriso trêmulo — que uma coisa boa surgiu desse pesadelo: vocês dois.

Julie tomou o café da manhã que eles insistiram em lhe dar, depois se levantou para fazer um segundo telefonema.

Com a firme intenção de pedir a Matt Farrell que use sua considerável influência para colocar Zack num hospital, Julie discou seu número pessoal em Chicago. Sua secretária transferiu a ligação, mas, quando Matt Farrell atendeu o telefone, sua reação foi pior do que o que Julie imaginava.

— Sua vadia maléfica e farsante! — exclamou ele, a voz zunindo de raiva. — Você deveria ter sido atriz! Não posso acreditar que fui estúpido a ponto de engolir aquela sua encenação e deixar que você me usasse para encurralar Zack. — E desligou na cara de Julie.

Ela ficou olhando o telefone mudo em sua mão até finalmente lhe ocorrer que o amigo de Zack obviamente não achara que a morte de Tony Austin era culpa de Zack: a necessidade de alcançar seu objetivo e também exonerar a si mesma tornaram-se uma compulsão. Ligou para Chicago, pegou o telefone da loja matriz da Bancroft & Company e pediu para falar com Meredith Bancroft. Como a secretária insistiu em saber o nome de Julie antes de transferir a ligação, Julie tinha certeza de que Meredith se recusaria a atender.

No entanto, alguns minutos depois, a voz de Meredith veio distante, fria e reservada, mas ao menos estava disposta a conversar.

— O que você quer falar comigo, Julie?

Incapaz de falar sem um tom de súplica, Julie disse:

— Por favor, ouça-me. Liguei para seu marido há alguns minutos para perguntar se ele poderia usar sua influência para transferir Zack para um hospital psiquiátrico, mas ele desligou antes que eu pudesse pedir.

— Não estou surpresa. Ele odeia você.

— E você? — perguntou Julie e engoliu em seco para se acalmar. — Acredita no mesmo que ele: que na noite em que vocês vieram aqui eu tramei um plano de encurralar Zack e entregá-lo à polícia e usei vocês para isso?

— Não foi isso que você fez? — perguntou Meredith, mas Julie sentiu algo hesitante em sua voz e se agarrou a isso?

Jorrando as palavras numa desordem desesperada, ela disse:

— Você não pode acreditar nisso. Por favor, por favor, não acredite. Fui ver a avó dele depois que vocês estiveram aqui, e ela me contou a verdade sobre as circunstâncias da morte do irmão de Zack. Meredith, Zack *atirou* nele! Três pessoas que o enfureceram estão mortas! Eu não podia deixar que ele machucasse mais gente, você precisa entender isso e acreditar em mim!

A centenas de quilômetros, Meredith se reclinou na cadeira e esfregou as têmporas, lembrando-se dos risos e do amor que presenciou na sala de jantar de Julie.

— E-Eu acredito em você — disse ela finalmente. — Na noite em que Matt e eu estivemos na sua casa, você não pode simplesmente ter encenado. Você o amava muito, e tramar contra ele era a última coisa que passava na sua cabeça.

— Obrigada — murmurou ela simplesmente. — Tchau.

— Você vai ficar bem? — perguntou Meredith.

— Nem lembro como é me sentir "bem" — respondeu Julie com um riso entrecortado, depois deixou de lado a autocompaixão e disse com educação: — Vou ficar bem. Vou sobreviver.

64

NAS SEMANAS QUE SE SEGUIRAM, JULIE CONSEGUIU SOBREVIVER da única forma que sabia: fugindo completamente da televisão e do rádio, ela se afundou no trabalho e em dezenas de atividades cívicas e religiosas e se mantinha ocupada até desabar na cama à noite, exausta. Tinha assumido aulas extras, se disposto a encabeçar a equipe de arrecadação de fundos da igreja e se encarregado presidência da Comemoração do Bicentenário de Keaton, que estava agendado para a última semana de maio e incluiria festividades com fogos de artifício, um baile no parque e um desfile. Ninguém em Keaton tinha dúvidas sobre a razão de Julie ter se envolvido em tantas atividades. Mas, à medida que os dias transcorriam, os enviesados olhares de pena que as pessoas lhe dirigiam se tornaram cada vez menos frequentes, e nenhuma delas foi tola ou insensível a ponto de parabenizá-la por ter entregado o homem que obviamente amara.

Os dias tornaram-se semanas, que passaram num borrão de atividades frenéticas, mas muito lentamente Julie começou a encontrar o equilíbrio novamente. Houve momentos em que chegou a passar quatro, cinco horas sem pensar em Zack, noites em que antes de dormir não relia a única carta que ele lhe escrevera, e dias que amanheciam sem que ela tivesse passado a noite em claro encarando o teto com os olhos secos, lembrando coisas como a boba guerra de bola de neve que travaram, o maravilhoso monstro de neve que Zack construíra ou os sussurros roucos que ele dizia quando faziam amor.

Paul vinha todo final de semana a Keaton. Primeiro dormia em pousadas e depois, a convite dos pais de Julie, na casa deles, e a cidade inteira fofocava que o agente do FBI que viera a Keaton para prender Julie Mathison acabara se apaixonando por ela. Mas Julie se recusava a considerar essa possibilidade. Reconhecer isso a obrigaria a dizer a ele que estava perdendo tempo, mas ela gostava de vê-lo. Tinha que continuar a vê-lo porque Paul fazia Julie rir. E porque lhe lembrava de Zack. Então os dois saíam com Ted e Katherine, e depois ele a levava em casa e lhe dava um beijo de boa-noite com um ardor crescente Foi durante o sexto final de semana de Paul em Keaton que a paciência e comedimento dele começaram a ruir. Eles tinham ido ao cinema com Ted e Katherine, e Julie convidara os três para tomar café em sua casa. Depois que Ted e Katherine foram embora, Paul pegou Julie pelas mãos e a fez ficar de pé.

— Tive um final de semana maravilhoso — disse ele e, provocante, acrescentou: —, mesmo que você tenha me feito jogar futebol com um bando de crianças deficientes que me deixaram em pedaços.

Ela riu, e o rosto de Paul se suavizou.

— Adoro quando você ri para mim — murmurou ele. — E só para ter certeza de que você sempre irá rir quando se lembrar de mim, comprei algo para você. — Colocou a mão no bolso e tirou uma caixinha de veludo e colocou-a nas mãos de Julie. Ela abriu e viu um pequeno palhaço dourado com pequenos olhos azuis preso a uma corrente longa e bonita. Quando cuidadosamente mexeu na corrente, notou que os braços e as pernas do palhaço se agitavam.

— É lindo — disse ela. — E engraçado.

— Muito bem. Agora tire essa corrente e experimente — disse ele, referindo-se à corrente delicada que Julie usava ao redor do pescoço. Ela levou a mão para cobri-la involuntariamente, mas era tarde demais. Paul já a tinha puxado e deixado descoberta a aliança que Zack guardava no bolso durante o incidente no México.

Xingando em voz baixa, ele a pegou pelos ombros.

— Por quê? — perguntou, fazendo um esforço visível para não a sacudir. — Por que está se torturando usando isso? Você fez a coisa certa quando o entregou!

— Eu sei — disse Julie.

— Então pare de pensar nele! Ele está na prisão e vai ficar lá pelo resto da vida. Você tem sua vida, uma vida que deveria ser preenchida por um marido e filhos. O que você precisa — disse, com uma voz que se suavizava enquanto ele deslizava as mãos pelos braços de Julie — é de um homem que a leve para a cama e faça você esquecer que um dia foi para a cama com ele. Eu sei que você fez isso, Julie — acrescentou ele quando os olhos dela grudaram nos seus. — E isso não importa.

Ela levantou a cabeça e disse com tranquila dignidade:

— Quando isso parar de importar para mim, vou estar pronta para ficar com outra pessoa. Não antes.

Entre frustrado e animado, Paul acariciou o queixo dela com o polegar.

— Meu Deus, como você é teimosa! O que faria — disse ele, não muito sério — se eu voltasse para Dallas e nunca mais viesse aqui?

— Eu sentiria muita saudade.

— Acho que você pensa que me satisfaço com isso por enquanto — disse ele, irritado, porque era verdade.

Em resposta, ela lhe deu um sorriso valente e assentiu.

— Você é louco pela comida da minha mãe.

Rindo, ele a puxou para seus braços.

— Sou louco por *você*. Nós nos vemos final de semana que vem.

65

— DEVE TER ALGUM ERRO — DISSE EMILY, OLHANDO DO marido para o seu contador. — Meu pai nunca compraria ações ou investiria dinheiro em nada que Tony Austin tenha tocado, não se soubesse que Tony estava envolvido.

— Os fatos provam o contrário, srta. McDaniels — disse Edwin Fairchild suavemente. — Nos últimos anos, ele investiu mais de 4 milhões de dólares do seu fundo fiduciário na empresa TA Produções, de propriedade de Tony Austin.

Garanto que foi tudo legal, embora sem dúvida não tenha sido rentável, nem fosse uma boa escolha, uma vez que Austin aparentemente usava o dinheiro exclusivamente para cobrir suas despesas pessoais. Não estou sugerindo que seu pai agia de má-fé — assegurou ele, já que ela continuava a olhá-lo com o cenho franzido. — Seu pai adquiriu ações da TA Produções para você, e as ações estão no seu nome. Eu só trouxe esse assunto à tona porque, como seu novo consultor financeiro, sugiro que esteja na hora de revender essas ações para os herdeiros de Austin se eles quiserem comprar, ou ceder a eles por qualquer preço, para que no próximo imposto de renda vocês possam colocá-las entre os itens de perda.

Emily esforçou-se para pôr os pensamentos em ordem.

— O que meu pai disse sobre todo esse investimento ruim na TA Produções?

— Não me senti à vontade para discutir isso com ele, nem questionar seu julgamento. Entendo que ele administra seu fundo desde que você era criança e como ele escolhe investir seu dinheiro tem sido uma competência exclusivamente dele. Só estou envolvido nisso agora porque administro as finanças do seu marido há anos e, como vocês estão casados agora, precisamos nos preocupar com as questões de declaração conjunta de imposto de renda, essas coisas.

— Meu pai não deve ter percebido que Tony Austin era o dono da TA Produções — afirmou Emily com firmeza.

A sobrancelha grisalha de Fairchild se levantou ante o que ele claramente achava ser improvável.

— Se é isso que você prefere acreditar...

— Não é uma questão do que eu prefiro acreditar — disse ela com uma risada entrecortada —, e sim que o fato de meu pai ter sido enganado e levado a comprar ações da empresa de Tony é simplesmente... maquiavélico. Meu pai odiava aquele homem.

— Não consigo imaginar como ele possa ter sido enganado — disse seu marido, numa voz cuidadosamente neutra, sabendo o quanto ela se importava com o pai. — Edwin e eu discutimos esse assunto hoje cedo pelo telefone, e ficou claro que seu pai comprou as ações diretamente de Tony Austin.

— Por que diz isso?

— Porque as ações da TA Produções não são comercializadas na bolsa de valores. Como Edwin mencionou agora há pouco, é uma empresa privada, e a única forma de comprar ações teria que ser a partir de Tony Austin ou um representante legal.

Emily olhou de seu marido para o contador.

— Ele tinha algum representante legal?

Edwin Fairchild balançou a cabeça negativamente, colocou os óculos e começou a procurar a fotocópia de algum documento.

— Ele nunca pagou ninguém para representá-lo ou trabalhar para ele. De acordo com o relatório corporativo da TA, que está disponível para consulta pública em Sacramento, Austin era o único diretor, sócio e acionista da empresa. Chequei com algumas fontes minhas e descobri que ele também era o único empregado. — Tirando os óculos, ele conferiu o pesado relógio Rolex de ouro em seu pulso e disse: — Já passou das seis. Eu não pretendia ficar até tão tarde, mas já falamos sobre tudo o que precisava ser discutido. Se vocês quiserem tentar revender as ações da TA de volta para os herdeiros de Austin, é melhor fazerem isso o quanto antes, senão é provável que mais adiante eles estejam envolvidos em procedimentos judiciais. Assim que me avisarem se pretendem ficar com as ações ou vendê-las, vou poder terminar sua projeção de renda para o próximo ano.

Dick assentiu, e Fairchild se virou para Emily e disse em tom conciliatório:

— Não se preocupe, srta. McDaniels. Apesar de seu pai ter perdido 4 milhões de dólares do seu dinheiro na empresa de Austin, vamos poder compensar esse valor em relação aos lucros de seus outros investimentos. Os benefícios fiscais vão reduzir sua perda para menos de 3 milhões de dólares.

— Não entendo de finanças nem de impostos — disse Emily aos dois. — Meu pai sempre cuidou disso para mim.

— Então é bom você discutir essas ações da TA com ele. Ele fez quase vinte aquisições diferentes nos últimos cinco anos e deve ter tido algum lucro em mente do qual não sabemos. Talvez ele possa lhe dar alguma explicação para manter as ações por mais um tempo.

Emily estendeu a mão e cumprimentou o contador.

— Obrigada, sr. Fairchild, vou fazer isso.

— Antes que você vá — disse Fairchild enquanto Emily dava a mão para o marido —, gostaria de deixar claro que, em todo o resto, seu pai tem administrado seu fundo de forma irrepreensível. Ele investiu seu dinheiro de maneira prudente e declarou cada centavo gasto nos últimos quinze anos, incluindo o dinheiro investido na TA Produções.

O rosto de Emily ficou tenso.

— Não preciso que você ou qualquer outra pessoa diga que meu pai agiu para atender aos meus melhores interesses. *Sempre* fez isso.

No carro, Emily observava o marido manobrar a reluzente BMW pelo trânsito carregado da hora do rush.

— Fui grosseira com ele, não fui? — perguntou ela.

Dick olhou-a de lado quando pararam num semáforo.

— Você foi defensiva, não grosseira. Mas você sempre fica um pouco na defensiva quando se trata de seu pai.

— Eu sei — suspirou ela —, mas tenho razões para fazer isso.

— Você o ama, e ele lhe dedicou a vida inteira — recitou Dick.

Emily desviou o olhar da mão do marido no volante.

— Também tem outra razão. Todos sabem que antigamente muitos dos pais de estrelas mirins desviaram, ou mesmo roubaram, cada centavo que a criança recebia. Meu pai foi o exato oposto. Embora haja leis que impeçam os pais de fazerem isso, muitas pessoas trataram meu pai como se ele vivesse às minhas custas.

— Obviamente não viram onde ele mora, ou saberiam que não é bem assim — disse Dick, passando a terceira marcha à medida que o trânsito aliviava. — Ele não pinta a parede da casa há dez anos, e a mobília está velha. A vizinhança está decaindo, e daqui a alguns anos não vai ser seguro morar lá.

— Sei disso tudo, mas ele odeia gastar dinheiro. — Voltando ao assunto anterior, Emily continuou: — Você não imagina como às vezes é humilhante para ele ser meu pai. Ainda lembro quando ele foi comprar um carro há cinco anos. O vendedor estava satisfeito em vender um Chevrolet até que eu cheguei lá para ajudar meu pai a escolher a cor. Assim que o cara percebeu quem eu era e, portanto, quem papai era, ele disse num tom nauseante e desdenhoso: "Isso muda tudo, sr. McDaniels! Tenho certeza de que sua filha preferiria que você levasse aquele Seville elegante que você gostou, não é, querida?"

— Se o que as pessoas pensassem dele incomodasse seu pai — disse Dick, esquecendo-se por um momento de esconder seu desgosto pelo homem —, ele poderia ter arranjado um emprego bom e respeitado fazendo algo além de cuidar de sua pequena Emily. Então talvez ele tivesse algo para fazer além de beber e se afogar em autopiedade porque a pequena Emily cresceu e se casou. — Do canto do olho, ele viu que o rosto da esposa se fechara e esticou o braço, curvando a mão em seu ombro retraído. — Desculpe, sou um idiota ciumento que fica desconcertado com o relacionamento próximo demais de sua esposa com o pai. Você me perdoa?

Fazendo que sim com a cabeça, ela esfregou a bochecha contra a mão do marido, mas seu belo rosto permaneceu pensativo, e ele notou isso.

— Não perdoa — disse ele, tentando melhorar o ânimo incomum e triste da esposa. — Um pedido de desculpas não foi o suficiente. Mereço um chute no traseiro. Mereço... — Hesitou, pensando. — Mereço levar você ao Anthony's hoje à noite e pagar pelo jantar mais caro de Los Angeles e comer ao seu lado enquanto todo mundo fica olhando para minha esposa.

Ela sorriu para ele, suas famosas covinhas despontando no rosto. Dick acariciou seu rosto e disse calmamente:

— Amo você, Emily. — Em tom de brincadeira, ele acrescentou: — Mesmo com esses buraquinhos no seu rosto, eu amo você. Nem todo rapaz conseguiria não reparar um defeito de fabricação como esse, mas eu consigo.

Emily começou a gargalhar, e ele riu para ela. Mas o sorriso de Dick esvaneceu quando ela o desafiou:

— Você me ama o suficiente para me levar à casa do meu pai antes do jantar?

— Por quê? — perguntou ele, irritado.

— Porque preciso falar com ele sobre o dinheiro que investiu em Tony. Não consigo entender por que, e isso está me dando nos nervos.

— Acho — disse Dick, ligando a seta e mudando de faixa para que pudesse pegar o caminho para a casa do pai de Emily — que amo você a esse ponto.

Emily apertou a campainha ao lado da porta da casa de seu pai, e depois de uma longa espera ele mesmo veio abrir com um copo de uísque na mão.

— Emily, minha querida! — cumprimentou ele de forma arrastada, observando-a com olhos injetados de sangue e o rosto com barba de três dias. — Eu não sabia que você viria aqui esta noite. — Ignorando completamente a presença do genro, ele passou o braço em volta dos ombros da filha e a trouxe para dentro.

Com uma pontada de frustração e tristeza, Emily percebeu que ele estava bêbado. Não completamente embriagado, mas bêbado a ponto de andar cambaleando. Antigamente ele não bebia uma única gota, mas, nos últimos anos, seus episódios de bebedeira vinham ocorrendo com frequência crescente.

— Por que não acende a luz? — sugeriu ela gentilmente, tentando mudar a atmosfera sombria do lugar, e ligando um abajur.

— Gosto da escuridão — disse ele, vindo por trás dela para desligar a lâmpada. — É boa e confortável.

— Prefiro iluminar um pouco o ambiente para que Emily não tropece em alguma coisa e caia — disse Dick com firmeza, voltando a ligar o abajur.

— Por que decidiu vir aqui? — perguntou ele a Emily como se Dick não tivesse falado nada. — Você nunca mais veio me ver — reclamou.

— Vim aqui duas vezes semana passada — lembrou Emily. — Mas para responder sua pergunta, vim para conversar sobre negócios se você quiser falar disso. O contador de Dick quer esclarecer algumas coisas antes de preparar a declaração do imposto de renda ou algo do tipo.

— Claro, claro. Sem problemas, querida. Vamos ao escritório, onde eu guardo seus arquivos.

— Preciso fazer algumas ligações — falou Dick a Emily. — Converse com seu pai enquanto eu uso o telefone na... — Ele olhou em volta em busca de um telefone, mas não encontrou na sala de estar.

— Na cozinha — explicou ela, e ele concordou com a cabeça, já indo naquela direção.

Emily seguiu o pai ao andar de cima até o quarto que ele transformara em escritório anos antes, e ele se sentou à mesa, que era a única superfície limpa da casa, se fosse ignorada a camada de poeira que a cobria. Junto à parede, os armários de arquivos atrás dele estavam cobertos de porta-retratos com fotografias da filha: Emily quando recém-nascida, quando engatinhava, aos 4 anos; Emily com sua roupa de bailarina, fantasiada para o Halloween e com o figurino que usou em seu primeiro papel; Emily aos 13 anos com o cabelo preso num rabo de cabalo, aos 15 indo para o primeiro baile com um garoto. Agora, enquanto olhava as fotografias, Emily se deu conta pela primeira vez que ele a acompanhava na maioria delas. E então notou outra coisa: a luz que vinha do abajur na empoeirada mesa se refletia limpidamente no vidro de todos os porta-retratos, como se tivessem sido limpos havia pouco tempo.

— Sobre o que quer saber, querida? — perguntou ele, tomando um gole de sua bebida.

Emily pensou em mencionar que ele precisava tratar o que tinha claramente se tornado um vício em álcool, mas, nas duas últimas vezes que ela tocara no assunto, o pai se sentira primeiro ofendido, depois enraivecido. Reunindo coragem, ela entrou no assunto com o máximo de tato.

— Pai, você sabe o quanto me sinto agradecida por você ter depositado todo o meu dinheiro num fundo fiduciário e administrado minhas finanças todos esses anos. Sabia disso? — insistiu ela, ao ver que ele havia cruzado os braços e a observava com o olhar absorto.

— Claro que sim. Guardei cada centavo que você ganhou e o protegi com a minha vida. Nunca peguei nada para mim, a não ser um salário de 20 dólares por hora, e só quando você insistiu para que eu fizesse isso — disse ele, saudosista. — Aos 16 anos você já confrontava seu pai como uma mulher madura, dizendo-me que se eu não retirasse um salário maior você iria me demitir.

— Isso mesmo — disse Emily, distraída. — Então não quero que você pense por um segundo que tenho qualquer dúvida sobre sua integridade quando eu fizer uma pergunta. Só estou tentando entender seu raciocínio. Não estou reclamando de ter perdido dinheiro.

— Perdido dinheiro? — disse ele com raiva. — Do que diabos está falando?

— Estou falando dos 4 milhões de dólares que você investiu na Tony Austin Produções nos últimos cinco anos. As ações não valem nada. Por que fez isso, pai? Sei que você o odiava e sempre tive a sensação de que o desprezava até mais que eu.

Por um momento, ele não se mexeu, depois levantou o rosto devagar, os olhos como dois pedaços de carvão submersos e brilhantes, e Emily inconscientemente pressionou as costas contra o espaldar da cadeira.

— Austin... — disse ele suavemente, seu sorriso se tornando primeiro malicioso, depois tranquilizador. — Não precisa mais se preocupar com ele, querida. Cuidei dele. Não precisamos mais pagar um centavo pelas ações fictícias dele. Vamos deixar que isso seja nosso segredo.

— Por que tivemos que comprar ações fictícias dele, para começo de conversa? — perguntou ela, incrivelmente nervosa pela expressão e pela voz do pai, assim como pela atmosfera sombria do cômodo.

— Ele me obrigou. Eu não queria. Agora ele está morto, e não preciso mais.

— Como ele poderia ter lhe obrigado a investir 4 milhões de dólares do meu dinheiro na empresa dele se você não queria fazer isso? — perguntou ela de maneira mais grosseira do que gostaria.

— Não fale comigo nesse tom, senhorita! — retrucou ele com uma raiva repentina. — Ou vai sentir o peso da minha mão.

Emily ficou tão surpresa com essa ameaça inédita vinda de um homem que nunca havia levantado o dedo para ela na vida que se colocou de pé.

— Vamos deixar para discutir isso outra hora, quando você estiver mais racional.

— Espere! — Com velocidade surpreendente, ele esticou a mão sobre a mesa e agarrou o braço da filha. — Não me deixe sozinho, querida. Estou com medo. É só isso. Não durmo há dias porque estou com tanto medo. Eu nunca a machucaria. Você sabe disso.

De repente ele parecia genuinamente aterrorizado, e isso impressionou Emily. Acariciando a mão do pai, sentindo-se como sua mãe, não sua filha, ela disse gentilmente:

— Não vou embora, papai. Não fique assustado. Diga-me o que houve. Vou entender.

— Vai guardar segredo? Jura de pés juntos?

Ela fez que sim com a cabeça, piscando os olhos diante daquele apelo infantil.

— Austin me obrigou a comprar aquelas ações. Ele... Ele nos chantageou. Por cinco longos anos aquele idiota nos extorquiu.

— A nós? — exclamou ela numa mistura de descrédito e impaciência.

— Você e eu somos uma equipe. O que acontece com um acontece com o outro, não é?

— A-Acho que sim — disse ela com cautela, tentando não deixar o nervosismo transparecer em sua voz. — Por que Tony nos... chantageou?

— Porque — disse o sr. McDaniels baixando a voz a um sussurro conspiratório — ele sabia que nós matamos Rachel.

Emily se afastou da cadeira com pressa, em choque, olhando para ele.

— Isso é loucura! Você... Você deve estar tão bêbado que está tendo alucinações! Que motivo você pode ter tido para matar a esposa de Zack?

— Nenhum.

Emily apoiou as mãos abertas na mesa.

— Por que está dizendo isso? É loucura.

— Não fale assim comigo! Isso é o que ele me disse, e é mentira! Não estou louco. Estou com medo, por que não entende isso? — disse ele, quase choramingando.

— Quem disse que você é louco, pai? E por que está com medo? — perguntou ela pacientemente, como se estivesse se dirigindo a um octogenário confuso.

— Austin disse que eu estava louco na noite em que o matei.

— Zachary Benedict matou Tony Austin — disse ela com firmeza. — Todo mundo acha isso.

Os olhos do pai se acenderam de medo, e ele tomou o restante do uísque de um gole só.

— Não é todo mundo que acha isso! — exclamou ele, jogando o copo na mesa. — Alguns detetives particulares vieram falar comigo duas vezes desde a noite passada. Querem que eu diga onde estava quando tudo aconteceu. Devem estar trabalhando para alguém, mas não me disseram quem é. Alguém suspeita de mim, querida, não entende? Descobriram que Austin me chantageava e logo vão descobrir por que, então vão saber que matei Rachel e Austin.

Tentando soar cética quando cada fio de cabelo seu vibrava de sobressalto, Emily disse:

— Por que você mataria Rachel?

Ele passou a mão pelo cabelo.

— Não seja boba... Era para ter sido Austin! Eu queria matá-lo. Queria que ele morresse, mas aquele idiota do Benedict mudou de ideia sobre quem deveria fazer o primeiro disparo, Austin ou Rachel.

Emily fez um penoso esforço para respirar.

— Por que você queria matar Tony?

— Você sabe por quê! — exclamou ele, desabando na cadeira e começando a chorar. — Ele deu drogas à minha bebezinha e a engravidou. Você achava que eu não sabia, mas eu sabia — disse, fechando os olhos. — Você sempre enjoava de manhã, e liguei para o consultório daquele médico em Dallas para descobrir o que estava errado, e a enfermeira me contou. — Esfregando a mão nos olhos, ele disse, soluçando: — Você só tinha 16 anos, e ele a engravidou e mandou você fazer um aborto sozinha. E durante esse tempo todo ele mantinha um caso com aquela vagabunda da Rachel, e eles riam às suas costas. Desde que você se casou, Austin vinha ameaçando contar ao seu marido o que tinha acontecido.

Emily tirou as mãos do braço da cadeira, deixando a marca dos dedos no couro. Ela precisou limpar a garganta duas vezes antes de conseguir falar, e as palavras que disse não condiziam com a fúria de sua mente.

— Dick sabe o que aconteceu comigo há tantos anos. Algumas semanas atrás, até contei que foi Tony. Mantive segredo de você por esses anos todos porque eu não queria magoá-lo nem lhe dar motivos para se envergonhar de mim.

— Alguém sabe o que fiz — disse ele, levando as mãos à cabeça, os ombros sacudindo com os soluços. — E vou matar essa pessoa assim que descobrir quem é — acrescentou, levantando a cabeça. Seu olhar se voltou para a porta, e suas mãos deslizaram para uma gaveta da mesa.

— Então é melhor começar por mim — disse Dick na porta antes de entrar no quarto, onde Emily tremia — porque eu também sei.

Em vez de ficar apavorado, George McDaniels olhou para a filha e disse num sussurro conspiratório:

— Ele tem razão, Emily. Temo que vamos ter que matar seu marido. — Ele se levantou, e Emily viu que a luz do abajur se refletia na arma que ele carregava nas mãos.

— Não! — gritou ela, tentando proteger o marido com o próprio corpo, apesar de ele tentar se desviar.

— Saia do caminho, querida — ordenou o pai. — Isso não vai machucá-lo. Ele não vai sentir nada. Vai morrer antes de atingir o chão.

— Papai! — exclamou ela, afastando Dick em direção à porta, os braços esticados. — Você... Você não quer mesmo fazer isso, não é?

A voz de Dick estava estranhamente calma, embora seus dedos se afundassem no braço da esposa, forçando-a a recuar para um lugar seguro.

— Abaixe a arma, George. Se você me matar, vai ter que matar Emily para impedi-la de contar à polícia, e sei que você nunca a machucaria. Você está só tentando protegê-la.

O homem que estava armado hesitou, e Dick continuou com gentileza:

— Abaixe a arma. Vamos ajudar você a explicar para as pessoas que só estava tentando protegê-la.

— Estou cansado de sentir medo. Não consigo dormir — choramingou, enquanto Emily escapava pela porta, depois correu para o quarto dele, pegou o telefone e discou o número de emergência.

Caminhando lentamente para a frente com os braços esticados, Dick disse:

— Você não precisa mais ter medo. Vamos ao médico, ele vai lhe dar um remedinho para dormir.

— Está tentando me fazer cair numa armadilha, seu idiota! — exclamou McDaniels, e Dick se esticou para pegar a arma no mesmo instante que o sogro a apontou para seu peito.

No quarto, Emily ouviu a explosão silenciosa de um disparo e o pesado barulho de algo caindo no chão, então largou o telefone, virou-se e colidiu com o peito do marido enquanto saía correndo do quarto.

— Não vá lá! — avisou ele, abraçando-a e voltando para o quarto para pegar o telefone.

— Papai! — exclamou ela.

— Ele vai ficar bem — disse Dick, tentando acalmá-la e chamar uma ambulância ao mesmo tempo. — Ele bateu a cabeça na mesa, caiu e está sangrando muito.

66

TRÊS ADVOGADOS SE LEVANTARAM JUNTO À MESA DE CONferência. O que estava mais próximo de Emily pegou a mão dela e a apertou num gesto de conforto.

— Sei como tem sido difícil para você, srta. McDaniels, e não posso explicar o quanto agradeço pelo trabalho que teve esta manhã para descobrir que somos os advogados de Zack Benedict e por ter vindo até nós tão prontamente.

— Não foi trabalho nenhum — disse ela com a voz tensa de estresse e angústia. — Consegui lembrar qual firma ele contratou para representá-lo, e, quando liguei esta manhã, me falaram de vocês.

— Quando o sr. Benedict foi acusado do assassinado de Tony Austin, um amigo próximo do sr. Benedict decidiu que desta vez ele seria mais bem-representado por nós.

Emily afastou a mão e esfregou uma palma na outra.

— Vocês podem tirar Zack da prisão hoje ainda?

— Infelizmente, não. Mas, se você quiser nos acompanhar à delegacia e dar a eles o mesmo depoimento que nos deu hoje, vai ser de grande ajuda para que apressemos a libertação do sr. Benedict.

Emily concordou com a cabeça, mas sua mente atormentada estava nos antigos vídeos que ela vira, em que Zack saía algemado do julgamento, e no mais recente que viu inúmeras vezes durante as últimas semanas, em que Zack era espancado no México... tudo por um crime que não cometeu... um crime pelo qual ela era indiretamente responsável.

— Não vejo por que ele não pode sair da prisão hoje — disse Emily, tentando não berrar de culpa e vergonha. — Vamos esperar na recepção.

Quando ela saiu da sala com o marido, John Seiling olhou seus sorridentes colegas advogados e pegou o telefone.

— Susan — disse ele a sua secretária —, ligue para o Capitão Jorgen, depois Matt Farrell em Chicago e diga à a secretária que é uma emergência. Em seguida, entre em contato com William Wesley, promotor que atua em Amarillo, Texas. Então compre passagens para nós três com destino a Amarillo para amanhã de manhã.

Dez minutos depois, sua secretária telefonou de volta.

— O Capitão Jorgen está na linha um.

— Obrigado — agradeceu ele, depois pressionou o botão da linha um. — Capitão Jorgen — disse ele jovialmente —, gostaria de assegurar sua promoção para comissário da polícia e ao mesmo tempo se tornar um herói na imprensa? — Ele ouviu, o sorriso se alargando. — Tudo o que preciso é de alguém que colha um depoimento sobre as mortes de Tony Austin e que fique de boca fechada por um dia ou dois, até que eu dê permissão para falar.

Seiling continuou:

— Achei que diria isso. Estaremos aí em 45 — disse depois de ouvir a resposta de Jorgen.

Duas outras luzes já estavam ligadas no telefone quando ele desligou, e a voz de sua secretária chamou pelo interfone:

— O sr. Farrell está na linha dois, e William Wesley, o promotor de Amarillo, está na linha três.

Seiling atendeu à ligação da linha dois e, ao falar, perdeu o tom impessoal:

— Sr. Farrell — disse ele numa voz respeitosa —, você nos pediu para mantê-lo informado de qualquer progresso, e estou ligando para avisar que tivemos uma reviravolta inesperada no caso de Zack Benedict esta manhã.

Em seu escritório em Chicago, Matt virou-se de costas para a reunião do comitê executivo do Intercop, que estava em curso em volta de sua mesa, e disse:

— Que reviravolta?

— Emily McDaniels. Ontem à noite, seu pai admitiu ter matado Rachel Evans e Tony Austin. Agora ele está num hospital, passando por uma avaliação mental, mas confessou tudo. A própria Emily nos deu uma declaração disso e nos entregou a arma usada para matar Austin.

— Pode me passar os detalhes mais tarde. Quando vai ser a liberação de Zack?

— Vamos falar com o promotor no Texas amanhã para apresentar a declaração de Emily e entregar um pedido de habeas corpus, e vamos tentar convencê-lo a repassar a um juiz o quanto antes. Com sorte, o juiz vai concordar em assinar, depois o mandado vai para a capital do estado para ser assinado por um juiz de apelações, e o sr. Benedict deve ser então liberado sob fiança.

— Fiança — repetiu Matt, sarcástico. — Pelo quê?

Seiling titubeou ante o tom que constantemente reduzia os adversários financeiros de Farrell a um estado de nervosismo e incoerência.

— Independentemente de ser inocente, quando fugiu da prisão, ele violou uma lei. Tecnicamente cometeu um delito contra a sociedade. A menos que sejamos muito sortudos e persuasivos, o promotor de Amarillo pode, e provavelmente vai, querer um tempo para se decidir sobre o que fazer sobre isso. Vamos argumentar que a surra muito divulgada pela mídia que ele levou na Cidade do México foi punição mais que suficiente para isso. Dependendo do humor do promotor, ele pode concordar e recomendar que o juiz dispense a fiança e a coisa toda ou pode querer causar problemas.

— Então deixem o promotor num ótimo humor — alertou Matt implacavelmente.

— Certo — disse Seiling.

— Se não conseguirmos cooperação instantânea das autoridades, quero que a mídia seja notificada de tudo. *Ela* vai conseguir que tudo se resolva.

— Concordo. Meus parceiros e eu estamos indo a Amarillo amanhã de manhã.

— Hoje à noite, não amanhã — falou Matt. — Vou encontrar vocês lá. — Ele desligou o telefone antes que Seiling pudesse listar suas objeções e pressionou o botão do interfone. — Eleanor — disse ele à secretária —, cancele todos os meus compromissos de amanhã e de depois de amanhã.

Em Los Angeles, o advogado colocou o telefone no gancho. Levantando as sobrancelhas, ele disse aos outros dois homens:

— Se já se perguntaram o que Benedict e Farrell têm em comum, acabei de descobrir: os dois são clientes frios.

— Mas pagam bem — brincou um dos advogados.

Seiling concordou com a cabeça, mais alegre.

— Vamos começar a merecer o pagamento, senhores — disse ele, depois pressionou o botão da linha três. — Sr. Wesley — cumprimentou, modulando a voz para que fosse ao mesmo tempo firme e agradável —, acredito que seu predecessor, Alton Peterson, acompanhou o caso de Zachary Benedict há cinco anos e entendo que nada do que ele fez é sua culpa, mas parece que foi cometida uma grande injustiça. Preciso de sua ajuda para retificar isso o quanto antes. Em troca, vou assegurar que a imprensa compreenda que você atuou com presteza para corrigir os erros cometidos. Independentemente do que você fizer, Zack Benedict vai sair dessa história como um mártir e herói. A imprensa vai querer o sangue de alguém para compensar as injustiças feitas com ele, e eu odiaria que fosse o seu — Ele pausou, ouvindo. — Do que diabos estou falando? Por que não discutimos esse assunto num jantar às sete horas hoje?

67

KATHERINE ENFIOU O PÉ NO FREIO E ESTACIONOU O CARRO bruscamente na frente da casa de Julie. Xingou ao ver uma bicicleta parada do lado de fora, o que significava que ela estava dando aula. Deixou a bolsa no carro, abriu a porta da frente sem bater e entrou na sala de jantar, onde Julie estava sentada à mesa com três garotinhos.

— Julie, preciso falar com você — disse ela sem fôlego — na sala de estar.

Julie largou o livro de leitura sobre a mesa, sorriu para os alunos e disse:

— Willie, continue lendo em voz alta. Eu já volto.

Sentindo que algo emocionante estava acontecendo, Willie Jenkins leu o texto até que Julie estivesse longe demais para ouvi-lo, então riu para seus dois colegas.

— Tem algo acontecendo — sussurrou ele em voz baixa, virando-se de lado na cadeira para ter uma visão melhor da sala de estar.

Johnny Everett olhou de soslaio enquanto girava a cadeira de rodas de lado, ajeitando-se na mesma posição do outro. Tim Wimple, cuja perna direita fora amputada na altura do joelho, girou na cadeira de rodas e assentiu.

— Aposto que é algo importante.

Assumindo como moderador e espião, Willie foi até a porta na ponta dos pés.

— A sra. Cahill está ligando a televisão... — disse a eles de soslaio, depois virou de novo para a sala de estar.

— Katherine? — falou Julie, trêmula, sentindo que o rosto tenso da amiga e a forma como ela procurava freneticamente por um canal de televisão específico tinham algo a ver com Zack. — Não faça isso comigo! Diga o que aconteceu! É sobre Zack, não é? Má notícia?

Balançando a cabeça, Katherine afastou-se da televisão.

— Está em todos os jornais. Estão interrompendo a programação normal para transmitir isso. A NBC disse que eles têm um noticiário que vai ao ar às quatro e meia. — Ela conferiu o relógio. — É agora.

— O quê aconteceu? — perguntou Julie.

— Uma boa notícia — contou Katherine com uma risada angustiada. — Ou ruim, dependendo de como você interpretar, Julie. Ele... — Ela se deteve e apontou para a televisão quando o anunciante disse que estavam interrompendo a programação normal para dar um boletim especial.

"*Boa tarde, senhoras e senhores. Há uma hora, em Amarillo, Texas, Zachary Benedict foi libertado da Penitenciária Estadual de Amarillo, onde cumpria uma pena de 45 anos pelo assassinato de sua esposa, a atriz Rachel Evans. Os advogados de Benedict conseguiram a libertação como resultado de uma declaração formal dada por Emily McDaniels, que contracenou com Benedict, Evans e Tony Austin em* Destino."

Sem perceber, Julie buscou a mão de Katherine para conforto, apertando-a forte enquanto Brokaw continuava:

"*A NBC foi informada de que a declaração da srta. McDaniels aparentemente continha o testemunho de que há dois dias seu pai, George McDaniels, confessou a ela ter matado Rachel Evans e o ator Tony Austin, que foi encontrado morto em sua casa em Los Angeles há um mês.*"

Um gemido de prazer, de sofrimento e de culpa intensa explodiu do peito de Julie. Ela agarrou o encosto de uma cadeira com as duas mãos para conseguir se manter firme. A televisão mostrava uma imagem dos portões da Penitenciária Estadual de Amarillo, e ela viu Zack saindo, de terno e gravata, escoltado através da chuva até uma limusine que o aguardava. E Brokaw continuou:

"*Benedict saiu da prisão como um homem livre, acompanhado de seus advogados californianos. Esperando por ele na limusine estava seu amigo de longa data, o industrial Matthew Farrell, cuja fé inabalável na inocência de Benedict tem sido reconhecida pela imprensa e pelas autoridades. Também à espera do lado de fora estava uma jovem de rosto conhecido, embora suas famosas covinhas não estivessem em evidência no momento. Por estas imagens, é possível dizer que não esperava ser vista, mas teve que vir para assegurar a si mesma de que Benedict fosse liberado em segurança.*"

Julie observou Matt caminhando rapidamente em direção à limusine e parando para olhar para a esquerda, onde Emily McDaniels, cujo rosto exibia uma máscara de tristeza, estava parada sob um guarda-chuva junto de seu marido. Por um momento, Zack ficou ali parado, olhando para ela, depois caminhou devagar até ela.

Lágrimas escorreram pelo rosto de Julie ao ver Zack abraçando Emily McDaniels. Em seguida ele a deixou ir, entregando-a de volta ao marido, e sumiu ao entrar na limusine, que partiu sem demora, enquanto Brokaw acrescentava:

"*Repórteres de Amarillo ficaram sabendo da libertação de Benedict e correram para o aeroporto de Amarillo na esperança de conseguir uma declaração. No entanto, ele embarcou no jatinho particular de Farrell. A NBC foi informada de que o plano de voo fornecido pelo piloto descrevia o destino como Los Angeles, onde Farrell tem uma casa, embora esteja atualmente emprestada para a estrela do cinema Paul Resterman e sua esposa.*"

Engasgando com as lágrimas, Julie olhou para Katherine e disse com a voz rouca:

— Matt Farrell nunca deixou de acreditar nele. Pelo menos Zack tinha *um* amigo leal.

— Não comece a se torturar — alertou Katherine, mas sua própria voz estava tomada de emoções, e Julie não podia ouvi-la de qualquer forma. Estava encarando a tela da televisão e ouvindo o que Brokaw dizia:

"*O promotor de Amarillo, William Wesley, vai fazer um pronunciamento direto do tribunal...*"

A imagem mudou para a escadaria de um tribunal, onde um homem moreno na casa dos 30 anos saía de uma das portas e se dirigia a um amontoado de repórteres que empunhavam microfones e gritavam perguntas a ele, que alertou-os:

"*Guardem suas perguntas até que eu faça meu pronunciamento, em seguida vou responder o que puder.*"

Quando o furor diminuiu, ele levantou o pedaço de papel que tinha em mãos e começou a ler:

"*Ontem, os advogados de Zachary Benedict solicitaram uma reunião especial em meu escritório aqui, em Amarillo. Durante a reunião foi-nos entregue uma declaração oficial de Emily McDaniels informando que seu pai, George Anderson McDaniels, admitiu ter cometido os assassinatos de Rachel Evans e*

Anthony Austin. A srta. McDaniels, que ditou sua declaração ao capitão John Jorgen em Orange County, Califórnia, também entregou uma pistola automática calibre 45 pertencente a seu pai. Exames preliminares de balística feitos esta manhã indicam que as balas que mataram o sr. Austin foram disparadas dessa arma. Imediatamente depois de nossa reunião com os advogados do sr. Benedict, eles entraram com um habeas corpus aqui, em Amarillo, exigindo a liberação de seu cliente da Penitenciária Estadual de Amarillo. O mandado foi assinado, sem nenhuma objeção, pelo juiz Wolcott e em seguida enviado para ser referendado pelo juiz da Câmara de Apelações. A assinatura foi feita esta manhã, e Zachary Benedict foi devidamente libertado. Ainda ficam pendentes algumas formalidades legais referentes a sua fuga da Penitenciária Estadual de Amarillo há dois meses, em violação às leis do Texas. No entanto, a opinião deste escritório é a de que o sr. Benedict já pagou um preço alto por sua breve liberdade ilegal nas mãos da polícia mexicana, assim como os cinco anos de prisão por um crime que ele parece não ter cometido. Alguma pergunta?", perguntou ele, levantando os olhos para os repórteres. Havia dúzias deles, mas o que falou mais alto foi o que o promotor respondeu.

"E quanto ao sequestro de Julie Mathison? Zachary Benedict vai ter que responder por esse crime?"

"Isso vai depender se a srta. Mathison estiver disposta a prestar queixas contra ele em um tribunal criminal ou civil. Mas isso não diz respeito ao nosso escritório."

Na porta, Willie desviou o olhar do rosto angustiado de sua professora e voltou para a companhia de seus amigos à mesa de jantar, que não tinham conseguido ver nem ouvir o programa da televisão.

— É aquele idiota do Benedict de novo — sussurrou ele furiosamente. — Saiu da prisão, e ela está chorando por ele. — Pegou seus livros e começou a enfiá-los na mochila. — Podemos muito bem pegar nossas coisas e ir embora. A srta. Mathison não vai querer que a gente a veja chorar por ele, e, com esses berros, está com cara de que ela vai ficar um tempão chorando.

Os outros garotos logo obedeceram ao comando de seu líder, mas Johnny Everett levantou o rosto preocupado e cheio de sardas e encarou Willie.

— Por que ela está chorando ao ver Benedict pela televisão, Willie?

Willie pegou sua mochila e ajudou automaticamente Tim a se ajeitar na cadeira de rodas.

— Minha mãe disse que ele a magoou, é por isso. Minha mãe falou que a cidade inteira sabe disso também.

— Ele é um idiota — disse Tim.

— Um *verdadeiro* idiota — concordou Johnny, afastando sua cadeira da mesa em direção à cozinha, onde uma rampa especialmente construída ligava a porta dos fundos à calçada.

Na calçada em frente à casa, os três garotos se detiveram, olhando através das cortinas abertas sua professora, que estava assoando o nariz enquanto a srta. Cahill dava tapinhas reconfortantes em seu ombro. Ela ergueu os olhos, viu os garotos parados lá e sorriu de forma tranquilizadora, acenou e assentiu como se dissesse que eles estavam certos em irem embora.

Em consternação e desamparo, eles seguiram o caminho da rua.

— Odeio Zachary Benedict — anunciou Johnny.

— Eu também — disse Tim.

— É, eu também — concordou Willie, empurrando sua bicicleta. Com uma combinação de senso protetor e prático, ele acrescentou: — Johnny, eu e você vamos chegar cedo amanhã na escola. Vamos pedir para nossos colegas pegarem leve com a srta. Mathison por enquanto. Nenhum aviãozinho de papel. Sem brincadeiras. Nem nada do tipo. Tim, não precisa se preocupar com sua turma porque a srta. Mathison não dá aula. Sua tarefa é repassar a notícia para o pessoal dos times que ela treina. Avise para todo mundo pegar bem leve com ela.

— Vão me perguntar por quê — disse Tim, desviando com maestria sua cadeira de rodas de um galho que bloqueava parcialmente a calçada.

— Fale que Benedict magoou a srta. Mathison de novo e a fez chorar. Isso não é segredo já que todos os adultos da cidade sabem disso.

68

— Bem-vindo de volta, sr. Benedict! — O gerente do Beverly Hills Hotel aproximou-se ao ver Zack fazendo o check-in na recepção durante a tarde do dia em que saiu da prisão. — Reservei para o senhor nosso melhor chalé, e toda a nossa equipe está à sua disposição, sr. Farrell — disse ele com educação enquanto Matt preenchia os papéis ao lado de Zack. — Sua secretária me disse que o senhor só vai passar esta noite conosco. Por favor, peço que me avise se eu ou minha equipe pudermos ajudar em alguma coisa.

Atrás deles, as pessoas do movimentado lobby começaram a encarar, e Zack ouviu seu nome em sussurros como o vento passando pelas árvores.

— Mande uma garrafa de champanhe para meu chalé — instruiu ele ao prestativo recepcionista, entregando-lhe a papelada. — Mande um jantar para dois às oito horas. Se alguém ligar para mim, diga que não estou hospedado neste hotel.

— Sim, sr. Benedict.

Com um breve aceno de cabeça, Zack se virou e quase esbarrou em uma loira bonita e uma deslumbrante morena que seguravam um guardanapo e uma caneta na direção dele.

— Sr. Benedict — disse a loira com um sorriso deslumbrante —, poderia nos dar seu autógrafo?

Com um leve sorriso que não chegou a seus olhos, Zack fez que sim com a cabeça, mas quando a morena lhe entregou o guardanapo, ele reconheceu o número de um quarto anotado no canto e teve a inconfundível sensação de que uma chave foi pressionada contra a palma de sua mão, embaixo do guardanapo.

Do canto dos olhos, Matt observou a cena familiar como fez centenas de vezes no passado.

— Presumo — disse ele secamente enquanto seguiam o gerente em direção aos chalés que circundavam o hotel — que vou jantar sozinho hoje?

Em resposta, Zack olhou a chave em sua mão, jogou-a num arbusto e conferiu o relógio.

— São quatro horas. Dê-me duas horas para fazer algumas ligações, depois vamos continuar a comemorar minha liberdade.

Duas horas depois, quando Matt entrou no chalé do amigo, Zack estava vestindo uma camisa limpa e uma calça que seu antigo alfaiate mandara lhe entregar há poucos instantes. O alfaiate foi embora com lágrimas nos olhos e no bolso o pedido de Zack para duas dúzias de ternos novos, camisas, calças e casacos esportivos. O revendedor de Rolls Royce local ficou igualmente contente com a volta de Zack e prometeu levar três automóveis para o hotel para sua avaliação na manhã seguinte.

— Acho — disse Matt, às sete, quando Zack finalmente desligou o telefone depois de uma longa ligação em que convenceu seus inquilinos a aceitarem um bom pagamento para deixarem vaga sua casa no Pacific Palisades — que não vou conseguir convencê-lo de se internar num hospital por alguns dias para fazer um check-up completo, certo? Minha esposa insiste que é isso que você deveria fazer.

— Tem razão — concordou Zack secamente enquanto ia ao bar para preparar duas doses de um drinque —, você não vai me convencer disso. — Apontando para as garrafas no bar, ele riu e acrescentou: — Champanhe ou algo mais forte?

— Algo mais forte.

Zack fez um gesto de concordância, colocou gelo em dois copos de cristal e acrescentou uísque com um pouco de água, depois entregou uma delas a Matt. Pela primeira vez desde que tinha saído da prisão, Zack se permitiu começar a relaxar. Analisou o amigo em silêncio, desfrutando a realidade de sua liberdade e a gratidão inexpressível que sentia por ele.

— Diga uma coisa — disse ele solenemente.

— O que quer saber?

Escondendo seus sentimentos por trás de uma piada, Zack disse:

— Uma vez que não tenho como recompensá-lo por sua lealdade e amizade, o que posso lhe dar como presente de casamento atrasado?

Os dois homens se olharam, ambos conscientes da importância daquele momento, mas eram homens, e sentimentalismo em excesso era impensável. Matt deu um gole no drinque e franziu o cenho, pensativo, como se dispensasse atenção completa à pergunta.

— Considerando o tamanho dos problemas que você me causou, acho que uma ilha na Grécia seria uma boa prova da sua gratidão.

— Você já é dono de uma ilha grega — lembrou Zack.

— Tem razão. Nesse caso, deixe-me conversar com Meredith quando voltar para casa.

Zack notou que os olhos do amigo se suavizaram ao falar da esposa e percebeu um vestígio sutil de prazer em sua voz ao dizer *casa*. Como se Matt soubesse o que Zack estava pensando, olhou para a taça e deu mais um gole.

— Ela está louca para conhecer você.

— Eu também. — Sua voz encheu-se de bom humor ao continuar. — Quando eu estava na prisão, acompanhei toda a... hum... publicidade dramática sobre seu segundo namoro com sua esposa. — Um pouco mais sério, Zack acrescentou: — Fiquei surpreso por você nunca ter mencionado que tinha se casado com ela há quinze anos.

— Outra hora vou contar a história real por trás disso, a parte que os jornais não conseguiram desenterrar. Quando você estiver acomodado, vou trazer Meredith e Marissa para vocês se conhecerem.

— Pode ser daqui a seis semanas? É tempo suficiente para as coisas voltarem ao normal. Vou até organizar uma festa para vocês. — Ele parou para pensar por um minuto. — Em 22 de maio, se esse dia estiver vago na sua agenda.

— Seis semanas? Como acha que vai colocar tudo em ordem em só seis semanas?

Zack apontou a cabeça para a pilha de recados ao lado do telefone sobre a mesa e disse secamente:

— Aquelas são todas as mensagens "urgentes" que os telefonistas acharam que eu deveria ler, embora tenham dito a quem ligou que eu não estava hospedado aqui. Dê uma olhada.

Matt folheou os recados. Entre os recados na pilha, havia algumas mensagens dos quatro maiores estúdios de Hollywood, alguns produtores independentes e duas do antigo agente de Zack. Deixando-as de lado, Matt disse com um risinho divertido:

— Todos dizem a mesma coisa: "Bem-vindo de volta! Sabíamos que você era inocente e agora temos uma oferta que você não vai recusar."

— Uns idiotas, não acha? — falou Zack com uma voz rancorosa. — Engraçado, eles não me mandaram nenhum recadinho de amor na prisão. Agora estão ligando para todos os hotéis da cidade onde pensam que eu poderia estar e deixando recados.

Matt riu, depois ficou mais sério e mencionou uma questão que o incomodava desde que Zack fora liberado.

— O que pretende fazer em relação a Julie Mathison? Se ela prestar queixa contra você...

O sorriso de Zack desapareceu, seus olhos se tornando pedaços de gelo.

— Nunca mais mencione o nome dela para mim — retrucou ele. — Nunca.

Matt franziu o cenho ante o tom do amigo, mas não respondeu nada. Mais tarde, em seu próprio chalé, ele ligou para Meredith para dizer que pegaria o avião de volta para casa na manhã seguinte e para contar as novidades de Zack.

— Ele já tem recebido propostas de trabalho pelo telefone de tudo quanto é estúdio em Hollywood. E quer dar uma festa na casa dele daqui a seis semanas, no dia 22, se pudermos ir.

Em Chicago, Meredith enrolou no dedo o fio do telefone e cuidadosamente mencionou o nome de alguém que Matt desprezava:

— E Julie Mathison?

— Não está convidada — disse Matt com sarcasmo. Suavizando a voz, acrescentou: — Se acha que estou sendo irracional em relação a ela, você não vai acreditar na reação que Zack teve à mera menção do nome dela.

Com teimosia, Meredith falou:

— Alguém já parou para pensar em como ela deve estar se sentindo agora, sabendo que ele é inocente de todos esses assassinatos?

— Sem dúvida ela está decepcionada porque sua imagem pública de heroína escorreu pelo ralo.

— Matt, apesar do que você pensa, ela o amava! Tenho certeza de que sim. Dava para ver.

— Já discutimos sobre isso, querida, mas de qualquer forma é uma questão controversa. Zack a odeia, e não é um sentimento passageiro. Vou chegar em casa pela manhã. Como está Marissa?

— Com saudades suas.

A voz de Matt se aprofundou de ternura.

— E como está a mamãe dela?

Meredith sorriu.

— Com mais saudade ainda.

69

— Sr. Benedict, podemos tirar uma foto sua com Diana Copeland? — gritou a repórter do *Los Angeles Daily News*, levantando a voz para ser ouvida acima da música e do clamor dos quinhentos convidados à sofisticada festa de final de semana na casa de Zack. Ao perceber que ele não a ouvira, ela se virou para os outros repórteres e sacudiu os ombros, rindo. — Que festa! — disse ela, gesticulando para um dos cinquenta garçons de terno que circulavam pela multidão oferecendo petiscos e bebidas para os convidados que não queriam se dar o trabalho de ir até a enorme mesa branca onde lagosta, caviar e todo um rol de comidas sofisticadas estavam expostas para serem servidas.

Atrás deles, uma enorme piscina com colunas romanas estava repleta de mais convidados, alguns completamente vestidos, que bebiam e gritavam.

— Só faz seis semanas que ele está livre, e olhe aquilo! — continuou ela animadamente, pegando da bandeja de um garçom uma taça de champanhe Dom Perignon. — Ele já está de volta no topo do mundo, mais bonito que nunca. Os figurões da indústria estão todos aqui aos seus pés, radiantes por terem sido convidados à sua festa de boas-vindas. — Ela bebericou a champanhe e falou o que quase todos já sabiam. — Seu agente confidenciou que os estúdios Paramount, Universal e Fox já disponibilizaram qualquer roteiro que ele queira filmar, e o orçamento para seu próximo filme já ultrapassa 20 milhões de dólares. Mas Zack se mantém firme ao pedir 25 milhões e uma porcentagem maior dos lucros.

— Nada mal para alguém que ficou cinco anos longe das câmeras — disse o repórter da CBS com um risinho e, como a repórter do Daily News, ele evitou, cheio de escrúpulos, a menção da palavra *prisão*, não porque tivesse muito tato, mas por uma razão prática: o assessor de imprensa de Zack tinha deixado claro a todos os repórteres que eles tinham muita sorte por simplesmente terem sido aceitos na festa e que, se três assuntos fossem mencionados, seriam expulsos na hora, eliminando qualquer chance de entrevista com Zack no futuro. Os assuntos banidos eram: sua ex-esposa, a prisão e Julie Mathison.

O repórter da NBC conferiu o relógio, depois olhou em volta em busca de seu cinegrafista e o viu ao lado da piscina, tentando flertar com uma atriz usando um microvestido colado e decotado.

— O assessor de imprensa disse que Zack nos daria uma entrevista de dois minutos e que posaria para algumas fotos, contanto que ficássemos longe dele durante a festa. Se ele não vier logo, não vou conseguir mandar esse material para o jornal das dez.

Como se percebendo o dilema da imprensa, Sally Morrison, que fazia a assessoria de imprensa de Zack há anos, ordenou que formassem um grupo e, depois, abriu caminho para a multidão até onde Zack dava ouvidos a três produtores que pediam sua atenção enquanto Diana Copeland mantinha a mão no braço direito de Zack. Quando Sally lhe falou algumas palavras, ele concordou, olhou para os repórteres e pediu licença para o grupo que o cercava, caminhando em direção a eles com Diana a seu lado.

70

— Que noite divertida! — exclamou Katherine com entusiasmo ao sentar-se na mesa ocupada por seu marido, Julie e Paul Richardson num restaurante. Ir ao cinema sábado à noite, depois fazer uma parada no Mandillos para jantar, tinha se tornado um ritual durante seis semanas, desde que Julie decidira se jogar na vida com um sentimento de vingança que, em vez de reconfortá-los, deixou-os mais preocupados.

— Não é divertido? — disse ela, olhando os rostos sorridentes dos companheiros.

— Sensacional — disse Ted.

— Ótimo — asseverou Paul.

Ele colocou o braço em torno dos ombros de Julie.

— O que acha? — provocou ele. — Diria que nós quatro nos encontrando todo final de semana é divertido, sensacional ou ótimo?

— É sensacional — decretou Julie instantaneamente. — E vocês notaram como a noite está perfumada hoje? Maio sempre foi meu mês preferido. — Nas seis semanas desde que Zack voltara à liberdade, muitas outras coisas mudaram, além do clima. No mês anterior, Ted e Katherine se casaram na mansão dos Cahill em cerimônia reservada conduzida pelo reverendo Mathison.

Paul Richardons veio a Keaton para o casamento, e os finais de semana em grupo se tornaram um ritual. Mas o pai de Julie agora sentia que logo mais iria fazer outro casamento, assim que Paul e ela se sentissem prontos. Paul estava pronto. Julie, não. Apesar de sua aparente animação, ela atingira um estado de anestesia emocional em relação a qualquer tipo de sentimento profundo, e gostava de se sentir assim. Agarrava-se a esse estado e o alimentava com cuidado. Julie podia rir, sorrir, trabalhar, divertir-se e sentir que tudo era... agradável. Mas não melhor que isso. Nem pior, definitivamente. Seu equilíbrio emocional cuidadosamente adquirido era tão forte que ela não derramara uma única lágrima durante o casamento de Ted e Katherine, embora estivesse muito, muito feliz. Julie havia chorado todas as suas lágrimas por Zack e agora encontrou um estado de isolamento tranquilo que não poderia ser quebrado ou incomodado por nada nem ninguém.

A garçonete abriu lugar por entre as mesas apinhadas de moradores de Keaton e pegou seu bloquinho.

— O de sempre, pessoal? — perguntou ela. — Três bifes Nova York ao ponto e batata assada?

— Parece ótimo, Millie — disse Ted.

Julie acrescentou uma pergunta sobre o marido de Millie:

— Como está o novo trabalho de Phil em Oakdal's Garage?

— Está maravilhoso, Julie. Obrigada por ter falado tão bem dele lá. Você praticamente conseguiu o trabalho para ele.

— Ele é um mecânico incrível — respondeu ela. — Conseguiu manter meu carro funcionando por todos esses anos. Fiz um favor a Oakdal, não ao Phil.

O restaurante contava com uma jukebox e uma pequena pista de dança em um canto, mesas no centro do salão e, no lado oposto, um bar com uma televisão de tela grande, que era particularmente popular durante o campeonato de futebol americano.

— Tenho algumas moedas — disse Paul, enfiando a mão no bolso. — Que tal me ajudar a escolher uma música na jukebox?

Julie concordou e sorriu, levantando-se ao lado dele. Num restaurante cheio de pessoas conhecidas, ela levou dez minutos para passar pelas mesas, onde parava para cumprimentar amigos, e só dois minutos para escolher as músicas.

— A jukebox está desligada para não competir com a televisão — informou Paul, enquanto voltavam para a mesa. — Vou pedir que Millie desligue a televisão — disse ele, procurando a garçonete.

— Espere uns dois minutinhos — falou Paul. — Está passando o jornal, e quero ver o resultado do jogo.

Enquanto ele falava, todos os quatro se fixaram na televisão.

O anunciante disse:

Antes de passarmos para a sessão de esportes, temos uma reportagem especial de Amanda Blakesly, que está na fabulosa festa promovida por Zachary Benedict em sua propriedade em Pacific Palisades...

A menção do nome de Zack interrompeu as conversas em todo o restaurante, e as pessoas olharam de esguelha, com nervosa empatia, para a mesa de Julie, depois começaram a falar com vigor renovado, num esforço inútil para sobrepor o volume da televisão. Quando Ted, Katherine e Paul também arriscaram um diálogo para distrair a atenção, Julie dispensou seus esforços ao dizer, gesticulando com os dedos longos:

— Isso não me incomoda nem um pouco. — E para provar, ela apoiou o queixo na mão e ficou ali, assistindo à televisão e ouvindo, um sorriso interessado nos lábios. Com os olhos arregalados e sem piscar, ela viu Zack falar afavelmente com um bando de repórteres enquanto o flash das câmeras explodiam e Diana Copeland, linda e radiante, olhava para ele. Na mão de Zack estava uma taça de champanhe... a mesma mão que acariciou e explorou intimamente cada centímetro do corpo de Julie; o sorriso branco e insolente estava mais irresistível do que no Colorado, porque Zack estava bronzeado agora. — Ele fica bem de terno — observou Julie com uma voz imparcial para o grupo apreensivo. — Vocês não acham?

— Não exatamente — disse Paul, vendo que o rosto de Julie perdia o pouco de cor que ainda tinha.

— Qualquer homem fica bem de terno — afirmou Katherine rapidamente. — Olhe os outros homens da festa. Estão todos muito bem. Até Jack Nicholson fica bonito de terno.

Julie abafou um riso com a tentativa desnecessária de Katherine de rebaixar Zack, mas não desviou o olhar da televisão enquanto a câmera passava devagar pela multidão de pessoas dançando, rindo e conversando — muitas delas famosas. Ela assistiu àquilo e não sentiu nada, nem quando alguém perguntou a Diana:

Pode dar um beijo de boas-vindas nele, Diana?

Sem titubear, Julie viu Zack rir e assentir, depois abraçou Diana enquanto ela lhe dava um beijo longo e ardente que fez os convidados começarem a rir e aplaudir. Julie aturou a cena sem esboçar reação, mas quando ele reclinou a cabeça e sussurrou algo para Diana... ou mordiscou sua orelha... o gesto provocante e carinhoso abriu um buraco na barreira emocional de Julie. Canalha!, ela pensou num momento de dor e raiva injusta que não demorou em silenciar. Firme, ela lembrou a si mesma que não tinha razão para ficar com raiva dele só porque estava feliz enquanto ela estava... morta por dentro. Julie gostava de não sentir nada, afinal, fora sua escolha, e uma escolha bem reconfortante.

Zack saiu com Diana, interrompendo a breve entrevista, mas a repórter ainda não tinha terminado. Quando a câmera aproximou a imagem, ela disse aos espectadores com um sorriso:

Há rumores por aqui de que um casamento entre Zachary Benedict e a amiga de longa data Diana Copeland não vai demorar para acontecer.

— Que bom para ele — disse Julie, animada, olhando para todos em volta. — Ah, nosso jantar chegou.

Uma hora depois, Paul observou Julie e Katherine indo ao banheiro, o sorriso de Julie aberto e brilhante novamente, as duas num diálogo animado enquanto passavam pelas mesas, parando para falar com amigos. Ele desviou o olhar das costas dela e voltou-se para Ted.

— Quantos quilos você acha que ela perdeu?

— Demais. Mas ela sorri muito — acrescentou ele, com ironia.

— Ela é muito determinada.

— É. E tem trabalhado e se divertido com muito afinco.

— Isso é um bom sinal, não?

Ted suspirou, enfurecido.

— Isso só significa que ela está tentando evitar as lembranças.

— O que o faz ter tanta certeza?

— Entre outros sinais óbvios, quando Julie está estressada, ela organiza e limpa as coisas. Nas últimas seis semanas, além de dar aula na escola, treinar os times de crianças com deficiência, dar aula particular e trabalhar em todo comitê cívico e religioso da cidade, ela também colocou papel de parede em todos os cômodos de sua casa, organizou todos os armários e gavetas e pintou a garagem. Duas vezes. Agora ela começou a organizar os produtos da despensa em ordem alfabética.

Paul engasgou-se com uma risada.

— Ela o quê?

— Você ouviu certo — disse Ted, mas não estava sorrindo. — E isso não é engraçado. Ela está extremamente estressada, à beira de um ataque de nervos. Agora tenho uma pergunta para você — acrescentou, reclinando-se para frente. — Você esteve com ela durante esse pesadelo, e eu também. Conversamos com ela, convencemos Julie de que Benedict era culpado até ela acreditar. Você a fez ir à Cidade do México, como um cordeiro a caminho do matadouro, e eu fui junto. Aceito minha parte da culpa. Você nega a sua?

Paul deixou o prato de sobremesa de lado e balançou a cabeça.

Ted disse laconicamente:

— Então acho que nós dois devíamos pensar em algo para tirá-la dessa confusão.

Paul concordou com a cabeça.

— Vamos falar sobre isso mais tarde, depois que eu deixar Julie em casa.

71

Uma vez que Paul não podia passar a noite na casa de Julie quando ia a Keaton, mesmo platonicamente, sem causar um alvoroço entre os fofoqueiros locais sobre o relacionamento fracassado com Benedict, ele dormia no novo apartamento de Ted e Katherine por insistência deles.

A porta da frente estava destrancada quando ele chegou depois de deixar Julie em casa, e Ted estava sentado no sofá da sala, obviamente esperando para que conversassem.

— Essa história entre Julie e Benedict precisa chegar a uma definição — disse Ted assim que Paul se sentou ao seu lado. — Pessoalmente, eu gostaria que ele desaparecesse da face da terra, mas Katherine acha que até que Julie faça as pazes com ele, ela não vai ficar em paz consigo mesma. Ou com você, se sé isso que você está esperando. Não está?

Surpreso e momentaneamente irritado com o tom intrometido de Ted, Paul hesitou, depois fez que sim com a cabeça.

— Estou apaixonado por ela.

— Katherine disse isso. Ela também disse que a consciência de Julie a está destroçando, mas se alguém merece sentir culpa é aquele idiota do Benedict. Tudo o que Julie fez foi oferecer uma carona ao homem que trocou o pneu do carro. Como resultado, tem 200 milhões de pessoas neste país que viram aquela gravação do espancamento de Benedict na Cidade do México e agora culpam Julie por isso. As mesmas pessoas que aplaudiram sua coragem ao entregá-lo às autoridades agora pensam que ela é uma bruxa calculista que deixou de joelhos um homem inocente. Ao menos as pessoas daqui da cidade não pensam assim, e isso já é alguma coisa. Não muito, mas é um avanço. A imprensa ainda persegue Julie, tentando fazê-la falar, e suas perguntas são maldosas.

Katherine saiu do banheiro de roupão e chinelo, claramente determinada a se unir à discussão, e se sentou no braço da cadeira onde Ted estava. Sem considerar a questão da opinião pública, que ela sentia ser um problema trivial, Katherine trouxe à tona a questão mais importante:

— Julie escreveu para ele na cadeia, mas ele as devolveu com o envelope lacrado. Desde que ele saiu, ela enviou para os advogados de Zack cartas simples, delicadas, desta vez perguntando como poderia devolver o carro que ele deu. Mas Zack também não respondeu. Até que ele responda, ou até que Julie ou outra pessoa o façam entender que ela não mentiu sobre querer se juntar a ele no México para que pudesse participar da armadilha de vocês, ela não vai se deixar se apaixonar por você nem por qualquer outra pessoa. Nem vai deixar que qualquer homem a ame. Entre outras coisas, ela está se punindo.

Paul a olhava com o cenho franzido, surpreso.

— Isso é tudo que está impedindo que ela continue comigo... e siga a vida? Precisa do perdão de Benedict?

— Até onde sei — afirmou Katherine.

— Ótimo — disse ele depois de uns instantes. — Se é isso o necessário, vou providenciar para Julie, e ela não vai precisar esperar seis semanas, nem mesmo seis dias. — Ele se levantou, como um homem encarregado de uma missão. — Vou conseguir isso em 48 horas. Diga a Julie que algo surgiu e que eu tive que encurtar nosso final de semana.

Virando-se, Katherine viu Paul caminhar em direção ao quarto de hóspedes.

— Mas ele não quer nem falar com ela, Paul.

— Ele vai falar comigo — disse Paul de soslaio.

— Por que acha que ele vai falar com você? — perguntou Ted quando Paul saiu do quarto de hóspedes com sua pequena mala.

— Por causa disso — disse Paul, jogando seu distintivo no colo de Ted, depois pegou o casaco no armário.

— Isso pode ajudá-lo a entrar na casa dele, mas não é isso que vai fazer Benedict acreditar em você.

— Aquele filho da mãe não precisa acreditar em mim. Quem ficou com a carta que Julie iria deixar com vocês quando fugisse para ficar com ele?

— Eu — respondeu Katherine, levantando-se para procurar a carta —, mas isso também não vai convencê-lo. Você não tem como provar que ela não escreveu a carta ontem — acrescentou quando voltou do quarto com a carta em mãos e entregou a Paul. — Lembre-se de que ele é rico e famoso agora; vai suspeitar de qualquer coisa que pareça uma tentativa de reconciliação da parte de Julie.

— Talvez. Mas tenho algo no meu escritório, em Dallas, em que ele vai *ter* que acreditar.

— O quê?

— Gravações de vídeo — disse ele, estendendo a mão para que Ted devolvesse o distintivo. — Uma gravação daquela coletiva de imprensa que ela deu quando tentava convencer o mundo da inocência dele.

— Isso também não vai ajudar. Ele vai achar que foi tudo parte do grande plano dela de armar para ele a seu favor.

— E — acrescentou Paul, enquanto guardava a gravata e pegava a mala — um vídeo confiscado mostrando o que realmente aconteceu na Cidade do México: a parte que mostra as reações de Julie enquanto Benedict era levado sob custódia. Qualquer homem que consiga assistir a esse vídeo sem se comover tem um estômago mais forte que o meu. Caso vocês ainda não tenham percebido — acrescentou secamente, indo até a porta —, vou a Dallas para buscar o que preciso e amanhã de manhã vou pegar um voo para Los Angeles. Temos o endereço de Benedict em nossos arquivos.

Ted riu, sardônico.

— Tem certeza de que não vai entrar de penetra na festa dele?

— Dane-se a festa. Faz meses que ele estraga minha vida e a de Julie, e estou farto disso. Se não der certo — acrescentou ele a Ted —, se ele não quiser me ouvir ou reconhecer as evidências que eu mostrar, então sugiro que você preste queixa pelo sequestro de Julie e pelo tormento emocional que ela tem sofrido como resultado. Se Benedict não me ouvir, pode ouvir você no tribunal e pagar suas culpas com um cheque bem gordo!

— Obrigada, Paul — disse Katherine, beijando-o depois que ele cumprimentou Ted. — Tchau — acrescentou ela com a voz um pouco carregada. — Ligue para nós assim que você se encontrar com ele. — Por um instante, ela parou para vê-lo descer pela calçada, depois fechou a porta e flagrou Ted observando-a com uma expressão estranha e especulativa.

— Você parecia bem triste quando se despediu... como se estivesse dizendo adeus para sempre. Por quê?

— Porque — explicou ela com um olhar de culpa — sou mesmo uma pessoa horrível e que não merece ser amada por um homem tão maravilhoso como você.

— Traduza — pediu ele com um sorriso.

— Tem algo que não mencionei a você nem a Paul — admitiu ela. — Julie pode achar que tudo o que quer é só o perdão de Zack, mas o que realmente quer é Zack. Se Paul conseguir conquistar seu objetivo, Julie vai conseguir mais que paz. Vai ficar com Zack Benedict.

— O cara voltou a ser uma estrela do cinema. Você o viu na televisão hoje cercado de mulheres. Viu a mansão onde mora. Ele não precisa se contentar com a pequena Julie Mathison.

— Eu li a carta que ele escreveu para ela — disse Katherine com absoluta convicção, olhando suas unhas. — Aquilo era amor de verdade. Pelo menos acho que era. — Levantando o rosto, ela acrescentou: — E, se ele a amava mesmo, então é melhor que espere que a "pequena Julie Mathison" ainda esteja disposta a se contentar com *ele* depois de tudo por que a fez passar. Ela está com raiva, Ted. Bem no fundo, está furiosa, realmente *furiosa* com a injustiça que sofreu. Ela se culpa por ter perdido a fé em Zack, mas culpa a ele por tudo o que deliberadamente lhe causou, começando com o sequestro, a mentira sobre como o irmão dele morreu e a recusa em vê-la quando ela tentou falar com ele na prisão.

— Ela ri o tempo todo e na maioria das vezes não está fingindo — argumentou Ted, porque temia pensar o contrário. — Ela nos matou de rir hoje ao contar como derramou cola sem querer no terno do diretor da escola.

— Ela está com raiva — insistiu Katherine — e tem todo direito de estar. Na verdade, até espero estar por perto quando ela der a ele o que merece. Vai ser um teste de caráter se ele conseguir aceitar isso e superar.

— E se ele não puder aceitar ou nem se importar?

— Mesmo assim, ela vai ter tirado esse peso das costas, feito as pazes com ele e ainda vai ter Paul.

Levantando-se para desligar a luz, ele perguntou:

— Para quem você está torcendo: Richardson ou Benedict?

— Julie.

72

SENTADO NO TERRAÇO ENSOLARADO, ZACK ANALISOU CUIDAdosamente os documentos que Matt providenciara para deixá-lo a par de sua situação financeira. Do lado de fora, depois das paredes de vidro que impediam que qualquer pessoa visse quem estava do lado de dentro, alguém chamou seu nome, e Zack levantou o rosto, não para responder, mas simplesmente para desfrutar da sensação de estar em casa novamente e se entreter com a conhecida vista. Do outro lado da parede, um gramado verde e exuberante descia até uma enorme piscina em curva com graciosas colunas romanas e estátuas de mármore. No outro extremo do quintal havia pavilhões com a mesma arquitetura românica da casa principal: todos cheios de gente agora. Os inquilinos de Zack haviam mantido o trabalho de jardinagem durante sua ausência, e os resultados do cuidado meticuloso do velho jardineiro estavam evidentes nas flores coloridas que irrompiam em êxtase sob árvores podadas com cuidado.

O grosso vidro que cercava o terraço abafava o barulho da festa que acontecia a todo vapor a apenas alguns metros, onde uma centena de pessoas se divertia na piscina, usando a quadra de tênis ou tomando sol. Os outros trezentos convidados voltariam mais tarde para a segunda noite de festividades, e os cozinheiros do bufê já arrumavam os preparativos sob uma tenda branca no extremo leste do gramado.

— Onde está Zack Benedict? — perguntou uma mulher de biquíni verde listrado para os amigos, sem perceber que Zack podia vê-la e ouvi-la. — Passei o dia inteiro aqui e ainda não o vi. Estou começando a achar que ele é uma lenda que não existe. — Não era de surpreender que ela não o tivesse visto, uma vez que a parte da casa onde Zack estava era inacessível a todos, com exceção de Matt e Meredith Farrell. Eles eram os únicos convidados de verdade de Zack, as únicas pessoas que ele permitia que entrassem em seu santuário. Por essa razão, Zack franziu a testa quando ouviu outra mulher gritando mais adiante, no terraço. — Ei, alguém aqui viu Zack? — Ele percebeu que teria de fazer uma aparição, senão aqueles chamados, que se repetiam havia uma hora, continuariam até que alguém viesse atrás dele.

Atrás de Zack, a voz macia e sofisticada de Meredith Farrell disse, aos risos:

— *Você* viu Zack Benedict?

— Não, sinto muito — brincou Zack, levantando-se educadamente.

— Parece que todo mundo está procurando por ele — provocou ela, colocando a mão na que Zack estendia.

Zack se reclinou e beijou-a no rosto, um pouco surpreso pelo carinho instantâneo que sentiu pela esposa de Matt. Antes de tê-la conhecido, o que aconteceu há apenas dois dias, Zack se sentia inclinado a desconsiderar boa parte dos elogios de Matt, crendo que eram motivados pelo amor. Mas, depois de conhecê-la, ele ficou completamente impressionado. Meredith Bancroft Farrell tinha a postura e a beleza que as colunas sociais sempre descreviam, mas não a fria altivez que Zack esperava. Em vez disso, ela era gentil, delicada e carinhosa, sem ser afetada, de uma maneira que desarmava e emocionava Zack.

— Ouvi dizer — confidenciou ele — que Benedict é do tipo antissocial, que não gosta muito de festas de arromba, pelo menos não desta.

Ela ficou mais séria e disse, seus olhos buscando os dele:

— Sério? Mas por quê?

Ele sorriu e deu de ombros.

— Acho que não estou no clima agora.

Meredith pensou em mencionar Julie Mathison, como havia cogitado ao longo dos últimos dois dias, mas Matt não apenas pediu, como também insistiu que não o fizesse.

— Estou interrompendo seu trabalho? — perguntou ela, em vez de falar de Julie, olhando para as grossas pastas que estavam na mesa ao lado da cadeira de Zack.

— De jeito nenhum. Gosto de companhia. — Zack olhou em volta, procurando a encantadora filha de 2 anos dos Farrell, que esperava que entrasse correndo no quarto pedindo um abraço, como sempre. — Onde está Marissa?

— Está tomando chá com Joe antes da soneca.

— Que namoradeira! — exclamou ele, olhando o conjunto de chá de porcelana chinesa que há pouco pedira à empregada que deixasse em cima da mesa de centro. — Ela prometeu tomar chá comigo!

— Nem pense — avisou Meredith — em deixar Marissa tocar nessas xícaras delicadas. Ultimamente ela acha que é normal jogar a xícara no chão quando termina de beber.

Matt entrou no terraço ao final da conversa e parecia descansado, relaxado e entretido.

— É óbvio que Marissa faz isso porque eu disse que ela era uma princesa. E ela é. Onde está Joe? — acrescentou Matt. — Preciso que ele...

Como se a menção do nome de seu bom motorista pudesse invocar o homem, Joe O'Hara entrou no terraço com convicção, mas não estava sorrindo.

— Zack — disse ele —, sua empregada acabou de falar comigo na sala. Parece que você tem um visitante que mostrou um distintivo e a deixou aterrorizada. Ele é do FBI e se chama Paul Richardson. Ela o levou à biblioteca.

Segurando-se para não sair praguejando só em pensar em ter que falar com um agente do FBI, Zack apressou-se para sair do terraço.

— Zack? — chamou Matt atrás dele. Quando Zack se virou, o amigo perguntou: — Sozinho? Ou com testemunhas?

Zack hesitou.

— Com testemunhas, se você não se importar.

— Gostaria de nos acompanhar? — perguntou Matt à esposa.

Ela assentiu com a cabeça, e os dois se uniram a Zack, caminhando ao seu lado pelo corredor até a biblioteca com paredes revestidas de mogno.

Rudemente ignorando o homem alto e moreno que estava olhando os livros nas prateleiras, Zack esperou até que Matt e Meredith se sentassem, então ele mesmo se sentou atrás da escrivaninha e disse:

— Quero ver o seu distintivo. — O agente do FBI, que Zack já tinha reconhecido da Cidade do México, tirou um estojo de couro do bolso de dentro da jaqueta e o estendeu. Zack olhou para o distintivo e depois para o homem. — É uma fotografia ruim, mas se parece com você.

— Não vamos perder tempo com brincadeiras — retrucou Paul com semelhante indelicadeza, tentando achar a melhor forma de lidar com seu adversário. — Você já sabia muito bem quem eu era assim que me viu. Você me reconheceu do episódio na Cidade do México.

Zack desprezou o comentário sacudindo os ombros.

— De qualquer forma, não tenho nenhuma intenção de falar com você ou com qualquer outra pessoa do FBI sem a presença de meus advogados.

— Esta não é uma visita oficial. Estou vindo por motivos pessoais. Além disso, você não precisa falar nada, sou eu que tenho algo a dizer.

Em vez de convidá-lo a se sentar, Benedict inclinou a cabeça suavemente em direção a uma cadeira em frente à sua escrivaninha. Contendo a irritação pelo tom que a reunião já havia assumido, Paul se sentou, colocou a maleta no chão ao seu lado e abriu-a.

— Na verdade, eu preferiria discutir esse assunto em particular... — disse ele, olhando de soslaio para o homem e a mulher que o observavam atrás do sofá, identificando-os rapidamente. — Sem a presença do sr. Farrell e sua esposa.

— Não tenho o menor interesse no que você "preferiria" — disse Benedict. Reclinando-se no encosto da cadeira de couro, ele pegou a caneta dourada que estava ao lado de uma resma de papéis na escrivaninha e a rolou entre os dedos. — Vamos ouvir o que você tem a dizer.

Escondendo, por trás de uma fachada fria e bem-educada, o fato de que estava prestes a perder a calma, Paul disse:

— Vou começar lembrando que você está numa posição extremamente vulnerável no que se refere ao sequestro de Julie Mathison. Se ela decidir prestar queixa contra você, existem grandes chances de ela colocá-lo atrás das grades pelo que você fez. Por razões puramente pessoais — acrescentou ele, deleitando-se —, eu adoraria me encarregar desse caso.

Ele observou o rosto sem expressão de Zack e, como não viu qualquer reação a suas ameaças, decidiu usar um tom cortês genuíno.

— Olhe, em troca de minha garantia pessoal de que ela não vai prestar queixa contra você, tudo o que peço é que me dê cinco minutos e concorde em ouvir o que tenho a dizer.

— Acabei de ouvir um pedido cortês vindo de você?

Paul segurou a vontade de lhe dar um soco na cara.

— Sim.

Benedict olhou o relógio.

— Nesse caso, você tem quatro minutos e cinquenta segundos.

— Promete que vai me deixar terminar?

— Contanto que você termine em quatro minutos e quarenta segundos. — Ele começou a batucar com a caneta dourada no papel, numa clara demonstração de impaciência, e Paul disse:

— Para que você não duvide da minha credibilidade nem da validade das minhas informações, quero que entenda que sou eu o encarregado do seu caso. Fiquei em Keaton quando Julie estava no Colorado com você, eu estava lá quando ela voltou, e fui eu quem a deixou sob vigilância constante quando fomos embora de Keaton porque eu tinha a sensação de que ela tentaria entrar em contato com você ou vice-versa. Foi para mim que ela ligou na véspera do dia em que iria se juntar a você na Cidade do México. Agora — falou Paul, sua voz ganhando ênfase à medida que se aproximava do que queria dizer —, apesar do que você pensa e do que a imprensa fez parecer, também sei, sem sombra de dúvida, que Julie *não* concordou em se juntar a você no México só para que pudesse encurralá-lo e entregá-lo a nós. A verdade é que não sabíamos de nada sobre os planos dela de ficar com você até uma noite antes do dia em que o encontro deveria ocorrer. Por fim, ela entrou em pânico e me ligou por duas razões: três dias antes de ter que partir, ela visitou sua avó, Margaret Stanhope, porque lhe ocorreu a ideia louca de, pelo seu bem, sanar antigas hostilidades de família. Em vez de conquistar seu objetivo, ela viu provas de que você confessou ter assassinado seu irmão por acidente e soube que sua avó acreditava com toda a convicção que você tinha matado tanto o garoto quanto sua esposa.

Paul esperava que essas bombas verbais incitassem uma reação, mas não viu nenhuma, a não ser por um músculo que começou a se contrair no queixo de Benedict ante a menção do nome de sua avó. E continuou obstinadamente:

— Julie voltou de Ridgemont e, naquela noite, descobriu que o elenco e a equipe de *Destino* estavam sendo ameaçados supostamente por você, e mesmo assim ela *ainda* não entregou você a nós. Apenas na véspera da fuga para o México, quando Austin apareceu morto, foi que ela finalmente nos avisou que você pretendia se encontrar com ela na Cidade do México. — Ele pausou de novo, mas, como Benedict continuava sentado ali, olhando-o com desdém, Paul perdeu o prumo. — Está me ouvindo, droga? Aquilo não foi uma armadilha desde o princípio! Isso está claro para você?

A expressão de Zack ficou tensa, mas sua voz era extremamente suave.

— Use esse tom mais uma vez, e vou tirá-lo daqui a patadas, apesar de ter prometido que o ouviria. — Sarcasticamente, ele acrescentou: — Está claro para *você*?

Forçosamente lembrando a si mesmo da necessidade de obter êxito nessa tarefa, pelo bem de Julie, Paul disse laconicamente:

— Vamos deixar de lado essas briguinhas de adolescente. Não gostamos um do outro, e ponto. A questão é que não vim aqui para hostilizar você, vim aqui para apresentar provas de que Julie não armou uma emboscada para você na Cidade do México. A verdade é que o que aconteceu com você lá, junto com sua recusa em deixar que ela se explicasse e em responder suas cartas, magoaram-na muito mais do que você poderia imaginar. A família dela está preocupada, e eu também.

— Você também? — repetiu Zack com insolente divertimento. — Eu me pergunto por que será.

— Porque, diferentemente de você, eu me sinto responsável pelo papel que desempenhei na Cidade do México e pelo sofrimento que causei a ela. — Paul pegou sua maleta e tirou um envelope grande, depois fechou e se levantou. Jogando o envelope na escrivaninha de seu adversário, ele disse: — E porque estou apaixonado por ela.

Benedict não esboçou reação nem olhou para o envelope.

— Agora por que será — zombou ele — que essa declaração não me surpreende nem um pouco?

— Talvez porque você seja vidente — retrucou Paul. — De qualquer forma, a prova está aí: duas gravações de vídeo e uma carta. Não se apoie em minhas palavras, Benedict, veja você mesmo. E se você ainda tiver um resto de decência, vai fazer alguma coisa para aliviar o sofrimento de Julie.

— Quanto você acha que vai custar — perguntou Zack com sarcasmo — o "alívio" para o sofrimento dela? Um milhão de dólares? Dois milhões? O dobro disso, já que você pretende dividir a recompensa com ela?

Apoiando as mãos na escrivaninha de Benedict, Paul se inclinou e disse com truculência:

— Eu devia ter deixado os policiais mexicanos surrarem você até a fronteira com o Texas!

— É mesmo? E por que não fez isso?

Endireitando-se, Paul dirigiu-lhe um olhar cheio de desdém.

— Porque Julie me fez prometer, antes de entregá-lo, que eu não deixaria ninguém machucar você. A única coisa sobre a qual ela mentiu foi sobre estar grávida. Fez isso para que você deixasse que ela fosse encontrá-lo. Ela devia estar louca ao achar que estava apaixonada por você, seu imbecil arrogante e insensível.

Nesse instante, Benedict levantou-se da cadeira e começou a dar a volta pela escrivaninha.

— Venha! — convidou Paul, mostrando os punhos. — Por favor, venha, artista de cinema. Dê o primeiro soco para que eu possa acabar com você!

— Basta! — interveio Matt Farrell, agarrando Zack pelo braço. — Richardson, você teve seus cinco minutos. O'Hara! — gritou. — Leve o sr. Richardson até a porta.

Joe O'Hara se materializou instantaneamente na sala, passando pela porta, de onde tentava ouvir a conversa.

— Poxa, estava começando a ficar bom — disse ele. Olhou Richardson com respeito, gesticulou para a porta e continuou: — Nunca vi um homem da lei de terno e gravata disposto a sair de trás do distintivo e mostrar os punhos. Por gentileza, vamos até seu carro.

Seu bom humor não foi capaz de amenizar a tensão que pairava no ambiente quando saiu.

— Acho que devemos ir — disse Matt.

— E eu acho — argumentou Meredith, dirigindo um olhar alarmado para os dois homens — que devemos esperar enquanto Zack confere o que tem dentro daquele envelope. — Ela se virou para ele. — Também acho que está na hora de dizer que acredito, sem sombra de dúvida, que Julie o amava muito. Também acredito que tudo o que Richardson disse é verdade.

— Se é isso que você pensa — retrucou Zack com sarcasmo —, então sugiro que você leve as "evidências" e veja por si mesma, Meredith. Depois pode tacar fogo.

O rosto de Matt empalideceu de fúria.

— Você tem cinco segundos para pedir desculpa à minha esposa.

— Só vou precisar de dois — disse Zack rapidamente, e Meredith sorriu antes de Matt porque estava ouvindo as palavras, não o tom de Zack. Pegando em sua mão, Zack deu um sorriso sombrio. — Sinto muito pelo tom que usei. Fui indesculpavelmente grosseiro.

— Indesculpavelmente não — respondeu ela, analisando os olhos de Zack como se à procura de algo. — Mas vou aceitar sua oferta e levar o envelope comigo, se não se importar.

— Como seu marido ainda não sabe se me dá um soco ou não e como eu mereci — disse Zack secamente —, não acho que deva abusar da sorte ao recusar seu pedido agora.

— Acho que isso é muito prudente de sua parte — disse ela, transferindo seu olhar sorridente para o marido. Pegou o envelope na escrivaninha e enlaçou seu braço no de Matt. — Houve um tempo em que a simples menção do meu nome poderia deixar você enfurecido desse jeito — lembrou ao marido gentilmente, tentando aliviar a tensão que ainda restava entre os dois homens.

A expressão franzida de Matt tornou-se um sorriso relutante.

— Eu era mesmo tão idiota quanto Zack?

Ela riu.

— Uma pergunta dessas é garantia de que *eu* é que vou arrumar briga com vocês.

Matt acariciou seu cabelo e a trouxe para mais perto.

— Vamos nos encontrar na festa depois de trocarmos de roupa — disse ela de soslaio enquanto eles saíam.

— Tudo bem — respondeu Zack, observando os dois saírem e admirando a intimidade que eles compartilhavam e como isso havia mudado Matt. Uma vez, não havia muito tempo, Zack imaginou que ele e Julie... Irritado por ela ter entrado em sua mente, ele foi até a janela e abriu a cortina. Não tinha certeza do que desprezava mais: a traição de Julie ou sua própria credulidade. Aos 35 anos, ela o transformara em alguém que entregava o próprio coração em calorosas cartas de amor e contemplava fotografias da amada por horas, sem mencionar que ele arriscou a vida para comprar a aliança perfeita numa das joalherias mais sofisticadas da América do Sul. A vergonha que sentiu dessas coisas quase superava a humilhação de ter sido espancado de joelhos diante de meio mundo. Julie também tinha sido responsável por isso. E todo mundo que via televisão sabia disso... sabia que ele fora enganado tão cega e loucamente por aquela professorinha de cidade pequena e que arriscara sua vida para encontrá-la.

Tirando-a da mente com firmeza, Zack olhou para a multidão crescente que se reunia para as festividades da tarde. Glenn Close conversava com Julia Roberts, que levantou o rosto, viu-o na janela e acenou.

Zack ergueu a mão para cumprimentá-la. No gramado, estavam algumas das mulheres mais bonitas do mundo, e a maioria delas ficaria aos seus pés num segundo, se ele quisesse. Zack contemplou suas convidadas, procurando por alguma que se destacasse e o atraísse: alguém com olhos bonitos, uma boca romântica, cabelo volumoso e sensual... alguém carinhosa e inteligente, com objetivos de vida e ideais... alguém que derretesse o gelo que ele guardava dentro de si. Zack se afastou da janela e foi à suíte principal para trocar de roupa. Não havia no mundo uma chama forte o suficiente para derretê-lo e fazê-lo se sentir como no Colorado. E ainda que isso fosse possível, nunca mais deixaria que acontecesse novamente. Comportar-se como um idiota apaixonado definitivamente *não* era seu estilo. Sem dúvida, aquilo fora uma combinação entre tempo certo e lugar certo. Ele estivera louco no Colorado, só podia. Em circunstâncias normais, nunca teria se sentido assim por uma mulher.

Prometeu a si mesmo que daria mais atenção a seus convidados agora. Não sabia por que, depois de apenas seis semanas, parte do prazer de retomar sua carreira já havia começado a arrefecer. Zack se convenceu de que estava exausto enquanto desabotoava a camisa. Em seis rápidas semanas, além de se encontrar com seis produtores, cinco donos de estúdio e incontáveis outros executivos, ele lera dúzias de roteiros, conseguira tirar os inquilinos de suas duas casas, contratar uma nova equipe, recontratar parte de sua antiga equipe, comprar dois carros e encomendar um avião. Decidiu que precisava relaxar e desfrutar o gosto do sucesso, agora que ele era seu novamente, enquanto jogava a camisa na cama. Atrás de Zack, a porta se abriu, e ele se virou com as mãos no cinto.

— Estive procurando você em todo lugar, Zack — disse a ruiva, com um sorriso convidativo enquanto entrava, confiante, no quarto, os seios intumescidos na blusa apertada, os quadris balançando na esguia calça de seda, as joias brilhando em seus punhos e dedos. — E encontrei justo quando você está tirando a roupa. Que coincidência incrível!

— Incrível — mentiu ele, tentando lembrar quem diabos era ela. — Mas é para isso que servem os quartos, não é?

— Não é só para isso que eles servem — sussurrou ela, deslizando as mãos pelo peito de Zack.

Gentilmente, ele pegou suas mãos entre as dele.

— Mais tarde — disse ele, girando-a firmemente em direção à porta. — Preciso tomar um banho, depois tenho que ir lá fora e brincar de anfitrião.

73

— Que festa divertida, Zack — sussurrou uma voz inconfundível de forma provocante em sua orelha. — Mas onde encontrou tantos macacos dispostos a vestir roupas de marca?

Rindo, Zack virou-se do grupo com quem conversava ao lado da piscina e passou o braço pelos ombros da mulher, trazendo-a para perto.

— Estava esperando que você viesse.

— Por quê? Para aliviar sua monotonia? — perguntou ela, analisando a festa, que estava no auge à uma hora.

Como ela começou a se afastar, ele a reteve.

— Não me abandone — brincou ele. — Irwin Levine está se aproximando e vai tagarelar sobre um filme que o estúdio Empire quer que eu faça. Fique ao meu lado o restante do dia.

— Covarde! Vou mostrar como se lida com isso. — Ignorando o beliscão de advertência que ele lhe deu, ela estendeu os longos dedos de unhas pintadas. — Irwin, meu querido — ronronou ela, beijando-o no rosto. — Zack quer que você vá embora e o deixe aproveitar a festa em paz.

— Sempre educada, não é, Barbra? — retrucou ele.

— Bom trabalho — disse Zack secamente, observando o outro homem se afastar, afrontado, depois de um tempo. — Meu agente causa esse mesmo efeito em muita gente hoje em dia quando começa a falar de dinheiro.

— Esqueça seu agente. Por que não respondeu minhas cartas, seu idiota? Sabia que não é para qualquer um que mando pacotes para a prisão?

— Porque eu estava envergonhado e não queria aceitar esmolas. Agora cale a boca e cante alguma coisa bonita para mim enquanto damos uma volta.

Rindo, ela abraçou-o pela cintura e começou a cantar suavemente:

— *People... people who need people are the luckiest people...*

74

— JÁ CHEGA! — MEREDITH LEVANTOU-SE DE UM SALTO DO sofá na sala de estar onde ela, Matt e Joe O'Hara tinham assistido às gravações que o agente do FBI entregara. Limpando as lágrimas do canto dos olhos, ela enfiou as "evidências" de volta no envelope. — Vou fazer Zachary Benedict dar uma olhada nisso, nem que eu tenha que amarrá-lo antes!

— Meredith — disse Matt gentilmente, pegando-a pelos pulsos. — Você tinha razão sobre Julie, mas conheço Zack. Você não vai conseguir fazê-lo assistir a isso até que, e a menos que, ele esteja pronto.

Ela titubeou, refletindo, então um sorriso resoluto surgiu em seu rosto.

— Posso, sim. E acho que sei como!

Ele se levantou.

— Se estiver determinada a fazer isso, vou com você para segurá-lo enquanto você o amarra.

— Isso não vai dar certo — disse ela. — Você vai perder a calma, mas se não estiver lá, posso usar você para envergonhar e convencer Zack.

— Duvido.

— Deixe-me tentar — disse ela, reclinando-se e beijando-o na testa. — Se eu precisar de ajuda, venho buscar você.

Antes que ele pudesse protestar, o que parecia prestes a fazer, Meredith abriu as portas que davam no pátio e foi em direção ao gramado do quintal. Ao ver Zack perto da piscina, cercado por um grupo de estrelas do cinema e diretores de estúdios, ela arrebitou o nariz e foi naquela direção, suas sandálias italianas ressoando no gramado enquanto ela passava, confiante, por garçons de bandeja na mão e convidados fofocando uns sobre os outros.

Zack estava rindo de uma piada quando viu Meredith vindo pelo gramado com um enorme envelope marrom na mão, e seu sorriso desapareceu abruptamente.

— Com licença — disse ele a Barbra, seus olhos focados no envelope. — Estava me perguntando onde você e Matt estavam — falou com seu sorriso mais desarmador enquanto evitava olhar para o envelope nas mãos de Meredith.

— Estávamos na sala, assistindo a uma coisa na televisão — explicou ela, e Zack percebeu que seus olhos indicavam um choro recente. — Posso falar com você em particular?

— A festa está a todo vapor — disse ele, apontando para as pessoas, evasivo. — Venha comigo, vou apresentá-la a Kevin Costner. Noite passada ele disse que queria conhecê-la.

— Mais tarde — insistiu ela com teimosia. — Isto realmente não pode esperar.

Sem escolha, Zack assentiu e seguiu Meredith pela casa até a biblioteca.

— No que está pensando? — perguntou ele, esgueirando-se para a beirada da escrivaninha a fim de acender o abajur enquanto ela fechava as cortinas, deixando o cômodo quase totalmente escuro.

Virando-se das janelas, ela se aproximou e ficou de frente para Zack.

— O conteúdo daquele envelope é no que estou pensando.

— Pedi que você destruísse o que está ali.

— Sim — retrucou ela, encarando-o com total sangue-frio. — E agora tenho algo para perguntar a *você*.

— O quê?

— Você sente alguma obrigação moral com meu marido pelas coisas que ele fez enquanto você estava na prisão?

Zack fez que sim com ar de desconfiança.

— Ótimo. Matt se recusa a lançar mão da amizade de vocês para lhe pedir um favor.

— Mas você vai fazer isso — concluiu ele.

— Sim. Em troca dos anos de lealdade e assistência de meu marido, vou pedir um favor em nome dele. Queremos que você se sente aqui, assista àquelas gravações e leia a carta que está naquele envelope.

O queixo de Zack se contraiu, mas ele concordou com a cabeça e começou a se levantar.

— Vou fazer isso mais tarde.

— Não, agora.

Ele olhou-a do alto de seu porte superior, mas sem sucesso.

— Estou pedindo muito pouco — apontou ela irrefutavelmente. — Meia hora do seu tempo.

— Tudo bem — retrucou ele. — Vai permitir que eu faça isso sozinho, ou quer assistir comigo para ter certeza de que mantive minha palavra?

Ao ver que vencera o embate, Meredith concedeu com uma doçura desarmadora:

— Vou aceitar sua palavra. Obrigada. — Ela foi até a televisão para ligá-la, colocou a fita no videocassete e entregou a Zack o controle remoto. — O primeiro vídeo é da coletiva de imprensa que Julie deu um ou dois dias depois de voltar do Colorado. Já viu?

— Não — respondeu ele.

— Ótimo, então você vai se chocar três vezes. O segundo vídeo foi filmado claramente por um cinegrafista amador enquanto você era levado sob custódia na Cidade do México. Mantenha sua atenção em Julie quando assistir.

Assim que Meredith saiu, Zack apertou o play no controle remoto, mas se levantou e foi ao bar. A simples menção de Julie Mathison, a lembrança de sua estúpida credulidade, fez Zack querer se afogar na bebida. A percepção de que teria que vê-la em vídeo, naquela sala, em sua casa, o fez praguejar furiosamente enquanto jogava cubos de gelo num copo e o enchia com a primeira bebida que viu pela frente. Atrás de Zack, na televisão, o prefeito da cidadezinha onde Julie morava anunciava que ela iria dar uma coletiva de imprensa e que todos deviam tratá-la com respeito.

Com um sorriso afetado de desdém, Zack voltou à escrivaninha, apoiou o quadril na beirada e cruzou os braços. Apesar de estar preparado para vê-la e ouvi-la, titubeou quando o rosto inesquecível de Julie olhou para ele, seu cabelo castanho preso em um coque. Quando ela começou a falar, a primeira reação de Zack foi de surpresa por ela estar tão confiante diante do que pareciam ser duzentos repórteres.

Alguns minutos mais tarde, Zack depositou o copo na escrivaninha com o cenho franzido, sem acreditar no que estava ouvindo. Apesar de tê-la feito ir embora do Colorado com a intenção de devastar qualquer sentimento que Julie guardava por ele, ela olhava para a câmera, tentando com muito sucesso fazer seu cativeiro parecer uma brincadeira e o próprio Zack parecer um herói inteligente que, de maneira divertida, frustrou sua tentativa de fuga numa área de descanso e depois arriscou sua vida no esforço de resgatá-la do riacho em sua segunda tentativa de fuga.

Ao final de sua declaração, quando perguntas vinham de todo lugar, Julie manteve a pose sorridente enquanto evitava incriminar Zack ao dar explicações que ele sabia serem honestas, ainda que incompletas. Quando um repórter perguntou se ele apontara a arma para ela, o que Zack sabia ter feito, ela saiu pela tangente com uma piada: "*Eu sabia que ele tinha uma arma porque eu vi, e isso foi o bastante para me convencer, pelo menos no início, de que era melhor não criticar seus filmes ou arrumar uma briga com ele.*"

Reprimindo um sorriso ante a perspicácia de Julie, Zack lembrou a si mesmo que ela provavelmente dissera essas coisas porque achava que talvez ele visse a entrevista e se sentisse compelido a sair logo do esconderijo. Mas um minuto depois, quando perguntaram se ela pretendia prestar queixa contra ele por causa do sequestro, ele viu Julie dar um sorriso luminoso e se desviar da questão do que teria sido um crime federal com mais uma piada: "*Não sei se eu conseguiria uma condenação. Quero dizer, se houvesse mulheres entre os jurados, elas o absolveriam em questão de minutos, assim que ouvissem que ele dividia comigo as tarefas de casa.*"

Zack pegou o drinque, mas pouco depois a resposta de Julie a outra pergunta o fez baixar o copo novamente, o cenho franzido, sem acreditar no que ouvia: "*Srta. Mathison, você quer que Zachary Benedict seja capturado?*"

"*Como alguém poderia querer ver um homem que foi injustamente condenado ser mandado de volta para a prisão? Não sei como os jurados puderam condená-lo por assassinato, mas eu sei que ele não é mais capaz do que eu de cometer esse crime. Se ele pudesse fazer isso, eu não estaria aqui agora, porque, como já expliquei para vocês há alguns minutos, tentei repetidamente prejudicar sua fuga. Eu também gostaria que vocês lembrassem que, quando ele pensou que tivéssemos sido avistados por um helicóptero, sua primeira preocupação foi pela minha segurança, não a dele. O que eu gostaria que acontecesse é que as buscas por ele fossem interrompidas e seu caso fosse reaberto.*"

Zack pegou o controle remoto com a intenção de rebobinar a fita e ouvir a última resposta de Julie novamente, analisando seu rosto em busca de um sinal de dissimulação. "*Você está apaixonada por Zachary Benedict?*"

Ele observou-a hesitar, depois levantar os olhos para a câmera e dizer com um sorriso suave:

"Uma vez ou outra, grande parte da população feminina deste país provavelmente já pensou estar apaixonada por Zachary Benedict. Agora que o conheci, acho que elas tinham razão. É muito fácil se apaixonar por ele."

Zack apertou o botão para rebobinar e ouviu as duas últimas respostas de Julie novamente, fitando a tela da televisão, analisando o rosto e a entonação vocal de Julie, procurando um vestígio de dissimulação subjacente que ele achava que devia estar ali. Mas não conseguiu encontrar. O que viu e ouviu foi coragem, confiança e todas as coisas que amava nela quando estavam juntos no Colorado.

Dizendo a si mesmo que devia estar deixando passar alguma coisa, algum plano, alguma razão escusa para que ela se comportasse daquele jeito diante de milhões de pessoas, Zack pegou a outra fita, levantou-se e colocou-a no videocassete. Desta vez, ele foi para trás da escrivaninha e se sentou, preparando-se para ver uma cena que nunca esqueceria; uma cena que o colocou de joelhos, humilhado diante do mundo, e tudo porque perdera a cabeça por causa de uma mentirosa...

Que tinha admitido ao mundo que o amava.

Mesmo depois que ele a sequestrou.

E a mandou embora do Colorado após dizer que ela não sabia a diferença entre amor e sexo.

Zack estava tão perdido em seus pensamentos que levou um momento para reconhecer o que acontecia na televisão, e seu queixo se contraiu ao ver a si mesmo sendo jogado contra a parede e algemado pelos policiais mexicanos. Todo mundo estava gritando, e a pessoa que estava filmando não parava de sacudir a câmera de um lado para o outro, tentando seguir a voz de uma mulher que gritava algo sobre alguém se machucar.

Então ele se reclinou, observando, sem acreditar, Julie tentar passar pela polícia, gritando: "*Não o machuquem!*" Ele viu Richardson agarrar-lhe pelos braços e viu que ela estava chorando, observando o que quer que estivessem fazendo com Zack.

A câmera se voltou para Zack e Hadley, e depois de alguns segundos Zack percebeu que Hadley havia acabado de pegar a aliança que ele guardava no bolso. A câmera seguiu o diretor até Julie, que ergueu a mão em resposta a algo que ele dissera. E, quando ela olhou para sua mão, começou a chorar histericamente, apertando a aliança contra o peito.

Zack começou a se levantar da cadeira ao ver a expressão atormentada de Julie, depois forçou a si mesmo a se sentar e assistir ao que viria em seguida.

Tudo aconteceu como ele se lembrava: os policiais empurraram-no para frente, depois Hadley ordenou que parassem quando Zack estava quase ao lado de Julie. Quem gravou o vídeo ficou mais ousado e se aproximou da cena para filmar de perto, pois até o som estava mais claro. Não que Zack precisasse ouvir. O que Hadley disse a seguir estava gravado para sempre na mente de Zack: "*Srta. Mathison, fui muito grosseiro. Eu não agradeci por sua cooperação. Se você não tivesse nos ajudado a montar esse esquema, Benedict poderia nunca ter sido capturado.*"

Zack lembrou-se do choque gélido que dominou seu corpo e viu a si mesmo no vídeo, olhando para Julie, angustiado e enfurecido, antes de sacudir os braços, tentando forçar os policiais a tirarem-no dali...

E então o inferno tomou conta da situação no vídeo, como ocorrera no aeroporto. De repente ele estava de joelhos e apanhava... Mas havia outro tumulto acontecendo... Zack notou algo no lado direito da tela, levantou-se e caminhou até a televisão para ver de perto: Julie enlouquecera quando começaram a bater em Zack e estava atacando Hadley, soluçando, tentando arranhar seu rosto e batendo em seu peito. E, quando Richardson a afastou, ela deus dois chutes ferozes na virilha de Hadley. Julie desmaiou em seguida, e Richardson começou a pedir por um médico enquanto eles tiravam Zack do aeroporto.

Com o coração martelando em batidas profundas e dolorosas, Zack rebobinou o vídeo, mas desta vez não tirou os olhos do rosto de Julie, e o que viu fez seu estômago revirar. Sua mão tremia quando ele tirou a carta do envelope.

> Queridos papai, mamãe, Carl e Ted,
>
> Quando lerem esta carta, vão saber que fui embora para me juntar a Zack. Não espero que me perdoem, mas quero explicar para que vocês ao menos possam entender minhas razões um dia.
>
> Eu amo Zack.
>
> Depois que eu for embora, vocês todos vão ouvir mais sobre Zack, rumores terríveis e conjecturas maldosas de repórteres, da polícia e de pessoas que nunca nem o conheceram. Eu queria tanto que vocês o tivessem conhecido. Como isso não é possível, vou deixar algo para

vocês, algo dele que vai lhes dar uma ideia do homem que ele realmente é. É a cópia de uma carta, uma carta muito pessoal que ele escreveu para mim. Um pequeno trecho dessa carta vai estar censurado não porque havia algo ali que poderia mudar a opinião de vocês, mas porque se refere a outra pessoa e um favor muito especial que ela fez por nós dois. Quando vocês lerem a carta de Zack, acho que vão saber que o homem que a escreveu vai me amar e proteger de todos os jeitos que puder. Vamos nos casar assim que nos encontrarmos.

Zack se reclinou na cadeira e fechou os olhos, preso entre sofrimento e ternura pelo que havia visto e lido. Viu o rosto angustiado de Julie quando ele foi algemado e ouviu sua voz suave durante seu único telefonema: "*Eu amo tanto você... Não consigo parar de amar você... Guarde suas orações para depois, querido. Você vai machucar os joelhos quando eu chegar aí, de tanto rezar para que eu aprenda a cozinhar melhor, deixe você dormir à noite para variar e pare de ter filhos seus...*"

Ele descobrira semanas antes que ela havia mentido sobre estar grávida, mas achava que tinha sido para fazê-lo cair na armadilha.

Todo o resto tinha sido verdade.

Julie no Colorado, brincando com ele na neve... deitada em seus braços à noite, entregando-se a ele com um ardor altruísta que o enlouquecera de desejo e vontade de dar-lhe prazer como ela lhe dava... Julie e seus olhos reluzentes, riso musical, vocabulário formal e sorriso confiante.

Zack ainda podia senti-la em seus braços naquela última noite, os dedos estendidos sobre seu coração enquanto dizia que o amava... Ainda podia ver os olhos de Julie se encherem de pena quando Zack contou aquela história estúpida sobre a professora que não quis dançar com ele. "*Eu nunca teria recusado, Zack.*" Lembrou-se do modo como seu rosto se iluminou ao contar sobre a experiência de ensinar mulheres a ler... "*Ah, Zack... É como ter um milagre nas mãos.*"

Se não tivesse concebido a louca ideia de visitar sua ardilosa avó, Zack percebeu que ela provavelmente não teria cedido à pressão da morte de Tony Austin. Richardson dissera que ela lidou com o primeiro baque sem perder a convicção. Só cedeu no segundo.

Julie fora real. E fora dele. Ela o amou quando ele não tinha nada a oferecer, a não ser uma vida às escondidas com um fugitivo. Ela agarrara aquela aliança contra o peito e chorou como se seu coração estivesse se partindo.

Ela fizera e fora todas essas coisas. De repente ocorreu a Zack que Richardson não dissera se Julie ainda estava apaixonada por ele, somente que ela se remoía de culpa pelo que ocorrera na Cidade do México. Outras coisas também começaram a lhe ocorrer: aparentemente Richardson tinha passado tempo suficiente com ela nos últimos três meses para se apaixonar. Ela só convivera com Zack por uma semana, e ele, por sua vez, transformou sua vida num inferno. Paralisado com uma mistura de urgência e medo, Zack se levantou devagar.

75

MATT E MEREDITH TROCARAM SORRISOS DE PROFUNDO deleite quando Zack entrou na sala com uma maleta na mão. Reclinando-se contra o encosto do sofá, Matt esticou as pernas, observou o terno azul oue Zack estava vestindo e deu um risinho.

— Ninguém usa terno para ir a uma festa na Califórnia, Zack.

— Esqueci o diabo da festa — disse Zack, espreitando pela janela para ver seus convidados. — Fiquem aqui por mim, pode ser? Digam a eles que surgiu uma emergência. Posso pegar emprestado seu piloto? — acrescentou ele, deixando sua maleta no chão, absorto, para dar um nó na gravata.

— Só meu piloto? — perguntou Matt, olhando para Meredith, que tinha se sentado no braço do sofá e estendido o braço sobre o ombro do marido. — E meu avião?

Zack virou-se de lado quando sua empregada entrou correndo para lhe entregar duas malas que ela havia feito segundo suas instruções.

— Seu avião *e* seu piloto — disse ele com impaciência.

— Isso depende de onde pretende ir.

Satisfeito por ter tudo o que precisava para os próximos dias, Zack finalmente voltou a atenção a seu amigo.

— Aonde diabos você acha que estou indo?

— Como é que vou saber? Se for Keaton, no Texas, não acha que devia ligar para Julie antes?

— Não, não sei como ela vai reagir. Não quero que ela vá para algum lugar a fim de me evitar. Se eu pegar um voo comercial, vou levar horas até chegar lá.

— Por que tanta pressa? Você já deixou Julie esperando por seis semanas enquanto Richadson estava lá para segurar sua mão e, sem dúvida, oferecendo o ombro para ela chorar. Além do mais, jatinhos particulares são brinquedos caros...

— Não tenho tempo para essa m... — Zack interrompeu-se antes de praguejar na frente de Meredith e começou a ir até ela para lhe dar um beijo de despedida, mas depois parou quando Joe O'Hara disse na porta, atrás dele:

— O carro está lá na frente, pronto para sair, Matt. E falei com Steve pelo telefone. Ele disse que o avião está abastecido e pronto para decolar. Zack, quando você vai estar pronto para partir?

— *Acho* — brincou Matt — que ele já está pronto.

Dirigindo a Matt um olhar de desgosto, Zack abraçou Meredith.

— Obrigado — agradeceu ele, com tranquila sinceridade.

— De nada — respondeu ela, muito sorridente. — Mande lembranças a Julie.

— Peça a ela minhas sinceras desculpas — disse Matt, mais sério, levantando-se e estendendo a mão para apertar a de Zack. — Boa sorte.

Eles observaram Zack ir embora com pressa, depois Meredith olhou para Matt com um sorriso aberto ao dizer:

— Aquele homem ama tanto Julie que não se importa com o fato de que um monte de gente vai pensar que ele é tolo por querer ficar com ela depois do que aconteceu na Cidade do México. Tudo o que importa para ele é seu amor por ela.

— Eu sei — respondeu Matt, sério, olhando-a nos olhos mareados de lágrimas. — Sei como é a sensação.

76

— Ei, Herman, você pode ir buscar um cara que vai descer no aeroporto daqui a 20 minutos? — O ruído do walkie-talkie mal podia ser ouvido no barulhento ginásio da escola onde 175 moradores de Keaton se reuniram para ensaiar o espetáculo de celebração do centenário da cidade, que iria ocorrer no dia seguinte depois do desfile. Deixando de lado o sabre que pendia da bainha na cintura como parte de seu uniforme de general, Herman Henkleman trouxe o walkie-talkie para perto da boca.

— Com certeza, Billie. Julie Mathison disse que minha parte já está ótima.

Sentindo-se importante de uniforme, Herman olhou em volta, em busca de Julie, que estava encarregada de todo o espetáculo, e a viu na arquibancada ao lado do irmão e da cunhada, observando o ensaio que ocorria no palco.

— Olá, Ted, Katherine — cumprimentou Herman depois de abrir caminho pela multidão. — Com licença, Julie — acrescentou e, quando ela olhou para cima e sorriu, ele explicou: — Billy Bradson está me deixando dirigir o táxi nos finais de semana para ganhar uma graninha extra. Preciso ir ao aeroporto. Um cara vai chegar de avião daqui a pouco.

— Pode ir — disse Julie, sem perceber o olhar sorrateiro e interrogativo que Katherine dirigiu a Ted. — Já estamos quase terminando aqui, e você nem precisa ensaiar mais.

— Eu sei — admitiu ele, com orgulho. — Decorei minha parte superbem.

Ela riu.

— Com certeza.

Ele hesitou, olhando as pessoas no ginásio à procura de Flossie Eldridge, depois se reclinou.

— Se Flossie perguntar aonde fui, pode dizer que fui fazer algo muito importante.

Julie tinha dado a ele de propósito um papel no espetáculo que exigisse que ficasse próximo de Flossie, que ainda enrubescia como uma menininha toda vez que ele lhe dirigia a palavra.

— Por que você mesmo não diz isso? — sussurrou Julie. — Ela está olhando para você.

Herman reuniu coragem e, no caminho até a saída do ginásio, parou em frente a Flossie e Ada Eldridge, que vestiam vestidos de gala iguais e tinham o mesmo penteado.

— Billy Bradson me pediu para ir ao aeroporto — contou ele a Flossie. — Estou ajudando-o nos finais de semana agora, além do meu trabalho como eletricista.

— Tenha cuidado, Herman — disse ela, tímida.

— Não bata o carro — acrescentou Ada, com desdém.

Herman sentiu a pele esquentar. Afastou-se, depois voltou, ruborizado.

— Ada — disse ele, confrontando a mulher pela primeira vez em décadas. — Você é maldosa, rancorosa e fria e sempre foi! Eu falei isso há décadas, e ainda é verdade.

— E você — retrucou ela, enfurecendo-se — é um inútil.

Herman enfiou o chapéu de general na cabeça e colocou a mão no quadril com uma expressão ameaçadora no rosto.

— Não é isso que você achava quando era jovem, me perseguindo, tentando desviar minha atenção de Flossie! — Ele saiu, deixando Flossie encarando a irmã enfurecida com um olhar de mágoa.

Katherine esperou até que Julie fosse ao palco para orientar as crianças no ensaio, então apertou forte a mão de Ted, no rosto uma máscara de esperança e tensão.

— Ted, você acha que é Benedict que vai pousar no aeroporto?

Ele balançou a cabeça.

— De jeito nenhum. Disseram no jornal ontem à noite que ele está dando uma festa durante todo o final de semana em sua casa, não lembra?

Katherine ficou desapontada, e ele acariciou sua mão.

— Deve ser Larraby vindo de Dallas para fazer sua inspeção mensal naquela fábrica que está construindo em Lynchville.

— Apertem os cintos e façam suas orações — brincou o piloto pelo interfone enquanto o avião iniciava a decida pela névoa, mergulhando em direção à faixa de concreto no chão — Se essa pista de pouso fosse 15 centímetros menor, não poderíamos pousar aqui, e, se fosse um pouquinho menos iluminada, teríamos que aterrissar em Dallas. Pelo visto, eles não iluminam as laterais à noite. A propósito, seu táxi já está esperando lá embaixo.

Sem tirar os olhos dos vídeos de Julie que trouxera para assistir no avião, Zack apertou o cinto. Mas alguns minutos mais tarde, ele levantou o olhar com uma expressão preocupada quando o piloto enfiou o pé no freio no momento em que o avião tocou o chão e por fim parou apenas alguns metros antes do final da pista.

— O sr. Farrell vai ter que trocar de freios depois de duas aterrissagens nesta pista — disse o piloto, parecendo um pouco nervoso e bastante aliviado. — Qual é o plano para hoje, sr. Benedict? Devo fazer o check-in numa pousada ou posso voltar para a Costa Oeste?

Zack levou o dedo até o botão do interfone no console entre os dois sofás, então hesitou e encarou o fato que tentara ignorar durante toda a viagem: ele não fazia a menor ideia se Julie o odiava agora mais do que o amava. Não sabia que recepção ela lhe daria, nem quanto tempo levaria para convencê-la a voltar para a Califórnia com ele, ou se chegaria a convencê-la disso. Por fim, apertou o botão e disse tardiamente:

— Fique numa pousada esta noite, Steve. Vou pedir que o táxi volte para buscar você.

O piloto ainda estava desligando os equipamentos quando Zack desceu rapidamente a escada. O motorista do táxi estava a postos ao lado da porta aberta do carro, vestindo o uniforme da Guerra Civil mais ridiculamente fajuto que Zack já vira, presumindo que fosse isso que pretendia ser.

— Sabe onde Julie Mathison mora? — perguntou Zack, sentando-se no banco traseiro e largando sua maleta. — Se não, preciso encontrar uma lista telefônica. Eu me esqueci de trazer o endereço.

— Claro que sei onde ela mora — disse o motorista, os olhos analisando o rosto de Zack. Sua expressão se tornou feroz quando o reconheceu. Entrou no banco da frente e bateu a porta com força desnecessária. — Seu nome é Benedict? — perguntou ele depois de alguns minutos, quando eles passavam pela escola e por um centro comercial perto do tribunal, onde havia lojas e restaurantes em torno de uma praça.

Zack estava ocupado, observando a cidade onde Julie tinha crescido.

— Sim.

A menos de 1 quilômetro do centro comercial, o táxi parou em frente a uma bem-cuidada casa de um andar só, com seu gramado imaculado e árvores frondosas. Zack sentiu o coração bater em nervosa expectativa enquanto pegava a carteira.

— Quanto é?

— Cinquenta paus.

— Está brincando.

— Para qualquer outra pessoa, custa cinco paus. Para um idiota como você, custa cinquenta. Agora, se quiser que eu o leve onde Julie está, em vez de deixá-lo aqui, vai custar 75.

Preso entre raiva, surpresa e tensão, Zack ignorou a opinião do motorista e reclinou-se no banco.

— Onde ela está?

— Na escola, onde está dirigindo o ensaio do espetáculo.

Zack se lembrou de terem passado pela escola e seu estacionamento lotado. Titubeou, desesperado para vê-la, para esclarecer as coisas, para abraçá-la se ela quisesse. Com a voz cheia de sarcasmo, ele disse:

— Você sabe quanto tempo ela vai ficar lá?

— Pode durar a noite toda — mentiu Herman, por puro despeito.

— Nesse caso, leve-me para lá.

O motorista fez que sim com a cabeça e afastou o carro do meio-fio.

— Não sei por que você tem tanta pressa para vê-la agora — disse ele, encarando Zack pelo retrovisor. — Você deixou Julie aqui sozinha esse tempo todo para lidar com os repórteres e a polícia depois que a sequestrou e levou para o Colorado. Quando saiu da prisão, você também não veio vê-la. Está ocupado demais com suas mulheres elegantes e suas festas para se incomodar com uma garota doce como Julie, que nunca magoou ninguém em toda a sua vida! Você a envergonhou na frente do mundo inteiro, na frente desta cidade inteira! As pessoas que não são de Keaton a odeiam porque ela fez o certo no México, só que isso acabou se mostrando ser a coisa errada. Espero — terminou ele em tom vingativo enquanto paravam diante da entrada da escola — que ela olhe para você com desprezo quando o vir! Se eu fosse o pai dela, pegaria minha espingarda e viria atrás de você assim que descobrisse que você está na cidade! Espero que ele faça isso.

— Seus dois desejos provavelmente vão se tornar realidade — disse Zack tranquilamente, tirando uma nota de cem dólares da carteira e entregando a ele. — Volte para o aeroporto e busque meu piloto. Ele não é um idiota, então outros 25 dólares devem cobrir o trajeto.

Algo na voz de Zack fez Herman hesitar e se virar no banco.

— Está planejando finalmente fazer as pazes com ela? É por isso que está aqui?

— Vou tentar.

A hostilidade no rosto de Herman desapareceu.

— Seu piloto vai ter que esperar uns minutos. Quero ver essa cena. Além do mais, pode ser que você precise de um amigo na multidão.

Zack não ouviu, pois já estava entrando na escola, seguindo a direção do barulho vindo das portas duplas ao final do corredor à sua esquerda.

77

Zack avistou Julie no meio da multidão antes mesmo de as portas do ginásio se fecharem. Ela conduzia um coral de crianças vestidas em figurinos variados, algumas delas em cadeira de rodas, enquanto uma pianista as acompanhava no palco.

Hipnotizado, Zack permaneceu ali, ouvindo o doce som da voz de Julie, observando seu sorriso deslumbrante, e a ternura que ele sentiu fez seu coração doer. De jeans e casaco de moletom da escola, Julie estava adorável... e magra. Os ossos de sua bochecha e seus olhos estavam mais proeminentes que antes, e Zack engoliu em seco para desfazer o nó de culpa que se formou em sua garganta ao se dar conta de quanto peso ela deve ter perdido. Por causa dele. O motorista do táxi disse que Zack a envergonhara diante da cidade toda; agora ele iria desfazer um pouco desse mal se pudesse. Ignorando os olhares surpresos e sussurros que começavam a circular pelo ginásio à medida que as pessoas nas arquibancadas e na quadra começavam a notar sua presença e o reconhecerem, Zack foi em direção ao palco.

— Então, pessoal, o que está acontecendo? — perguntou Julie quando várias das crianças mais velhas pararam de cantar e começaram a sussurrar e apontar. Por estar de costas para a plateia, não tinha muita noção do burburinho que tomava conta do ambiente cavernoso, nem percebeu o eco dos passos de um homem pelo piso de madeira, mas estava preocupada com o fato de que estava ficando tarde e seus alunos estavam distraídos.

— Willie, se você quiser ter sua chance de cantar, é melhor prestar atenção — alertou ela, mas ele estava apontando para algo atrás de Julie e sussurrando furiosamente para Johnny Everett e Tim Whimple. — Srta. Timoons — disse à pianista, que também olhava com a boca aberta para algo atrás de Julie. Mas quando Julie voltou-se para seus alunos, o coral se dispersava e formava um pequeno grupo liderado por Willie Jenkins. — Aonde pensam que vão? — exclamou Julie enquanto eles passavam por ela. Ela se virou. E ficou paralisada.

Zack estava parado a menos de 5 metros de distância com as mãos estendidas ao lado do corpo. Julie imaginou que ele finalmente deve ter lido sua carta e veio buscar o carro. Ela ficou ali, com medo de falar, com medo de se mexer, encarando o belo rosto que assombrava seus sonhos e atormentava seus dias.

Willie Jenkins deu um passo à frente, sua voz gravemente alta e beligerante.

— Você é Zack Benedict? — perguntou ele.

Zack fez que sim com a cabeça, em silêncio, e de repente vários outros garotos aproximaram-se, três deles em cadeiras de rodas, e começaram a formar um cerco ao redor de Julie, tentando defendê-la daquele monstro, Zack percebeu.

— Então é melhor você dar meia-volta e sair daqui — alertou o garoto com voz de sapo-boi, levantando o queixo. — Você fez a srta. Mathison chorar.

O olhar solene de Zack repousou sobre o rosto pálido de Julie.

— Ela também me fez chorar.

— Meninos não choram — retrucou o menino.

— Às vezes choram, sim. Quando são magoados por alguém que eles amam muito.

Willie olhou para o rosto de sua professora adorada e viu que lágrimas despontavam lentamente de seus olhos.

— Veja só! Você está fazendo a srta. Mathison chorar de novo! — avisou ele, com um olhar furioso. — Foi para isso que você veio aqui?

— Vim aqui — disse Zack — porque não posso ficar sem ela.

Todo mundo no ginásio olhou para o famoso durão das telonas, que se humilhava ao fazer declarações tão impressionantes na frente de todos, mas Julie não notou as outras pessoas. Ela estava avançando, passando pelas crianças, depois correndo... correndo em direção aos braços que estavam abertos para recebê-la.

Os braços a envolveram com força impressionante, as mãos encaixando o rosto de Julie, ensopado de lágrimas, contra o peito, protegendo-a do público. Zack reclinou a cabeça e sussurrou com a voz rouca:

— Eu amo você.

Com os ombros sacudindo com os soluços, Julie passou as mãos pelo pescoço de Zack, o rosto enterrado em seu peito, abraçando-o muito forte.

Do outro lado do ginásio, Ted colocou o braço em volta de Katherine e a trouxe para perto.

— Quando é que você ficou tão inteligente? — murmurou ele.

Herman Henkleman tinha uma mente mais prática, embora igualmente romântica. Piscando para Flossie, ele gritou:

— Acabou o ensaio, pessoal! — Depois desligou as luzes do ginásio, deixando o lugar completamente às escuras, e correu de volta para o táxi.

Até que encontrassem o interruptor, Zack e Julie já haviam desaparecido.

— Entrem — disse Herman, gesticulando eloquentemente seu chapéu de general enquanto eles saíam da escola, de mãos dadas. — Eu sempre quis dirigir um carro de fuga — acrescentou e pisou o acelerador com tudo, mandando o táxi para longe da escola. — Para onde vamos?

Julie não conseguia raciocinar no momento.

— Sua casa? — perguntou Zack.

— Não se não quiserem ser incomodados — disse Herman. — A cidade toda vai aparecer lá e telefonar.

— Onde fica o hotel ou pousada mais próxima?

Julie olhou para ele com apreensão, mas Herman foi mais incisivo.

— Você quer acabar com a reputação dela ou melhorar?

Zack olhou-a no rosto e ficou sem palavras, sentindo-se indefeso e desesperado para ficar a sós com ela. Os olhos de Julie diziam que ela queria o mesmo.

— Minha casa — disse Julie. — Vamos tirar o telefone do gancho e desconectar a campainha se for necessário.

Após um minuto, Herman parou o táxi na frente da casa de Julie, e Zack pegou a carteira para tirar mais dinheiro.

— Quanto lhe devo desta vez? — perguntou ele secamente.

O homem se virou no banco e, com um olhar de dignidade ofendida, devolveu a Zack sua nota de cem dólares.

— Cinco dólares, viagem completa, incluindo a ida ao aeroporto para buscar seu piloto. É uma tarifa especial — acrescentou Herman com um sorriso infantil e surpreendente — para o homem que não teve medo de admitir que ama Julie em frente da cidade inteira.

Estranhamente comovido, Zack entregou-lhe uma nota de 20 dólares e disse:

— Deixei uma mala e outra maleta no avião. Poderia trazê-las aqui depois que você deixar meu piloto na pousada?

— Claro. Vou deixá-las na porta dos fundos da casa, para que vocês não precisem atender à campainha.

78

Julie entrou na sala de estar e ligou um abajur, mas, quando Zack pegou sua mão, ela se jogou em seus braços, sem palavras, beijando-o com um desespero mudo que era idêntico ao seu, abraçando-o com força, apertando os lábios junto aos dele, as mãos acariciando suas costas. Zack a agarrou mais forte, seus lábios devorando os dela, suas mãos memorizando com voracidade as curvas adoradas do corpo de Julie.

O toque agudo do telefone ao lado deles fez os dois saltarem de susto, e ela estendeu a mão trêmula para atender.

Zack a observou levar o telefone à orelha e sorriu ao perceber que ela baixava os olhos, tímida, ao vê-lo tirando a jaqueta.

— Sim, é verdade, sra. Addelson — disse ela. — Ele está aqui mesmo. — Ela ficou em silêncio por um instante, depois respondeu: — Não sei. Vou perguntar a ele. — Tapando o telefone com a mão, ela dirigiu a Zack um olhar indefeso e disse: — O prefeito e a sra. Addelson querem saber se você... nós... podemos jantar com eles hoje.

Zack tirou a gravata e começou a desabotoar a camisa e lenta e enfaticamente balançou a cabeça em resposta negativa, notando que o rosto de Julie se enrubescia de uma linda forma quando ela se deu conta de suas intenções inconfundíveis.

— Infelizmente não podemos. Não. Não tenho certeza de quais são os planos imediatos dele, nem seus planos futuros. Sim, vou perguntar a ele e aviso vocês.

Julie desligou o telefone, depois, com pressa, tirou do gancho, enfiou-o debaixo de uma almofada, endireitou-se e esfregou as mãos na coxa nervosamente. Dúzias de perguntas corriam em sua mente enquanto ela ficou ali, olhando para ele. Dúvidas, incertezas e esperanças, mas, acima de tudo, estava uma sensação de ilusão prazerosa ao ver que Zack estava mesmo ali, na sala de estar de sua casa, com os olhos gentis, entretidos, sensuais.

— Não acredito que você está aqui — sussurrou ela. — Algumas horas atrás, tudo parecia tão...

— Vazio? — sugeriu ele na voz profunda que ela tanto desejara ouvir de novo. — E sem sentido? — acrescentou, aproximando-se dela.

Julie concordou.

— E sem esperanças. Zack, e-eu tenho muitas coisas a explicar se você quiser ouvir. Mas eu... — Sua voz falhou quando ele a abraçou, e ela tocou seu rosto, os dedos trêmulos. — Ah, meu Deus! Senti tanta saudade!

A resposta de Zack veio em um beijo, tirando o lenço do cabelo de Julie e afundando os dedos nas madeixas volumosas. Ela se apertou contra o corpo dele, respondendo à sua paixão com o mesmo ardor provocativo e selvagem que assombraram os sonhos de Zack na América do Sul e o faziam acordar suado na prisão. Ele afastou seus lábios dos dela.

— Mostre-me sua casa — disse ele com uma voz tão rouca que mal podia reconhecê-la. Sua intenção, na verdade, era que ela mostrasse o quarto.

Ela assentiu, sabendo exatamente o que Zack queria dizer, e o levou diretamente aonde ele queria ir, mas, quando ele passou pela porta e viu a mobília de vime branco, os vasos de plantas muito verdes, os lençóis brancos na cama e no dossel e a cômoda, o quarto era tão parecido com o que imaginara que ele parou de repente. Como se compreendesse a direção de seus pensamentos, Julie perguntou, hesitante:

— Como me saí?

— É exatamente igual ao que eu imaginava quando...

Julie notou a tensão em seu rosto e terminou a frase por ele, com a voz melancólica:

— Quando você estava deitado na cama do seu barco, me imaginando neste quarto, como eu pedi para você fazer naquele dia pelo telefone. Quando — continuou ela com brutal honestidade — você ainda acreditava que eu iria encontrá-lo lá... quando você nunca poderia acreditar que eu armaria uma cilada, entregaria você ao FBI e faria você ser espancado e mandado de volta para a prisão.

Zack olhou para ela, um sorriso sombrio tocando seus olhos e sua boca.

— Quando tudo isso era verdade.

Ela afundou na cama, o rosto virado para o dele, os olhos honestos e curiosos.

— Podemos ficar aqui e conversar um pouco, primeiro?

Zack titubeou. Por um lado, ele ansiava por deixar o passado para trás e passar o momento presente fazendo amor com ela naquela cama com dossel de um branco imaculado, que parecia absurdamente excitante quando ela estava sentada nela. Por outro lado, Julie estava claramente angustiada, e eles não podiam recomeçar tudo até que tivessem encarado o passado.

— Só se for rapidinho — concordou ele.

Ela ajeitou uma pilha de travesseiros contra a cabeceira para os dois e ele esticou o braço, envolvendo os ombros de Julie quando ela veio para seu lado. Quando ela se aproximou, as mãos descansando sobre seu peito, ele se lembrou das manhãs que passaram na cama no Colorado, sentados exatamente como agora, e sorriu.

— Tinha me esquecido de como você se encaixa perfeitamente em mim.

— Está se lembrando das manhãs no Colorado, não está?

Isso era uma afirmação, não uma pergunta, e ele baixou a cabeça e sorriu.

— Também tinha esquecido o quanto você é perspicaz.

— Não muito, na verdade. Eu também estava pensando nisso. — Ela sorriu, depois fez uma tentativa hesitante de começar a perigosa discussão do seu passado mais recente. — Não sei por onde começar — disse ela. — E estou... estou quase com *medo* de começar. Nem sei o que trouxe você até aqui hoje.

Zack franziu o cenho, surpreso.

— O que me trouxe aqui hoje foi Richardson. Você não sabia que ele foi me ver? — Como ela o olhou, surpresa e em choque, ele acrescentou: — Ele apareceu na minha casa na Califórnia, todo arrumado, de terno Brooks Brothers, gravata Armani e um distintivo genuíno e autêntico.

— Paul foi ver você? — perguntou ela, impressionada. — Paul Richardson? Você não deve estar falando do meu Paul.

Zack ficou rígido.

— Claro que estou falando do "seu Paul". — Então ocorreu a Zack que, embora tenha dito que a amava, ela só falou que sentiu saudades. Com uma voz cuidadosamente inexpressiva, ele acrescentou: — Tirei de algum lugar a ideia de que você iria querer que eu viesse aqui por mais motivos do que apenas fazer as pazes. Pensando nisso agora, vejo que tirei essa conclusão apenas dos vídeos que vi de você. Acho — disse ele, tenso, tirando o braço — que é melhor termos essa discussão na sala. Ou talvez amanhã, no lobby do meu hotel, seja lá onde for.

— Zack — disse, trêmula, apertando o braço dele para que não se afastasse —, não se atreva a se levantar desta cama! Se você me evitar de novo, sem me dar uma chance de me explicar, nunca vou perdoá-lo. Paul é meu amigo. Ele estava aqui quando eu me senti desesperada e solitária.

Voltando ao assunto anterior, ele disse:

— Vim aqui hoje porque Richardson entrou na minha casa esta manhã, mostrando o distintivo e jogando na minha mesa um envelope com duas fitas e uma carta. — O ciúme que sentia da amizade entre Julie e Richardson e sua própria culpa fizeram-no continuar num tom sarcástico: — Além de expressar dúvidas sobre minha legitimidade e tentar brigar comigo, ele conseguiu me dizer que, ao contrário do que Hadley me fez acreditar na Cidade do México, você *não* tinha sugerido a ideia de se juntar a mim para planejar uma armadilha. Ele também explicou que foi a visita a Margaret Stanhope, combinada com a morte de Austin, que finalmente levou você a me entregar.

— Eram vídeos de quê? E a carta?

— Um vídeo era da coletiva de imprensa que você deu quando voltou do Colorado. A carta era a que você escreveu a seus pais quando planejava se juntar a mim. Os outros vídeos eram dos arquivos do FBI: ambos de nós dois no aeroporto da Cidade do México, mostrando tudo o que aconteceu.

Julie estremeceu em seus braços à menção do aeroporto.

— Sinto muito — sussurrou ela, com a voz entrecortada, virando o rosto para o peito de Zack. — Sinto tanto. Não sei como poderemos nos esquecer disso um dia. — Zack percebeu sua reação e tomou uma decisão, mas optou por não dizer nada por alguns minutos. Em vez disso, ele levantou o queixo de Julie e disse:

— Quem diabos lhe deu a ideia de ir visitar Margaret Stanhope?

Com um suspiro, Julie explicou:

— Você disse em sua carta que queria ter se reconciliado com ela há anos. Você até sugeriu que eu entregasse nosso bebê a ela para criar. E pelo telefone você disse que sentia como se estivéssemos atraindo uma maldição ao deixar tanta infelicidade atrás de nós. Então decidi ir vê-la para explicar que você a amava e lamentava a distância que havia entre vocês.

— E ela riu da sua cara.

— Pior. De alguma forma, surgiu a questão de Justin, e quando me dei conta ela me dizia que você tinha assassinado seu irmão depois de brigarem por uma garota e me entregou uma pasta cheia de recortes de jornais em que você admitia ter atirado nele. E eu... — Ela deu um longo suspiro, odiando ter que acusar Zack. — Percebi que você tinha mentido para mim, Zack. Tentei dizer a mim mesma que você tinha mentido para ela, e não para mim, mas, quando Tony Austin foi assassinado, já eram três pessoas com quem você tinha se desentendido, e todas elas tinham morrido nas suas mãos, ou assim parecia. Eu pensei... tentei acreditar, como sua avó, que você era louco. E traí você. Achei que fosse para seu bem.

— Não menti a você sobre Justin, Julie — disse Zack, com um suspiro pesaroso. — Menti à polícia de Ridgemont.

— Mas por quê?

— Porque meu avô me pediu. Porque um suicídio pede uma investigação das possíveis causas, e meu avô e eu queríamos impedir que aquela velha maléfica tivesse que lidar com a homossexualidade de Justin quando a polícia descobrisse. Eu não deveria ter me importado — acrescentou ele com firmeza. — Deveria ter deixado que ela chafurdasse naquilo que ela achava ser uma desgraça. Isso não teria feito nenhum mal a Justin.

— Sabendo como ela se sentia em relação a você — disse Julie —, como você pode ter cogitado que ela devesse cuidar do nosso bebê.

Ele levantou as sobrancelhas, numa expressão desafiadora e divertida.

— Que bebê, Julie?

O sorriso contagiante que tinha iluminado sua vida no Colorado surgiu no rosto de Julie com um toque de culpa sedutora que se uniu ao apelo:

— O bebê que inventei para que você me deixasse ir encontrá-lo.

— Ah, esse bebê.

Ela abriu mais um botão da camisa de Zack, e deu um beijo em sua garganta.

— Responda minha pergunta.

— Se continuar fazendo isso, vai ter uma chance melhor de conseguir um bebê de verdade do que uma resposta à sua pergunta.

Com uma risada, ela apoiou o antebraço no peito de Zack, mas seus olhos estavam entorpecidos.

— Sou muito gulosa, Zack. Quero os dois.

Com ternura, Zack segurou o rosto de Julie com as mãos, os polegares acariciando sua bochecha.

— Sério, querida? Quer meu bebê?

— Desesperadamente.

— Podemos tentar mais tarde, se quisermos.

Ela mordeu o lábio, os ombros sacudindo de tanto rir.

— Se eu me guiar por uma lembrança um pouco vaga, acho que é uma questão de você querer.

— Querer? — repetiu ele, gostando das brincadeiras sexuais e da alegria pela combinação única entre risadas e amor que ela sempre lhe proporcionava.

Ela fez que sim.

— Na verdade, quero desde que li sua carta esta manhã. A prova está ao seu alcance.

A campainha tocou de novo, e eles mais uma vez ignoraram, mas Julie, culpada, afastou a mão do que ele esperava ser a busca pela "prova".

— Vai responder minha pergunta? — pediu ela.

— Sim — suspirou ele. — Se você se lembrar da carta que escrevi, vai se lembrar de que eu falei que mandaria uma carta a ela antes de você ir lá com nosso bebê. Na verdade, eu teria escrito para Foster antes, não para ela.

— Foster? O velho mordomo?

Zack assentiu.

— Meu avô e eu pedimos para que ele jurasse manter segredo, mas ele sabe o que aconteceu. Estava no corredor quando ouviu o disparo vindo do quarto de Justin. Eu teria liberado Foster da promessa e pedido que ele contasse a verdade à sua chefe.

— Ela é sua avó, Zack. Pare de evitar chamá-la pelo nome. Acho que ela o amava muito mais do que você imagina. Se a visse agora, falasse com ela, acho que você perceberia o castigo que isso tem sido para ela.

— Ela está morta para mim, Julie — interrompeu, com amargura. — Depois de hoje, nunca mais quero ouvir o nome dessa mulher, nem quero que você fale dela.

Julie abriu a boca para argumentar, depois tomou uma decisão diferente, mas não fez nada por enquanto. Com o sorriso na voz, ela disse:

— Ninguém consegue uma segunda chance com você, certo?

— Certo — disse ele, implacavelmente.

— Menos eu.

Ele acariciou o rosto macio de Julie com o nó dos dedos.

— Menos você — concordou ele.

— Quantas chances eu tenho?

— De quantas você precisa?

— Receio que muitas — respondeu ela com um suspiro tão sofrido que Zack explodiu de rir e a apertou forte. Quando a soltou, ele notou a pequena corrente prateada que despontava entre a garganta e o colarinho de Julie.

— O que é isso? — perguntou ele.

Ela baixou o queixo em direção ao peito.

— O quê?

— Isso — disse ele, passando o dedo por baixo da corrente.

Temerosa que a visão da aliança lembrasse a Zack do desastre que aconteceu na Cidade do México, Julie logo colocou a mão contra o peito, prendendo a aliança.

— Deixe isso para lá. Por favor!

Zack apertou os olhos ao ver a ansiedade de Julie e, mais uma vez, sentiu as pontadas pouco familiares da desconfiança.

— O que é isso? — perguntou ele, tomando o cuidado de manter a voz moderada. — Presente de um namorado?

— Algo do tipo. Vou parar de usar.

— Deixe-me ver — disse Zack.

— Não.

— É bom ter uma ideia do gosto do meu predecessor.

— Ele tinha um ótimo gosto! Você aprovaria. Agora deixe para lá.

— Julie, você é uma péssima mentirosa — avisou ele. — O que está pendurado nessa corrente? — Sem lhe dar a chance de impedi-lo, ele afastou as mãos de Julie e puxou a corrente.

Uma aliança de platina brilhou em sua mão, os diamantes refletindo a luz.

A ternura tomou conta de Zack, e ele abraçou Julie.

— Por que você teve medo de que eu visse isso?

— Estou com medo de qualquer coisa que possa lembrar o que aconteceu na Cidade do México. Acho que nunca vou esquecer como você me olhou antes de perceber que eu não tinha levado a polícia a você por acidente... — Sua voz vacilou. — Ou a mudança em seu rosto quando você descobriu que foi proposital. Sei que nunca vou esquecer. Nunca. Sempre vou ter medo de ver aquele olhar.

Zack lamentou ter que adiar o momento em que iam fazer amor e desfez o abraço, incitando Julie a se sentar.

— Vamos superar essa história.

— O quê? — disse ela, já entrando em pânico. — Aonde está indo?

— Você tem um videocassete?

O medo de Julie se tornou curiosidade.

— Na sala.

79

— O QUE ESTÁ FAZENDO? — PERGUNTOU JULIE ENQUANTO Zack se sentava ao seu lado antes de dar o play na fita que tinha tirado da maleta. Nervosa, ela provocou: — Espero que seja *Dirty Dancing*, e não uma cena picante de um de seus filmes.

Ele colocou o braço ao redor dela e disse calmamente:

— É o vídeo a que assisti repetidas vezes hoje, o que o FBI conseguiu confiscar de nós no Méx...

Ela balançou a cabeça, enlouquecida, tentando pegar o controle remoto.

— Não quero ver isso. Hoje não! Nem em qualquer outro dia! Nunca!

— Vamos assistir juntos, Julie. Você e eu. Depois, isso não vai nos atrapalhar, nem nos magoar, e você não vai mais ter medo.

— Não me faça assistir a isso! — disse ela, trêmula, enquanto as vozes começavam a explodir no aeroporto. — Não vou suportar!

— Olhe para a televisão — instruiu ele, implacavelmente. — Estávamos lá juntos, mas eu nunca soube até hoje o que você estava fazendo enquanto eles me levavam sob custódia, e tenho a sensação de que você também não tem uma lembrança clara do que aconteceu.

— Ah, sim, lembro, sim! Eu lembro *exatamente* o que eles fizeram com você! Lembro que foi minha culpa!

Ele virou o rosto de Julie para a tela.

— Preste atenção em você, não em mim. Assista e vai perceber o mesmo que eu: uma mulher que estava sofrendo mais que qualquer um.

Julie arrastou o olhar em direção à televisão, encarando uma cena que só queria poder esquecer. Viu a si mesma gritando a todos para que não machucassem Zack, viu Paul tentando contê-la, gritando-lhe que tudo já tinha acabado, viu Hadley andando até ela com um risinho malicioso e largando a aliança em sua mão. Viu a si mesma agarrando a aliança e chorando.

A voz de Zack era dolorosa e terna.

— Julie — sussurrou ele, trazendo-a para perto —, olhe para você, querida, e veja o que vejo. Era só uma aliança, um pedaço de metal e pedras. Mas veja o quanto ela significa para você.

— Era a *aliança de casamento* que você tinha comprado para mim! — exclamou ela. — Era por isso que eu estava chorando.

— Sério? — provocou ele suavemente. — Pensei que você estava chorando porque os diamantes eram muito pequenos.

Julie ficou boquiaberta, e uma risada histérica saiu-lhe pela boca enquanto ela piscava para impedir que as lágrimas caíssem de seus lindos olhos.

— Agora veja isto — acrescentou ele com um risinho, abraçando-a com ainda mais força. — Esta é a minha parte favorita. Não preste atenção no que eles estavam fazendo comigo — disse ele rapidamente quando ela começou a se concentrar nos policiais mexicanos e seus cassetetes. — Veja o que você faz com Hadley à direita da tela. Você tem um belo gancho de direita, mocinha — acrescentou ele com admiração.

Julie se forçou a assistir e ficou um pouco surpresa e satisfeita, ainda que envergonhada, ao ver a si mesma atacando aquele ser humano em particular.

— Não lembro muito bem dessa parte — murmurou ela.

— Não, mas aposto que Hadley lembra bem o que veio a seguir. Quando Richardson interferiu e você não podia mais atingir Hadley com suas mãos e unhas, você...

— Eu o chutei! — narrou Julie, chocada, assistindo ao vídeo.

— Bem na virilha — disse Zack, orgulhoso, com uma risada enquanto Hadley se contorcia, agarrando o local atingido. — Tem ideia de quantos homens no mundo adorariam fazer isso?

Julie balançou a cabeça em silêncio, assistindo ao final da gravação, enquanto um médico lhe deu uma injeção no braço e Paul a segurava. Zack deixou o vídeo ligado e ficou mais sério ao olhar para Julie.

— Vou levar Hadley a um tribunal e triturá-lo em pedacinhos. Já agendei uma reunião com a Junta de Justiça Criminal do Texas para a outra semana. Quando eu terminar, ele vai ocupar uma de suas próprias celas.

— Ele é o diabo!

— E você — disse Zack, melancólico, levantando o queixo de Julie — é um anjo. Tem ideia de como me senti toda vez que vi você nesse vídeo?

Ela balançou a cabeça, em negativa, e ele disse:

— Eu me senti amado. Incrível, completa e incondicionalmente amado. Mesmo quando achava que eu era um assassino demente, você ainda brigava e chorava por mim. — Aproximando sua boca da de Julie, ele murmurou: — Nunca conheci uma mulher tão corajosa quanto você... — Ele beijou-lhe o canto do rosto, depois passou os lábios por seu rosto até chegar à boca. — Ou com tanto amor para dar. — Suas mãos deslizaram por baixo do casaco e pela cintura, por baixo da calça. — Me dê isso, querida — sussurrou: — Me dê todo o seu amor... agora. — Abriu-lhe a boca com os lábios, aprofundando o beijo, suas mãos acariciando a pele nua e macia, explorando a boca de Julie com a língua. Quando ela desabotoou sua camisa com os dedos trêmulos, abriu e tocou-lhe o peito, o gemido que Zack ouviu veio de si mesmo. Mas o ruído vinha da campainha, e a vibração em seu cérebro, ele aos poucos percebeu, eram batidas à porta. Praguejando, Zack se sentou, com a intenção de levar Julie para o quarto, e estendeu a mão.

— Julie! — A voz de Ted veio acompanhada de uma segunda rodada de batidas à porta.

— É meu irmão! — disse ela.

— Você não pode dizer a ele para ir embora e voltar amanhã?

Julie estava prestes a concordar quando a voz risonha de Ted chamou:

— Atenda à porta por seu próprio bem. Sei que você está aí.

Ela balançou a cabeça em resposta negativa, em vez de assentir, ajeitando sua blusa rapidamente e tentando restaurar a ordem em seu cabelo.

— É melhor eu ver o que ele quer.

— Vou esperar na cozinha — disse Zack, passando a mão pelo cabelo.

— Mas quero apresentar vocês, já que ele está aqui.

— Quer me apresentar a ele agora? — Ele deu uma olhada significativa para baixo, depois olhou para ela com expressão divertida. — Assim?

— Pensando bem — disse ela, enrubescendo graciosamente —, é melhor você esperar na cozinha. — Foi até a porta enquanto ele caminhou na direção oposta.

Julie abriu a porta assim que Ted levantou a mão para bater de novo, e o irmão a observou com os olhos, num exame divertido e perceptivo.

— Desculpe interromper. Onde está Benedict?

— Na cozinha.

— Sei — disse ele, rindo.

— O que você quer? — perguntou ela, exasperada, envergonhada, mas logo feliz ao se dar conta de que ele deve ter dado a Paul a carta que ela escrevera para Zack.

— Posso contar a vocês dois ao mesmo tempo — disse ele, deambulando pelo corredor, parando para dar uma olhada no quarto, obviamente se divertindo muito.

Zack bebia um copo de água junto à pia quando Julie disse às suas costas:

— Zack, este é meu irmão Ted.

Surpreso pela chegada silenciosa dos dois, Zack se virou, os olhos repousando em mais um rosto conhecido.

Ted assentiu.

— Você está certo. Eu fui à Cidade do México com Julie.

Recuperando-se da surpresa, Zack estendeu a mão e disse:

— Estou feliz em conhecer você em circunstâncias melhores.

— Mas não neste momento em particular — brincou Ted, apertando sua mão, e Zack gostou instantaneamente do homem. — Se eu fosse você — continuou Ted a Zack com um risinho —, pegaria algo mais forte para beber. — Virando-se para Julie, que o olhava com uma expressão intrigada, ele explicou: — Papai quer vê-los em casa. *Imediatamente* — enfatizou com um tom tragicômico. — Katherine já está lá com mamãe, tentando convencer papai de que seria muito melhor se ele esperasse lá tranquilamente em vez em de vir aqui, que é o que ele estava determinado a fazer depois que não conseguiu ligar para cá.

— Por que ele está tão ansioso em nos ver? — perguntou Julie.

Apoiando-se de forma desleixada na parede, Ted enfiou a mão no bolso, levantou a sobrancelha e olhou para Zack.

— Você consegue imaginar por que o pai de Julie poderia estar um pouco... digamos... determinado... a ter uma palavrinha com você sobre sua chegada inesperada à cidade?

Zack engoliu o restante da água e encheu o copo de novo.

— Acho que consigo imaginar.

— Julie — ordenou Ted com um risinho —, vá pentear seu cabelo e tente não parecer tão... hum... alegre e desgrenhada. Vou ligar para papai e dizer que já estamos indo para lá.

Ela girou nos calcanhares e correu para o quarto, gritando de passagem que o telefone estava fora do gancho.

Quando Ted voltou à cozinha depois de fazer o telefonema, Zack estava no banheiro, barbeando-se. Surgiu alguns minutos depois, usando uma camisa limpa e de cabelo penteado, e entrou na cozinha. Ted parou de vasculhar os armários e disse de soslaio:

— Você não sabe onde Julie colocou a vodca desta vez, certo?

— Desta vez? — perguntou Zack, desviando o pensamento do encontro iminente com seu futuro sogro.

— Julie tem um hábito peculiar — explicou Ted, inclinando-se para procurar embaixo da pia. — Quando algo está incomodando, ela arruma as coisas... coloca em ordem, vamos dizer assim.

Um sorriso terno surgiu nos lábios de Zack quando se lembrou de vê-la fazendo isso no Colorado.

— Eu sei.

— Então você não vai ficar surpreso — continuou Ted, abrindo a geladeira em sua busca infrutífera pela bebida — ao saber que, desde que você saiu da prisão, ela reorganizou cada armário, gaveta e prateleira que tem nesta casa e repintou a garagem. Duas vezes. Dê uma olhada nesta geladeira — disse ele, apontando a arrumação na porta. — Note que as garrafas e os potes estão em ordem decrescente por tamanho, os mais altos à esquerda. Agora, na prateleira de cima, ela fez o contrário por um objetivo artístico, para que os itens mais altos fiquem à direita. Semana passada, estava tudo arrumado de acordo com a cor. Era interessante.

Entretido pelo que ouvia e arrependido pelo sofrimento que causara a Julie, Zack disse:

— Aposto que sim.

— Isso não é nada — continuou Ted, secamente. — Veja isto — disse ele e, abrindo um armário, apontou para as latas e caixas nas prateleiras. — Ela organizou os produtos em ordem alfabética.

Zack engasgou com uma risada.

— Ela fez o quê?

— Veja por si mesmo.

Zack espiou por sobre os ombros de Ted. Todas as latas, potes e caixas estavam misturadas, mas dispostas em fileiras precisas.

— Aspargo, aveia, beterraba — murmurou ele, divertindo-se sem acreditar —, cereal, couve-flor, farinha, gelatina, ervilha. — Olhou para Ted. — Ela colocou a ervilha no lugar errado.

— Não coloquei, não — disse Julie, entrando na cozinha e tentando parecer indiferente quando os dois homens olharam para ela, entretidos. — Está na letra *L*.

— *L*? — repetiu Zack, tentando, sem sucesso, permanecer sério.

Envergonhada, ela baixou o olhar para um pontinho invisível de pó que parecia ter caído no casaco.

— *L* de legumes — informou ela. Zack engasgou num riso e a abraçou, enterrando o rosto em seu cabelo e deliciando-se com a alegria dela.

— Onde está a vodca? — sussurrou ele em seu ouvido. — Ted está procurando.

Ela jogou a cabeça para trás, os olhos quase rindo.

— Atrás dos legumes.

— O que diabos está fazendo lá? — perguntou Ted, afastando a lata de ervilha para pegar a garrafa de vodca.

Com os ombros tremendo de tanto ımpedir uma gargalhada, Zack conseguiu dar a resposta correta.

— Está na letra *L*, de licores. É lógico.

— Lógico — confirmou Julie, rindo.

— Pena que não dá tempo de beber — disse Ted.

— Eu não queria mesmo — respondeu Zack.

— Vai se arrepender depois.

A viatura de Ted estava esperando na rua, e ele abriu a porta traseira para os dois. Zack deslizou com relutância para o banco atrás de Julie, sua expressão ficando tensa.

— O que houve? — perguntou Julie, tão sintonizada na presença de Zack que logo podia perceber a menor mudança em sua voz ou expressão.

— Este não é meu meio de transporte favorito, só isso.

Zack viu os olhos de Julie se encherem de tristeza, mas ela se recuperou quase na mesma hora e prontamente fez uma piada que ele sabia que tinha a intenção de alegrá-lo.

— Ted — disse ela, mantendo os olhos sorridentes em Zack —, você devia ter trazido a Blazer de Carl. Zack acha que é bem mais... atraente.

Os dois homens riram.

80

QUINZE MINUTOS MAIS TARDE, ZACK NÃO RIA MAIS. ESTAVA sentado diante do pai de Julie em seu pequeno escritório, e o reverendo Mathison, que caminhava de um lado para o outro na sua frente, lhe dava o maior sermão de sua vida. Zack esperava receber uma bronca, até aceitava como se fosse um dever, mas pensava que o pai-pastor de Julie fosse um homem baixinho e dócil que faria um discurso monótono sobre algum mandamento que Zack tivesse violado. Ele *não* esperava que Jim Mathison fosse um homem alto, robusto e com uma eloquência descritiva que deixava no chinelo o monólogo de George C. Scott na abertura de *Patton, rebelde ou herói?*.

— Não perdoo nem desculpo nada do que você fez! Nada! — Jim Mathison por fim terminou, apoiando-se no encosto da cadeira de couro atrás de escrivaninha. — Se eu fosse um homem violento, daria uma surra em você. Estou me sentindo tentado a fazer isso! Por sua causa, minha filha foi sujeitada ao medo, à censura pública, à desilusão amorosa! Você a seduziu no Colorado, sei muito bem disso! Você nega isso?

Era loucura, mas naquele momento Zack admirava tudo naquele homem; era o tipo de pai que ele queria ter tido e queria ser um dia: um pai preocupado, com opiniões fortes sobre o que era aceitável, um homem com integridade e honestidade que esperava o mesmo comportamento daqueles ao seu redor. Ele queria que Zack se sentisse envergonhado. E estava conseguindo fazer isso.

— Você nega ter seduzido minha filha? — repetiu ele, enfurecido.

— Não — admitiu Zack.

— E então você a mandou de volta para cá para confrontar a imprensa e defendê-lo diante do mundo todo! Com toda essa covardia e irresponsabilidade, como você consegue viver consigo mesmo ou encarar minha filha e a mim depois disso?

— Na verdade, mandá-la para cá foi a única coisa decente que fiz — disse Zack, defendendo-se pela primeira vez desde que o sermão começara.

— Que mais? Quero saber como chegou a essa conclusão.

— Eu sabia que Julie estava apaixonada por mim. Eu me recusava a levá-la para a América do Sul e, em vez de fazer isso, mandei Julie para cá para seu próprio bem, não pelo meu.

— Seu senso de decência sem dúvida teve vida curta, não teve? Poucas semanas depois, você planejava que ela se juntasse a você lá.

Ele aguardou de novo, pedindo uma resposta com seu silêncio, e Zack obedeceu com relutância.

— Achei que ela estivesse grávida e não queria que ela abortasse ou vivesse a humilhação de ser mãe solteira numa cidade pequena.

Zack sentiu uma redução sutil na hostilidade do outro homem, mas ela não ficou evidente no próximo comentário ácido:

— Se você tivesse agido com um pingo de decência, controlado sua *luxúria* no Colorado, não teria que se preocupar com a possibilidade de ela estar grávida, não é mesmo?

Sentindo-se ao mesmo tempo enraivecido, envergonhado e entretido com o uso desdenhoso e bíblico do termo *luxúria* por Mathison, Zack levantou a sobrancelhas e olhou para ele.

— Eu agradeceria muito se me respondesse, rapaz.

— A resposta é óbvia.

— E agora — disse Mathison com raiva, reclinando a cadeira —, agora você vem à nossa cidade, tranquilo no seu jatinho particular para sujeitar Julie a mais um espetáculo público, e para quê? Para destroçar o coração dela! Ouvi, li e vi coisas o bastante sobre você antes e depois da prisão para saber que tipo de vida você levava na Califórnia: imoral, liberal e superficial, cheia de festas de arromba, mulheres nuas, embriaguez, filmes sujos. O que tem a dizer sobre isso?

— Nunca fiz um filme sujo na vida — respondeu Zack, admitindo tacitamente o restante das acusações.

Jim Mathison quase sorriu.

— Pelo menos você não é um mentiroso. Sabe que Paul Richadson está apaixonado por ela? Ele quer se casar com ela. Veio pedir a minha benção. Ele é um homem bom, decente e com princípios. Quer uma esposa para a vida, não só até que a próxima artista de cinema loirona e bonitona apareça e o faça mudar de ideia. Ele quer filhos. Está disposto a fazer sacrifícios por ela, a ponto de ir à Califórnia para falar com você. Ele vem de uma família sólida e amorosa, como a de Julie. Eles podem ter uma vida maravilhosa juntos. Bem, o que tem a dizer sobre isso?

No meio de uma onda de ciúmes, Zack de repente percebeu que Jim Mathison estava usando Richardson apenas como um modo de forçar Zack a encarar seus defeitos como potencial marido de Julie e estava deliberadamente colocando Zack numa posição onde teria que se declarar e colocar as cartas na mesa ou recuar e ir embora. Apesar do desconforto pessoal a que Mathison o havia sujeitado, a admiração de Zack pelo outro duplicou. Ele se reclinou na cadeira.

— O que tenho a dizer é o seguinte — começou ele, respondendo a lista das qualidades de Richardson na ordem que Mathison dera: — Richardson pode ser um santinho do pau oco e pode estar apaixonado por ela, mas eu também estou. Além do mais, Julie ama a mim. Não estou interessado em loironas, nem em ruivas, nem em qualquer outra mulher. Para sempre. Eu também quero ter filhos, assim que Julie quiser. Vou fazer qualquer sacrifício necessário por ela. Não posso mudar a maneira como vivi minha vida antes, só posso mudar minha vida a partir de agora. Não posso mudar o fato de que minha família não era sólida, só posso permitir que Julie me ensine como uma família deve ser. Se não puder ter sua bênção, gostaria pelo menos de receber sua relutante aceitação.

Mathison cruzou os braços, o olhar direto.

— Não ouvi você dizer a palavra *casamento.*

Zack sorriu.

— Pensei que estivesse subentendido.

— Na cabeça de quem? Julie já concordou em se casar, quer dizer, desde que você voltou?

— Ainda não tive tempo de fazer o pedido.

Mathison franziu o cenho.

— Nem mesmo durante o tempo em que o telefone esteve fora do gancho há pouco? Ou você estava ocupado demais tentando convencê-la a começar logo aquela família que você diz querer?

Zack teve a sensação apavorante de que estava prestes a enrubescer como um garotinho.

— Tenho a impressão — continuou Mathison — que você tem uma visão distorcida do que é apropriado e decente. No seu mundo, os casais fazem sexo, têm filhos e só então se casam. Essa não é uma ordem aceitável no mundo de Julie, no mundo de Deus ou no meu!

Segurando a vontade de se espremer na cadeira, Zack disse:

— Pretendo pedi-la em casamento esta noite. Na verdade, pensei que faríamos uma parada no Lago Tahoe no caminho para a Califórnia e nos casaríamos lá.

Mathison inclinou-se para frente na cadeira.

— Você o quê? Vocês dois só conviveram por sete dias, já dormiram juntos, e agora você quer que ela jogue tudo para o alto e vá embora com você e se case numa cerimônia civil sem graça? Ela tem um emprego, uma família e outras pessoas para pensar. O que acha que ela é, algum animal de estimação sem ideias próprias que você pode levar na coleira e ir à Disneylândia? Onde está seu senso de justiça e suas prioridades? Eu esperava mais de você depois do discurso que me deu há pouco.

Zack caiu direitinho na armadilha.

— Acho que não estou entendendo. O que quer que eu faça?

Mathison não perdeu a oportunidade.

— Espero que se comporte como um cavalheiro e faça alguns sacrifícios. Resumindo, quero que o futuro marido de Julie passe algum tempo aqui para conhecê-la melhor, para tratá-la com *reverência* e *respeito*, como Deus gostaria que tratássemos nossas mulheres, e só então pedi-la em casamento. Supondo que ela concorde, vocês vão permanecer noivos por um tempo razoável e em seguida vão se casar. A lua de mel — terminou ele implacavelmente — acontece *depois* do casamento. Se você estiver disposto a fazer todos esses sacrifícios, só então poderei dar minha bênção ou fazer a cerimônia. Por sinal, tenho certeza que só assim Julie vai se sentir realmente feliz ao se casar. Está claro?

Zack franziu o cenho.

— Muito.

Jim Mathison viu a expressão do outro e voltou a atacar.

— Se esses sacrifícios de conveniência pessoal e de satisfação física já são demais, então...

— Não falei que eram demais — interrompeu Zack, seus pensamentos presos no fato, até então esquecido, de que era lógico que Julie iria querer que o pai conduzisse a cerimônia de casamento.

— Ótimo, Zack — disse ele, usando o nome de Zack pela primeira vez. Com um sorriso de repente caloroso e até paternal, ele acrescentou: — Então está tudo combinado.

Retornando de seus pensamentos particulares, Zack notou o sorriso satisfeito de Mathison, percebeu que havia sido coagido a quase concordar com algo que estava quase fora de questão e disse:

— Nem tudo. Estou disposto a permanecer na cidade enquanto puder, mas não há razão para Julie e eu precisarmos "nos conhecer melhor" antes que eu a peça em casamento, e também não estou disposto a esperar meses pelo casamento. Vou pedir a mão dela imediatamente. Assim que ela concordar, para mim, já estamos noivos.

— Vocês serão noivos quando você colocar uma aliança no dedo de Julie. Formalidades e tradições existem por uma razão, rapaz. Como o celibato antes do casamento, eles dão um significado especial e duradouro ao acontecimento.

— Tudo bem — disse Zack, um pouco irritado.

Mathison sorriu.

— Quando você quer se casar?

— Assim que possível. No máximo daqui a algumas semanas. Vou falar com Julie.

— Tem certeza de que não quer ajuda, mamãe? — perguntou Julie, observando a mãe colocar uma bandeja de biscoitos na mesa de jantar.

— Não, querida. Você e seus irmãos podem ficar na sala e conversar à vontade. É tão bom ver vocês três assim tão felizes.

Julie estava quase tão nervosa quanto feliz. Ao se virar em direção à porta fechada do escritório de seu pai, ela viu Ted e Katherine, sentados juntos no sofá, fazendo piada sobre o que Zack dissera no ginásio.

— O que está havendo aí? — perguntou ela.

Ted riu e conferiu o relógio.

— Você sabe o que está havendo. Papai está dando um de seus famosos sermões pré-nupciais ao noivo em potencial.

— Zack ainda não voltou a me pedir em casamento.

Katherine olhou para ela, sem acreditar.

— Depois das coisas lindas que ele disse na frente de metade da cidade hoje, você tem alguma dúvida de que é isso que ele quer?

— Na verdade, não. Mas papai está demorando demais para ser um de seus sermões normais.

— Este está mais longo — disse Ted, sem esconder a animação — porque papai sente uma necessidade paternal de arrancar o couro de Zack por ter sequestrado você e tudo o mais.

— Zack já sofreu mais que o suficiente por qualquer coisa que fez a mim! — exclamou Julie.

Katherine engoliu um risinho e um gole de Coca-Cola.

— Ele vai sofrer muito mais se morder a isca e concordar com a oferta usual.

— Que oferta? — perguntou Julie.

— Você sabe, a oferta "tradição é tudo", "sem sexo antes do casamento", "noivados duradouros são ideais" que papai gosta de fazer a todos os possíveis noivos.

— Ah, essa história. Zack nunca vai concordar. Ele é mais velho, mais sábio e mais sofisticado do que a maioria dos homens com quem o papai lida.

— Ele vai concordar — disse Ted, rindo. — Que escolha tem? Papai não é só esperto ou o pastor que vai conduzir a cerimônia de casamento, mas também seu pai. Zack sabe que já tirou três notas baixas no diário de classe de papai. Ele vai concordar por seu bem e pelo bem da harmonia familiar.

— Ou melhor, você *espera* que ele concorde — provocou Katherine — porque você concordou.

Ted reclinou-se e, brincalhão, beliscou de leve a orelha da esposa.

— Pare! Você está envergonhando Julie.

— Julie está rindo. Você é que está sem graça.

— Estou sem graça, minha esposa tagarela, porque foi o mês mais longo e doloroso da minha vida, e a nossa noite de núpcias foi o resultado de um mês de abstinência.

Katherine olhou para ele, esquecendo-se por um momento da presença de Julie.

— Foi lindo — argumento ela. — Especial... como se fosse a nossa primeira vez. Acho que esse é o propósito do pedido do seu pai para que as pessoas prometam esperar até o dia do casamento para fazer amor, mesmo que já tivessem feito antes.

— Alguém se incomoda com o fato de eu estar ouvindo isso? — brincou Julie.

A porta do escritório se abriu, e os três se viraram. O reverendo Mathison parecia satisfeito, Zack, por outro lado, aturdido e enraivecido. Ted começou a rir.

— Ele caiu! — exclamou ele. — Está com aquela cara perplexa e zangada que nós todos ficamos. Meu herói do cinema! — disse, balançando a cabeça. — Eu tinha todos aqueles pôsteres dele na parede do meu quarto, e ele acabou se mostrando um mero mortal, mais um pedaço de argila na mão de papai. A prisão não o fez ceder, mas papai conseguiu.

Zack dirigiu um olhar curioso ao animado grupo na sala de estar enquanto caminhava, mas a sra. Mathison o atrasou ao convidá-lo para comer um biscoito na sala de jantar. Ele se virou.

— Não, obrigado, sra. Mathison — disse ele, conferindo o relógio. — Está tarde. Preciso encontrar um hotel para fazer o check-in.

A sra. Mathison olhou com expressão interrogativa para o marido, que sorriu e assentiu devagar, então ela disse:

— Adoraríamos se você ficasse conosco.

Zack pensou na quantidade de telefonemas que iria fazer e receber enquanto permanecesse em Keaton e o incômodo que causaria à família, depois disse:

— Obrigado, mas acho que seria melhor se eu ficasse num hotel. Trouxe trabalho, vou pedir que mandem mais material para cá e provavelmente vou ter reuniões de negócios também — disse ele ao notar que a sra. Mathison parecia genuinamente decepcionada. — Acho que um quarto de hotel seria melhor.

Zack não viu o olhar estranho e apreensivo que Julie lhe dirigiu quando mencionou um quarto de hotel, mas ele estava ansioso para partir, pedir champanhe pelo serviço de quarto, tomar Julie em seus braços e pedi-la em casamento na atmosfera apropriada.

— Pode me levar a um hotel? — perguntou ele a ela.

81

— CHEGAMOS — DISSE JULIE MEIA HORA DEPOIS, QUANDO eles pararam diante da única pousada de Keaton. — Esta é a melhor pousada de Keaton. — Ted e Katherine tinham lhes dado uma carona até a casa de Julie e colocaram as malas de Zack no carro dela.

Zack olhou, sem acreditar, para o prédio alto e acabado com portas pretas a 3 metros de distância uma da outra que de alguma forma, na opinião dele, pareciam dentes podres, e para a piscina vazia que ficava praticamente no meio da rua. Em seguida olhou para cima, para o letreiro em neon acima do prédio, e leu:

— Pousada Descanse em Paz — repetiu ele, sem acreditar. — Deve haver outra pousada por aqui.

— Quem dera! — exclamou ela, sufocando um riso.

Um velho de chapéu Stetson que mastigava tabaco estava sentado em uma cadeira de metal do lado de fora da recepção, aproveitando a noite perfumada, quando Julie e Zack chegaram. O homem se levantou quando Zack saiu do carro.

— Olá, Julie — cumprimentou ele, reconhecendo-a ao dar uma rápida olhada pelo para-brisa.

Zack abandonou todas as esperanças de encontrar um lugar agradável e recluso e entrou na recepção, cada vez mais triste e desanimado.

— Importa-se se eu guardar isso como recordação? — pediu o gerente quando Zack assinou o nome num formulário.

— Não.

— Zack Benedict — entoou o gerente com reverência, pegando o formulário para analisar a assinatura. — Zack Benedict bem aqui, na minha pousada. Quem imaginava que isso aconteceria?

— Eu não — disse Zack. — Acho que aqui não tem um apartamento, certo?

— Temos uma suíte de núpcias.

— Está brincando — disse Zack, olhando de soslaio o prédio pouco receptivo, então viu Julie apoiada na porta da recepção, com os pés cruzados, o rosto iluminado por um sorriso maroto, e os ânimos de Zack melhoraram instantaneamente.

— A suíte de núpcias tem uma pequena cozinha.

— Que romântico! Aí que vou ficar — disse Zack e ouviu o riso abafado de Julie, que o fez sorrir.

— Vamos — disse ele, acompanhando-a para fora da recepção até o quarto, enquanto o gerente os seguia e depois parou ao lado do portal. — É minha imaginação — perguntou ele secamente enquanto abria a porta da suíte de núpcias e dava espaço para que ela entrasse primeiro —, ou aquele cara está de olho para ver se você vai entrar.

— Ele vai ficar de olho para ver se entrei, se fechamos ou não a porta e quanto tempo ficarei aqui. Amanhã a cidade inteira vai saber as respostas às três perguntas.

Zack ligou o interruptor, deu uma olhada na suíte e rapidamente desligou a luz.

— Quanto tempo podemos ficar na sua casa sem causar alarde?

Julie hesitou, desejando que ele dissesse de novo que a amava e o que pretendia fazer a respeito.

— Isso depende das suas intenções.

— Tenho intenções honráveis, mas elas podem esperar até amanhã. Eu me recuso a discuti-las num quarto com uma cama em formato de coração, coberta com lençóis de veludo vermelho, e poltronas roxas.

O alívio de Julie veio à tona numa gargalhada musical, e Zack a tomou nos braços. Tateando no escuro até encontrar o rosto dela, ele acariciou-o com as duas mãos e riu enquanto lhe dava beijinhos. Então, aos poucos, a risada diminuiu à medida que ela correspondia ao beijo.

— Eu amo você — murmurou ele. — Você me faz tão feliz. Você fez o esconderijo no Colorado parecer um parque de diversões. Faz este quarto infernal parecer lindo. Mesmo na prisão, quando eu a odiava, sonhava com o dia em que você me levou até a casa, quase congelado, com você dançando comigo e fazendo amor, e eu acordava desejando você.

Ela acariciou-lhe os lábios com a ponta dos dedos e roçou o rosto contra seu peito.

— Qualquer dia você me leva ao México, para que a gente fique uns dias no seu barco? Eu sonhava que estava lá com você.

— É só um barquinho. Antigamente eu tinha um iate enorme. Vou comprar outro para você, e vamos fazer um cruzeiro.

Ela balançou a cabeça.

— Eu queria ficar com você no barco no México, como planejamos, mesmo que seja só por uma semana.

— Vamos fazer as duas viagens.

Com relutância, ele se desvencilhou do abraço e acompanhou Julie até a porta.

— O fuso horário da Califórnia é de duas horas a menos, e tenho algumas ligações para fazer. Quando posso ver você de novo?

— Amanhã?

— Lógico — disse ele, secamente. — Mas a que horas?

— Assim que você quiser. Amanhã é feriado municipal. Vai ter um grande desfile, uma feira, um piquenique, fogos de artifício e tudo o mais para a comemoração do bicentenário da cidade. E vai continuar a semana inteira.

— Parece divertido — disse ele e ficou surpreso porque realmente achava isso. — Venha me pegar às nove horas, e vamos tomar café.

— Sei exatamente aonde podemos ir. A melhor comida da cidade.

— Sério, onde?

— McDonald's — brincou ela, achando graça da expressão surpresa de Zack, depois deu-lhe um beijo na bochecha e saiu.

Ainda rindo, Zack fechou a porta e ligou a luz, depois foi até a cama e, com relutância, colocou sua maleta em cima dela. Pegou o telefone celular e deu seu primeiro telefonema aos Farrell, que ele sabia que estariam ansiosos para descobrir as novidades de sua viagem. Ele aguardou enquanto Joe O'Hara ia chamar Matt e Meredith no meio dos convidados da festa.

— E então? — A voz de Matt Farrell estava cheia de expectativa. — Meredith está aqui, e você está no viva-voz. Como está Julie?

— Julie está maravilhosa.

— Já se casaram?

— Não — disse Zack, pensando com irritação no acordo que o pai de Julie insistiu que fizessem —, estamos namorando.

— Estão o quê? — cuspiu Meredith. — Quero dizer, achei que vocês já estariam em Tahoe agora.

— Ainda estou em Keaton.

— Ah.

— Na Pousada Descanse em Paz.

Ele ouviu o riso abafado de Meredith.

— Na suíte de núpcias.

Ela riu mais alto.

— É uma quitinete.

Ela gargalhou.

— Seu piloto deve estar aqui também, coitado. Eu devia tê-lo convidado para jogar pôquer.

— Cuidado — alertou Matt, seco. — Ele vai levar todo o seu dinheiro.

— Ele não vai poder ver as cartas aqui. Elas vão ficar ofuscadas pelo veludo vermelho da cama em formato de coração e pelas poltronas roxas. Como está a festa?

— Avisei que houve uma emergência e você precisou se ausentar. Meredith assumiu a gerência dos empregados e está bancando a anfitriã. Está tudo bem.

Zack hesitou, pensando na aliança que precisava e das joias esplêndidas que as lojas Bancroft & Company eram famosas por vender.

— Meredith, posso pedir um favor?

— Claro — disse ela com tranquila serenidade.

— Preciso de uma aliança o quanto antes. Amanhã de manhã, se possível. Sei o que quero, mas não vou encontrar aqui e, se eu aparecer em Dallas, vou ser reconhecido. Não quero que a imprensa me siga e venha parar nesta cidade.

Ela entendeu no ato.

— Diga o que você tem em mente. Amanhã de manhã, quando nossa filial de Dallas abrir, vou telefonar para a gerente da Seção de Joias Finas e pedir que ela selecione algumas alianças. Steve pode ir buscá-las às dez e quinze e levá-las a você.

— Você é um anjo. O que quero é o seguinte...

82

Zack percebeu no dia seguinte que a comemoração do bicentenário de uma pequena cidade do Texas era um assunto elaborado, que se iniciava com um discurso do prefeito e continuava durante a semana toda com eventos que incluíam desfiles na rua principal, competições esportivas, shows e uma variedade de espetáculos.

— Aquele é o prefeito Addelson — disse Julie, quando chegaram ao parque no meio da cidade e pararam em um canto, onde não seriam vistos por muita gente. Ela acenou com a cabeça para o homem alto de quase 50 anos que se encaminhava com vivacidade para o pavilhão apropriadamente decorado com bandeiras vermelhas, brancas e azuis. — E aquela é sua esposa, Marian, de vestido de linho amarelo — acrescentou, indicando uma mulher bonita de vestido elegante e chapéu que estava sentada entre os convidados de honra em uma arquibancada especialmente erigida na lateral do pavilhão, observando o marido se preparar para o discurso. — O prefeito Addelson ficou viúvo há muitos anos — informou Julie. — Marian trabalhava como decoradora de interiores em Dallas quando ele a conheceu dois anos atrás. Ele a trouxe para cá, e papai celebrou o casamento. Eles têm um lindo rancho nos arredores da cidade e estão construindo uma casa na colina. São pessoas muito agradáveis.

Zack abraçou-a por trás, pressionando o elegante traseiro de Julie contra seu corpo, enterrou seu rosto no cabelo dela e sorriu.

— Seu corpo é que é muito *agradável*.

Ela inclinou-se levemente contra ele, e ele sentiu o corpo vibrar e endurecer.

— O seu também.

Respirando fundo, Zack tentou se distrair olhando para o prefeito Addelson. O cabelo volumoso do sujeito detinha a estranha tonalidade de loiro-acinzentado que parecia mais comum no Texas que em qualquer outro lugar em que Zack já estivera. Mas o prefeito, sem dúvida, compartilhava o amor dos políticos pela pompa e pelos discursos, pois falou durante quase meia hora sobre a grande batalha que uma vez ocorreu no território de Keaton e sobre a história da cidade, começando pelos fundadores. Em sua mente, Zack comparava as qualidades, ou a falta delas, dos roteiros cinematográficos que lera na semana anterior, quando percebeu que o prefeito havia acabado de discursar e agora falava de Zack.

— Antes de dispararmos o canhão e dar início às comemorações, eu gostaria de falar por um minuto sobre o visitante especial que temos na cidade. Não é segredo para nenhum de vocês que Zack Benedict está aqui agora e que está visitando Julie Mathison. Também não é segredo que o grande estado do Texas não foi muito amigável nem teve muita sorte com ele no passado. Sei o quanto todos vocês esperaram para conhecê-lo e como estamos ansiosos para mudar a impressão que ele tem do Texas, mas, pessoal, a melhor forma de fazer isso é lhe dar espaço e deixar que ele nos conheça por conta própria. Vocês sabem tudo o que ele viveu e já viram como as pessoas assediam as estrelas de cinema e as importunam até conseguir um autógrafo. Pode ser que não haja um único lugar no mundo em que Zack possa relaxar e ser tratado como gente comum gosta de ser tratada. A não ser aqui. Vamos mostrar a ele como é a cidade de Julie, onde as pessoas se importam e cuidam umas das outras.

Essa invocação foi recebida com uma calorosa salva de palmas, um rufar dos tambores da banda e sorrisos e acenos amigáveis de centenas de pessoas direcionados a Zack, que educadamente retribuiu.

Para a surpresa e satisfação de Zack, as pessoas da cidade aderiram à sugestão do prefeito, e Zack teve o melhor e mais relaxante dia num espaço público desde que podia se lembrar, em quinze anos. Agora estava imune ao clima de celebração e à característica atmosfera patriótica que o circulava. À medida que o dia virava noite, ele se divertiu à beça fazendo coisas simples como visitar os estandes onde itens caseiros, desde bolos a lençóis de crochê, estavam à venda, devorar cachorros-quentes com muita mostarda e fazer piada com Ted e Katherine sobre a possibilidade de todos os jogos de gincana estarem viciados — pelo menos aqueles em que ele tentavam vencer. Mas, em seguida, ele ficou só com Julie e, como já tinha percebido no Colorado, ela tinha o dom de tornar as coisas mais normais em uma aventura.

Julie também era adorada pelos habitantes locais, e sua afeição por ela parecia de alguma forma incluir Zack também: agora que o que dissera no ginásio na noite anterior lhes dera todas as razões para esperar que ele tivesse vindo com "intenções sérias". Zack estava louco para provar isso para eles e para o resto do mundo ao colocar no dedo de Julie a aliança que escolhera naquela manhã, mas estava esperando o momento certo. Depois da calamidade de sua última tentativa de trocar alianças, estava determinado que a próxima compensasse a tristeza da anterior e fosse alegre, memorável e leve.

Agora, enquanto caminhava com Julie pelas barraquinhas barulhentas e iluminadas ao entardecer, ele não se deixava esquecer do diamante radiante de 10 quilates que estava em seu bolso, nem conseguia ignorar os olhares curiosos e sorridentes de centenas de cidadãos de Keaton que desfrutavam da feira — todos eles imaginando se e quando ele iria de fato se declarar. Zack notava que, às vezes, algumas pessoas tiravam fotos suas, mas foram muito discretas.

— Quer andar na roda-gigante? — perguntou à Julie quando ela parou para admirar o brinquedo.

— Só se você prometer que não vai balançar o banco — disse ela, pegando um pedaço de algodão-doce cor-de-rosa e oferecendo a ele.

— Eu nunca pensaria nisso — mentiu Zack, mastigando. — Julie, esse negócio é horroroso. Como você consegue comer? Me dá mais uma mordida.

Ela riu e pegou mais um pedaço do doce gosmento e rosado, e os dois sorriram para os casais que passavam por eles dando um aceno amigável.

— Estou falando sério sobre não balançar o banco — avisou ela, quando ele enfiou a mão no bolso para pegar dinheiro. — Eu tenho... bem... um pouco de medo de rodas-gigantes.

— Você? — perguntou ele, sem acreditar. — A mulher que quase nos matou há poucos minutos naquele foguete voador, fazendo-o girar?

— Aquilo foi diferente. Estávamos protegidos numa cápsula — disse ela, reclinando a cabeça para trás a fim de analisar a altura do brinquedo — Mas as rodas-gigantes são abertas e um pouco assustadoras.

Zack estava prestes a ir à bilheteria quando um feirante gritou atrás dele:

— Venha aqui e ganhe um anel folhado a ouro ge-nu-í-no! Atire em cinco patos e ganhe um anel para dar a sua namorada, atire em dez e ganhe um ursinho de pelúcia gigante para presenteá-la.

Zack virou-se, olhou para os patos mecânicos que avançavam numa fileira interminável, as armas de brinquedo na bancada da barraca, a bandeja de alianças com joias falsas enormes e brilhantes em cores que iam desde o amarelo-ovo ao vermelho-rubi. E teve um lampejo de inspiração.

— Achei que você quisesse andar na roda-gigante — disse Julie quando ele a pegou pelo braço e a fez se virar com firmeza.

— Primeiro — anunciou Zack —, eu gostaria de ganhar uma aliança de ouro ge-nu-í-no para lhe dar.

— Quantas chances você... quer? — perguntou o homem da barraquinha, sua voz falhando ao encarar o rosto de Zack. — Você me parece familiar. —

Ele pegou o dinheiro de Zack e lhe entregou uma arma sem tirar os olhos de seu rosto, depois se virou para Julie. — Seu namorado parece... você sabe.. aquele ator. Sabe... — insistiu ele a Julie, uma vez que Zack o ignorou e levantou a arma, testando a mira. — Você sabe de quem estou falando, não sabe?

Julie correspondeu o sorriso enviesado de Zack com um risinho provocativo.

— Aquele cara bonitão? — esclareceu ela ao feirante. — Forte? Moreno?

— Isso, ele!

— Steven Seagal! — brincou ela, e Zack errou o tiro.

Baixando a arma, ele dirigiu a Julie um olhar indignado e levantou a arma de novo.

— Não, ele não. — disse o homem. — Esse cara é mais alto, um pouco mais velho, mais bonito.

Zack deu a ela um sorriso convencido.

— Warren Beatty! — exclamou Julie, e ele errou o segundo disparo.

— Julie — alertou ele, os ombros balançando de tanto rir —, você quer ou não quer a aliança?

— Não — disse ela, presunçosa. — Quero o ursinho de pelúcia.

— Então pare de arruinar meu jogo e me deixe atirar na porcaria desses patos antes que atraiamos uma multidão maior.

Ela olhou ao redor e viu que, apesar do óbvio desejo de aderir à sugestão do prefeito Addelson e deixar Zack em paz, um grande grupo de pessoas tinha parado para assistir, atraídas pelo incrível espetáculo em que o Zack da vida real reencenava uma cena de tiro como se fosse em um de seus filmes, exceto pelo fato de que o alvo eram patos de metal, não capangas da máfia, espiões ou bandidos.

Zack acertou todos os oito primeiros patos que apareceram, e alguém aplaudiu, mas logo parou.

— Vire-se para lá, querida — disse Zack. — Você está me deixando nervoso.

Quando Julie obedeceu, ele enfiou a mão no bolso, piscou para o feirante atrás da bancada e colocou rapidamente a aliança na bandeja, ao lado das alianças de vidro, depois atirou mais duas vezes e errou de propósito.

— Pronto — falou ele a Julie, pegando a bandeja —, agora pode escolher.

Julie se virou.

— O quê? Não vou ganhar o ursinho de pelúcia? — perguntou ela, sem perceber que o feirante encarava, boquiaberto, a bandeja de alianças.

— Sinto muito, errei os dois últimos disparos. Que aliança você quer?

Julie olhou para o arco-íris de pedras amarelas, cor-de-rosa, vermelhas e azul-escuro que brilhavam no topo de círculos de ouro barato. E viu o diamante. Bem maior que todas as pedras de vidro, o diamante reluzia, refletindo as luzes da roda-gigante. Julie reconheceu o corte da pedra porque combinava com os diamantes de sua aliança e, quando olhou para Zack, notou a expressão melancólica e terna de seus olhos.

— Gostou? — perguntou ele.

As pessoas que observaram Zack fazer os disparos sentiram que algo estava acontecendo, ou talvez tenha sido o olhar do feirante que fez todos se aproximarem para conferir mais de perto.

— Gostei — disse Julie suavemente, um pouco nervosa.

— Será que a gente escolhe essa e encontra um lugar para colocá-la?

Ela fez que sim com a cabeça, sem palavras; ele pegou a aliança, e, quando se viraram, a multidão de espectadores viu o risinho que iluminava os olhos de Zack e começou a sorrir também.

— Venha aqui — disse Zack, levando Julie em direção a bilheteria da roda-gigante. — Rápido — disse ele, rindo, enquanto o feirante gritava para a multidão:

— Aquele cara, o que se parece com Warren Beatty, acabou de tirar do bolso o maior diamante que já vi na vida e entregou a ela!

O reverendo Mathison e sua esposa estavam conversando com o prefeito e a esposa e os pais de Katherine, que tinham acabado de chegar à cidade para participar das festividades. Eles estavam próximos ao carrossel quando Ted e Katherine chegaram correndo, seguidos por um grupo de amigos.

— É oficial — disse Ted, rindo. — Zack acabou de pedir Julie em casamento. — Num esforço deliberado de deixar o pai desconcertado, e alcançando sucesso, ele acrescentou: — Com a aliança que Zack ganhou numa barraquinha.

— Isso não me parece muito oficial — disse o reverendo Mathison, franzindo o cenho.

— Estou brincando, papai, a aliança era verdadeira — respondeu Ted sorrindo.

Todos se viraram, em deliciosa surpresa, procurando o casal de noivos para cumprimentá-los.

— Onde estão? — perguntou a sra. Mathison, sorridente.

Até chegarem à roda gigante para dar parabéns, a multidão já entoava:

— Beija! Beija!

E o fotógrafo do *Keaton Crier* apontava a câmera para o casal no topo da roda-gigante e também emprestava sua voz ao coro.

Com uma mão abraçando Julie, Zack levantou o rosto dela com a outra.

— Eles não vão nos deixar em paz até ver um beijo nosso.

Ela mordeu o lábio, as bochechas enrubescendo, os olhos brilhando de amor, a palma da mão protegendo a aliança de diamantes que ele acabara de colocar em seu dedo.

— Não acredito que você fez isso aqui, na frente de todo mundo. Você odeia chamar atenção.

Ele abraçou-a mais forte, trazendo-a para perto.

— Não essa atenção. O mundo inteiro — sussurrou ele, baixando a cabeça — foi testemunha do nosso sofrimento. Agora é hora de eles verem o que acontece quando um fugitivo encontra um anjo que acreditou nele. Beije-me, Julie.

Por entre os aplausos que explodiam lá embaixo, à vista do casal que se abraçava, o prefeito Addelson riu para a esposa e se virou para Ted.

— Seu pai o convenceu a acatar a promessa?

Ted riu, balançando os ombros.

— Sim.

— Coitado — disse Addelson, olhando para cima, para o longo e profundo beijo que Zack dava em sua nova noiva — Então ele não vai conseguir ficar muito tempo desse jeito.

— Não.

— Quando é o casamento?

— Zack disse que queria daqui a duas semanas.

— É muito tempo — observou John Grayson, um dos amigos de Ted, com um sorriso. Olhou para a esposa. — Vão parecer dois anos. Lembra, Susan?

Ela fez que sim e virou-se para Katherine.

— Seu sogro é um homem muito malvado.

— E muito sábio — acrescentou o prefeito Addelson, mais sério.

— Não era assim que você pensava antes do nosso casamento, querido — lembrou Marian Addelson.

— Não, mas foi assim que pensei na nossa noite de núpcias.

Grayson olhou para o casal que se beijava por um momento, depois acrescentou:

— Acho que ele conhece o truque da ducha fria.

83

— Julie, pare, querida, não aguento mais — murmurou Zack algumas noites depois, afastando com relutância os braços dela e depois se sentando no sofá da sala de estar da casa de Julie. Depois de dois dias na pousada Descanse em Paz, Zack percebera que os pais de Julie ficaram muito magoados por ele não querer ficar na casa deles, então, agradecido, fez o check-out na pousada e aceitou o convite dos Mathison. As acomodações eram muito melhores, e a comida era maravilhosa, mas ele estava dormindo no antigo quarto de Julie, cercado de lembranças dela. Durante o dia, enquanto ela estava na escola, dando aula, Zack trabalhava em sua casa, analisando roteiros, conversando com sua equipe da Califórnia e discutindo potenciais acordos com produtores pelo telefone, e não conseguia pensar em outra coisa que não fosse sua crescente frustração sexual. Mas, quando Julie chegava à casa de seus pais, ele dava uma olhada nela, e o desejo inevitavelmente levava às preliminares, que inevitavelmente levavam à frustração, e tudo começava de novo.

Sua capacidade de autocontrole estava tão frágil que, em vez de ficar em casa com ela à noite, ele começou a preferir sair com Julie e seus amigos para restaurantes e locais de diversão. Dois dias antes, ele chegara até a agarrar Julie na última fileira do cinema, onde sabia que as coisas não iriam longe demais. E na noite anterior sugerira que fossem ao boliche, onde ele sabia que as coisas não iam chegar a lugar algum.

Segurando-se para não praguejar, Zack afastou Julie com firmeza e se levantou do sofá.

— Nunca devia ter deixado seu pai me convencer dessa ideia ridícula de celibato pré-matrimonial. É arcaico. Sem sentido. E juvenil! Ele fez isso para se vingar de mim por ter sequestrado você. Ele é esperto e sádico! A única hora que senti que essa promessa foi boa foi na igreja no domingo.

Julie reprimiu um sorriso indefeso e disse, tentando parecer séria:

— Por que acha que isso aconteceu?

— Eu sei por que isso aconteceu! A hora que passamos na igreja foi o único momento em que não tive uma ereção na última semana.

Essa não era a primeira vez que Zack mencionava a promessa que fez a seu pai, mas estava tão incomodado que Julie quase teve medo de dizer que ele não era a única vítima daquilo. Era muito orgulhoso e uma pessoa muito reservada. Por isso, ela não tinha certeza como ele reagiria ao descobrir que todos os homens da cidade que haviam sido casados pelo pai de Julie sabiam exatamente o que Zack estava sentindo. Ela olhou para cima quando ele começou a andar de um lado para o outro à sua frente.

— Tenho 35 anos — informou ele com amargura. — Sou um homem razoavelmente sofisticado e com uma inteligência acima da média. E não estou apenas me sentindo como um garoto de 18 anos tarado e excitado, estou agindo como um! Já tomei tantos banhos frios que sua mãe deve achar que tenho obsessão por limpeza. Estou ficando irritado.

Julie tirou uma mecha de cabelo da testa, levantou-se e olhou para ele, muito entretida.

— Sério? Eu nunca teria percebido.

Com um suspiro irritado, ele empilhou na mesa os roteiros que estivera lendo e disse:

— O que acha que devemos fazer hoje à noite?

— Já pensou nos benefícios sedativos de reorganizar os armários da cozinha? — provocou ela. — Sempre funcionou comigo. Podemos fazer isso juntos.

Zack abriu a boca para retrucar, mas o telefone tocou, então ele atendeu e jogou sua frustração em seja lá quem estivesse do outro lado da linha.

— O que diabos você quer?

Sally Morrison, sua assessora, disse secamente:

— Boa noite, Zack. Tão bom falar com você. Estou ligando para falar com Julie. Ela precisa me dizer agora se você quer que os convites do casamento sejam distribuídos por limusine amanhã de manhã ou por mensageiro. Já telefonei para os cinquenta sortudos que vão receber o cobiçado convite, para que eles possam se planejar para vir ao Texas numa bela manhã de sábado. Ninguém recusou o convite. Betty e eu — acrescentou ela, referindo-se à secretária de Zack — já contratamos uma limusine para buscá-los no aeroporto de Dallas e levá-los a Keaton, e reservei quartos em hotéis de Dallas para que passem a noite de sábado.

Um pouco da irritação de Zack esvaneceu. Ele esperou até que Julie entrasse na sala de jantar, então baixou a voz e falou:

— Ela tem alguma ideia sobre quem vai estar aqui?

— Não, senhor. Seguindo sua intenção de fazer uma surpresa, eu disse a ela para esperar a presença cinquenta de seus sócios mais chatos. Cinquenta e um, contando comigo.

— E quanto à imprensa? — perguntou Zack. — O que está fazendo para deixar os jornalistas longe do seu pé? Eles sabem que estou aqui e sabem que vou me casar no sábado. Saiu em todos os jornais. Só vi alguns jornalistas por aqui, e eles mantiveram distância. Achei que agora já estariam nos rodeando como abelhas em volta do mel.

Sally hesitou por um momento.

— Julie não contou como ela decidiu lidar com a imprensa?

— Não.

— Ela permitiu a presença deles por uma hora. Se você não aprovar, vou ter muito trabalho para tentar desistir do seu trato.

— Que trato? — perguntou Zack.

— Pergunte à Julie depois que desligarmos. Posso falar com ela agora?

Zack estendeu o telefone e chamou por cima do ombro:

— Julie, Sally quer falar com você.

— Já vou — disse ela. Entrou na sala carregando o inseparável caderno onde anotava qualquer um daqueles detalhes que parecem ocupar as mulheres quando o casamento é iminente, e Zack a observou levando o telefone até a orelha direita e encaixando-o entre o ombro e o queixo. — Alô, Sally? — chamou ela com uma suavidade prazerosa que fez Zack se sentir um idiota briguento e egoísta que não conseguia controlar seus impulsos sexuais e se comportar como um cavalheiro. — O que foi? — Ela ficou calada por um minuto, ouvindo, então disse: — Vou perguntar a Zack.

Julie sorriu para ele, o que fez Zack se sentir pior, e falou:

— Sally quer saber se você quer que os convites sejam entregues ao pessoal da Califórnia por limusine amanhã ou se prefere usar um serviço de mensageiro. — Ela consultou o caderno. — As limusines vão custar o quádruplo.

— Limusines — respondeu Zack.

— Limusines — repetiu ela ao telefone.

Quando Julie desligou, Zack olhou para ela e toda sua impaciência tornou-se admiração. Apesar da incrível pressão que Julie sofria, arrumando os preparativos do casamento que aconteceria no final de semana, ela nunca perdeu a calma. Rachel gastara meses no casamento e 250 mil dólares do dinheiro de Zack para fazer um evento midiático que demandou os esforços de dois assessores de imprensa e um exército de empregados, consultores e assistentes, e Rachel estava acostumada a lidar com a pressão de ser uma figura pública. Mesmo assim, até o dia da cerimônia, a ex-esposa passara semanas se comportando como uma louca e tomando calmante como se fosse balinha.

Julie havia planejado o casamento durante uma semana apenas com a ajuda de Katherine e da equipe competente de Zack a postos na Califórnia. Ao mesmo tempo, não parou de trabalhar na escola e ainda providenciou tudo para sublocar sua casa. E em nenhum momento perdeu o controle ou menosprezou Zack. Uma vez que todos os cidadãos de Keaton tinham se esforçado tanto para fazer Zack se sentir à vontade e bem-vindo e como Julie era parte integrante da própria cidade, os dois decidiram limitar os convidados da cerimônia de casamento à família e amigos próximos, mas convidar todo o vasto círculo de amigos e conhecidos dos Mathison para a recepção, que aconteceria no parque. A decisão de convidar 650 pessoas, em vez de fazer uma recepção pequena e íntima foi vontade de Zack. Desde que chegara à cidade, ele vinha desfrutando a companhia de pessoas honestas, decentes e humildes muito mais do fizera em toda a sua vida. Apesar de suas reclamações, ele gostava muito das pequenas coisas que faziam juntos quando ele estava ali. Gostou de dançar com Julie num restaurante onde amigos se juntaram a eles sem nunca se intrometer; adorou ir ao cinema com ela, comer pipoca velha, namorar na última fileira, depois levar Julie para casa, de mãos dadas pelo perfumado ar noturno. Na noite anterior, ele jogara bilhar na casa do sr. Cahill com Ted e seus amigos, enquanto Julie e Katherine traziam comida e torciam para seus companheiros, depois ficou surpreso quando Julie desafiou o ganhador... e venceu.

De alguma forma, ela conseguira fazer isso tudo enquanto providenciava os preparativos, com uma dúzia de mulheres da cidade: escolher o bufê que seria servido na recepção, contratar a banda, escolher as músicas, encomendar flores na floricultura da cidade e as tendas brancas que viriam de Dallas e seriam montadas no parque. Zack, que às vezes ouvia Julie contar sobre os preparativos, tinha a esperança de que, embora a recepção de seu segundo casamento carecesse da etiqueta e da beleza que tivera a do primeiro, isso seria compensado pela atmosfera calorosa e festiva. Caso contrário, tinha todos os sinais de se tornar um desastre ridículo. Nesse caso, Zack esperava firmemente que chovesse.

A única coisa que dava a Julie uma pausa momentanea era a questão do vestido de noiva e o de Katherine, Sara e Meredith, que tinha decidido que seriam suas únicas madrinhas. Meredith se ofereceu para resolver esse problema quando Julie telefonou para convidá-la ao casamento: ela mandou pelo serviço de entrega rápida dos correios um catálogo com todos os vestidos de noiva e de madrinha disponíveis na seção matrimonial exclusiva da Bancroft & Company. Julie ficou em dúvida entre três possibilidades, que o piloto dos Farrell traria de Chicago no dia seguinte. Rachel levara semanas para decidir o vestido de noiva; Julie, Katherine e Sara debateram por duas horas, fizeram a seleção e encomendaram os vestidos para as gêmeas Eldridge, que fariam os ajustes. Meredith, que voltara para Chicago com Matt, providenciava lá os ajustes de seu vestido.

Durante todo esse tempo, o único desentendimento que Zack e Julie tiveram aconteceu na noite do noivado e foi resultado da insistência de Zack em pagar pelo casamento. Ele firmou um acordo em privado com o pai de Julie, que, por sorte, não fazia ideia de quanto custava um vestido de noiva da Bancroft & Company, o galão de combustível de avião — pelo qual Zack iria compensar Matt — ou qualquer outra coisa. Zack "cedeu graciosamente" a ponto de deixar o reverendo Mathison contribuir com 2 mil dólares para os gastos do casamento, então ofereceu — com igual graciosidade e menos honestidade — seu contador para fazer a tediosa tarefa de pagar todas as contas e devolver ao pai de Julie qualquer excedente de dinheiro.

Agora, enquanto observava Julie fazendo suas anotações no caderno, Zack pensou em toda a pressão que ela estava sofrendo e com quanta tranquilidade lidara com tudo aquilo: em comparação, os dias de Zack tinham sido incrivelmente calmos e cheios de sucessos. Livre das interrupções constantes que sofria na Califórnia, ele conseguira ler roteiros, que era sua tarefa mais urgente no momento, e refletira sobre o que queria fazer em seu primeiro filme. Sua fuga dramática da prisão, sua recaptura, sua subsequente liberação e agora seu casamento com a jovem professora que fora sua refém combinaram-se para fazer dele uma "lenda" ainda maior do que fora antes. Zack não precisava ler revistas de fofoca para saber que ele era agora o ator e diretor mais badalado do cinema. Além de trabalhar, o único outro problema que ele precisou lidar pessoalmente na última semana foi a questão da imagem pública de Julie. A princípio, quando os vídeos da captura de Zack na Cidade do México foram exibidos, Julie foi considerada pelo mundo uma heroína que ajudou a prender um assassino em massa. Poucas semanas depois, quando Zack acabou inocentado e liberado da prisão, aqueles mesmos vídeos fizeram dele um mártir heroico frente à brutalidade da polícia, enquanto Julie ficou retratada como a bruxa maléfica que o traiu. Em vez de deixar que ela continuasse a sofrer os efeitos disso, Zack, sem antes consultar Julie, mandou uma cópia do vídeo que pegara de Richardson a um amigo da CNN. Apenas 24 horas depois da primeira exibição desse vídeo, o mundo teve a mesma reação ao sofrimento e à histeria de Julie que Zack tivera quando assistiu.

Agora, ao se lembrar de tudo o que acontecera a Julie na última semana, Zack se sentiu culpado e envergonhado por ter ficado irritado com o que, afinal, eram apenas duas semanas de celibato forçado na presença de uma mulher que ele desejava mais que imaginara ser possível. Foi até ela, tirou o caderno de suas mãos, beijou-lhe na testa e disse suavemente:

— Você é uma mulher incrível, querida. Infelizmente, vai se casar com um idiota tarado e temperamental que por acaso a deseja desesperadamente.

Ela se inclinou e beijou-o com ardor suficiente para fazê-lo gemer e afastá-la de novo.

— Tudo o que você tem que fazer — lembrou ela — é quebrar sua palavra ou contar ao meu pai que o acordo está acabado.

— Não vou quebrar a porcaria da minha palavra.

Ela riu e balançou a cabeça, pegou o caderno de novo e tirou o lápis que estava preso em seu cabelo volumoso como se já tivesse se esquecido do beijo que ainda fazia o sangue de Zack pulsar, quente.

— Eu sei. Ficaria desapontada se você fizesse isso.

— Seria mais fácil — disse Zack, irracionalmente irritado com a mesma paciência pela qual a admirara havia apenas alguns instantes — se eu soubesse que esse acordo de abstinência está enlouquecendo você tanto quanto a mim.

Julie deixou o caderno de lado e se levantou, então ele percebeu pela primeira vez que ela não estava nem um pouco tão tranquila em relação aos planos do casamento e ao celibato forçado quanto ele achava, ou então a disposição de Zack a estava deixando cansada. Ou os três.

— Nós tínhamos que ir ao campo de beisebol hoje, está lembrado? — disse ela, de mau humor. — É um jogo muito especial entre o time da liga mirim que ajudei a treinar durante todo o ano e nossos adversários de Perseville. Você concordou em ser o árbitro, e está todo mundo animado. Não vamos discutir sobre isso. Ou, se vamos discordar, então guarde seus argumentos para o jogo.

Zack fez isso, e assim partiram.

Três horas depois, com dois atordoados times da liga mirim observando com atenção e as arquibancadas abarrotadas de pais maravilhados, Zack

Benedict colheu os desagradáveis frutos de uma semana de impaciência e injustiça que infligira a sua noiva estressada.

Agachado atrás da última base durante o final do sétimo tempo, com as bases cheias e o placar empatado, Zack viu, por trás de sua obrigatória máscara de árbitro, a corrida da segunda maior estrela do time de Julie em direção à quarta base.

— Fora! — exclamou Zack, levantando o braço para fazer o gesto ritualístico. Como ele descobrira ao longo dos sete primeiros tempos, os texanos levavam os jogos de seus filhos pela liga mirim muito a sério, e nem mesmo uma estrela do cinema que todos eles haviam começado a gostar não estava imune aos gritos indignados direcionados a qualquer árbitro que tomasse uma decisão impopular, ainda que correta. A multidão de Keaton vaiou e urrou.

Para Julie, que estava sentada no banco do treinador, a decisão de Zack contra seu time não era apenas impopular, mas também parecia tão errada e injusta quanto os dois julgamentos anteriores. Desta vez, ela fez mais que ranger os dentes: saiu do banco e marchou em direção ao campo para confrontar Zack.

— Você está louco? — exclamou ela, para a surpresa de Zack. — A posição era legal!

— Ele estava fora! — retrucou Zack.

Julie colocou a mão no quadril, sem ouvir os gritos e as risadas que começavam a vir da plateia que assistia à discussão, e disse, furiosamente:

— Você está descontando sua frustração ridícula no meu time, e não vou aturar isso!

Zack levantou o rosto para olhá-la de sua posição agachada, os próprios ânimos começando a esquentar ante esse ataque público injusto — e constrangedor — a sua capacidade de fazer julgamentos e a seu espírito esportivo.

— Ele estava fora! Agora se sente naquele banco, que é o seu lugar — disse Zack, apontando. Ele percebeu tarde demais que as gargalhadas que seguiam Julie enquanto ela obedecia, furiosa, e marchava de volta ao banco iriam deixá-la à beira de um ataque de nervos.

O terceiro batedor de Julie fez dois *strikes*, e errou a terceira bola por um milímetro.

— *Strike* três! — exclamou Zack, e, como a jogada por pouco não dera certo, mesmo do seu ponto de vista, ele não ficou surpreso quando a multidão rugiu em desaprovação. Mas ele ficou, sim, muito surpreso quando Julie se levantou do banco, gritou para seu exausto time permanecer em campo e deu passos firmes até Zack.

— Você precisa de óculos? Meu jogador chegou à base, não foi um *strike*, e você sabe disso! — explodiu Julie, tremendo de raiva.

— Foi fora!

— Não foi! Você está tão preocupado em provar para todo mundo o quanto você é imparcial que está roubando contra o meu time!

— Foi fora, e você vai para fora também se continuar com isso.

— Você não ousaria me expulsar deste jogo!

Zack se levantou devagar.

— Você está fazendo uma cena! — exclamou ele. — Sente-se!

— Não estou, não! — retrucou ela e, para a surpresa de Zack, chutou o chão jogando terra sobre o platô para que ele tivesse que limpar, e depois nos tênis dele. — *Isto* é que é fazer cena!

— Você está expulsa! — exclamou Zack, levantando o braço, no gesto inconfundível de expulsão de um treinador, e o estádio explodiu em vaias, torcidas, gritos e aplausos enquanto Julie marchava para fora do campo. — Continuem! — gritou Zack, gesticulando para o outro time, depois voltou para sua posição agachada atrás do platô. Do canto do olho, ele viu a rigidez dos ombros de Julie, o suave balanço de seu quadril e o cabelo que crepitava sobre os ombros ao sabor da brisa enquanto ela caminhava até o banco e pegava seu casaco. Zack se deu conta de que iria se arrepender de sua ação. Ela iria fazer de tudo para que isso acontecesse.

O jovem Willie Jenkins era de opinião semelhante. Quando passou por Zack ao andar pelo campo, ele avisou com a voz carregada:

— Você está ferrado, Zack.

O time de Julie perdeu de 4 a 3. Quando os derrotados e seus pais se reuniram num restaurante para jantar, Julie já estava lá, e então Zack percebeu que aquele era um ritual após cada jogo. Ela tinha palavras de consolação e aprovação para todos os garotos e nada a dizer a Zack quando ele tentou lhe dar algo para beber. Os outros adultos pareciam dispostos a esquecer que a última decisão de Zack fizera o time perder, e vários se ofereceram para pagar uma bebida a ele, mas Julie preferiu lhe dar as costas e continuou conversando com Katherine, Sara e algumas amigas.

Entre tentar acalmar os ânimos de Julie publicamente, o que ele tinha certeza de que não iria fazer, ou se retirar para o bar, onde Ted, Carl, John Grayson e o prefeito Addelson comiam pizza, Zack escolheu a última opção. Ted viu que ele se aproximava e se virou, apoiando os cotovelos no balcão atrás de si.

— Você não tomou boas decisões no jogo, hein, Zack! — disse ele com um risinho.

— Muito ruins — concordou Carl.

— Péssimas — ecoou o prefeito Addelson, rindo, enquanto jogava um punhado de amendoins na boca.

— Mas acertei — disse Zack.

— Pode ter acertado — disse Addelson —, mas foram escolhas ruins.

— Dane-se! — exclamou Zack, com mais raiva do que achava ser possível, pois Julie continuava a ignorá-lo. — Se ela não aguenta o calor, não devia brincar com fogo!

Por alguma razão, esse comentário simples e banal levou os quatro homens a gargalharem.

Zack os ignorou, sua raiva crescendo ao se dar conta da situação absurda, indigna e injusta em que ela o havia colocado. Ele tinha 35 anos, valia mais de 100 milhões de dólares e, a não ser pelos cinco anos na prisão, passara a vida comendo nos restaurantes mais finos, hospedando-se nos melhores hotéis e convivendo com estrelas brilhantes e talentosas como ele próprio. Em vez disso, Zack estava agora relegado a comer pizza em pé num restaurante tosco na movimentada metrópole de Snake Navel, no Texas, enquanto era ignorado por uma pessoa que deveria se sentir honrada por ele querer se casar com ela! Tinha vontade de ir até ela, dizer umas verdades, depois levá-la direto para a cama como qualquer homem merece poder fazer com a mulher com quem vai se casar. Não foi um acordo que ele fizera com o pai de Julie, mas sim uma vingança maliciosa e mesquinha por parte de um idiota arrogante, manipulador e carola.

Zack se afastou do bar.

O prefeito Addelson repousou a mão pesada no ombro de Zack antes de dizer:

— Aceite um conselho de um homem que já esteve no seu lugar: não faça isso.

— O quê? — retrucou Zack.

Ted passou pelo prefeito e riu para Zack.

— Pegue uma bebida, coma um hambúrguer, depois vá para casa, tome mais um banho frio e aguente firme por mais uma semana. Um dia, você vai se lembrar disso e rir.

— Não sei do que diabos vocês estão falando.

— Estamos falando sobre o que é conhecido pela cidade como o Método Mathison de Tormento Pré-Matrimonial — respondeu Ted levemente. — É o jeito bem-intencionado do meu pai de restaurar o elemento de suspense e expectativa para a noite de núpcias num tempo em que ele acha que os casais estão privados da magia porque têm pressa demais.

O queixo de Zack se enrijeceu de raiva, equivocadamente convencido de que o pai de Julie rodou pela cidade, contando a todos sobre o ridículo acordo que impusera a Zack em retaliação pelo sequestro da filha.

— O que disse? — perguntou ele.

John Grayson ouviu a pergunta e se aproximou.

— Ele já está ficando surdo. — Na tentativa de tirar a importância do assunto, ele acrescentou: — Sabe de onde eles falam que isso vem?

Ted tomou um gole de sua bebida.

— Não, você fica cego, e não surdo, ao fazer isso.

— Do que diabos vocês estão falando?

— Estamos falando de você, meu amigo — disse Ted. — Não é Julie quem não aguenta o "fogo", e sim você. Exatamente como nós. Metade dos homens desta cidade foram convencidos a fazer o mesmo acordo que você fez, e a maioria de nós, aqueles que cumpriram a palavra, acabaram arrumando briga por nada com as futuras esposas.

A raiva e a frustração que Zack sentia evaporaram num segundo de surpresa misturada com hilaridade ante o absurdo do que estava ouvindo.

— Diga a ele, prefeito — pediu Ted.

— É o inferno na terra. Sou dez anos mais velho que você, filho, e eu não podia acreditar no quanto queria algo em parte porque havia concordado em me abster disso. É bem difícil para as mulheres também, mas sou da opinião que o desconforto delas é atenuado pelo divertimento que têm ao ver os machos da espécie reduzidos a um estado de brutal necessidade. Essa última parte, sobre as mulheres — acrescentou ele com um risinho —, não é minha teoria, foi uma generalização feita por um professor de sociologia que tive no meu segundo ano da faculdade de administração. Aliás, onde você fez faculdade? Você parece um ianque, mas seu sotaque não corresponde.

Ainda dividido entre o aborrecimento e o descrédito a respeito do Método Mathison, Zack hesitou, sabendo que Addelson estava tentando amenizar a situação, então olhou para o belo perfil de Julie e refletiu sobre o divertido fato de que sua frustração sexual era notória, e compreendida, pela maioria dos outros homens do restaurante, e respondeu à pergunta do prefeito com um suspiro irritado.

— Universidade da Califórnia.

— Você se formou em quê?

— Economia e cinema.

— Dois cursos?

Zack fez que sim, seus olhos em Julie, ainda incapaz de fazer uma segunda tentativa pública de aliviar a raiva injusta que ela sentia dele.

Na outra ponta do bar, Ed Sandell colocou a bota sobre o pedal de seu banco e limpou sua nuca bronzeada com um guardanapo, depois olhou para os outros dois peões ao seu lado.

— Minha irmã, Holly, conheceu Benedict na igreja domingo — disse ele, apontando com a cabeça para Zack, que estava em pé ao lado da jukebox. Ela disse que ele é legal.

— Ele é frutinha — disse Jake Barton, colocando o chapéu na cabeça. — Todo mundo em Hollywood é frutinha.

— Claro que não — discordou Martin Laughlin. — Quero dizer, o cara passou cinco anos na prisão, cumprindo pena.

— Grande coisa. Continua sendo frutinha. Olhe aquela calça que ele está usando. É coisa fina, de estilista.

— Que isso, Jake? — argumentou Laughlin. — Ele não só passou cinco anos na prisão, mas teve coragem de fugir.

— E foi pego de novo. Ele é frutinha — falou Jake, decisivo.

Ed Sandell gesticulou para chamar a garçonete e disse:

— Ele apitou o jogo contra Perseville mais cedo. Julie Mathison veio reclamar de uma coisa que ele tinha feito, e ele a expulsou do jogo.

Jake Barton levantou a cabeça.

— Mentira!

— Não.

Com expressão de crescente respeito, Jake olhou para Zack Benedict, depois virou para a garçonete e riu.

— Tracy — chamou ele —, leve uma bebida ao sr. Benedict e coloque na minha conta.

Do outro lado do restaurante, Julie olhou furtivamente para Zack. Ele percebeu e fixou o olhar nela com uma expressão impassível. Esperando. O restante da raiva que ela sentia desapareceu. Ela o amava tanto, e eles tinham passado por tanta coisa. Julie estava errada no jogo e sabia disso. Arrependeu-se de não ter permitido a Zack se desculpar quando chegou ao restaurante, para que agora ela não precisasse engolir o orgulho e ir até ele, aos olhos de todo mundo. Por outro lado, ela decidiu, desculpando-se para as pessoas que falavam com ela, que era ridículo perder mais um minuto de suas vidas com esse impasse ridículo. Quando se aproximou de Zack, Julie cumprimentou o prefeito, seus irmãos e John Grayson, depois enfiou a mão no bolso de seu short, hesitando.

— E então? — perguntou Zack, tentando não notar a maneira deliciosa como a camiseta de Julie apertava seus seios.

— Gostaria de pedir algo para comer — respondeu ela.

Desapontado ao ver que ela não lhe daria a cortesia de pedir desculpas, Zack virou-se e fez um aceno de cabeça para a garçonete, que logo se aproximou.

— O que vão pedir, pessoal? — perguntou Tracy, escondendo sua curiosidade a respeito da já famosa disputa ocorrida no campo de beisebol ao encarar o bloquinho e a caneta em sua mão.

— Não consigo me decidir — disse Julie. Desviando o olhar da garçonete em direção a seu noivo, ela perguntou solenemente: — Será que peço um par de sandálias da humildade ou uma torta de perdão?

Os lábios de Zack se abriram num sorriso.

— O que você acha?

Julie olhou para a garçonete, que estava tentando, sem sucesso, perma necer séria.

— Um de cada, Tracy, por favor.

— Com porção extra de queijo e pepperoni — acrescentou Zack, alterando o pedido para pizza e rindo antes de passar o braço pelos ombros de Julie para trazê-la para perto.

Julie esperou Tracy se afastar, depois disse:

— Ah, e óculos bifocais para o árbitro também, Tracy.

Um suspiro silencioso de alívio correu pelo restaurante, e o barulho das risadas e conversas voltou a subir dramaticamente.

Eles foram para casa, na perfumada noite de primavera, de mãos dadas.

— Gostei daqui — contou Zack quando eles chegaram à porta da casa de Julie. — Não percebia o quanto precisava de um pouco de normalidade. Eu não tirava uma pausa para relaxar desde o dia em que saí da prisão.

Quando ela abriu a porta e fez menção de entrar, ele balançou a cabeça e permaneceu no alpendre.

— Não me deixe na tentação de novo — provocou ele, abraçando-a para dar o que pretendia ser um rápido beijo. Seus lábios roçaram nos dela, depois ele começou a se desvencilhar, mas ela apertou os braços ao redor de seu pescoço, retribuindo seu beijo com todo o amor e humildade que tinha no coração. Zack perdeu a batalha, e sua boca devorou a dela, suas mãos inquietas passando pelo dorso de Julie, perto dos seios, depois acariciou seu traseiro e a apertou forte contra seu corpo excitado enquanto a beijava até que os dois estivessem pegando fogo.

Quando ele finalmente se desvencilhou do beijo, ela manteve os braços ao redor de seu pescoço e roçou o rosto contra seu peito. Ela era a mesma gata raivosa de antes, mas agora estava tranquila. O corpo de Julie ainda pressionava firmemente o dele, e Zack refletia sobre se seria prudente torturar a si mesmo com mais um beijo, quando ela jogou a cabeça para trás, sorrindo convidativamente para seus olhos. Ele sentiu o corpo inteiro se enrijecer e acender em resposta a esse olhar provocante, então balançou a cabeça com relutância.

— Já basta, minha linda esportista. Já estou tão excitado que mal consigo ficar de pé. Além do mais — acrescentou ele tardiamente, tentando parecer sério —, ainda não perdoei você por não me contar que seu pai impõe esse acordo terrível a todos os homens que pedem para ele conduzir a cerimônia de casamento.

À luz da lua, Zack viu os olhos de Julie se iluminarem com um sorriso envergonhado.

— Tive medo de você ficar ainda mais desconfortável se soubesse que todo mundo entende pelo que está passando.

— Julie — disse ele, apertando o quadril de Julie contra sua ereção para ilustrar suas palavras —, eu não poderia ficar mais desconfortável do que estou agora.

— Nem eu! — admitiu ela com tanta ênfase que ele caiu na gargalhada e a beijou de novo, depois gentilmente se afastou.

— Você me faz muito feliz — disse ele com um risinho terno. — Já me diverti com você muito mais que na minha vida inteira.

84

SENTADO À ESCRIVANINHA DO SR. MATHISON, A DOIS DIAS do casamento, Zack levantou os olhos do roteiro que estava lendo e sorriu para Mary Mathison.

— Zack, querido — disse ela, parecendo um pouco atordoada ao colocar na escrivaninha um prato de biscoitos recém-saídos do forno —, posso pedir um favor especial?

— Claro — disse ele, esticando a mão para o prato.

— Não estrague seu apetite comendo biscoitos demais — avisou ela.

— Pode deixar — prometeu ele com um risinho infantil. Nas quase duas semanas desde que chegara à casa dos Mathison, Zack desenvolvera uma afeição profunda e genuína por seus futuros sogros. Eles eram os pais que ele nunca tivera, e a casa era dominada pelas risadas e pelo amor de que ele sempre careceu. Jim Mathison era inteligente e bondoso. Ficava acordado até tarde, conhecendo Zack melhor, ganhando dele no xadrez, contando-lhe histórias incríveis sobre a infância de Julie e Ted. Tratava Zack como se fosse um filho adotado, dava conselhos sobre economia financeira e parcimônia e o aconselhava a nunca fazer filmes proibidos para menores. Mary Mathison adulava Zack, repreendia-o por trabalhar até tarde, depois pedia que ele fosse à cidade para resolver tarefas domésticas como se ele fosse um filho. Para Zack, que nunca fora ao açougue ou à lavanderia em sua vida adulta, era comovente e desconcertante receber uma lista de tarefas para executar. Também era estranhamente prazeroso receber sorrisos dos comerciantes e perguntas sobre sua nova família.

— Como Mary está lidando com os preparativos do casamento? — perguntou o açougueiro, entregando a Zack uma porção de frango envolta em papel branco. — Ela está de olho na pressão alta, não está?

O dono da lavanderia deu a ele uma pilha de toalhas de mesa recém-limpas.

— É por conta da casa — disse ele. — Vamos fazer nossa parte no casamento e estamos felizes com isso. Você vai ganhar uma família incrível com o casamento, sr. Benedict.

— A melhor — respondeu Zack, pois era isso que achava.

Agora, ele notou a preocupação que Mary Mathison tentava esconder ao ajeitar o avental.

— Que favor? — perguntou ele e, brincando, acrescentou: — Se for picar mais cebolas depois de ontem, isso vai custar mais uma fornada de biscoitos.

Ela se apoiou na cadeira.

— Não é nada disso. Preciso de um conselho... bem, na verdade, preciso que me tranquilize.

— Sobre o quê? — perguntou Zack, preparado para tranquilizá-la a respeito de qualquer coisa.

— Sobre algo que Julie fez e que eu a encorajei a fazer. Preciso lhe fazer, como homem, uma pergunta hipotética.

Zack reclinou-se na cadeira, dando-lhe atenção completa.

— Pode falar.

— Digamos que um homem, meu marido, por exemplo — disse ela em tom de culpa, e Zack logo presumiu que o homem em questão era, sem dúvida, o sr. Mathison —, digamos que ele tivesse um parente de idade com quem houvesse brigado muito tempo antes, e eu tivesse certeza de que esse parente gostaria muito de fazer as pazes antes que fosse tarde demais. Se nós, Julie e eu, soubéssemos que o casamento de Julie talvez fosse a última oportunidade para fazer isso, estaríamos certas ou erradas em convidar esse parente sem dizer nada a esse homem?

Zack reprimiu a ideia divertida e pouco caridosa de que essa era sua oportunidade de retribuir ao sogro o terrível acordo. Mas ele não achava que o plano de Julie e da sra. Mathison era uma boa ideia, e estava prestes a dizer isso quando ela acrescentou mansamente:

— O problema é que já fizemos isso.

— Entendo — disse Zack, sorrindo um pouco. — Nesse caso, não há nada a fazer a não ser torcer pelo melhor.

Ela assentiu e se levantou, refazendo o nó do avental.

— Foi o que pensamos. O importante a lembrar — acrescentou ela, com um tom significativo enquanto se preparava para sair — é que é errado guardar mágoa. A bíblia nos aconselha a perdoar aqueles que nos ofenderam. O Senhor deixou isso muito, *muito* claro.

Zack parecia bastante sério quando respondeu:

— Sim, senhora, já ouvi isso.

— Chame-me de mamãe — corrigiu ela, depois se aproximou de Zack e lhe deu um abraço de aprovação maternal que o fez se sentir muito jovem. E muito especial. — Você é um homem bom, Zack. Um homem muito bom. Jim e eu estamos muito felizes em acolher você na nossa família.

Uma hora depois, Julie chegou da escola e espiou por cima do ombro de Zack.

— O que é isso? — perguntou ela, beijando sua bochecha, as mãos apoiadas em seu ombro.

— O roteiro de um filme que eu acho que gostaria de fazer. Chama-se *Último interlúdio*, mas tem alguns problemas graves que precisam de muitos ajustes.

Zack contou a Julie sobre a história e os problemas, e ela escutou com atenção. Quando o assunto se esgotou, ela disse, hesitante:

— Gostaria de lhe pedir um favor muito importante. Amanhã não é só meu último dia de aula nas turmas regulares, mas também a última aula com as mulheres que tenho ensinado a ler. Significaria muito para mim se elas achassem que você quer conhecê-las. Eu gostaria especialmente que você conhecesse Debbie Sue Cassidy. Ela é tão inteligente, mas tem autoestima tão baixa porque pensa que o fato de não saber ler com a fluência de uma universitária prova que ela é um fracasso. É muito culta... de tanto ouvir audiolivros — esclareceu Julie quando Zack fez cara de quem não entendeu. — E Debbie fala as coisas de forma muito simples e, ainda assim, faz você *sentir* o que ela diz. Ela quer escrever um livro um dia.

— Esse não é o desejo de todo mundo?

Julie dirigiu a Zack um olhar curioso e culpado, depois assentiu.

— Provavelmente. Mas não desconte isso nela. Com um pouco de encorajamento de alguém que ela admira...

— Como eu?

Julie riu e beijou-lhe na testa.

— Como sabia?

— Que horas quer que eu vá amanhã?

— Às sete horas. Ainda vai sobrar bastante tempo para chegarmos ao ensaio.

— Combinado. Aliás, uma daquelas senhoras gêmeas me parou na rua hoje e me fez entrar na loja para ver o trabalho de costura delas. Não sou especialista, mas elas parecem ser muito boas.

— Vocês, da cidade grande, são todos iguais — brincou ela. — Vocês acham que o talento só floresce na metrópole. Nossa floricultora foi selecionada pela Associação de Floricultores para liderar a equipe que vai decorar a Casa Branca para o Baile Inaugural! Espere para ver como vai ser a recepção do seu casamento. Todas as mulheres que estão trabalhando nos preparativos também vão ser nossas convidadas, então elas estão duplamente ansiosas para tornar esse dia maravilhoso para nós.

— Contanto que você esteja lá e que nos casemos, já vai ser maravilhoso — disse Zack, evitando com cuidado expressar uma opinião sobre a competências das mulheres que preparavam a recepção.

De repente, Julie ficou séria e um pouco ansiosa.

— Vou estar lá. Agora, o importante é que você me ame o bastante para me perdoar se eu fizer algo que pareça tolo ou mesmo errado para você.

— Isso não envolve outro homem, não é?

— Claro que não!

— Nesse caso — disse Zack com ar magnânimo —, você vai me achar o homem mais piedoso que existe. Mas, no que diz respeito a você e outros homens, tenho um ataque de ciúme e possessividade — acrescentou, pensando em Richardson. — Agora, o que você fez que é tolo ou errado?

— Ah, eu não disse que fiz algo desse tipo — respondeu ela em tom evasivo. — Foi só uma pergunta hipotética. Preciso ajudar mamãe com o jantar — acrescentou, batendo em retirada repentinamente.

— Tem certeza de que não tem nada errado?

— Ainda não — disse ela, sem responder direito, e desapareceu.

Apesar das palavras de Julie, durante todo o jantar, Zack teve a sensação de que algo definitivamente incomodava sua noiva e seus sogros. Assim que terminaram de tirar a mesa, o reverendo Mathison e a esposa anunciaram sua intenção de ir visitar alguns amigos e saíram com uma pressa abrupta, que se somou à sensação de Zack de que algo estava estranho. Em seguida, Julie recusou a ajuda dele na cozinha, o que também era incomum, então ele voltou para o escritório, refletindo sobre o comportamento esquisito deles. Meia hora depois, Zack analisava alguns documentos legais enviados por seu advogado quando ela apareceu na porta.

— Zack — disse ela com um sorriso aberto demais —, você tem visita.

Zack se levantou, entrou na sala de estar e, ao chegar, parou, petrificado, o olhar fixo na senhora que estava de pé no centro da sala com uma bengala na mão. A voz dela soou exatamente como ele se lembrava: enérgica, fria e arrogante. Com um aceno majestoso de cabeça, ela disse:

— Há quanto tempo, Zachary.

— Não o suficiente — retrucou ele. Voltando a frieza de seu olhar para Julie, ele perguntou: — Que diabo é isso?

— Isso — respondeu Julie calmamente — é para você ouvir o que sua avó tem a dizer. — Zack fez menção de se virar de costas e ir embora, mas Julie colocou a mão em seu braço. — Por favor, querido. Faça isso por mim, como presente de casamento. Vou à cozinha para preparar um chá.

Zack desviou o olhar do rosto de Julie e se virou com desdém para a velha.

— Pode falar o que veio dizer, depois caia fora da minha vida e nunca mais me procure.

Em vez de atacá-lo verbalmente, ela assentiu e disse com uma voz hesitante:

— Vim para dizer que... sinto muito pelas coisas que fiz a você. De verdade.

— Ótimo — disse Zack sarcasticamente. — Agora vá embora.

— Também vim para pedir seu perdão.

— Não seja ridícula.

— E dizer que eu-eu... — A voz dela falhou, e ela procurou a ajuda de Julie, mas a noiva do neto já tinha ido à cozinha. Estendendo a mão num gesto de apelo, ela murmurou: — Zachary, por favor.

Zack olhou para a mão aristocrática que se estendia em sua direção; estava mais velha e magra agora, e seu único ornamento era a aliança dourada Como ele se recusou a aceitar o gesto, ela deixou a mão cair para o lado e disse, levantando o nariz com orgulho:

— Não vou implorar. — Virou-se para a janela, endireitou os ombros com o olhar na rua tranquila e disse: — Mas vim para explicar algumas coisas, e é isso que vou fazer. — Ela ficou em silêncio por um momento e, quando abriu a boca de novo, havia uma incerteza em sua voz que Zack nunca tinha ouvido. — Pouco antes da morte de Justin, eu subi para colocar um vaso de flores frescas na mesa da antessala. Ouvi vocês dois brigando no quarto dele. Estavam discutindo sobre quem deveria levar Amy Price ao baile no country club... — Ela deu um suspiro trêmulo e continuou: — Poucos minutos depois houve um disparo, e Justin morreu.

Olhando de soslaio, ela disse com amargura.

— Eu sabia que você estava mentindo quando disse à polícia que disparou a arma por acidente, eu podia ver nos seus olhos. Só que e-eu achei que você estivesse mentindo sobre tê-lo matado por acidente.

Zack viu o pesar no rosto dela e se controlou para não esboçar nenhuma reação, mas ficou surpreso ao saber que ela ouvira a discussão com Justin e finalmente percebeu o quanto isso deve tê-la magoado. Ele chegara a discutir com Justin porque seu irmão tentara voltar atrás da decisão de levar Amy Price ao baile e por insistir que estava fazendo isso para que Zack a levasse.

— Por favor, fale alguma coisa — pediu ela com a voz rouca.

Parada na porta da sala, Julie gentilmente intercedeu, pois Zack não conseguiu.

— Sra. Stanhope, por que não contou à polícia sobre a briga entre Zack e Justin?

Margaret Stanhope olhou para as mãos apoiadas sobre a bengala como se sentisse vergonha de sua fraqueza.

— Não consegui — disse ela. — Eu não conseguia encarar Zack, mas também não suportava pensar que ele poderia acabar na cadeia. Então — terminou ela, olhando o rosto impassível de Zack — mandei você embora, para longe da minha vista. Longe de sua casa e de seus irmãos. Eu sabia que você ia se virar muito bem — acrescentou com a voz carregada de emoção. — Eu sabia que você era o meu neto mais forte, Zachary. — Ela deu mais um suspiro pesado e continuou. — E o mais inteligente. E mais orgulhoso. — Como mesmo assim Zack não reagiu, ela disse: — Seu avô fez você e Foster prometerem nunca me contar que Justin tinha cometido suicídio e por quê. Foster quebrou essa promessa no dia que você foi libertado. Ele achava que você já tinha sofrido muitas injustiças e não conseguia mais carregar o peso da promessa. Agora sou eu que tenho que carregar o peso de todo o mal que lhe causei. Fui eu quem privou você dos seus irmãos, eu que o expulsei de casa, eu que fiz Julie acreditar que você era mesmo capaz de cometer um assassinato. E fui eu que a assustei a ponto de levá-la a entregar você às autoridades.

Ao terminar, ela esperou que ele dissesse algo, mas, como Zack continuava calado, Margaret Stanhope olhou para Julie, impotente.

— Falei para você que ele não iria me perdoar. Ele é muito parecido comigo para aceitar uma simples desculpa pelo imperdoável. — Ela se virou e começou a caminhar em direção à porta, depois parou e olhou para Zack com uma risada angustiada.

— Que patética devo parecer para você agora. E que cega! Passei minha vida inteira me privando de amar seu avô e depois você. E agora Julie me diz que vocês dois me amam muito mais do que posso imaginar. Agora, devo passar o resto da minha vida me arrependendo por todos os anos que perdi por minha estupidez, crueldade e cegueira. Seria uma pena adequada para mim, não concorda, Zachary?

— Não! — exclamou Julie, percebendo a luta interna de Zack ao ver que seu queixo se enrijecia e depois relaxava. — Não é uma pena adequada, e não é isso que ele acha! — Julie se aproximou e tocou seu queixo rígido, recusando-se a recuar por causa da frieza em seus olhos. — Zack — disse ela suavemente —, não deixe que isso aconteça. Você pode dar um fim nisto agora. Sei que você amava sua avó, tenho certeza! Eu podia sentir isso na sua voz quando você falou sobre ela no Colorado. Ela ouviu sua discussão com Justin logo antes de ele morrer, você tinha conhecimento disso antes?

— Não — respondeu ele.

Apertando seu braço, ela clamou desesperadamente:

— Você me perdoou por coisas piores.

A sra. Stanhope virou-se para sair, depois parou e pegou a bolsa numa pequena caixa de veludo.

— Eu trouxe isso para lhe dar — disse ela, estendendo-a. Como Zack se recusou a aceitar, ela entregou a Julie e disse a ele: — É o relógio do seu avô. — Endireitando os ombros, Margaret assentiu para Julie e disse com um sorriso pálido: — Obrigada pelo que tentou fazer hoje. Você é uma jovem notável, carinhosa e corajosa, uma boa esposa para meu neto. — A voz dela falhou na última palavra, e ela esticou a mão para pegar na maçaneta.

Atrás dela, Zack disse, curto:

— Julie fez chá. Acho que ela iria gostar se você ficasse para tomar uma xícara.

Foi o mais perto de uma declaração de trégua a que ele foi capaz de chegar, mas as duas mulheres sabiam exatamente o que isso queria dizer. A sra. Stanhope olhou para o homem belo, alto e orgulhoso que tinha sobrevivido e triunfado apesar das enormes dificuldades e depois para a corajosa mulher que ele amava.

— Seus irmãos estão esperando no carro — disse ela com a voz rouca. — Eles gostariam de vê-lo, se você quiser.

Julie prendeu o fôlego quando Zack hesitou, então caminhou devagar até o alpendre. Ele parou ali, olhando para a limusine estacionada na rua, as mãos enfiadas no bolso. Julie percebeu que ele não iria até o carro, nem mesmo os encontraria no meio do caminho, mas estava dando uma abertura.

Eles aceitaram.

A porta de trás da limusine se abriu, e surgiu um garotinho que usava terno escuro e gravata, seguido com mais lentidão por sua mãe e seu tio. O menino saltitou pelos degraus do alpendre e parou na frente de Zack, a cabeça pendida para trás, analisando o rosto do homem.

— Você é mesmo meu tio Zack? — perguntou ele.

Zack olhou para a criança de cabelo castanho e sorriu com relutância ante a percepção de que os traços dos Stanhope voltaram a aflorar em mais uma geração; o garotinho se parecia tanto com Zack quando tinha aquela idade que era quase difícil de acreditar.

— Sim — disse ele, respondendo a pergunta do menino. — E você, quem é?

O garotinho riu.

— Meu nome é Jamison Zachary Arthur Stanhope. Pode me chamar de Jamie, como todo mundo. Minha mãe me deu o nome de Zachary por sua causa. Isso deixou a vovó com muita raiva — confidenciou.

Zack se inclinou e carregou o menino no colo.

— Aposto que ficou furiosa — falou ele, secamente.

Da porta, Julie observava o desenrolar da cena. Ouviu Zack dizer calmamente: "Olá, Elizabeth" e viu sua irmã subir os degraus correndo com um sorriso de lágrimas para abraçá-lo. O irmão de Zack estendeu a mão, o rosto incerto:

— Não vou culpar você se não quiser me cumprimentar, Zack — disse ele. — Se estivéssemos um no lugar do outro, eu não faria isso.

Zack transferiu seu sobrinho e sua irmã chorosa para o braço esquerdo e estendeu a mão direita para o irmão. Alex olhou-a, apertou-a, depois envolveu o irmão num abraço de urso, dado tapinhas no ombro de Zack.

Jamie olhou para sua mãe, sua bisavó e depois para Julie.

— Por que elas estão todas chorando? — perguntou a Zack.

— Alergia — mentiu Zack, com um sorriso reconfortante. — Quantos anos você tem?

Sentados no alpendre da casa de Julie mais tarde naquela noite, ela e Zack contemplaram as estrelas que brilhavam no céu escuro de veludo enquanto ouviam o coral de grilos que fazia uma serenata.

— Vou sentir saudades daqui — disse Julie calmamente, aconchegando-se no peito de Zack.

— Eu sei — respondeu ele. — Eu também. — Durante as duas últimas semanas, ele fizera duas viagens de negócios à Califórnia, e ambas as vezes ansiou por voltar a Keaton e aos braços de Julie com uma impaciência quase infantil. No dia seguinte, ele tinha que ir a Austin para uma reunião ainda pela manhã na Junta de Justiça Criminal do Texas, onde estavam sendo deliberadas ações disciplinares contra Wayne Hadley. No outro dia, ele iria se casar.

— Queria que você não tivesse que ir a Austin amanhã.

Ele beijou-lhe na cabeça e deslizou o braço pela cintura de Julie.

— Eu também.

— Não se esqueça de voltar assim que puder.

— Por quê? — provocou ele. — Está planejando trazer mais algum parente distante?

Ela levantou o rosto.

— Tem mais gente?

— Não! — exclamou Zack. Ele viu que Julie tentava sorrir e levantou-lhe o queixo. — O que houve?

— Não gosto que você se aproxime de qualquer coisa que tenha a ver com a prisão.

Zack deu um sorriso reconfortante, mas sua voz foi implacável.

— É algo que tenho que fazer, mas não há nada com que se preocupar. Em tom de brincadeira, ele acrescentou: — Se eles tentarem me trancafiar, sei que posso contar que você vai me buscar a tempo para o casamento.

— Pode ter certeza! — exclamou ela com tanta ferocidade que Zack riu.

— Estarei na sua escola amanhã às sete da noite.

85

O CHEIRO NOSTÁLGICO DE TINTA GUACHE E COLA ASSALTOU AS narinas de Zack enquanto ele atravessava devagar o corredor vazio em direção à única sala de aula com a luz acesa ao fim do corredor. Ele podia ouvir risos de mulheres ao se aproximar, e parou assim que passou pela porta, ficando sem ser notado por um momento, observando as pequenas carteiras ocupadas por sete mulheres na frente da sala.

Julie estava de pé, inclinada sobre a mesa, na frente de um quadro-negro rodeado por desenhos de criança e cercada pelas letras do alfabeto em tamanho gigante, que cobriam toda a extensão da sala. Ela já estava vestida para o jantar que se seguiria ao ensaio do casamento, o cabelo preso num belo coque que fazia com que parecesse impressionantemente sofisticada. Zack estava admirando o quanto ela estava bonita em seu vestido laranja quando Julie levantou o rosto e o viu parado ali.

— Chegou bem na hora — disse ela, endireitando-se e sorrindo para ele. — Já terminamos nossa matéria de hoje e estávamos fazendo revisão e uma pequena festa de despedida. — Ao falar isso, Julie apontou a cabeça para o pequeno bolo e os copos de papel em sua mesa, depois estendeu a mão para Zack. Trazendo-o para a frente e entrelaçando seus dedos com os dele, ela explicou às mulheres: — Zack veio aqui hoje porque quer muito conhecer vocês antes de irmos embora amanhã. — Os sete rostos analisaram Zack com todas as expressões, desde inquietação até completa admiração. — Pauline — começou Julie —, gostaria de apresentar a você o meu noivo. Zack, essa é Pauline.

Ao ser apresentado para a segunda mulher, Zack percebeu que Julie tentava com muito cuidado dar a entender que a honra era dele em conhecê-las, não o contrário. Ela fazia isso simplesmente ao lhe contar alguma coisa especial sobre cada mulher, e Zack percebia que a tensão que pairava entre elas começava a se dissipar e os sorrisos começavam a aparecer.

Impressionado com o tato de Julie, ele se endireitava depois de apertar a mão de cada mulher e ficava ao lado de Julie à mesa. O momento de silêncio desconfortável foi interrompido de repente por uma mulher de cerca de 25 anos que tinha ao seu lado um pequeno bebê num carrinho, que Julie tinha apresentado como Rosalie Silmet.

— Você quer... comer um pedaço de bolo? — perguntou ela, desajeitada, mas determinada

— Nunca recusei uma boa fatia de bolo — mentiu Zack, com um sorriso para acalmar a inquietação dela, depois virou-se para a mesa e cortou ele mesmo um pedaço.

— Fui eu que fiz — explicou, com hesitação.

Ele estava prestes a voltar com um pedaço de bolo de chocolate na mão quando viu que Julie perguntou algo a ela em silêncio, apenas movendo os lábios.

— Como?

— Eu... — Os ombros da mulher se endireitaram. — Eu *li* a receita — declarou ela com tanto orgulho que Zack sentiu um curioso aperto no coração. — E Peggy nos deu carona de carro até aqui — acrescentou, apontando a cabeça para a mulher chamada Peggy Listrom. — Peggy leu em voz alta todas as placas por que passamos no caminho.

— Ele não quer saber dessas coisas! — exclamou Peggy Listrom, enrubescendo. — Todo mundo consegue ler as placas.

— Nem todo mundo — ouviu-se dizer Zack, porque, naquele momento, ao olhar para aquelas mulheres e seus rostos esperançosos, ele podia ter feito *qualquer coisa* para se assegurar de que elas saíssem da sala sentindo-se especiais. — Julie me contou que ela mesma passou um bom tempo sem saber ler.

— Julie *contou* isso a você? — disse umas delas, perplexa por Julie ter feito essa confissão.

Ele assentiu.

— Senti muita admiração por Julie ter tido a coragem de mudar essa situação. — Olhando para Peggy Listrom, ele acrescentou com um risinho: — Agora, quando você aprender a ler mapas, me ensina o truque? Fico perdido na mesma hora em que alguém abre um mapa. — Todo mundo riu, e ele acrescentou: — Quem trouxe o ponche?

A mão de uma das mulheres se ergueu.

— Fui eu.

— Você leu a receita?

Ela fez que sim com a cabeça com tanto orgulho que Zack ficou mistificado até que ela acrescentou:

— A receita estava numa lata. Eu li o rótulo. No supermercado. Custava 1,69 dólar. Também consegui ler isso.

— Posso experimentar?

Ela assentiu, e Zack sentiu o mesmo aperto no coração quando despejou o líquido vermelho num pequeno copo de papel. Ele estava tão preocupado que derramou um pouco na manga de sua camisa, e Rosalie Silmet se levantou com presteza.

— Vou mostrar onde fica o banheiro para que você passe uma água aí.

— Obrigado — disse ele, com medo de magoar algum sentimento delicado se recusasse. — Acho que fiquei nervoso hoje para conhecer as alunas de Julie — brincou ele. — Tenho medo de ela cancelar o casamento se vocês não gostarem de mim — acrescentou ao se encaminhar para a porta, acompanhado de Rosalie Silmet, e sentiu que tinha conquistado algo incrível quando as mulheres explodiram em gargalhadas.

Quando voltou, a festa estava acabando, e todas estavam preocupadas com a possibilidade de Julie se atrasar para o ensaio de casamento.

— Ainda dá tempo — explicou Julie às mulheres enquanto Zack tomava o ponche. Ele notou que Rosalie Silmet se reclinou e sussurrou algo para Debby Sue Cassidy, que balançou a cabeça. Zack percebeu que, até então, a protegida de Julie — uma jovem de cabelo castanho e liso preso atrás da orelha por um prendedor — não tinha falado muito. E ele tentou imaginar o que ela tinha que impressionava tanto Julie. As outras eram absolutamente fascinantes.

— Julie — disse Rosalie. — Debby Sue escreveu um poema de despedida para você, mas não quer ler em voz alta para todo mundo.

Percebendo imediatamente que era por causa dele, Zack ia insistir, mas a voz de Julie intercedeu, suave e encorajadora.

— Por favor, leia para mim, Debby.

— Não é muito bom — argumentou Debby desesperadamente.

— Por favor.

Suas mãos tremiam quando ela pegou com relutância uma folha de papel em sua carteira.

— Não tem rima.

— Os poemas não têm que rimar. Alguns dos poemas mais maravilhosos do mundo não têm rima. E ninguém nunca escreveu um poema para mim — acrescentou Julie. — Estou honrada.

Debby pareceu ganhar coragem e endireitou os ombros. Dirigindo a Zack um olhar apreensivo, ela disse:

— O título é *Graças a Julie.*

Quando ela começou a ler, sua voz ganhou mais força e emoção a cada palavra.

Eu costumava ter medo
E agora tenho orgulho.

O mundo era escuro
E agora é resplandecente.

Eu andava encurvada
E agora ando de cabeça erguida.

Eu tinha sonhos.
Mas agora tenho *esperança.*

Graças a Julie.

Zack observava Peggy, as palavras simples e expressivas reverberando em sua mente, o ponche esquecido a meio caminho da boca. Ele viu que Julie sorriu e pediu para ficar com o poema, então notou que ela agarrou a folha de papel junto ao peito como fizera com a aliança na Cidade do México. A festa acabou, e ele disse o que tinha que dizer e observou as mulheres irem embora da sala.

Enquanto Julie recolhia suas coisas na mesa, Zack foi até o quadro de cortiça na parede, mas seus pensamentos não estavam nos desenhos infantis de flores da primavera diante de seus olhos. Repassava mentalmente o poema que acabara de ouvir, o que dizia exatamente o que ele sentia a respeito de Julie. Lembrou-se dela no Colorado, estendendo-lhe a mão, o rosto cheio de fascinação e admiração ao tentar explicar: *"Ah, Zack... vê-las descobrindo que podem ler é como ter um milagre nas próprias mãos."*

Um elástico não acertou sua orelha por uma fração de centímetro e atingiu suavemente o quadro de cortiça, então Zack olhou para cima, achando que algo tinha caído do teto. O segundo elástico zumbiu por sua têmpora, ainda mais perto que o primeiro, e Zack se virou, sorrindo e tentando esquecer os sentimentos que experimentou ao se lembrar daquelas coisas. Julie estava reclinada sobre a mesa com um elástico entre os dedos.

— Boa mira, Wyatt — tentou brincar ele.

— Tive aula com especialistas –- retrucou Julie, com um sorriso, mas não se convenceu com a tentativa de Zack de fazer graça. — No que está pensando, sr. Benedict? — perguntou ela, suavemente, ao baixar o braço e mudar o alvo para um livro numa carteira nos fundos da sala. E acertou.

Sua maleta já estava arrumada e fechada, e Zack se aproximou, incerto de como responder à pergunta.

Era claro que ela sabia no que ele estava pensando, pois pendeu a cabeça para o lado, cruzou os braços e perguntou inocentemente:

— O que achou das minhas alunas?

— Eu... Debby Sue Cassidy é diferente. Todas elas... não era o que esperava é o melhor que posso dizer.

— Há alguns meses, elas ficariam de bico fechado se você estivesse aqui.

— Elas parecem bem confiantes agora.

— Você acha? — perguntou ela fazendo um barulho engraçado com a voz. — Se elas soubessem que você viria hoje, com certeza teriam faltado. A esposa do açougueiro vai à festa do nosso casamento, assim como os pais de todos os meus alunos e a esposa do *zelador da igreja*. Mas não consegui fazer nenhuma daquelas mulheres acreditarem que eu queria que elas fossem minhas convidadas, e isso porque passei mais tempo com elas do que com a maioria dos outros. É assim que é a autoestima delas. Depois que voltei do Colorado com o dinheiro que arrecadei em Amarillo, encomendei livros especializados com testes para avaliar as habilidades delas.

— Como você avalia alguém que não sabe ler?

— Verbalmente. Com os materiais adequados, é simples. E você não pode dizer que é uma "avaliação" porque elas eram tão inseguras que se desesperariam só de ouvir a palavra. Sabe o que descobri?

Ele balançou a cabeça, impressionado com o zelo e o cuidado de Julie.

— Descobri que Debby já conseguia ler com a proficiência de um aluno do terceiro ano, e duas outras tinham deficiências de aprendizado moderadas, por isso não conseguiam ler. E sabe do que elas precisavam tanto quanto aprender a ler? — Quando ele balançou a cabeça novamente, ela respondeu com o coração partido: — Precisam de *mim*. Alguém que se importa. Meu Deus, elas... elas *florescem* quando outra mulher acredita nelas e dedica algum tempo a elas. Não precisa ser uma professora... só outra mulher. O futuro do bebê de Rosalie depende completamente da possibilidade de Katherine, que é quem vai assumir a turma depois de mim, conseguir fazer Rosalie continuar a acreditar em si mesma e a aprender. Senão, aquela criança vai crescer na pobreza, como a mãe. Tem alguns grupos de alfabetização de adultos no país, alguns financiados por empresas, e um deles, chamado "Alfabetização. Passe adiante." tem um programa nacional voltado exclusivamente para mulheres. Eu não sabia sobre ele até alguns dias atrás.

Ouvindo-a e observando-a, Zack não sabia se oferecia um cheque ou se voluntariava a si mesmo para dar aula.

— Sei que Rachel decidiu que não poderia largar a carreira de atriz pouco depois que vocês se casaram, e e-eu preciso lhe contar agora que quero continuar a dar aula na Califórnia, Zack. Para mulheres adultas, não crianças. Quero me envolver nesse programa — disse ela, um pouco desesperada.

— E foi por isso que você quis que eu viesse aqui hoje — disse ele, seco, pensando em como era absurda a comparação entre a ambição egoísta e desenfreada de Rachel e o desejo de Julie de ajudar outras mulheres.

Entendendo completamente errado a razão do tom usado por Zack, ela olhou-o nos olhos e insistiu:

— Tenho um dom para usar, Zack. *Preciso* fazer isso.

Zack envolveu-a nos braços e a apertou forte.

— Você é o dom — sussurrou ele, ferozmente. — Você tem mais faces que o diamante da sua aliança, e sou louco por todas elas...

Quando ele levantou o rosto e relaxou o abraço, ela passou o dedo pela gravata de seda estampada de Zack e dirigiu-lhe um olhar hesitante.

— Debby está desempregada porque a família para quem ela trabalhou desde a adolescência está de mudança. Ela ainda não está preparada para fazer outras coisas que não seja cuidar de casa...

Zack tocou-lhe o queixo e se entregou sem lutar.

— Tenho uma casa bem grande.

86

— TEM CERTEZA DE QUE ESTÁ TUDO PRONTO NA IGREJA? — perguntou Zack a Matt Farrell enquanto abotoava a camisa do terno.

— Está tudo pronto, menos você — disse Matt, rindo.

Como teve que participar do ensaio na noite anterior e não pôde dar um telefonema da casa dos Mathison sob o risco de ouvirem a conversa, Zack precisou contar com Matt e Meredith, que tinham chegado no dia anterior e passado a noite na casa de Julie, para repassar as últimas informações e instruções de Sally Morrison.

— O pessoal da Califórnia já chegou?

— Estão na igreja.

— Você avisou Meredith para não deixar Julie espiar a igreja antes de entrar para subir no altar? — continuou Zack, olhando-se no espelho e ajeitando a gravata-borboleta. — Não quero que ela saiba quem está lá. Vai ser surpresa.

— Meredith e Katherine Cahill não tiram os olhos de Julie. Ela não vai dar um passo sem as outras saberem. Agora ela já deve ter percebido que as duas estão grudadas como cola nela e está se perguntando por quê.

Zack vestiu o paletó.

— Tem certeza de que Barbra está lá?

— Sim, está na igreja com um acompanhante. Liguei para ela no hotel em Dallas ontem à noite. Agora ela já deve estar no lugar onde o coral fica, esperando pelos noivos.

Zack passou a mão pelo rosto e pescoço para averiguar se a barba estava bem-feita.

— Que horas são?

— Faltam dez minutos para as quatro. Você tem dez minutos para chegar à igreja. Ted Mathison já está lá. No caminho, vou repassar a parte que você deveria ter aprendido no ensaio ontem à noite.

— Já fiz ensaio geral, com roupa e tudo — disse Zack, secamente. — Já passei por tudo isso antes, não lembra?

— Tem algumas diferenças bem significativas — apontou Matt com um risinho.

— Sério? Quais?

— Da outra vez você não estava tão feliz, mas estava mais calmo.

Havia mais algumas diferenças entre seu primeiro casamento e este e, apesar de seu comentário indiferente, Zack sabia disso. Sabia disso mesmo antes de ficar diante de uma multidão sorridente, em frente a seu futuro sogro, numa igreja iluminada à luz de velas e perfumada com buquês de rosas brancas presos por fitas brancas de cetim. Desta vez, havia nele uma reverência, uma sensação de tranquila felicidade, ao esperar por Julie no altar. Observou Meredith caminhar pela igreja em sua direção em um vestido, seguida por Katherine e Sara, que usavam os mesmos vestidos cor de maçã verde, as três lindas, sorridentes e serenas, como se tivessem a certeza, como Zack, de que o que estava prestes a acontecer era a coisa certa.

A música que vinha do órgão foi se intensificando, e Zack pensou que seu coração fosse explodir diante do que via.

Caminhando em direção a Zack, num turbilhão de seda branca com uma nuvem de véu como cauda, estava a mulher que ele sequestrara, que amava e com quem se divertia. À luz de velas, seu rosto reluzia, e, em seus olhos,

Zack viu todo o amor do mundo, a promessa de seus futuros filhos e uma vida inteira repleta de toda a felicidade que ela tinha a dar. Ele viu tudo isso, então notou que os olhos de Julie se arregalaram quando a voz de Barbra Streisand despontou do coral, cantando a música que Zack lhe pedira para cantar quando Julie entrasse na igreja.

Long ago and far away, I dreamed a dream one day...
And now that dream is here before me.
Long the skies were overcast,
but now the clouds are passed...
You're here at last.

Chills run up and down my spine.
Aladdin's lamp is mine.
The dream I dreamed was not denied me.
Just one look and then I knew...
That all I longed for long ago was you.

Zack pegou a mão de Julie, apertou forte, e os dois viraram-se para a frente.

O reverendo Mathison sorriu e levantou o livro que tinha nas mãos.

— Queridos amigos, estamos aqui hoje reunidos na presença de Deus...

Na fileira da frente, Matthew Farrell olhou a esposa nos olhos; Ted e Katherine trocaram sorrisos doces.

Na do fundo, Herman Henkleman esticou a mão para pegar a de Flossie e enlaçou seus dedos nos dela.

Na fileira atrás deles, o jovem Willie Jenkins observou o casal de velhinhos trocar olhares e dar as mãos, depois cutucou uma garotinha ao seu lado e anunciou num sussurro um pouco alto e risonho demais:

— Aposto que Herman Henkleman não vai aceitar o acordo do reverendo Mathison. Está velho demais para esperar...

A garotinha logo respondeu:

— Cale a boca, Willie, não sei do que está falando.

Destemido, o garoto disse:

— Meu irmão me contou que o acordo proíbe que o casal se beije até a noite de núpcias.

— Eca! — exclamou a garotinha, contorcendo-se e afastando-se o máximo que pôde de Willie. — Beijar!

87

A RECEPÇÃO NO PARQUE, QUE ZACK QUASE ESPERAVA QUE fosse sem graça, acabou se tornando um evento festivo e animado. As árvores estavam decoradas com luzes que piscavam, e as mesas estavam forradas com toalhas de linho e cobertas de uma variedade de comida deliciosamente preparada que se igualava a qualquer coisa que os cozinheiros de Zack já prepararam.

De pé, ao lado de Matt Farrell, ele observou Patrick Swayze interromper Harrison Ford, que dançava com Julie, e sorriu para si mesmo ao se lembrar da expressão chocada de Julie na fila de cumprimentos quando Zack começou a apresentá-la à maioria dos homens que ela mencionou como seus atores prediletos. Mas depois de seu deslumbramento inicial, ela se recuperou e tratou seus convidados famosos com uma graciosidade sem afetação que encheu Zack de orgulho.

— Lindo casamento, Zack — elogiou Warren Beatty, de mão dada com a esposa e na outra mão um prato de *hors d'oeuvres.* — A comida está fantástica. Aliás, o que é isso?

Zack olhou para o prato.

— Costelinha — respondeu ele, direto. — Ao estilo texano.

Quando eles se afastaram, Zack conferiu o relógio, então procurou por Julie e a viu dançando com Swayze de novo, rindo de algo que ele dissera.

— Ela conquistou a todos eles — disse Matt, com um risinho de aprovação.

— Principalmente Swayze — observou Zack, notando quão bem ela dançava com o famoso ator e tentando não notar o quanto estavam próximos.

Pouco depois Matt cutucou-o e apontou com a cabeça para Meredith.

— Veja o que tenho que aturar: é a terceira vez que Costner dança com ela. Meredith — acrescentou ele — é uma grande fã dele.

— E vice-versa, pelo que parece. Por sorte, tanto Swayze quanto Costner são casados — observou Zack, com um risinho insolente. Depositando sua taça de champanhe na mesa ao seu lado, ele falou: — Acho que já está tarde o suficiente para anunciar a última dança e depois ir embora.

— Está com pressa de ir para a lua de mel?

— Você nem imagina o quanto — brincou Zack. Cumprimentou Matt, mas não lhe agradeceu pelos anos de amizade incondicional ou seus vários favores. Sua gratidão era grande demais para algo assim, os dois compreendiam isso.

Zack parou para pedir ao maestro da orquestra para tocar uma música em especial, depois foi reaver sua esposa. Ela abandonou Patrick Swayze com rapidez gratificante, indo ao encontro dos braços de Zack com um sorriso no rosto.

— Já estava na hora de você vir me buscar — disse ela, suavemente.

— Está pronta para ir embora? — perguntou ele quando a música terminou.

Julie estava louca para partir com ele para que ficassem a sós. Ela fez que sim e começou a se afastar, mas depois ele balançou a cabeça e disse com a voz rouca e significativa:

— Depois da próxima música.

— Que música? — perguntou ela no silêncio, mas ele apenas sorriu, então a música que Zack pedira à orquestra começou em seu ritmo quente e constante.

— Esta — disse ele quando as palavras sedutoras de Feliciano começaram a soar na noite. — Acenda meu fogo, Julie — ordenou ele, começando a conduzi-la no ritmo da música.

Dentro de poucos segundos, Julie caiu no feitiço dos olhos e do sorriso convidativo do marido. Sem perceber que uma multidão se reunia em volta para observá-los, ela dançou bem próxima dele, o corpo seguindo seus movimentos sutis. Zack deslizou a mão pela cintura de Julie, trazendo-a ainda mais para perto.

— Mais — pediu.

88

Aconchegada no sofá da luxuosa cabine do avião, Julie espiou a escuridão pela janela. Lá embaixo, ela podia ver um ou outro pontinho de luz e, a não ser por isso, a sensação era de que navegavam pela escuridão completa. Zack estava sentado ao seu lado, os pés apoiados na mesa de centro e o paletó aberto: uma imagem de paciência e satisfação. Os dois se apressaram para entrar no avião de Matt Farrell assim que saíram da recepção, e Zack se recusou a deixar que Julie trocasse de roupa para vestir algo mais confortável para a viagem. Mas, agora que estavam a caminho de um lugar que ele se recusava a revelar, Zack parecia perfeitamente disposto a esperar até chegarem lá para consumarem o casamento.

— Vou me sentir uma tola andando num lobby de hotel com esse vestido — disse Julie.

— Sério, querida? — perguntou ele suavemente, sorrindo.

Julie fez que sim, desejando que ele deixasse que ela vestisse uma das roupas novas que trouxera na mala.

— Eu podia me trocar em questão de minutos.

Ele balançou a cabeça.

— Gostaria que nós dois chegássemos lá com estas roupas

— Mas por quê?

— Você vai ver — respondeu ele, estendendo o braço para abraçá-la.

Julie se aproximou para corresponder ao gesto.

— Às vezes — disse ela, melancolicamente — não consigo entender você.

Mas ela entendia, sim. Entendeu perfeitamente no momento em que saiu do avião numa pequena pista onde um carro estava à espera. Julie olhou em volta e viu a sombra iminente de montanhas.

— Colorado! — exclamou ela, abraçando a si mesma para se proteger do frio. — Estamos no Colorado, não estamos?

Viajar pela estrada particular rumo ao esconderijo nas montanhas que eles compartilharam durante aquela semana tumultuosa era uma experiência comovente para Julie, assim como entrar na casa com Zack e ver os cômodos belos e familiares onde ela havia brigado e dançado com ele, e então se apaixonado.

Enquanto ele trazia as malas para dentro da casa e acendia a lareira, ela foi até às janelas e avistou o local onde ele construíra o "monstro da neve"

Zack aproximou-se e abraçou-a por trás, e na janela viu o reflexo dos dois... um noivo alto com a noiva em seus braços. Eles contemplaram seu reflexo, e Zack viu lágrimas brilharem nos olhos de Julie.

— Por que está chorando? — perguntou ele suavemente, reclinando a cabeça para se aconchegar na nuca de Julie.

Ela engoliu as lágrimas e jogou a cabeça para trás.

— Porque — sussurrou Julie, comovida, pensando na sentimentalidade que se refletia em tudo o que ele fazia para ela — você é tão perfeito.

Zack abraçou-a mais forte num gesto protetor.

— Somos perfeitos juntos — murmurou.

— Vou fazer você feliz — disse ela, com a voz trêmula de emoção. — Juro que vou.

Seu marido girou-a para frente, e havia um sorriso em sua voz quando ele ergueu a mão para acariciar-lhe o cabelo.

— Você me faz feliz desde a primeira noite que passamos juntos, quando se sentou naquele sofá e apontou os absurdos das regras do futebol americano.

Ela sorriu um pouco ao se lembrar disso, mas percebeu que a luz da lareira se refletia na aliança que Zack agora usava no anelar esquerdo, e ela pressionou a palma da mão dele em sua bochecha enquanto seus lábios tocavam a aliança.

— Eu amo você, Zack — sussurrou ela. — Amo o som da sua voz, o toque de sua mão e como sorri. Quero ter um filho com você... e uma vida cheia de alegrias... e quero me entregar a você.

O desejo começou a pulsar freneticamente nas veias de Zack, alimentado pelas semanas de abstinência, e ele a trouxe para perto, aproximando sua boca da dela com repentina urgência.

— Venha para a cama com seu marido, minha esposa.

Marido. Esposa. As palavras revolveram devagar na mente de Julie, suaves, doces e profundas, enquanto os dois caminharam até o quarto que compartilharam. Elas incharam no coração de Julie quando ele a envolveu com os braços na cama e virou-se para ela com amor e desejo. Ela respondeu a ambos com uma ânsia tão intensa que fez as mãos de Zack tremerem ao tocá-la, acariciando sua pele e trazendo seu quadril para perto do dele. Ela encontrou a paixão dele com a sua, encorajou o marido com beijos intensos e, quando ele finalmente deslizou para dentro dela, Julie abraçou os ombros de Zack com firmeza e sussurrou:

— Bem-vindo, Zack.

As doces palavras tiraram um gemido rouco do peito de Zack, e ele começou a mover dentro dela. Sua esposa seguia seu ritmo, banhando seus sentidos num prazer extravagante até que a beleza selvagem daquilo que estavam fazendo um com o outro levou-os ambos a um orgasmo estarrecedor.

Envolvidos nos braços um do outro, saciados e exauridos, aos poucos, eles flutuaram de volta à realidade na mesma cama onde antes não tinham ousado imaginar o futuro. Acariciando lentamente as costas de Julie, Zack pensou nos anos que viriam ao lado da mulher que amava, que confiava nele e que o ensinou a perdoar. *Bem-vindo*, ela dissera.

Pela primeira vez na vida, ele finalmente soube como era ter uma casa e uma família. Julie era sua casa, sua família.

Epílogo

CERCADA POR BUQUÊS FRONDOSOS DE ROSAS DE TODAS as cores do arco-íris, Julie aconchegou seu filho recém-nascido junto ao seio no quarto do centro hospitalar Cedars-Sinai, mas, pela primeira vez desde o nascimento de seu bebê, dois dias antes, sua atenção não estava na pequena e perfeita criança que ela e Zack haviam gerado.

Até poucos minutos antes, as enfermeiras vinham se amontoando pelo quarto para assistir à cerimônia de entrega do Oscar com Julie, mas tinham saído para levar os bebês para a amamentação, e Julie estava secretamente aliviada por estar sozinha. O prêmio de Melhor Ator seria entregue a seguir, e, embora tivesse quase certeza de que Zack seria o vencedor, ela não queria ter público em volta quando o anúncio fosse feito.

— Veja, Nicky! — murmurou ela, virando o bebê um pouco em direção à televisão. — Lá estão seus futuros padrinhos, o sr. Farrell e a sra. Farrell. E seu pai está ao lado deles, mesmo que a câmera não esteja filmando agora.

Nicholas Alexander Benedict, que tinha parado de mamar alguns minutos antes, logo se queixou por se ver privado do seio da mãe, então Julie aconchegou-o de volta no lugar e ajudou-o a encontrar o que procurava, depois voltou sua atenção à televisão.

O primeiro filme de Zack depois de seu casamento tinha não apenas quebrado todos os recordes de bilheteria, mas *Último interlúdio* tinha também recebido indicações ao Oscar em várias categorias e hoje conquistava todas as estatuetas. Zack ganhara o de Melhor Diretor, e Sam Hudgins, o de Melhor Fotografia; assim como várias pessoas envolvidas em todos os aspectos do filme, desde efeitos visuais à trilha sonora.

Zack desejara ficar no hospital e assistir à cerimônia com ela, e, quando Julie não conseguiu convencê-lo do contrário, argumentou que ele deveria estar lá por todas as outras pessoas que trabalharam em *Último interlúdio*, incluindo o elenco coadjuvante, que também estava indicado a uma estatueta.

Na realidade, Julie sentia que essa era a noite em que Zack poderia brilhar e estava determinada a não deixar que nada interferisse nisso, nem ela própria, nem o bebê e nem mesmo um ato de Deus. Esta manhã, finalmente tinha chegado o primeiro exemplar do livro que Zack incentivara Julie a escrever para ajudar a arrecadar ajuda e verbas para os programas de alfabetização de mulheres. Embora estivesse ansiosa para mostrá-lo a ele e perguntar o que achou, ela pedira a Sally para trazer o exemplar e a fez prometer que não iria mostrá-lo a Zack, nem avisar que tinha chegado.

Os nomeados para o prêmio de Melhor Roteiro Original estavam sendo anunciados, e Julie mordeu o lábio com ansiedade, depois sorriu quando o nome de Peter Listerman foi anunciado e ele subiu no palco para receber a estatueta por seu trabalho em *Último interlúdio.*

— Nicky, veja! — sussurrou Julie com alegria. — Ali está Pete, e ele ganhou! Você deveria ser muito grato a Pete — brincou ela. — Graças a ele você tem a única cadeira de bebê no mundo que se parece com uma cadeira do diretor, e tem até seu nome escrito.

Pete era um dos favoritos de Julie. Em parte, porque esse homem com cara de estudioso tinha passado tanto tempo na casa deles trabalhando com Zack em *Último interlúdio* que ela pôde conhecê-lo bem, e em parte porque ele parecia estar desenvolvendo um relacionamento de amor e ódio com Debby Sue Cassidy, que chegou a sugerir um final para o filme um dia, quando Zack e ele debatiam sobre isso. O olhar brando de Pete mascarava um temperamento artístico feroz, e a única coisa que tinha salvado a pobre Debby Sue de sua ira pela interferência que fizera foi que Zack instantaneamente gostou da ideia dela. Gostou mesmo. Ele pediu a Pete que trabalhasse em cima da sugestão de Debby, e foi o novo e comovente final de *Último interlúdio* que fez do filme um grande sucesso.

O discurso de Pete ao receber o prêmio seguiu o caminho usual até a parte final, quando ele olhou para a câmera e acrescentou:

— Eu também queria agradecer a srta. Debby Cassidy, cuja contribuição para meu trabalho foi inestimável.

— Que amor, Pete! — exclamou Julie, abraçando Nicky. O desejo insaciável de Debby de aprender, seus esforços incansáveis, a admiração relutante e a tutela exigente de Pete eram capazes de fazer milagres.

Poucos minutos depois, Julie sentiu o coração acelerar e seu corpo inteiro ficar tenso quando Robert Duvall e Meryl Streep subiram no palco e começaram a anunciar os indicados ao prêmio de Melhor Ator.

— Cruze os dedos, querido! — disse Julie. Beijou a pequena mão do bebê, depois entrelaçou-a com o dedo e deixou o indicador por cima em sinal de boa sorte.

— E os indicados são... — Robert Duvall olhou para a câmera. — Kevin Costner, por *No fim do arco-íris.*

— Tom Cruise, por *O caminho de casa* — disse Meryl Streep.

— Kurt Russel, por *Disparo na noite* — acrescentou Duvall.

— Zachary Benedict, por *Último interlúdio* — apontou Streep.

— Jack Nicholson, por *O pacificador* — concluiu Duvall.

Ele abriu o envelope, e Julie sentiu uma coceira estranha e inexplicável na nuca.

— E o Oscar vai para... — Ele olhou para o papel que despontava no envelope e exclamou com um sorriso: — Zachary Benedict! Por *Último interlúdio*!

Os aplausos explodiram num trovejante crescendo, e algumas pessoas da plateia se levantaram em ovação; a câmera se focou num homem moreno e alto de smoking que caminhava em direção ao palco, e Duvall se reclinou para frente e acrescentou:

— Em nome de Zack, o prêmio será entregue a Matthew Farrell.

E de repente Julie descobriu a razão de sua coceira na nuca...

Reclinada contra os travesseiros com um sorriso indefeso, ela disse sem olhar para a porta:

— Você está aqui, não está?

— Como adivinhou? — brincou a voz de Zack.

Virando a cabeça, ela o viu se aproximar segurando com a ponta do dedo o paletó, apoiado descontraidamente sobre o ombro. A estatueta dourada que ele ganhara como Melhor Diretor reluzia em sua mão esquerda.

— Você deveria estar lá, recebendo o prêmio — lembrou Julie, mas passou com o braço livre em volta dos ombros de Zack quando ele se sentou na cama ao seu lado. — Parabéns, querido.

Com cuidado para não espremer o filho, que dormia, Zack beijou a esposa na boca e depois na bochecha.

— Estou exatamente onde queria estar agora — murmurou ele, com ternura, enquanto acariciava Julie na nuca. — O único lugar onde queria estar.

Ela passou a ponta dos dedos pela bochecha de Zack.

— Nicky e eu estamos muito orgulhosos de você — disse ela, suavemente, e Zack foi acometido pela ainda estranha sensação de ter os olhos cheios de lágrimas ao olhar para o rosto reluzente de sua esposa e seu filho aconchegado nos braços dela, o pequeno pulso do bebê repousando no braço de Julie.

— Ele está adormecendo — observou com a voz rouca de emoção. — Será que é melhor colocá-lo no berço?

— Pode tentar — respondeu Julie, entregando-lhe com cuidado o bebê adormecido.

Depois de deixar o filho no berço, Zack tirou os sapatos e deitou-se ao lado de Julie na cama, abraçando-a forte.

— Obrigado por me dar meu filho — sussurrou ele. Como suas emoções pareciam estar à flor da pele demais, ele olhou em volta em busca de uma distração. Seu olhar repousou num livro que estava na mesa ao lado da cama.

— O que está lendo?

Durante o processo de escrita e produção do seu livro, Julie não quis em nenhum momento discuti-lo com o marido. Zack era um profissional exigente, e ela temia que qualquer crítica dele pudesse devastá-la ou deixá-la em pânico. Mas o momento da avaliação chegou, e ela deu um suspiro nervoso.

— É meu livro, saído fresquinho da gráfica. Sally me mandou esta manhã.

— Por que não me contou? — exclamou ele, pegando o livro. — Que emoção!

— Porque hoje era a entrega do Oscar e não quis que o livro, nem qualquer outra coisa, distraísse você, mesmo por um minuto.

Tocado pela preocupação desnecessária da esposa, Zack olhou a capa enquanto Julie o observava com ansiedade.

— Ficou linda — disse ele decididamente, analisando as rosas coloridas em relevo sobre um fundo marmóreo cor-de-rosa.

— O que acha do título?

Ele sorriu e leu em voz alta.

— *O plano perfeito.*

Ela assentiu.

— Gostei — disse, com um sorriso. — De onde tirou o título?

— Essa foi a parte mais fácil — murmurou ela, olhando-o nos olhos. — É a nossa história, mas na verdade o livro é sobre você.

O sorriso de Zack desapareceu, e seu peito explodiu de ternura. Ele envolveu-a nos braços e enterrou o rosto em seu cabelo. Julie ficara ao lado dele quando o mundo o considerava a encarnação do mal, o desejara quando ele não tinha nada a oferecer e o ensinara a perdoar. Festejara seus sucessos, o apoiara quando ele estivera certo, se opusera com teimosia quando ele estivera errado. Ela o fizera reinventar sua vida e a enchera de propósitos, alegrias e amor. E então lhe dera um filho.

Ele se lembrou do poema que Debby Sue Cassidy escrevera para Julie.

Eu costumava ter medo
E agora tenho orgulho.

O mundo era escuro
E agora é resplandecente.

Eu andava encurvada
E agora ando de cabeça erguida.

Eu tinha sonhos.
Mas agora tenho esperança.

Graças a Julie.

— Não chore, querido — sussurrou ela, surpresa, ao perceber que a bochecha de Zack, apertada contra a sua, estava molhada. Encurvando a mão pela nuca dele a fim de trazê-lo mais para perto, ela brincou: — Você ainda nem leu o livro. Pode ser que eu escreva melhor que você pensa.

E, em um dos momentos mais tocantes de sua vida, Zack caiu na gargalhada.

Carta da autora

Queridos leitores,

Matt e Meredith Farrell, os personagens principais de meu romance *Em busca do paraíso*, aparecem aqui como resultado de uma enxurrada de cartas que recebi de leitoras que simplesmente não queriam dizer adeus a dois personagens adorados.

Como Mike e Meredith, Julie Mathison e Zack Benedict são personagens fictícios. Mas o programa "Alfabetização. Passe adiante." existe mesmo. É tão real quanto a condição das alunas adultas de Julie Mathison, que representam os 20% de mulheres americanas que são analfabetas funcionais.

Como as leitoras geralmente se interessam pelo que acontece nos bastidores de um livro, acho que vocês vão gostar de saber como *Tudo por amor* se tornou o romance que acabaram de ler. Há dois anos, fui procurada por representantes da campanha "Alfabetização. Passe adiante.", patrocinada pela Coors Brewing Company. Trata-se de uma iniciativa corporativa nacional para a alfabetização, com um programa direcionado especificamente às mulheres.

Eles me informaram de algumas coisas impressionantes, que eu gostaria de compartilhar com vocês. Enquanto é óbvio que o analfabetismo é devastador tanto para homens quanto para mulheres, ele traz consequências particularmente difíceis para mulheres. Elas não só já sofrem com desigualdades sociais e econômicas, mas também são muitas vezes as únicas responsáveis por cuidar de seus filhos — crianças cujo sucesso na escola, e mesmo em suas vidas futuras, depende muito do nível de alfabetização das mães.

O programa do "Alfabetização. Passe adiante." voltado às mulheres me pediu para escrever um livro que destacasse o problema do analfabetismo feminino, e algumas partes do romance que você acabou de ler são resultado disso. Já fiz uma contribuição financeira para o programa, assim como a Coors. Além disso, a Coors vai doar uma soma adicional de 50 mil dólares com base no número de cópias vendidas deste livro.

Cada uma de vocês tem a oportunidade de fazer uma enorme diferença na vida de outra mulher — de se tornar uma heroína, como Julie Mathison — ao se voluntariar num centro de combate ao analfabetismo de sua cidade para ensinar outras mulheres a ler ou para fazer uma contribuição, ainda que pequena.

Junte-se a mim, eu suplico. Envolva-se e faça a diferença.

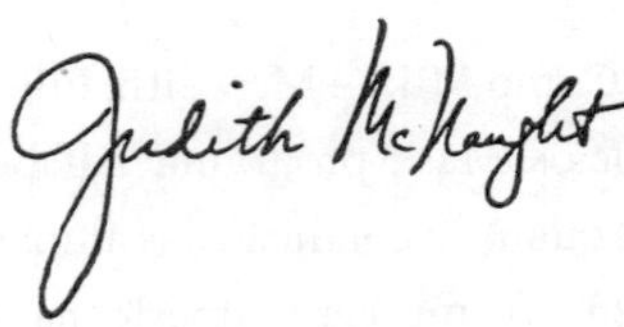

Impresso no Brasil pelo
Sistema Cameron da Divisão Gráfica da
DISTRIBUIDORA RECORD DE SERVIÇOS DE IMPRENSA S.A.
Rua Argentina, 171 – Rio de Janeiro, RJ – 20921-380 – Tel.: (21)2585-2000